ENCHAN
Triss

BOOKAPI
VERLAG

Bibliografische Information der Deutschen Nationalbibliothek:
Die Deutsche Nationalbibliothek verzeichnet diese Publikation in der Deutschen Nationalbibliografie; detaillierte bibliografische Daten sind im Internet über http://dnb.dnb.de abrufbar.

1. Auflage

Theodor-Heuss-Str. 5, 89340 Leipheim

Coverdesign: Nina Hirschlehner
Lektorat & Korrektorat: Nina Hirschlehner
Layout & Satz: Stefanie Scheurich,
Bildmaterial: freepik.com

Druck: booksfactory
ISBN: 978-3-98595-8092

@bookapi.verlag

KAPITEL 1

Mir war klar, dass heute kein normaler Tag werden würde, als meine Chefin vor meinen Augen explodierte. Das passiert nicht so oft, wie man meint – allerdings wundert mich nach dieser verrückten Woche eigentlich gar nichts mehr.

Ich meine … Menschen passieren doch immer irgendwelche Missgeschicke, nicht wahr? Ich habe mir nie etwas dabei gedacht, wenn es den Kaffee meiner Lästerkollegin Theodora nicht mehr in ihrer Tasse hielt, oder wenn die Brötchen des Vordränglers beim Bäcker in einer Pfütze landeten. Gut, dass meiner Zahnärztin ausgerechnet dann die Jeans am Hintern aufplatzte, als sie mir unsanft eine Spritze ins Zahnfleisch jagte, war schon ein ganz besonderer Zufall.

Aber es war ein Zufall.

Jetzt allerdings stehe ich im Büro meiner Chefin, betrachte ihre matschigen Überreste, die sich quer durch das Zimmer verteilen, und hinterfrage meine Lebensentscheidungen. Wie um alles in der Welt konntest du dich in diesen Schlamassel bringen, Beatrissa Russo?

Ich kann gerade einen weiteren Aufschrei verhindern, als sich die Bürotür öffnet und ein blondes Männermodel in Armani hineinschlüpft.

»Fuck.« Er stemmt die Hände in die Hüften und schüttelt den Kopf, den Blick auf den Haufen Ex-Mensch vor meinen Füßen gerichtet. »Immer dieser scheiß Verkehr.«

Mein linkes Augenlid zuckt. »Ich war das nicht.«

Ein Lächeln huscht über sein Gesicht. »Natürlich nicht. Kann ja mal vorkommen, dass du einen Anschiss bekommst und die Tussi jetzt, nun ja, *das hier* ist.«

Etwas an ihm irritiert mich – und es ist nicht allein die Tatsache, dass ihn dieses Horrorszenario in keiner Weise zu verwundern scheint. Wer ist dieser Kerl? Seine Haare scheinen nicht da bleiben zu wollen, wo er sie gern hätte – und mit der perfekt sitzenden Krawatte, dem dunkelblauen Anzug und den Schuhen, die so glänzend poliert sind, dass ich in ihnen mein Make-up auffrischen könnte, sieht er eher so aus, als wollte er mir einen Kredit verkaufen.

Er atmet einmal tief durch und schüttelt den Kopf. »Eine schöne Sauerei hast du da wieder veranstaltet, Triss.«

»Was? Ich? Und – Triss? Wer –«

Doch die Worte bleiben mir im Hals hängen wie ein vergessener Zahnstocher in einer Roulade, als dieser gelackte Fatzke vor sich in die Luft greift und plötzlich einen Plastikeimer in der Hand hält.

»Und immer, wenn man mal in Ruhe aufs Klo will.« Er zieht Gummihandschuhe über und macht sich daran, den Dreck vom Fußboden einzusammeln. Also … eigentlich bewegt er sich nicht vom Fleck, sondern dirigiert die Fleischlappen und den übrigen Matsch in den Eimer, ohne irgendetwas zu berühren.

Cazzo! Ich stehe mitten in einem Tatort und hinterlasse vermutlich sämtliche Arten von Spuren, die in forensischen Lehrbüchern zu finden sind!

»War ich das wirklich?«

»Japp.« Er hockt sich hin und lugt unter den Schreibtisch. Kurz darauf landen zwei schwabbelige Fettklumpen in dem Eimer.

»O mein Gott …« Mein Atem geht immer schneller. »Ich meine, ich habe sie umgebracht, oder? Das wollte ich nicht, das hat sie nicht verdient!«

Sein Blick bohrt sich in meinen. »Reg dich ab. Das wird schon wieder.« Etwas an seinen Augen ist ungewöhnlich, sie sind blau, fast schon türkis. Wie ein Amazonit.

Ein Amazonit? Meine Fresse, Beatrissa, jetzt reiß dich zusammen! Du verstehst genauso wenig von Edelsteinen wie davon, eine Frau in achtzig Kilo Hackfleisch zu verwandeln!

»Das wird schon wieder?« Wild fuchtele ich in der Luft herum. Das darf doch alles nicht wahr sein! Vor mir kriecht ein Schönling mit Gummihandschuhen in seinem maßgeschneiderten Anzug auf dem Boden, um Leichenteile einzusammeln. Viel fehlt nicht mehr, und ich falle in eine hübsche Ohnmacht, aus der mich dann die Mordkommission wecken darf.

»Das ist nur eine Fleischwunde.« Der Typ streicht sich mit dem Unterarm die Haare aus dem Gesicht und wirft mir einen prüfenden Blick zu. »Du musst das langsam echt mal lassen. Es wird immer schwieriger, das zu vertuschen.«

Ich starre ihn an.

Ungerührt wendet er sich von mir ab und hebt den Eimer hoch, kippt seinen Inhalt über dem schwarzen Lederstuhl aus und modelliert ein bisschen daran herum.

Übelkeit schlägt auf mich ein wie ein Gummihammer.

»So, ich hoffe, wir haben kein Teil übersehen.« Er sieht mich an und rollt mit den Augen. »Meine Güte, sei nicht so aufgelöst. In einer halben Stunde ist sie wieder ganz die Alte. Komm.«

Ich starre immer noch.

»Triss? «

»Bea«, murmele ich abwesend, und dann verpasst mir mein Verstand so etwas wie eine interne Hallo-wach-Ohrfeige. »Wer bist du? Was ist hier los? Kannst du zaubern? Ist das ein Albtraum?«

»Ähm …« Er denkt kurz nach. »Du heißt Triss und ich Nicholas Romero. Ich räume deine Unordnung auf. Ja. Und nein. Ich glaube, jetzt haben wir alles.« Er öffnet die Tür. »Kommst du?«

Ich werfe einen Blick auf den Schreibtischstuhl und dann auf ihn. Ein Lächeln bringt seine türkisfarbenen Augen noch mehr zum Strahlen. Ein netter Typ eigentlich, sympathisch – wenn wir beide nicht gerade vor einem Haufen Leichenteilen stehen würden. Irgendwoher kenne ich ihn.

»Waren wir in derselben Klasse?«

Sein Lächeln wird breiter. »Ich war eine Klasse über dir. Komm jetzt. Es sei denn, du willst dir das ansehen.«

Er verschwindet durch die Tür und ich glaube, von den beiden Alternativen, die mir gerade bleiben, ist er das kleinere Übel. Also husche ich hinterher.

Und schnappe nach Luft wie ein Karpfen an Land. Meine Kollegen … sie bewegen sich nicht. Kein Stück. *Was zur Hölle geht hier vor sich?*

Nicholas folgt meinem Blick. »Ach das. Ich habe nur kurz die Zeit angehalten. Ist immer sehr lästig, wenn Menschen einen Nervenzusammenbruch bekommen.«

»Lästig?«, piepse ich.

Er nickt. »Du kannst dir sicher vorstellen, wie anstrengend es ist, wenn zwanzig Leute wie am Spieß herumschreien, die Polizei rufen oder ein TikTok-Video von all dem machen wollen.«

Ich starre ihn an, als wäre er direkt vor meinen Augen zu einem 1,90 Meter großen dunkelblauen Frosch mutiert, und schüttele einfach nur den Kopf.

»Ich müsste jedem Einzelnen von ihnen eine scheuern, damit sie aufhören, herumzubrüllen, ihr Gedächtnis löschen, Ersatzerinnerungen schaffen … Das hält ganz schön auf. Gutes Zeitmanagement ist Gold wert.« Er setzt sich auf einen Schreibtisch, lässt die Beine baumeln und blättert durch die Unterlagen meines Kollegen Adriano. Adriano wirkt darüber ziemlich entrüstet, auch wenn er gerade so starr auf seinem Stuhl sitzt wie eine Schaufensterpuppe.

Ich habe ja schon einige Seminare zum Thema Zeitmanagement besucht, aber … Gedächtnis löschen gehörte bisher nie zum Kursinhalt.

Desinteressiert legt Nicholas die Papiere zurück, sieht rasch auf seine Armbanduhr. »Meine Güte, jetzt mach schon.«

Sein Blick huscht zur Eingangstür, doch ich habe nur Augen für den gelben, schwabbeligen Klumpen, der sich hinter ihm im

Büro meiner Chefin vom Rest des Fleischbergs löst und langsam Richtung Fußboden rollt.

Mein Magen meldet sich. Zaghaft, aber deutlich. Es kann nicht mehr lange dauern, bis er sich gewaltsam Linderung verschafft.

»Du siehst ein wenig blass um die Nase aus.« Der Typ greift vor sich ins Nichts. »Kaffee?«

Ich möchte gar nicht wissen, wie blöd ich ihn und den Pappbecher in seiner Hand anstarre. »Ja. Mit Milch bitte.«

Er rollt mit den Augen. »Ach verdammt, richtig.« Der Becher verschwindet vor meiner Nase und er holt einen neuen hervor, hält ihn mir hin. »Dass ich mir das nie merken kann.«

Automatisch greife ich danach. Kaffee, dampfend heiß und duftend. Ob das gerade das Richtige für meinen Magen ist?

Ich schiele noch einmal auf den roten Matschhaufen hinter dem Schreibtisch. »Irgendwie tut sich da nichts.«

Er wendet sich um, eine runde blaue Tasse mit goldenen Sternen in der Hand, und trinkt einen großen Schluck.

Ich nippe lieber vorsichtig – wer weiß, wie spontan materialisierter Kaffee schmeckt? Vor einigen Jahren habe ich mir so stark die Zunge verbrannt, dass ich drei Tage lang das Gefühl hatte, ich hätte einen Flokati im Mund, aber dieser Kaffee hier ist überraschend gut, genau so, wie ich ihn mag.

Seine Edelsteinaugen blitzen. »Das dauert ein Weilchen.«

Ich stelle meinen Kaffeebecher auf den Tisch und krame mein Handy hervor.

»Halthalthalthalthalthalthalt!« Nicholas springt auf. »Was wird das?«

»Wonach sieht es denn aus? Ich mache ein paar Erinnerungsfotos!« Für die nächste Weihnachtsfeier. Und falls ich mal was zum Erpressen brauche.

Noch während meines Versuchs, Adriano in einem aussagekräftigen Winkel zu erwischen, schnappt Nicholas nach dem Telefon wie ein Frosch nach einer Fliege.

»Das wirst du schön bleibenlassen!« Er schiebt sich mein Handy in die Innentasche seines Sakkos. »Sowas ist ziemlich unprofessionell, findest du nicht? Ich mache ja auch keine Fotos von dir unter der Dusche!«

Die Hand mit dem Kaffeebecher verharrt auf halbem Weg zu meinem Mund, mitten in der Luft. »Bitte?«

Unschuldig wie ein Welpe, der in die Ecke gepinkelt hat, sieht er mich an. »Was?«

»Wie meinst du das?«

»Was denn?« Er räuspert sich und blickt erneut auf seine Uhr. »Schon zwanzig Minuten. So langsam müsste sie sich mal beeilen. Wir sollten längst weg sein.«

»Hast du mich auch schon mal eingefroren? Unter der Dusche?«

Er lehnt sich ein wenig zurück und grinst mich fröhlich an.

»Du …« Ich schnappe nach Luft.

»Keine Sorge.« Er nimmt noch einen Schluck und lässt sich Zeit damit, ihn herunterzuschlucken. »Da ist nichts, was ich nicht schon einmal gesehen hätte. Irgendwie.«

Mit einem lauten Platschen ergießt sich brühend heißer Kaffee über meine Füße.

Mit einem tadelnden Blick schüttelt er den Kopf. »Wieso schaffst du es nicht einmal, deine Getränke da zu lassen, wo sie hingehören?« Er zieht einen Aufnehmer aus der Luft und wirft ihn über die Pfütze.

Ich stehe da und beschränke mich darauf, ihn anzustarren. *Wieso redet er so, als würden wir uns kennen? Und wie zaubert er all diese Haushaltsgegenstände aus dem Nichts?*

Mit einem Seufzen hockt sich Mr. Dunkelblauer Anzug vor mich hin. Hinter ihm purzelt ein weiterer Fettbrocken über den Schreibtischstuhl und landet mit einem schmatzenden Geräusch auf dem Boden. Speichel schießt mir in den Mund.

»Die Schuhe sind ruiniert, fürchte ich.« Er zieht sie mir von den Füßen.

Ich beobachte ihn, diesen fremden Mann, der vor mir kniet, als wollte er mir einen Antrag machen, meine Sneakers in seinen Händen. »Wie schade«, sage ich mechanisch. »Die waren noch keine drei Wochen alt.«

Die Überreste meiner Chefin erzittern, als würden sie in einem Auto sitzen, das in rasantem Tempo über Kopfsteinpflaster fährt. Mit kaputten Stoßdämpfern. Ich zwinge mich dazu, meinen Blick von dem bebenden Fleischberg abzuwenden.

Nicholas wirft meine Schuhe achtlos hinter sich, und noch bevor sie auf dem grauen Linoleumboden landen können, werden sie von der Luft verschluckt. Seine Augen blitzen. »Möchtest du dieselben Schuhe?«

Ich bin im falschen Film. Das alles … das ist so unwirklich. Woher kennt er mich? Und warum kommt er mir so vertraut vor? Als würde mein Verstand mir etwas verheimlichen, was mein Unterbewusstsein besser weiß.

»Ja«, höre ich mich piepsen, »die waren eigentlich ganz schön, oder?«

»Zumindest sahen sie recht bequem aus.« Mit einem Schulterzucken greift er neben meinen Kopf.

Ich packe seinen Arm. Sein Duft steigt mir in die Nase, ein Duft nach frischer Wäsche und … Nachhausekommen.

Er sieht mich an, mit einem seltsamen Blick, traurig irgendwie, und schnell nehme ich die Hand wieder fort.

»Könntest du sie vielleicht eine Nummer größer, ähm, materialisieren? Die haben ein bisschen gedrückt, vorne links, am kleinen Zeh.«

Mit einem Schmunzeln zieht er makellose weiße Turnschuhe aus dem Nichts und ich schlüpfte hinein. Bequem. Aber ich weiß immer noch nicht, wer dieser Mann ist und was er will. Und woher er mich kennt, und warum sein Kaffee besser schmeckt als in meinem Lieblingscafé … und wie er ihn aus dem Nichts holen kann – inklusive einem hübsch gemusterten Pappbecher.

Hinter ihm dringen schmatzende Laute aus dem Büro meiner Chefin. Mein Magen überlegt nachdrücklich, ob es jetzt an der Zeit ist, sich zumindest von dem Kaffee zu trennen, und schnell schnappe ich mir seine Tasse, um den Geschmack von aufsteigender Galle zu übertünchen. Doch, igitt, wie ein Karamellbonbon! Viel zu viel Milch und entschieden zu süß – und zu kalt. Aber irgendwie …

»Mensch Triss, das magst du doch gar nicht.« Nicholas gönnt mir einen strafenden Blick und holt sich seinen Kaffee zurück. Hinter ihm gibt der Matschberg ein besonders lautes Schmatzen von sich. Er dreht sich kurz um. »Na endlich! Bei allen Walküren, ich dachte schon, die lässt sich diesmal Zeit bis zum Wochenende!« Mit drei Schritten ist er bei der Bürotür und zieht sie unsanft ins Schloss, zuckt entschuldigend mit den Schultern. »Ich weiß nicht, ob du das diesmal verkraftest.«

»Diesmal?« Ich bekomme Kopfschmerzen, ganz sicher. Mein Atem beschleunigt sich. »In meinen ganzen 26 Lebensjahren ist mir sowas noch nicht passiert! Ich würde mich doch erinnern … sowas würde ich nicht vergessen … ich …«

Mühsam schnappe ich nach Luft. Mein Atem geht schnell, viel zu schnell. Noch ein bisschen und ich falle von meinem Schreibtisch wie eine reife Pflaume vom Baum.

Mit zwei Schritten ist er bei mir. Warm legen sich seine Hände um meine Wangen, sachte und beruhigend. Mein Puls verlangsamt sich und ich habe keine Ahnung, warum.

»Triss«, sagt er leise und fixiert mich. »Sieh mich an, sieh mir in die Augen.« In diese Augen, die aussehen wie reinster Amazonit. »Du musst vergessen … vergiss, was –«

Schwindel ergreift Besitz von mir. »Ich kenne dich doch …«, flüstere ich, und ruckartig zieht er die Hände zurück, als hätte er sich verbrannt.

»Du erinnerst dich?«

Ich spüre es in meinem Hinterkopf, aber es will nicht hervorkommen. Wie ein Buch, das auf dem obersten Regal steht. Ich komme nicht heran, obwohl ich weiß, dass es da ist. »Wer bist du?«

Er schluckt, atmet schwer. »Sie kommen zurück … sie kommen wirklich zurück …«

»Wer kommt zurück?« Ich taste nach seiner Hand, halte sie fest, die Hand dieses wildfremden, seltsamen Mannes, der mir so unfassbar vertraut vorkommt.

Nicholas blinzelt, als erwachte er aus einem tiefen Traum. »Okay, lassen wir das. Du musst mit mir kommen.« Er wendet sich dem Büro meiner Chefin zu und zieht mich mit sich.

Versucht er zumindest. Ich bewege mich keinen Zentimeter.

»Ich werde nirgendwo mit dir hingehen.«

Genervt fährt er herum. »Du wirst. Pass auf, Triss, wenn du hierbleibst, wirst du nicht lange allein sein. Es ist dir vermutlich aufgefallen, dass es nicht ganz so normal ist, diese Ziege in Hackfleich zu verwandeln, oder?«

»Sie ist immer noch meine Chefin. Ohne sie könnte ich mir diese Schuhe gar nicht leisten.«

»Gerade dann solltest du auf die richtige Größe achten.« Er schnaubt. »Sie ist eine dumme Pute. Sie sollte gar nicht deine Chefin sein!« Er verengt die Augen. »Triss, das, was du getan hast, ist verboten. Und wenn wir nicht schleunigst von hier verschwinden, nachdem wir alle Spuren verwischt haben, wirst du die Konsequenzen dafür tragen müssen.«

Mein Mund ist plötzlich ausgedörrt. »Konsequenzen? Was für Konsequenzen?«

Er packt meine Schultern und irgendetwas in mir zuckt vor ihm zurück. »Soll ich dir noch einen Kaffee besorgen, um es dir in Ruhe zu erklären? Himmel, Triss, wir müssen abhauen, sonst kann ich dich nicht vor ihnen beschützen! Sie werden sich sicher nicht von deinen Rehaugen und den beneidenswert glänzenden Haaren bis zum Arsch beeindrucken lassen, das kann ich dir sagen!«

Beschützen? Vor wem? Himmel, wo bin ich hier nur reingeraten? »Aber ich bin doch nur eine Sekretärin!«

Er zieht die Augenbrauen noch ein wenig mehr in die Höhe. »Und? Bist du eine gute Sekretärin?«

»Nein«, gebe ich kleinlaut zu.

»Eben. Du bist deutlich besser in magischen Dingen. Und warum ist das so?« Er wirft einen weiteren nervösen Blick auf seine Armbanduhr. »Weil du keine Sekretärin bist.«

»Blödsinn.« Vorwurfsvoll funkle ich ihn an. »Das ist mein Beruf, das habe ich gelernt!«

»Aha«, sagt er. »Wie würdest du reagieren, wenn ich dir erkläre, dass das, was du sagst, nicht ganz richtig ist?«

»Ich würde dich für noch bescheuerter halten, wenn das nur möglich wäre.«

Er schmunzelt und wieder klingelt hinten in meinem Kopf ein kleines, zartes Glöckchen.

»Ich habe einen Abschluss in Büromanagement, seit sieben Jahren.«

»Nein«, sagt er knapp. »Hast du nicht.«

»Woher willst du denn wissen –« Ich atme tief durch, sammle mich eine Sekunde. »Ich sehe es genau vor mir, ich mit meinem Abschlusszeugnis vorn auf dem Podium!«

»Aha. Du siehst dich. Und wer saß im Publikum?«

»Ich … ich weiß nicht … Alle?«

Der eingebildete Sack hebt stumm die Augenbrauen.

»Meine Eltern? Mein … Freund?«

»Ist das eine Frage oder eine Aussage? Was hattest du an?«

»Ein blaues Kleid mit Flügelärmeln«, antworte ich wie aus der Pistole geschossen.

Er nickt langsam. »Um-hm. Und wo hast du es gekauft?«

»Was?« Irritiert blicke ich ihn an. Wen interessiert das? Er hat gerade in dem Zimmer nebenan Modellieren mit Leichenteilen veranstaltet, erzählt mir, dass ich verfolgt werde, und jetzt braucht er Shoppingtipps? »Willst du dir auch ein blaues Kleid kaufen?«, gebe ich patzig zurück.

Er verschränkt die Arme vor der Brust. »Nein, ernsthaft. Wo hast du es gekauft?«

Genervt schüttele ich den Kopf. Der Spinner soll einfach nur meine Chefin wiederbeleben, sich auf seinen Besen setzen und damit in den Sonnenuntergang reiten! Ich habe das Bild verdammt nochmal klar vor Augen: Ich auf der kleinen Bühne in der Aula, die langen Haare in der Mitte zusammengenommen, in meinem blauen Kleid mit den transparenten Flügelärmelchen, bekomme mein Abschlusszeugnis überreicht von Signore … Signore … Mist, jetzt fällt mir sein Name nicht mehr ein! Aber er sieht auch nicht in die Kamera … Herr … wie hieß er noch gleich? Moment. Shit.

Der Hollywoodstar-Hexenmeister betrachtet mich ruhig, prüfend, und mir wird klar: Ich kann mich nicht erinnern, wie mein Rektor hieß, nicht einmal daran, wie er aussah. Groß, klein, dick, dünn? Glatze oder Hippie-Matte? Ich habe keinen Schimmer. Und ich dort vorne auf der Bühne … Immerhin blicke ich in Richtung des Zuschauerraums, und … wo ist dieses verfluchte Kleid überhaupt abgeblieben?

»Maledetto«, teile ich ihm schließlich mit. »Ich kann mich nicht erinnern.«

Sein Blick ist ernst und irgendwie abwesend. »Weil es nie passiert ist. Niemand hätte dich jemals in eine Schule für Büromanagement geschickt. Nicht bei deiner Begabung. Glaubst du mir jetzt endlich?«

Ich klappe den Mund auf, um mit der ersten von drei Millionen Fragen zu beginnen, die durch meinen Kopf rasen, doch plötzlich, wie aus dem Nichts, ertönt ein lautes »Ping!«, wie von einer Mikrowelle. Kurz darauf erzittern die Kaffeebecher auf den Schreibtischen unter einem ohrenbetäubenden Schrei.

»Wow«, murmele ich und suche seinen Blick. »Ich habe sie ja schon öfter herumschreien hören, aber dass sie so gute Lungen hat?«

Nicholas fummelt in aller Seelenruhe in den Innentaschen seines Jacketts herum und zieht Ohrenstöpsel hervor. »Okay, da verlangt jemand nach mir. Kommst du? Erschreck dich nicht. Sie wird splitterfasernackt sein.«

»Moment.« Ich mache einen Schritt auf ihn zu, bleibe aber direkt wieder stehen. »Was passiert jetzt?«

»Das Übliche.« Er zuckt mit den Schultern und schiebt sich die Stöpsel in die Ohren. »Erst scheuere ich ihr eine, damit sie die Klappe hält, dann ziehe ich ihr schleunigst etwas an und verändere ihre Erinnerungen. Die letzten beiden Punkte sind variabel.« Er grinst.

»Machst du das öfter?« Ein Gedanke schießt mir durch den Kopf. »Du siehst ziemlich viele Menschen nackt, was?«

Sein Lächeln ist wirklich schön. Es bringt sein Gesicht zum Strahlen und seine Augen blitzen wie geschliffene Kristalle. »Mach dir keine Sorgen um mich. Wenn es allzu schlimm wird, stelle ich mir dich unter der Dusche vor.«

Er schlüpft in das Zimmer und nur Sekunden später verstummt das Gebrüll. Meine Chefin steht da und starrt Nicholas mit dem glückseligen Ausdruck eines Seehundes an, dem der Tierpfleger gerade mit einem fetten Fisch vor der Nase herumwedelt.

Ich mustere sie skeptisch. »Kommt sie wieder in Ordnung?«

Nicholas zupft den Kragen ihrer Bluse zurecht. »Mit Sicherheit. Das hat bisher immer funktioniert. Nur braucht das Gehirn einen Moment, bis alle Verbindungen wiederhergestellt sind. Sie fährt gerade das System wieder hoch, sozusagen.« Nicholas dreht meine Chefin einmal um die eigene Achse und nickt zufrieden. »Ich denke, wir sind hier fertig. Lass uns endlich abhauen, bevor –«

Ein leises Vibrieren lässt ihn innehalten. Hektisch zieht er ein schickes schwarzes Mobiltelefon aus seiner Hosentasche und liest die Nachricht.

Mit einem Ruck sprintet er quer durchs Zimmer und knallt die Bürotür ins Schloss, dreht den Schlüssel um. »Cazzo di merda, dass sie so schnell sind, ich …« Er packt mich, zerrt mich hinter sich her. »Los! Komm jetzt!«

Meine Synapsen brennen durch. Ich reiße mich los. »Nein! Ich verstehe überhaupt nichts mehr!«

»Die Hexenpolizei. Sie werden dich holen, wenn wir nicht sofort von hier verschwinden. Und glaube mir, das willst du noch weniger, als mit mir zu gehen.« Mit beiden Händen umfasst er mein Gesicht, sieht mich eindringlich an. »Du kennst mich, Triss, du hast es gespürt. Vertrau mir. Bitte.«

Sein Blick flackert nervös zur Tür.

Erneut packt er meine Hand und zieht mich zu einer kleinen, unauffälligen Tür am anderen Ende des Raums, greift nach dem Türgriff.

»Bäh!« Ich rümpfe die Nase. »Das ist ihr Privatklo. Ohne Fenster. Ich höre ständig die Reinigungskräfte jammern, wenn sie es saubermachen müssen.«

Nicholas wirft einen Blick über meine Schulter, und plötzlich höre ich sie: Stimmen und Schritte, sehe, wie sich die Klinke langsam bewegt.

»Wir werden uns nicht auf ihrer Toilette verstecken. Jetzt halt deine Klappe und mach einfach, was ich dir sage!«

Er macht ein paar seltsame, zackige Bewegungen mit seiner Hand, bis die Spalte grellblau zu glimmen beginnen. Dann reißt er die Tür auf und schubst mich hindurch, hinein in ihre dunkle, stickige Toilette. Nicholas schiebt sich hinter mich in den engen Raum und schließt die Tür, bevor er auf der anderen Seite eine weitere öffnet, und ich schnappe nach Luft.

Wir sind bei mir zu Hause.

Mitten in meinem Kleiderschrank.

KAPITEL 2

»Was ist das? Ein Witz?«

Kameras! Hier muss es versteckte Kameras geben, das ist die einzige Erklärung für das alles!

Mit hochgezogenen Augenbrauen sieht Nicholas mich an. »Was?«

Ich fuchtele vor seinem Gesicht herum. »Na, das hier! Das ist doch nicht normal … Meine Chefin fliegt in die Luft, du baust sie wieder zusammen und plötzlich stehe ich mitten in meinem Schrank! Mit dir!«

»Ja?«, fragt er langsam. »Worauf willst du hinaus?«

»Worauf ich –« Ich hyperventiliere und ein wildes Lachen bricht aus mir hervor. »Ich bin ein Mensch, keine Figur in einem scheiß Film! So etwas passiert mir nicht!«

»So etwas passiert dir ständig«, knurrt er und schiebt mich in mein Schlafzimmer. »Du erinnerst dich nur nicht daran.«

Ich hechele und halte mich an meiner Kommode fest. »Woher wusstest du, wo ich wohne?«

Jetzt sieht er verwirrt aus. »Du meinst heute? Oder im Allgemeinen?«

»Im Allgemein- cielo, wie oft bist du schon hier gewesen?«

Er beißt sich auf die Unterlippe, mustert die Zimmerdecke, als würde er in Gedanken nachzählen. »So zehn, fünfzehn Mal? Zwanzig?«

Ich zwinkere nicht einmal. »Und du kommst immer durch den Schrank?«

»Ja?«

»Ohne anzuklopfen?«

Er schlendert zu mir. »Wenn ich anklopfe und du bittest mich nicht herein, würde ich mich sehr unwohl dabei fühlen, einfach so hier einzudringen. Deshalb erspare ich uns das direkt.«

»Ach so.« Ich klammere mich fester an das dunkle Holz. »Das erklärt immer noch nicht, woher du weißt, wo ich wohne.«

Sein Blick zeigt deutlich, dass er an meinem Verstand zu zweifeln scheint. »Hast du immer noch nicht geschnallt, dass wir uns kennen, Triss?«

»Beatrissa!«

»Triss!«

Ich stöhne laut auf und vergrabe meine Finger in meinen Haaren. »Wieso nennst du mich so?«

»Weil das dein Name ist.« Er klopft auf die Kommode. »Und jetzt pack ein paar Sachen zusammen, wir haben nicht den ganzen Tag Zeit.«

»Beatrissa! Ich heiße Beatrissa, verdammt!«

Nicholas schüttelt den Kopf und wirft einen Blick in meine Unterwäscheschublade, holt ein paar Slips hervor. »Ich habe dich immer schon Triss genannt, Triss.«

Ich vergrabe das Gesicht in meinen Händen. Dieser Mann kennt mich. Ich ihn nicht. Er kennt meinen Namen und er weiß, wo ich arbeite, wo ich wohne, wo ich meine Lieblingsstrings aufbewahre. *O Himmel, ein Stalker?*

Dafür spricht, dass er alles Mögliche über mich zu wissen scheint.

Dagegen spricht, dass meine Chefin vor knapp anderthalb Stunden explodiert ist und er sie vor meinen Augen mit seinen Zauberkräften wieder zusammengepuzzlet hat.

Leise seufze ich. Vermutlich ist das einer dieser Momente, in denen man seine komplette Weltsicht überdenken sollte.

Ich blicke wieder auf. »Nicholas?«

»Ja?«

»Was bist du?«

»Ein Mann. Ich dachte, das wäre dir aufgefallen.« Er schmunzelt, ohne den Blick aus meiner Sockenschublade zu nehmen, und ich unterdrücke den Impuls, ihn kräftig auf den Oberarm zu boxen.

»Möchtest du, dass ich dich auch in deine Einzelteile zerlege?«

Sein Blick wird düster. »Ein Hexer.«

Gut, das überrascht mich nach den jüngsten Erlebnissen weniger, als es vielleicht sollte. »Und ich bin?«

Er zuckt mit den Schultern. »Eine Hexe.«

Hm. Okay. Ich kaue auf meiner Unterlippe. »Also kann ich auch zaubern? Hexen?«

Nicholas wiegt den Kopf und schiebt die Sockenschublade zu. »Das setzt voraus, dass du weißt, wie es funktioniert – und genau das ist im Augenblick dein Problem.«

Mit einem leisen Knarren öffnet sich die Schlafzimmertür und Nicholas schreckt auf, schiebt sich vor mich. Was –

Aber es ist nur Mimi. Grazil stolziert sie herein, reibt ihr weißes Köpfchen an meinem Bein und setzt sich dann auf ihre vier Katzenbuchstaben, um sich das Pfötchen zu lecken.

Nicholas stößt ein genervtes Stöhnen aus, entspannt sich merklich. »Mensch Herb! Du hast mich zu Tode erschreckt!«

Mimi lässt die Pfote sinken, betrachtet ihn aus ihren großen, bernsteinfarbenen Augen. »Musstest du der Puppe mal wieder den Arsch retten?«, sagt sie mit der Reibeisenstimme eines fünfzigjährigen, biersaufenden Kettenrauchers.

Ich schreie auf. Hat meine Katze gerade …?

»Oh, sie ist gar nicht im Dämmerland?« Mimi wirft mir einen interessierten Blick zu.

Nicholas zuckt mit den Schultern und richtet seine Krawatte. »Ich fürchte, dafür ist es langsam zu spät. Die Extincteure kommen ihr immer schneller auf die Spur. Und sie erinnert sich.«

»Was für eine Kacke«, sagt meine kleine, weiße Katze und widmet sich wieder ihrem Pfötchen. »Na ja. Wem man's nimmt.«

»Was sind Extincteure?«, flüstere ich in ihr leises Schmatzen hinein. »Und warum kann Mimi sprechen?«

Nicholas schiebt sich die Hände in die Hosentaschen und mustert mich prüfend. »Welche Antwort ist dir wichtiger?«

Ich überlege kurz. *Offenbar sind wir verfolgt worden und offenbar wollte Mr. Konfirmationsanzug hier mir irgendwelche Drogen verpassen, aber …* »Mimi«, piepse ich.

Mit einem leisen Knurren lässt sich die schneeweiße Katze auf den Teppich fallen. »Soll ich es ihr erzählen? Jetzt?«

Nicholas zuckt erneut mit den Schultern. »Warum nicht?«

»Himmel, was würde ich jetzt für eine Kippe geben!« Mimi seufzt. »Hexchen, du musst jetzt ganz stark sein: Also, wie du vermutlich schon erraten hast, bin ich keine Katze, sondern ein Dschinn, der sich dieses hübsche flauschige Gefäß als neues Zuhause ausgesucht hat.«

»Ein Flaschengeist«, hauche ich fassungslos und taste nach der rettenden Kommode, bevor diese Information mir die Beine unter dem Hintern wegzieht.

»Katzengeist«, korrigiert er mich mit seiner versoffenen Männerstimme. »Das ist ein Übersetzungsfehler. Katze. Nicht Flasche. Ich war erst ganz schön angepisst, dass ich diesmal ein Mädchen erwischt hatte. Aber ein paar nächtliche Ausflüge später musste ich gestehen: so uninteressant ist das gar nicht.«

Drogen.

Es kann gar nicht anders sein.

In dem Kaffee heute Morgen. Der Kaffeetyp baggert schon seit Wochen an mir herum, und vielleicht hat er … Ich schüttele den Kopf. »Heißt das, jedes Mal, wenn ich dich gestreichelt habe, hatte ich einen Wunsch frei?«

Wenn eine Katze stolz übers ganze Gesicht strahlen könnte, würde es so aussehen. »Und ich habe dir jeden einzelnen erfüllt.«

»Was?«

»Mimi, lass die Vase stehen! Mimi, ich wünschte, du würdest die Streu im Katzenklo lassen. Mimi, würdest du bittebitte nicht auf den Teppich kotzen!« Mit ihrer langen, rosa Zunge schlabbert sich meine Katze die komplette Vorderpfote entlang. »Sind das Wünsche oder nicht?«

Mr Konfirmationsanzug stößt ein warmes Lachen aus und ich fahre herum, schieße tödliche Pfeile aus meinen Augen in seine Richtung, und er lacht noch mehr.

»Was denn? Er ist ein Dschinn, da kannst du nicht erwarten, dass er offen und ehrlich ist. Er ist ein Schlitzohr!«

»Ich …« Wild fuchtele ich in der Luft umher, und wieder kommt mir die Fähigkeit zu Atmen abhanden. »Ich … Wir sind hier doch nicht bei Aladin, verdammt!«

Ein Mini-Blitz schlägt neben der kleinen Katze in den Boden ein und sie springt in die Höhe wie ein Gummiball.

»Wow«, murmelt Cole.

Wir starren uns an. *War das … kam das von mir?*

Mimi streckt den Schwanz in die Höhe und macht sich in Richtung Wohnzimmer davon. »Blöde Ziege«, motzt sie im Rausgehen. »Ich bin eine Hexe«, äfft sie mich nach, »aber sowas wie Dschinns gibt es nicht, und deswegen kann ich sie auch ungestraft angreifen. Pff.«

»Moment.« Nicholas schlüpft durch die Zimmertür und kommt zwanzig Sekunden später mit einer fauchenden und sich windenden Katze auf dem Arm zurück. »Jetzt lass den Scheiß, Herb. Wenn du mir nur einen Striemen verpasst, hexe ich dir eine Zecke an den Arsch, die sich gewaschen hat. Sie hat versehentlich gezaubert. Gleich werden die anderen hier sein.«

Kontrolliert atme ich ein und aus, um nicht wieder eins dieser magischen Wesen mit mir im Raum zu attackieren. »Und wer sind sie? Diese Extincteure?«

Nicholas zieht sein Smartphone aus der Tasche und entsperrt es, scrollt darauf herum. »Sie sind so etwas wie der hexische Geheimdienst, sorgen dafür, dass solche Szenen wie bei dir heute im Büro schön unter den Teppich gekehrt werden.«

»Nicht den fliegenden«, wendet Herb ein. »Der ist nämlich nur ein Mythos.«

»Extincteure spüren die Benutzung von Magie in Anwesenheit der Menschen und machen sich dann auf, alles wieder ungeschehen zu machen.« Mit einem zufriedenen Gesichtsausdruck steckt Nicholas das Handy zurück in seine Anzughose. »Dasselbe gilt, wenn Hexen versehentlich zaubern – so wie du.«

»Und dafür würden die mich verhaften?«

Ein stummes Nicken ist seine Antwort.

»Kann man sie irgendwie erkennen?«

Er zuckt mit den Schultern. »Leider sehen sie aus wie du und ich und sind damit nahezu unsichtbar.«

»Er meint das wörtlich«, knurrt Herb und würgt an einem Fellknäuel herum.

»Runter vom Bett!«, herrsche ich ihn an und gebe ihm einen Schubs. »Letztens hast du mir fünf Pfützen in die Küche gekotzt, und in einer lag eine tote Maus!«

»Das lag nur am Bier«, murrt Herb und sucht das Weite.

»Am Bier?« Ich schnappe nach Luft wie eine empörte Matrone. »Alkohol ist nicht gut für Katzen!«

Herbs Gelächter dringt aus dem Nebenzimmer und ich weiß nicht, was mich mehr verstört: dass er lacht oder wie es klingt. »Sagt wer?«

»Alkohol kann bei Katzen zu schweren Leber- und Hirnschäden führen!«

»Als ob das jetzt noch etwas ausmachen würde!«, ruft Herb von drüben, und kurz darauf höre ich ein lautes Scheppern.

Genervt stöhne ich auf. »Was hat das Vieh jetzt schon wieder heruntergerissen?«

»Nick!« Herb kommt im gestreckten Galopp zurück ins Schlafzimmer geschossen und bremst rutschend auf dem Holzboden.

Ein lautes Poltern lässt mich zusammenzucken. Aber Mimi … ich meine Herb … wenn er hier ist …

»Polizei!«, ruft jemand von nebenan. »Wer Sie auch sind, kommen Sie heraus!«

»Cazzo di merda.« Nicholas fährt herum wie von der Tarantel

gestochen. Der Ausdruck auf seinem Gesicht … etwas stimmt hier nicht. Die Polizei – sie will mir helfen, oder? *Kommen Sie heraus*, haben sie gesagt. Das sagt man nicht, wenn man jemandem zu Hilfe kommt, oder?

»Triss!« Nicholas fischt im Vorbeigehen die Katze vom Boden hoch und packt mich am Arm, zerrt mich mit sich, so heftig, dass ich fast das Gleichgewicht verliere. Dann stößt er mich so grob in den Kleiderschrank, dass ich einen Satz nach vorne mache.

Fast wäre ich von dem Ast gefallen, auf dem wir stehen, und in die Tiefe gestürzt, hätte er mich nicht im letzten Moment von hinten zu fassen gekriegt. Seine Arme fest um meine Taille gelegt, spüre ich nichts als seinen schweren Atem und den Wind in meinen Haaren.

»Che cazzo fai, Romero?« Herb quetscht sich durch unsere Beine. »Willst du uns zur Abwechslung umbringen, oder was?« Leichtfüßig springt er auf einen tiefergelegenen Ast. »Die Küche wäre keine Option gewesen?« Murrend hopst er von Ast zu Ast, bis er schließlich 15 Meter weiter unten im trockenen, hohen Gras verschwindet.

Ich hechele nur noch vor mich hin, während mein Verstand vorübergehend den Bluescreen eingeschaltet hat.

»Triss? Alles gut?«

»Nicholas? Baum … wieso …«

»Schht!« Er drückt mich ein wenig fester an sich und beugt sich vor, presst seine Wange an meine Schulter, um den Stamm entlang nach unten spähen zu können. Sein sauberer, frischer Duft weht mir in die Nase, und wieder regt sich etwas in meinem Inneren, das ich nicht greifen kann. Ich kenne ihn. Irgendwoher.

Konzentriert fixiert er einen ausgetretenen Pfad am Boden. Grillen zirpen in der abendlichen Hitze, vollkommen unbeeindruckt von den beiden seltsamen Vögeln hoch über ihnen.

Vorsichtig drehe ich mich zu ihm. »Was hörst du denn da?«

Ein genervter Blick trifft mich. »Nichts, wenn du mich ständig vollquatschst. Also sei still.« Er verändert seine Position minimal, lässt das trockene Gras und den Weg unter uns nicht aus den Augen.

Grillen, nichts weiter, so sehr ich mich auch konzentriere. Ein regelmäßiges nerviges Zirpen, dann und wann unterbrochen vom emsigen Rascheln einer Maus auf der Suche nach einer leckeren Abendmahlzeit.

»Hier ist niemand.« Eine Stimme. Eine fremde.

Ich zucke so heftig zusammen, dass Nicholas seinen Griff um meinen Bauch verstärken muss, um mich vor dem Absturz zu bewahren. Ich spüre sein Herz in meinem Rücken, so hart schlägt es gegen seinen Brustkorb, in einem Tempo, als hätte er soeben einen 100-Meter-Sprint hinter sich gebracht.

»Leise«, murmelt er in mein Haar, streift meine Ohrmuschel mit seinen Lippen.

Und obwohl ich diesen Mann nie zuvor gesehen habe – also, zumindest heute nicht –, rieselt ein Schauer meine Wirbelsäule hinab, dort, wo er seine Brust an mich presst. Mein Erinnerungszentrum verschränkt trotzig die Arme.

»Bist du dir sicher?« Eine Stimme wie der Alarm eines alten Radioweckers. »Hier ist nichts, gar nichts!«

»Ich habe Tempestusmagie gespürt, klar? Ich weiß schon, was ich tue, vaffanculo!« Der andere klingt ungehalten.

Sie suchen etwas, eindeutig. Mit beiden Händen umklammere ich Nicholas' Arme, doch ich sehe nichts, nichts und niemanden.

»Nein«, sagt der Erste. »Keine Energie-Schwingungen. Wirst wohl langsam alt, tipo.«

Ich blinzle. Energie-*was*?

»Lass uns abhauen. Es wird nochmal passieren und dann werden wir fündig.« Der grimmige Tonfall des zweiten lässt mir die Härchen auf den Unterarmen zu Berge stehen. »Seltsam, dass in dem Büro schon wieder ein Fehlalarm war. Und doch, spüre ich diese Schwingungen …«

Der andere schnaubt. »Irgendein schwarzmagischer Witzbold, der uns das Leben schwermachen will – wenn überhaupt. Eines Tages erwischen wir ihn.«

Schwarzgraue Schatten huschen durch das hohe Gras und ein, zwei Minuten lang lauschen wir dem Zirpen der Grillen.

»Sie sind weg.« Nicholas schnuppert an meinen Haaren. »Spannend. Immer noch dasselbe Shampoo – obwohl du dich an nichts erinnerst.«

Ich räuspere mich und ignoriere seine letzte Aussage, nehme meine Hände fort. »Lass mich los.«

»Oh, natürlich.« Er zieht sich zurück und sofort gerate ich ins Wanken. Wild rudere ich mit den Armen, wirbele herum und klammere mich an seinen Hals.

Gleichgewicht ist nicht meins. In der siebten Klasse berichtete selbst die Zeitung über mein unschönes Aufeinandertreffen mit einem Schwebebalken. Der Artikel endete mit den Worten *»Ein Schambeinbruch konnte ausgeschlossen werden«* und begleitete mich in Form von nicht sonderlich einfallsreichen Witzen meiner Mitschüler bis zu meinem Schulabschluss.

Nicholas lacht, dieses volle, warme Lachen, und wieder ist mein an ihn gepresster Körper völlig sicher, dass diese Position ihm nicht zwingend unbekannt ist. »Hast du dich umentschieden?« Er packt seine Arme wieder um meine Taille. In meinem Bauch rumort es wie damals vor der Zeugnisvergabe.

»Was erwartest du denn?«, gifte ich ihn an. »Wegen dir stehe ich auf einem Ast, der schmaler ist als mein Oberarm, und das in siebenhundertvierundsechzig Metern Höhe!« Mein linker Fuß rutscht an der moosigen Rinde ab. Ich drücke mich fester an ihn, keuche auf.

Sein Blick ruht auf mir. Er schmunzelt, auf eine nachdenkliche Weise. »Gott, du hast mir echt gefehlt …«, murmelt Nicholas, studiert mein Gesicht in aller Ruhe aus der Nähe.

Hitze schießt durch meinen Körper, und das hat nicht allein damit zu tun, dass wir im Hochsommer oben auf einem Baum balancieren. Er fühlt sich gut an. Exakt die richtige Mischung aus weich und fest.

»Keine Ahnung, ob mir das genauso geht«, gifte ich ihn an. »Würdest du mich jetzt bitte zurück in meinen Kleiderschrank bringen?«

Er sieht mich immer noch an. »Nein.« Seine Augen schimmern im Abendlicht wie ein Opal. Unter seinem Blick verwandeln sich meine Knie in Pudding, auch wenn – oder gerade weil – er mich festhält wie ein Schraubstock, und ich verstehe es nicht einmal. Gut, dass der Typ attraktiv ist, habe ich ja schon erwähnt, aber … es ist so, als würde sich mein Körper an ihn erinnern, an seine Augen, seinen Duft nach frischer Bettwäsche. Nach Zuhause – wenn auch nicht nach meiner Wohnung. »Ein Baum hat keine Türen, und ohne Tür oder etwas optisch Ähnlichem kann ich uns nicht zurückbringen.«

Jetzt starre ich ihn an.

Entschuldigend zuckt er mit den Schultern und fast rutsche ich wieder ab. »Portalmagie. Nicht dein Ding.«

»Und wie sind wir hierhingekommen, so ganz ohne Tür?«

»Vermutlich hält meine Magie Astlöcher für eine Art Ausgang.« Er grinst. »Aber mit Eingängen ist sie ein wenig streng.«

Ich halte mich immer noch an ihm fest wie ein Koalababy. »Und wie kommen wir hier herunter?«

»Klettern.« Er zuckt mit den Schultern.

Das Herz rutscht mir in die Hose und nimmt Lunge, Leber und Hirn gleich mit. »Ich … ich kann nicht klettern.«

»Festhalten.« Mit Nachdruck führt er meine Hand an den Ast über uns.

Ich klammere mich daran fest wie ein Faultier.

Er befördert meine linke Hand ebenfalls an den Baum. »Stell dich nicht so an. Bist du schon mal von einem Baum gefallen?«

»Woher soll ich denn das wissen«, wimmere ich.

Er lächelt. »Du schaffst das.«

Ich kaue auf meiner Lippe herum. »Ich muss dringend pinkeln.«

Seine Mundwinkel zucken. »Soll ich mich umdrehen?«

»Was?« Ich reiße die Augen auf. »Nein!«

»Ich könnte dir ein Klo aus dem Nichts holen. Das wäre aber nicht sonderlich hilfreich, oder?«

»Nicht so ganz«, sage ich kleinlaut.

Er kneift ein Auge zu, misst den Abstand zum Boden mit Daumen und Zeigefinger. »Dann musst du klettern.« Mit beiden Händen greift er in die Luft und befördert ein dickes Bündel Wirrwarr aus Schnüren und Holzstäben hervor.

»Eine Strickleiter?«, stöhne ich und würde mir am liebsten die Augen zuhalten.

»Exakt.« Er streckt sich und fummelt das Tau am Baum fest. Mit einem vertrauenserweckenden schleifend-klappernden Geräusch macht sich die Leiter auf den Weg nach unten – vermutlich ähnlich schnell, wie ich fallen würde, bevor ich aufschlage und zerplatze wie eine Wasserbombe.

Aber wenn ich wieder festen Boden unter meinen Füßen und eine Porzellanschüssel unter meinem Hintern spüren will, muss ich wohl klettern. »Gehst du vor?«

»Ich weiß nicht.« Seine Augen blitzen. »Versprichst du mir, dass es keine unangenehme Überraschung von oben gibt?«

»Ich hasse dich.«

Nicholas lacht. »Darauf wette ich!« Er setzt den Fuß auf eine Sprosse und prüft die Haltbarkeit der Leiter. Die Seile knarzen bedenklich unter seinem Gewicht. »Komm. Ein Fuß nach dem anderen, wie auf dem Spielplatz.« Mit der Körperspannung eines Athleten macht er sich auf den Weg Richtung Waldboden.

»Oh«, sage ich und meine es aus tiefster Überzeugung nicht so. »Das ist ja einfach.«

Er legt den Kopf in den Nacken und sieht hoch. »Es ist eine Strickleiter. Los, komm runter.«

Ich umarme den Baum fester. »Ich kann nicht.«

Er zieht die Augenbrauen hoch. »Du musst doch pinkeln.«

»Erinnere mich nicht daran.« Meine Blase fühlt sich an, als

hätte ich sie für eine zweiwöchige Sahara-Expedition gefüllt, und das schenkt mir Mut. Noch einmal hole ich tief Luft, dann mache ich mich lang und setze den ersten Fuß auf eine Sprosse, lasse zitternd mit der rechten Hand den Baum los.

»Brave Hexe.«

»Du Fiesling.«

Die Geschichte über meine Erfahrungen mit der Reckstange behalte ich an dieser Stelle mal für mich. Auch, dass diese Akrobaten-Nummer mir ein paar Tröpfchen entgleiten lässt, wird definitiv mein Geheimnis bleiben. Aber es sind wirklich nur zwei, drei Tröpfchen. Maximal.

Ich verkrampfe meine Hand um das Tau, als hinge mein Leben davon ab. *Okay … vermutlich tut es das auch.* Todesmutig lasse ich den sicheren Baumstamm los und baumele in gefühlt 430 Metern Höhe an dieser dünnen Strickleiter.

»Super«, höre ich seine Stimme. »Jetzt musst du nur noch klettern.«

Einen Schritt nach dem anderen zittere ich mich abwärts. Unten angekommen, würde ich Nicholas am liebsten um den Hals fallen – aber immerhin ist er so etwas wie mein Stalker, noch dazu hat er sich, mich und dieses Katzenetwas gerade durch ein Astloch auf den Wipfel eines Baumes gequetscht. Das alles verkompliziert Dankesgesten ein wenig.

»Nicht weit von hier ist das Haus einer alten Freundin. Da sind wir erstmal sicher.« Nicholas stemmt die Hände in die Hüften und mustert mich prüfend. »Soll ich mich jetzt umdrehen oder schaffst du es noch?«

Ich recke das Kinn. »Das schaffe ich«, sage ich voller Überzeugung und marschiere los.

»Gut«, höre ich Nicholas hinter mir. »Dann solltest du in die andere Richtung gehen.«

Vermutlich ist das alte Steinhaus wunderschön mit seinem Sandstein und den blühenden Ranken, die daran emporwachsen, aber ich habe gerade keinen Blick dafür. Ungebremst stürme ich auf die Toilette, ohne mich überhaupt umzusehen.

»Nonn?« Die Sohlen von Nicholas' Lederschuhen knirschen auf dem Steinboden. »Nonn? Bist du da?«

Als ich nach ein paar Minuten sehr glücklich zurückkomme, finde ich Nicholas in einer alten Küche auf einem Stuhl vor, einen Fuß auf die Sitzfläche hochgezogen und in das Display seines Mobiltelefons vertieft.

An nackten Steinwänden hängen Kupfertöpfe, die Spüle besteht aus einem irdenen Bassin mit einer kleinen Handpumpe und der Herd ist nichts als eine Nische mit einer Klappe darunter. Neben der Tür, die in den Garten führt, hängt ein hübscher alter Reisigbesen, vor dem Sprossenfenster daneben Bündel aus getrocknetem Lavendel, Rosmarin und Kornblumen. Sachte stupse ich sie an und sie bewegen sich. Es duftet herrlich, würzig und süßlich, als läge ich in der Sonne im trockenen Gras. Wieder kitzelt mich eine Erinnerung, lugt aus meinem Verstand wie ein Kolibri, klitzeklein, nervös und verschwunden, bevor ich auch nur die Chance habe, sie zu berühren. War ich schon einmal hier?

Leise räuspere ich mich. »Deine Freundin heißt Nonn? Komischer Name.«

Er wirkt müde. »Alle nennen sie so.« Ein Lächeln huscht über sein Gesicht. »Ich sagte ja schon: Sie ist eine alte Freundin.« Vielsagend zieht er die Augenbrauen hoch. »Sehr alt. Ansonsten gehen wir Hexen auch mit der Zeit. Ich fahre zum Beispiel einen Porsche.«

Innerlich verdrehe ich die Augen. *Ein Porsche. Natürlich.* Was sonst? »Mit einem Hexenbesen findet man in Palermo bestimmt leichter einen Parkplatz als mit einem Wagen, bei dem jeder Kratzer direkt Zehntausende von Euros kostet.«

»Da bin ich mir sicher. Aber ich bleibe bei meinem Porsche 924. Ist ein altes Ding aus den Achtzigerjahren. Ein Erbstück.« Kurz zuckt so etwas wie Traurigkeit durch seinen Blick, doch dann blitzt wieder der Schalk aus ihnen. »Und auf einem Besen sieht mein Hintern so fett aus.«

Das bezweifle ich allerdings stark. Er macht beileibe nicht den Eindruck, dass auch nur eines seiner Körperteile fett aussehen könnte. *Wobei … die Vorstellung von ihm auf einem dünnen Küchenbesen ist eher das Gegenteil von sexy. Aber vermutlich sieht jeder, der auf einem Reinigungsgerät in den Vollmond reitet, irgendwie albern aus. Wenn ich Glück habe, steht sein Porsche irgendwo draußen und ich kann damit bei Gelegenheit abhauen.*

»Ist deine alte Freundin nicht zu Hause?« Ich setze mich ihm gegenüber an den Tisch und fahre mit dem Zeigefinger die Macken und Riefen auf der massiven Holzplatte nach. *Es bräuchte sicher einen Gabelstapler, um das Ding zu bewegen!*

»Aruba. Strandparty. Zu viele Planter's Punch, um den Heimweg zu finden, schätze ich. Du kennst das.« Entschuldigend zuckt er mit den Schultern und steht auf, zieht sein Jackett aus und hängt es sorgfältig über eine Stuhllehne. Die Krawatte lockert er zwar ein wenig, aber er sieht immer noch aus wie ein Bankier, dessen Hobby Geldgeschäfte sind. »Komm. Ich zeige dir dein Zimmer. Du musst auch müde sein.«

Kurz beiße ich mir auf die Unterlippe, schüttele den Kopf. »Ich will nach Hause.«

Nicholas zieht kurz die Augenbrauen hoch. »Um wieder versehentlich herumzuzaubern und dir Extincteure auf den Hals zu hetzen?«

»Ähm …« Ich suche vergeblich nach einer Antwort.

Knapp schüttelt er den Kopf. »Nein, Triss. Du hast alles hier, was du brauchst.«

Ich verschränke die Arme vor der Brust. »Und was, wenn ich versehentlich hier herumzaubere?«

Gelassen zieht er sich die Schuhe aus und stellt sie neben die Tür. »Niemand wird das hier bemerken. Nonn hat Haus und Grund mit einem starken Schutzzauber versehen. Hier kommt niemand rein, wenn sie es nicht will.«

Oder raus.

Mein Mund ist wie ausgedörrt. »Was ist mit Mimi?«

Belustigung huscht über sein Gesicht. »Herb hat da draußen den Spaß seiner sieben Leben. Er wird alles jagen, was er finden kann, und uns morgen wieder mit seiner Anwesenheit beglücken.«

»Und diesen Schutz kannst du nicht über meine Wohnung legen?«

»Magie ist kein Wunschkonzert.« Abwesend bückt er sich noch einmal, korrigiert die Position seiner Schuhe. »Wenn ich alles könnte, müsste ich nicht mehr arbeiten.« Er blickt auf und sieht mich an.

Ein fremdes Steinhaus irgendwo im Hinterland. Ein Männermodel und eine alte Frau, die angeblich hier wohnt … Ich habe genug Horrorfilme gesehen, um zu wissen, wie das ausgehen kann.

Fest entschlossen stehe ich auf. »Ich werde trotzdem lieber gehen.«

Kaum habe ich zwei Schritte gemacht, stellt sich Nicholas mir in den Weg, verschränkt die Arme vor der Brust. »Was wird das, kleine Kräuterhexe? Du gehst nirgendwo hin.«

Ich schnaube, auch wenn die Angst mir den Nacken hochkriecht. »Du willst es mir verbieten?«

Er zuckt mit den Schultern. »Versuch dein Glück. Selbst wenn du den Weg nach Palermo überhaupt findest, werde ich längst auf deiner Couch sitzen und auf dich warten, bis du in zwei, drei Tagen dort ankommst.«

Am liebsten würde ich ihm sein überhebliches Grinsen aus dem Gesicht schlagen. »Ich komme hier nicht weg, oder?«

Er schüttelt kaum merklich den Kopf, ohne jede Spur von Triumph im Blick. »Es ist zu deinem Besten, glaub mir.«

Ich lache auf. »Und das soll ich dir glauben?«

Er berührt mich, ganz leicht nur, und, fuck, seine Hände auf meinen Wangen kommen mir so vertraut vor! »Tu es einfach. Bitte. Die Erinnerungen werden wiederkommen, versprochen.«

»Aber ich muss zur Arbeit. Und meine Freunde … «

»Triss. Niemand …« Er unterbricht sich kurz, seufzt leise. »Es wird sich niemand an dich erinnern. Diese Menschen dort, sie sind nicht Teil deines Lebens. Sie sind nicht gut für dich.«

Ich muss lachen. »Aber du schon?«

Für einen Sekundenbruchteil schließt er die Augen. »Ich bin nicht hier, um dir etwas zu tun. Ich bin hier, um dich zu beschützen.«

»Aber wovor?«, piepse ich.

»Wenn sie dich erwischen, Triss, werden die Extincteure dir die Erinnerung nehmen – wieder und wieder. Weil die Menschen in dieser Welt nunmal nicht mit Magie klarkommen.«

Langsam werde ich ruhiger. Mein Puls hört auf zu rasen, mein Atem normalisiert sich. »Und ich soll dir vertrauen?«

Nicholas nickt, die Hände immer noch um mein Gesicht gelegt. »Wir sind Freunde, Triss. Du fühlst das. Auch wenn du dich nicht erinnerst … Deswegen musste ich dich da rausholen.« Tief atmet er durch. »Irgendwann ändern sie dein Gedächtnis einmal zu oft, Triss, und dann verschwindet deine Persönlichkeit – Puff! Als hättest du nie existiert. Niemand weiß, wann das passiert, wie lange es dauert, bis es soweit ist.« Er blinzelt, beißt sich kurz auf die Unterlippe. »Ich wollte das nicht riskieren.«

Sachte nicke ich. Auch, wenn das alles total abgefahren ist, sagt mir mein Körper mit jeder Faser, dass ich Nicholas kenne … dass er mir vertraut ist, mir seine Nähe vertraut ist. *Und die Sache mit dem Herumzaubern … Zufälle mag es geben, ja – aber das mit meiner Chefin heute geht entschieden zu weit.*

»Es ist mir zu viel«, murmele ich und drehe meinen Kopf zur Seite, entziehe mich seiner Berührung, auch wenn irgendetwas tief in mir lauthals dagegen protestiert. »Ich verstehe gar nichts. Warum erinnere ich mich nicht? Was ist nur passiert?«

»Morgen«, sagt er leise.

Sein Tonfall ist ernst, verbindlich. Seine Stimme … Er lügt nicht. Ich kenne ihn. Wenn ich nur wüsste, woher …

»Glaub mir, wenn ich dir irgendetwas antun wollte, hätte ich mir bestimmt nicht die Mühe gemacht, deinen Chefinnen-Bausatz zusammenzubasteln und dir deinen persönlichen Katzenquälgeist vorzustellen, bevor ich dich hoch oben auf einem Baum aussetze.« Kaum merklich senkt er den Kopf, sucht meinen Blick und lächelt. »Was meinst du? Wirst du dich brav hinlegen und eine Nacht darüber schlafen, wenn ich dir verspreche, dich nicht zu töten?«

Er sieht nicht aus wie ein Mörder. Erst recht nicht wie jemand, der es nötig hat, eine Frau gegen ihren Willen in dieses Haus zu locken. Ein altes Bauernhaus, das in absoluter Einsamkeit irgendwo im Hinterland Siziliens steht. Doch sein Lächeln ist charmanter und offener als viele, die ich in den letzten Monaten zu sehen bekommen habe. Und er kann zaubern.

»Jetzt komm schon, Kräuterhexchen. Ich könnte selbst eine Mütze Schlaf gebrauchen.«

Ich vertraue ihm. Keine Ahnung, wieso. »Eine Nacht. Und morgen will ich alles wissen.«

»Gut.« Sein Lächeln wird breiter. »Ich zeige dir dein Zimmer. Die Tür hat sogar einen Schlüssel.«

Ich ziehe die Stirn in Falten. »Funktioniert der auch?«

»Natürlich.« Kurz beißt er sich auf die Unterlippe. »Es ist nur so: Du könntest in einem Tresor wohnen und ich wäre in der Lage, zu dir zu kommen. Das werde ich aber nicht tun, versprochen.«

»Portalmagie also?«

»Morgen, d'accordo?« Warm legt sich seine Hand in meinen Rücken. Wieder klingelt etwas in mir, und wieder bekomme ich nicht einmal einen Fetzen davon zu fassen. *Was ist hier los?* Denn auch, wenn das absolut unmöglich ist und surreal und vollkommen verrückt: Es ist passiert. Alles.

Nicholas bugsiert mich durch ein kleines, vollgestopftes Wohnzimmer hin zu einer schmalen, dunklen Holztreppe, die schnurstracks nach oben führt.

Vor mir steigt er die knarzenden Stufen hinauf und kurz denke ich noch einmal über die Sache mit dem Hexenbesen nach, als er auch schon in einem engen Flur landet. Kleine Sprossenfenster zeigen nichts als die Dunkelheit des nächtlichen Siziliens. Am Ende des Ganges erkenne ich eine weitere Treppe.

»Hier schläft Nonn.« Nicholas legt sich den Zeigefinger an die Lippen und deutet auf eine Holztür direkt am Treppenaufgang. »Gegenüber ist das Bad. Die beiden anderen Zimmer gehen nach hinten raus.« Er geht ein paar Schritte. »Das ist meins.«

Seine Tür ist halb geöffnet. Flurlicht fällt hinein und ich erhasche einen schnellen Blick auf ein überraschend romantisch eingerichtetes Schlafzimmer mit einem massiven Holzbett, gegenüber ein großes Fenster.

»Blumen.« Überall. Auf der dunkelgrünen Tapete, auf der Tagesdecke, einem Dutzend Kissen. Vor dem Fenster steht eine große, mit tannengrünem Samt bezogene Chaiselongue, von der aus man bestimmt einen wunderbaren Blick nach draußen hat. »Gemütlich.«

Sein freches Grinsen fegt einen seltsam wehmütigen Ausdruck von seinem Gesicht. »Ist es nicht. Ist zu groß und zu weich.« Er zeigt auf die gegenüberliegende Tür. »Das Gästezimmer. Nicht sonderlich groß, aber es wird reichen.«

Neugierig sehe ich mich um. Wow! Wie niedlich! Der Raum ist winzig, so winzig, dass das Bett gerade so zwischen die Wände passt. Nur eine Spiegelkommode aus dunklem Holz findet noch Platz, ein Stuhl sowie ein schmaler Einbauschrank. Sanft bewegt sich ein Windspiel aus dunklen Metallzylindern vor den Sprossenscheiben, gibt einen leisen, warmen Klang von sich.

Auf der Kommode stehen ein paar Schalen, zwei hölzerne, eine wunderschön getöpferte und etwas, das aussieht wie ein Mörser aus schwarzem Granit. Dezente Deko, passt ganz gut zu diesem alten Haus.

»Ein schöner Raum.«

Die Wände sind hell gehalten und so uneben, als hätte man die Steine nur nachlässig mit weißem Putz überzogen. Das warme

Licht der Wandleuchter betont jede einzelne Fuge und lässt das Zimmer noch kuscheliger wirken. Als wäre man im Inneren einer Wolke.

»Dort findest du alles, was du brauchst.« Nicholas deutet auf den Wandschrank. »Die Tür klemmt etwas.«

»Etwas zum Anziehen?« Die feinen Härchen an meinen Unterarmen stellen sich warnend auf. »Du hast Frauenkleidung in einer passenden Größe da?«

Lässig lehnt er im Türrahmen. »Das ist nicht mein Haus. Die Sachen gehören Nonn.« Müde sieht er aus, und etwas zupft an meinem Innersten. »Bin gleich wieder da.« Er verschwindet im Blumenzimmer und schließt die Tür.

Das ist meine Chance. Ich könnte einfach rausschleichen und abhauen. Und dann? Sein Porsche stand nicht vor dem Haus und in schwärzester Nacht zu Fuß durch Siziliens hochsommerliche Wildnis zu stolpern, ist wirklich keine gute Idee.

Ich drücke die Zimmertür ins Schloss. Es ist so seltsam, hier zu sein, in einem fremden Haus, bei fremden Menschen … oder Hexern … Und dass sich das eigentlich ganz okay anfühlt, ist das Allerseltsamste.

Dieses Zimmer wirkt so heimelig wie ein Kokon, der mich von der Außenwelt abschirmt. In der Kommode finde ich Bettwäsche und ein Etui mit Schreibzeug. Die Lade darüber enthält Einmachgläser mit kleinen, bunten Kerzen, Streichhölzer und ein paar Holzkästchen, in denen sich vermutlich ähnlich überflüssiges Zeug befindet. Das oberste Schubfach blockiert kurz. Weitere hölzerne Kästchen, ein Stapel Spitzendeckchen und ein schmaler, abgestoßener Karton mit einem Blumenmuster, etwa so groß wie meine Hand.

Und was erwartet mich im Wandschrank? Hoffentlich nicht das Tor zur Hölle oder der Astloch-Ausgang zu diesem Baum. Vorsichtig ziehe ich an dem Griff und der Magnetverschluss gibt nach. Durch den fingerdicken Spalt werfe ich einen Blick hinein, doch alles, was ich sehe, ist gähnende Dunkelheit.

Es klopft an der Zimmertür und ich mache einen Satz rückwärts.

»Darf ich reinkommen?«, klingt Nicholas' Stimme durch das dicke Holz. Ohne meine Antwort abzuwarten, betritt er den Raum, barfuß, in legeren Sweatpants und einem langärmligen, hochgeschlossenen Shirt, noch anziehender als eben. *Gut, alles ist anziehender als ein Stock-im-Arsch-Anzug, oder?*

Erstaunt mustert er mich. »Findest du nichts? Soll ich etwas materialisieren?«

»Doch. Nein.« Ich stöhne genervt und verdrehe die Augen. »Ich war unsicher, ob ich den Schrank einfach so öffnen darf.«

»Hast du Angst, wieder etwas explodieren zu lassen?« Nicholas schmunzelt und schlendert hinüber zu dem schmalen Bett, schlägt die Tagesdecke zurück. Laut ruft es nach mir, lädt dazu ein, mich in seine Kissen zu kuscheln und zu versuchen, die verstörenden Erlebnisse dieses Tages in einem vermutlich noch verstörenderen Traum zu verarbeiten.

Ich zucke mit den Schultern. »Oder versehentlich etwas dort hinein zu zaubern, was gefährlich ist.«

Er lächelt mich an und … Was ist das nur mit ihm? Dieser Mann bringt mich durcheinander, und ich habe keine Ahnung, wieso. Etwas in mir reagiert auf ihn, auf eine ungewöhnliche Weise, so sehr, dass ich es vorziehe, die Schranktür anzustarren. Dieses Lächeln bringt etwas in mir zum Glimmen, an das ich mich verdammt nochmal nicht erinnern kann.

Sorgfältig faltet Nicholas die beigefarbene Spitze zusammen, legt sie am Fußende des Bettes ab. »Da drin wirst du den Weg ins Monsterland nicht finden, Triss.«

Gut, wenn er es sagt … Noch einmal atme ich tief durch, dann öffne ich den Kleiderschrank. Ein paar Regale aus dunkel schimmerndem Holz erwarten mich, fein säuberlich gestapelte Kleidungsstücke aus hellen Stoffen, ganz unten ein paar Wolldecken. Ich wühle ein wenig und finde schließlich einen weißen kurzen Pyjama. O wow. Der Stoff fühlt sich großartig an, kühl und weich. Seide.

Nicholas greift sich ein Kissen und schüttelt es mit einem gesunden Maß an Aggression auf, bevor er es zurück aufs Bett wirft. »Brauchst du noch etwas? Eine heiße Honigmilch? Einen schönen Traum?«

»Für heute hatte ich genug Hokuspokus.« Schützend drücke ich den weichen Stoff an meine Brust. »Versuchen wir es mal ohne.«

»Dann gute Nacht.« Er lächelt ein unverbindliches Lächeln und greift nach dem Türgriff.

»Nacht, Nicholas.«

Er hält inne und dreht sich um, sein Blick alles andere als lässig. »Wie seltsam das klingt.«

Ich ziehe die Stirn kraus. »Das ist doch dein Name, oder?«

»Ja, schon. Aber eigentlich …« Er bricht ab, lächelt verhalten. »Schon gut. Nicht so wichtig.« Betont gleichgültig winkt er ab und etwas zuckt durch meinen Hinterkopf … *Nenne ich ihn Nick?* So hat das Katzenteil ihn genannt. Als wäre er ein Boygroup-Sänger – wie er strenggenommen auch aussieht.

»Schlaf gut, kleine Hexe.« Er mustert mich noch einmal prüfend und verlässt den Raum.

»Du auch, Nicholas.«

Mit einem leisen Klicken fällt die Zimmertür ins Schloss und ich überlege nicht lange. Ich greife nach dem verschnörkelten goldenen Schlüssel, drehe ihn um. Sicher ist sicher – auch wenn Nicholas kein Geheimnis daraus gemacht hat, dass Schlüssel in dieser Realität keine so große Rolle spielen wie in meiner.

KAPITEL 3

An Schlaf ist nicht zu denken.

Das könnte daran liegen, dass ich den verrücktesten Tag überhaupt hinter mir habe. Dass ich die Fähigkeit habe, nervtötende Mitmenschen zu Hackfleisch zu verarbeiten: Okay. Damit würde ich schon irgendwie klarkommen.

Aber dass ein Armani-Model mit magischen Fähigkeiten sich, mich und meine von einem Dschinn besessene Katze durch ein Astloch von der Größe einer Murmel quetscht, um mich in einem idyllischen Steinhaus im Hinterland zu parken, ist zu Recht etwas, das einen um den Schlaf bringen kann. Vermutlich sollte es das sogar, sofern man noch halbwegs bei Verstand ist … Woran ich im Augenblick meine Zweifel habe.

Es ist ruhig hier. Ich höre nur meinen eigenen Atem, dann und wann das Rauschen der Blätter in den Olivenbäumen, wenn eine warme Brise auffrischt. Meine Gedanken sind zu laut, um sie zu ignorieren.

In Palermo waren die Nächte anders. Mal rissen mich Stimmen aus dem Schlaf, lachend, streitend, keuchend, ein andermal das laute Knattern einer Vespa, das von den Häusern zurückgeworfen wurde und genau in meinem Gehörgang landete. Manchmal war es nur das leise Gesäusel des Fernsehers meines Nachbarn, der nachts um halb drei ausgiebig im Stehen pinkelte. Jedes Mal wurde ich von diesem anheimelnden Geräusch geweckt, jede verdammte Nacht, soweit ich mich erinnern kann. Mit einem lauten Murren werfe ich mich auf die andere Seite.

Und dann höre ich sie auch hier. Stimmen. Ein leises Murmeln nur, gegen das Rascheln der Blätter im Wind kaum zu verstehen, aber ja … eine tiefe, männliche Stimme und die einer Frau. *Hat seine Freundin es doch von ihrer Strandparty nach Hause geschafft?*

Vorsichtig krieche ich aus dem Bett und husche die drei Schritte zur Zimmertür, auf Zehenspitzen, um ja kein Geräusch zu machen. Der zierliche Schlüssel quietscht beim Herumdrehen, doch die beiden unten scheinen nichts von meinem Lauschangriff mitzubekommen.

»Ich hoffe, das war die richtige Entscheidung, Nick.«

Nein, das ist definitiv nicht die Stimme einer jungen Frau. Sie klingt rau, wie die knorrigen Stämme der Korkeichen, die hier seit Jahrhunderten wachsen.

»Dio, das hoffe ich.« Er seufzt. »Ich dachte, es wäre leichter, Nonn. Allein wie sie aussieht …«

Meint er mich? Reden sie von mir?

»Du musst durchhalten, und das schaffst du auch. Sie braucht Zeit, Nick. Halte dich zurück … für sie!«

»Es ist nicht einfach. Je schneller sie –«

»Geduld, tesoro! Wenn du ihr zu viel auf einmal zumutest, brennen ihre Gehirnzellen durch und außer einem verstörend köstlichen Duft nach gebratenem Pancetta werden wir nichts mehr von ihr haben.«

Ich schnappe nach Luft. *Was? Heißt das … was wollen die von mir?*

Nicholas atmet lautstark durch. Ein Stuhl schabt schwer über den Steinboden.

»Ich weiß, dass ich viel von dir verlange, cuore mio. Aber du musst vernünftig sein. Und ich bin so dankbar, dass du sie zurückgebracht hast.«

Zurückgebracht? Soll das heißen … dass ich hierhergehöre?

»Ihre Erinnerungen müssen von allein zurückkommen, jede für sich, jede zu ihrer Zeit. Damit sie sich echt anfühlen.«

Er seufzt tief. »Ich weiß, Nonn. Aber sie ständig um mich zu haben, das ist …«

»Deine Aufgabe, Nick. Du weißt, was du zu tun hast, und du kennst sie gut. Gib ihr Zeit. Und gib dir Zeit.« Jemand schiebt eine Tasse über den Esstisch. »Trink, tesoro. Heiße Schokolade.«

Nicholas schnaubt leise. »Und was soll das helfen?«

»Schokolade hilft immer. Von dieser Magie verstehen sogar die Menschen etwas.« Sie lacht und ich habe genug gehört.

Sachte drücke ich die Tür ins Schloss, lehne mich mit dem Rücken dagegen. Es ging um mich, keine Frage. Sie kennen mich, beide, und außer diesem vagen Gefühl in meinem Magen, dieser seltsamen Vertrautheit, habe ich nichts, gar nichts.

Aber das kommt vor, oder? Dass man Menschen trifft, mit denen man auf einer Wellenlänge ist, vom ersten Moment an, dass man sich an einem unbekannten Ort so wohlfühlt, als wäre man dort zu Hause. Ein Déjà-vu vielleicht? Oder … war ich tatsächlich schon einmal hier?

Mit zitternden Fingern drehe den Schlüssel wieder im Schloss herum, so leise ich kann. Und wenn ich schonmal dabei bin, schnappe ich mir den einsamen Stuhl in der Ecke und trage ihn zum Wandschrank, verkeile ihn unter dem Türgriff, lautlos, damit mein Gerumpel nicht verrät, dass ich noch wach bin.

Draußen rauschen die Blätter im Wind. Ruhe. Absolute Ruhe. Ich stehe in dem kleinen Raum wie festzementiert, lausche auf irgendwelche Geräusche und zucke zusammen, als ich plötzlich Schritte auf der Treppe höre. Mit einem Satz werfe ich mich auf die Matratze, ziehe mir die Leinendecke hoch bis ans Kinn und hypnotisiere den Türgriff.

Was, wenn er gelogen hat? Wenn sie doch versuchen, hier einzudringen, um … ja, um was zu tun?

»Gute Nacht, Nonn«, höre ich Nicholas' tiefe Stimme draußen in dem kleinen Flur, gefolgt von einem leisen Schmatzer. *Ein Kuss? Sunnyboys sind nicht nett, nicht einmal zu älteren Damen. Typen wie er sind arrogant und ichbezogen … oder?* Der Erinnerungsfetzen in meinem Kleinhirn schüttelt den Kopf. »Brauchst du noch was? Eine heiße Milch mit Honig? Etwas gegen den Kater?«

Die Frau stöhnt theatralisch auf. »Erinnere mich nicht daran, was mich morgen früh erwartet!«

Er lacht. »Ich werde dich ausschlafen lassen, Nonn, und Triss bitten, leise zu sein.«

»Du bist ein guter Junge«, sagt die Frau behutsam. »Ein wirklich guter Junge. Es tut mir so unglaublich leid, was …«

»Nonn.«

»Schon gut, Nick. Meinst du … Wirst du schlafen können?«

»Es wird schon gehen.« Er seufzt leise. »Es geht immer irgendwie.«

»Dann schlaf gut, mein Junge. Wir sehen uns morgen.«

Der Holzboden knarrt und zwei Türen werden leise ins Schloss gedrückt.

Ich liege in meinem Bett und lausche der Stille, starre hoch zu den dunklen Holzbalken an der Decke.

Sie kennen mich. Sie reden über mich, als wäre ich ein Teil ihres Lebens gewesen, als hätten sie mich wirklich retten müssen.

Die Dunkelheit drückt schwer auf meine Lider. In mir, ganz tief drin, spüre ich eine Ruhe, die neu für mich ist. Eine Art Urvertrauen, das dieses ständige Vibrieren in mir zähmt.

Ich lausche.

Es ist ganz still. Ich rolle mich auf die Seite, schiebe mir beide Hände unter die Wangen und sehe aus dem Fenster. Sterne, überall. Der Nachthimmel ist schön, so klar, so wunderbar, wenn die Lichter der Stadt nicht von ihm ablenken. Tief atme ich durch und schließe die Augen. Lavendelduft, ein Hauch von Rosmarin und warmer Erde … Ich kuschele mich wohlig in mein Kissen.

Lavendel … wie früher.

Ich recke meine Arme und rekle mich wohlig in diesem Ungetüm von einem Bett, das bei jeder Bewegung gemütlich raschelt, schnuppere in die noch kühle Morgenluft.

Pfannkuchen! *Wie lange habe ich nicht mehr so gut geschlafen?* Vermutlich dachte mein Verstand, dass all das, was ich gestern erlebt habe, schon fantastisch genug ist. Oder er weigert sich schlichtweg, es zu verarbeiten – was ich sehr gut verstehen kann.

Ich rapple mich auf und werfe einen Blick durch die kleinen Fensterscheiben. Ein Olivenhain, so weit das Auge reicht, dazwischen ragen einige stattliche Korkeichen im hohen trockenen Gras auf. Hinter ihnen steigen die Hügel sanft an, und über all dem thront die gewaltige Kuppe des Ätna.

Kein Wunder, dass es hier so still ist. Das Steinhaus liegt offensichtlich nicht nur weit weg von Palermo, sondern auch der gesamten Zivilisation.

Ich quäle mich aus dem Bett. Der Holzboden unter meinen Füßen ist angenehm kühl, die dicken Mauern halten die Hitze noch draußen.

Ich schnappe mir meine Klamotten von gestern und werfe sie über. Ein unangenehmer Gedanke, die Kleider irgendeiner Verflossenen dieses Hexenmeisters anzuziehen – *und wem sollten sie wohl sonst gehören?* Ich schlüpfe in meine neuen alten Sneakers. Sie sehen völlig normal aus. Kein Hinweis darauf, dass sie sich in nächster Zeit in magischen Froschlaich oder einen Sternenregen auflösen könnten.

Vorsichtig drehe ich den goldenen Schlüssel im Schloss und öffne die Tür. Geschirr klappert und der Pfannkuchenduft wird stärker, lässt mir das Wasser im Munde zusammenlaufen.

Ich husche über den Flur ins Bad.

Wow.

Zwischen windschiefen, grob verputzten Wänden drängeln sich ein kleines Waschbecken, eine Toilette und eine Badewanne aus behauenem Stein dicht aneinander. Doch das ist es nicht, was mich umhaut. Direkt über der Wanne befindet sich ein Rapunzeltürmchen aus Glas.

Ich werde jeden Abend ein Bad nehmen.

Mit beiden Händen greife ich mir in die Haare und binde meine langen, dunklen Wellen hoch.

Also … sofern ich hierbleibe. Direkt unter den Sternen zu baden, muss einfach atemberaubend sein. Und die Sammlung von Duftkerzen auf einem Sims neben dem Spiegel versprechen das Ganze noch magischer zu machen.

Kurze Zeit später steige ich die Treppe hinunter, immer dem Pfannkuchenduft nach, durchquere ich das Wohnzimmer mit seinem gewaltigen Sandstein-Kamin und einer riesigen Ledercouch. Bodentiefe Sprossenfenster geben den Blick frei auf kleine Wege, wild überwuchert mit Beerengewächsen und Kräuterstauden, gesäumt von meterhohen Rosenstämmen, die sich im leichten Wind wiegen.

Ich pirsche durch den breiten Durchgang und werfe einen vorsichtigen Blick in die Küche. Die Tür zum Garten ist weit geöffnet. Sanft wehen die Kräuterbündel im Wind.

In Hemd, Stoffhose und Lederschuhen steht Nicholas am Herd, eine große Keramikschüssel neben sich, und schwingt eine gusseiserne Pfanne, dass es jedem Chefkoch alle Ehre gemacht hätte.

Sein Jackett hängt immer noch über der Stuhllehne, aber Nicholas sieht offensichtlich keine Veranlassung dazu, sein weißes Hemd mit einer Schürze vor Fettspritzern zu bewahren.

»Morgen.« Ich gähne und lasse mich auf die Bank hinter dem Esstisch fallen.

Nicholas dreht sich zu mir um. »Guten Morgen! Frühstück?«

»Hast du Kaffee?« Ich beiße mir kurz auf die Unterlippe, dann sage ich es doch. »Also, du kannst gern wieder so einen aus der Luft … Der war einfach köstlich.«

Er grinst und zieht eine Tasse aus dem Nichts, elfenbeinfarben wie mein T-Shirt, verziert mit goldenen Sternen. Nicholas reicht sie mir und widmet sich wieder seinen Pfannkuchen.

Ich nehme einen Schluck, atme das bittere Aroma tief ein. *Aaah, göttlich!* Und diesmal hat er auch an die Milch gedacht.

»Hast du ein komplettes Kaffeeservice in deinem unsichtbaren Geschirrschrank?«

»Nein.« Er schüttelt den Kopf, ohne sich zu mir umzudrehen. »Meine Magie entscheidet, wie die Tassen aussehen – meist passen sie zu den Klamotten, die ich gerade am Leibe trage.«

Ich werfe einen Blick nach unten. Elfenbein, wie mein Shirt. *Alle Achtung, Magie!* »Könntest du nicht auch einfach die Pfannkuchen herbeizaubern?«

»Doch, natürlich.« Er nickt, hypnotisiert die Pfanne. »Aber ich mache gern was mit den Händen. Es hilft mir, zur Ruhe zu kommen, mich zu fokussieren.« Wieder klingt er müde, resigniert.

Ein weißer Blitz schießt zur Küchentür herein und springt auf die Küchenanrichte, schlittert einige Meter darüber wie eine Kugel auf der Bowlingbahn und stürzt dann ungebremst mit einem leisen »*Maunz!*« hinter den Mülleimer.

Herb.

»Der Geschickteste ist er nicht«, kommentiert Nicholas ungerührt. »Ich habe heute früh dein Klo sauber gemacht, Herb. Ernsthaft – lass deine Pfoten von unserem Essen und bleib bei deinem Katzenfutter.«

»Aber das schmeckt widerlich!« Die zierliche weiße Katze verzieht das Gesicht. »Ihr könntet wenigstens Salz dazugeben oder es mit Käse überbacken.«

Nicholas seufzt und lässt einen Pfannkuchen auf einen Teller gleiten. »Du musst damit aufhören, Schinken-Cracker in dich hinein zu stopfen. Die sind nicht gut für dich!«

»Wenn sie für mich nicht gut sind, sind sie für niemanden gut.« Herb wirft mir einen genervten Blick zu und trottet mit hocherhobenem Kopf ins Wohnzimmer.

»Du solltest nicht vor anderen über Katzenklogewohnheiten herziehen. Ich glaube, es war ihr peinlich, Nicholas. Ihm. Ihr. Herb.«

Nicholas schnaubt. »Und wenn schon. Er ist eine Katze, und keine besonders rücksichtsvolle. Er leckt sich seinen kleinen

Katzenhintern, während ich beim Essen sitze.« Er gibt eine große Kelle frischen Teig in das heiße Öl. Mit einem Scheppern fällt der Pfannenwender zu Boden.

»Was ich mich immer noch frage …«

Ich stocke, als Nicholas sich nach dem Küchenutensil bückt und mir dabei seinen anzugbefrackten Hintern präsentiert. Besen, schießt mir äußerst unpassend durch den Kopf. *Danke dafür.*

»Ja?« Nicholas hebt das Blechding auf und spült es unter fließendem Wasser ab. »Katze«, hilft er mir auf die Sprünge.

»Was?« Ich schüttele mir den Anblick seines Allerwertesten aus dem Kopf. »Ja, richtig. Warum ist dieser Flaschengeist eine Katze?«

»Dieser Dschinn …« Er trocknet den Pfannenwender ab und legt ihn neben die Teigschüssel. »… ist ein Luftgeist, körperlos. Wenn er will, kann er allerdings Katzen in Besitz nehmen.«

Goldbraun und duftend gleitet der nächste Pfannkuchen aus der Pfanne. Nicholas streut eine Prise Zimt und Zucker darüber und reicht ihn mir.

»Das magst du am liebsten, richtig?« Er gibt neuen Teig in die Pfanne. Es zischt und duftet so himmlisch, dass ich fast vergesse, hier gegen meinen Willen festgehalten zu werden. Obwohl ich mir da eigentlich nicht sicher bin. »Besteck findest du in der rechten Schublade.« Nicholas grinst. »Vielleicht sogar zwei Teile, die zusammenpassen.«

Eine halbe Minute später schiebe ich mir das erste Stück Pfannkuchen in den Mund. Dick ist er, fluffig und saftig. Ich hätte mich nie für Zimtzucker entschieden, nur … er hat recht. Ich liebe es. Irgendetwas klingelt in mir, allerdings, nun ja, finde ich das Telefon nicht.

Nicholas setzt sich mir gegenüber, schneidet seinen Pfannkuchen sorgfältig in Stücke. »Herb hat so seine Probleme als Katze«, sagt er und schiebt sich einen Bissen in den Mund. »Aber im Allgemeinen macht er sich ganz gut.«

»Ich finde es beunruhigend, unwissentlich mit einem Mann zusammenzuleben, der in einem Katzenkörper steckt, mit mir in einem Bett schläft und kleine Fellbüschel auf meinen Teppich kotzt.« Ich spieße das letzte Stück Pfannkuchen auf.

Nicholas lacht. »Ach, eigentlich ist er ganz in Ordnung.«

Ich lasse meine Gabel sinken. »Warum verwandelst du ihn nicht zurück?«

Nicholas kaut und schluckt seinen Bissen herunter. »Kann ich nicht. Seine Magie ist älter und mächtiger. Und außerdem habe ich das Gefühl, dass er es gar so nicht schlecht findet, eine Katze zu sein.«

»Könnte durchaus schlimmer sein.« Herb stolziert in die Küche, reibt sein Katzenköpfchen adrett am Türrahmen.

»Definitiv.« Nicholas spießt das letzte Stück Pfannkuchen auf. »Du genießt das doch. Jede Nacht hast du ihn nach draußen gelassen, Triss, und du kannst dir denken, was er da angestellt hat.«

Ein breites Grinsen legt sich auf Herbs Gesicht. »Man muss eben aus allem das Beste machen, hab ich recht?«

»Vollkommen recht, Herb.« Im Durchgang zum Wohnzimmer steht plötzlich die niedlichste, rundlichste, spaghettisaucenwerbungswürdigste Omi, die man sich nur vorstellen kann. »Und deswegen schaffst du jetzt deinen Katzenhintern nach draußen und machst deinen Job, haben wir uns verstanden?«

Herb wirft ihr einen Todesblick zu und trollt sich gemächlich in den Garten.

Nicholas geht zu der alten Dame, ganz der liebevolle, fürsorgliche Enkel. »Was macht dein Kopf?« Er drückt ihr einen Kuss auf die runzlige Wange und sie tätschelt seinen Arm.

»Brummt, tesoro. Die Übelkeit kommt später. Na ja, eigentlich sollte ich alt genug sein, um es besser zu wissen, oder?« Sie zwinkert mir über den Rand ihrer runden Brille hinweg zu, aus Augen, die halb so alt zu sein scheinen wie sie. »Aber Beachpartys … ich kann ihnen einfach nicht widerstehen.«

»Triss, das ist Nonn.« Nicholas deutet auf sie und ich stehe auf, strecke ihr meine Hand entgegen.

Nonn drückt sie, legt ihre andere obenauf. »Beatrissa, wie

schön.« Ihre Hände sind ganz faltig und weich, ein wenig kühl vielleicht.

»Sie sind also Nicholas' alte Freundin?« Sie ist so unfassbar sympathisch, dass mir meine Zurückhaltung nicht so recht gelingen will.

»Ja, die bin ich.« Geräuschvoll schiebt sie einen der schweren Stühle zurück und setzt sich zu mir. »Und bitte sag Du, denn wir kennen uns bereits.«

»Oh.« Ich stütze die Ellbogen auf, verschränke meine Finger miteinander. »Tut mir leid, ich erinnere mich nicht.«

Die alte Dame lächelt. »Kein Grund für eine Entschuldigung. Dinge passieren. Deine Erinnerungen werden zurückkehren, wenn es so weit ist.«

Etwas an ihr verwirrt mich. Sie ist eine Bilderbuch-Großmutter in einem altbackenen Kleid mit der Schürze darüber, die Nicholas wohl besser tragen sollte – aber der Blick … ihre Augen … Stechend scharf mustern sie mich. *Dieser Frau entgeht nichts.*

»Ich wüsste gern, was hier los ist. Nicholas …« Ich werfe einen Blick zu ihm, doch er tut, als hörte er mich nicht. »Ich habe so viele Fragen.«

Nonn seufzt leise. »Aber wir werden dir nicht viele Antworten geben können, Kind. Deine Amnesie ist magisch, und das bedeutet, dass deine Erinnerungen von ganz allein zurückkommen müssen. Sie bringen deine Kräfte wieder, Stück für Stück, und wenn wir das überstürzen, dann …«

Gebratener Pancetta, ja.

Mein Mund ist trocken. »Ich soll also hierbleiben und einfach nur warten?«

»Das ist der Plan, ja.« Nicholas dreht sich nicht um, und ich gehe zu ihm.

»Klingt ja ganz schön einfach.« Etwas heftiger als erforderlich schnappe ich mir ein Glas von der Anrichte, halte es in das Steinbecken. »Warum sollte ich das mit mir machen lassen?« Kaltes, klares Wasser läuft in mein Glas und ich nehme einen tiefen, erfrischenden Schluck. *Aaah, herrlich!*

Nonns Lächeln ist aufmunternd und verständnisvoll, wie das einer liebevollen Omi, doch Vorsicht liegt in ihrem Blick. »Weil wir dir helfen, Kind.« Nonns Stimme klingt ruhig und warm, doch sie wendet ihren Blick von mir ab. »Nick? Bekomme ich jetzt auch endlich einen deiner legendären Pfannkuchen?«

Sie überspielen es. Sie gehen einfach über das hinweg, was ich gesagt habe.

»Kommt sofort, Nonn.« Schwungvoll stellt Nicholas einen Teller vor ihr ab und sie mustert ihn misstrauisch.

»Hast du eine Prise Salz in den Teig gegeben?«, fragt sie streng.

Nicholas verdreht hinter ihrem Rücken die Augen. »Klar.«

»Das Ritualsalz?«

Er stöhnt genervt auf. »Nonn, das ist Jahre her!«

Ritualsalz? Mit offenem Mund beobachte ich, wie Nonn ins Leere greift und eine gigantische Teetasse aus der Luft befördert. »Könnt ihr das alle?«

Nonn nickt und pustet den Wasserdampf beiseite. »Elementarmagie beherrschen wir alle, egal, ob schwarz- oder weißmagisch begabt. Ziemlich praktisch, oder?« Schlürfend trinkt sie einen Schluck Tee. »Ahh, Minze. Genau das Richtige für meinen geschundenen Magen.«

»Kräuterhexe?« Nicholas steht am Ofen und sieht mich an.

Ich brauche dennoch eine Sekunde, um zu begreifen, dass er mich meint. »Mein Name ist Beatrissa.«

»Dein Name ist Triss.« Er gibt den letzten Pfannkuchen auf einen Teller, streut Zucker und Zimt darüber und hält ihn mir hin. »Möchtest du noch einen?«

Ich schiele auf den Teller, misstrauisch.

»Greif zu, Kind.« Die alte Dame schiebt sich ein weiteres Stück in den Mund und strahlt über ihre roten Apfelbäckchen. »In diesem Haus wird niemand vergiftet, das verspreche ich dir.«

Ich zögere. »Und verhext?«

Jetzt lacht Nonn, ein niedliches, ansteckendes Lachen. »Nein, meine Liebe, Nick wird dich mit Sicherheit auch nicht verhexen, nicht wahr?«

Er hält mir immer noch den Teller hin. Seine gute Laune scheint verflogen zu sein. »Möchtest du ihn jetzt oder nicht?«

O ja, ich möchte. Diese Pfannkuchen sind das Köstlichste, was ich seit Ewigkeiten gegessen habe. »Aber was ist mit dir? Oder Nonn?«

Nonn winkt ab. »Nein, Mädchen, iss ruhig. Ich werde den sowieso nicht lange bei mir behalten.« Verschwörerisch beugt sie sich vor. »Verträgt sich nicht gut mit dem Planter's Punch.« Sie nimmt einen weiteren Bissen. »Wenn ich es mir recht überlege, verträgt sich nicht einmal ein Planter's Punch mit einem Planter's Punch.«

Nicholas stellt den Teller vor mir ab. *Dieser Duft, aaaah … köstlich!* »Ich hole mir in der Mittagspause noch eine Kleinigkeit.«

Wie eine Verhungernde mache ich mich über den Pfannkuchen her, stopfe mir eine ordentliche Gabel voll in den Mund und genieße die Süße des Zuckers und das Herbe des Zimts auf meiner Zunge. *Herrlich …*

»Ich muss ständig an meine Chefin denken. Geht es ihr gut, nachdem sie … also …«

Nicholas lacht. »Du meinst, nachdem du wieder einmal einen Hackfleischtopf aus ihr gemacht hast?«

Nonn mustert ihn strafend. »Natürlich geht es ihr gut. Was unser kleiner Schatz hier«, sie klopft Nicholas auf den Rücken, »offenbar versäumt hat, dir zu sagen, ist, dass das Erwachen der Magie bei Hexen fast ausschließlich zu Illusionen führt. Wie schwebende Tische. Wie Kaninchen in doppelbödigen Zylindern.«

Ein Stein vom Umfang der Dolomiten fällt mir vom Herz. »Sie war also nicht tot?« Ein kurzer Anflug von Übelkeit versucht mir die Freude an meinem Pfannkuchen zu nehmen, schafft es aber nicht.

»Das ist eine Frage der Sichtweise.« Nicholas grinst frech. »Wenn ich nicht gekommen wäre, hätte sich diese Illusion in eine Art Realität verwandelt, die uns alle ganz schön in Schwierigkeiten hätte bringen können.«

»Das ist also dein Job.« Ich schiebe mir einen weiteren Bissen in den Mund. »Tatortreiniger?«

»Ein Teil davon. Jemand baut Mist, ich räume auf. Die meisten verkappten Hexen lassen in einem Augenblick ungezügelter Emotionen allerdings Tassen explodieren oder Türen knallen. Fleischwolf-Magie sehe ich auch nicht jeden Tag.« Er wirft einen Blick auf seine Armbanduhr, schnappt sich dann das Jackett von der Stuhllehne. »Ah, merda, ich muss los. Wir sehen uns später, Kräuterhexe, Nonn.«

»Beatrissa«, knurre ich und er lacht wieder. Seine Augen strahlen und alles zieht mich zu ihm. Als ob mein Körper ihn zum Abschied in den Arm nehmen will oder so.

»Falls dir langweilig wird: In meinem Zimmer habe ich ein paar Bücher, du kannst sie dir gern ausleihen.«

Ich blinzle betont gelangweilt. »Fantasy?«

Seine Augen blitzen. »Aber absolut.« Schwungvoll wirft er sich die Anzugjacke über, sodass er eher einem Vertreter für Luxusstaubsauger ähnelt als dem üblichen Klischee eines Zauberers. Wobei es da, strenggenommen, kaum Unterschiede gibt. »Macht euch einen schönen Tag, ihr zwei.« Er verschwindet im Wohnzimmer.

Überrascht blicke ich ihm nach. »Hexer-Homeoffice?«

»Portalmagier«, nuschelt Nonn mit vollem Mund und schluckt herunter. »Hochbegabt. Der Junge kann alles benutzen, was nur ansatzweise aussieht wie eine Tür. Beneidenswert.« Mit der Gabel deutet sie auf meinen Teller. »Jetzt iss, Mädchen, bevor es kalt wird.«

Ich greife nach meinem Besteck. »Kann ich das auch? Ein Portal entstehen lassen?«

»Nein.« Nonn nimmt einen großen Schluck Tee. »Du nicht.

Konntest du nie. Deine Stärken liegen woanders. Aber Nick und ich sind Portalmagier.«

Dieser Pfannkuchen ist noch köstlicher als der erste, wenn das überhaupt möglich ist, saftig, fluffig und süß. Ich unterdrücke ein wohliges Aufstöhnen. »Erzähl mir mehr.«

»Der Junge ist großartig. Ich habe es in meinen neunzig Lebensjahren nie geschafft, ein Portal ohne Tür entstehen zu lassen. Nick kann auch Schatten benutzen, Zweige, die sich kreuzen. Alles, was im Entferntesten Ähnlichkeit mit einer Tür aufweist, kann ihm als Eingang dienen.«

Die Gabel fällt mir fast aus der Hand. »Wie alt bist du?«

Sie lächelt über beide Apfelbäckchen. »In zwei Monaten werde ich einundneunzig.«

»Wow, ich … also, ich hätte dich keinen Tag älter geschätzt als achtzig.« *Gute Aussichten für Nicholas, wenn er ihre Gene geerbt hat!*

»Danke, Mädchen.« Geschmeichelt schiebt sie ein paar schlohweiße Strähnen zurück in den Dutt oben auf ihrem Hinterkopf. »Das sagen meine Party-People auch immer.«

»Und wir beide … kennen wir uns auch schon länger?« Sie scheint so vertraut mit ihrem Enkelsohn zu sein – vielleicht erfahre ich von ihr endlich mehr!

»Ein Weilchen«, sagt sie ausweichend.

Na toll. Sieht nicht so aus.

»Ein Weilchen?«

Nonn nimmt einen großen Schluck aus ihrer Teetasse. »Für mich ist ein Weilchen sicherlich von kürzerer Dauer als für dich, Kind.«

Japp, genauso kryptisch wie Nicholas.

Mit hoch erhobenem Flauscheschwanz betritt Herb die Küche, tänzelt hinüber zu seinem Fressnapf und wirft einen Blick hinein. »Kein Schinken?«

»Du weißt, dass du den nicht verträgst, Herb.« Nonn steht auf, um ihren Teller in die Spüle zu räumen. »Du bist auf Diät.«

Herb starrt sie an, als wollte er tödliche Pfeile auf sie schießen. »Diät? … Angepisst, das bin ich! Und jetzt lass Schinken rüberwachsen. Prosciutto Cotto, aber pronto. Ohne Fettrand – wegen der Diät.«

Ungerührt dreht Nonn den Wasserhahn auf und wuchtet unter Aufbietung all ihrer Kräfte die schwere Pfanne in das Steinbassin. »Geh Mäuse fangen.«

»Hab ich schon. Mir hängen immer noch Fellreste zwischen den Zähnen. Siehst du?« Herb bleckt die spitzen Zähnchen und spuckt theatralisch vor sich hin.

»Dann wäre Wasser wohl die bessere Lösung.« Nonn füllt einen der Näpfe auf, stellt ihn vor Herb auf den Boden. »Prociutto Cotto ist kein Zahnstocher, weißt du.«

»Wenigstens etwas.« Die Katze senkt ihr Köpfchen und schlabbert lautstark Wasser in sich hinein.

»Jetzt ist er zumindest beschäftigt.« Nonn widmet sich wieder ihrem Spülzeug. »Wenn er mir allzu sehr auf die Nerven geht, packe ich den Laserpointer aus. Oberste Schublade links, neben der Geflügelschere, falls du mal Bedarf hast, Mädchen.«

Herb wirft ihr einen bösen Blick zu und säuft die Wasserschüssel leer.

Ich bringe meinen Teller und das Besteck zur Spüle, angele mir einen Abtrockner. »Er liebt Fernbedienungen. Ständig hatte er sie unter sich begraben wie ein Huhn die Eier.«

»Katzengeister lieben keine Fernbedienungen.« Nonn reicht mir die Pfanne und ich trockne das schwere Ding mit Müh und Not ab, bevor ich es zurück an den schmiedeeisernen Haken hänge. »Sie sind fernsehsüchtig. Was meinst du, warum diese Viecher nachtaktiv sind? Weil sie tagsüber, wenn niemand zu Hause ist, nur vor der Glotze hängen.«

Ich lasse mein Tuch sinken und starre Herb an.

»Was denn?« Er verengt die Augen. »Spar dir deine Vorwürfe, das Netflix-Passwort habe ich bis zuletzt nicht geknackt!«

»Du … du wolltest mein Netflix-Passwort?«

Er schnaubt. »Natürlich. Was sonst? Dieses widerliche Trockenfutter wohl sicher nicht.« Mit einem leisen, kehligen Gurren wendet er sich ab und stolziert raus in den sizilianischen Sommer.

Kopfschüttelnd sehe ich ihm nach. »Daran werde ich mich nie gewöhnen.«

Nonn lacht. »An sprechende Katzen oder an Herb?«

»An beides. Ist er … was ist seine Magie?«

»Die Magie eines Dschinns ist anders, Triss, älter. Egal, was wir Hexen zu tun vermögen, wir bleiben doch immer Menschen. Herb war nie ein Mensch, und er wird auch niemals einer sein.«

»Warum nicht? Wenn er in eine Katze fahren kann, kann er doch auch in einen Menschen –«

»Nähme ein Dschinn einen Menschen in Besitz, käme er da erstmal nicht mehr raus. Keine Magie, kein Entkommen aus der physischen Form, für die Lebensspanne dieses bedauernswerten Lebewesens.«

»Und was ist mit Mimi?«

Energisch schrubbt Nonn an einem Teller herum. »Er kann jederzeit gehen, wenn er will. Bisher will er anscheinend noch nicht.«

»Wenn du sagst, keine Magie … was kann er denn?«

Nonn blickt zur offenen Haustür hin. »Alles, was er will«, sagt sie leise. »Wenn ein Dschinn dein Freund ist, hast du gewonnen. Hast du ihn dir zum Feind gemacht, dann Gnade dir Gott.«

»Das klingt so, als wären Dschinns bösartig.«

»Nein, Mädchen.« Nonn spült den Teller unter klarem Wasser nach und reicht ihn mir. »Dschinns sind weder böse noch gut. Sie haben keine Moral. Sie allein entscheiden, was richtig und was falsch ist, und der Maßstab dafür ist einzig und allein das, was sie wollen.«

Abwesend reibe ich das Porzellan trocken, stelle den Teller auf der Anrichte ab und nehme den nächsten. »Also stehen sie über den Dingen? Wie … Götter?«

Nonns wache Augen fixieren mich aufmerksam. »Vielleicht

sind dir die Zusammenhänge doch nicht vollständig entfallen.« Sie nimmt den letzten Teller.

Ich reibe mit dem klammen Stofftuch über das Porzellan. »Doch, ich fürchte schon. Das alles … Als wäre ich in einem Märchenfilm gelandet. Hexen, Flaschengeister …«

»Katzengeister!«, brüllt Herb durch das weit geöffnete Küchenfenster hinein. »Liebe Güte, ist das denn so schwer?«

»Das Hexendasein ist alles andere als märchenhaft, Triss.« Das Besteck klimpert in ihren alten, weichen Händen, bevor sie es neben dem steinernen Becken auf der Anrichte ablegt. »Hexenproben, Hexenjagden, Exorzismus.«

»So sind Menschen nun einmal.« Ich zucke mit den Schultern, falte das Trockentuch locker zusammen. »Wenn sie Angst haben, drehen sie durch. Und wenn etwas wider die Natur ist, wird ihre Angst grenzenlos.«

»Das glaubst du, ja?« Nonn schüttelt den Kopf. »Nein, Mädchen. Niemand von uns würde sich gegen die Natur richten, das könnten wir gar nicht. Ohne sie gäbe es uns nicht.« Sie geht ein paar Schritte zum Fenster und stellt sich auf die Zehenspitzen, schaut nach draußen. »Aber leider besteht bei uns beileibe nicht alles aus Blümchen und Licht … denn wie in der Natur gibt es nicht nur die guten Dinge, nicht nur die Mächte, die schöpferisch sind, sondern auch die, die nichts tun als zu zerstören.«

»Schwarze Magie«, murmele ich, und plötzlich wird mir kalt.

»Ja, mein Kind. Es gibt schwarze Magie und weiße, und ihre Grenzen verschwimmen zu einem Grau, über das niemand richten kann.«

»Das Grau der Dschinns.«

Sie zuckt mit den Schultern. »Vielleicht, vielleicht auch nicht. Niemand weiß, wie sie entstanden sind. Sie waren plötzlich Teil der magischen Welt, auf ihre ganz eigene, unberechenbare Weise. Geachtet, gefürchtet – und abgespritzt mit kaltem Wasser, wenn sie nicht bald aufhören, zu lauschen!«

»Ich geh ja schon, ich geh ja schon«, murrt Herbs versoffene

Altmännerstimme und ein lautes Rascheln dringt zum Fenster herein, als er sich durch das trockene Gras davontrollt.

Es sind an die 100 Grad draußen. Ich wäre vermutlich geschmolzen wie ein Eis in der Sonne, wenn ich auch nur eine halbe Stunde in diesem Backofen von Hinterland verbracht hätte.

Noch ist es hier oben angenehm. Wäre das mein Haus, hätte ich mir längst einen Swimmingpool in den Garten gehext und würde darin wohnen, solange diese Hitze den ganzen Tag bestimmt.

Nachdem Nonn sich zu Besorgungen aufgemacht hat, nutze ich die Gunst der Stunde: Ich schnüffele herum. Gelandet bin ich in dem blumenverzierten Schlafzimmer, offiziell auf der Suche nach den Büchern, die Nicholas mir angeboten hat. *Aber wo, zum Hibiskus, sind sie?*

Energisch schiebe ich die Schublade der Kommode wieder zu. Dieser Mann besitzt ausschließlich schwarze Socken, schwarze Retropants in Größe 5 und definitiv keinen Zauberstab.

Vielleicht im Kleiderschrank. Sein Duft nach sauberer, frischer Wäsche weht mir in die Nase und kitzelt erneut etwas in mir, das ich nicht greifen kann.

Auch hier keine Spur von Büchern. Auf zwölf Kleiderbügeln hängen zehn komplette Designeranzüge und ein Outfit, das ich nur zu gern an ihm sehen würde: ausgewaschene Jeans und ein weißes T-Shirt, darunter fein aufgereiht zwei Paar schwarze und ein Paar braune Lederschuhe, sowie ein angegrauter weißer Schnürsenkel. Ich hocke mich hin. Mamma mia, damit hätte ich nicht gerechnet. *Chucks!* Ausgetretene knöchelhohe Chucks, genauso ein Widerspruch wie seine minimalistisch anmutende Klamottenauswahl angesichts seines mit Blüten zugepflasterten Zimmers.

Gut, es ist Nonns Haus. Vermutlich hat sie die Gästezimmer so hergerichtet, wie es ihr gefällt. Allerdings … Nicholas scheint nicht nur ein Gast zu sein. Alles seltsam.

Neben all den Klamotten finde ich keine Hinweise auf intelligentes Leben in diesem Raum. Kein Fernseher, kein Radio, keinen Schmuck, keine Notizen, nicht einmal ein benutztes Taschentuch unter seinem Kopfkissen.

Ja, okay, ich habe nicht wirklich unter seinem Kopfkissen nach den Büchern gesucht. Oder in seinem Nachtschränkchen. Aber ich bin so etwas wie eine freiwillige Gefangene, da ist es doch nur legitim, wenn ich wissen will, was für ein Mensch mein Gastgeber ist. Und welche Unterhosen er trägt.

Auf dem Kaminsims steht ein einsamer Bilderrahmen. Nicholas mit etwa drei, vier Jahren, kurze Hose, Poloshirt, die blonden Haare total zerzaust. Narzisstisch, aber niedlich. Der Sims ist schlicht und alt, keine einzige Verschnörkelung ist zu sehen, und – *aha! Da sind die Bücher, stapelweise! Wer bewahrt seine Büchersammlung im Kamin auf – und dann auch mit den Buchrücken zur Wand?*

Schnell werfe ich einen Blick zur Zimmertür, dann zum Schrank. Ich habe minus hundert Böcke, mich in eine gemütliche Ecke zu kuscheln und eine Runde zu schmökern. Aber wenn der hochbegabte Hexenmeister sich spontan überlegen sollte, seine Mittagspause im Haus seiner alten Freundin zu verbringen, sollte ich zumindest ein Alibibuch in der Hand haben!

Also gehe ich vor dem Kamin in den Schneidersitz und nehme die Bücher heraus, eines nach dem anderen, sorgsam darauf bedacht, die Stapel nicht umzuwerfen. Himmel, so viele Sachbücher … Kriege, Rebellionen, Putschversuche, Massen davon. Gut, er sieht aus wie ein Rechtsanwalt, aber ein intensives politisches Interesse hätte ich nicht vermutet.

Erzieher ist er offenbar auch nicht – allerdings stehen hier eine Menge Kinderbücher herum, Abenteuerromane über Piraten und Götter und Gestaltwandler, sogar Bilderbücher. Und da ist einer der Fantasyromane, von denen Nicholas heute früh sprach.

Ich lege das Buch beiseite und räume den Rest zurück in den

Kamin, vorsichtig, damit die Stapel nicht umfallen und ich hier aufräumen muss, anstatt herumspionieren zu können.

»Wer hätte gedacht, dass du meinen Rat beherzigst?« Nicholas steht in der Tür, lässig in den Rahmen gelehnt. Ich kann gerade noch einen Entsetzenskreischer unterdrücken. Er lächelt, doch seine Augen wirken angespannt, müde.

»Arbeitest du halbtags?« Ich drücke das Buch an meine Brust und stehe auf.

»Ich habe mir den Rest des Tages freigenommen.« Nicholas sieht immer noch lupenrein aus wie heute Morgen beim Frühstück. Der Anzug sitzt, das Hemd ist blütenweiß. Sein Lächeln verwandelt sich in ein Grinsen. »Sag nicht, du hast mich vermisst.«

»Ich hatte doch …« Schnell werfe ich einen Blick auf das Buch. »Terry.«

Er zieht die Augenbrauen hoch. »Ein guter Ersatz.«

»Eine gute Ablenkung.« Das Buch immer noch an meine Brust gepresst, zucke ich mit den Schultern. »Aus seinem Leben gerissen zu werden, ist nämlich richtig entspannend.«

Sein Lächeln erstirbt. »Komm. Nonn hat Mittagessen vorbereitet.« Er dreht sich um und verschwindet im dunklen Flur.

KAPITEL 4

Etwas Besseres als einen kalten Salat kann es an einem so heißen Tag überhaupt nicht geben. Rucola mit halbierten Cherrytomaten, dicken, saftigen Burrata-Stücken und eine selbstgemachte Himbeervinaigrette. *Ich liebe Himbeervinaigrette!*

Nicholas platziert einen Teller mit gebratenem Bacon auf dem Tisch und setzt sich neben mich.

»Gesundes Futter?« Herb stolziert gemeinsam mit der duftenden Mittagshitze zur Tür herein, tänzelt mit steil aufgerichtetem Schwanz über die dunklen Steinplatten in Richtung Esstisch, sein hübsches rosa Näschen schnüffelnd in die Luft erhoben.

»Salat.« Nicholas nimmt etwas Bacon und verteilt ihn über seiner Portion, bietet mir stumm den Teller an.

Herb pflanzt sich auf seinen Katzenpo und reckt das Köpfchen in die Höhe. »Gebt mir was.«

Nicholas schenkt ihm ein freundliches Lächeln. »Von dem Salat?«

»Hör mal, Schnösel, meine Nase ist vierzigmal feiner als deine. Also: Bacon, hopp hopp!«

»Dein Napf ist gefüllt, Herb. Lass uns in Ruhe essen.« Mit einem Teller gehobelten Parmesans lässt sich Nonn mir gegenüber nieder.

Herb trottet mit hängendem Schwanz zu seinen Näpfen.

Nonn schaufelt sich Parmesan auf ihren Rucola. »Nick, wo ist das Weißbrot? Man kann einen Salat nicht ohne ein schönes Ciabatta essen!«

Rasch würgt Nicholas den Bissen in seinem Mund herunter. »Oh, ich dachte, weil du nicht gebacken hast …«

»Ah, papparapa pà!« Nonn verzieht unwirsch das Gesicht. »Kümmere dich!«

»Also Fastfood.« Er grinst und sie wirft ihm einen schlechtlaunigen Blick zu. »Kräuterhexchen? Wie wär's?«

Ich lasse beinahe meine Gabel fallen. »Ich?«

Nicholas zuckt mit den Schultern. »Versuch es. Stell dir ein leckeres Ciabatta vor und schnapp es dir aus der Luft.«

Nonn verzieht das Gesicht. »Wir wollen heute noch essen.«

Er fixiert sie finster. »Sie soll es probieren.« Wieder wendet er sich mir zu. »Los.«

Herb sitzt da, fixiert mich genauso konzentriert wie Nicholas und Nonn. *Cielo, wie in einer mündlichen Prüfung!*

Ich räuspere mich. *Weißbrot. Ciabatta.* Ich strecke die Hand aus, greife in die Luft und – nichts. Durchsichtiges, klares, reines Nichts.

»Junge?« Nonn wedelt auffordernd mit der Hand und spießt sich eine Gabel Rucola, Bacon und Parmesan auf. »Ich sag doch, es ist noch zu früh.«

Nicholas wirkt, keine Ahnung … enttäuscht. Er zaubert einen schmalen Laib Weißbrot aus der Luft, ohne dem groß Beachtung zu schenken. Sofort zieht der unwiderstehliche Duft nach frisch Gebackenem in meine Nase und lässt mir einmal mehr das Wasser im Munde zusammenlaufen.

Er fängt meinen Blick auf und schenkt mir ein Lächeln, das mehr als erzwungen wirkt. »Ist nicht so gesund wie selbstgemacht«, flüstert er mir verschwörerisch zu und bricht ein Stück Brot ab. »Vitamine und so.«

Lautstark schiebt Herb mit der Pfote seinen Fressnapf auf dem Steinboden hin und her. »Heyho! Ihr schlemmt – und ich bekomme das hier?«

»Trockenfutter.« Nonn wedelt wieder. »Gut für deine Verdauung!«

Herb faucht. »Ein Stück Bacon wäre besser für deine Vorhänge!«

Nonn fährt herum. »Wenn du dich an meinen Vorhängen vergehst, darfst du in den nächsten Tagen Heuschrecken und Mäuse jagen, capisci?«

Herb sieht so resigniert aus, wie eine Katze nur aussehen kann.

»Parmesan?« Nicholas hält mir den Teller hin.

»Gerne!«, sagen Herb und ich aus einem Mund.

»Nicht du, Viech.« Nicholas schiebt sich eine weitere Gabel Salat in den Mund. Es gibt Männer, die man beim Essen ansehen kann – und dieses Exemplar gehört ganz offensichtlich dazu.

Ich reiße mich von seinem Anblick los und löffele mir Käse auf den Teller. Aber leider, leider, ganz unabsichtlich, purzelt ein Stückchen Parmesan auf den Boden. Herb stürzt sich so schnell darauf, als wäre er tatsächlich in der Lage, Mäuse zu fangen, und schlingt es herunter.

»Ich weiß schon, warum ich dich mag, Hexchen«, maunzt er und schleckt über die Steinplatte, bevor er den Hintern herumschwingt und elegant die Küche in Richtung Wohnzimmer verlässt, ohne seinen Fressnapf eines weiteren Blickes zu würdigen.

Also widme ich meine Aufmerksamkeit dem anderen Mann im Zimmer. Während ich aufpassen muss, mich nicht über und über mit Vinaigrette und Tomatenspritzern einzusauen, wirkt sein Hemd nach wie vor so, als hätte es eine eingebaute Bleiche-Funktion. Oder er ist einfach in der Lage, ordentlich zu essen. Wo er mit seinen Gedanken ist, weiß ich nicht – sein Blick ist fest aus dem Fenster gerichtet. Irgendwie ist mir unangenehm, dass niemand spricht.

»Werdet ihr mich noch aufklären?«

Nicholas stopft sich Ciabatta in den Mund und ignoriert mich.

»Worüber?«, fragt Nonn unschuldig und stochert konzentriert auf ihrem Teller herum.

Nicholas erwacht aus seiner Starre, schnappt sich eine Cherrytomate und ich greife nach seiner Hand, bevor er sich wieder etwas in den Mund stopfen und leider, leider nicht reden kann, gut erzogen, wie er ist.

Seine Hand …

»Also?«

Sie starren mich an, stumm, und ich schüttele den Kopf.

»Wagt es ja nicht, euch telepathisch zu verständigen oder so-was! Ich habe euch gehört in der letzten Nacht!«

»Telepa – was?« Nicholas legt die Stirn kraus.

Nonn schüttelt den Kopf. »Keine Ahnung, was das bedeuten soll.«

Bevor ich etwas erwidern kann, schiebt sie sich eine Riesengabel Salat zwischen die Lippen.

Wut kriecht meinen Nacken hinauf wie ein Käfer, der sich unter mein Shirt verirrt hat. »Ihr wisst genau, was ich meine! Wer bin ich? Wer seid ihr? Was mache ich hier?«

In aller Ruhe entzieht mir Nicholas seine Hand und legt sie auf meine. »Ruhig, Triss. Alles zu seiner Zeit.«

Tränen schießen mir in die Augen. »Warum nicht jetzt? Gestern noch habe ich einen Auftrag versaut, wie üblich, und heute sitze ich hier mit verzauberten Weißbroten und einem Flaschengeist!«

»Katzengeist!«, tönt es von nebenan. »Dio, ist das wirklich so schwer?«

»Kind.« Warm legt sich Nonns Hand auf unsere. »Ich weiß, das ist nicht so einfach, aber derzeit hast du nun mal eine Rosine statt eines Hirns unter deiner hübschen Frisur.«

Was – Rosine?

»Ihr sagtet, meine Erinnerungen müssen zurückkommen. Ihr sagtet, ich bin in Gefahr …« Sanft schüttele ich den Kopf und blicke von Nicholas zu Nonn und zurück. »Könnt ihr denn nicht verstehen, wie das ist? Weg von meinem gewohnten Leben, von meiner Arbeit, meinen Freunden?«

»Das sind nicht deine Freunde«, wiederholt Nicholas leise. Ernst sieht er mich an. Echte Sorge blitzt in seinen Augen.

»Tesoro.« Nonns Stimme hat einen warnenden Unterton. »Lass es. Es braucht Zeit.«

»Ich will aber nicht, dass es Zeit braucht«, wimmere ich.

Nicholas zieht die Augenbrauen hoch. »Ich auch nicht.«

Nicht? Ich schniefe und ziehe meine Hand zurück.

»Nick! Es ist gut jetzt!« Nonns Augen, die um so vieles jünger wirken, scannen mich gründlich. »Kindchen, du musst uns vertrauen. Ich weiß, das fällt dir schwer. Das sollte es auch. Aber … ich verspreche dir, es wird besser. Es wird alles gut. Es braucht, solange es braucht.«

Heftiger als nötig reißt sich Nicholas ein kleines Stück Weißbrot ab, tunkt es in die Vinaigrette. »Es braucht, solange es braucht«, murmelt er und widmet sich wieder seinem Salat. »Aber vielleicht können wir deiner Rosine da oben etwas auf die Sprünge helfen. Triss, gehst du mit mir aus?«

»Beatrissa«, knurre ich.

»Die kommt nicht mit.« Er steht auf und nimmt seinen Teller, trägt ihn hinüber zur Spüle. »Wir zwei Hübschen werden heute Abend die Clubs in Palermo unsicher machen.«

Ich starre ihn an.

»*Den* Club?« Interessiert dreht sich Nonn zu ihm um.

Nicholas lässt Wasser in die Spüle laufen. »Das Magia, genau.«

»Hm, keine schlechte Idee. Aber sei vorsichtig.« Nonn mustert mich von oben bis unten, kritisch. »Sie braucht etwas zum Anziehen. Für einen Clubbesuch habe ich nichts im Haus.«

Gerade ging es um Vertrauen und jetzt soll ich tanzen gehen? »Warum sollte ich mit dir ausgehen?«

»Um deine Erinnerungsspitzen zu kitzeln und so deine Magie zu wecken«, sagt Nicholas so selbstverständlich, als müsste ich irgendwie verstehen, was er von mir will.

»Lavendelblau.« Nonn geht hinüber zu Nicholas. »Das ist ihre Farbe, oder?«

»Lavendel ist wunderbar zu ihrem Nusshaar, aber total out«, brüllt Herb von nebenan. »Nonn, du hast echt keine Ahnung. Metallic ist dieses Jahr in!«

Nonn zuckt mit den Schultern. »Dann Gold. Gold passt gut zu ihren Augen.«

Ich blinzele. »Ich werde kein goldenes Kleid tragen!«

»Nein, wirst du nicht.« Nicholas packt Nonn bei den Schultern, tuschelt mit ihr, und ich fühle mich wie ein Anziehpüppchen.

»Psst!« Herb streckt sein Köpfchen in die Küche. »Könnte es sein, dass dir in den nächsten Minuten noch ein Stück Bacon herunterfällt?«

Ich denke an das Schinkencrackerdesaster und die Pfützen, die ich regelmäßig von meinem Teppich entfernen musste, und schüttele den Kopf. »Nein, Herb, sorry. Keine Chance.«

»Dachte ich mir schon«, murrt er und das Köpfchen verschwindet.

Nicholas gesellt sich wieder zu mir. »Wir denken, du solltest selbst entscheiden.«

»Was spricht gegen das hier?« Ich deute an mir herunter, Jeans, T-Shirt und ein leerer Teller.

Nicholas mustert mich wie ein Redakteur der Vogue. »Nun, erstens ist das nicht ganz passend für das Magia.«

»Herrscht Krawattenzwang?«, frage ich spöttisch.

Er ignoriert meinen Einwand völlig. »Und zweitens trägst du dieses Outfit jetzt schon zwei Tage lang.«

Ich riskiere einen Blick auf mein Oberteil. Kleine Fettspritzer erblühen auf dem Stoff und denken nicht daran, von selbst zu verschwinden wie bei ihm. »Okay.« Resigniert schüttele ich den Kopf. »Was stellst du dir vor?«

»Ich stelle mir gar nichts vor. Also …« Sein Blick verändert sich minimal. »Ich werde nicht entscheiden, was du trägst. Ob du Lavendel, Gold oder Neongelb bevorzugst, du sagst, was du willst, und ich materialisiere es dir. Mit der passenden Unterwäsche natürlich.« Er grinst.

»Schwarz.« Ich zucke mit den Schultern. »Einfach und schwarz, mit schmalen Trägern. Nichts Besonderes.«

»Nichts Besonderes also?« Er fixiert mich und greift in die leere Luft, befördert einen flachen, schwarzen Karton daraus hervor. »Mist. Ich habe die Schleife vergessen.« Er schnappt sich meinen Teller und drückt mir den Karton in die Hände. »Du wirst wunderschön aussehen.«

Ich packe die Schachtel eine Spur zu fest und schnaube. »Das klingt so verwundert.«

Kurz denkt er nach, dann schüttelt er den Kopf. »Nein. Es gibt vermutlich wenig, in dem du nicht wunderschön aussiehst.« Mit diesen Worten lässt er mich hier stehen und macht sich daran, meinen Teller abzuwaschen.

Mit offenem Mund beobachte ich ihn dabei, wie er an dem Geschirr herumschrubbt. Ich werde nicht schlau aus diesem Mann. Er ist arrogant und charmant und ich werde gleich mit ihm Tanzen gehen.

Vorsichtig lupfe ich den Deckel der Schachtel, werfe einen Blick hinein. Seidiger schwarzer Stoff, sorgfältig zusammengelegt unter einer Schicht aus hauchzartem Papier und darauf, japp, Unterwäsche. Mein ganz persönlicher Modeausstatter und Hexenmeister hat eindeutig nicht gelogen.

Ich hatte fast vergessen, wie unfassbar stickig es in diesen Clubs sein kann. Das Magia scheint da keine Ausnahme zu sein … ich wäre eingegangen in meiner Jeans! Gut, dass ich sie gegen dieses luftige, schwarze Kleid getauscht habe. Es ist einfach atemberaubend. Knielang und weich wie Seide umfließt es mich. Nicholas ist definitiv ein Frauenkenner, denn neben dem Hauch von nichts, der unter dem Kleid nahezu unsichtbar ist, hat er mir einen trägerlosen BH manifestiert, der alles an mir zur Geltung bringt, was zur Geltung gebracht werden kann. Nichts als hauchdünne, mit schwarzen Glaskristallen besetzte Träger halten das Kleid an meinen Schultern und ich liebe so sehr, was der tiefe Ausschnitt mit mir macht, dass ich mir die Haare sexy zerzaust hochgesteckt habe.

»Ciao, bella donna!«

Ich fahre herum und werde von dem strahlenden Lächeln des Fremden fast geblendet.

»Bist du zum ersten Mal hier?« Dunkle Haare und Augen, glänzend wie Obsidian.

Kenne ich ihn? Kenne ich ihn nicht? Was antwortet man, wenn die eigene Erinnerung offensichtlich einen Solo-Ausflug ins Disneyland unternommen hat? »Vielleicht.«

Sein Lächeln wird breiter. Er beugt sich ein wenig vor, stützt sich lässig mit dem Ellbogen neben mich auf die Bar. »Ich bin Francesco. Und du?«

»Beatrissa«, brülle ich gegen die Musik an.

»Was für ein schöner Name.« Francesco deutet lässig hinter mich. »Also, bella Beatrissa, darf ich dich auf einen Drink einladen?«

»Nein, darfst du nicht.« Nicholas schiebt sich hinter mich. Völlig selbstverständlich legen sich seine Hände auf meine Hüften. »Wenn ihr jemand etwas zu trinken besorgt, dann ich, klar?«

Belustigt wechselt Francescos Blick zwischen Nicholas und mir hin und her. Ich entscheide mich für ein unverbindliches Lächeln. »Du bist mit ihm hier?«

»Ja, ist sie«, schnauzt Nicholas ihn an. Wäre mir nicht eh schon so tierisch heiß in diesem völlig überheizten Etablissement, würde seine Körperwärme meinen Schweiß in Strömen fließen lassen. »Und wir wären gerne ungestört.«

Francesco grinst und hebt entschuldigend die Arme. »Scusa, ragazzo, bin schon weg. Aber überleg dir, ob dieser Schuppen wirklich der beste Ort ist, die Kleine klarzumachen.«

»Ich mache überhaupt niemanden klar«, knurrt Nicholas und legt zwei Fingern an seine Schläfe.

»Sicher.« Francesco beugt sich zu mir. »Kleiner Tipp: Wenn ein Typ ernsthaft an einer Frau interessiert ist, lädt er sie nicht irgendwohin ein, wo er kaum ein Wort mit ihr wechseln kann.« Abschätzig mustert er Nicholas vom Kopf bis zu den polierten Lederschuhen. »Viel Erfolg, tipo.« Er dreht sich um und verschwindet zwischen den wogenden Körpern auf der Tanzfläche.

»Stronzo«, knurrt Nicholas und wendet sich ab.

»Eifersüchtig?« Ich stupse ihn mit dem Zeigefinger an. »Was sollte dieser Auftritt? Der war nett!«

»Nett?« Nicholas schnaubt ungläubig. »Der wollte dich nur ins Bett kriegen.«

»Und? Vielleicht hätte ich nichts dagegen gehabt?«

Überrascht öffnet Nicholas den Mund, überlegt es sich aber anders und mustert lieber die bunte Flaschensammlung, als bräuchte er dringend etwas zu trinken.

»Was ist mit dir?« Ich beuge mich ein wenig vor, betrachte seine zusammengekniffen Augen. »Hast du Kopfschmerzen?« Dieser Club ist der absolut perfekte Ort, wenn einem gerade der Schädel platzt.

»Ich habe immer Kopfschmerzen – spätestens seit ich dich davon abgehalten habe, Sprengversuche an unschuldigen Menschen durchzuführen.« Er wirft mir einen Seitenblick zu und grinst. »Nun ja. Halbwegs unschuldig.«

»Mit diesem Strick um den Hals ginge es mir auch nicht gut.«

»Hm?« Sehnsüchtig mustert er die Auswahl an alkoholischen Getränken.

»Ist dir nicht warm?«

Sein Blick huscht nervös über all die tanzenden Menschen. »Nein. Wieso?«

»Wie – wieso? Hier drin sind 400 Grad und du trägst Polyester.«

Er verdreht die Augen, ohne mich anzusehen. »Das ist Wolle, Kräuterhexe.«

»Ändert das irgendwas?«

»Vielleicht.« Er schmunzelt und sofort fühlt er sich entspannter an. »Du wirkst so, als wärst du jetzt in diesem Moment lieber in deinem miesen Großraumbüro als hier. «

»Falsch.« Ich fächele mir mit der Getränkekarte Luft zu. »Ich wäre lieber in einem Kühlhaus.«

Ungerührt scannt Nicholas weiter die Umgebung, seine Hände tief in den Hosentaschen vergraben. Nicht eine Schweißperle steht ihm auf der Stirn. Er sieht aus, als wäre er gerade dem Titelbild der GQ entsprungen, während mir der Schweiß in Bächen in meinen Ausschnitt rinnt. Vom Wedeln wird mir noch heißer und ich gebe es auf.

»Hast du mich deswegen hergebracht? Damit ich sinnlos in der Gegend herumstehe, während du deinen Alphamännchen-Komplex pflegst und Schaufensterpuppen-Posen übst?«

Nicholas scheint aus tiefen Gedanken aufzutauchen. »Entschuldige.« Er schenkt mir eines seiner strahlenden Lächeln. »Möchtest du etwas trinken?«

»Bitte, ja«, stöhne ich. Irgendwas mit Eiswürfeln. Mit vielen Eiswürfeln. »Und dann will ich tanzen!« Der Rhythmus reißt mich mit und ich wippe zur Musik, während wir auf den Barkeeper warten.

Plötzlich spüre ich seine Hand in meinem Rücken. »Du hast immer gern getanzt«, brüllt Nicholas mir ins Ohr.

»Was?«

»Du hast getanzt, bis du vor lauter Blasen an den Füßen kaum noch laufen konntest!«

Irritiert drehe ich mich um, suche seinen Blick. *Habe ich das?* Gut, wenn zu Hause mein Lieblingssong im Radio lief, haben mein Staubwedel und ich gefeiert, bis alles blitzblank war, aber … hm. *Woher weiß er das?*

Und plötzlich zuckt ein Erinnerungsfetzen durch meinen Kopf, mehr ein Gefühl … Ich, in seinen Armen, strahlend, tanzend. Und dann ist es wieder fort, fortgeweht mit den lauten Bässen und dem Schweißgeruch.

War dieser Moment echt? Oder gehört er zu den Erlebnissen, die niemals stattgefunden haben, wie mein Abschluss? Seine Amazonit-Augen fixieren mich und ein kalter Hauch streift mein Inneres. *Wer ist er? Und was ist er für mich – was war er für mich?*

»Ciao ragazzi!« Endlich sind wir in die Wahrnehmung des Barkeepers vorgedrungen. »Was bekommt ihr?«

»Einen Gin Tonic und«, Nicholas wirft mir einen kurzen Blick zu, »einen Swimming Pool, richtig?«

Das Loch in meinem Kopf wird größer. »Mag ich den?«

Ein Lächeln huscht über Nicholas' Gesicht. »Du liebst den!«

Ich sehe den Barkeeper an und zucke mit den Schultern. »Bene, dann einen Swimming Pool!«

»Kommt sofort!«

Ich lehne mit dem Rücken am Tresen, Nicholas neben mir. »Komisches Gefühl, wenn einem irgendein Typ sagt, was man mag und was nicht«, brülle ich ihm ins Ohr.

Stickig ist es hier drin, schwül, überall bunte Scheinwerfer – und ich liebe es! Der DJ blendet in einen neuen Song über und die wabernde Masse vor mir bewegt sich noch schneller, noch ausgelassener zu dem Upbeat-Song.

»Ich …« Nicholas beißt sich kurz auf die Unterlippe. »Triss, ich bin nicht irgendein Typ.«

Mein Lächeln friert ein und ich suche in seinen Augen irgendetwas, das mich der Wahrheit näherbringt. »Wer bist du dann, verdammt? Kidnappst mich und sperrst mich in das Haus deiner nonna, während ich … ich …«

Gackerndes Gelächter lässt mich stutzen und kneife die Augen zusammen. Ich kenne diese Lache … »Adriano?«

Nicholas beugt sich näher zu mir. »Was?«

»Adriano!« Mit dem Kinn deute ich in Richtung der Männergruppe, zehn Meter von uns entfernt. »Was für ein Zufall!«

Verständnislos blickt Nicholas mich an. »Adriano?«

»Na, mein Kollege! Adriano! Der Adriano, den du eingefroren hast!«

Nicholas stößt einen Schwall Atem aus. »Triss … Dies ist kein normaler Club. Wer hier reinkommt, ist ein Hexer. Und wenn er ein Hexer ist …« Er wirft ihm einen finsteren Blick zu. »… dann hätte ich ihn nicht ohne Weiteres paralysieren können. Er hat alles gesehen. Cazzo!«

»Und was machen wir jetzt?«

Nicholas drückt mir meinen Cocktail in die Hand und kippt seinen Gin Tonic fast auf Ex runter. »Salute. Nimm einen Schluck, wenn du willst, denn wir werden uns jetzt schleunigst verpissen.«

Adriano gackert wieder und wendet sich zu einem seiner Kumpels um. Kurz streift sein Blick den Tresen und ich versuche, mich in dünnere Luft aufzulösen, als hier in diesem Club zu finden ist.

»Fuck!« Nicholas packt mich, reißt mich zu sich herum. »Sieh mich an, Beatrissa. Mich! Nicht ihn!«

Das Scheinwerferlicht flackert in seinen Augen, als wären wir unter Wasser und würden zur Oberfläche hinaufschauen, und schlagartig schlägt mein Herz eine Spur langsamer.

»Machst du das?«, flüstere ich. *Ich will mich nicht beschweren. Es fühlt sich gut an. Warm. Gemütlich. Vertraut.*

»Ich beruhige dich«, murmelt er in mein Ohr.

Mmmh. Er riecht gut. Männlich, frisch, sauber … und nach Kokos, yummy! Wo ist mein Drink?

»Wie funktioniert das?« Ich nehme einen großen Schluck. Eiskalt rinnt der Swimming Pool meine Kehle hinab. *Mein Lieblingscocktail, ja, definitiv!*

»Ich verbinde meinen Herzschlag mit deinem. Ganz easy. Geh mal ein Stück …« Er zieht mich sanft nach links, holt mich vor sich, bis ich mit dem Rücken zu Adriano stehe. Nicholas macht sich klein und linst durch die Strähnen, die auf meine Schulter fallen. Sein Atem kitzelt meine Haut. Ein Schauer durchrieselt mich und irgendjemand läutet in meinem Hinterkopf mit einer Glocke. »Merda, da kommen wir nicht unbemerkt vorbei.«

»Dann simsalabimse uns eine Tür herbei!« Ich wende mich ein wenig zur Seite und bücke mich unter seinem Arm durch, um das leere Glas auf dem Holztresen abzustellen.

Nicholas packt mich und zieht mich wieder hoch. »Dio mio, jetzt bleib gefälligst hier stehen! Willst du, dass er uns sieht?«

Unruhe brodelt in meinem Bauch, obwohl sein Hokuspokus mich eigentlich beruhigen sollte. Ich stehe hier, zu nah an diesem fremden Mann, den mein Körper zu kennen scheint, und kann nichts machen, als der Musik zu lauschen. *Wie kommen wir möglichst unauffällig hier raus? Unauffällig … das ist es.*

Leise summe ich die Melodie mit, wiege mich im Rhythmus, und Nicholas verwandelt sich in eine Statue. »Was zur Hölle machst du da?«

»Ich tanze, wie all die anderen hier. Mach mit!« Verspielt ziehe ich ihn an seiner Krawatte näher. »Komm! Tanz!«

»Beatrissa!« Sein Blick bohrt sich in meinen. »Sei nicht so auffällig, um Himmels willen!«

Ich mache weiter. »Du bist in einem Club, angezogen wie ein Versicherungsvertreter mit einem Stock im Arsch. Wer ist denn hier auffällig?«

Nicholas verdreht die Augen und lockert seinen Schlips, öffnet die oberen beiden Hemdknöpfe. »Verflucht. Komm her.« Seine Hände fahren meinen Rücken hinab und legen sich um meine Hüften. Eng zieht er mich an sich und wir bewegen uns synchron, als hätten wir nie etwas anderes getan. »Das Kleid sieht nicht nur hinreißend aus.«

Mein Herz klopft schneller. »Was macht Adriano?«

»Sich unterhalten.«

»Mit wem? Worüber?« Ich drehe uns, bis Nicholas mit dem Rücken zum Ausgang steht, und spähe über seine Schulter. »Hast du dafür nicht auch irgendwas parat? Einen Riesenohrenspruch, oder so?«

Genervt atmet er durch, tief und angestrengt. »Halt die Klappe und bleib in Deckung.«

»Bring mich dazu.« Ich ziehe die Enden seiner Krawatte auseinander, bis sie locker um seinen Hals hängt. Seine Brust hebt und senkt sich unter meinen Händen und ich werde mir bewusst, dass er mich ansieht, statt auf Adriano zu achten.

»Finger weg!« Er schiebt meine Arme zurück auf seine Schultern. »Meine Fresse, lenk mich nicht ab!«

Sachte streichen seine Hände über meinen Rücken und ich

schließe die Augen, lehne mich an seine Schulter. Seine Nähe ist angenehm, das liegt bestimmt an diesem Herzschlag-Zauber.

»Ist er noch da?«, murmelt er in meine Haare, legt seine Wange an meinen Scheitel.

Alles in mir vibriert, erinnert sich … an ihn, an diese Nähe – aber nichts dringt in mein Bewusstsein. Ich blinzle durch meine Wimpern. »Ja. Gibt es wirklich keinen anderen Weg nach draußen?«

Leise schüttelt er den Kopf und seine Haarspitzen kitzeln meine Handrücken. Ich unterdrücke den Impuls, mit allen zehn Fingern hindurchzufahren, sie hemmungslos zu verstrubbeln. *Was passiert hier nur?*

»Nein«, sagt er leise. »Wir müssen wohl oder übel warten, bis er abgehauen ist.«

»Schade«, seufze ich und er lacht.

»Ja, schade.«

Der Song geht in einen langsameren über. Ich schmiege mich enger an Nicholas, nehme eine Hand aus seinem Nacken und streiche über seine Brust, lege sie in seinen Rücken.

»Beatrissa«, mahnt er leise.

»Das ist ein Schmusesong und wir müssen unauffällig bleiben.« Ich wende meinen Kopf, drücke meine Stirn an seinen Hals, und er atmet leise aus. »Du tanzt gut. Er unterhält sich immer noch, jetzt mit einer Frau.«

»Gut zu wissen. Hoffentlich lenkt die ihn von uns ab.« Seine Hand fährt meine Wirbelsäule hoch, mit leichtem Druck, gräbt sich von unten in meine Haare und löst die Spangen, bis sie über meine Schultern fallen, ihn noch besser verbergen. »Ich bin ziemlich aus der Übung«, murmelt er. »In jeglicher Hinsicht.« Langsam senkt er den Kopf, legt seine Wange an meine, versteckt unsere Gesichter vor allzu neugierigen Blicken.

Und plötzlich weiß ich nicht mehr, was ich hier tue.

Das hier, dieser Körper in meinen Armen, sein Duft, das alles ist mir nicht fremd, ganz und gar nicht so, als wäre ich diesem

Mann erst vor einem Tag begegnet. Sein Duft … warm, vertraut, wahnsinnig beruhigend.

Sachte reibt er seine Wange an meiner, fährt mit beiden Händen über meinen Rücken. »Ist er noch da? Siehst du ihn?«

Ich drücke mein Gesicht an seine Schulter und luge darüber.

In diesem Moment blickt Adriano auf.

Blickt zu uns her, als hätte ich ihn gerufen.

Direkt. In. Meine. Augen.

»O Kacke!« Ich kralle mich an Nicholas fest und vergrabe mein Gesicht an seiner Brust, presse mich eng an ihn.

»Cole«, stoße ich hervor. »Er hat mich gesehen, Cole, gerade eben. Er hat mich angesehen!«

Nicholas schnappt nach Luft und schiebt mich zurück, sein Blick ernst und intensiv. »Wie hast du mich genannt?«

RÜCKBLICK TRISS

Die Sterne hingen tief in dieser Nacht. Eine Partybeleuchtung der Götter, wild und ohne irgendeinen Plan in den Himmel gehängt.

Es war schon weit nach Mitternacht und heiß, so heiß, als würde man neben einem gewaltigen brennenden Holzstapel stehen – kein wirklich angenehmer Gedanke für Hexen.

Vor einer halben Stunde war Triss den Katakomben des Magia entflohen und stand oben auf dem Dach, um sich etwas abzukühlen, direkt an der Brüstung der schmalen Metalltreppe, die sie wieder hinunter in das Inferno führen würde. Unten war es aufgeheizt und stickig von den Ausdünstungen der tanzenden Körper gewesen.

Hier war es besser, draußen an der frischen Luft, mit einem eiskalten, köstlichen Drink, türkis wie das Meer an einem sonnigen Tag. Im Sternenlicht leuchtete er wie flüssiger Phosphor in seinem bauchigen, mit unzähligen Tröpfchen aus Kondenswasser beschlagenen Glas.

Triss schloss die Augen und dachte an eine leichte Brise, kühl vom Meer her kommend, wie sie in den Blättern der Bäume raschelte und langsam die Hitze von ihrer schweißfeuchten Haut vertrieb. Tief atmete sie ein und dann war sie da, genau wie Triss es sich vorgestellt hatte, umschmeichelte ihren Körper wie kühle Seide.

Ein Lächeln huschte über ihr Gesicht. Sie legte den Kopf in den Nacken und schloss die Augen, atmete tief durch. Auf ihre Tempestusmagie war immer Verlass, selbst in den Höllensommern Palermos.

Sie breitete die Arme aus, damit der sanfte Lufthauch jeden Zentimeter ihrer Haut erreichen konnte – und fegte ihren Cocktail von der Brüstung.

»Hey!«

Der verärgerte Ausruf erreichte ihre Ohren einen Sekundenbruchteil früher als das Geräusch von zerberstendem Glas. Auf Zehenspitzen beugte sie sich vor, riskierte einen Blick über das Geländer – und fing an zu lachen.

Einen halben Meter unter ihr stand ein Mann, groß, blond und ziemlich schlecht gelaunt. »Na toll!«

»Ein weißes Hemd? Bei dieser Hitze?« Triss konnte sich ihr Lachen nicht verkneifen, und endlich glätteten sich die Gesichtszüge des Mannes auf der Treppe. »Der Batiklook steht Ihnen hervorragend.«

Ein Lächeln huschte durch seinen Blick. »Das sagen Sie doch nur, um mich zu besänftigen. Batik ist total out.«

»Nein, nein, da liegen Sie falsch!« Triss schüttelte den Kopf. »Wenn wir Ihnen noch die Tonnen von Gel aus den Haaren waschen, sehen Sie aus wie ein sexy Surfer. Wir könnten dafür Ihr Bier benutzen.«

»Meinen Sie? Ich bin mir da nicht so sicher.« Skeptisch musterte er den großen, türkisfarbenen Fleck auf seinem Bauch. »Das Zeug klebt wie die Hölle.«

»Noch besser, dann ersparen wir Ihnen das Waxing!« Triss streckte ihm über die Brüstung die Hand entgegen. »Beatrissa Russo.«

»Den Namen werde ich mir merken, damit ich Ihnen die Rechnung für die Reinigung schicken kann. Und falls ich weitere Stylingtipps brauche.« Warm und fest legten sich seine Finger um ihre. »Nicholas Romero. Alle nennen mich Nick.«

»Nick, soso …« Er ließ ihre Hand nicht los. »Das klingt wie ein Boygroupsänger. Ich glaube, ich werde Sie Cole nennen. Also, Cole, es ist mir etwas unangenehm, Ihnen das zu sagen, aber Ihre Hand klebt.«

»Rache«, sagte er und seine Augen blitzten. »Sie sollen doch auch etwas von Ihrem Missgeschick haben.«

»Cole«, flüstere ich und kralle mich in seine Oberarme. »Er hat mich angesehen, Cole, Adriano, er hat mir direkt in die Augen gesehen!«

Cole packt mich fester, drückt meinen bebenden Körper an seinen. »Schht, Triss, immer mit der Ruhe! Er ist weg, er hat dich nicht gesehen.«

»Wo ist er hin?«

»Mit der Blondine ins Séparée. Und glaub nicht, dass mir nicht gefällt, was du da tust.«

Sofort lasse ich ihn los und er lacht, legt meine Hände wieder in seinen Nacken, schiebt uns auf die Tanzfläche, langsam und unauffällig dem Ausgang entgegen. »Du hast mich Cole genannt.«

»Das ist dein Spitzname. Was will Adriano in einem Séparée?«

»Das ist dein Spitzname für *mich*. Und dein Kollege lässt sich einen blasen, vermute ich.«

Ich starre ihn an.

Cole verdreht die Augen. »Santo cielo, vielleicht bekommt er auch Mathe-Nachhilfe. Auf jeden Fall können wir uns aus dem Staub machen, solange er auf irgendeine Weise abgelenkt ist.« Er wirbelt mich herum. »Kommt dir noch jemand bekannt vor?«

»Nein, niemand.« Bis auf Cole selbst, jetzt, wo mein Gedächtnis ihn wieder ausgespuckt hat.

Er hört auf zu tanzen und nimmt meine Hand. »Los, hauen wir ab.«

Wir stecken die Köpfe zusammen wie ein frischverliebtes Pärchen und quetschen uns durch die Menge, bis uns frische Nachtluft um die Nase weht.

Cole atmet tief durch. »Dio mio, ich bin zu alt für sowas!«

Ich mustere ihn von oben bis unten. »Zu alt für was?«

»Tanzen«, knurrt er.

»Dabei tanzt du gut.«

Skeptisch sieht er mich an.

»Wirklich.« Ich lege den Kopf in den Nacken. »Ist das die Treppe zum Dach?«

Sein Gesichtsausdruck verändert sich. »Du kannst dich wirklich erinnern? Was hast du gesehen?«

»Dich. In nett.«

»Ich bin immer nett.«

Als ich nichts erwidere, seufzt er leise. »Komm, hauen wir ab.«

Nebeneinander steigen wir die Stufen zur Straße hinunter, gehen in Richtung des Portals, durch das wir gekommen sind.

»Ich habe gesehen, wie wir uns kennengelernt haben.«

Ein Lächeln huscht über sein Gesicht. »Du trinkst dieses blaue Zeug immer noch für dein Leben gern.«

Ich zupfe an seinem Revers. »Und du bist nach wie vor angezogen wie ein Bankangestellter. Trotz meiner Frisurentipps!«

»Stimmt.« Er lacht leise. »Das mit dem Umstyling hat nie so richtig geklappt, oder?« Jetzt sehe ich ihn an, verständnislos, und sein Gesicht wird ernst. »Wie viel hast du gesehen?«

»Nun ja, ich habe dich mit meinem Cocktail geduscht und wir haben uns vorgestellt. Das war's auch schon.«

»Das war's?« Cole bleibt stehen, streicht sich mit der Hand übers Kinn. »Wer hat sich wem vorgestellt?«

»Wir uns, du und ich. Wir haben … geflirtet.«

»Mehr hast du nicht gesehen?«

Er geht darüber hinweg, einfach so, und etwas rumort in meinem Bauch. »Was hätte ich denn sehen sollen?«

»Nichts.« Er schüttelt den Kopf und das Lächeln kehrt auf sein Gesicht zurück. »Es ist großartig. Wirklich großartig.«

Ja. Genau so klingt er auch.

Nach wenigen Schritten erreichen wir die ausgeblichene Holztür, die immer noch schief in den Angeln hängt.

»Hast du mich deswegen hergebracht? Damit ich mich daran erinnere, wie wir uns kennengelernt haben?«

Sein Verhalten ist merkwürdig. So euphorisch, wie er eben noch war, so bedrückt wirkt er jetzt. Abwesend, das ist das richtige Wort. Als wäre er gar nicht wirklich hier – oder als ob ich nicht hier wäre.

Ich strecke die Hand aus, berühre seinen Arm. »Cole?«

»Hm?« Er sieht mich an, als hätte ich ihn aus einem tiefen Schlaf gerissen.

»Alles okay?«

»Ja, natürlich.« Er zieht die Stirn in Falten. »Klar. Was sollte denn sein?«

Und er widmet seine Aufmerksamkeit wieder der morschen Tür, beschreibt Zeichen mit seinen Händen, bis die Tür ein schwaches weißblaues Glimmen umgibt.

»Also los, Kräuterhexe. Ab nach Hause!«

KAPITEL 5

Steif wie ein Brett liege ich da, die Hände in die Bettdecke gekrallt.

Hier spukt es nicht, nein. Das ist ein altes Haus, nur ein altes Haus. Sehr alt. Wer weiß, welche seismischen Aktivitäten die Türen dazu bringen, sich einfach zu öffnen? Es gibt keine Gespenster, genauso wenig wie … Hexer.

Kälte kriecht in meine Glieder, lässt meinen Körper zu Eis erstarren.

Schon wieder.

Ein Geräusch.

Ein Geräusch, wo keins hingehört.

Es ist verdammt nochmal mitten in der Nacht und alle schlafen, da hat es keine Geräusche zu geben!

Da. Noch einmal. Ein … Kratzen, ein Scharren …

»Ey.« Ein leises Bollern.

Irritiert setze ich mich auf. *Hat es geklopft?*

Erneut dieses Scharren.

Todesmutig schiebe ich die Bettdecke weg und stehe auf, tapse auf Zehenspitzen zur Tür und verharre dort, still wie der Tod.

»Hexchen, ich höre dreimal so gut wie ihr Zweibeiner. Jetzt mach nicht so ein Getue und lass mich rein.«

Ich blinzle. »Mimi?«

Vorsichtig öffne ich die Tür, einen kleinen Spalt nur, und die Katze tänzelt in mein Zimmer, schimmernd wie ein Mondstein.

»Herb«, sagt sie mit ihrer versoffenen Altmännerstimme und springt auf mein Bett. »Oooooo ja, wie weich.«

Wie festgetackert stehe ich da. »Was willst du?«

»Dir Gesellschaft leisten, was sonst?« Auffordernd blickt er mich an. »Los. Hopp. Herkommen.«

Mechanisch drücke ich die Tür ins Schloss und husche zurück zum Bett, schlüpfe unter das kühle Leinen.

Herb balanciert über meine Beine, dreht sich einmal im Kreis und lässt sich schließlich auf meinem Schoß nieder. »Alles in Ordnung, Hexchen?«, fragt er leise.

Langsam lasse ich mich zurück in meine Kissen sinken. »Natürlich. Alles super.«

»Aha.« Herb verengt die Augen. »Ich kann Angst riechen, weißt du. Und unter deinem Türspalt kam eine ganze Menge davon hervorgewabert, das kann ich dir sagen!«

Ein Schluchzer entkommt meinen Lippen.

Herb stupst gegen meine Hand. »Hexchen«, schnurrt er sanft.

»Es ist zu viel«, wimmere ich und ziehe die Nase hoch. »Vor zwei Tagen noch war ich eine durchschnittlich unzufriedene Sekretärin in einem beschissenen Job, bis dieser Fatzke auftauchte und mich mitnahm, einfach so, und du kannst sprechen, obwohl … obwohl …«

»Und das macht dir Angst?« Er schüttelt den Kopf und bettet ihn auf meinen Unterarm. »Das ist alles ganz normal, Hexchen. Du hast es nur vergessen.«

Gedankenverloren versenke ich meine Finger in seinem weichen Fell und Herb beginnt, wohlig zu schnurren. »Nein, hier stimmt etwas nicht«, flüstere ich und mein Blick hetzt durch das gemütliche kleine Zimmer. »Es spukt! Die Schranktür – waaaah!«

Und mit einem leisen Knarzen öffnet sie sich erneut, erst nur ganz langsam, dann stetig, mit einem Geräusch, das einem Horrorfilm alle Ehre gemacht hätte. »Da.« Ruckartig zerre ich mir die Decke bis an die Nasenspitze und starre in die dunkle Zimmerecke, warte auf das Schrankmonster. »Da! Du siehst es doch auch, oder?«

Das Geräusch verstummt und die tiefe Schwärze meines Kleiderschranks starrt mich an, als wollte sie mich verschlingen.

»Ach das.« Herb streckt sich genüsslich.

»Das« In aller Ruhe baut er sich eine bequeme Kuhle und lässt sich mit dem unkätzischsten Seufzer, den ich je gehört habe, darin nieder.

»Das bist du, Hexchen. Deine Kräfte erwachen.«

»Aber … aber«, stammele ich und streichle sein kuscheliges Fell, als würde das irgendetwas ändern.

Herb rollt sich auf den Rücken und klappt die Pfötchen ein. »Das ist ihre Art, dir Hallo zu sagen.«

»Hallo?«, wispere ich und starre in die bedrohliche Dunkelheit.

»Nichts, wovor du Angst haben müsstest.« Er macht sich noch länger. »Glückwunsch, Hexchen. Du wirst dich daran gewöhnen, und es wird großartig sein.« Seine Bernsteinaugen funkeln im Sternenlicht. »Und jetzt los, streichel mich.«

»Herb … du bist eine lebendige Mogelpackung.« Ich verziehe das Gesicht. »Es fühlt sich seltsam an, dass ich dir eigentlich deine dicke, haarige Plauze kraule.«

Er denkt kurz nach. »Und wenn ich dabei schnurre?«

Mit einem Seufzen lasse ich mich in meine Kissen sinken, kratze mit meinen Fingernägeln durch sein Fell. »Deal.«

Als ich erwache, ist Herb verschwunden. Draußen ist es noch dunkel, und ich werfe einen schnellen Blick in Richtung Kleiderschrank. Plötzlich halte ich inne. *Wie war das noch? Meine Magie kehrt zurück, mit jeder Erinnerung? Vielleicht kann ich jetzt …*

»Wasser«, murmele ich und strecke zaghaft die Hand aus, ein paar Finger nur, greife ins Nichts. Ja, ins Nichts, denn nichts passiert. Nicht einmal einen kühlen Lufthauch habe ich gespürt. Dann muss ich wohl oder übel nach unten, mir etwas zu Trinken besorgen.

Mit einem resignierten Seufzer husche ich hinaus auf den Flur. Bei der Gelegenheit könnte ich gleich mal das Wohnzimmer inspizieren. Irgendwo in diesem vermaledeiten Haus muss es doch etwas geben, was meinem Gedächtnis auf die Sprünge hilft!

Die Sprossenfenster sind klein, aber der sternklare Sommernachtshimmel schafft es trotzdem, alles in sein kaltes, schummriges Licht zu tauchen. Vorsichtig schleiche ich die Treppe hinab, wohlweislich darauf bedacht, kein Geräusch zu machen.

Sternenlicht verwandelt das Wohnzimmer in eine Bühnenkulisse, der ein Scheinwerfer fast all ihre Farben stiehlt. *Also, Triss, wo fangen wir an? In der großen Vitrine? Der Kommode neben dem Kaminsims?*

Auf Zehenspitzen tapse ich zu dem brusthohen Schubladenschrank. Hm. Das Ding ist mindestens so alt wie Nonn. Die Schubladen könnten furchtbar laut quietschen, und …

Ein leises Seufzen kommt von der Couch. Ich fahre herum.

Auf der dunklen Sitzfläche malt sich ein Körper ab. Er hat seine Einsneunzig auf Couchlänge zusammengefaltet und liegt auf der Seite, die Wange auf eine Hand gelegt, die andere locker in seinem Haar vergraben.

Cole. Ich hätte nicht gedacht, dass seine Haare so lang sind. Silbrig schimmern sie im kalten Licht, und keine Strähne befindet sich mehr da, wo sie hingehört. Ein paar hängen ihm wirr bis in die Augen.

Er wirkt vollkommen anders als in seinen steifen dunklen Anzügen mit dem festbetonierten Haar, er erinnert mich an … an … ach cazzo, keine Ahnung. Noch einmal stößt er ein kleines Seufzen aus, so, als würde er schlecht träumen, fröstelt kurz.

Ich sollte abhauen.

Vorsichtig husche ich zurück zur Treppe. Auf der Sofalehne liegt eine dünne Wolldecke, fein säuberlich zusammengefaltet. *Hm, soll ich … Ach, was soll's – ich bin ja kein Unmensch.* Ich schnappe sie mir und breite sie über Nicholas aus, vorsichtig, um ihn nicht zu wecken. Mit einem wohligen Ächzen dreht er sich auf den Rücken, schläft weiter. Ich widerstehe dem Drang, ihm eine Haarsträhne aus der Stirn zu streichen, und wende mich von ihm ab, betrete die unterste Treppenstufe, so behutsam ich kann, um jegliches Knarren zu vermeiden.

»Kräuterhexchen?«

Ich wirble herum. Cole sitzt auf dem Sofa, die dünne Decke um seinen Körper gewickelt. Nicht nur Geister können einen zu Tode erschrecken, nein. Hexenmeister auch.

Er steht auf und streckt sich, versucht, seine Haare zu bändigen. »Ein kleiner Fluchtversuch mitten in der Nacht?«

»Nein, aber … ich … spukt es hier? Auf einmal knarzt es überall, und … und Türen öffnen sich, einfach so.«

Er kommt näher. »Und das macht dir Angst«, stellt er fest.

Ich zucke mit den Schultern. »Ein bisschen, ja.«

Sein Lächeln bringt mein Herz zum Stolpern. *Warum? Was ist das nur mit diesem Mann?* »Deine Magie will dir etwas zeigen.«

»Ich will aber nichts gezeigt bekommen! Schon gar nicht von einem Kleiderschrank …«

»Vielleicht hätte deine Magie gern, dass du die Unterwäsche wechselst.« Er grinst verschlafen. »Die Couch ist breit genug für uns beide. Du kannst mir ja Gesellschaft leisten.«

»Boah Leute!« Herb schält sich hinter einem hölzernen Zeitungsständer hervor und macht einen Buckel, rekelt sich genüsslich. »Nehmt doch mal Rücksicht auf das hart arbeitende Volk in diesem Haus! Eure ungeschickten Annäherungsversuche sind eine Belästigung für jedes atmende Wesen hier! Oh …« Seine Aufmerksamkeit richtet sich auf irgendetwas am Boden. »Und für diese Spinne hier.« Er macht einen Satz und reißt um ein Katzenhaar Coles Trinkglas vom Tisch. »Ex-Spinne«, schmatzt er zufrieden.

Cole gluckst. »Hart arbeitendes Volk?«

»Annäherungsversuche?«, frage ich.

Herb rollt mit den Augen und schleckt sich die Schnute. »So richtig helle seid ihr beide nicht, was?« Er wirft den pelzumkränzten Hintern herum und schwingt ihn in Richtung Küche. »Wasser. Uäh. Das war etwas zu knusprig für meinen Geschmack. Bitter. Igitt.«

Cole räuspert sich und wendet sich wieder mir zu.

»Also, ich …« Ich zucke mit den Schultern. »Ich könnte auch etwas zu trinken vertragen.«

»Dann komm.« Er schnappt sich sein Glas und nebeneinander schlendern wir durch den breiten Durchgang in die Küche.

Cole schaltet das Licht ein und ich setze mich an den Tisch. Mit einem lauten Knarren öffnet sich die vorletzte Hängeschranktür und wir fahren erschrocken zusammen.

»Wow Hexchen«, Wasser trieft aus Herbs Barthaaren, »war das Absicht?«

»Nicht so ganz«, gebe ich zu und ziehe die Schultern hoch. »Ich wollte doch nur etwas trinken …«

»Und deine Magie wollte dir helfen.« Cole nimmt ein Trinkglas aus dem Schrank.

»Gibt's noch was zu Futtern?« Herb scheint sein Interesse bereits verloren zu haben.

Cole pumpt etwas Wasser in das Glas. »Nicht, wenn du nicht etwas erlegst.«

Herb brummt verstimmt. »Dann lass mich raus, und zwar pronto, prontissimo. Ich brauche was zu beißen. Scheiß Diät.«

Cole entlässt die Katze hinaus in die Nacht. »Und wehe, du wagst es, Terz zu machen! Du kannst morgen früh reinkommen, wenn alle wach sind!« Er lässt sich auf den anderen Stuhl sinken. »Jagt einem ganz schön Angst ein, hm?« Er schiebt mir das gefüllte Wasserglas hin, so kalt, dass es von außen bereits beschlägt.

Ich nehme einen großen Schluck, nicke leicht.

»Hast du es versucht?«, fragt er leise. »Etwas zu manifestieren?«

»Gerade eben. Deswegen bin ich hier.« Ich wackele mit dem Glas.

Er zieht seinen Fuß hoch auf die Sitzfläche, stützt das Kinn auf sein Knie. »Hast du es dir richtig vorgestellt?«

Ich zucke mit den Schultern. »Ein Glas Wasser halt.«

Mit verengten Augen fixiert er mich. »Hast du es gesehen?«

Ich runzle die Stirn. »Wie, gesehen? Wie einen Film?«

Er beugt sich vor. »Pass auf: Du darfst nicht darüber nachdenken, was du haben willst. Du musst überzeugt davon sein, dass es bereits da ist. So.« Rasch greift er über meine Schulter und hält eine dicke, reife Erdbeere in der Hand, deren Duft mir sofort das Wasser im Munde zusammenlaufen lässt. »Du darfst nicht den geringsten Zweifel daran haben, dass es existiert.«

Er drückt sie mir in die Hand und ich beiße hinein, unterdrücke ein genüssliches Aufstöhnen. »O mein Gott, die ist ja himmlisch!« Ich lecke mir einen Tropfen Saft von den Lippen, schließe die Augen. »Du solltest einen Laden eröffnen!«

Cole lacht und lehnt sich ein wenig zurück, legt sich kurz zwei Finger an die Schläfe. »Das ist das Gute daran. Alles, was du manifestierst, ist absolut perfekt, genauso, wie du es magst.«

Ich stecke mir die Finger in den Mund, um ja nichts von dieser köstlichen Erdbeere zu vergeuden. »Wir haben wohl denselben Geschmack.«

Sein Blick fällt kurz auf meine Lippen, dann sieht er mich wieder an, mit diesen irritierenden türkisfarbenen Augen. »Offensichtlich. Ich probiere gerne eine deiner Erdbeeren, wenn du so weit bist. Noch eine?«

Mein Gesicht spricht wohl Bände, denn bevor ich ihm antworten kann, hat er bereits eine Erdbeere in der Hand, diesmal umhüllt mit dunkler Schokolade.

»Möchtest du?« Er hält sie mir hin und ich nehme seine Hand, halte sie fest und beiße ein Stück von der Frucht ab. *Mmmmmh …* die Schokolade knackt zwischen meinen Lippen, schmilzt bitter auf meiner Zunge, und das Fruchtfleisch, so süß und aromatisch, mit exakt der richtigen Säure …

Cole beobachtet mich – und plötzlich fühlt es sich verboten an. Zu nah. Und gleichzeitig nicht zu nah …

Ich muss dringend herausfinden, welche Rolle dieser Mann in

meinem unbekannten Leben spielt, denn irgendetwas in mir fährt Achterbahn, wenn wir uns näherkommen, während etwas anderes pausenlos in ein Warnhorn tutet.

Ich schlucke den Bissen herunter und lasse Cole los, ignoriere die andere Hälfte der Frucht, die er noch immer in der Hand hält. »So gute Erdbeeren hatte ich zuletzt in New York.«

Sein Blick verändert sich kaum merklich. »Du warst nie in New York, kleine Kräuterhexe.«

Ich stoße ein schnaubendes Lachen aus. »Doch, natürlich. Ein Schüleraustausch, vor zehn Jahren.«

»Wo hast du gewohnt?«

»In einer WG mit drei anderen.«

»Wo, Triss?«

Ich blinzle kurz. Ein rotes Backsteinhaus mit einer Treppe davor. »Mir … mir ist der Name der Straße entfallen.«

»Stadtteil?«

»Ich …« Ich nippe einen Schluck Wasser, denke verbissen nach. »Queens? Nein, Bronx … nein … Mist, es fällt mir gerade nicht ein.«

»Weil du nicht dort warst«, sagt er sanft und isst den Rest der Schokoerdbeere. »O cielo, die ist wirklich gut.«

Ich schüttele den Kopf. »Aber ich kann mich erinnern, Cole. Ich war da.«

Er beißt sich kurz auf die Unterlippe. »Wie hießen deine Mitbewohner? Woher kamen sie? Jungs? Mädels? Oder –«

»Stopp«, sage ich leise und er unterbricht sich, wartet. »Du treibst mich in die Enge. Weißt du, wie unfair das ist?« Tränen schießen mir in die Augen. »Ich kann mich an Erlebnisse erinnern, Cole, Erlebnisse, von denen du sagst, dass sie nie stattgefunden haben. Ich fühle sie, bis du mir zeigst, dass sie eindimensional sind. Du kennst mein Leben besser, als ich es tue, du kennst mich besser als ich selbst. Weißt du, wie beängstigend das ist?« Dagegen sind die Schranktüren gar nichts.

Ernst sieht er mich an, in seinen Schlafklamotten und der Wolldecke um seine Schultern, die Haare immer noch durcheinandergebracht, ein völlig anderer Cole als bei Tageslicht. »Entschuldige, Triss«, sagt er leise. »Das wollte ich nicht.«

Ich ziehe die Nase hoch, nehme einen großen Schluck Wasser. »Eigentlich sollte man sich selbst besser kennenlernen, je mehr man über sich erfährt.«

Er nickt langsam. »Das ist auch so.«

»Und warum fühlt es sich dann an, als würde ich jedes Mal ein weiteres Stück von mir verlieren?«

»Du kannst dir nicht vorstellen, wie leid es mir tut«, murmelt er und blickt zu Boden, betrachtet unsere nackten Füße auf den Steinplatten.

»Schon gut. Du kannst ja nichts dafür.«

Er lächelt verkrampft, doch er blickt nicht auf.

Ich trinke noch etwas und stelle mein Glas auf den Tisch. »Die Party ist vorbei, oder?« Ich bin selbst überrascht, wie künstlich mein Lachen klingt. »Ich habe uns wohl die Stimmung versaut.«

»Dabei bist du mindestens so eine Partymaus wie die gute alte Nonn.« Cole blickt auf und sein Lächeln entspannt sich. »Wir sollten noch etwas schlafen, bevor das Haus zum Leben erwacht.«

Gemeinsam gehen wir zurück ins Wohnzimmer und ich stutze, als er zur Couch abbiegt. »Du bleibst hier? Oben wartet ein bequemes Bett auf dich, in dem du dich nicht zusammenrollen musst und du ziehst das Sofa vor?«

»Ist schon okay.« Ein spitzbübisches Grinsen breitet sich auf seinem Gesicht aus. »Vielleicht suchst du in einer Stunde etwas zu essen und brauchst dabei Hilfe.«

Unschlüssig wiege ich den Kopf. »Ich denke vielmehr, dass ein gewisser Jemand dir noch vor Sonnenaufgang die Hölle heiß machen wird, weil er wieder ins Haus will.«

Er lächelt und verflucht, etwas in mir rührt sich bei seinem Anblick. »Hast du mich eigentlich zugedeckt, Kräuterhexchen?«, fragt er leise.

Ich zucke mit den Schultern. »Du hast verfroren ausgesehen, da hatte ich Mitleid.«

Plötzlich legen sich seine unzähligen Masken wieder über sein Gesicht. Sein Lächeln erstirbt, kühl sieht er mich an. »Wenn irgendein Mensch kein Mitleid verdient, dann bin ich das. Gute Nacht, Triss.«

Und er rollt sich auf dem Sofa zusammen, lässt mich einfach am Fuße der Treppe stehen.

Ich drehe den Schlüssel im Schloss herum und atme einmal tief durch. Schlafen. Die Augen schließen, träumen, aufwachen und dann sehen wir weiter.

Drei Schritte schaffe ich – da! Die Schranktür, wieder öffnet sie sich, langsam, lautlos, gibt den schwarzen Schlund dahinter preis. *Magie, verdammt – was soll das?*

»Lass mich«, knurre ich, und sie antwortet mit einem gruseligen Knarren, öffnet sich unbeeindruckt weiter.

Vielleicht … Was sagte Coles gerade? Also, ich glaube im Leben nicht, dass meine Magie der Meinung ist, ich sollte jetzt gerade meine Unterwäsche wechseln, aber … was, wenn sie mir wirklich etwas sagen will?

Das dunkle Loch in der Wand starrt mich an.

Kein Schrankmonster.

Zögernd mache ich einen Schritt, dann noch einen, bleibe stehen. Was sollte mir irgendeine dahergelaufene Zauberkraft zeigen wollen – dort, wo man seine Klamotten aufbewahrt?

Ich schnaube und schüttele den Kopf, nur für mich. Das ist doch alles Schwachsinn. Gut, dass es so etwas wie Magie gibt, muss ich mir wohl langsam eingestehen – aber was will sie von mir? Jetzt? Mitten in der Nacht? Ich sollte einfach ins Bett gehen.

Mit einem leisen Knarren verleiht sie ihrer Forderung Nachdruck, und verdammt, es ist da, ich spüre es. Etwas zieht mich zu der finsteren Öffnung, unwiderstehlich, wie ein Magnet.

Seufzend gebe ich nach. Was soll's? Wenn ich die Tür schließe, wird sie sich sowieso wieder öffnen! Bringen wir es einfach hinter uns.

»Also, Magie«, flüstere ich in die Nacht. »Was willst du von mir?« Kurz zögere ich, dann strecke ich die Arme aus, schiebe meine Handflächen flach unter den ersten Klamottenstapel und nehme ihn heraus. Nichts. Nur Kleidung, frisch gewaschen, aber nichts Besonderes. Ich lege den Haufen auf dem Stuhl ab, hole den nächsten. Wieder nichts. Und die Magie schweigt.

»Also?« Ich streiche über das dunkle Regalbrett. Weichgeschliffenes, warmes Holz schmiegt sich an meine Haut. »Findest du das witzig?«

Lautlos öffnet sich die Tür einen Hauch weiter, und mir stockt der Atem. Ich habe sie nicht berührt, wirklich nicht, ich … Es fühlt sich an wie eine Aufforderung. Als sollte ich intensiver schauen.

»Na toll.« Ich verdrehe die Augen. Es ist mitten in der Nacht, ich bin hundemüde, und das Licht der Wandlampen reicht kaum bis hierher, geschweige denn, dass ich etwas im Inneren des Schranks erkennen könnte. Also bleibt wohl nur mein Tastsinn.

Noch einmal fahre ich über das Holzbrett, ziehe die Maserung mit der Fingerspitze nach. Ohne Ergebnis. An der Rückseite der Nische spüre ich Steine, grob verputzt und glatt gestrichen.

Magie, was willst du von mir?

Wie eine Antwort gibt die Schranktür ein zartes Knarren von sich. *Okay, also weiter.*

Ich nehme mir die anderen Regalbretter vor, bis ich im Schneidersitz auf dem Holzboden sitze, nehme die gestrickten Decken heraus. Drei Stück sind es, aus ungebleichter Wolle und mit eingearbeiteten Mustern versehen.

Wunderschön.

Und total gewöhnlich.

Ich lege den Stapel neben mich und mache mich klein, streiche mit beiden Händen über den Schrankboden, taste jeden

Zentimeter ab. Niente. Ich hocke vor einem leeren Schrank auf dem Boden, um drei Uhr nachts. Grandioso.

Ab ins Bett und morgen frage ich die Grummelbirne oder seine Oma, was das alles sollte. »Das war wohl nichts, Magie.« Umständlich rappele ich mich auf und stoße mit dem Ellbogen gegen die linke Schrankseite. Ein hohles Geräusch.

Meine Fingerspitzen tanzen die Wand entlang, und die Tür knarrt zustimmend. Eine Fuge zwischen den Holztafeln ist breiter als die anderen … Behutsam bohre ich meine Finger hinein und die Vertäfelung fällt, landet mit einem leisen Klappern auf dem Boden.

Mein Herz wummert laut in der Stille. Ich beuge mich vor, schiebe meine Hand in das Loch in der Wand. *Bitte … keine Rattenkadaver, Schleim oder jemand, der mich hineinziehen will …*

Nichts dergleichen erwartet mich. Stattdessen ertaste ich etwas Glattes, Kühles, und ziehe es hervor. Ein Notizbuch aus unfassbar weichem, dicken Leder, umwickelt und verschlossen mit einem schmalen Band. Dunkelbraun ist es, mit einem eingeprägten Halbmond.

Etwas in meinem Kopf jubelt und mein Körper antwortet mit einem erregten Keuchen. Ja, die Magie wollte, dass ich nachschaue … dass ich das hier finde.

Meine Finger zittern, als ich den Lederknoten öffne. Und dann liegt es vor mir, dieses Buch, als wartete es nur darauf, von mir aufgeschlagen und gelesen zu werden.

Ich schiebe meine Fingerspitzen unter den ledernen Einband, klappe es auf und schnappe nach Luft. Buch der Schatten, steht dort, in großen, handgeschriebenen Lettern auf hellbraunem Papier. O wow. Ich meine – ich kenne so etwas aus dem Fernsehen, natürlich, aber das … Es ist wunderschön. Die verschnörkelte Schrift, mit dicker, schwarzer Tinte geschrieben, und darunter … ein Monogramm. *Mein Monogramm.* BR.

Ich schlage die Seite um, atme zittrig ein. *Meine Schrift. Das ist meine Handschrift!*

Aus Macht und Liebe bin ich geboren.
Wenn du mich findest, so war ich verloren.
Hielt mich verborgen vor den Augen von denen,
die Schlechtes dir im Herz ersehnen.
So nimm mich an, nimm mich zurück,
ich schenke dir Wissen, Stück für Stück.
Doch halte mich heimlich, hör auf deinen Bauch.
Denn war ich verloren, so warst du es auch.
Ich bin dein Freund, auf mich kannst du bauen.
Aber wisse, du kannst nicht jedem vertrauen.
Und nun, wenn es niemandem Schaden beschert,
dann tue, Triss, was dein Herz begehrt!

Ich schlage mir die Hand vor den Mund, ersticke meinen Aufschrei. Angst kriecht meine Wirbelsäule empor wie ein kalter Nebelhauch. Es nennt mich beim Namen, dieses Buch, spricht mit mir! *Mit mir?*

Nein.

Heftiger als nötig klatsche ich den Einband zu, stopfe es zurück in sein Versteck und drücke das Holzpaneel davor.

Nein.

Zu viel, viel zu viel! Ich kann schon kaum akzeptieren, dass Schränke mit mir kommunizieren wollen, und jetzt – nein. Nein! Dio, nein!

KAPITEL 6

Seit Stunden wandern Nonn und ich durch die Natur, aber immer noch habe ich mich nicht getraut, auch nur ein Wort über mein nächtliches Intermezzo mit einem gruseligen Notizbuch zu verlieren.

Ein gruseliges Notizbuch, das mich davor gewarnt hat, anderen zu vertrauen, wohlgemerkt. Mit welchem Recht gibt es so etwas von sich? Heute früh habe ich mich nicht einmal getraut, auch nur in die Richtung des Schranks zu schauen! Allerdings … die Klamottenstapel auf dem Stuhl und die Wolldecken auf dem Holzboden sind Beweis genug, dass ich mir das alles nicht nur eingebildet habe, oder?

Cole war bereits aufgebrochen, als ich in der Küche eintraf, total übermüdet, als hätte ich die ganze Nacht durchgemacht und nicht nur den überwiegenden Teil davon.

Nonns gute Laune war nicht ansteckend, sondern eher abschreckend gewesen, und kaum, dass ich mein Croissant aufgefuttert hatte, schleifte sie mich bereits hinter sich her durch die Botanik. Mit großen Weidekörben bewaffnet strichen wir durch die Landschaft, um an schattigen Stellen oder halb von Felsen verborgen die ersten Austernpilze aufzustöbern.

Wieder geht Nonn mit einem Ächzen in die Hocke, schneidet mit ihrem Kupfermesser vorsichtig einige Pilze aus dem Boden.

»Wie findest du sie nur immer?« Kopfschüttelnd stemme ich die rechte Hand in die Hüfte. An der linken baumelt mein Korb – so gut wie leer.

»Sie wollen gefunden werden. Das ist die Magie, die in den Dingen liegt.« Behutsam betrachtet sie ihre Ausbeute, legt sie in ihren Korb.

Meine Gedanken schweifen zu diesem vorlauten Notizbuch. *Wenn du mich findest, so war ich verloren.* Ja, definitiv wollte die Magie, dass ich es finde … und dass ich es für mich behalte.

»Ist die Magie immer ehrlich zu uns? Ich meine – es könnten doch auch Giftpilze gefunden werden wollen, oder? Um uns zu schaden?«

Nonn schüttelt den Kopf, erhebt sich mit einem lauten Ächzen. »Magie lügt nicht. Nie. Sie beschützt uns.«

Also sollte ich diesem Buch glauben … sofern Nonn die Wahrheit sagt. Ich stöhne auf, bevor ich es verhindern kann, und verdrehe innerlich die Augen.

»Bist du schon müde?« Nonns Blick scannt mich unbarmherzig.

»Ich bin noch müde.« Und es ist viel zu heiß, um in dieser Mittagshitze draußen herumzuspazieren.

»Dennoch … wir brauchen mehr Pilze fürs Abendessen.« Mit dem Handrücken wischt Nonn sich Schweiß von der Stirn. »Nick hat mir von deiner Nachtwanderung erzählt.«

»Er ist ein seltsamer Mensch.« Ich ducke mich unter einem tiefhängenden Olivenzweig hindurch und halte ihn für Nonn hoch. »Launisch. Ich kann ihn überhaupt nicht einschätzen. Als wäre er ein Schauspieler in einem Ein-Mann-Stück, immer wieder in einer anderen Rolle, und vermutlich weiß er selbst nicht, welches sein wahres Gesicht ist.«

»Autsch«, sagt Nonn mit hochgezogenen Augenbrauen. »Da hat er dir aber ordentlich zugesetzt.«

»Ja. Nein. Ach Nonn.« Ich seufze ausgiebig und folge ihr auf den schmalen Trampelpfad, der uns den Hügel hinaufführt. »Ich kenne ihn nicht. Also … offenbar doch, aber ich erinnere mich nicht. Aber er … Nonn, er kommt mir so falsch vor. Nicht hinterlistig, sondern irgendwie … unecht. Verstehst du mich?«

Nonn reibt sich den Schweiß von der Stirn und sieht sich um. Keine Wolke ist am Himmel zu sehen und Sizilien flimmert, als wäre die Insel eine einzige Fata Morgana. »Nicht, wenn du es mir nicht erzählst.« Ihre jungen blauen Augen fixieren mich aufmerksam. »Woran erinnerst du dich?«

»Daran, wie wir uns kennengelernt haben. Er wirkte nett und unbekümmert.« Ich schiebe mich an Nonn vorbei, schleppe mich weiter den Hügel hinauf. Es ist heiß heute, so heiß, als würden wir ein paar Runden in einem Backofen drehen, doch die Bewegung sorgt zumindest für einen kühlen Luftzug. »Offen, lässig. Nicht so abweisend, wie ich ihn hier erlebt habe.«

»Wir alle haben viele Facetten«, sagt Nonn vorsichtig. Trockene Erde und kleine Steinchen knirschen unter unseren Schuhen. »Manche sogar unzählige. Nick gehört nicht dazu.«

Jetzt bin ich es, die stehenbleibt. »Also ist das der wahre Nicholas? Narzisstisch und arrogant?«

»Ich muss dem Hexchen recht geben, Nonn.« Die weiße Katze wuselt sich von hinten durch meine Beine.

Nonn schreit auf. »Herb! Warum erschreckst du uns so?«

Herb würde bestimmt mit den Schultern zucken, wenn er das könnte. »Ich bin eine Katze, falls das deiner Aufmerksamkeit entgangen sein sollte. Wir Katzenartigen sind Experten darin, uns anzuschleichen und lautlos durch die Weltgeschichte zu pirschen, um –«

»Herb!«, keift Nonn.

»Ja, schon gut!« Gelassen setzt er sich auf seinen Katzenpopo und schlabbert sich das Vorderpfötchen ab. »Aber dennoch. Nick macht es dem Hexchen nicht gerade leicht. Erst ist er der charmante Märchenprinz und fünf Minuten später so verspannt, dass ich Angst habe, von den Diamanten, die ihm aus dem Arsch purzeln könnten, erschlagen zu werden.«

Ich gluckse und ernte einen strafenden Blick von Nonn.

»Er ist, wie er ist, capisci?« Sie wedelt mit dem Zeigefinger in unsere Richtung. »Nichts davon hat er sich ausgesucht und das weißt du, Herb.« Nonn macht einen großen Schritt über die Katze hinweg und setzt ihren Weg zum Gipfel fort. »Er hat sich verändert. Vor etwa einem Jahr«, Nonn schnauft wie eine kleine Dampflokomotive, »ist in unserer Welt etwas geschehen, was sein Leben ziemlich erschüttert hat.«

»Vor einem Jahr?« Ich krame in meinem löchrigen Gedächtnis. Letztes Jahr. Sommer. Hm.

»Nonn«, warnt Herb leise, und ich verdrehe die Augen.

»Ja, ich weiß schon, Hirn-Barbecue! Aber wie soll ich mich erinnern, wenn ich gar nichts weiß?«

»Es geschah, bevor du dein Gedächtnis verloren hast, Triss. Du warst eine von uns, als es geschah.«

Oben auf der Spitze des Hügels angekommen, bleibt Nonn stehen und sieht sich um, schwer atmend, die Hände in die Hüften gestemmt, doch sie scheint nichts wahrzunehmen als das, was sich vor ihrem inneren Auge abspielt.

»Was ist passiert?« Meine Stimme ist kaum mehr als ein Flüstern.

Herb lässt sich zu meinen Füßen nieder und betrachtet mich lauernd, wie ein Psychiater, der sich auf der richtigen Spur wähnt.

»Schwarzmagier kann man nicht erkennen, Triss. Sie sehen aus wie du und ich, beherrschen gewöhnliche Magie – nur haben sie besondere Gaben. Nicht alle Schwarzmagischen hegen üble Gedanken, das kann ich dir versichern – aber es gibt nun einmal auch diejenigen, die ihre ganz eigene Moral entwickelt haben und eine Gruppe dafür gründeten: die Oscuri.«

Ich blicke Herb an und er mustert mich stumm, vollkommen unbeeindruckt, wie die brave Katze, die er eigentlich sein sollte.

»Macht und Verführung gehen Hand in Hand. Je stärker die Macht, desto mehr Gutes könnte man tun.« Traurigkeit zieht durch Nonns Blick. »Aber viele entschieden sich für ihren eigenen Vorteil. Egal, wem sie damit schadeten.« Sie lässt sich auf einen großen Steinbrocken sinken, richtet den Blick auf das

Meer, das weit von uns entfernt fast nahtlos in den grellblauen Himmel übergeht.

»Schwarzmagier haben die Gabe, andere zu zwingen, nach ihrem Willen zu handeln. Die Verhexten tun alles, was ihnen aufgetragen wird. Sie heiraten jemanden, den sie nicht lieben, sie morden und tun schreckliche Dinge. Doch in ihrem Inneren …« Nonn bricht ab, atmet tief durch. »Sie sind in ihren Körpern gefangen, absolut wehrlos, den Befehlen anderer ausgeliefert.«

Ich blinzle gegen die Sonne an. »Das ist furchtbar.«

Nonn nickt. »Das ist es. Und verboten. Doch viele Schwarzmagische sind berauscht von der Macht, die sie haben. Sie können nicht aufhören, wollen mehr … Einige beschlossen daher, ihre eigenen Regeln aufzustellen und nannten sich fortan Oscuri. Sie weigerten sich, die Gesetze unserer Konvente zu befolgen, nahmen die Strafen für ihre Vergehen nicht an. Sie benutzten ihre Gaben zu ihrem eigenen Wohl und scherten sich nicht darum, was mit anderen geschah.«

»Wie Menschen«, sage ich leise.

Herb stößt ein verbittertes Schnauben aus und huscht zwischen meinen Beinen hindurch, springt auf Nonns Knie. »So handeln alle, die den Sinn nicht verstehen.«

»Aber was haben sie davon?« Ich fege ein paar spitze Steinchen beiseite und lasse mich auf dem trockenen Boden nieder.

»Manche tun es aus eigenem Interesse. Sie bestehen darauf, dass ihre dunklen Kräfte Teil ihres freien Willens sind, den niemand ihnen absprechen darf. Eine abenteuerliche Sichtweise.« Nonn verjagt die Katze von ihrem Schoß und greift in die Luft, zieht ein flaches, bauchiges Glas mit einer klaren Flüssigkeit hervor. Eiswürfel klimpern wohlig, vermischen sich mit dem Zirpen der Grillen, die in den hohen Grashalmen nach ihren Liebsten schreien. »Willst du auch?«

»Wasser?«

Nonn bedenkt mich mit einem irritierten Blick. »Nein, Gin. Willst du?«

»Lieber nicht.« Ich schüttele den Kopf. »Der hätte ein bisschen zu viel Wumms für mich bei dieser Hitze. Aber könntest du mir bitte ein Wasser …«

Nonn wirft mir eine Wasserflasche zu.

Tropfen von Kondenswasser rinnen über meine Finger und ich lege sie mir in den Nacken. »Der freie Wille ist aber doch eigentlich etwas Gutes.«

Herb bettet sein Köpfchen auf die Vorderpfoten. »Nicht, wenn man eine sehr eigene Interpretation davon hat, nicht wahr?«

Irritiert ziehe ich die Augenbrauen zusammen, mustere abwechselnd Nonn und die Katze zu meinen Füßen.

»Wie wäre es, wenn du dich an jemandem rächen wolltest, ihm eine Krankheit verpassen, Schmerzen zufügen wolltest? Darf so etwas passieren, nur damit die schwarzmagischen Oscuri ihren freien Willen ausüben können?«

Mir wird kalt. »Nein, natürlich nicht«, flüstere ich. Abwesend schraube ich den Deckel von der Flasche und lasse das kühle Wasser meine Kehle hinablaufen. Die Oscuri wähnen sich also im Recht, wenn sie andere beeinflussen oder unterdrücken?

Herbs bernsteinfarbene Augen wirken plötzlich erschreckend menschlich. »Du glaubst nicht, wie viele dieser bemitleidenswerten Seelen wie die Austernpilze aus dem Boden geschossen kamen und auf das Recht pochten, alles zu tun, was ihrem freien Willen entsprach.« Er tauscht einen kurzen Blick mit Nonn. »Schwarze Märkte für schwarze Magie«, schnurrt Herb und legt sich gemütlich auf die Seite.

Nonn sieht mich nicht an, lässt die kümmerlichen Reste ihrer Eiswürfel gemeinsam mit der Zitronenscheibe in ihrem Glas Karussell fahren und schweigt.

»Schwarzmärkte? Aber wenn alle Hexen das, was sie brauchen, einfach aus der Luft holen können, warum sollte man dann…«

»Es geht nicht um Gegenstände. Es geht um Dienstleistungen.« Herb sinkt vollständig in das staubige Bett aus goldglänzenden Grasresten, heller Erde und vermutlich auch ein paar glücklichen

Zecken, die einer von uns heute Abend aus dem Balg pulen muss.

»Sie verkaufen sie, Triss. Liebesmanipulationen, Schadensmanipulationen, was auch immer du dir vorstellen kannst. Der Markt floriert und die Beweggründe der Käufer sind so finster wie die Magie, die sie ans Ziel bringt. Hexen und Menschen verschwanden einfach, anderen wurde ihr kompletter Willen geraubt, während ihre Persönlichkeit in ihrem Geist leidet und verkümmert.«

»Aber was haben sie davon, Nonn?«, wiederhole ich meine Frage. »Ihr … wir brauchen kein Geld, wenn wir all unsere Wünsche mit einem Fingerschnippen erfüllen können.«

Nonn zuckt mit den Schultern, kippt ihren Gin herunter und lässt das Glas in der flirrenden Sommerhitze verschwinden.

»Es gibt ihnen ein gutes Gefühl.« Herb blickt mich ernst an. »Wie ein Drogenrausch. Sie werden high davon, möchten immer mehr … Das Gefühl von Allmacht, das sie durchströmt, sobald die Manipulationen ausgeführt werden, soll berauschender sein als alles, was du dir vorstellen kannst.«

Ich schnappe nach Luft. »Sie tun es für ihren Kick? Sie töten, unterjochen und bestrafen andere, weil es sich gut anfühlt?«

»Menschen sind schon für weniger zu Monstern geworden«, murmelt Herb und blinzelt gegen die Sonne an.

Nonn atmet einmal tief durch. »Der Hexenrat bekam die Situation nicht in den Griff. Selbst Weißmagische schlossen sich den Oscuri an, witterten ihre eigenen Vorteile. Man ersann Konzepte, große Aktionen, um die Oscuri an ihrem Tun zu hindern. Gesetze wurden geändert, Strafen drakonischer. Und die Oscuri reagierten.«

Ich starre sie an. »Wie?«, ist alles, was ich herausbringe.

»Durch den Putsch«, sagt Herb leise und setzt sich auf. Ernst dringt der Blick seiner leuchtend gelben Augen in meinen. »Sie haben den kompletten Hexenrat in die Luft gejagt und Dreiviertel ihrer eigenen Leute noch dazu.«

»Bei Merlin!« Ich schlage mir die Hand vor den Mund.

»Die Verluste waren kaum zu ertragen. Nahezu jeder von uns hat jemanden verloren in dieser Nacht. Und Nick …«

»Nonn …« Herbs Stimme erhebt sich warnend über die zirpenden Grillen.

Sie seufzt und senkt den Blick. »Ich weiß, Herb, ich weiß.«

Ich beuge mich ein wenig vor. »Er hat jemanden verloren?«

Ihr nächster Seufzer ist fast nicht mehr zu hören. »Er war im Einsatz und hatte unfassbares Glück, selbst überlebt zu haben. Der Großteil seiner Leute hatte dieses Glück nicht, und noch dazu wurde ihm –«

»Nonn!« In einer einzigen, flüssigen Bewegung springt Herb auf ihren Schoß.

Sie sieht ihn an und nickt stumm, streicht ein paar Haarsträhnen zurück in ihren Dutt. »Die Verluste waren jedenfalls kaum zu ertragen«, sagt sie leise und vergräbt ihre Finger in dem langen, weißen Fell, fummelt abwesend trockene Holzstückchen heraus.

Das also ist es. Das ist es, was den charmanten Mann aus meiner Erinnerung in diesen grummeligen, ambivalenten Kauz im Armani-Model-Kostüm verwandelt hat: Schmerz.

Deswegen wollte er kein Mitleid. Weil es etwas gibt, was er sich selbst nicht verzeihen kann.

Ich wische mir mit dem Handrücken über die Stirn und betrachte die Landschaft, die sanft geschwungenen Hügel hoch über dem Meer, jeder einzelne von ihnen überragt von dem dunklen Massiv des Vulkans. Es ist atemberaubend, so wunderschön, dass es unmöglich erscheinen lässt, was Cole im letzten Jahr durchmachen musste.

Herb räuspert sich lautstark. »Eure Pilze trocknen aus.«

»Dann lasst uns zurückgehen.« Nonn springt auf und schnappt sich ihren Korb. »Auf dem Heimweg wollen sicher noch die einen oder anderen Pilze gefunden werden, was, Kindchen?« Sie schenkt mir ein so strahlendes Lächeln, als hätte ich mir nur eingebildet, was die beiden mir eben erzählt haben.

Ablenkung, wieder einmal.

Sie verraten mir nicht, wen es getroffen hat.

Und das kann nur eines bedeuten: Es hat mit mir zu tun.

Ich stoße fast mit Cole zusammen, als er in die Hexenküche schlendert, sein dunkles Sakko lässig über die Schulter geworfen.

Nonn werkelt auf der Arbeitsplatte herum. »Du bist spät, tesoro. Setz dich, das Abendessen ist gleich so weit.«

Er spannt seine Anzugjacke über die Stuhllehne und schenkt sich ein Glas Wasser ein. »Aahh, köstlich.« Mit der Zungenspitze fischt er sich einen Tropfen von den Lippen.

Hitze schießt mir in die Wangen und selbst, wenn ich so tue, als hätte ich nur ganz in Gedanken vor mich hingestarrt, so ist mir das amüsierte Funkeln in seinen Augen nicht entgangen.

Er hebt das Kinn, versucht, einen Blick über Nonns Schultern zu erhaschen. »Sind das etwa Ferla?«

»Die ersten dieses Jahr«, sagt Nonn stolz und winkt mit frisch geputzten Austernpilzen. »Kocht das Wasser schon, Triss?«

Ich spähe in den Kupfertopf. »So gut wie. Soll ich die Polenta –«

»Untersteh dich, Kind! Wenn es kocht, gibst du Salz hinein und lässt den Grieß einrieseln, ganz langsam. Und dann rührst du, als würde dein Leben davon abhängen.«

»Hiermit?« Ich bugsiere einen riesigen hölzernen Löffel aus der Schublade und hebe ihn hoch wie die Haltekelle eines Polizisten.

Empört stemmt Nonn beide Hände in die Hüften. »Nein! Also wirklich. Man könnte meinen, du hättest noch nie –«

»Nonn«, mahnt Cole leise und sie schnaubt, grabscht in die leere Luft und befördert eine frische Knoblauchknolle daraus hervor.

Ich zucke mit den Schultern. »Ich kann nicht kochen. Mir brennt sogar die Tiefkühlpizza im Ofen an.«

»Tiefkühlpizza?« Nonns Stimme dröhnt durch die Küche, als wäre sie die kleine Schwester des Donnergottes. »Beatrissa Russo, du hattest es nie nötig, Fertigfraß in irgendwelche neumodischen, vor sich hin piepsenden Geräte zu stopfen! Du kannst kochen!«

»Nonn!« Cole schiebt sich zwischen uns. »Komm, ich hole dir die Pfanne vom Haken.« Mit ein wenig Anstrengung wuchtet er die schmiedeeiserne Pfanne auf den Herd.

»Irgendwann vergesst ihr euch einfach, und dann … Barbecue!« Herb springt elegant auf den Esstisch und stolziert ein paar Schritte darüber, bevor er sein pelziges Köpfchen in Coles Wasserglas stopft.

Ich wedele mit dem Kochlöffel in seine Richtung. »Rede nicht so über mein Hirn!«

Er taucht aus dem Glas auf. Wasser rinnt in Bächen seine Gesichtsbehaarung entlang und bildet kleine Pfützen auf dem Holztisch. »Mann! Das ist Wasser!«

»Was denkst du denn?« Mahnend wedelt Cole mit dem Zeigefinger. »Kein Alkohol für Katzen, Herb!«

»Kein Alkohol für Katzen, kein Alkohol für Katzen, blah blah blah«, murrt der Katzengeist mit seiner Reibeisenstimme und hüpft auf die Eckbank an der Wand, um sich dort eine gemütliche Kuhle zu basteln. »Niemand denkt an mich. Kein Alkohol, totgekochte Gemüsepampe ohne den kleinsten Fitzel Fleisch … Oh, dabei fällt mir ein, Nick: Du solltest dir ein neues Glas Wasser herbeihokuspokussen. Ich hatte gerade junge Ratte. Salzlos.«

»Ürgs.« Cole verzieht das Gesicht. »Du kleiner flauschiger Mistkerl.«

»Und all die Anstrengung für Wasser«, murrt Herb und bettet sein Köpfchen auf die Vorderpfoten, schließt gemütlich die Augen. »Als ob man damit die Fellreste aus den Zähnen kriegen würde.« Er blinzelt in Richtung Nonn.

»Keine Schinkencracker!«, knurrt die und stellt sich auf die Zehenspitzen, um einen Blick in den Kupfertopf werfen zu können. Mit spitzen Fingern greift sie ins Nichts und hält plötzlich eine beeindruckende Menge grober, weißer Körnchen in der Hand, lässt das Salz in das kochende Wasser rieseln. »Polenta!« Sie drückt mir einen Schneebesen in die eine und einen großen Topf in die andere Hand. »Wenn ich Klumpen finde, gibt es keinen Nachtisch für dich!«

Cole gluckst und lehnt sich mit vor der Brust verschränkten Armen rücklings an die Arbeitsplatte. »Und glaube mir: Das willst du nicht!«

»Und du meinst, dir erginge es anders?« Aus dem Nichts erscheint ein Brocken Käse in Nonns Hand. »Fein gerieben, bis auf den letzten Krümel, klar, tesoro? Ich will eine klumpenfreie, sämige Polenta auf meinem Teller sehen!« Umständlich dreht sie sich um und gibt Knoblauch in die Pfanne. Es zischt und brutzelt, und ein unglaublicher Duft weht durch die Küche. Cole und ich ziehen gleichzeitig Atem ein, schließen die Augen, und –

Eine Erinnerung blitzt vor mir auf. Kühle Nachtluft umschwärmt mich und ich sitze auf einem Holzstuhl unter den Sternen, einen Fuß auf der Sitzfläche abgestellt, schlecke meinen Löffel genüsslich ab, und –

Cole lässt den Parmesan im Nichts verschwinden. Noch bevor ich genug Luft geholt habe, um ihn verpetzen zu können, hält er eine getöpferte Schale in der Hand, die von feingeriebenem Käse fast überquillt.

Nonn speit irgendwelche altmodischen italienischen Schimpfwörter in ihre Pfanne. Cole legt kurz den Zeigefinger an die Lippen und grinst sein Cole-Lächeln, wie er es mit einem blauen Cocktailfleck auf dem weißen Hemd in einer sternklaren Nacht gelächelt hat.

Der Knoblauchduft lässt mir das Wasser im Munde zusammenlaufen und ein erneutes Zischen verrät, dass Nonn die Austernpilze in die Pfanne gegeben hat.

»Los!«, reißt mich Nonns herrische Stimme aus meinen Gedanken. »Die Polenta! Keine Ferla ohne Polenta! Nick!«

Cole zuckt zusammen, als hätte sie ihn beim Schummeln erwischt. Ich lasse den Grieß in das kochende Wasser rieseln und rühre um mein Leben, um sämtlichen Klumpen dieser Welt den Garaus zu machen.

»Wie läuft's mit dem Parmesan, Nick?«

Spitzbübisch grinst er mir zu. »Längst fertig. Ich warte nur auf die Polenta.«

»Und wie lange dauert das?«, schnaufe ich und werfe ihm einen bösen Blick zu, pflüge meinen Schneebesen durch die orangegelbe Pampe.

»Bis sich die Masse vom Topfboden löst«, doziert die dösende Katze auf ihrer Bank – und die muss es ja wissen.

Ich verdrehe die Augen und rühre mir die Oberarme einer Kugelstoß-Weltmeisterin an. Schmerzen schießen durch meine Muskeln, und nur der Duft nach Knoblauch und frischen Pilzen hält mich bei der Stange. Ich blase die Backen auf und stoße ein angestrengtes Schnaufen hervor.

»Komm her, du brauchst Proteine.« Cole schiebt mir ein Stückchen Parmesan zwischen die Lippen und schmunzelt. Mmmmh, köstlich … Der Geschmack auf meiner Zunge, so sahnig und doch gleichzeitig leicht scharf und aromatisch …

»Nicholas Romero!«

Sein Blick ruht auf mir, nachdenklich, warum auch immer. Er wendet sich Nonn zu, mit einem Lächeln, das eine Mischung aus Zuvorkommenheit und schlechtem Gewissen zu sein scheint. »Was? Der Käse ist gerieben!«

»Und denkst du, der Rucola pflückt sich von allein? Los, andiamo, raus in den Garten! Und du hilfst ihm gefälligst, Herb!«

Die Katze öffnet das linke Auge. »Helfen? Ich habe vier Pfoten und einen ansehnlichen Schwanz. Aber Pflücken? Ich könnte höchstens draufpi-«

»Herb! Raus mit dir, sonst kannst du dir in Zukunft deine Futterdosen mit deinen vier Pfoten und deinem ansehnlichen Schwanz selbst öffnen!«

Brummelnd erhebt er sich und macht einen Buckel. »Man

könnte fast auf die Idee kommen, du wolltest mit dem kleinen Hexchen unter vier Augen sprechen«, murrt er und springt auf die Steinplatten, streckt und reckt sich, während ich alles gebe, die Polenta vor dem Ansetzen und meine Arme vor dem Abfallen zu bewahren.

Coles Blick ist misstrauisch, aber er schnappt sich einen kleinen Weidenkorb und trollt sich mit der motzenden Katze hinaus in die Abendsonne.

Nonn schwenkt die gusseiserne Pfanne, als wäre sie ein Filmrequisit aus Schaumstoff, wirbelt den Inhalt im goldenen Licht, das durch das kleine Fenster hereinfällt.

»Ich wollte wirklich mit dir reden, Triss.« Behutsam stellt sie das Monstrum von einem Kochutensil zurück aufs Feuer und wendet sich zu mir um. Ich rühre einer Ohnmacht nahe immer noch in meinem Kupfertopf. Nonn schnalzt und der Schneebesen übernimmt es von allein, sich um die Polenta zu kümmern.

Ich stöhne auf, als hätte ich es nach einem Stadtmarathon gerade so ins Ziel geschafft, und schleppe mich zu einem der Stühle, lasse mich schwer darauf fallen. Erst die Wanderung durch diese Hitze, um ein paar Pilze zu suchen, die Nonn innerhalb von vierzehn Sekunden aus der hohlen Luft hätte generieren können – perfekt wie vom Sternekoch zubereitet, nur mal so nebenbei – und jetzt noch das Training für meinen Bizeps, Trizeps und all die anderen Zepse, die sich in meinem Oberarm so herumtreiben.

»Heute …« Nonn wischt ihre Hände an der Schürze ab, wirft dem emsig vor sich hin arbeitenden Schneebesen einen warnenden Blick zu und gesellt sich zu mir. »Ich habe dir mehr erzählt, als ich hätte tun sollen.« Sie sinkt auf den Stuhl mir gegenüber, wirft einen Blick nach draußen. Die Abendsonne bringt ihre Augen zum Leuchten.

Etwas an ihrem Verhalten beunruhigt mich.

»Es geht mir gut, Nonn«, sage ich leise. »Keine Sorge. Du und Herb habt nichts geröstet, ich fühle mich völlig normal.«

»Nicht wegen dir, Kind …« Wieder wischt sie ihre Hände an der Schürze ab und versinkt in ein Schweigen, das mich hibbelig macht. »Wegen Nicholas. Deine Meinung von ihm … sie hat mir wehgetan, Triss, denn sie ist so … so …« Noch einmal seufzt sie tief, dann bohrt sich ihr Blick in meinen. »Er ist kein Fiesling, aber er … Und ich dachte vielleicht, wenn du Mitleid mit ihm …«

»Nonn.« Ich beuge mich vor, tätschele ihre Hand. »Er denkt, dass er kein Mitleid verdient hätte. Gibt er sich die Schuld für das, was geschehen ist?«

»Ich habe keine Schuld daran«, sagt Cole leise und wir fahren herum. Er steht in der Tür, in seinem weißen Hemd, der Anzughose und staubigen Schuhen, sieht uns an wie der kleine Junge oben auf seinem Kaminsims, am Arm das Weidenkörbchen, das vor tiefgrünen Blättchen nur so überquillt. »Aber schön, dass ihr euch so gut unterhaltet.«

»Tesoro …« Nonn streckt den Arm nach ihm aus und Cole erwacht aus seiner Starre. »Wo ist Herb?«

»Er hat eine Mauereidechse aufgestöbert und kam nicht gegen seinen Katzeninstinkt an.« Mit strammen Schritten durchquert Cole die Küche und pfeffert den Inhalt des Körbchens in das steinerne Bassin. »Schon gut. Aber falls du noch mehr in meinem Leben herumschnüffeln willst, Triss, erspare ich dir die Mühe. Ich bin Nicholas Romero, Extincteur, Oberinspektor einer Eingreiftruppe, für die ich am 6. September letzten Jahres die Verantwortung trug.« Er bewegt den Rucola unter dem fließenden Wasserstrahl hin und her, ohne uns anzusehen. »Und einer ihrer wenigen Überlebenden, nachdem diese Wichser das Parlament mit einem riesigen Feuerwerk in die Luft gejagt hatten.«

Kein Tröpfchen Speichel ist mehr in meinem Mund. Er klingt so verbittert, so voller Schmerz … »Das ist furchtbar, Cole«, flüstere ich und er zuckt gleichmütig mit den Schultern.

»Es ist nun mal passiert.« Seine Stimme klingt lange nicht so gelassen, wie er vermutlich meint. »Nicht mehr zu ändern.«

Langsam stehe ich auf, durchquere die Küche. »Du bist ein Extincteur?«

Mit weit gefächerten Fingern greift er in das Steinbecken und hebt die Salatblätter heraus, sachte, fast schon vorsichtig. »Ja, Triss, ich gehöre zu den Leuten, vor denen ich dich gerettet habe.« Er nimmt eine Schüssel aus der Luft und schaufelt den Rucola hinein, wirft mir einen kurzen, angespannten Blick zu.

»Aber wenn du einer von denen bist, wie konntest du vor ihnen da sein?«

»Sagen wir mal so: Dafür schulde ich jemandem einen Gefallen.« Ein melancholischer Zug legt sich um seine Augen und er wendet sich wieder den Salatblättern zu, zupft daran herum. »Dieser Jemand hat unsere Verbindung verstärkt. Deswegen konnte ich so eng an dir dranbleiben. Weil ich über all deine Eskapaden immer als erster Bescheid wusste.«

Verbindung? Welche Verbindung denn? »Warum hast du mir überhaupt geholfen?«

»Weil … weil …« Konzentriert fummelt er in dem Steinbassin herum und fischt die letzten Blätter heraus, schweigt.

»Warum, Cole?«

Als er aufblickt, wirkt er fast wütend. »Weil du mir wichtig bist, okay? Weil ich nicht noch mehr durcheinanderbringen wollte, als es eh schon ist. Sie durften dich nicht in ihre Finger bekommen, das ist alles.«

»Und warum wollte mich irgendjemand in die Finger bekommen?«

»Weil … weil du … Cazzo, du bist nicht einfach nur irgendjemand, du –«

»Nick!« Nonn ist aufgestanden, fixiert ihn mit einem starren, mahnenden Blick. »Du darfst nicht zu viel erzählen!«

»Das müsste ich gar nicht, wenn du nicht so schön mit ihr geplaudert hättest!«, fährt er sie an.

»Tesoro«, sagt sie nur leise und er lässt den Kopf sinken, schließt die Augen.

»Scusa, Nonn.« Er fährt sich mit beiden Händen durchs Gesicht, tropfnass, wie sie sind, drückt sich Zeige- und Mittelfinger fest gegen die Schläfen. »Fuck, was für eine Scheiße.«

Nonn schiebt sich an mir vorbei und legt ihm die Hand auf den Arm. »Ich dachte nur, sie sollte es wissen, damit … damit sie …«

Cole küsst sie auf die Stirn und trocknet seine Hände an ihrer Schürze ab. »Damit sie nicht denkt, ich wäre immer so ein Arsch?«

»Exakt«, röhrt Herb und gähnt ausgiebig, zeigt uns seine spitzen Katzenzähne. »Was? Er macht derzeit einen sehr soliden Arsch-Eindruck, zumindest auf mich.«

»Halt die Lefzen, Vieh.« Cole stellt die Schale mit dem Salat beiseite und zaubert eine Handvoll Kirschtomaten aus der Luft hervor. »Brauchen wir noch Mozzarella?« Mit präzisen Schnitten halbiert er sie, ohne auch nur den kleinsten Tomatenspritzer auf sein blütenweißes Hemd zu bekommen.

Herb hebt die rosa Nase schnuppernd in die Luft. »Pancetta. Wir brauchen Pancetta!«

Deutlicher könnten die drei mir nicht sagen, dass dieses Gespräch beendet ist.

»Wir brauchen mehr Ehrlichkeit«, murmele ich und denke an das Buch, oben, hinter der Wandvertäfelung im Schrank.

Herb nickt. »Ja, Ehrlichkeit. Und Pancetta. Knusprig gebraten. Köstlich zum Rucola. Wenn man den Rucola weglässt, zumindest.«

Die Sonne wirft ihre letzten roten Lichtstrahlen über die Bergkuppen, die uns umgeben, schimmert in dem bauchigen Weinglas, das Cole in seiner Rechten hält, wie ein flüssiger Rubin. In Gedanken versunken steht er da, den Hintern an die goldene Steinmauer gelehnt, die den Vorgarten vom Rest der Natur abschirmt. Ein Steinadler zieht hoch über uns seine Kreise. Cole folgt ihm mit seinen Blicken.

»Wie weit würde ich kommen?« Ich lasse mich neben ihm an die Mauer sinken, nippe an meinem Rotwein.

»Bei einem Fluchtversuch, meinst du?« Cole lässt den Vogel nicht aus den Augen. »Ich schätze, eine halbe Stunde oder Stunde wirst du hoffnungsfroh durch die Pampa marschieren dürfen, ehe du an deine Grenze kommst.«

Hoch über uns stößt der Adler einen Schrei aus, den niemand außer uns hören kann.

»Es tut mir leid, dass alles so ist, wie es ist, Triss«, sagt er leise, mit einer Wärme in seiner Stimme, die mein Herz einen Schlag lang aussetzen lässt.

»Ich wünschte, du würdest mir einfach nur die Wahrheit sagen, Cole.« *Über alles. Wer ich bin. Was ich kann. Wer ich für dich war, wenn ich dir so viel bedeute.*

»Deine Polenta hatte früher Sternekoch-Potential.« Seine Amazonitaugen blitzen einen Sekundenbruchteil auf, als er mich ansieht, dann legt er den Kopf erneut in den Nacken und verfolgt den Flug des Adlers. »Du bist nur noch drei, vier Ewigkeiten von deiner alten Form entfernt, würde ich sagen.« Ein kleines Lächeln umspielt seine Lippen.

»Ewigkeiten also?« Ich muss lachen. »Das schockiert mich nicht. Vor ein paar Tagen hätte ich dich, Nonn und das weiße Puscheltier in das Reich einer kindlichen Phantasie eingeordnet. Und heute habe ich einem Schneebesen dabei zugesehen, wie er eine Arbeit verrichtet, die meinen Armen vermutlich morgen den Muskelkater ihres und meines Lebens bescheren wird.«

Der Steinadler verschwindet am Horizont und Cole schweigt.

»Diese Wahrheit wird mich kein Stück weiterbringen, oder?« Tief atme ich durch, betrachte den ersten Stern über uns. »Sonst hättest du sie mir nicht erzählt.«

Cole wendet sich mir zu und einen Moment lang schwindele ich, als ich in seine Augen blicke, türkis wie das Meer, in dem die letzten Sonnenstrahlen dieses Tages verglühen, weit weg von hier. »Tut mir leid, Triss«, sagt er leise und nimmt einen Schluck Wein. »Haben sich noch weitere Erinnerungen gezeigt?«

Kurz zögere ich. »Nein, nicht wirklich«, antworte ich wahrheitsgemäß. Enttäuschung huscht durch seinen Blick.

Er nickt und wendet sich ab, leert ohne ein weiteres Wort sein Glas und sieht der Sonne beim Untergehen zu. »Ich hatte gehofft, es ginge schneller«, murmelt er schließlich.

Warum, bei Merlin, ist ihm das so verdammt wichtig?

Leicht schüttelt er den Kopf, als hätte er das gar nicht laut sagen wollen, und grinst. »Obwohl ich zugeben muss, dass deine versehentlichen Zauber deutlich unterhaltsamer waren, als die meiner anderen Schützlinge.«

Ich beuge mich vor. »Das ist also dein Job? Magiebegabten Unwissenden wie mir den Arsch nachzuräumen?«

Nachdenklich wiegt er den Kopf. »Im Grunde ja. Aber nur die wenigsten haben ihr Gedächtnis verloren. Den meisten wurden die magischen Fähigkeiten blockiert, um ihre dunklen Launen in Zaum halten zu können.«

»Es gibt also keine Hexengefängnisse? Ihr nehmt ihnen ihre Kräfte?« Ich lasse meinen Wein in seinem gläsernen Behältnis tanzen.

Cole deutet ein Schulterzucken an. »Um weitere Taten zu verhindern, ja.« Ein Lächeln huscht über sein Gesicht, versiegt aber fast sofort wie Wasser auf viel zu heißem Sand. »Sie werden durch den Hexenrat verurteilt, und dann … Nimm ihnen ihre Kräfte und sie sind keine Gefahr mehr.« Er lacht freudlos. »Auch das ist meine Aufgabe: Urteile zu vollstrecken.«

»Versuchen sie nicht, ihre Magie zurückzubekommen?«

Er schüttelt den Kopf, scheint den Himmel nach dem Adler abzusuchen. »Sie erinnern sich nicht. Das ist es, was Extincteure tun: Sie rauben Erinnerungen.«

Ich starre ihn an und er blickt weiter in die abendliche Landschaft, als würde er es nicht bemerken. »Du raubst Erinnerungen?«

»Memoriamagus.« Er prostet mir mit seinem leeren Glas zu. »Die Karriere als Extincteur wurde mir quasi in die Hexenwiege gelegt.«

Kurz ziehe ich die Schultern hoch, genieße ein wohliges Frösteln, als die Abendbrise über meine schweißfeuchte Haut streicht und mir die Bedeutung seiner Worte bewusst wird. »Was habe ich angestellt?«

Cole kann das Erschrecken auf seinem Gesicht nicht unter einer seiner zahlreichen Masken verstecken. »Was?«

Tief atme ich durch. »Du hast mich schon verstanden. Mir wurden die Erinnerungen genommen. Fragt sich nur, womit ich das verdient habe.«

Er blinzelt und spielt mit seinem Weinglas, als hoffte er, dass ich meine Frage in der Zwischenzeit vergessen würde. Einen Moment lang schließt er die Augen, bevor er mich endlich ansieht. »Du hast nichts Falsches getan.«

»Dennoch. Es muss einen Grund haben, warum ich hier mit einem wildfremden Mann in einem wildfremden Haus sitze, weit weg von dem Leben, an das ich mich erinnere, das aber nur eine Illusion ist.« Ich seufze, schüttele den Kopf. »Ihr sagt mir nicht, wer ihr seid, wer ich bin, was mit mir geschehen ist und warum es so wichtig für dich ist, dass meine Erinnerungen schnell zurückkommen, ich …« Ich breche ab, als heiße Tränen über meine Wangen laufen, und biege den Kopf zurück, wedele mit dem Rock meines Sommerkleidchens, damit die angenehme Kühle noch mehr von meinem Körper erreichen kann.

Cole dreht das leere Weinglas in seinen Händen, rundherum, immer wieder. »Ich würde dir gern alles sagen, Triss. Aber ich kann nicht noch einmal … Dein Leben ist zu wichtig für mich. Wenn ich es überstürze, gefährde ich dich, gefährde ich, dass du deine Magie zurückerlangst, und das … das wäre eine Katastrophe.«

Leise ziehe ich die Nase hoch und er sieht mich an.

»Ach Triss …« Kurz zögert er, dann streckt er die Hand nach mir aus, streicht mir sanft die Tränen von den Wangen. »Nicht alle von uns sind gut«, flüstert er. Schmerz zuckt über seine makellosen Gesichtszüge. Er zieht die Hand zurück, als hätte er sich verbrannt.

Und wieder sagt mir mein Gefühl, dass ich ihm vertrauen kann. Dass ich mich ohne Probleme in seine Arme kuscheln und halten lassen könnte, weil wir uns nahestehen, irgendwie. Es bringt nichts, in einer Vergangenheit zu wühlen, die nur aus Schwärze besteht. Ich glaube den dreien, dass es Zeit braucht. Zeit, die sie aus irgendeinem Grund nicht zu haben scheinen. Aber ich werde aus keinem von ihnen etwas herausbekommen, so viel steht fest. Aus keinem – außer vielleicht diesem Buch.

Immer noch spielt Cole mit dem Weinglas.

Ich mustere ihn vom geschlossenen obersten Knopf seines Bankerhemds bis zu den Lederschuhen. »Wie schaffst du es, in diesen Klamotten nicht einzugehen?« Seine Achseln sind genauso unbeeindruckt blütenweiß wie der Rest des Hemds. »Oder ist das auch ein Geheimnis?«

Er lacht und setzt sich auf die Mauer, lässt die langen Beine baumeln. »Das ist nur eines meiner unfassbar vielen Talente«, sagt er verschwörerisch und vollführt eine magische Geste mit seinen Händen. »Ich trainiere. Vielleicht komme ich deshalb so gut mit dieser Hitze klar.«

»Du trainierst? Dafür findest du Zeit?«

»Warum möchtest du das wissen?« Er lässt die Beine baumeln wie ein kleiner Junge, legt den Kopf schief, ein völlig anderer Cole als noch vor zwei Minuten. »Vermisst du mich, wenn ich nicht da bin?«

Und plötzlich durchzuckt mich dieses Gefühl des Wiedererkennens wie ein schmerzhafter Stromschlag. Wärme breitet sich in mir aus, sanft wie der erste Sonnenstrahl am frühen Morgen, elektrisiert mich, pflanzt Bilder in meinen Kopf, die so schnell durch meine Synapsen rasen, dass ich sie nicht fassen kann. Doch nein … sie fühlen sich nicht gut an.

»Triss?« Das Strahlen in seinem Blick ist einer Besorgnis gewichen, gepaart mit einer seltsam lauernden Erwartung. »Was ist los? Eine Erinnerung?«

Langsam schüttele ich den Kopf, und dieses unerträgliche Gefühlsdurcheinander verhallt wie ein leises Echo, wie das Vibrieren meiner Muskeln nach einem zu anstrengenden Marsch.

»Es dauert, solange es dauert.« Cole stößt ein gepresstes Seufzen aus und springt von der Mauer.

Ich lege meine Hand auf seinen Arm und er bleibt stehen, als hätte ich ihn eingefroren. »Es wird schon werden. Mach dir keine Sorgen.«

»Sorgen?« Er stößt ein leises Schnauben aus. »O Triss.«

Und mit diesen Worten lässt er mich einfach hier stehen, unter einem spektakulären Nachthimmel, mit einem Glas Rotwein in der Hand, der plötzlich so fad schmeckt wie die unechten Erinnerungen in meinem Kopf.

KAPITEL 7

Geräuschlos drehe ich den Schlüssel im Schloss herum.

Ich werde nicht schlau aus all dem hier, und schon gar nicht werde ich schlau aus diesem Mann. Er kann charmant sein, so anziehend – aber dann switcht irgendetwas in seinem Kopf um und ist der verschlossenste, seltsamste, unsympathischste, unfreundlichste, kälteste –

Meine Magie begrüßt mich mit einem freundlichen Knarren und ich seufze. »Einen schönen guten Abend auch.« Mit wenigen Schritten durchquere ich den Raum und lasse mich vor dem Schrank auf dem Boden nieder. »Dann wollen wir mal sehen.«

Wieder zittern meine Finger, als ich das schmale Holzstück beiseiteziehe und den Ledereinband dahinter ertaste. Die Magie schützt mich. Mir wird nichts geschehen.

Aus Macht und Liebe bin ich geboren.

Wenn du mich findest, so war ich verloren.

Nicht nur du, Buch, nicht nur du.

Als ich meinen Namen lese, rieselt ein einsamer Schauer meinen Rücken hinab, kühl, aber nicht unangenehm, eher wie ein zart streichelnder Finger, der mir Sicherheit schenken soll. Vorsichtig nehme ich es hoch, mein Buch der Schatten, blättere locker hindurch. Nahezu jede Seite ist beschrieben. Ich entdecke eingeklebte, getrocknete Pflanzen, Zeichnungen, detailliert und wunderschön.

Was für meine Erinnerungen gut sein soll, kann für meine Magie ja nicht schlecht sein. Ich blättere auf die zweite Seite. *Ja, das ist meine Schrift, eindeutig, aber … wow. Diese Verzierungen!*

Handwerkszeug, steht da. Eine Liste, ziemlich kurz. Ich setze mich bequemer hin, gehe etwas näher heran. Salz, ist das Erste, was ich lese, und fast hätte ich laut aufgelacht. *Salz? Ist das ein Kochbuch?* Weißes Salz. Schwarzes Salz. Kräuter, der Schutz der Natur. Kerzen. Mörser und Stößel. Eine feuerfeste Schale. Papier, am besten handgeschöpft. Feuer. Wasser. Öl. Kristalle.

Du liebe Güte, dieses Buch der Schatten ist nichts als eine gewaltige Einkaufsliste!

Ein sachtes Beben durchfährt meine Bauchmuskeln. Wenn ich dieses Buch habe … habe ich dann vielleicht auch all diese Sachen? Mein Kopf ruckt herum, als ich ein Schaben höre. Die Kommode? Richtig, Kerzen, ich habe Kerzen darin gesehen, in Einmachgläsern verstaut, und –

Das Schaben kommt von der Tür. Nicht laut, aber eindeutig. Oh, ich weiß genau, welcher Dschinn da draußen steht, um mir heute Abend noch zusätzlich auf die Nerven zu gehen. Er kratzt erneut.

Schnell verstaue ich das Buch wieder in seinem Versteck und schließe auf. Der zierliche Körper der Möchtegern-Fellnase quetscht sich durch den Spalt, springt auf mein Bett und bastelt sich eine gemütliche Kuhle mitten auf dem Kopfkissen.

»Hallo Hexchen«, grüßt er mich freundlich und bohrt seinen Pelzpo tiefer in das kuschelige, weiche Etwas, auf das ich in den nächsten fünf Minuten eigentlich meine Wange schmiegen wollte.

Ich verziehe das Gesicht. »Könntest du bitte deinen Allerwertesten und den Rest von dir von meinem Kissen nehmen? Du haarst!«

Ungerührt kuschelt er sich tiefer in die duftende Bettwäsche. »Will nicht jeder von uns Spuren hinterlassen auf dieser Welt?«

»Weg da, aber ganz schnell!«

Herb schnaubt und bedenkt mich mit einem divenartigen Blick. »Sonst?«

»Sonst Katzengulasch, du mächtiges magisches Wesen! Los! Husch!« Ich wedele mit den Armen, als würde ihn das irgendwie beeindrucken.

»Ts.« Mit einem lauten Ächzen kämpft er sich hoch, macht einen Buckel und gähnt herzhaft, bevor er ans Fußende des Bettes stolziert. »Wer hat dir denn in die Polenta gepullert?«

Ich lasse mich neben ihn auf die Bettkante sinken, überlege kurz und entscheide mich für: »Cole.«

»Aaaaaah, Signore Romero.« Herb legt sein Köpfchen auf die Seite. »Er hat schon vielen in die Polenta gepullert, wie man so hört.«

Ich schüttele den Kopf. »Nein, das meinte ich nicht, ich …« Skeptisch mustere ich das weiße Fellbündel an meiner Seite. »Darf ich fragen – wie hast *du* das gemeint?«

Herb deutet ein Schulterzucken an. »Er ist nicht sehr umgänglich in letzter Zeit.«

»Er geht mir auf den Keks.«

»Ja, auch das hört man im Moment häufiger.«

Ich fahre so heftig zu Herb herum, dass er zusammenzuckt. »Nie weiß man, woran man bei ihm ist. Mal ist er nett, mal ist er zickig, mal ist er verschlossen. Vollkommen unberechenbar, als würden drei Menschen in ihm wohnen!«

Herb mustert mich abschätzig und nimmt demonstrativ die linke Vorderpfote hoch, streicht einmal mit der Zunge daran entlang. »Und ich dachte immer, ihr Frauen steht auf geheimnisvolle Männer.«

»Geheimnisvoll?« Ich schnaube. »Nicholas Romero ist alles andere als geheimnisvoll. Er ist eine absolute Nervensäge.«

»Nein, ist er nicht. Eigentlich ist er ein ganz normaler Kerl. Gutaussehend, aber normal. Langweilig geradezu. Okay, ich will ehrlich zu dir sein: Er ist stinklangweilig.«

Ich ziehe beide Augenbrauen in die Höhe. »Du kennst dich mit Männern aus?«

»Nein. Ich kenne mich mit diesem Mann aus.«

Etwas an seinen Worten lässt mich stutzen. »Herb? Als du noch Mimi warst …«

Herb knabbert an einer Kralle herum, unterbricht sich bei der Fellpflege, als ich nicht weiterrede. »Jaaaaaaa?«

Eines Abends war diese zierliche weiße Katze plötzlich vor meinem Dachfenster aufgetaucht. Sie musste sich verlaufen haben. Ich sehe es vor mir, wie sie im geöffneten Fenster saß, wunderschön, und ich dastand, meine Finger in ihrem fluffigen Fell vergraben.

Ach Scheiße, verdammt! Ich erinnere mich nur an das Bild, nicht daran, wie es sich angefühlt hat.

»Du bist nicht zufällig bei mir aufgetaucht, oder?«

»Aufgetaucht?«, fragt Herb und eine ganze Alarmanlagen-Ausstellung geht in meinem Kopf los.

Merda … die Katze, ich … ein Bild. Kein Gefühl.

»Es ist nicht passiert, oder? Du hast dich nicht auf mein Dach verirrt.«

Herb starrt mich aus großen Bernsteinaugen an und hält das rosa Schnäuzchen.

»Oder?«

»Ist gerade eine Erinnerung aufgeploppt?«, fragt er interessiert.

»Ja, aber eine falsche! Ein Bild, wieder nur ein Bild!«

Herb reckt sein Kinn. »Dann hülle ich mich in ein entschiedenes *Miauuu*!«

»Blödes Vieh.« Ich schubse ihn und er lässt sich mit einem leisen Gurren umfallen, putzt sich ungerührt weiter, während ich aufspringe. »Wieso sehe ich Dinge, die nie passiert sind?«

Herb liegt mit großen Augen auf meiner Bettdecke und macht gar nichts, außer mich schweigend anzustarren.

»Was?«

»Nichts«, sagt er und starrt weiter. »Ich warte nur.«

Ich löse mich von seinem Anblick und wandere im Zimmer herum wie ein eingesperrter Tiger. »Worauf?«

»Keine Ahnung. Ich warte einfach.«

»Kannst du nicht woanders warten?« Meine Fingerkuppen fahren über das dunkle Holz der kleinen Kommode, vibrieren unter der Haut. Die Magie … sie ruft nach mir.

Herb setzt sich auf. »Meinst du, es tut dir gut, allein zu sein?«, fragt er ernst.

»Keine Ahnung.« Der Messinggriff schimmert im sanften Licht und ich ziehe daran. »Es verwirrt mich.« Die Lade wehrt sich nur kurz und das Beben wird intensiver, als wären meine Finger gefroren von Schnee und würden langsam wieder auftauen. »Alles verwirrt mich. Ich hatte ein ganz gewöhnliches Leben, und jetzt habe ich das hier.« *Spitzendeckchen.*

»Relikte einer Vergangenheit, die ich kennen müsste, aber von der ich nichts weiß und von der mir niemand erzählt.«

Bis auf dieses Buch.

Unter der beigefarbenen Spitze verbirgt sich ein Kästchen aus hellem Holz, und, dio! Wenn ich es nicht besser wüsste, würde ich denken, es leuchtet, schimmert irgendwie. Kurz entschlossen stelle ich es auf die Kommode.

Meiner Magie scheint es nicht viel auszumachen, dass Herb bei mir ist. Aus dem Augenwinkel sehe ich, wie er einen langen Hals macht. »Was ist das?«

Der Verschluss öffnet sich fast wie von selbst. *Kristalle.* Funkelnde Spitzen, runde, geschliffene Steine, in denen ein Feuer zu glimmen scheint … Ich greife nach einem Lederband und ziehe es heraus. Ein Stein baumelt daran, schwarz wie die Nacht, glänzend, mit Riefen versehen, die sich wie kleine Lavaströme in ihn hineinfressen.

»Ein Turmalin«, keuche ich.

»*Der* Turmalin?« Mit großen Bernsteinaugen schaut Herb mich an, klug, abwartend. »*Der*?«

Schwindel ergreift Besitz von mir. »Woher weiß ich das, Herb?«

»Sag du's mir, Hexchen.«

Ein Bild flackert vor meinem inneren Auge auf, zuckt durch meinen Verstand wie eine Lichtreflexion. *Der Stein. Dieser Stein, mit den beiden Rissen, die sich wie ausgetrocknete Flussbetten über schwarzes, ausgedörrtes Land ziehen. Seine Energie vibriert in meinen Muskeln und ein Duft strömt in meine Nase, Kräuter, herb und süß, Mondlicht. Eine weiche Hand in meiner.*

Und weg ist der Gedanke, verhuscht wie ein fieser Traum kurz nach dem Aufwachen.

»Jemand hat ihn gehalten. Mehr habe ich nicht gesehen.«

Noch einmal streiche ich mit dem Daumen darüber, kühl und warm zugleich in meiner Hand, lege ihn behutsam zurück in das Kästchen.

»Schön, schön.« Herb nimmt ein Pfötchen hoch, zieht die rosa Zunge einmal daran entlang. »Ich kenne jemanden, der über deine Nicht-Erinnerungen nicht sonderlich erfreut sein wird.«

Ich fahre zu ihm herum wie eine Furie. »Ja, ich auch, und er kann mich mal.«

Geräuschlos springt Herb vom Bett und lässt sich zu meinen Füßen nieder. »Es braucht seine Zeit«, sagt er leise. »Alles braucht seine Zeit – und Mut.« Kurz scheint er zu zögern, dann reibt er sein Köpfchen an meinem Bein, beobachtet mich mit einer Vorsicht im Blick, die mich unruhig werden lässt. »Kristalle sind dein Ding, Hexchen. Und alles Weitere wird kommen.«

Mit den Fingerspitzen streiche ich die Spitzendeckchen glatt. »Das gehörte mal mir, oder?« Eine alte Pappschachtel mit dunkelblauen Ornamenten, an den Kanten abgestoßen vom vielen Benutzen.

»Alles deins, Hexchen«, sagt Herb sanft. »Immer noch.«

Kristalle. Der süße Duft nach alten, getrockneten Kräutern, der mir in die Nase steigt. Der schmale Karton, der meine Aufmerksamkeit noch mehr anzuziehen scheint als dieser unscheinbare schwarze Stein an seinem Lederband. Habe ich gern Karten gespielt? Rommé? Canasta? Und mit wem?

Vorsichtig, um die mürbe Pappe nicht zu zerstören, nehme ich das Spiel aus der Schublade und führe es an meine Nase, schnuppere daran, bevor ich so recht weiß, was ich hier tue. Es riecht vertraut, muffig, mit einem Hauch von Lavendel vielleicht. Etwas vibriert in mir, eine Erinnerung, ein Gefühl, doch bevor ich danach greifen kann, ist es verflogen wie Rauch im Wind. Mit flinken Fingern öffne ich die Verpackung, und schwer fallen die Karten in meine Hand.

Kein Kreuzbube grinst mich an, kein Herz-Ass, sondern er: Der Tod höchstpersönlich.

Und wie eine Klappe fällt die Realität vor mir herunter.

RÜCKBLICK TRISS

Sie bekam das Lächeln nicht aus dem Gesicht. Selbst die verschlungenen Blüten auf den Esstellern, die sie gerade im Spülwasser ertränkte, erinnerten sie an diesen Mann: Nicholas Romero, mit Augen so blaugrün wie die Dekoration auf Delfter Porzellan.

»Verrätst du es mir?«

Beatrissa schreckte auf und starrte schuldbewusst in Nonns Richtung. Konnte man denn wirklich gar nichts geheimhalten vor dieser Hexe?

Sorgfältig stellte sie die Teller auf dem Abtropfgitter ab. »Was?« Betont gleichgültig nahm sie die gusseiserne Pfanne, wuchtete sie in das steinerne Becken, dass der Schaum nur so spritzte.

»Was das dreckige Geschirr mit dir angestellt hast, dass du es so anstrahlst, als wärst du die Sonne persönlich, Mädchen.« Nonn nahm die Hände aus einem ihrer Basilikumtöpfe, wischte Wasser und Erdkrümel an ihrer Schürze ab. »Oder hat das etwas mit deinem Ausflug nach Palermo zu tun? Magia, oder?«

»Nonn!« Doch Beatrissa konnte ihr Lächeln nicht verstecken. Dieser Typ hatte irgendetwas in ihr geweckt, etwas wachgerüttelt, was sie vor einem halben Jahr tief in ihrem Herzen vergraben hatte.

Die alte Dame zog einen der schweren Eichenstühle zurück und ließ sich mit einem leisen Ächzen darauf sinken. »Ist schön, dich mal wieder so zu sehen, Mädchen.«

»Wie denn?« Beatrissa stemmte die Pfanne aus dem Wasser, ließ es ablaufen und trocknete sich die Hände, bevor sie sich Nonn gegenüber an den Esstisch setzte.

»Glücklich. Hoffnungsvoll. Unbeschwert.« Nonn griff über die dunkle Holzplatte, legte ihre Hand auf Beatrissas immer noch feuchte. »Ohne jede Angst.«

Beatrissas Finger verkrampften sich für den Bruchteil einer Sekunde. Angst ... Die Angst, dass es ihr wieder geschah, dass ein Mann sie hinterging, sie verletzte ... würde sie je ganz verschwinden?

»Erzählst du mir von ihm?«

Das Lächeln schlich sich zurück in ihr Gesicht. »Sein Name ist Nicholas, Nicholas Romero, und ich habe ihm meinen Swimming Pool über den Latz gekippt.«

»Swimming Pool?« Nonn zieht die Augenbrauen hoch. »Ist das eines dieser Weichei-Getränke, das ihr jungen Leute in euch hineinschüttet wie Saft?«

Beatrissa stieß ein fröhliches Lachen aus, und ja, jetzt spürte sie sie auch, diese Unbeschwertheit, diese Leichtigkeit, von der Nonn gerade eben gesprochen hatte. »Nicht jeder verträgt Planter's Punch so gut wie du.«

Die alte Frau strich Beatrissa eine Haarsträhne hinter das Ohr. »Er macht dich glücklich, dieser Nicholas Romero. Jetzt schon.«

Beatrissa schlug die Augen nieder. »Er macht gar nichts, Nonn. Ich kenne nur seinen Namen. Nichts weiter.« Sie sprang auf und ging zurück zum Spülbecken, ließ etwas Wasser nachlaufen und die letzten Reste des Seifenschaums verschwanden im Abfluss. Weg, wie jede Chance auf eine Zukunft mit diesem Mann.

»War er sauer?«

Beatrissa hielt die Luft an und hob die schwere Pfanne in die Höhe, hängte sie an ihren eisernen Haken. »Hm?«

»Dieser Nicholas. War er sauer, dass du ihn mit deinem Cocktail geduscht hast?«

Die Pfanne hing sicher unter der Decke, baumelte noch ein wenig hin und her. »Nein«, sagte Beatrissa und beobachtete ihr sanftes Schwingen.

»Komm her, Kind.« Nonn streckte die rechte Hand nach ihr aus. »Komm. Ich werde dir die Karten legen, dann wissen wir mehr.«

Die Karten. Natürlich. Nie war etwas Gutes dabei herausgekommen, wenn es um ihr Liebesleben ging. Versucht hatte sie es allemal.

»Setz dich zu mir, Triss. Gib mir dein Deck.« Immer noch hielt sie ihr die Hand hin.

Mit einem leisen Seufzen gab Beatrissa nach. Nein, die Karten logen nicht. Nie. Sie wünschte, manchmal würden sie es tun. Doch die Zukunft änderte sich nicht, nur weil Nonn darin las.

Beatrissa griff in die Luft und holte die abgegriffene Pappschachtel hervor, in der sie ihre Karten aufbewahrte, silbern, verziert mit dunkelblauen Ornamenten, die sich über das Papier wanden wie Schlingpflanzen. »Hier.«

Vorsichtig öffnete Nonn die brüchige Lasche, ließ einen dicken Stapel Karten auf ihre Handfläche fallen und mischte sie geschickt, in einer Geschwindigkeit, die man einer Frau ihres Alters kaum zugetraut hätte. Flink teilte sie den Packen in zwei Teile und fächerte die Karten auf, ließ sie ineinander fliegen, bis sie wieder ordentlich aufeinanderlagen.

Beatrissa setzte sich ihr gegenüber, strich sich das dunkle Haar über die Schultern und stütze das Kinn auf ihre Faust. »Was legst du?«

Erneut ließ Nonn die Karten fliegen. »Das keltische Kreuz.« Über ihre Brille hinweg warf sie Beatrissa einen gespielt prüfenden Blick zu. »Wir wollen doch so viel wie möglich über ihn wissen, diesen Signore Romero.«

Eine bezaubernde Röte huschte über Beatrissas Wangen und Nonn breitete den Kartenstapel auf dem Holztisch aus, 78 identisch aussehende Karten mit einem farbigen Kreuz auf dem Rücken.

»Also, junge Dame. Was willst du wissen?«

»Ich …« Beatrissa zögerte und Nonn sah Angst durch ihre Augen huschen.

»Kind«, sagte sie leise, liebevoll. »Dieser Mann ist neu in deinem Leben. Lass ihn nicht für die büßen, die längst daraus verschwunden sind.«

Beatrissa nickte kaum merklich, dann hob sie die rechte Hand, ließ sie über die breitgefächerten Karten schweben. »Ich will wissen, wer er ist. Wer er für mich sein kann.«

»Du willst wissen, ob ihr eine gemeinsame Zukunft habt.« Nonn machte eine einladende Geste. »Bitte. Wähle zehn aus. Dann wollen wir doch mal sehen, mit wem wir es zu tun haben.«

Beatrissa ließ ihre Finger über die ausgebreiteten Karten tanzen, langsam, hin und her, bis eine ihre Aufmerksamkeit erregte. Schweigend nahm sie sie hoch, suchte bereits nach einem neuen Zeichen, einem Gefühl, das ihr verriet, welche sie nun wählen sollte. Die hellen, grünblauen Augen des Mannes blitzen in ihrer Erinnerung auf und sie lächelte, so als würde er sie ansehen, jetzt gerade, in diesem Moment.

Nonn nahm ihre Auswahl entgegen, Karte für Karte, legte die Neueste zuoberst und wartete, bis Beatrissa ihre Wahl getroffen hatte.

»Schauen wir doch mal, wie es dir geht, Mädchen.« Schweigend breitete sie die Karten in einem Muster vor sich aus und tippte schließlich auf diejenige, die auf der linken Seite der kreisförmigen Anordnung quer lag.

Orangerot leuchtete ihnen in langen Strahlen entgegen, zeigte einen nackten Mann auf einem Streitwagen mit einem Löwen davor. »Der Prinz der Stäbe.« Nonn warf Beatrissa ein Lächeln zu. »Sehr schön zu sehen. Du bist ausgeglichen, sehnst dich danach, wieder Liebe und Zuneigung zu spüren, und, nun ja …« Ihre Mundwinkel zuckten. »… andere stabähnliche Dinge.«

Beatrissas Gesicht nahm die Farbe einer sonnengereiften Paprika an. »Nonn!«

Tiefe Lachfältchen gruben sich in die Wangen der alten Hexe. »Schon gut, schon gut! Wollen wir doch mal sehen, was mit euch ist …« Sie zog die Karte unter der ersten hervor, drehte sie um und ihr Strahlen wurden noch ein wenig breiter. Eine gewaltige Sonne nahm fast die komplette Zeichnung ein, darunter zwei Engel, die Arme triumphierend gen Himmel gereckt. »Die Sterne stehen gut *für deine Wünsche, mein Mädchen. Und nun …« Bedächtig deckte Nonn die oberste Karte auf und nickte langsam. In einem hellen Gelb kreuzte sich etwas, das drei langstieligen Tulpen ähnelte. Die Drei der Stäbe. »Du magst ihn wirklich, oder?«*

Beatrissas Wangen brannten. »Ist das so eindeutig?«

»Die Karten haben mich noch nie belogen, Kind. Und sie werden auch heute nicht damit anfangen.« Mit dem Zeigefinger tippte sie auf den Punkt, an dem die Stäbe sich trafen. »Du spürst eine besondere Chemie zwischen ihm und dir, und du wünschst dir mehr.«

Die Röte auf Triss' Wangen verdunkelte sich. »Ja«, sagte sie leise. »Das hätte ich dir auch ohne Karten sagen können.«

Mit einem Lächeln drehte Nonn die untere Karte um. Eine kleine Sonne mit vielen Zacken. Wieder kreuzten sich lange Stecken, vier davon, wie Pfeile aus einem Bogen, die nach unten zeigten, in der Mitte verbunden durch einen weiteren, der in den leuchtenden Stern mündete. »Neun der Stäbe«, murmelte Nonn und Beatrissa jagte ein Schauer über den Rücken. »Du hast Angst, Angst, dass es nie funktionieren wird, mit niemandem. Aber ich sehe, dass du es willst – wie sehr du es willst. Du bist so entschlossen, das, was dir in der Vergangenheit widerfahren ist, zu überwinden, so sehr, so stark. Du willst glücklich sein, Mädchen. Das ist einfach wunderbar.«

Beatrissa nickte sanft. »Ich habe keine Lust mehr darauf, mich zu verstecken, immer die Letzte zu sein, diejenige, der die Männer ins Gesicht lügen und hinter ihrem Rücken treiben, was sie wollen.« Tränen strömten ihr aus den Augen und Triss wischte sie fort, entschlossen, fast schon zornig. »Es ist meine Entscheidung und ich will es.«

»Gut so.« Nonn strich ihr mit dem Daumen über die Wange. »Mal sehen, was er sich wünscht.«

Das Bild der linken Karte wurde von zwei Händen dominiert, die aus einem purpurnen Umhang ragten, segnend über verschiedene Paare ausgestreckt.

Beatrissa sog scharf Luft ein. »Die Liebenden …«, flüsterte sie tonlos und Nonn lächelte.

»Sieht ganz gut aus, oder? Ihm geht es wie dir … Auch er spürt dieses Prickeln, das steht hier ganz deutlich. Und er wünscht sich, dich näher kennenzulernen.«

Furcht schlich sich in Beatrissas Blick. »Und wird sein Wunsch sich … ich meine …« Sie packte Nonns Unterarm und schüttelte ihn wie ein Kind, das dringend ein Eis möchte. »Nonn!«

Nonn lächelte erneut. Beatrissa so zu sehen, mit dem Fuß auf der Schwelle zum Glücklichsein – wie hatte sie das vermisst! Es hatte Nonn das Herz gebrochen, mitanzusehen, wie dieses junge, große, wunderbare Herz zerfetzte. »Geduld, Kind. Die Karten sind gelegt. Sie verändern sich nicht, selbst wenn wir erst morgen weitermachten.« Sie zwinkerte fröhlich, deckte die rechte Karte auf und erstarrte.

Beatrissas Kehle schnürte sich zu. Sieben goldene Becher, einige gefüllt, andere ungefüllt, brachten ihr Inneres zum Beben. Die Sieben der Kelche. Lügen. Verderben. Falsche Versprechungen. »Nonn –«

»Schmerz«, flüsterte die alte Frau. »Ich … Triss, es tut mir leid … ich …«

»Mach weiter.«

Nonn drehte die rechte untere Karte um, runzelte die Stirn. Eine Lotusblume, umrahmt von schlangenähnlichen Fischen und zwei breite Schalen, die je einen Strom an Nektar in sich aufnahmen. »Zwei der Kelche«, murmelte sie. »Deine Gefühle, Kind, sie sind echt und richtig.«

Beatrissa nickte langsam, hypnotisierte die achte Karte, die harmlos neben der Hand der alten Hexe lag. »Sag mir, wo er das Problem sieht, wenn er sich doch wünscht …«

Ein Regenbogen auf dem Kopf, darüber gekreuzte rote Pfeile mit Blitzzeichen übersät, darunter eine Raute und ein Quadrat. Die Acht der Stäbe.

»Sie liegt verkehrt herum …«

»Ja.« Nonn rang sich ein Lächeln ab. »Er fühlt genauso. Ich sehe eine starke Zuneigung von ihm ausgehen, nur …« Wieder schüttelte

sie den Kopf, biss sich eine Sekunde auf die Lippen und schüttelte ihn erneut. »Irgendetwas ist da. Etwas, das ich nicht verstehe. Da ist nicht nur Interesse, da sind Gefühle, aber irgendetwas steht ihnen entgegen, verschleiert sie, überlagert sie wie dichter Dunst, wie eine Maske, die nicht enthüllt, was sie verbirgt …«

Ohne zu Zögern, griff sie nach der Karte darüber. Acht rote Blüten an einem Baum, vor einem gelben Hintergrund.

»Du willst ihn wiedersehen«, sagte Nonn leise und Beatrissa nickte. »Die Acht der Scheiben. Du hoffst, dass eure Beziehung wächst, erblüht. Dass er der Eine ist, dem es vorherbestimmt war, Hand in Hand mit dir den Weg zu gehen. Den ganzen Weg, bis ans Ende.«

»Natürlich.«

»Und er will das auch, genau wie du. Er denkt an dich …« Nonn drehte die letzte Karte um. Pure Verwirrung legte sich auf ihr Gesicht. »Der Mond?«

Beatrissas Hände zitterten. Der liegende Mond, bewacht von zwei schakalköpfigen Gestalten. Nein, das war nicht gut. Ganz und gar nicht gut.

Die alte Hexe schüttelte den Kopf, langsam. »Es passt nicht, es passt alles nicht. Die Karten sagen, dass ihr Gefühle füreinander habt, dass es die Chance auf eine gemeinsame Zukunft gibt – und dass all das nur eine Illusion ist. Das kann nicht sein.« Noch einmal streifte ihr Blick die zehn Karten, die vor ihr ausgebreitet auf dem dunklen Holz lagen. »Die Karten lügen nicht«, murmelte sie. »Sie lügen doch nicht.«

Und plötzlich wurde Beatrissa ruhig, ganz ruhig.

Nein, die Karten logen nicht. Sie zeigten das Ende einer Beziehung, die noch nicht einmal begonnen hatte, eine alles verzehrende Schwärze, die ihr Angst machte, die Dinge in ihr hochkochen ließ, was sie überwunden geglaubt hatte.

Immer noch starrte Nonn auf das Desaster vor ihnen und Beatrissa stand auf, fegte die Karten zu einem unordentlichen Stapel zusammen.

»Vergiss es.« Sie stopfte das Tarot zurück in die Schachtel. »Ich werde ihn nicht wiedersehen.«

»Hexchen? Herrengötter, jetzt stöpsle dir endlich deine Neuronen wieder gescheit zusammen und komm aus diesem Hippocampusnirwana heraus, sonst jage ich dir meine Krallen in die Wade!«

Wie durch Watte dringt die tiefe, raue Stimme in mein Hirn, doch ich bin unfähig, Herb zu antworten.

Was war denn das? Die Karten in meiner Erinnerung waren exakt dieselben, die ich gerade in der Schublade –

Nein, sie sind nicht mehr in der Schublade. Drei von ihnen liegen vor mir, mit dem Rücken nach oben, warten darauf, umgedreht und gelesen zu werden.

»Herb? Wer war das?«

Mit einem eleganten Sprung landet er oben auf der Kommode, vorsichtig, und tänzelt um die Tarotkarten herum, ohne sie auch nur zu berühren. »Du, Hexchen.« Er dreht sich einmal im Kreis und lässt sich unter der Tischlampe nieder. »Wie so ein ferngesteuertes Auto. Beinahe hätte ich Angst gehabt. Allerdings weiß ich nicht genau, wie sich das anfühlt.«

Mein Blick flackert zwischen Herb und den bunten Karten hin und her. »Ich kann kein Tarot!«

»Nun, offensichtlich schon. Instinkt, Hexchen … Fast hätte ich Nick aus seinem Schönheitsschlaf gerissen, um dich zu retten oder dir eine zu klatschen oder irgendetwas in der Richtung.« Er leckt sich das Pfötchen nass und streicht damit über sein Ohr, ausführlich und genüsslich.

Mit den Fingerspitzen streiche ich über die drei Karten, sachte, ohne sie wirklich zu berühren. *Gegenwart*, flüstert mein Kleinhirn. *Vergangenheit, Zukunft.*

»Nee, so geht das nicht«, schnurrt Herb und landet mit einem

Satz auf dem Holzboden. »Deine Synapsen scheinen noch auf Standby zu sein.«

Er quetscht sich durch den schmalen Türspalt hinaus auf den Flur.

Was zum Frick habe ich gerade gesehen? Haben Nonn und ich tatsächlich speckige Spielkarten befragt, um zu erkennen, ob ich eine Zukunft mit Cole habe? Seine Oma … sie ist wohl nicht seine Oma.

Wenn das, was durch meinen Verstand blitzt, echte Erinnerungen sind, Fragmente dessen, was ich wirklich und wahrhaftig erlebt habe, dann kann es nicht anders sein.

Ein leises Knarren lässt mich herumfahren.

Nonn steht in der Tür, in ein altrosafarbenes gehäkeltes Schultertuch gehüllt. Wie ein Wasserfall aus Zuckerwatte ergießen sich ihre Haare über die Schultern bis zur Taille. »Kindchen«, sagt sie leise und blickt auf die Kommode.

Herb springt aufs Bett, beobachtet uns neugierig.

»Vergangenheit, Gegenwart und Zukunft«, sage ich, als würde das irgendwie erklären, was hier los ist.

»Herb hat mich bereits informiert.« Ihr Blick scannt mich so scharf wie ein Laserstrahl. »Du warst in einer Art Trance?«

»Eine Erinnerung.« Ich betrachte die abgegriffenen Karten, ihre Oberflächen schon so oft von Händen berührt, dass sie ganz stumpf und matt erscheinen. »Wir … du hast mir die Karten gelegt, damals, kurz nachdem …«

»Nachdem du unseren freundlichen Mitbewohner kennengelernt hattest.« Nonn stößt einen tiefen Seufzer aus. »Ist schon eine Weile her.«

Hitze schießt mir in die Wangen. Ich war verknallt in Cole gewesen, und zwar so heftig wie ein Teenager in einen Popstar, und diese Frau, mit der wir jeden Tag zusammen essen, wusste die ganze Zeit davon.

Prima.

Kann man, statt im Boden zu versinken, auch einfach selbst in der Luft verschwinden, um solchen Peinlichkeiten zu entkommen?

Ein feines Lächeln kräuselt die unzähligen weichen Fältchen rings um Nonns Augen. »Schäm dich nicht, Kind.« Sie greift nach den Enden des Häkeltuchs und zieht es fester zusammen. »Gefühle sind eine tiefe Anerkennung für die Menschen, die unsere Empfindungen wert sind.«

Langsam senkt sie die Hand, deutet auf die drei Karten vor uns. »Welche Frage hast du dir gestellt, Triss?«

»Wann ich glücklich werde«, murmele ich und betrachte das altertümliche bunte Kreuz auf den Rückseiten der Karten. »Ob ich es überhaupt werde.«

Kurz streicht sie über meinen Rücken, dann dreht sie die erste Karte um. Vier goldene Schalen, in die sich eine Fontäne aus Wasser ergießt, das aus einer Art Lotosblume zu rinnen scheint. Die Vergangenheit. Die Vier der Kelche.

»Dasselbe wie beim letzten Mal … Da war eine Liebe, die deinen Wunsch nach Zärtlichkeit und Erfüllung widerspiegelt, eine Liebe, die nur daran interessiert war, dich reich zu machen, dich wachsen zu lassen in einem Miteinander, das von Verständnis, Zuneigung und Respekt bestimmt wird.«

Meine Wangen werden noch heißer.

Nonns Blick macht es nicht besser. »Es muss nicht zwingend er sein, Triss. Aber damals … damals war er es.«

»Er hatte Gefühle für mich«, sage ich erstaunt und hypnotisiere die verschlungenen Verzierungen am unteren Rand der Karte. »Oder zumindest Interesse. Und ich weiß nichts mehr davon.«

Kurz entschlossen schnappe ich mir die zweite Karte, decke sie auf.

»Nein, es geht um ihn.« Nonns überraschter Tonfall erschreckt mich nahezu. »Die Fünf der Stäbe. Er ist hin- und hergerissen zwischen Herz und Verstand, zwischen dem, was richtig ist, und dem, was er will. Nur …« Sie gräbt ihre Schneidezähne in die Unterlippe und mustert abwechselnd die erste und zweite Karte, schüttelt sanft den Kopf. »Es ist seltsam. Die Vier der Kelche und die Fünf der Stäbe, er … er sieht es nicht, Triss, und ich erkenne keinen Grund dafür. Etwas bremst ihn, es ist in ihm, versteinert ihn nahezu.«

Versteinert? Ja, das passt. Er ist so zurückgenommen, mechanisch, als klammerte er sich mit aller Kraft daran, die Kontrolle nicht zu verlieren. Er ist so anders als der Mann in meiner Erinnerung.

»All diese Widersprüche …« Nonn blickt immer noch zwischen den Illustrationen hin und her, als verbärge sich dort die Lösung für dieses Durcheinander. »Diese Hitze … sie droht ihn von innen heraus zu verbrennen …«

»Verbirgt er etwas vor uns?«

»Nicht nur vor uns.« Nonn seufzt und klopft sachte auf die Karte. »Vor sich selbst. Und er ist noch nicht bereit, sich das einzugestehen.«

»Dieses Herzchen ist ein einziger Konflikt«, meldet sich Herb aus seiner Kuhle zu Wort und angelt mit den Vorderpfoten nach seinem Schwanz, fährt einmal mit der Zunge daran entlang, genüsslicher, als ich es bei 35 Grad Hitze mit einem Eis am Stiel getan hätte. »Der komplizierteste Kerl, der mir bisher über den Weg gelaufen ist. Los, weiter. Ich bin so gespannt!«

Nonn lässt sich nicht lange bitten. »Die Sieben der Schwerter.« Sie wirft mir einen prüfenden Blick zu. »Bestehe darauf, glücklich zu werden, Triss. Das ist dein Recht.« Bedeutungsvoll hebt sie die Augenbrauen in die Höhe. »Es ist egal, was die Sieben der Schwerter sagen. Sie sind nicht fatal, sie bedeuten nicht das Ende. Auf dich warten tiefe Gefühle, Seelennähe – aber der Weg dorthin ist eine Prüfung deines Vertrauens.«

Vertrauen? Na wunderbar. »In das Universum?«

»Nein.« Nonn schiebt die Karten zurück in ihren Packen und mischt ihn langsam durch. »In dich. In das, was du fühlst. In das, was du willst … wen du willst. Keine Ahnung, ob er es am Ende ist. Das sehe ich nicht. Was ich aber sehe, ist, dass die Finsternis gewinnen wird, je mehr du an ihm zweifelst. Doch wenn du nie den Glauben aufgibst, wenn du diese Probe bestehst, dann wartet nur Licht auf dich.«

»Apropos Licht.«

Nonn und ich schreien gleichzeitig auf und fahren herum.

Cole steht in der geöffneten Tür, barfuß in schwarzen, legeren Schlafklamotten, die Haare durcheinandergebracht, und blickt von einer zur anderen.

Herb zieht unbeeindruckt weiterhin seine Zunge den puscheligen Schwanz entlang und ich werde das Gefühl nicht los, dass wir für ihn so etwas wie ein Menschen-Theaterstück sein müssen. Reality-Hexen-TV, sozusagen, auch wenn ich mich alles andere als scripted fühle.

»Also?« Cole löst sich vom Türrahmen und kommt näher. »Was veranstaltet ihr hier mitten in der Nacht?«

»Nichts.« Energisch stopft Nonn die Karten zurück in ihre Schachtel.

»Nichts. Mitten in der Nacht.« Cole schiebt die Hände in die Taschen seiner Jerseyhose und zieht die Augenbrauen hoch. »Ihr zwei in diesem Zimmer, das Thoth-Deck ausgebreitet vor euch.«

»Wir sind drei, du Schnösel«, murrt Herb und steht auf, macht einen Katzenbuckel. »Und deine Frisur sieht scheiße aus.« Beleidigt springt er vom Bett und stolziert zur Tür hinaus.

»Ich habe das in der Schublade gefunden«, sage ich, während Nonn gleichzeitig murmelt: »Es lag unten und ich habe es ihr gebracht.«

Herbs raue Lache hallt durch das komplette Haus.

»Ihr verheimlicht mir doch was.« Nervtötend langsam verschränkt Cole die Arme vor der Brust.

»Neiiiiiin!« Ich gebe mir alle Mühe, unschuldig auszusehen – auch wenn meine tomatenroten Wangen mich wohl ordentlich Lügen strafen dürften.

»Ich gehe ins Bett.« Nonn quetscht sich zwischen Cole und mir durch in Richtung Zimmertür. »Scusa, Kindchen, eine alte Frau braucht ihren Schlaf.« Fröhlich grinst sie mich an und verschwindet auf dem dunklen Flur.

Cole steht immer noch vor mir wie eine Statue von Michelangelo. Eindeutig, er hat ein gutes Gespür für das schwächste Glied der Kette. »Also?«, wiederholt er streng.

»Deine Frisur sitzt wirklich nicht«, piepse ich und versuche, an ihm vorbeizukommen.

Cole macht einen Schritt nach links und versperrt mir den Weg. »Hattest du eine Erinnerung?«, fragt er leise.

Ich recke mein Kinn, um ein wenig größer zu wirken, und verschränke die Arme ebenfalls vor der Brust. »Und wenn?«

Er beugt sich über mich, so nah, dass seine Körperwärme auf mich ausstrahlt. »Hattest du eine Erinnerung, Kräuterhexe?«

»Denkst du, ich habe Lust, mit dir zu reden, wenn du mich immer so titulierst?«

Er macht eine wegwerfende Handbewegung. »Rede, oder willst du die ganze Nacht hier stehen?«

Dieser Arsch! Ich habe kein Interesse daran, ihm auch nur im Geringsten auf die Nase zu binden, dass ich gerade eine Erinnerung hatte – mit ihm als Ehrengast!

»Also?«

Maledetto! Ganz schön dreist, sich hier einfach vor mir aufzubauen und mich in die Enge zu treiben. Am liebsten würde ich diesem selbstgefälligen Lackaffen in seinen überraschend ansprechenden und lässigen Schlafklamotten einen Kübel mit Eiswasser –

Klatsch!, gefolgt von einem spitzen Schrei.

Keuchend steht er vor mir, völlig durchnässt, in einer Pfütze, die zwei Drittel meines Zimmers einnimmt und mit hübschen, symmetrisch geformten Eiswürfeln dekoriert ist.

»Kräu - ter - hex - chen - ver - dammt!«

Ich kann ihn einfach nur anstarren. Seine Kleidung klebt an ihm wie eine zweite Haut und er schnappt nach Luft wie ein Fisch an Land, so sehr raubt ihm die Kälte den Atem.

»Hab ich was verpasst?« Herb rast um die Ecke wie von wilden Bienen gejagt und bleibt erst stehen, als seine Pfötchen die Wasserpfütze berühren. »Oh, wie praktisch!« Er lässt sich auf seine vier Katzenbuchstaben nieder und beugt sich vor, schlabbert das Eiswasser auf, das immer noch aus Coles Klamotten rinnt.

Fassungslos beobachtet er die Katze beim Trinken und wendet sich dann wieder mir zu. »Ich denke, das heißt *ja*, richtig?«

Nachdem Cole sich mit einem gewaltigen Warmluftgebläse aus seinem ganz persönlichen Nichts selbst trockengelegt hatte, haben Herb und er dafür gesorgt, dass dieses Planschbecken aus meinem Zimmer verschwindet: Cole mit einem Wischmop, Herb mit seiner Zunge und einer hoffentlich ausreichend großen Katzenblase.

Und jetzt liege ich hier, Coles griesgrämigen Gesichtsausdruck vor Augen, und starre an die dunkle Zimmerdecke. Mondlicht fällt durch die Fenster herein und taucht alles in ein silbernes, magisches Licht – ähnlich magisch wie meine neugewonnene Fähigkeit, blitzschnell Freiwillige für die Ice-Bucket-Challenge zu rekrutieren.

Zum Glück hat er mich danach in Ruhe gelassen. Nach all diesem Durcheinander habe ich nicht das geringste Interesse daran, ihm auf die Nase zu binden, dass mein vergangenes Ich offensichtlich etwas für ihn übrig hatte … und er mich, ehrlich gesagt, heute auch nicht so richtig kaltlässt.

Dass mich eine Erinnerung heimgesucht hat, habe ich ihm mit meinen neu freigeschalteten Skills hinreichend bewiesen. Was genau es war, scheint ihm egal zu sein. Zum Glück. Denn die Tatsache, dass es ihn nicht interessierte, bedeutet nun einmal, dass diese bunten Karten auf meiner Kommode wohl nicht ganz unrecht hatten.

Dennoch … die Erinnerung lässt mich nicht los, auch nicht diese Gefühle, die ich noch einmal erlebt habe, als ich sie sah. Die Beatrissa von damals war glücklich, fast schon euphorisch – und es hat sich so echt angefühlt, so verdammt echt, dass ich den

Eindruck habe, jede andere meiner Empfindungen ist ein wenig, hm … schal. Als hätten sie ihre Kohlensäure verloren und wären nur noch eine geschmacklose Plörre.

Was also weiß ich über mich?

Ich bin ganz offensichtlich eine Hexe, *check*.

An meiner Seite habe ich aus irgendeinem Grund einen Flaschengeist, der es sich in einer süßen Katze bequem gemacht hat, ein Buch, das sich nach der Eisdusche eben nicht mehr in den Vordergrund drängt, und diese herzallerliebste Spaghettisaucenwerbung-Oma, die mich ganz eindeutig sehr gut zu kennen scheint – besser als Cole, der wohl nicht ihr Enkel ist. Der Mann an meiner Seite, der nicht nur Signore Secretissimo ist, sondern auch enorm anziehend – vor allem in nassen Klamotten, wie ich vor einer Stunde feststellen durfte. Und all das bringt mich um den Schlaf, den ich so dringend bräuchte, um all das hier endlich verarbeiten zu können.

Nichts in diesem Haus schläft jemals wirklich. Immer ist da ein Knarren, ein Quietschen oder ein Scharren, Schritte, leise Musik oder Stimmen.

In Palermo war es lauter, aber diese Stille hier im Hinterland … Es ist, als würde man jedes Geräusch deutlicher wahrnehmen, intensiver, als es wirklich ist.

Nonn ist nicht wieder aufgetaucht, nachdem Cole seine wohlverdiente kalte Dusche abbekommen hatte. Er und Herb konnten sich nicht einigen, ob das Vieh von dem Wasser Bauchschmerzen bekommen hatte oder von Coles Haargel.

Seit sie laut diskutierend das Weite gesucht hatten, wälze ich mich hin und her, versuche herauszubekommen, was dieses rhythmisch auftretende Kratzgeräusch sein könnte, das mich wahnsinniger macht als alle Versuche, meine Erinnerungen zu sortieren.

Es ist nicht Herb.

Ich habe nachgesehen, doch der Flur war leer und dunkel, die Türen zu den anderen Schlafzimmern geschlossen. Dieser fußnägelhochrollende Klang … er hört einfach nicht auf, und egal, wie oft ich mich noch hin und her werfe, ich schaffe es nicht, ihn auszublenden.

Kchchchchrrrrrr-Krk! Kchchchchrrrrrr-Krk! Kchchchchrrrrrr-Krk!

Was ist das bloß?

Genervt stöhne ich auf und rolle mich wieder auf den Rücken, starre die dunklen Balken an der Zimmerdecke an, die im Mondlicht matt schimmern.

Kchchchchrrrrrr-Krk!

Woher kommt das nur?

Merda! Ich gebe auf. Das ist doch nicht normal! Ich werde heute Nacht kein verfluchtes Auge mehr zutun, wenn ich die Ursache dieses Geräusches nicht ausmachen und es ausmerzen kann. Auch wenn ich mir vier bis sieben andere Dinge vorstellen kann, die mir gerade mehr Spaß machen würden, als mitten in der Nacht durch ein uraltes Hexenhaus zu schleichen, in dem vielleicht sogar Gespenster ihr Unwesen treiben.

Die Zimmertür gibt freundlicherweise keinen Laut von sich und barfuß tapse ich hinaus auf den Flur. Von wo kommt dieses Kratzen? Ich gehe hoch auf die Zehenspitzen und halte mich am Türrahmen fest, werfe einen Blick die Holztreppe herunter.

Alles dunkel.

Niemand ist mehr dort und …

Kchchchchrrrrrr-Krk!

Es kommt von links, ganz eindeutig. Meine Blicke wandern über die zehn schmalen, gewundenen Stufen, die nach oben in die Dunkelheit führen.

Der Dachboden.

Großartig.

Ganz großartig.

Doch auch zwei Jahrzehnte Horrorfilm-Erfahrung können mich nicht bremsen. Ich schleiche drei Schritte nach links und halte mich am Geländer fest, beuge mich ein wenig vor, damit ich den Zugang zum Speicher sehen kann. Licht. Ein schmaler

Lichtstrahl fällt heraus, beleuchtet den oberen Teil der Wendeltreppe, und meine tief verborgenen Urängste machen sich schonmal warm.

Mit einem resignierten Seufzer auf den Lippen sehe ich mich um. Coles Zimmertür ist geschlossen. Soll ich ihn wecken, einfach hereinspazieren, mitten in der Nacht? Ich meine … okay, er war schon nett anzusehen in seinem klatschnassen Schlafzeug, aber …

Beatrissa, reiß dich zusammen. Du willst nur ins Land der Träume abdriften und vielleicht ist da oben schlicht ein Fenster geöffnet und schleift in seinem Rahmen hin und her, von der nächtlichen Brise bewegt. Also pronto. Hoch da und dann ab ins Bett.

Im Vorbeigehen schnappe ich mir eine Siebzigerjahre-Vase vom Schränkchen neben dem Treppenaufgang. Diese Nacht ist voll von großartigen Erlebnissen … allein in einer fremden Dachkammer herumzupirschen, ist eins davon. Und grasgrüne Vintage-Vasen haben meinen intensiven Horrorfilm-Recherchen nach bisher auch einen eher geringen Effekt gegen Serienmörder, Extincteure oder leichenfressende Zombies gehabt. Aber … was soll's.

Kchchchchrrrrrr-Krk! Kchchchchrrrrrr-Krk! Kchchchchrrrrrr-Krk!

Dieses Geräusch macht mich wahnsinnig, und sollte dort oben ein nach meinem Hirn trachtender Gul auf mich warten, kann ich nur hoffen, dass Cole von meinen Schreien aufwacht und mir zur Hilfe eilt.

Die Vase erhoben wie eine Keule, schleiche ich die gewundenen Stufen nach oben, in Zeitlupe, auf Zehenspitzen.

Leise, Triss, leise … Also, wenn man von meinem donnernden Herzschlag und dem dazu passenden unterdrückten Hecheln absieht – aber wenn dort oben wirklich übersinnliche, mordende Wesen auf mich warten, haben die mich vermutlich längst bemerkt.

Die Tür zur Kammer steht eine Handbreit offen. Licht fällt durch den Spalt auf meine nackten Füße. Angstschweiß prickelt auf meinem Rücken und die Hand, mit der ich die Vase halte, zittert leicht, doch ich will wissen, was zum Hexensabbat dieses nervtötende Geräusch verursacht – ich muss es wissen. Vermutlich ist es nur eine uralte Klimaanlage, deren letztes Stündlein geschlagen hat.

Noch einmal nehme ich einen tiefen Atemzug und drücke die dunkle Holztür auf, ganz sachte, rechne damit, dass sie jeden Moment ein wildes Quietschen von sich gibt, wie Speichertüren das eben so tun. Doch nichts … Sie schwingt auf, lautlos, als hätte gerade erst jemand das Scharnier geölt.

Keine gruselige, spinnwebenverseuchte Bruchbude erwartet mich dahinter, sondern ein winziges Dachbodenzimmer mit schrägen Wänden, spärlich beleuchtet von einer kleinen Tischleuchte, deren Schirm aus bernsteinfarbenen Glasstücken besteht und den Raum in ein warmes, gemütliches Licht taucht. Mittendrin thront ein großer geblümter Ohrensessel mit Blick auf ein gigantisches Dachfenster, durch das man bestimmt wunderbar den Nachthimmel beobachten kann. Oben an der Decke sind eine Handvoll Fäden befestigt, beklebt mit sorgfältig ausgeschnittenen, krummen und schiefen Sternen. Ein Mobile aus Kinderhand.

Zombies scheint es hier keine zu geben, dafür allerdings einen alten Plattenspieler, der auf einem niedrigen Schränkchen an der Stirnseite des Hauses steht. Der Tonarm hängt in der Mitte der Schallplatte fest und verursacht dieses scharrende, blecherne Geräusch, das von dem kleinen, darunter liegenden Lautsprecher durch das ganze Haus getragen wird. Irgendjemand, der mindestens zwei Daumen hat, hat wohl noch ein wenig Musik gehört und vergessen, den Plattenspieler auszuschalten.

Erleichtert stoße ich einen Schwall Atem aus und husche hinüber, hebe sachte den Arm an und lege ihn auf seinem Halter ab. Ein leises Klicken noch und das Geräusch verstummt. Das Haus versinkt wieder in nachtschlafender Stille.

Egal. Ab ins Bett.

Ich drehe mich um – und schnappe überrascht nach Luft.

Cole.

Okay, er hat offenbar nicht vergessen, den Plattenspieler auszuschalten. Er ist schlicht und einfach darüber eingeschlafen.

Keine Ahnung, wie er es schafft, sich auf einem Sessel gemütlich zusammenzurollen und einzuschlafen, den Kopf auf die gepolsterte Armlehne gebettet und die Knie angezogen, als würde er frieren. Der arme Kerl … Letztens unten auf dem Sofa und heute hier. Gesund kann das nicht sein.

Soll ich ihn wecken?

Nein, besser nicht.

Es ist ihm bestimmt unangenehm … obwohl er eigentlich kein Geheimnis daraus macht.

Keine Wolldecke weit und breit zu sehen, und so strecke ich die Hand aus, um wenigstens die Tischlampe auszuschalten, aber … Was ist denn das?

Auf den dunklen Holzdielen vor dem Sessel liegt ein dickes Fotoalbum, bezogen mit weißem Stoff. In der Mitte prangen zwei ineinander verschlungene gestickte Monogramme: B & N.

B wie … Beatrissa?

Ich hocke mich hin, stelle die Vase auf dem Boden ab und schlage die erste Seite auf. Wieder diese Monogramme.

Beatrissa und … Nicholas?

Mit zitternden Fingern blättere ich um – und lande mit einem Keuchen auf meinen Hintern.

Beatrissa und Nicholas.

Was für ein wunderschönes Kleid. Schulterfrei und schmal geschnitten, um die Hüften ein wenig gerüscht und von den Knien an in einen weiten Tüllrock übergehend. Weiß hat mir schon immer hervorragend gestanden, vor allem im Kontrast zu meinen dunklen Haaren. Lang und gewellt fallen sie über meine nackten Schultern, ringeln sich meinen Rücken hinab bis zur Taille. Ich sehe aus wie in meinen Träumen, glücklich und strahlend und wunderschön.

Genau wie er.

Lieber Himmel, wenn sein seltenes Lächeln so schon schön ist, ist sein Strahlen auf diesen Fotos einfach nur überwältigend. Er trägt einen schwarzen Gehrock mit einer hellen Weste, groß und schlank und … er sieht aus wie aus einem Katalog, absolut perfekt. Wie er mich ansieht …

Hitze schießt in meine Wangen und ich blicke zu ihm, wie er zusammengekauert daliegt und schläft.

Kein Wunder, dass mich seine Nähe durcheinanderbringt.

Kein Wunder, wie sehr es mich angemacht hat, mit ihm zu tanzen … Denn der Mann, der mich vor den Extincteuren gerettet hat, der mir so seltsam vertraut vorkommt, ist nicht einfach nur irgendein Mann.

Er ist mein Ehemann.

KAPITEL 8

RÜCKBLICK TRISS

Sie konnte nicht aufhören, ihn anzustarren.

Klar, bei einer Hochzeit war die Braut die Hauptperson, doch sie hatte nur Augen für ihn, den Bräutigam. Dass er gut aussah, geschenkt. Das wusste sie, seit sie Cole zum ersten Mal begegnet war, das wusste der Rest der Weltbevölkerung, sobald sie ihm über den Weg lief.

Es war sein Lächeln, dieses Strahlen in seinen Amazonit-Augen, eine Spur dunkler nur als der Swimming Pool, den sie so sorgfältig über sein Hemd verteilt hatte, in der Nacht, in der sie sich kennenlernten. Damals strahlten sie fast genauso, und mit ein bisschen Wehmut dachte Beatrissa an diesen Moment zurück, daran, wie es sich angefühlt hatte, als er seine Hand in ihre legte.

Etwas mehr als ein Jahr war das her, und sie konnte kaum glauben, was seitdem alles geschehen war.

Plötzlich drehte er sich um und erwiderte ihren Blick, prostete ihr mit seinem Champagner zu. »Kräuterhexchen! Hast du Spaß?« Der breite Ring an seinem Finger blinkte in der Sonne.

Triss lachte. »Nenn mich nicht so, Nicholas Romero! Du weißt genau, wie ich heiße!«

»Natürlich.« Mit nur geringfügigen Schwierigkeiten, geradeaus zu gehen, fand er seinen Weg zu ihr und blieb vor ihrem Stuhl stehen, ein wenig schwankend vielleicht. »Aber ich nenne dich, wie ich es möchte.« Übermütig zwinkerte er ihr zu, nahm einen großen

Schluck Champagner und schenkte ihr ein strahlendes Lächeln. »Warum sitzt du hier so allein?«, fragte er leise.

Sie zuckte mit den Schultern. »Ich brauche eine Auszeit. Der Tag war aufregend und anstrengend, und meine Schuhe«, Triss blickte auf die platinfarbenen Sandalen, die neben ihren nackten Füßen auf dem saftig grünen Rasen lagen, und beugte sich verschwörerisch vor, »ich glaube, sie haben ein Komplott geschmiedet, um mich umzubringen. Langsam und schmerzvoll.«

Er schnaubte. »Ach, Auszeit, was für ein Quatsch! Heute ist der Tag aller Tage! Los! Komm schon! Tanz mit mir!« Er riss sein Champagnerglas so energisch in die Höhe, dass es überschwappte, und drehte eine unbeholfene Pirouette.

»Du bist betrunken«, sagte sie, die Augenbrauen vorwurfsvoll hochgezogen. »Vielleicht solltest du dich erstmal hinsetzen und etwas essen, Cole. Die Nacht ist noch lang.«

Er verengte die Augen, ein klitzekleines bisschen nur, und lächelte. »O ja, das will ich auch schwer hoffen.«

Triss seufzte theatralisch. »Ja, das denke ich mir.«

»Romero!« Einer von Coles Kollegen, der mit den kinnlangen Ringellocken, schlug ihm von hinten auf beide Schultern, dass es nur so krachte. »Wo bleibst du, Mann? Wir vermissen deine Moves!«

Mit einem Lachen drehte sich Cole zu ihm um. »Ich wollte nur dieser wunderschönen Frau hier einen Moment lang Gesellschaft leisten.«

Sein Freund prustete. »Ragazzo, das ist deine Hochzeit! Heute wird gefeiert, nicht Süßholz geraspelt!«

Cole warf Triss noch einen gespielt bedauernden Blick zu und ließ sich von seinen Kumpels zurück auf die Tanzfläche ziehen. Ausgelassen sprangen sie zu den Klängen der Partymusik herum, mit eher besorgniserregenden Moves, und Triss blieb nichts weiter übrig, als ihnen zuzusehen und den kleinen Stachel, der sich tief und tiefer in ihr Herz bohrte, mit allen Kräften zu ignorieren.

Das Erste, was ich sehe, als ich die Küche betrete, sind Herbs Ohren. Der Rest seines Kopfes steckt tief in seinem Futternapf. »Ciao bella«, schmatzt er mir entgegen und Nonn wirft ein Spültuch nach ihm. »Sonntag«, schnauft er unbeeindruckt. »Nassfutter-Tag.«

Ich schlurfe durch den Raum und lasse mich auf einen der Holzstühle fallen, immer noch dieses seltsame hüpfende Gefühl in meinem Bauch.

Nonn verdreht nur die Augen und sammelt ihren Lappen wieder ein. »Wir haben dich beim Frühstück vermisst.« Sie nimmt einen Teller von der Anrichte und bringt ihn zu mir. Frisches Ciabatta, ein wenig Prosciutto Cotto, Cherrytomaten, ein Stückchen Butter und ein kleines Tonschälchen mit einem orangefarbenen Gelee.

Ich schnappe mir das Pöttchen und schnuppere daran. »Orangenmarmelade?«

»Selbstgekocht im letzten Herbst.« Der Stolz auf ihre Kochkünste ist Nonn deutlich anzusehen. »Die Orangen waren wunderbar im vergangenen Jahr.«

»Köstlich.« Ich stelle das Schälchen zurück und schiebe den Teller nach links und rechts. »Ich habe kein Messer.«

Mit einem verschmitzten Lächeln lehnt sich Nonn mit dem Rücken an die Küchenzeile. »Aber du brauchst eins. Nick hat mir von deinem, na ja, Malheur in der letzten Nacht erzählt, und da dachte ich …«

Selbst Herb unterbricht seine Feuchtfutterfressorgie, um meinen ersten Gehversuchen als Hexe beizuwohnen.

Ich blinzle nervös. »Also, erst einmal, danke für euer Vertrauen, und … wie mache ich das?«

Nonn verschränkt die Arme vor der Brust. »Pass auf. Du brauchst das Messer. Unbedingt. Anders kommst du nicht in den Genuss der köstlichsten Orangenmarmelade auf diesem Planeten.«

»Aber ich könnte auch einfach meinen Finger reinstippen«, schlage ich vor, und Herb bedenkt meine Aussage mit einem warnenden Fauchen. »Was denn?«

»Du hast die falsche Einstellung, Kind.« Missbilligend schüttelt Nonn den Kopf. »Die Magie weiß genau, was dein größter Wunsch ist. Sie gibt dir das, was du am dringendsten brauchst. Jetzt. In diesem Moment.«

Der Gedanke, dass ich in der letzten Nacht am allerdringendsten auf der Welt einen Zehnlitereimer Eiswasser brauchte, bringt mich zum Glucksen, doch ich bemühe mich, ein ernstes Gesicht zu bewahren. »Und ich bitte sie also …«

»Nein.« Nonn löst sich von ihren Küchenschränken und kommt langsam zu mir. »Deine Zauberkraft hört nicht auf Worte. All dieses Herumgeabrakadabrae ist nur dafür da, die Nichtmagier davon abzulenken, dass Magie tatsächlich existiert. Du musst es spüren. Ein Bedürfnis haben. Dann wird die Magie dir das geben, was du in dieser Sekunde brauchst. Und meist sogar hübsch abgestimmt auf deine Kleidung und die Jahreszeit.«

»Ooookay«, murmele ich und strecke meine Finger wie kurz vor einem Faustkampf. »Also soll ich mich allein auf den Gedanken – *ich brauche nichts dringender als ein Messer* – konzentrieren?«

»Nope. *Lecker Orangenmarmelade* wäre wohl eher ein passenderer Gedanke.« Herb versenkt seine Pelznase wieder in den glitschigen Fleischstückchen und schmatzt vor sich hin. »Schatsche, schie schprischt noch kein magisch.«

»Nicht mit vollem Mund«, weist Nonn ihn mit grimmigem Gesichtsausdruck zurecht und wendet sich dann wieder mir zu, ein liebevolles, geduldiges Omi-Lächeln auf den Lippen. »Versuch es, Mädchen. Sieh dir die Marmelade an. Ist sie nicht köstlich? Wie saftig sie ist, wie reif die Orangen gewesen sein müssen, um sie so tieforange glänzen zu lassen? Riechst du ihren Duft?«

Das Wasser läuft mir im Munde zusammen.

»Ja, so ist es richtig, Triss, erinnerst du dich daran, wie der Orangenduft in deine Nase stieg und du vor Wonne die Augen schließen wolltest? Wie frisch er war, wie süß und einen Hauch bitter?« Sie fixiert mich wie eine Katze die Maus, wedelt mit der

Hand. »Und jetzt … versuch es, Kind. Hol dir dein Messer, denn nur damit kannst du all das wieder erleben!«

Wie ferngesteuert hebe ich den Arm, greife in die leere Luft – und ziehe ein Messer heraus, ein Streichmesser, wie ich es brauche, genau in der richtigen Größe, nur …

»Es ist aus Stoff«, jammere ich und lasse meine Hand sinken, ziehe die Mundwinkel nach unten.

»Ist es das? Herrje.« Nonn verdreht die Augen und greift in die Luft, holt ein glänzendes Streichmesser hervor. »Da.« Sie knallt es neben meinem Teller auf den mit Macken und Riefen überzogenen Holztisch. »Deine Magie hat offenbar noch die Kindersicherung eingeschaltet.«

»Toll«, murre ich und bestreiche mein Brot dick mit Butter. »Vielleicht bin ich auch einfach noch zu müde. Ich habe nicht sonderlich gut geschlafen letzte Nacht.«

»Nein.« Nonn schüttelt den Kopf und nimmt mit Daumen und Zeigefinger das Spielzeugmesser hoch, betrachtet es wie ein ekelerregendes Subjekt, bevor sie es wieder in der leeren Luft verschwinden lässt. »Du bist magisch noch zu jung und zu unerfahren. Deine Magie denkt, du bist vier Jahre alt.«

»Ich bin 26.« Ich seufze herzzerreißend und tauche Nonns perfektes Messer in meine Marmelade. »Bekomme ich einen Kakao?«

»Aber natürlich, mein Liebes.« Nonn greift in die Luft und zieht eine große graue Tasse hervor, auf der ein gewaltiger Berg aus Schlagsahne thront. Der Duft bringt meine Synapsen zum Tanzen und irgendetwas, ein kleines Erinnerungchen vielleicht, regt sich in meinem Hinterkopf, bleibt aber noch leise und stumm. »Heute Abend bekommst du eine heiße Milch mit Honig, danach schläft du wie das Baby, für das deine Magie dich hält.« Sie grinst.

»Ich war lange wach.« Krachend beiße ich in mein Marmeladenbrot.

Mitfühlend verzieht Nonn das Gesicht. »Das verstehe ich. Die Erinnerung war nicht einfach, vor allem angesichts –« Sie räuspert sich einmal kräftig.

Abwehrend schüttele ich den Kopf. »Nein … doch … vielleicht. Da war ein Geräusch.«

Herb blickt auf, zieht mit der kleinen rosa Zunge seine Schnurrhaare ins Maul und schleckt sie sauber. »Geräusch?«

»Ein Kratzen. Ein Scharren, irgendsowas.«

»Merkwürdig.« Nonn lässt sich auf den Stuhl neben mir sinken und verschränkt die Hände im Schoß. »Ich habe nichts gehört«.

»Du würdest auch nichts hören, wenn eine Dampflokomotive durch dein Wohnzimmer fahren würde.« Mit dem Pfötchen stupst Herb seinen Futternapf ein Stück zurück. »Niemand, dessen persönlicher Quälgeist ich in den letzten zwei-, dreitausend Jahren sein durfte, hat so laut geschnarcht wie du. Kein Wunder, dass du nichts von dem mitbekommst, was außerhalb deines Schlafzimmers passiert.«

Nonns Apfelbäckchen verfärben sich dunkelrot.

Ich rolle mir die Scheibe Schinken auf und nasche sie, während ich gespannt warte, wie es weitergeht.

»Sie hat Akustikpaneele einbauen lassen.« Herb versichert sich noch einmal, dass sein Napf auch wirklich leer ist. »Zur Schalldämpfung.«

»Stimmt nicht! Ich habe sie selbst eingebaut!« Nonn steht auf und geht hinüber zur Spüle, nimmt irgendwas aus dem Abtropfsieb und spült es nochmal.

»Und sie funktionieren auch toll.« Herb streicht ihr einmal lobend um die Beine. »Also, Hexchen, woher kam das Geräusch?«

»Vom Dachboden.«

Nonn unterbricht ihre Spülaktion und sucht Herbs Blick. Herb starrt zurück, und irgendwie wird mir ganz anders.

»Es ist … es war nur der Schallplattenspieler. Der Arm war hängengeblieben.«

Immer noch diese Blicke.

»Ist das Dachbodenzimmer eine verbotene Zone, oder so? Ich mein … durfte ich dort nicht hingehen?«

»Nein, es gibt keine Zimmer, die du nicht betreten dürftest, ich dachte nur ...« Nonn bricht ab und trocknet sich ihre Hände an ihrer Schürze ab, ausführlich und sorgfältig.

Ich esse den letzten Bissen meines Marmeladenbrots auf und packe das Messer auf den Teller. »Du meinst, wegen des Fotoalbums?« Erst, als ich meinen Stuhl zurückgeschoben habe und aufgestanden bin, fällt mir auf, dass Hexe und Katze zu Marmorstatuen erstarrt sind.

»Fotoalbum?«, sagt Nonn und lacht nervös. »Was für ein Fotoalbum?«

»Es gibt in diesem Haus Fotoalben?« Herb macht große Katzenaugen.

Ich schnaube und schreite über die Katze hinweg, räume meinen Teller in die Spüle. »Natürlich. Ihr wisst schon, das weiße mit den eingestickten Monogrammen auf dem Einband.«

»Weiß?«, fragt Herb.

»Monogramme?« Nonn schüttelt den Kopf, als wüsste sie nicht, was ein Monogramm ist.

»Leute.« Ich fahre herum und mustere sie, einen nach dem anderen. Keine Ahnung, wer von beiden schuldbewusster aussieht. »Jetzt stellt euch nicht so an! Das Album! Oben auf dem Dachboden!«

»Album?«, wiederholt Herb und marschiert hinüber zum Wassernapf, versenkt sein komplettes Gesicht darin.

»Dachboden?« Nonn sieht sich um, sucht vermutlich ebenfalls etwas, wo sie ihren Kopf hineinstecken könnte.

»Okay, okay, ich habe verstanden.« Ein bisschen heftiger als beabsichtigt stoße ich mich von dem Spülbecken ab und durchquere den Raum, gehe an ihnen vorbei, ohne ihnen auch nur einen Blick zu schenken.

Sie reden immer noch nicht, aber irgendetwas ist mit diesem Album. Sonst würden sie sich nicht so verhalten, oder? Gebratenes Pancetta-Hirn hin oder her, ich habe dieses Album gesehen und dufte immer noch frisch wie ein Frühlingsmorgen.

Sollen sie doch so tun, als wüssten sie nichts von den Fotos. Als hätten sie keine Ahnung davon, wie Cole und ich zueinander stehen – aber es ist mir gleich.

Ich werde jetzt schön nach oben in das Dachbodenzimmer gehen und ihnen das Album vor die Füße klatschen, damit meine Erinnerungen endlich vollständig zurückkommen.

Ich muss dringend mehr Sport machen. Allerdings nicht bei den Temperaturen da draußen – da könnte ich ja gleich einen Spinning-Kurs in einem Pizzaofen belegen!

Keuchend verharre ich auf der obersten Stufe der Wendeltreppe, stütze mich auf meinen Knien ab. Nichts an diesem Ort ist mehr gespenstisch. Grelles Sonnenlicht fällt durch das riesige schräge Fenster in den kleinen Raum. Es ist kein Stück kühler als draußen, eher noch stickiger, wie in einer kuscheligen Cottagecore-Sauna mit einem gewaltigen geblümten Sessel anstelle von harten, gut durchlüfteten Holzliegen.

Sofern Cole nicht immer noch zusammengefaltet auf der Sitzfläche vor sich hin schlummert, bin ich allein hier oben. Großartig. Wer weiß, was ich hinter den Türen des kleinen Sideboards noch so alles finde … Schallplatten, vermutlich.

Ich husche in das Zimmer und drücke die Tür ins Schloss, eile um den Sessel herum und – nichts. Der dunkle Holzboden ist leer. Mein ordnungsliebender, nun ja, daran werde ich mich gewöhnen müssen, Ehemann scheint das Album ordentlich an seinen Platz geräumt zu haben. Wo auch immer der sein mag.

Kurz wische ich mir den Schweiß von der Stirn und zwirble meine Haare zusammen, lege sie mir wie einen Zopf vorn über die Schulter, damit wenigstens ein bisschen Luft an meinen erhitzten Nacken kommt. Dann stemme ich mir die Hände in die Hüften.

Okay.

Wo könnte er das Album verstaut haben?

Das Kämmerchen ist echt klein. Der Sessel nimmt den Großteil des Raumes in Beschlag, der einzige Schrank hier ist das Sideboard, auf dem der Plattenspieler steht. Ich bücke mich, gehe in die Knie und untersuche die schrägen Wände. Gibt es hier Einbauschränke? Kleine Türen, hinter denen sich Omas alter Pelzmantel und die Porzellanpuppensammlung des Grauens befinden?

Und tatsächlich – hinter dem Schränkchen entdecke ich eine schmale Naht in den Holzpaneelen, die das Zimmer einrahmen. Um da heranzukommen, müsste ich alles, was davorsteht, wegräumen. Ob das funktionieren würde, ohne sämtliche Bewohner des Hauses durch das Scharren und Quietschen auf dem Dielenboden nach oben zu locken?

»Suchst du das hier?«

Ich zucke zusammen und wirble herum.

Cole steht in der schmalen Tür, lässig in den Türrahmen gelehnt und eine grasgrüne Vase in der Hand, die mir nur allzu bekannt vorkommt. Abschätzig dreht er sie im Sonnenlicht, wirft sie hoch und fängt sie wieder auf.

»Keine gute Waffe, wenn du mich fragst.«

»Offensichtlich habe ich sie ja nicht gebraucht.« Ich schnappe mir die Vase, mustere ihn mit hochgezogenen Augenbrauen. »Was macht der Rücken?«

Kurz verzieht er das Gesicht und tritt in den kleinen Raum. »Geht so. Du hättest mich ruhig wecken können, Kräuterhexe.«

Ohne ein weiteres Wort umrundet er mich, geht hinüber zum Plattenspieler und nimmt die Schallplatte vom Teller, behutsam und vorsichtig, lässt sie zurück in ihre Hülle gleiten. Er hat schöne Hände, sehnig und schlank, mit wohlgeformten, matten Fingernägeln … und ohne jede Spur eines Eherings.

»Ich wollte, äh, also … Du hast dir gestern hier oben etwas angesehen«, sagte ich und verschlinge meine Hände umeinander.

Für den Bruchteil einer Sekunde verharrt er in seiner Bewegung.

»Ich habe mir etwas angehört, Kräuterhexchen. Und dabei den Vollmond betrachtet.« Er wirft mir einem schelmischen Blick über die Schulter zu. »Du hast Glück. Es war sternklar.«

Irritiert schüttele ich den Kopf. »Und das ist mein Glück, weil …?«

»Ist der Himmel klar und rein und herrscht allein der Mond, offenbart der Hex' die Zwischenwelt, was alles in ihr wohnt«, sagt er leise und dreht sich um, die Papphülle in der Hand. »La notte delle fate. Die Nacht der Feen.«

»Gab es nicht …« Ich runzle die Stirn, krame in der spärlichen Ausgabe meines Gedächtnisses, die meinem Kopf gerade zur Verfügung steht.

Cole betrachtet mich aufmerksam, abwartend, als hoffte er, eine weitere Erinnerung würde sich einstellen.

»Das ist ein Film, oder?«

Er verdreht die Augen und hockt sich auf den Boden, zieht die linke Tür des Sideboards auf. Etwas pikiert sieht er aus, aber … nett. Also, sein Hintern in dieser Konfirmationsanzughose – nicht seine Reaktion oder die Massen an Schallplatten, die fein säuberlich nebeneinander aufgereiht sind. Keine Spur von dem Fotoalbum.

Ich hocke mich neben ihn, deute auf die schmalen Papphüllen. »Sammelst du die?«

Cole nickt abwesend und blättert durch die Alben, bis er die richtige Stelle gefunden hat. Mit Daumen und Zeigefinger schiebt er zwei Platten auseinander und packt die einzelne Hülle dazwischen. »Soundtracks der Achtziger. Meistens. Manchmal mischen sich auch ein paar Neunziger rein.«

»Wirklich?« Soundtracks? Er überrascht mich immer wieder. Ich hätte eher erwartet, dass er Herrendüfte sammelt oder irgendwelche teuren Pflegeprodukte, die verantwortlich sind für diese beneidenswert reine Haut. Aber … Filmmusik?

»Habe ich auch immer gern gehört.« Eigentlich hatte ich immer In-ears dabei, egal, wo ich war.

Cole bedenkt mich mit einem kleinen Lächeln von der Seite. »Das weißt du noch?«

Irritiert ziehe ich die Augenbrauen zusammen. »Sollte ich nicht? Ist das auch eine von diesen Erinnerungen, die ich eigentlich vergessen haben müsste?«

Er lässt sich in den Schneidersitz plumpsen und legt die Unterarme bequem auf den Oberschenkeln ab. »Nein, der Musikgeschmack bleibt, genau wie deine Fähigkeit zum Zaubern, auch wenn sie dir nicht bewusst ist. Hast du schon mal einen Song gehört und dein Körper hat darauf reagiert, ohne dass du eine Ahnung hattest, wieso?«

»Ja, natürlich.« Ich setze mich neben ihn, stelle die Vase auf dem Sideboard ab und strecke meine vom Hocken schmerzenden Beine aus. Vielleicht kann ich einen Blick hinter die anderen Türen des Sideboards werfen, wenn ich ihn in ein Gespräch verstricke.

»Musik ist selbst Magie und damit lebendig, Kräuterhexe. Das wissen die wenigsten von uns.«

Jetzt bin ich überrascht. »Ich dachte, das hätte mit schönen Erlebnissen zu tun. Dingen, die ich mit einem Song verbinde, so wie ich einen gemütlichen, idyllischen Heiligabend vor Augen habe, wenn ich eins dieser alten Weihnachtslieder höre.«

Sein Blick verändert sich kaum merklich, wird eine Spur schärfer. »Was hast du denn vor Augen? Hast du mit …« Er bricht ab, fährt mit dem Zeigefinger die Papphüllen im Schrank vor sich entlang, als würde er sie nebenbei durchzählen. »… mit deinen Eltern gefeiert? Oder war noch jemand dabei?«

Gesang. Ich höre leise, zarte Klänge, sanfte Stimmen, die die traditionellen Lieder singen, fühle eine Art schmerzhafte Wehmut. Aber mein Kopf bleibt schwarz. Keine Bilder, keine Gesichter. Nicht der Hauch eines Geschmacks nach köstlichem Festessen auf meiner Zunge, kein Duft nach Punsch und Zimtäpfeln, nichts.

»Ich … tut mir leid, Cole, ich kann dir deine Fragen nicht beantworten.«

Ein Ausdruck von Enttäuschung huscht über sein Gesicht. »Nicht schlimm. Das kommt schon noch.«

Ich seufze und betrachte meine Hände. Meine unberingten Hände. »Hoffentlich.«

»Eines Tages kommt alles zurück.« Er schenkt mir ein Lächeln, sieht mich einen Moment länger an als normal. Er kennt mich. Dieser Mann kennt mich. Vermutlich weiß er besser, wer ich bin, als ich selbst. »Geräusche wirken ihren ganz eigenen Zauber in uns. Regenschauer. Kaminfeuer. Das Knistern von trockenen Blättern unter unseren Schuhen. Das Knirschen von Schnee. Aber Musik ist etwas ganz Besonderes.«

»Das Scheppern der Müllabfuhr in den Straßen von Palermo gehört vermutlich nicht dazu«, sage ich trocken und beobachte ihn. »Lass mich mal Magie wirken.« Ich beuge mich über ihn, um die Schallplatten besser erreichen zu können.

Cole weicht zurück. Nein, das ist untertrieben, er ruckt so rasch fort von mir, dass er fast rückwärts umfällt. Meine Fresse, was ist denn nur passiert zwischen uns, dass er so heftig reagiert?

»Ist alles okay mit dir?«

Er blinzelt, schüttelt kaum merklich den Kopf. »Schmerzen. Immer mal wieder, immer hier.« Er tippt mit dem Zeigefinger an die Schläfe. »Verspannungen. Ich hätte nicht in dem Sessel schlafen sollen. Vielleicht ist es auch nur die abgestandene Luft.«

Er rappelt sich hoch und öffnet das Dachfenster. Mehr Hitze strömt in das kleine Zimmer, doch sie bringt lauen Wind mit sich. Es duftet nach Sizilien, nach warmer Erde und trockenem Gras, nach Kräutern und Sommer, ein vertrauter Duft, der mein Gehirn kitzelt.

Vorsichtig lasse ich die Platte meiner Wahl aus der Hülle gleiten und lege sie auf. »Ich bin gespannt, ob du den Song kennst.«

Er antwortet nicht. Mit geschlossenen Augen steht er da, massiert seine Schläfen.

»Wird es nicht besser?«

Sachte schüttelt er den Kopf. »Eher schlimmer. Liegt bestimmt am Wetter.« Er öffnet ein Auge und grinst, doch die Anspannung in seinen Kiefermuskeln kann er nicht verbergen.

Ich widme mich wieder dem Schallplattenspieler. »Wie stelle ich den an?«

Behutsam setzt Cole die Nadel auf das schwarze Vinyl. Ein dumpfes »Plopp!« und ein leises Kratzen, dann startet der Song mit seinem legendären Gitarrenriff.

Sein Blick ist seltsam, obwohl er lächelt. »Ich erinnere mich.«

»Woran?«

»Den hast du immer schon geliebt.«

Es fühlt sich so richtig an, so vertraut, hier mit ihm auf dem Boden zu sitzen und einem alten Soundtrack zu lauschen.

Als die Musik verhallt, sehen wir uns an, schweigen. Hier sitze ich, neben diesem attraktiven Kerl, der eigentlich meinen Ring am Finger tragen müsste. Und ich erinnere mich nicht daran. Kein bisschen.

Sein Blick ist voller Wärme. »Triss …« Zögernd legt er seine Hand auf meine und reißt sie im nächsten Moment zurück, hoch an seine Schläfe, presst die Finger darauf. »Au … cazzo di merda!« Er stößt ein leises Knurren aus, gleichzeitig genervt und schmerzerfüllt.

Ich unterdrücke den Drang, ihn zu berühren. »Kannst du nichts dagegen machen?«

Vorsichtig schüttelt er den Kopf. »Es kommt und geht, manchmal wie der Blitz. Keine körperliche Ursache zu finden … zum Glück.« Er ringt sich ein Lächeln ab. »Es geht vorbei. Sag mir: Was ist der beste Soundtrack aller Zeiten?«

»Purple Rain«, antworte ich wie aus der Pistole geschossen.

»Hab ich da.« Er sucht die Platte heraus und legt sie auf, wirft mir einen Seitenblick zu. »Du musst deine Elementarkräfte üben, damit deine Magie dir endlich glaubt, dass du volljährig bist«, sagt er leise.

Langsam nicke ich und lasse mich auf den Rücken sinken. Hoch über mir bewegen sich die aufgeklebten Papiersterne an ihren Wollfäden, tanzen sachte zum Rhythmus der Musik im Wind. »Ich weiß nicht, wie.«

Cole legt sich neben mich, die Füße in die andere Richtung. Wir sehen uns an. »Es ist eigentlich nicht schwer. Du musst lernen, deine Gedanken zu steuern, sie zu kontrollieren.« Sein Blick wandert zur Zimmerdecke, zu dem Kindermobile. »Was brauchst du am allermeisten auf dieser Welt, in diesem Moment, in dieser Sekunde?«

Das hier, zuckt es durch meinen Verstand. Dich.

»Einen Ventilator«, sage ich trocken und er lacht.

»Dann los! Hol ihn dir! Jetzt!«

Ich greife in die leere Luft und halte Sekundenbruchteile später einen altertümlichen, löchrigen Fächer in der Hand. Immerhin.

Cole schnappt ihn sich und breitet ihn aus, mustert ihn, als wäre er ein Fachmann für Handwedel. »Hm. Okay.« Er dreht sich auf die Seite, fächelt mir kühle Luft ins Gesicht. »Hast du dir das in etwa so vorgestellt?«

Ich schließe die Augen. »Traumhaft. Besser als jeder Ventilator.«

Er lacht, ein warmes, offenes Lachen. Etwas zieht in meinem Bauch, an meinen Erinnerungen. »Ganz schön geschickt, kleine Hexe!«

Nebeneinander liegen wir ausgestreckt auf den Holzdielen, lauschen dem besten Soundtrack aller Zeiten. Der warme Sommerwind weht zum Fenster herein, streicht über meine feuchte Haut.

»Wir wollten immer mal zusammen auf ein Konzert gehen«, sagt Cole plötzlich leise, als der letzte Song beginnt.

»Wollten wir?« Überrascht blicke ich ihn an. Er spricht über die Vergangenheit? *Er?*

Langsam nickt er und reißt sich von meinen Augen los, verzieht das Gesicht. Schmerzen. Armer Kerl. »Ja. Ist nie dazu gekommen.«

»Warum nicht?«

Er zuckt mit den Schultern. »Es kamen Dinge dazwischen.«

»Vielleicht können wir das eines Tages nachholen.«

»Ja, vielleicht«, sagt er und steht auf. Aber wirklich überzeugt klingt er nicht.

RÜCKBLICK TRISS

Sie sollte mehr Sport machen, definitiv. Die fünf Etagen zur Dachterrasse hatte sie erfolgreich hinter sich gebracht, auch wenn es sich so anfühlte, als hätte sie unterwegs ihre Lungen im Treppenhaus verloren.

Eine Neunzigerjahre-Revival-Rooftop-Party, groovy. Die weiten Ballonseiden-Hosen in schreiendem Türkis, die ihr in einem Second-Hand-Shop ins Auge gestochen waren, passten einfach nur hervorragend zu dem Motto. Noch ein Zickzack-Scheitel und zwei hohe Seitenzöpfchen, und schon sah sie aus wie alle Mitglieder der Spice Girls zusammen.

Beatrissa war spät dran, wie immer. Die anderen feierten sicher schon ausgelassen. Ungeschickt balancierte sie die beiden Pappteller mit Gorgonzola-Birnen-Minipizzen in ihren Händen, drückte mit dem Ellbogen die Klinke herunter und stieß mit dem Hintern schwungvoll die Metalltür zur Dachterrasse auf.

Ein Schrei ließ sie zusammenzucken. »Ah, merda!«

Die Teller mit den Minipizzen klatschten auf den Boden – nur gut, dass sie mit der Frischhaltefolie nicht gespart hatte.

Das Erste, was Beatrissa sah, war der große, feuchte Fleck auf der Brust des Mannes, den sie soeben umgerannt hatte. Das zweite waren seine Augen, die so klar leuchteten wie die Meeresbrandung an einem sonnigen Tag.

»Cole?«

»Triss!« Nicholas lachte und deutete auf das weiße T-Shirt, durchsichtig von seinem Bier, das sie nahezu vollständig über ihn verteilt hatte. »Das scheint zu einer Art Begrüßungsritual zwischen uns zu werden, was?«

»Oddio, Cole ...« Hitze schoss ihr ins Gesicht, vor Scham oder vor Freude, keine Ahnung, vielleicht auch, weil ihr Herz so laut

klopfte, dass er es über das Dröhnen der Nineties-Beats hinweg einfach hören musste. Sie fummelte sich das Bandana von ihrem Oberarm und rubbelte damit an seinem Shirt herum. »Es tut mir so leid!«

Nicholas schmunzelte und zog ihre Hand fort, strich beruhigend mit dem Daumen darüber. »Nicht schlimm.« Er zupfte an seinem offenstehenden Karohemd. »Ich hab ja noch das hier. Dann bin ich zwar nicht mehr ganz so hip wie die anderen, aber beim Tanzen zumindest gut gekühlt.«

Beatrissa schlug sich beide Hände vors Gesicht und wimmerte. Merda, merda, merda! Wochenlang hatte sie sich gewünscht, ihn wiederzusehen, hatte sich ihr Aufeinandertreffen in den schönsten Farben ausgemalt, auch wenn sie sich keine Hoffnungen machen wollte – und dann das hier!

»Triss.« Sanft legte er seine Hände um ihre Handgelenke und zog sie fort. »Ist doch kein Problem. Wir können mir in Windeseile ein neues Shirt besorgen, wenn dir mein Outfit mit zugeknöpftem Hemd nicht gefällt. Du darfst es sogar aussuchen.« Seine Mundwinkel zuckten und Beatrissas Herz hüpfte in der Brust vor sich hin, ausgelassen und übermütig, wischte die Dunkelheit ihrer Gedanken fort.

Die Karten hatten recht behalten. Sie hatte ihn erneut getroffen – im wahrsten Sinne des Wortes – und er schien sich ehrlich darüber zu freuen.

»Schön, dich wiederzusehen, Cole. Ich …« Sie deutete auf ihre Minipizzen. Gemeinsam gingen sie in die Hocke, um die Teller aufzuheben, stießen fast mit den Köpfen zusammen und wieder mussten sie lachen.

»Ich freue mich auch«, sagte er leise und Beatrissas Herzschlag setzte eine Sekunde aus. »Du schuldest mir ein Bier.«

Er stellte seinen Teller auf ihren und sie standen wieder auf.

»Danke für deine Hilfe.« Beatrissa deutete auf die Pappteller. »Du bekommst zwei.«

»Jetzt gleich? Ich meine, trinken wir was zusammen?« Kurz

befeuchtete er die Lippen, lächelte fast schon verunsichert. »Also, wenn du Lust hast.«

»Natürlich!«

Niemand konnte glücklicher sein als sie. Sie hatte Cole wiedergetroffen und die Luft knisterte immer noch zwischen ihnen. »Das wäre toll! Und vielleicht, ähm …« Es kostete sie all ihren Mut, diese Frage herauszubringen. »Vielleicht hast du ja später Lust, mit mir zu tanzen.«

»Hey! Ist sie das? Das ist sie, oder?« Ein hochgewachsener Mann mit kinnlangen Ringellöckchen baute sich neben Nicholas auf und musterte Beatrissa ganz unverhohlen. »Nick hat uns schon so viel von dir erzählt!«

Fast unmerklich zog Nicholas seine Augenbrauen zusammen, und Beatrissas Herz setzte einen Schlag aus.

»Nope, Jaro!« Ein zweiter Mann, blond wie Nicholas, mit einem Zopf im Nacken, gesellte sich zu ihnen. »Bring das Mädchen nicht in Verlegenheit. Seine Freundin ist hinten an der Bar, die mit der riesigen Glitzerschleife. Soll ich dich vorstellen?«

Nicholas sah sie immer noch an, ernst, stumm, und Beatrissa hatte keinen Schimmer, was sie jetzt tun sollte. Ihre Finger zerquetschten fast die Pappteller. Leise räusperte sie sich. »Ich bringe schnell das Essen zum Büffet.«

Und sie ließ ihn einfach stehen, stellte die Minipizzen, für die sie stundenlang in der Küche gestanden hatte, irgendwo auf den langen Tisch mit dem billigem Fast Food und verschwand, so schnell sie konnte.

KAPITEL 9

Ich blicke auf, blicke mir selbst in die Augen. Die Frau im Spiegel starrt mich an, als würde sie mich nicht kennen, und ich starre zurück.

Wer bin ich, verdammt nochmal? Werde ich je wirklich erfahren, wer ich war, welche Person in mir steckt? Keine Fragen mehr. Cielo, ich will es einfach nur wissen, alles!

Die Frau im Spiegel lächelt, bis sich ein Grübchen auf ihrer linken Wange zeigt, und ich lächele zurück. Wir werden uns kennenlernen, Stück für Stück.

Ich habe diese Freude gespürt, körperlich, als ich mich daran erinnerte, wie Cole auf dieser Party vor mir stand. Ich spürte die Chemie zwischen uns, ein Prickeln, das auch jetzt noch da ist. Und all dieses Durcheinander, das in mir wütete, als ich von seiner Freundin erfuhr. Liebe Güte, wir müssen einen ganz schön holprigen Weg gegangen sein bis zum Ja-Wort.

Ich reiße mich von meinem Anblick los, drehe das Wasser ab und atme den Duft ein, der aus der Badewanne steigt. Lavendel … Ich habe diesen Geruch immer geliebt, frisch und warm zugleich, er riecht nach … nach früher, auch wenn ich nicht weiß, was früher für mich bedeutet.

Es war so schön, Zeit mit ihm zu verbringen – heute, auf dem Dachboden. Lange schon hat sich nichts zu richtig angefühlt und gleichzeitig so verwirrend. Der Duft nach Orangensalat und frisch Gegrilltem hat uns schließlich zum Abendessen gelockt.

Hier, in dieser Wanne aus dunkelgrauem Stein, werde ich diesen wunderschönen Tag ausklingen lassen, werde durch das gläserne Dach hinaus in den Sternenhimmel schauen und mich darin verlieren. Ich schlüpfe aus meinen Klamotten und lasse mich in das lauwarme Wasser gleiten.

Herrlich.

Der dunkle Stein ist rau und gleichzeitig glatt unter meinen Fingerspitzen. Hunderte Luftbläschen prickeln aus seinen Poren und liebkosen meine Haut wie ein Mini-Whirlpool.

Ich gönne mir ein lautes Seufzen und mache mich lang, strecke jedes einzelne meiner Glieder. Aber wo ist der spektakuläre Sternenhimmel geblieben?

Dichte Wolken hängen am Himmel, ziehen wie dunkelgraue Watteteppiche durch eine schwarze Nacht. So hatte ich mir das nicht vorgestellt! *Weichet, ihr Wolken, zerfetzt in einer Windbö und zeigt mir, was ich sehen will! Gebt den Blick frei auf das Licht dieser Nacht, aber pronto!*

Ich angele mir einen Schwamm und tauche ihn unter. Er streicht über meine Haut, sanft, manchmal ein wenig kratzig. Irgendwann wandert mein Blick wieder hoch zu dem gläsernen Dach – und ich schnappe nach Luft.

Da sind sie. Sterne über Sterne, große, kleine, hell beleuchten sie die endlose Schwärze, blinken schelmisch durch die Dunkelheit.

Gedämpfte Schritte klingen auf dem Flur, dann ein leises Klopfen. »Kräuterhexe?«

Meine Antwort ist ein genervtes Stöhnen.

Coles Lachen dringt an mein Ohr. »Du hast für einige sehr verwirrte Meteorologen gesorgt heute Nacht. Gut so.«

Was? Ich drücke mir das Wasser aus den Haaren. »Wieso sollte ich das gewesen sein?«

»Tempestusmagie war schon immer deine Stärke. Hast du etwas dagegen, wenn ich dir Gesellschaft leiste?« Ein schabendes Geräusch ist von draußen zu hören, gefolgt von einem Plumps. Er hat sich vor die Tür auf den Boden gesetzt.

Ich verdrehe die Augen. »Ich wollte einen Spa-Abend, Romero. Ein paar Stunden Ruhe vor diesem ganzen Durcheinander!«

Erneut lacht er. »Oho, die Wetterhexe nennt mich beim Nachnamen. Wie förmlich!«

»Wetterhexe? Ist das eine Art Beförderung?« Ich schmunzle, plätschere vor mich hin.

»Du kannst stolz auf dich sein. Tempestusmagie ist eine seltene, starke Kraft, und sie scheint dir jetzt schon besser zu gehorchen als die Elementarmagie.«

Darauf einen Wein. Ich schließe die Augen, konzentriere mich auf einen wunderbaren Grillo. Das fehlt mir jetzt noch, Magie, Weißwein auf Eiswürfeln, so kühl, dass sich außen am Glas Kondenswassertröpfchen bilden, hach … Meine Finger schließen sich um etwas Kaltes.

Hahaaa!

Triumphierend reiße ich die Augen auf, bewundere meine Errungenschaft im flackernden Kerzenlicht. Hm. Ein Wasserglas, bis zum Rand gefüllt mit einer hellgoldenen Flüssigkeit. Dicke kühle Tropfen perlen an der Außenseite herunter, und ich beuge mich vor, nehme einen Schluck.

Traubensaftschorle.

»Ich bin erwachsen, du doofe Magie«, knurre ich. Gut, die Schorle ist lecker – aber nicht das, was ich haben wollte.

»Was sagst du?«, klingt Coles Stimme gedämpft durch die Tür.

»Ich habe diese anmaßende Elementarmagie ausgeschimpft.« Ich stelle das Glas am Beckenrand ab und angele nach meinem Schwamm.

»Du hast etwas entstehen lassen?« Jetzt klingt er interessiert. »Was?«

»Grillo auf Eis.«

»Bäh.« Ich sehe förmlich, wie er sein Gesicht verzieht. »Wein und Eiswürfel?«

»Die Eiswürfel waren nicht das Problem.«

»Sondern?«

»Es ist Traubensaft.« Ich seufze theatralisch. »Guter Traubensaft, wirklich. Aber eben Traubensaft.«

Er kichert. »Soll ich dir einen Grillo reinbringen?«

Ich richte mich so abrupt auf, dass eine ordentliche Portion Wasser aus der Wanne schwappt. »Untersteh dich, hier einfach mit deiner Türenundfenstermagie einzudringen!«

»Okay, okay, schon gut. Ich wollte dir nur einen Gefallen tun.«

»Natürlich wollte er das, Hexchen.« Herbs Reibeisenstimme dringt zu mir herein. »Ganz uneigennützig.«

Cole stöhnt. »Nein, nicht auch noch du …«

»Ich freue mich immer sehr, dich zu sehen, Schönling. Los, mach Platz – sonst setze ich mich auf deinen Schoß, ich warne dich.«

Ein kurzes Schieben und Scharren ist zu hören. Cole zischt ihm irgendetwas zu und die Katze brummt zurück. Ich verstehe kein Wort.

Langsam lasse ich mich zurücksinken, schnappe mir meinen Traubensaft und bilde mir ein, es wäre Weißwein. Die Sterne funkeln vom Himmel herab, golden, weißlich, bläulich … Moment bläulich?

Ich richte mich auf. Wie Reflexionen von Wasser tanzen grellblaue Lichtfäden über mir, gespiegelt nicht nur von den Fensterflächen selbst, sondern auch von den Balken, die sie halten. Was zum Heck ist das?

Kurz entschlossen springe ich aus der Wanne, angele nach dem dicken weißen Badetuch und lege es mir um den Körper.

»Cole!« Tropfend tapse ich zur Tür und reiße sie auf.

Cole purzelt rückwärts ins Zimmer, und Herb mit ihm.

»Igitt, Hexchen! Du tropfst!« Die weiße Katze schimmert im Kerzenlicht, schüttelt sich angeekelt und tänzelt ins Bad, um sich dort umzusehen.

»Kräuterhexe«, stellt Cole zu meinen Füßen fest. »Falls du denkst, ich könnte von hier unter dein Badetuch sehen, kann ich dir deine Sorgen nehmen. Zu dunkel.« Er grinst fröhlich und verschränkt die Arme im Nacken. »Was kann ich für dich tun?«

»Ich … da …« Ich drehe mich um, deute auf das gläserne Dach. »Was ist das? Da oben! Diese Lichter!«

»Ach, das!« Mit einer geschmeidigen Bewegung ist Cole auf den Beinen, und erst jetzt fällt mir auf, dass er seine Schlafklamotten trägt.

Er huscht an mir vorbei. »Herb, lass das.« Im Vorbeigehen fischt er die Katze vom Wannenrand, gerade als sie ihr Pfötchen in mein Lavendelwasser tunkt. »Sonst liegst du gleich drin, und dann ist das Geschrei wieder groß.«

Herb lässt sich in Coles Arm hängen wie eine Plüschkatze und leckt mit einem verzückten Gesichtsausdruck an der eingetunkten Pfote.

Cole steht am Kopfende der Wanne, barfuß, und betrachtet das Schauspiel oben an der Decke. »La notte delle fate«, murmelt er und lächelt, streicht Herb abwesend durch das dichte weiche Fell. Er dreht sich um und streift mein Badetuch mit seinen Blicken, schnell, Hundertstelsekunden nur. Es ist etwas vorgefallen zwischen ihm und mir, etwas, von dem ich nichts weiß, aber … ja, eindeutig. »Zieh dir schnell etwas an, sonst verpasst du den ganzen Spaß!«

Seine Amazonit-Augen blitzen vor einer nahezu kindlichen Begeisterung. Sein Blick wandert wieder nach oben, verfolgt die gleißend blauen Lichtfäden, die an der Decke tanzen.

»Cole?«

Er sieht mich wieder an, und die Gänsehaut, die über meinen Körper rollt, hat nichts, aber auch rein gar nichts mit Kälte zu tun. »Ja?«

Ich räuspere mich, ziehe das Badetuch fester um meine Brust. »Würdest du jetzt bitte das Badezimmer verlassen?«

Sein Lächeln wird breiter, vollkommen unschuldig, und das irritiert mich mehr, als wenn es irgendwie anzüglich wäre. »Jederzeit, Kräuterhexchen, jederzeit.«

»Also?« In T-Shirt und kurzen Sweatpants beeile ich mich, in die Küche zu kommen. »Wo ist dieses Feen-Spektakel?«

Die Lichter sind gelöscht, ganz zart riecht es noch nach den saftigen Orangen und den gegrillten Spießen vom Abendessen. Weiße Kerzen stehen auf grob getöpferten Tellern, umgeben von getrockneten Blüten, Kräutern und Kristallen, die im warmen Licht mystisch schimmern und glitzern. Witchy vibes deluxe – und ich liebe es!

Nonn und Cole warten an der geöffneten Tür, schweigend, vollkommen fasziniert von irgendetwas, das sich draußen im Garten abspielt.

»Was gibt's denn da zu sehen?« Im Gehen nehme ich meine feuchten Haare hoch, flechte sie zu einem lockeren Zopf, der mir schwer nach vorn über die Schulter fällt und langsam, aber sicher, mein Shirt zu durchnässen droht.

»Schhh«, Cole legt sich den Zeigefinger auf die Lippen. »Komm her, ganz leise. Hörst du sie?«

»Sie?«, wispere ich zurück und schleiche näher. »Da sind wirklich Feen?«

Ich weiß nicht, wieso, aber mein rationaler, nichtmagischer Verstand besteht darauf, dass da draußen nur Glühwürmchen sind, vielleicht Massen davon, wie so oft in heißen Sommernächten. Nachtaktive Käfer mit leuchtenden Hinterteilen, die zu einer Orgie einladen. Wenig magisch.

Nonn wirft mir einen missbilligenden Blick zu und Cole lehnt sich zu mir, legt seine Hand auf meine Schulter.

»Nimm's ihr nicht übel. Sie liebt diese Nächte«, raunt er direkt in mein Ohr und mein Herz beschleunigt seinen Schlag. »Sind selten geworden. Aber heute Nacht ist es so weit.« Seine Augen funkeln im Kerzenschein mit den Kristallen um die Wette.

»Was tun sie denn?« Ich recke den Hals und Cole verstärkt seinen Griff, zieht mich sanft an sich, deutet in die Nacht.

»Die Feen.« Seine Worte sind kaum zu verstehen, so leise spricht er. »In Vollmondnächten kann man sie tanzen sehen. Manchmal singen sie für uns.« Er öffnet die Flügel des kleinen Sprossenfensters weit. »Nur Magische können sie hören.«

Seine Hand legt sich in meinen Rücken, sanft und warm. Er schiebt mich vor sich und Bilder tauchen vor meinem inneren Auge auf, von der Hochzeit, von seinem Strahlen und seiner Ausgelassenheit. Etwas in mir beginnt zu vibrieren und ich lehne mich zurück, will mehr von seiner Nähe.

Cole atmete tief ein und beugt sich ein wenig weiter vor. »Da vorn«, raunt er in mein Ohr und sein Atem kitzelt meine empfindliche Haut, sanft wie eine vorsichtige, schüchterne Berührung. Seine Wange legt sich an mein feuchtes Haar, als er den anderen Arm aus dem Fenster streckt, nach links in die Dunkelheit deutet. »Siehst du sie?«

Oddio, ich liebe es, das alles hier! Sachte bewegen sich seine Finger in meinem Rücken und ich schließe die Augen, würde mich am liebsten umdrehen, mich an seine Brust schmiegen.

Herrje … was tun wir hier?

»Wo?«

Seine Hand wandert nach vorn, legt sich beiläufig auf meinen Bauch, ganz unschuldig. Noch näher kommt er, Wange an Wange, zeigt mit dem ausgestreckten Arm in Richtung Olivenhain. »Dort, zwischen den Bäumen. Siehst du sie jetzt?«

Sein Duft weht mir in die Nase, verwirrt mich, kitzelt etwas in mir, was mein Herz zum Galoppieren bringt. Was würde er tun, wenn ich –

Und dann schnappe ich nach Luft, packe seine Hand. »Cole!«, keuche ich.

O Wahnsinn! Lichter tanzen in den silbrig schimmernden Blättern der Olivenbäume, hunderte, ach, was sag ich, tausende davon. So gleißend hell und miniklein, romantisch wie aus einer Cottagecore-Zeitschrift.

Fast unmerklich wendet Cole den Kopf in meine Richtung, atmet tief ein. Etwas in mir beginnt zu ziehen, sehnsüchtig. »La notte delle fate.«

»Es ist wunderschön.« Ich schüttele den Kopf, langsam, um seine Berührung nicht zu verlieren, und Bilder zucken vor meinem inneren Auge. Kinderlachen. Glück im Herzen. »Meine Großmutter … Sie hatte so etwas auch, glaube ich. Kleine Laternen, die sie entzündete, kaum dass die Sonne untergegangen war. Als Kind habe ich es geliebt, nach Einbruch der Dämmerung durch den Garten zu streifen.«

Cole spannt sich deutlich an, hält meine Hand in seiner.

»Barfuß«, sagt Nonn leise und dreht sich zu mir. Tränen schwimmen in ihren Augen. »Du hast es so geliebt, die Wärme der Sonne in der Erde und die Kühle der Nacht im Gras zu spüren.«

Irritiert sehe ich sie an. »Woher …«

»Nonn.« Cole löst sich von mir und hebt abwehrend die Hand, aber Nonn bringt ihn mit einer Handbewegung zum Schweigen, kommt langsam näher.

Ihre hellen, scharfen Augen fixieren mich, als hätte ich etwas angestellt. »Erinnere dich, Kind.« Sanft streicht sie mir über die Wange. »Wenn du ganz still bist, kannst du sie singen hören.«

Mein Blick hetzt zu Cole und wieder in die Dämmerung hinaus. Und dann … wirklich – leise, sphärische Klänge wehen durch das Fenster herein, direkt in mein Herz.

Sie sind echt.

Das ist kein Special Effect.

Diese Wesen dort draußen … ihr Gesang dringt in jede meiner Poren. Plötzlich hebt mein Innerstes ab, löst sich von all dem Ballast, den ich bis jetzt nie gespürt habe. Leicht wie eine Feder fühle ich mich und leuchtend wie ein Stern. Frei.

Tränen schießen mir in die Augen und ich blinzele. Zu groß ist meine Angst, diese Lichtwesen könnten einfach verschwinden, wenn ich sie nur einen Moment aus dem Blick verliere, sie würden mir das nehmen, was ich jetzt gerade verspüre.

Doch sie tun es nicht. Sie sind real, wie dieser Mann hinter mir, wie die alte Frau, die meine Hand in ihre nimmt und fest drückt.

Schwindel überfällt mich. Ich taumele rückwärts, gegen Coles Brust, und spüre sofort seine Arme, die sich um mich legen, mich halten. Der Gesang dringt in meine Seele, flüstert mir Erinnerungen zu, verrät mir Wahrheiten, für die ich noch nicht bereit bin, die mein Körper aber versteht. Ich taste nach Coles Hand und er nimmt sie in seine, streicht mit dem Daumen über meine Haut, sanft, beiläufig.

»Nonn?«, hauche ich und blicke die alte Frau an mit ihren weiß schimmernden Haaren und den Augen, die viel zu jung sind für ihr Alter. Und plötzlich ist mir alles klar. »Nonna?«

Nonn lächelt ihr Tausend-Falten-Lächeln. »Ich hatte es nie nötig, Laternen anzuzünden, mein Kind.«

RÜCKBLICK TRISS

»Sie sind da, sie sind endlich da! Triss! Worauf wartest du? Komm schon, sonst verpasst du noch alles!« Eine helle, begeisterte Kinderstimme hallte durchs Haus.

Beatrissa warf einen letzten Blick auf die Papiersterne, die ausgeschnitten vor ihr lagen und nur darauf warteten, wie die anderen auf Wollfäden und an die Decke geklebt zu werden, dann sprang sie auf.

Endlich!

Sie würde die Feen sehen, nach all diesen Jahren!

So schnell sie konnte, polterte sie die Treppen hinunter und stürmte mit dem anderen Mädchen aus der Küchentür hinaus in den Garten. Einen Schritt nur, dann verharrte sie. Ein Duft nach Wärme und Kräutern drang in ihre Nase, nach Zuhause, dem Ort, an dem sie glücklich sein durfte. Doch sie wagte es nicht, weiterzu-

gehen, hinaus in diese Schwärze, in der die Monster lauerten, sie verhöhnten und in ihre ewige Finsternis zu reißen drohten.

Unschlüssig stand sie im Lichtschein, der aus der Küche fiel. Es war ihr einfach nicht vergönnt. Sie war nicht dazu bestimmt, die Feen zu sehen.

Zögernd machte sie einen Schritt zurück, hin zu dem sicheren Haus, in dem Kerzen brannten und es nach Pfannkuchen duftete und alles gut war.

Warme Hände legten sich auf ihren Rücken und sie fuhr herum, blickte in die Augen ihrer Großmutter, die selbst in der schwärzesten Nacht noch schimmerten wie flüssiges Silber. Ihr Lächeln war so liebevoll und warm wie immer.

»Geh ruhig, mein Kind«, sagte sie und strich ihr über den Kopf, strich die wirren Haare zurück hinter ihre Schultern. »Du musst nie wieder Angst vor der Dunkelheit haben. Dort draußen ist nichts, wovor du dich fürchten musst. Sie sind auch wegen dir hier, Mädchen. Geh ruhig. Geh und tanz mit den Feen.«

Ihr Lächeln brachte das ganze rosige, faltige Gesicht zum Strahlen. Der Haarturm auf ihrem Kopf leuchte im Schimmer der Kerzen wie Zuckerwatte – diese Art von Zuckerwatte, die nach Erdbeeren schmeckte.

»Pronto! Lauf, bevor es vorbei ist!«

Und Beatrissa holte tief Luft und drehte sich um, setzte einen nackten Fuß vor den anderen, bis die Dunkelheit sie umhüllte, doch sie war warm und weich.

Immer noch war die Hitze des Tages im Boden zu spüren. Sie machte nicht eher Halt, bis sie unter den ersten Zweigen des Olivenhains stand.

Dort vorne waren sie, vielleicht noch zehn Schritte entfernt, tanzende Lichter, gleißend hell, von einem bläulichen Schein umgeben, und langsam drang auch der Gesang an ihr Ohr, leise und ätherisch, weckte ein Sehnen in ihrer Seele und ein Glück, das in ihr geschlummert hatte, tief und lange vergessen.

»Triss!«, rief das andere Mädchen. »Triss, wo bleibst du nur? Wer weiß, wann sie aufhören!«

Vorsichtig bückte sie sich unter einem tiefhängenden Ast hindurch und ging dieser Stimme nach, mitten hinein in die tanzenden Lichter.

Freude breitete sich in ihr aus und sie sah zu den Sternen hinauf, während die fingergroßen Gestalten sie umschwirrten, schimmernd und zart, als wären sie aus reinem Licht. Mehr und mehr von ihnen wagten sich in ihre Nähe, und bald war Triss umschmeichelt von kleinen, tanzenden Leibern, die ihre Melodien nur für sie zu singen schienen. Als ob sie von ihnen umspült wurde wie von den warmen Wellen des Mittelmeers. Langsam drehte sie sich in ihrer Mitte, aufmerksam, blickte in jedes der wunderschönen Gesichter, die sie musterten wie eine exotische Blüte.

Als hätten sie noch nie einen Menschen gesehen.

Als hätten sie noch nie eine Hexe gesehen.

Beatrissa hob ihre Arme, behutsam und mit Bedacht, um keins der kleinen Wesen zu verletzen, streckte vorsichtig ihren Zeigefinger aus. Eine der Feen flog heran, neugierig, doch voller Argwohn, flatterte mit den schillernden Flügelchen wie ein Kolibri, und schließlich traute sie sich, berührte den gewaltigen Finger des kleinen Mädchens mit ihrer winzigen Hand.

Pures Glück durchströmte Beatrissa, ein Gefühl wie der Weihnachtsabend und der Lieblingskuchen auf ihrer Zunge, wie der Moment, in dem man einschläft, und sie lachte zum ersten Mal seit langer Zeit wieder unbeschwert, ohne jede Last.

»Warum tun sie das bei dir?« Die andere Stimme klang enttäuscht, den Tränen nah. »Warum kommen sie nicht zu mir?«

»Ist schon unglaublich, oder?« Cole bückt sich unter einem Olivenzweig durch und hält den Ast für mich oben. Ich folge ihm in die Dunkelheit dieser Nacht. »Ich erinnere mich noch gut an den Moment, in dem ich sie zum ersten Mal sah.« Mit einem Grinsen auf den Lippen zieht er die Augenbrauen hoch. »Und du darfst das gleich zweimal erleben.«

»Segen und Fluch, Segen und Fluch.« Nebeneinander schlendern wir durch den Garten. »Meinst du, dass diese Erfahrung es wert ist, alles zu verlieren, was ich hatte? Meine eigene Großmutter nicht zu erkennen, den Ort, an dem ich zu Hause war? Nicht zu wissen, was mit meinen Eltern ist, mit meiner Vergangenheit, mit mir?«

Cole atmet einmal tief durch und senkt den Kopf. »Nein, natürlich nicht. Entschuldige. Ich war mit meinen Gedanken woanders.«

Kurz lache ich auf. »Ja, diese Wirkung habe ich auf andere Menschen.«

»Das kann ich nicht beurteilen.« Sein Lächeln ist warm, verhalten. »Auf mich allerdings schon.«

Fast wäre ich gestolpert. Er weiß es. Er weiß, dass ich das Album gefunden habe, dass ich entdeckt habe, wer er für mich ist. War. Was auch immer. »Warum ist das so?«

Er schluckt, schüttelt unmerklich den Kopf. »Wir kennen uns, Triss. Eine Weile schon. Dass du ein Teil meines Lebens warst, bevor du dein Gedächtnis verloren hast, ist kein Geheimnis für dich, oder?«

Mein Herz galoppiert los. Wird er es mir sagen? Jetzt? Wer er wirklich ist für mich? Wer ich bin für ihn? »Ich denke, das ist eindeutig. Du fühlst dich so … vertraut an. Wie ein alter Freund, auf den ich immer bauen konnte.«

Er lacht kurz auf, bitter, das Gesicht im Schatten verborgen, seufzt leise. Kein Wort kommt mehr von ihm und ich packe ihn am Arm. Allein diese Berührung beweist mir, dass da etwas ist … etwas, das mich durcheinanderbringt. Mein Körper reagiert auf ihn, auf seine Nähe, seinen Duft, erinnert sich an mehr als mein Verstand es wagt.

»Wer bist du, Cole?«, frage ich leise, atemlos.

Er sieht mich nicht an. »Nicht das, was du denkst.«

Ich spüre seinen Widerstand, aber er macht keine Anstalten, mir seinen Arm zu entziehen. Ganz im Gegenteil.

Er hebt die Hand, berührt mich.

»Triss, ich …« Er bricht ab, atmet tief ein. »Nicht so wichtig.«

»Nicht so wichtig?« Langsam schüttele ich den Kopf. »Cole, es macht mich kirre, was hier passiert. Es ist ein Auf und Ab, als wäre ich verloren, allein, mitten auf dem Meer. Hier und da taucht Land auf, aber ich kann es nicht erreichen, immer, wenn ich meine Fingerspitzen danach ausstrecke, verschwindet es im Nebel. Ich … ich weiß einfach nicht, was hier los ist.«

Sein Blick streift meinen und bleibt hängen. »Ich weiß es langsam auch nicht mehr«, sagt er leise. Schwer atmend steht er vor mir unter diesem atemberaubenden Sternenhimmel, und plötzlich interessieren mich die Feen und ihr Tanz so viel weniger als das, was ich in seinen Augen lese. Schmerz glimmt in ihnen und Zuneigung, eine Mischung, die ich nicht verstehe.

»Lächle für mich, Triss«, flüstert er und ich tue es. Er berührt meine linke Wange, ganz zart, leichter als der Flügelschlag eines Schmetterlings. »Lass mich dich sehen.« Er schiebt mir den Zopf über die Schulter auf den Rücken, streift sachte meinen Hals.

Ich weiß nicht mehr, wie man atmet. Alles verschwimmt um uns herum. Da sind nur noch wir in der Dunkelheit und dieses Ziehen tief in mir, dieses Erkennen und diese Gewissheit. Er ist etwas. Etwas Großes. Etwas Besonderes für mich.

Seine Fingerspitzen spielen mit einer verirrten Haarsträhne, kitzeln meine bebende Haut.

»Wer bist du, Cole?«

Fast unmerklich schüttelt er den Kopf. »Niemand«, flüstert er. »Niemand, der gut für dich ist.« Er streicht über meine Wange, nähert sich mir, doch plötzlich legen sich all seine Masken zurück auf sein Gesicht. »Und ich werde ein Niemand sein, wenn deine Erinnerungen zurückgekehrt sind.«

Abrupt wendet er sich ab, streicht sich mit der Hand durch die Bartstoppeln und starrt ins Nichts.

Schwer atmend stehe ich da, bebend, fröstelnd ohne ihn. »Was?«, ist alles, was ich herausbringe.

Als er mich wieder ansieht, ist sein Gesichtsausdruck freundlich, gleichmütig. »La notte della fate. Komm, wir verpassen noch alles mit diesem Unsinn hier.«

»Unsinn?«, stoße ich hervor. Was redet der da? Was, zum heiligen Avalon, war das gerade? »Unsinn?« Mit zwei Schritten bin ich bei ihm, nehme sein Gesicht in meine Hände. »Cole! Das kann doch nicht dein Ernst –«

»Wohooo!« Ohne jedes Geräusch springt Herb zwischen den hohen Gräsern hervor. »Ich kriege sie! Ich kriege sie!« Wie eine gesengte Sau schießt er an mir vorbei und verschwindet irgendwo in der Dunkelheit.

Coles Blick hetzt zwischen mir und der Stelle, an der Herb verschwunden ist, hin und her. »Cazzo, Triss, ich fürchte, er versucht, sie zu fangen. In solchen Momenten kann er echt nicht aus seinem Pelz. Komm!« Er packt meine Hand, zerrt mich mit sich hinter dem Katzenvieh her.

»Hat er überhaupt eine Chance?«

Cole lacht nervös. »Im Leben nicht. Feen lassen sich nicht anfassen. Sie sind nicht sonderlich humorvoll, musst du wissen.«

»Doch, sie lassen sich anfassen.«

Er bleibt so plötzlich stehen, dass ich in ihn hineinlaufe, und wieder reagiert mein Körper auf diese Nähe mit einem Hormoncocktail, der sich gewaschen hat.

»Du hast mal eine berührt?« Die Überraschung auf seinem Gesicht ist deutlich zu sehen.

»Sie hat mich berührt.« Ich werfe ihm ein zaghaftes Lächeln zu und ducke mich unter einem tiefhängenden Ast hindurch. »Als ich ein kleines Mädchen war.«

»Wow.« Er erwidert mein Lächeln und der Hormoncocktail legt ein paar Umdrehungen zu. »Du bist wirklich etwas ganz Besonderes.«

Cole kriecht hinter mir durch den halben Baum, lässt mich immer noch nicht los. Hitze schießt mir in die Wangen. Ja, das habe ich bemerkt. Ich bin etwas Besonderes und er war und ist ein Niemand. Hervorragend.

Eine Weile hasten wir schweigend weiter, barfuß über die staubige, trockene Erde den Lichtern entgegen.

»Feen berühren Menschen nicht leichtfertig. Zu groß ist die Gefahr, dass die ihnen etwas antun wollen.« Scharf saugt er Atem ein und fasst sich mit der freien Hand kurz an die Schläfe.

»Wie wäre es mit Schmerztabletten?«

Mit zusammengepressten Lippen schüttelt er den Kopf. »Haben keine Wirkung. Schlaf hilft am besten, aber im Moment lenke ich mich mit Sport ab.«

Skeptisch mustere ich ihn entspannt. »Du powerst dich aus? Und das soll gut sein?«

Der sphärische Gesang vor uns schwillt an und erneut spüre ich diese Leichtigkeit in meinem Brustkorb, eine gewaltige Sehnsucht, das Gefühl, seit Jahrzehnten wieder einmal unbeschwert durchatmen zu können.

Er zuckt mit den Schultern. »Es ist im Moment die einzige Alternative. Ich schlafe nicht besonders gut.«

»Ja, das ist mir aufgefallen.« Mein Tonfall ist spöttisch und das entlockt ihm ein kurzes Lachen.

»Wird bestimmt wieder besser.« Er blickt in die Ferne und die Feenlichter lassen seine Augen glitzern. »Eines Tages, ganz bestimmt.«

Ein pikierter Katzenschrei gellt durch die Nacht. Ich packe Coles Arm, kralle mich an ihm fest.

Cole verdreht die Augen. »Er kann es echt nicht lassen, oder?« Er legt mir den Arm um die Schultern, schüttelt mich leicht. »Komm, retten wir dem kleinen Mistkerl das Fell.«

Die Wärme seiner Hand sickert langsam unter meine Haut. Sein Blick bleibt an meinem hängen und er öffnet den Mund, setzt an, etwas zu sagen. Kurz kneift er die Augen zusammen, atmet tief durch, und lässt es einfach.

»Gibt es keine Magie gegen diese Schmerzen?«

Sein Gesicht verhärtet sich kurz und er wendet sich von mir ab, betrachtet die tanzenden Lichter mit einem Ausdruck kindlichen Staunens. »Nur schwarze Magie.« Er macht eine kurze Pause. »Aber mich macht der Gedanke, dass jemand in meinem Gehirn herumpfuscht, ziemlich nervös.«

»Oh.« Abrupt bleibe ich stehen. »Ähm ... und was war das dann bei mir? Du hast meine Erinnerungen doch auch manipuliert, oder etwa nicht?«

»Das ist etwas anderes, als ... als ...« Gepresst atmet er aus. »Extincteure können Erinnerungen komplett löschen, ja. Aber sie können Erlebnisse auch nur maskieren, beispielsweise mit einem anderen Bild überdecken.«

»Da gibt es einen Unterschied?« Die Bewegungen der Feen sind anders als eben noch, sie tanzen nicht mehr fließend und sanft, sondern eher so, als hätte der Feen-DJ die Rausschmeißermusik aufgelegt.

Cole nickt knapp. »Erinnerungen auszulöschen, kommt einer Vernichtung der Person gleich. Man nimmt ihr alles. Ihre Persönlichkeit. Ihre Vergangenheit. Jegliche Wünsche für die Zukunft.«

»Wow. Man muss wirklich sehr gleichgültig sein, um jemandem so etwas antun zu können.«

»Au! Lass das, du Motte!« Schmerz klingt in Herbs Stimme mit und keine Sekunde später verschwindet Cole in der Dunkelheit.

Ich haste hinter ihm her und pralle nach nur ein paar Metern ungebremst gegen seinen Rücken. »Was ist los? Wo ist Herb?«

»Stopp.« Mit dem ausgestreckten Arm hält er mich zurück. »Nicht weiter.«

Ich schiebe mich um Cole herum. Wilde, zackige Bewegungen markieren den Feentanz und der sphärische, wunderschöne Gesang klingt mittlerweile so, als würden sie herumkeifen wie Palermos Marktweiber an einem schlechten Tag. Und dann ist da ...

Oddio!

»Herb!« Ich mache einen Schritt nach vorn. Cole greift nach mir, doch ich ducke mich unter ihm weg. »Herb!«

»Kleine, unschuldige Engel, ha! Fiese Biester sind das! Dämonen!« Herbs raue Stimme hallt durch die Nacht. Hin und her springt er, um ihren Attacken auszuweichen.

»Was hast du denn nur angestellt?« Kurzentschlossen bahne ich mir meinen Weg durch die wild umherflatternden Wesen und schnappe mir die Katze. »Du wirst sie noch verjagen mit deinem ungehobelten Beneh – au!« Wütend fahre ich herum, reibe mir den Hinterkopf. »Was sollte das denn?«

Die Fee, die mir am nächsten ist, verschränkt beleidigt die Arme vor der Brust und gibt irgendetwas von sich, was ich nicht einmal im Ansatz verstehe.

»Oo«, macht Herb und zieht den Kopf ein.

Haarscharf saust das nächste Objekt an uns vorbei. »Hey, hört auf! Ich bringe ihn doch schon weg, es gibt keinen Grund – au!«

»Triss!«, mischt sich Cole aus sicherer Entfernung ein. »Jetzt komm her!«

»Au, verdammt!« Mein Hintern! »Lasst den Scheiß!« Noch ein Treffer am Oberarm. »Sind das Steine? Aufhören, sofort!«

Herb stopft sein Gesicht in meine Achselhöhle, um verschont zu bleiben, und hält ausnahmsweise mal die Fresse. Ich mache einen Schritt vorwärts und ernte einen weiteren Klatscher auf meinen Hinterkopf. Merda! Ich kann weder vor noch zurück!

»Porca puttana!« Mit drei Schritten ist Cole bei mir und packt mich am Ellenbogen, zerrt mich mit sich in Richtung schützender Bäume. »Lasst sie!«, ruft er den Lichtwesen über die Schulter hinweg zu. »Sie hat euch nichts getan!«

»Hahaaaa!«, quietscht eine Fee triumphierend, schießt eine unverständliche Schimpftirade hinterher und holt aus.

Ein dumpfes Geräusch später stürzt Cole zu Boden, wie mit dem Schuss einer Pistole niedergestreckt.

»Ach Mist!« Herb windet sich aus meinen Armen und gibt Gas, verzieht sich in die sichere Nacht.

Und ich hocke hier mit einer Schar wildgewordener Feen, die uns mit Steinen bewerfen, und einem Einsneunzigmann, der bewusstlos neben mir am Boden liegt. *Nein, keine Steine … Oliven?* Ich greife nach einem dieser walnussgroßen Gegenstände, hebe ihn hoch. *Eine Pflaume?*

»Aaaach, was für eine schöne Nacht«, murmelt Cole verträumt. Fassungslos starre ich ihn an und er öffnet die Augen. »Oh, du auch hier? Che bello!«

Die Feen kichern, und noch bevor ich sie wütend anfunkeln kann, knipsen sie sich selbst das Licht aus, eine nach der anderen, bis nichts mehr zu sehen ist als die Sterne am Himmel.

»Camembert.« Cole fuchtelt träge in der Luft herum.

»Cole, du …« Ich breche ab. »Versuchst du gerade, den Mond zu fangen?«

»Er würde sich großartig als Wanddeko in diesem muffigen Blumenzimmer machen, meinst du nicht?«

Ich beuge mich über ihn, tätschele seine Wange. Fest. »Cole?«

Er versucht alles, um mich zu fokussieren. »Triss! Wie schön!« Seine Finger wedeln gefährlich nah vor meinen Augen herum. »Ich sehe dich so gerne an, weißt du. Noch lieber als den Camembert.«

»Cole …« Ich schüttele den Kopf, betrachte ihn prüfend. »Bist du high?«

»Hi!« Er strahlt.

Ich seufze abgrundtief und lasse meinen Blick dahin wandern, wo das Katzendschinnhybridgetösemistvieh gerade mit der Finsternis verschmolzen ist. »Herb! Schwing deinen Arsch hierher und hilf mir!«

Natürlich bleibt er verschwunden.

Ich hocke also mutterseelenallein dreihundert Meter entfernt von dem einzigen Menschen, der mir helfen könnte, auf dem staubigen Boden und muss irgendwie versuchen, Cole dazu zu bewegen, mit mir zu kommen.

»Kannst du aufstehen?«

»Klar.« Ernst blickt er mich an. »Aber ich will nicht!«

Ein glockenhelles Kichern ertönt aus der Dunkelheit und ich

drohe mit dem Zeigefinger. »Wagt es ja nicht! Seht, was ihr angerichtet habt!«

Das Kichern geht unbeeindruckt weiter, und irgendwann verhallt es in der Nacht. Ich stehe auf und zerre an Coles Arm. Wirkungslos. Genauso gut hätte ich versuchen können, einen der Olivenbäume an seiner Wurzel aus dem Boden zu ziehen.

»Thihi«, sagt Cole und richtet seine Aufmerksamkeit wieder auf den Mond.

»Komm schon …« Ich bekomme ihn nicht gezogen, nicht mal einen Zentimeter. »Nicholas Romero!«

Erschüttert sieht er mich an. »Was habe ich angestellt?«

Und mein Herz schmilzt. »Bitte steh auf!« Ich drücke seine Hand. »Wir müssen zurück zum Haus. Ohne deine Hilfe schaffe ich es nicht.«

»Dann bleiben wir. Hier sind wir sicher.« Jetzt zieht er an mir und ich weiß, lange werde ich mich nicht gegen ihn zur Wehr setzen können. »Komm, wir kuscheln.«

»Cole …« Energisch befreie ich mich aus seinem Griff. »Ist viel zu schmutzig da unten.« Ich deute in Richtung der beleuchteten Fenster. »Auf der Couch ist es besser.«

»Denkst du?« Skeptisch taumelt sein Blick zwischen dem Haus und mir hin und her.

»Ich bin mir ganz sicher.«

»Bene.« Mit Gleichgewichtsproblemen wie nach drei Flaschen Marsala richtet er sich auf. »Lass uns gehen.«

Fünf Schritte schafft er, dann geht er plötzlich in die Hocke.

»O wow«, sagt er leise und nimmt eine Handvoll Erde vom Boden hoch, lässt sie sich durch die Finger rieseln. »Siehst du das? Wie ungewöhnlich!«

KAPITEL 10

»Nonn? Nonn!« Mit der Hüfte kicke ich die Tür zum Steinhaus auf und zerre Cole hinter mir her ins Innere. Leise summt er vor sich hin. Seit fünfzehn Minuten frage ich mich, welcher Song das ist – doch das ist nicht das Einzige, was mir gerade den letzten Nerv raubt. »Nonn!«

Meine Großmutter schießt aus dem Wohnzimmer in die Küche. »Ja, ja, schon gut, was –« Matronenhaft stemmt sie die Hände in die Hüften. »Ach Kind, was hast du jetzt schon wieder angestellt?«

»Nichts! Wie kommst du nur auf diese –« Cole flutscht mir aus den Armen wie ein Fisch. Ich fasse nach, packe ihn unter den Achseln und ziehe ihn wieder auf die Füße. »Nonn! Würdest du jetzt bitte etwas unternehmen?«

Ihre Mundwinkel zucken. »Prugna di peccato«, sagt sie und mustert Cole von oben bis unten. »Sündenpflaumen.«

Cole strahlt sie an. »Nonn! Wie hübsch du aussiehst!«

Nonn wirft nur einen Blick auf die Kittelschürze, die sie tagein, tagaus trägt, und wendet sich mir zu. »Okay. Wie viele hat er intus?«

»Intus?« Wieder droht Cole mir zu entgleiten. An seinem Gürtel zerre ich ihn hoch.

Jetzt gilt sein Lächeln mir. »So niedlich!« Ungeschickt verpasst er mir einen Nasenstüber und fällt dabei fast nach hinten um. »Ich mag dich, weißt du das?«

»Ja, Cole, ich mag dich auch. Nonn!«

Nonn versucht nicht einmal, ihr Grinsen zu verstecken. »Wie viele?«

»Gar keine! Diese Feen haben Herb damit beworfen und ihn getroffen!« Ruckartig drehe ich meinen Kopf weg. »Cole! Jetzt nimm deine Finger aus meinem Gesicht!«

»Na, wenigstens etwas.« Nonn stellt sich auf die Zehenspitzen und befühlt seine Stirn. »Sündenpflaumen probiert man nicht zweimal, sofern man mehr als fünf Gehirnzellen in der Birne hat.«

»Sündenpflaumen?«

Cole fuchtelt in Zeitlupe vor meiner Nase herum, um mir den sechsten Nasenstüber innerhalb einer Minute zu verpassen.

»Was zur Hölle – Nonn! Was ist nur mit ihm los?«

Nonn geht zur Bank und klappt die Sitzfläche hoch. »Warst du schon mal betrunken, Triss?« Sie taucht ab, wühlt in der Truhe herum.

»Ja, natürlich!«

»So richtig mit Filmriss und allem?«

»Jaaa«, sage ich weitaus weniger enthusiastisch.

Nonn mustert mich über den Rand ihrer Brille hinweg. »Und Drogen?«

»Was – Nonn!«

»Hast du schon mal Drogen genommen? Einen Joint geraucht?«

Ich kaue auf meiner Unterlippe. »Vielleicht. Versehentlich.«

»Natürlich.« Nonn zerrt mit ihrem gesamten Körpergewicht an einer Patchworkdecke. »Stell dir vor, du wärst doppelt sturzbetrunken und hättest drei Joints geraucht. So in etwa geht es ihm gerade.«

»Da ist es«, murmelt Cole und berührt das Grübchen in meiner linken Wange. »Zeig mal.«

»Cole! Jetzt behalt verdammt nochmal deine Hände bei dir!« Ich versetze ihm einen Klaps auf die Finger und wende mich wieder an meine Großmutter. »Was machen wir denn jetzt mit ihm?«

»Tanzen gehen!« Cole reißt sich von mir los und dreht sich mit der Grazie eines Balletttänzers einmal um die eigene Achse. »Nonn! Tanz mit mir!«

Nonn schmeißt die Stoffberge auf ihren Armen zu Boden und fängt ihn gerade noch ab, bevor sein Gesicht auf der Tischkante landet. »Ins Bett mit ihm«, presst sie hervor. »Los! Bring ihn hoch!«

Ich starre die winzige Frau an, in deren Armen ein einsneunzig Meter großer Mann hängt wie ein überdimensionaler Stoffteddy. »Und wie soll ich das anstellen?«

»Oh, er wird lieb sein, nicht wahr?« Nonn ächzt unter seinem Gewicht und schubst ihn zurück in meine Arme. »Nicht wahr, Nick? Wirst du brav sein und dich von Triss ins Bett bringen lassen?«

Er verzieht das Gesicht. »Aber wir wollten auf die Couch«, protestiert er halbherzig und schnappt sich meinen Zopf, schnuppert daran.

»Nicholas Romero!«, herrscht meine Großmutter ihn an, stemmt die Hände in die Hüften, um ihrem Auftritt Nachdruck zu verleihen. »Du wirst jetzt brav mit Triss die Treppe hochgehen und dich ins Bett legen, verstanden? Dein Tag ist vorbei!«

»Okay, okay«, murmelt er und ich schmunzle vor mich hin.

Ist das der wahre Cole? Sündenpflaumenbeworfene und Kinder sagen immer die Wahrheit? Er ist so niedlich, so unfassbar niedlich, dass ich es gar nicht mal so schlecht finde, ihn die ganze Zeit über stützen zu müssen.

»Auf geht's, du großer Hexenmeister. Kannst du ein Portal herbeizaubern, damit ich dich nicht die Treppe hochwuchten muss?«

»Oddio, bring ihn nicht noch auf dumme Ideen!« Nonn wühlt in dem Berg aus Decken und funkelt mich übellaunig an. »Wer weiß, wo ihr landet, wenn er in diesem Zustand eine Tür öffnet!«

»Okay, okay«, grummele ich, genau wie Cole eben, und mache einen Schritt.

Cole folgt mir gehorsam, eine Hand immer noch in meinen Haaren.

»Das riecht toll«, sagt er und schnuppert hörbar daran. »Ganz anders, aber toll.«

Ganz anders? Hatte er nicht gesagt, dass ich immer noch dasselbe Shampoo – »Anders als was?«

»Einfach anders«, mischt sich Nonn ein. »Nick, würdest du uns jetzt bitte den Gefallen tun, die Klappe zu halten und nach oben zu gehen? Ich komme sofort.«

Schwankend, als würde ich einen Besoffenen nach Hause bringen, durchqueren wir das Wohnzimmer. Gleich haben wir die Treppe erreicht – und ich habe keinen Schimmer, wie ich ihn nach oben befördern soll.

»Oh! Ein Kamin!«, ruft Cole freudestrahlend, als hätte er noch nie zuvor einen gesehen, und versucht, sich meinem Griff zu entwinden. »Ich mag Kamine! So sehr!«

»Nicholas!«

Er hält inne und sieht mich an. »Cole«, sagt er leise und ich muss lächeln.

Er ist wirklich wie ein kleines Kind, unschuldig und fröhlich, nur ein bisschen größer und schwerer.

»Da ist es endlich«, murmelt er und berührt meine linke Wange. »Gut, dass du du bist.« Er nickt. »Das macht es einfacher, dich zu mögen.«

Ich ziehe ihn an mich, halte ihn an meine Seite gepresst wie in einem Schraubstock. »Ich bin auch ganz begeistert davon, ich zu sein. Auch wenn ich immer noch nicht weiß, wer ich bin.«

Kurz zieht er die Augenbrauen zusammen. »Du verwirrst mich.«

»Du mich auch, Nicholas Romero, und das nicht zu knapp. Avanti!«

Mit viel Mühe und ausgesprochen wenig Hilfe wuchte ich Cole die Treppe hinauf, Stufe um Stufe, während er alles tut, um mich aus dem Gleichgewicht zu bringen – körperlich wie seelisch.

»Cole … würdest du dich bitte auf das Laufen konzentrieren statt auf meine Ohren?«

»Aber ich mag deine Ohren! So sehr! Die sind so weich.«

Ich stöhne auf und verdrehe die Augen. Seine Fingerspitze gleitet an meiner Ohrmuschel entlang, jagt einen einsamen Schauer meinen Rücken hinunter. Mit letzter Kraft zerre ich ihn auf die oberste Stufe, schleife ihn quer durch den Flur in sein

Zimmer und decke das Bett auf, setze ihn auf die Bettkante. Er strahlt mich an mit seinen blitzenden Amazonitaugen und den weißen Zähnen.

»Hallo!«, ruft er und ich schubse ihn, dass er rückwärts in seine Kissen fällt.

Mit einem Seufzen blicke ich auf ihn hinab. »Hallo Cole.«

Er hilft kein Stück mit, als ich versuche, ihn ins Bett zu kriegen, zu beschäftigt ist er damit, mir alle Blumensorten aufzuzählen, die er auf seiner Tapete entdecken kann.

»Ich mag Hortensien. Aber Rosen sind Schlampen. Die hat jeder schon gehabt.« Er lacht über seinen eigenen Witz und ich verdrehe die Augen.

»Buon dio, Cole!« Mit ein wenig Anstrengung wuchte ich seine Beine auf die Matratze und begrabe ihn komplett unter der Bettdecke.

Cole befreit sich umständlich und beobachtet mich aus halbgeschlossenen Augen. »Dich mag ich auch«, stellt er schließlich zufrieden fest. »Trotzdem.«

Meine Güte, er ist wirklich zuckersüß, wie ein sturzbetrunkener Herzensbrecher auf einer Strandparty.

Ich schmunzle und streiche ihm das Haar zurück. »Trotz was?«

»Trotzdem«, wiederholt er, packt mich und zieht mich auf sich. »Trotz allem.«

Und er küsst mich, sanft und vorsichtig und sachte, und irgendetwas in meinem Bauch ballt sich zusammen, bis es in einem Sternenregen verpufft.

Ich sollte ihn wegschieben, er ist nicht er selbst, er ist … er ist … ein verdammt guter Küsser, das ist er! Seine Hand schiebt sich unter mein Haar, streift meinen Hals, legt sich um meinen Nacken, so zärtlich, und, oh … Seine Lippen streifen meine, zart wie die Flügel eines Schmetterlings, bis sie mich kaum noch berühren, und schließlich … Er lässt von mir ab, Nasenspitze an Nasenspitze gelegt, und ich höre meinen eigenen Atem, zitternd und abgehackt.

»Cole«, bringe ich hervor und er lächelt mit geschlossenen Augen.

»Triss«, äfft er mich nach, und jetzt küsst er mich richtig, tief und sinnlich. Mit der einen Hand hält er meinen Nacken umfasst, die andere wandert meinen Rücken hinab, und – *Dio mio!* – ich kann nicht anders. Meine Hand legt sich um seine Wange, streichelt seine Haare. In meiner Mitte wallt eine Hitze auf, sehnend. Seine Zungenspitze berührt meine, spielt mit mir, und, o ja …

Triss! Triss!!! Was ist hier los? Du musst damit aufhören, Cole ist nicht Herr seiner Sinne und – oddio, es ist so wunderbar!

Es poltert auf dem Flur und Nonn rauscht um die Ecke, in den Armen einen Stapel Decken, der ihr halb die Sicht versperrt.

»Oh, gut«, sagt sie nach einem kurzen Blick auf unsere verschlungenen Gliedmaßen und lässt alles auf Coles Beine fallen. »Hast du das schon erledigt.«

Blut schießt mir in die Wangen und ich rappele mich hoch, wische mir verstohlen seine Küsse von den Lippen. Schnell werfe ich ihm einen Blick zu, und – *er schläft? Er ist ernsthaft eingeschlafen?*

Nonn grinst. »Sonst hätte ich das wieder übernehmen müssen.« Sie packt die Decken und wirft sie über ihn, eine nach der anderen, bis er fast darunter verschwindet. »Nicht, dass mir das etwas ausgemacht hätte.«

Immer noch stehe ich da, stumm wie eine ertappte Ladendiebin, die keine Ausrede findet, während meine Beine zittern und die Erregung durch mich schwappt wie eine sanfte Brandung an den Strand. *Du lieber Himmel! Was für eine Nacht!*

»Gut, dass Vollmond ist. Vollmond verstärkt die Kraft der natürlichen Magie. Alle Bannsprüche, Verwünschungen und selbst die Wirkung der Sündenpflaumen kommen dann nicht mehr gegen die Natur an.«

Natur? Ich glaube, mein Hirn verpufft gleich zu einer hübschen Qualmwolke. *Will sie damit sagen – der Kuss bricht den Bann dieser seltsamen Früchte?*

»Es sind die Hormone, Kind. Die Wirkung lässt schneller nach und er benimmt sich nicht länger wie ein trotziges Kleinkind, das seinen Willen nicht bekommt.« Sie zwinkert mir zu und beugt sich über ihn, stopft die Decken rund um seinen Körper fest. »In ein paar Stunden wird er jämmerlich frieren.« Sie richtet sich wieder auf, stemmt sich resolut die Fäuste in die Taille und begutachtet zufrieden ihr Werk. »Bleibst du hier? Irgendjemand muss aufpassen, damit er keinen Blödsinn anstellt, und wenn ich nicht in meinem Bett schlafe, wird mein Rücken mich das morgen spüren lassen.« Sie packt eine der übrigen Decken und drückt sie mir in den Arm. »Das Ding dürfte ganz bequem sein.« Mit dem Kinn deutet sie auf den Ottomanen vor dem Fenster. »Er scheint häufiger dort zu schlafen als in seinem Bett.«

Offensichtlich schläft er überall häufiger als in diesem Bett. Immer noch stumm hocke ich mich auf die Liege und ziehe die Füße hoch.

Cole brummelt irgendetwas vor sich hin und rollt sich auf die Seite.

Nonn steht daneben, betrachtet ihn mit dem liebenden Lächeln einer Großmutter. »Tut ihm vielleicht ganz gut, mal ein wenig abzuschalten, auch wenn es nicht ganz freiwillig war.«

Sie packt die Decken, schüttelt sie etwas mehr auf.

Ich räuspere mich. »Er sagte, er schläft nicht gut.«

»Er musste in letzter Zeit ein paar Tiefschläge verarbeiten. Ziemlich tiefe Tiefschläge. Vielleicht schenkt ihm sein Rausch wenigstens ein paar gute Träume, nach all den schlechten, die ihn Nacht für Nacht heimsuchen.« Nonns Blick huscht zu dem Foto, das auf dem Kaminsims steht.

»Er war ein niedliches Kind.« Dieses unverwechselbare Strahlen auf dem Gesicht, umrahmt von einzelnen vorwitzigen Locken, blond wie ein Weizenfeld. »Das … das ist doch Cole?«

»So.« Nonn beugt sich über ihn, als hätte sie meine Frage nicht gehört, stopft die Decken noch ein wenig fester, und ich sehe genauer hin.

Nein, etwas an dem Kleinen sieht anders aus, die Mundpartie vielleicht oder die Nase.

»Nonna?«

Sie löst sich von ihrem Schützling und kommt zu mir. »Morgen, Kind. Wir haben viel zu besprechen. Für heute soll das genug Aufregung gewesen sein.« Mit der liebevollen Sorgfalt einer Bilderbuch-Omi breitet sie die Decke über mir aus. »Du solltest auch etwas schlafen. Er könnte ziemlich anstrengend werden heute Nacht, aber du weißt ja, was zu tun ist.« Sie lächelt und streicht mir liebevoll übers Haar. »Es macht mich so glücklich, dass du dich an mich erinnerst, Triss.« Mit dem Daumen streichelt sie meine Wange, dann wendet sie sich zum Gehen.

»Nonn?«

An der Zimmertür angekommen, dreht sie sich um. »Ja, mein Mädchen?«

Ich schlucke und schenke ihr ein Lächeln. »Ich bin froh, deine Enkelin zu sein.«

Jetzt strahlt sie, doch Wehmut liegt in ihrem Blick. »Ich auch, mein Kind, ich auch. Es wird alles gut, ganz bestimmt.« Sie legt die Hand auf den Lichtschalter und knipst die Wandleuchten aus, zieht leise die Tür hinter sich ins Schloss.

Ich lehne mich zurück, suche eine bequeme Position auf dem Ottomanen. Die Feen sind zurückgekehrt. Ihre Lichter tanzen an der Zimmerdecke wie Wasserreflexionen, unwirklich und wunderschön.

Wie der Kuss eben.

Mit zwei Fingern streiche ich über meine Lippen, als könnte ich seine immer noch spüren. Die Wirkung der Sündenpflaumen, nichts weiter. Vielleicht waren es nur die Schatten all dessen, was wir mit unserem Hochzeitskuss besiegelt haben.

Doch die Erinnerung daran will immer noch nicht zurückkehren.

Der Gesang der Feen weht durch meinen Kopf. Sphärisch, ätherisch, einfach atemberaubend. Er umhüllt mich wie warmes Wasser, streift meine Haare, sachte, liebevoll, meine Lippen.

»Nonn?«

Ich öffne die Augen und sehe die Zimmerdecke über mir. Die Feen haben ihren Tanz beendet, ihre Stimmen und Melodien hallen nur noch in meiner Erinnerung fort.

»Nonn?« Coles Stimme zittert. »Warum ist es so kalt?«

»Nonn schläft, Cole«, sage ich und schlage meine Decke zurück, gehe zu ihm. »Ich bin hier.«

Seine Augen glitzern fiebrig im bleichen Mondlicht, mustern mich nervös. »Triss?«, flüstert er schließlich brüchig, kaum hörbar.

Was ist denn nur los? Hat er plötzlich Angst vor mir? Er? Der große Hexenmeister mit seinen unzähligen Maskeraden?

Seine Haut glänzt vor Schweiß.

»Kann ich etwas tun?« Seine Stirn fühlt sich klamm an, eiskalt. »Cole?«

»Triss?«, wiederholt er noch einmal.

»Ja, ich bin hier.« Ich lächele und er scheint sich ein wenig zu entspannen. Behutsam setze ich mich auf die Bettkante und schiebe meine Hand unter die Decke, in seinen Rücken. Himmel, er brennt ja förmlich! Das Shirt ist durchtränkt und ich spüre, wie seine Muskeln beben, kontrahieren wie unter Stromstößen.

»Ich friere so«, presst er aus zusammengebissenen Zähnen hervor, schüttelt sich leicht. »Was ist nur los?«

»Gar nichts ist los, Cole. Alles ist gut. Du hattest nur einen kleinen … Zwischenfall.«

Er starrt mich an, blinzelt, ein, zwei Mal. »Sündenpflaumen?«

»Um-hm.«

»Herb?«

Ich beiße mir auf die Lippen, um mein Lachen zu verbergen. »Japp. Irgendwie schon.«

Er stöhnt genervt auf und rollt sich zu einem kleineren Ball zusammen. »Ich bringe dieses Vieh um. Erst erschlage ich es mit einem Ciabatta und dann drehe ich ihm den Hals um. Porca miseria, ist mir kalt!«

Ich beuge mich über ihn, um die Bettdecke wieder festzustopfen, und die Erinnerung an eben schießt mir durch den Kopf, wie er mich einfach packte und küsste und wie sehr ich will, dass er es noch einmal tut.

»Katzenfell soll da helfen, habe ich gehört.« Ich lächle ihn an und er lächelt zurück, entspannt, obwohl sein Körper immer wieder leise bebt. »Möchtest du etwas trinken?« Es wird ihn nicht wärmen, aber ein wenig Flüssigkeit wird ganz bestimmt nicht schaden.

»Ja, bitte.« Er stützt sich auf seine Ellbogen und ich halte ihn im Nacken, flöße ihm ein paar Schlucke kaltes Wasser ein. Brav trinkt er, dann und wann zitternd vor Schüttelfrost, und schließlich lässt er sich zurück in die Kissen sinken. Von dem Gel in seinen Haaren ist nichts mehr zu sehen, vielmehr sind sie in alle Richtungen verstrubbelt, kleben an der schweißfeuchten Haut in seinem Gesicht und machen ihn nicht gerade weniger attraktiv.

»Schlaf noch ein bisschen«, sage ich leise und streiche ihm eine Strähne aus der Stirn. »Bestimmt ist es bald besser.«

Er nickt, immer wieder geschüttelt von Muskelkontraktionen. »Ja, aber ich … ich … könntest du …« Mit großen, fiebrigen Augen sieht er mich bittend an, blinzelt aus schweren Lidern. »Wärme würde helfen, und du … Ich wäre morgen gern wieder fit, damit ich diese Katze killen kann.«

Gedanken rasen durch meinen Kopf, Gefühle durch meinen Körper. Ich soll mich zu ihm legen? Obwohl wir uns gerade geküsst haben? Allerdings hätte ich nichts dagegen, wenn er es nochmal täte.

»Mach Platz, Cole.« Ich klettere in die Mitte des Bettes und schiebe meine Beine unter den Deckenberg. Himmel, ist das eine Hitze! »Komm her.« Ich breite meine Arme aus und Cole schmiegt sich an meine Schulter, immer wieder von leichten Schüttelattacken geplagt.

»Mmmh, das tut gut. Ist schön bei dir«, murmelt er, und seine dunkle Stimme an meiner Haut lässt mein Inneres vibrieren.

Reg dich ab, Triss, du bist mit diesem Mann verheiratet! Da ist nichts dabei, ihn nach einem Sündenpflaumenzwischenfall zu wärmen!

»Zum Glück hat es mich nur ganz knapp erwischt.« Cole rückt näher an mich heran, um noch mehr Wärme abzubekommen. »Normalerweise dauert es länger, bis die Wirkung nachlässt.« Seine Atemzüge werden ruhiger und langsamer, seine Muskeln beben ab und zu unter einer Fröstelattacke. Er schläft ein, in meinen Armen, und ich finde es wunderbar.

Moment.

Normalerweise dauert das länger?

Hat er – er erinnert sich nicht mehr daran, dass er mich geküsst hat? Wie er mich geküsst hat? Okay, ich meine, dann braucht das auch keinem von uns peinlich zu sein. Also, mir sowieso nicht, denn er hat mich geküsst, und … und ich habe es erwidert, okay.

Weil sein Kuss echt schön war.

Weil er sich richtig anfühlte.

Weil ich, verdammt nochmal, am liebsten auf seinen Schoß gekrabbelt wäre, um noch ganz andere Dinge mit ihm anzustellen. Dio, hoffentlich kehren die Erinnerungen an unser Eheleben bald zurück, denn ich will wissen, wie es sich anfühlte, mit ihm … Herrje.

Und er erschaudert in meinen Armen, murmelt irgendetwas, das ich nicht verstehe, und eine Kälte überfällt meine Seele, die mich erstarren lässt.

RÜCKBLICK TRISS

Er atmete schwer, als wäre er gerade vom Joggen gekommen. Sein Anzug saß nicht mehr richtig, das weiße Hemd hing ihm halb aus der Hose, die Krawatte baumelte um seinen Hals wie ein Strick aus blassblauer Seide, und er sah sie nicht an.

»Cole! Jetzt sag mir endlich, was los ist!« Beatrissa stand vor dem Kamin, knetete ihre Hände.

Nicholas schien mitten im Raum festgewachsen zu sein. Immer wieder flackerte sein Blick zu ihr, doch sofort wandte er ihn ab, als könnte er ihren Anblick nicht ertragen. Nein, das war nicht der Mann, den sie kannte.

»Cole!«

Er erwachte aus seiner Starre und sah sie an. »Triss«, flüsterte er, in seinen Augen Angst und Zorn und eine Traurigkeit, die sie nicht verstand. »Dio del cielo, ich will das nicht …«

»Was willst du nicht? Cole! Rede mit mir!«

Für ein paar Sekunden schloss er die Augen, kam näher, als er sie wieder ansah, war sein Blick gefühllos und kalt.

»Cole?«, hauchte Beatrissa und tastete sich rückwärts, weg von ihm. Es war, als wäre ein Dämon in Nicholas gefahren, in diesen Mann, mit dem sie normalerweise scherzte und lachte, der ihr am Herzen lag wie kein anderer Mensch.

Aber nichts war normal in dieser Nacht. Die Schwarzmagier hatten versucht, die Kontrolle im Hexenrat zu übernehmen, und … etwas war geschehen. Etwas, das Nicholas bis ins Mark verstört hatte.

»Cole, bitte sag etwas! Rede! Vielleicht kann ich dir helfen!«

Langsam schüttelte er den Kopf, die Augen immer noch unnatürlich weit aufgerissen. Eine Kälte ging von ihnen aus, eine Unbarmherzigkeit, die Beatrissa von ihm nicht kannte, gepaart mit einem Schmerz, so tief, dass der bloße Anblick ihr die Tränen in die Augen trieb. »Niemand kann mir helfen.«

Und endlich wusste Beatrissa, was sie spürte: Angst.

Sie fürchtete sich vor ihm, vor diesem Mann, der ihr so nahestand, wie sie sich noch nie vor irgendetwas oder irgendjemandem in ihrem Leben gefürchtet hatte.

Drei Anläufe brauche ich, bis das Stück Holz umfällt und ich das Buch in den Händen halte.

Träume. Erinnerungen! Meine Finger fliegen nur so über die Seiten. Irgendwo in diesem Scheißbuch muss doch was darüber stehen!

Doch alles, was ich finde, sind Schutzkreise, Schutzzauber, Kristalle, Kräuter, Kräuter und noch mehr Kräuter. Nichts darüber, was ich tun soll, wenn mich Träume überfallen, die so realistisch sind, dass sie sich anfühlen, als hätte ich all das wirklich erlebt, und …

Habe ich das? Ist es tatsächlich passiert? Diese Angst … diese lähmende Angst … was, wenn sie echt war? Was wenn, ich wirklich Angst haben sollte?

Mit dem Rücken lehne ich mich an die kühle Wand, atme tief durch. Dieses Buch hat mich davor gewarnt, irgendjemandem zu vertrauen.

Ich drücke das Buch an meine Brust, atme tief durch, langsam und kontrolliert, als könnte ich damit meine galoppierenden Gedanken beruhigen.

Cole. Nonn. Das mysteriöse Katzenetwas. Schutzzauber. Vielleicht ist es das, was ich jetzt gerade brauche. Gegen die Ängste, die diese Erinnerungen auslösen. Erneut schlage ich das Buch auf, blättere um, bis ich die Seite gefunden habe. *Protektion gegen das Unbekannte.*

Schütze deinen Körper, schütze deinen Geist.
Nicht immer ist ein Mensch das,
was er dir verheißt.
Hab keine Angst, behalte den Mut.
Ich sorge dafür, dass niemand Böses dir tut.

Illustrationen zieren den Eintrag, grüne Ranken, ein schmales Fläschchen aus schimmerndem Glas. Das also ist ein Zauberspruch.

Zutaten, steht da. Schnell werfe ich einen Blick in Richtung Kommode und sie starrt zurück. Okay. Ich klemme mir das Buch unter den Arm, stehe auf. Dann wollen wir doch mal sehen, was du sonst noch so für mich bereithältst, Magie.

Eine weiße Kerze, Streichhölzer. Kaffeebohnen, Basilikum, Salz, ein Lorbeerblatt und Zimt. Bergkristall. Amethyst. Cielo … muss ich erst in einen Supermarkt, bevor ich den Schutzzauber sprechen kann?

Ich nehme mir den großen Holzkasten vor, und schon während ich mich an dem Verschluss zu schaffen mache, klirrt es leise im Inneren. Glasfläschchen, volle, leere, bestimmt dreißig, vierzig Stück davon. Eine richtige Hexenapotheke!

»Großartig!« Eine Aufregung überrollt mich, die die Angst überstrahlt. Fläschchen um Fläschchen ziehe ich hervor, sehe sie mir an. Rosmarin. Kamille. Basilikum! Zimt! Ich stelle die beiden Gläschen auf die Kommode und suche weiter. Da sind die Lorbeerblätter und in dem großen Gefäß … Salz – rosafarbene Brocken, aber eindeutig Salz. Wo sind die Kaffeebohnen?

Noch einmal durchsuche ich das Kästchen, öffne die oberste Lade und wühle darin herum. Gut, den Bergkristall und einen sehr hübschen Amethyst-Cluster in tiefdunklem Violett hätten wir schonmal, aber keinen Kaffee. Dabei könnte ich den nach dieser Nacht gut gebrauchen, so oder so.

Tief atme ich durch und versuche mein Glück im Nichts. Eine Tasse. Keine Bohnen. Aber immerhin! Ich nehme einen Schluck und – ürgs. Getreidekaffee. Magie, du blöde Kuh! Ich bin alt genug, um richtigen Kaffee zu trinken!

Kaffeebohnen. BOHNEN. Los, hier geht alles gerade den Bach runter, ich brauche Schutz, verstanden? Konzentriert atme ich ein, atme aus, strecke die Hand in die Luft und schließe die Augen. Bitte … du kannst das, Triss. Mein Herz klopft schneller und plötzlich spüre ich etwas. Glatt und zart.

Zwei Bohnen purzeln vor mir auf die Kommode. Sì! Ich kann

es! Zwei Stück, dunkelbraun und duftend, perfekt geröstet. Mehr nicht. Aber offensichtlich reicht das. Schnell überfliege ich die Liste. Japp. Alles da. Und jetzt …

Einen Schutzkreis ziehen. Schutzkreis, hm … Ich blättere eine Seite zurück.

Aus Wasser komme ich, aus Zeit und Erde.
Ein Ring aus Salz dich schützen werde.

Interessiert beuge ich mich vor. Mit unordentlicher, kleiner Schrift habe ich etwas an den Rand gekritzelt: *Immer! IMMER, Triss! Vergiss nie, den Schutzkreis zu ziehen!*

Wow. Das meine ich offenbar ernst.

Ich nehme etwas Salz zwischen die Fingerspitzen, verteile es sorgfältig rund um einen Messingkerzenständer. Und das reicht? Noch einmal überfliege ich die Anleitung … offensichtlich. Dann ist jetzt die Kerze dran.

Das erste Streichholz zerbricht, so sehr beben meine Finger, doch endlich fängt der Docht Feuer. Die Flamme zischt auf, lodert hoch, beruhigt sich wieder.

Instinktiv nehme ich ein leeres Gläschen, entferne den Korken und halte es über die Flamme. Rauch verteilt sich, wabert in weißen Schlieren in seinem gläsernen Gefängnis.

»Reinigen«, murmele ich, selbst überrascht. Manche Dinge scheinen sich in mein Gedächtnis gegraben zu haben.

Intentionen geben, steht als Nächstes in dem Rezept. Wie jetzt – soll ich all dem Gemüse hier sagen, was es machen soll? Leise seufze ich. Warum eigentlich nicht. Seltsamer kann es kaum noch werden. Ich beuge mich über die Glasbehälter und fixiere sie ernst, eines nach dem anderen.

»Ihr müsst mich schützen, versteht ihr das?« Die Kräuter sehen mich irgendwie wissend an. Denke ich. »Also … ich weiß nicht, was hier los ist, und solange sich das nicht ändert, muss ich mich auf euch verlassen, okay? Schaffen wir das?«

Von den Glasfläschchen kommt kein Widerspruch, und so lege ich los.

Schicht für Schicht fülle ich die Kräuter in das kleine Gefäß, verdränge den zarten Rauch daraus. »Schützt mich«, murmele ich. »Auf dass niemand mir ein Leid tue – bewusst oder unbewusst.«

Einsam liegt das Lorbeerblatt vor mir auf dem dunklen Holz. *Schreibe dein Ziel auf das Blatt. Verbrenne es. Füge die Asche hinzu.*

Rasch hole ich das Etui aus der untersten Schublade und wähle einen Stift. *Ich bin in Sicherheit.* Ein würziger Duft verbreitet sich in dem kleinen Raum, als das Blatt mit einem leisen Knistern Feuer fängt. Die Ränder glühen auf, rollen sich ein, und ich werfe es in den steinernen Mörser, wo es gemächlich zu Asche verbrennt.

»Schütze mich«, flüstere ich und gebe die Aschekrümel zu den Kräutern, verschließe das schmale Gläschen. »Schütze mich.«

Ganz automatisch nehme ich die Kerze aus ihrem Halter, träufele Wachs auf den Korken, bis das Gefäß versiegelt ist. Und dann sitze ich da, betrachte die Brösel auf der Kommode.

Mein erster Zauber, gefangen in einem Fläschchen, mit Wachs versiegelt.

Auf dass er hoffentlich wirke.

»Buon giorno, mein Mädchen!«

»Buon giorno, Nonn!« Mit noch von der Dusche feuchten Haaren schlurfe ich quer durch die Küche und lasse mich auf die Banktruhe sinken. Den Zauber habe ich sicher verstaut, im Inneren meines Kopfkissenbezugs, sodass er dann wirken möge, wenn ich am verletzlichsten bin.

»Was duftet denn hier so toll?« Ich schnuppere in die Luft.

»Ciabatta.« Nonn deutet auf das geöffnete Fenster, vor dem zwei Laibe goldbraunen Weißbrots auf einem Rost liegen und langsam abkühlen. Das Wasser läuft mir im Munde zusammen. Am liebsten würde ich meine Finger durch die Kruste bohren und mir ein paar köstliche Fetzen herauspulen. Wie … wie ich es früher getan habe, als Kind, schießt es mir durch den Kopf.

»Hat er durchgeschlafen?«

Ich schüttele den Kopf. »Nein. Er hat schrecklich gefroren.« Und sein Gezittere und Gebibbere in meinen Armen hat mir ordentlich den Schlaf geraubt.

»Und du hast ihm geholfen.«

»Natürlich. Aber die Nacht war nicht so unbeschwert, wie du es ihm gewünscht hast.« Ich schiele hinüber zu den sanft dampfenden Broten.

Nonn reagiert nicht. Mir den Rücken zugekehrt, ist sie mit irgendetwas auf der Arbeitsplatte beschäftigt, und meine Geheimnissensoren – auch genannt Härchen im Nacken – stellen sich auf.

»Was hast du damit gemeint?«

Nonn lässt sich mit ihrer Antwort Zeit. Sie werkelt auf der Anrichte herum, dann kommt sie zu mir, balanciert eine große Steingutplatte mit zwei Sorten Käse, Oliven und einem Schälchen Kirschtomatensugo vor sich her. »Es fällt mir nicht leicht, darüber zu reden. Es fällt niemandem leicht.« Mit einem gequälten Lächeln platziert sie die Leckereien in der Mitte des Esstisches und holt einen der duftenden Brotlaibe. »Es geht um sein Kind.«

Fast wäre mir meine Olive aus der Hand gefallen. »Cole hat ein Kind?«

Nonn legt das Ciabatta neben die Käseplatte und lässt sich auf einen Stuhl fallen, wischt sich gedankenverloren die Hände an ihrer stets sauberen Kittelschürze ab. »Er hatte ein Kind, Triss. Einen Sohn.« Sie greift vor sich und zieht eine riesige hübsche Tasse hervor, drückt sie mir in die Hand. Kaffeeduft wabert heraus, dringt tief in meine Nase.

Mein Kopf wird ganz leicht. Hatte?

Ich stelle die Tasse auf dem Tisch ab, langsam, ohne auch nur ein Geräusch zu machen, und starre Nonn an. »Hatte? Ist es …?« Ich kann es nicht aussprechen.

»Wir gehen davon aus, dass Samuele nicht mehr lebt, Triss. Er war vier.«

»Was?«, stoße ich hervor. »O mein Gott! Aber wie …?«

Nonn schneidet sich ein Stück Käse ab. »Nicholas war erst zweiundzwanzig. Er und die Frau hatten ein paar Gläser Wein und ihren Spaß. Sie wurde schwanger.« Nonn angelt sich eine Olive von der Platte. »Sie hatte noch weniger Interesse an dem Kind als an Nicholas und so nahm er den Kleinen zu sich, kaum dass er eine Woche alt war.«

»Wow.« Und das meine ich auch so. Niemand, der Nicholas Romero, diesem arroganten, geschniegelten Anzugmodel, über den Weg läuft, käme auf die Idee, dass er ein Kind haben könnte. Noch weniger, dass er ein alleinerziehender Vater ist. Ein verwaister alleinerziehender Vater. »Und er ist …«

»Fort«, vollendet Nonn meine Frage mit einer Stimme, die so sachlich ist, dass es wehtut. Sie greift sich die Ciabattastange und bricht ein Stück ab. Sofort intensiviert sich dieser wunderbare Duft nach frisch gebackenem Brot.

»Das ist furchtbar«, sage ich leise.

»Das ist es.« Nonn steht auf und geht hinüber zum Schrank, holt ein paar angeschlagene Teller. »Nicholas und der Kleine wohnten hier im Haus, seit …« Mit einem Ächzen sinkt sie auf ihren Stuhl und reicht mir einen Teller. »… seit Jahren. Iss, Kind. Es ist am besten, wenn es ganz frisch ist.«

Mechanisch greife ich nach dem Brot. Sie sagt mir nicht alles, ich fühle es. »Wenn ihr vermutet, dass er tot ist … ist er weggelaufen?« Ich löffle mir ein wenig von den gewürfelten Tomaten auf die weiche Krume und lege ein hauchdünnes Stück Parmesan obenauf.

»Nein.« Nonn schüttelt den Kopf. »Es war kein Zufall.«

Mein Kopf ruckt nach oben.

Entschuldigend zieht Nonn die Schultern hoch. »Nick ist ein Extincteur, Triss. Er kümmert sich nicht nur um so bedauernswerte Wesen wie dich, die alles vergessen haben, sondern beschützt ebenso den Hexenrat. Und so ist er einem Oscuri in die Quere gekommen, der nicht lange gefackelt hat. Er hat Samu entführt und …«

»… und sich an dem Kind gerächt?« Die Bruschetta in meiner Hand zittert bedenklich.

»Nein.« Nonn schüttelt den Kopf, leckt sich einen Tropfen Tomatensaft vom Zeigefinger. »Er hat sich an Nick gerächt, dafür, dass er das Richtige getan und seine Machenschaften aufgedeckt hat.« Plötzlich hält sie inne, stützt sich mit beiden Armen auf der Tischplatte ab, als hätte jede Kraft sie verlassen. »Der Kleine war im Parlamentsgebäude, als es in Flammen aufging.«

Mit einem hohlen Gefühl im Bauch lege ich meine duftende Bruschetta zurück auf den Teller, ohne sie überhaupt angerührt zu haben. »Das war vor einem Jahr.«

»Ja, in etwa.« Nonn seufzt und schiebt eine Olive auf dem weißen Porzellan hin und her. Kurz sieht sie zu mir und öffnet den Mund, doch dann überlegt sie es sich anders und widmet sich wieder ihrer Olive. »Dio mio – Ich hätte dir besser gar nichts erzählt.«

Was? Wieso sagt sie –

»Was hättest du ihr besser nicht erzählt?« Frisch geduscht und nur mit Sweatshirt und Jogpants bekleidet betritt Cole die Küche. Er schnappt sich einen Apfel, wirft ihn in die Luft und fängt ihn wieder auf, um dann krachend hineinzubeißen.

Stumm sehen wir ihn an und sein Lächeln erstirbt.

»Okay, Nonn.« Beunruhigt flackert sein Blick von ihr zu mir und zurück. »Was genau hast du ihr gesagt?«

Nonn schluckt, zerrt am Saum ihrer Kittelschürze und ich würde mich am liebsten in Luft auflösen, an Ort und Stelle.

»Ich … also, Nick … Ich habe ihr von … Sie hat das Foto … und Samu …« Nonn bricht ab und schlagartig zieht ein Schmerz durch Coles Augen, der mir den Atem raubt.

»Ah«, sagt er leise und nickt. Kurz wirft er einen Blick auf den halbgegessenen Apfel in seinen Händen, dann legt er ihn behutsam auf die Anrichte und verlässt den Raum, ohne auch nur ein weiteres Wort zu sagen.

RÜCKBLICK COLE

Immer noch fühlte er sich leer, wie ausgehöhlt, ohne auch nur eine winzige Spur seines Inneren zurückgelassen zu haben. Sie waren gemeinsam rausgegangen, zwei Teams, dreiundzwanzig von ihnen, um den Hexenrat zu beschützen und die Oscuri davon abzuhalten, die Macht an sich zu reißen.

Und nun, keine zwei Stunden später, war Nicholas zurück in der Basis, äußerlich ruhig und gefasst wie immer, innerlich jedoch bebte er vor Angst, Trauer und Zorn.

Nicht einmal die Hälfte von ihnen war zurückgekehrt aus diesem Inferno, das die Putschisten in ihrer Rücksichtslosigkeit entfacht hatten.

Er hatte Jaros Hand gehalten, bis er seinen letzten Atemzug tat, und Nicholas wusste, dass er diesen Anblick nicht loswerden würde. Auch wenn er heute Nacht bei seiner Frau und dem Kleinen liegen würde, Atemzug um Atemzug tat – Jaro würde das nie wieder tun. Vielleicht würde Nicholas zur Ruhe kommen, wenn er Samus leisem Schnarchen lauschte, dem Schnaufen, das der Kleine von sich gab, Nacht für Nacht. Nicholas sehnte sich mit jeder Faser danach, seinen Sohn an sich zu pressen und seinen warmen Körper in seinen Armen zu halten, zu hoffen, dass ihm das wenigstens ein bisschen Frieden schenken würde.

Doch die Nacht war noch nicht vorbei.

Sie waren in die Basis zurückgekehrt, mickrige zehn Extincteure. Drei von ihnen waren sofort in die Krankenstation gebracht worden, wo Medimagi ihr Bestes gaben, einzelne Körperteile oder sogar Leben zu retten.

Als das alte, gotische Gebäude in die Luft geflogen war, war er einer der wenigen gewesen, die noch davor standen. Draußen, wo ihm die Gesteinsbrocken um die Ohren flogen und der Druck ihm fast das Gehör raubte. Die Schreie der Sterbenden fraßen sich zurück in seine Erinnerung, dumpf und unwirklich. Seine Beine begannen zu zittern und zum ersten Mal in seinem Leben wünschte er sich, er könnte sein eigenes Gedächtnis modifizieren, um zu vergessen.

Nicholas beugte sich vor, stütze sich schwer auf seine Knie und atmete, langsam, einen Zug nach dem anderen, bis das Beben seinen Körper freigab und der Boden unter seinen Füßen wieder fester zu werden schien.

»Romero!« Gío eilte über den Flur und fand Nicholas an die Wand neben dem Aufzug gelehnt. Mit zwei Fingern winkte er ihn zu sich. »Auf ein Wort, Nick.« Gío kannte ihn schon eine Ewigkeit und das machte alles noch schlimmer. Er war bereits ein Kollege seines Vaters gewesen. Nicholas hatte an seiner Seite gelernt, seine Memoriamagus-Kräfte richtig und gerecht einzusetzen.

Einmal noch atmete Nicholas tief durch, dann straffte er sich, ging mit festen Schritten auf seinen Vorgesetzten zu.

»Harte Nacht, was?«, murmelte Gío und krallte seine Pranke in die Schulter seines Schützlings, schüttelte ihn leicht.

»Das kannst du laut sagen.« Nicholas seufzte. Seine Gedanken wanderten sofort zurück zu Jaro. Schuld und Schmerz brannten sich in seiner Seele fest. Was hätte er tun können? Tun müssen?

Gío schluckte verkrampft. »Tut mir leid, sie dir noch härter zu machen, Junge.«

Alarmiert blickte Nicholas auf, suchte in den Augen seines alten Freundes nach Trost, nach irgendetwas, nicht nach der Bestürzung, die er in ihnen las. »Was ist passiert?«

Gío rieb sich mit der Hand durchs Gesicht, wieder und wieder, als erhoffte er sich, so die richtigen Worte finden zu können. »Schlechte Nachrichten, Nick.«

Alles Blut wich aus Nicholas' Gesicht. Langsam schüttelte er den Kopf, plötzlich ganz leicht und ohne jedes Gefühl.

»Komm, Junge. Ich habe ein Telefongespräch für dich.«

Er ließ Nicholas nicht los, bis er vor seinem Schreibtisch stand. Der Hörer des alten schwarzen Telefons lag auf dem Tisch, als blickte er ihnen entgegen, als könnte er es gar nicht erwarten, Nicholas' Leben mit einem Schlag zu zerstören. Stumm deutete Gío auf den Hörer, und Nicholas hatte keine andere Wahl, als ihn hochzunehmen und ihn sich ans Ohr zu halten.

»Romero.« Seine Stimme klang völlig normal, lächerlich fest, als hätte ihm diese Nacht nicht das Geringste ausgemacht, als würde er nicht gleich das Bewusstsein verlieren aus Angst vor dem, was ihn nun erwarten würde.

Gío gestattete sich, einen kurzen Moment die Augen zu schließen, als Nicholas ein geräuschloses Nein mit den Lippen formte und den Kopf schüttelte, behutsam, als wollte er die Wahrheit verscheuchen. Blicklos tastete er hinter sich, bis er die Lehne des Stuhls erwischte, ließ sich langsam auf die Sitzfläche sinken. »Wann?« Nicholas' Stimme war belegt, so rau, dass es Gío fast das Herz brach. »Ja, Signore. Ja. Danke.«

Obwohl bereits das Tuten in der Leitung zu hören war, hielt er den Hörer noch an sein Ohr gepresst, zwei Sekunden lang oder mehr, bevor er überhaupt in der Lage war, ihn zurück auf die Gabel zu legen, vorsichtig und mit Bedacht, als könnte er ihn zerbrechen. Und dann saß er einfach nur da und schwieg.

»Nick.«

Nicholas reagierte nicht. Hatte er Gío überhaupt wahrgenommen?

»Nicholas.«

Er zog die Nase hoch und sah ihn an, mit tränenblinden Augen, fast schon trotzig.

»Es tut mir so leid, Nick«, flüsterte Gío und berührte seine Wange.

Nick blinzelte. »Er hat mich nach Hause geschickt, Gío«, murmelte er. »Er sagte, ein Extincteur, dessen Trauer seine Fähigkeiten verblendet, sei nichts als eine Gefahr.«

Gío schnappte nach Luft. »Er hat dich suspendiert?«

»Warum, Gío?« Wieder schüttelte Nicholas den Kopf. Tränen blitzten in seinen Augen wie Glasperlen. »Warum?«

KAPITEL 11

Erst am Nachmittag kehrt Cole wieder zurück. Ganz plötzlich steht er im Durchgang zwischen Küche und Wohnzimmer – und nichts ist mehr von der Verletzlichkeit zu sehen, die ihn am Morgen noch Hals über Kopf hat flüchten lassen. Sein Haar ist streng zurückgegelt. Nicht eine einzige Strähne würde es wagen, auch nur eine falsche Bewegung zu machen. Sein Körper steckt in einem dunkelgrauen Anzug und einem blauen Hemd. Er rückt die Krawatte zurecht und schaut aus dem Fenster, von wo aus wir gestern Abend die Feenlichter bewundert haben.

Ein Panzer. Eine Rüstung. Das ist es, was er trägt.

Vermutlich haben wir alle etwas zu verbergen, doch Nicholas Romero scheint nicht mehr und nicht weniger hinter seinem steifen, perfekten Äußeren zu verstecken als seine komplette Persönlichkeit.

Seine Gesichtszüge sind kühl und beherrscht, und wenn ich letzte Nacht nicht den wahren Cole gesehen hätte, würde ich ihm seine Arroganz vielleicht sogar abnehmen. Aber er ist eine Spur zu perfekt, ein bisschen zu beschäftigt mit den Manschetten seines Hemdes, als dass ich ihn auch nur ansatzweise als so gelassen empfinde, wie er sich gerade zu verkaufen gedenkt.

Eine Umarmung. Das ist es, was er braucht. Jemanden, der ihn fest an sich gedrückt hält und ihm all seine Masken abnimmt, eine nach der anderen, wie die Schalen einer Zwiebel, damit er endlich wieder frei atmen kann.

Sein Blick streift meinen, für den Bruchteil einer Sekunde nur, und ich zucke zusammen. Denn da ist etwas hinter all diesem gespielten Gleichmut, was mich ins Mark trifft, etwas anderes als der Schmerz, den er vergeblich zu verbergen sucht … Angst. Es ist Angst.

Er fürchtet sich – vor mir? Aber warum?

Weil ich hinter seine Tarnung gesehen haben? Weil wir uns geküsst haben?

Wärme flutet meinen Bauch, schießt mir in die Wangen. Er erinnert sich nicht an diesen Kuss, nicht an die Zärtlichkeit, mit der er mich in den Armen hielt und mein Gesicht berührte, nicht an –

Ohne ihn anzusehen, packt Nonn die große Platte und macht sich daran, ein paar Scheiben Ciabatta, sowie Käsestücke und Oliven anzurichten. »Nicholas, iss, du wirst ja noch ganz dünn.«

»Ich habe keinen Hunger, Nonn, danke.« Er reißt sich von dem Anblick des Olivenwäldchens los und kommt zu mir, stellt sich neben meinen Stuhl, die Arme vor der Brust verschränkt, und doch strahlt seine innere Unruhe auf mich aus, macht mich ganz zappelig.

»Keinen Hunger, pff.« Nonn schenkt ihm einen entrüsteten Blick. »Essen tut der Seele gut. Also … sofern man das Richtige isst.«

»So wie Schinkencracker.« Herb stiefelt durch die offenstehende Gartentür in die Küche, den buschigen Schwanz gut gelaunt nach oben gestreckt. »Gebt mir welche für meine Seele.«

»Das ist ja wohl eher das Negativbeispiel von gesunder Ernährung.« Gleichmütig wendet sich Nonn wieder der Spüle zu und tut den Teufel.

»Oh, wirklich?« Erstaunt sieht Herb sie an, springt auf den Stuhl neben mir. »Interessiert mich nicht. Ich will Schinkencracker.«

Nonn schrubbt in ihren Seifenschaumbergen vor sich hin und schnaubt, ohne ihn eines Blickes zu würdigen. »Als ob.«

»Dann gib mir Milch!«

»Du kannst einen Schluck Ziegenmilch haben, wenn du willst.«

»Ziegenmilch?« Herb gibt Katzenkotzgeräusche von sich. Gespielt, aber so überzeugend, dass sich mir die Nackenhaare aufstellen. »Da könnte ich auch gleich rausgehen und Silvio ablecken!«

Ich lehne mich näher zu Cole, blicke zu ihm hoch. »Wer ist Silvio?«, raune ich.

»Nonns Ziegenbock«, raunt er zurück. »Glücklicher Ziegenbock. Hat drei Ziegen, die ihn anhimmeln.«

»Wenn du drei Ziegen hättest, die ständig an deinem Rock … an deinem Zipfel hängen würden, wärst du vermutlich nicht ganz so glücklich«, schnauzt Herb ihn an und springt vom Stuhl.

Cole zieht die Augenbrauen hoch. »Und das weißt du, weil …?«

Ungehalten scharrt Herb ein paar Körnchen Katzenstreu aus seinem Klo. »Weil er es mir gesagt hat, du empathieloses Nacktsäugetier!«

Cole zieht die Augenbrauen noch ein Stückchen höher und formt mit den Lippen ein stummes O.

»Du redest mit einem Ziegenbock?«, frage ich interessiert.

»Ich rede mit allen Lebewesen, inklusive euch!«, motzt Herb zurück und scharrt mit voller Absicht eine stattliche Menge Streu auf Nonns blitzblank geputzte Steinfliesen.

Coles Wärme hüllt mich ein, als er neben mir in die Hocke geht. »Ich wüsste ja gern, was er mit den Mäusen alles so zu besprechen hat«, schreit er gegen Nonns Tobsuchtsanfall an. »… bevor er sie mit Haut und Haar verputzt.«

Ich brauche mein Kichern nicht zu unterdrücken, bei all dem Gebrüll hier in der Küche.

»… bis auf das letzte Körnchen!!!«

»Und wie?« Herb streckt Nonn seine Pfote entgegen. »Ich hab immer noch keine Daumen!«

Einzelne Haarsträhnen lösen sich aus Nonns Frisur. Sie fuchtelt so heftig mit den Händen, dass kleine Spülschaumwolken durch die Luft fliegen und auf dem Steinboden landen. Vollkommen unbeeindruckt beugt Herb sich vor, streckt vorsichtig die Zunge nach den Seifenblasen aus.

Cole lacht und greift in die Luft, holt einen kleinen Gegenstand hervor. »Komm, erlösen wir die beiden von diesem Drama.« Er richtet den Laserpointer an die Wand und Herb ist augenblicklich wie hypnotisiert.

»Schade. Ich fand das eigentlich recht amüsant.« Ich gluckse und beiße mir auf die Unterlippe. Wenn Nonn mitbekommt, dass Cole und ich hier drüben einen Heidenspaß haben, streicht sie uns vielleicht ebenfalls den Nachtisch. »Ich kann Herb total verstehen. Ich hab auch meine Erfahrungen mit Ziegenmilch gemacht … oder besser gesagt: mit Ziegensahne.«

Coles Kopf ruckt in meine Richtung. »Was?«, flüstert er alarmiert und starrt mich an. Keine Spur Amüsiertheit liegt mehr in seinem Blick. »Du erinnerst dich?«

Cappuccino.

Es war ein Cappuccino in einer wundervollen, handgetöpferten Tasse. »Ja«, hauche ich. »Du kennst die Geschichte?«

»Ja«, sagt er leise und plötzlich fällt mir auf, wie still es in der Küche geworden ist. »Ich war dabei.«

Cole erhebt sich, legt den Laserpointer auf den Tisch. »Zieh dir etwas Gescheites an, Triss. Es wird Zeit, dass wir deinen Erinnerungen mal ein wenig Feuer unter dem Hintern machen.« Ohne irgendeine Gefühlsregung im Gesicht geht er zur Haustür. »Ich warte draußen auf dich.«

Einen Pferdeschwanz und ein Sommerkleid später laufe ich durch den Olivenhain auf der Suche nach dem menschlichen Chamäleon namens Nicholas Romero. In der Nähe des Hügels, nur wenige Gehminuten vom Steinhaus entfernt, spüre ich ihn schließlich auf.

»Und? Heute schon eine Katze ermordet?«

Das Schmunzeln bringt seine Amazonitaugen zum Strahlen. »Herb weiß ziemlich gut, wie man sich unsichtbar macht. Im Gegensatz zu Silvio.« Mit dem Zeigefinger deutet er in die Ferne und weit entfernt kann ich vier Punkte über dem flirrenden Boden Siziliens ausmachen, die trockenes Gras und Kräuter in sich hineinstopfen.

Ich winke ab. »Ach, hör doch auf. Du liebst dieses Vieh. Du würdest ihm nie etwas tun.«

Cole wiegt den Kopf, immer noch das verhaltene Schmunzeln im Gesicht, das meinem Herzen einen Tritt in den Hintern zu verpassen scheint. »So weit würde ich nicht gehen. Aber ich könnte mich dazu bereiterklären, die Sache mit ihm und den Feen endgültig abzuhaken, okay?« Sein Blick huscht meinen Körper entlang. »Schönes Kleid.«

Adrett – jedenfalls ist das meine Absicht – greife ich den Saum mit beiden Händen und mache einen tiefen Knicks vor ihm. »Selbstgemacht. Gekauft. Also … ich war shoppen, im Nichts. Hoffentlich ist es nicht mit OP-Garn genäht und löst sich auf.«

Sein Lächeln ist echt. »Steht dir wirklich gut, offensichtlich passt es wie angegossen.« Seine Augen verengen sich fast unmerklich. »Du lernst schnell.« Er atmet einmal tief durch und der Vorhang aus Ablehnung und Kälte legt sich über ihn wie auf einer Bühne. »Aber nicht schnell genug.« Er wendet sich ab und geht fort, immer weiter auf den Hügel zu, der wenige Meter vor uns sanft aus dem Plateau aufsteigt, auf dem sich Nonns altes Steinhaus befindet.

Schnell genug für was? Ich starre ihm nach. Wie viele Persönlichkeiten hat dieser Mann?

Eben war er noch offen, fast schon verspielt, und letzte Nacht – so sexy, dass es mir beinahe die Klamotten vom Leib geschmolzen hätte. Und jetzt ist er wieder Mister Eisklotz mit polierten Lederschuhen. Lieber Himmel, wie anstrengend!

Ich bücke mich unter einem tiefhängenden Ast hindurch und folge ihm. »Verrätst du mir, wo wir hingehen?« Mit dem Fuß bleibe ich an einer Wurzel hängen und stürze ihm entgegen wie Superman.

»Hey!« Er fängt mich auf, bevor ich im Staub lande.

Ich hänge in seinen Armen und bin ihm so nah wie nie – nun ja, fast nie. Sein Blick taucht in meinen, eine Spur verwirrt und unsicher, doch bevor ich darin versinken kann, schiebt er mich zurück, bis ich wieder sicher auf beiden Beinen stehe.

»Danke«, murmele ich und streiche meinen Rock glatt.

»Kein Problem.« Er mustert mich prüfend, fasst sich kurz an die Schläfe, als hätte diese abrupte Rettungsaktion seine Kopfschmerzen erst wieder ausgelöst. »Hast du dir etwas getan?«

Ich untersuche meine Beine. »Nur eine kleine Schürfwunde am Knöchel, alles gut.«

»Kannst du laufen?«

Spitzbübisch grinse ich ihn an. »Würdest du mich sonst tragen?«

Und plötzlich ist der Cole von letzter Nacht zurück. »Klar«, sagt er und lächelt. »Sofern ich es schaffe, dich durch die Gegend zu wuchten.«

Vielsagend ziehe ich die Augenbrauen hoch. »Ich habe dich gestern Nacht die Treppe hochgeschleift.«

Er verkneift sich ein Lachen. »Ganz allein?«

»Ja, ganz allein.«

Seine Augen blitzen. »Schade, dass ich mich nicht daran erinnern kann. Das war bestimmt lustig.«

Ich ziehe eine Grimasse. »Vielleicht ist es gar nicht so lustig, sich an alles zu erinnern, was man je getan hat.«

Er legt die Stirn in Falten, betrachtet mich ruhig, mitfühlend. »Du hast Angst vor dem, was deine Erinnerungen für dich bereithalten könnten.«

Ich zucke mit den Schultern. »Na ja, ich habe bestimmt Fehler gemacht, Dinge, die ich gern wiedergutmachen würde, die ich am liebsten vergessen würde. Oder geht es dir da anders?«

Sein Blick ist ernst. »Nein«, sagt er vorsichtig. »Ich denke, wir alle haben schonmal etwas getan, auf das wir nicht besonders stolz sind.«

Ein paar Schritte laufen wir schweigend nebeneinander. Schließlich stupse ich ihn mit meiner Schulter in die Seite. »Erzähl doch mal, Signore Romero! Was ist das Schlimmste, das du je angestellt hast?«

»Die Liste mit meinen besten Fehltritten ist einfach zu lang, als dass ich mich für einen einzigen entscheiden könnte.« Er versucht sich an einem Grinsen, das ihm nicht so recht gelingen will. »Was ist mit dir?«

»Sofern es keine dieser 2D-Erinnerungen ist, die du mir eingetrichtert hast, war ich besonders gut in Form, als ich rohen Thunfisch in Benitos Vorhänge eingenäht habe.«

Cole verschluckt sich an seiner eigenen Spucke und muss lachen. »Sag mir bitte, dass das nicht wahr ist!«

»Es kann Wochen dauern, bis man die Ursache für den Gestank findet.«

Cole lacht lauter und seine Augen funkeln im Sonnenlicht wie geschliffene Halbedelsteine. »Was hat der arme Mann dir denn getan?«

»Er hat das Klopapier falsch abgerissen. Immer. Nicht an der Perforation, wie es sich gehört, sondern da, wo es ihm gerade gefiel. Und dann hingen da immer nur vereinzelte Fetzen, es sah aus wie wabbelige Hühnerhaut … Das mit den Zitronen war auch er.«

»Zitronen?« Cole presst die Lippen zusammen, versucht alles, um sich das Lachen zu verkneifen. »Bitte, erleuchte mich.«

»Nun ja … ein bis zwei Wochen später dürfte er den Fisch entdeckt haben, aber er konnte sich mit Sicherheit nicht erklären, woher die Horden von Fruchtfliegen kamen, die seine Wohnung heimsuchten …« Verschwörerisch greife ich seine Hand und beuge mich zu ihm vor, um ihm ins Ohr flüstern zu können. »Vielleicht sind mir versehentlich ein paar Zitronen heruntergefallen und lagen dann vermutlich an Stellen, die man ohne Weiteres nicht erreichen konnte …« Immer noch liegt seine Hand in meiner, und es fühlt sich verdammt gut an. »Bedauernswerterweise riechen Zitronen nicht übel, wenn sie verrotten …«

»Das hast du nicht gemacht, oder?«, japst er und streicht sich ein paar Tränen aus den Augenwinkeln. Seine Augen strahlen unbeschwert wie die Sonne, und die Angst, die ich heute Nacht verspürt habe, verdampft in ihrer Hitze wie Wasser. »Triss, echt …«

Sein Lachen weicht einem offenen, freundlichen Lächeln, fast so, wie er gestern Abend war. *Ist das hier der echte Cole, versteckt unter einem Panzer aus Schmerz und Trauer, der niemanden an sich heranlässt?*

»Ich mag dein Lächeln«, sage ich leise und natürlich lässt er meine Hand los, sofort, beiläufig, als müsste er sie dringend für etwas anderes benutzen.

»Es gibt nicht viel Anlass dafür«, sagt er ausweichend und mustert einen Olivenzweig hinter mir, als wäre es der interessanteste Gegenstand dieser Hemisphäre. »Das sollte funktionieren.« Er schiebt sich an mir vorbei, beschreibt kleine, abgehackte Bewegungen, und … Wow. Dort, wo eben noch ein reich behangener Ast halb über den Stamm ragte, formt sich eine Tür aus grauem Holz, perfekt getarnt in der Umgebung. »Nach dir, Kräuterhexe.«

Ich kann das Meer riechen, bevor ich das Portal überhaupt betrete. Seine Hand in meinem Rücken, schiebt Cole mich hinaus in die warme, strahlende Sonne.

Eine Mole.

Wir stehen auf einer Mole.

»Wo sind wir?«

»In Cefalú.« Cole setzt sich in Bewegung und ich folge ihm, versuche, die Flut an Eindrücken in meinem Hirn zu bändigen.

Es muss Jahrzehnte her sein, dass ich hier war … denke ich zumindest. Das, was ich in mir spüre, ist kindlich, unschuldig. Ich erinnere mich an den Ferragosto, an die Menschenmassen am Strand, die es in die Wellen zog, an den Duft von Zuckerwatte und Backwerk, der durch die Straßen waberte, direkt in meine Nase.

Am Ende der Mole türmt sich das alte Fischerdorf rund um einen gewaltigen Felsen auf, der hoch über dem Meer thront.

Zwischen den roten Dächern der wild durcheinander gewürfelten Häuser ragen die weißen Spitzen der Kathedrale empor. Wie oft haben wir früher auf der Piazza del Duomo fangen gespielt?

Moment …

»Du hast diesen Ort immer gemocht.« Cole lässt den Blick über die Promenade schweifen.

»Er ist ja auch wunderschön.« Ich sauge den Duft Cefalús tief in meine Lungen und etwas in meinem Hinterkopf kitzelt. Süßes Gebäck und deftig Gebratenes, gewürzt mit einem Hauch frischer Meeresluft, die vom Hafen aus durch die schmalen, steilen Gässchen zieht. Gut, dass ich mich für flache Sandalen entschieden habe – mit hochhackigen Schuhen wären die mit Menschen vollgestopften Sträßchen kaum zu bewältigen gewesen.

»Es ist echt ein Witz, dass die Menschen diese klitzekleinen Gassen auch noch mit Blumenkästen vollstopfen.« Cole legt den Kopf in den Nacken und beobachtet die Kleider, die hoch über uns zwischen den Häusern zum Trocknen wehen. »Hier passt kaum ein Auto durch.« Irgendwo übt ein Bariton eine Arie. Ein seltsames Gefühl von Zuhause baut sich in mir auf.

»Habe ich hier gelebt, Cole?« Ich streiche durch einen meterhohen Rosmarinstrauch, der in einem Terrakotta-Kübel einen der arabisch anmutenden Hauseingänge ziert. »Das alles ist so …« Ich schnuppere an meinen Fingern und das Wohlgefühl wird immer größer.

»Nein, hast du nicht.« Kurz schüttelt er den Kopf und schiebt sich beide Hände in die Hosentaschen. Offenbar ist auf dieser Seite des Portals der andere Cole angekommen, noch kühler als sonst, völlig angespannt.

Ich bleibe stehen.

Er geht ein paar Schritte weiter, dann dreht er sich um. »Was ist?«

»Ich bin nur überrascht, wie schön es hier ist, während du wieder deine Zorromaske aufgesetzt hast.«

»Zorro?« Er schnaubt amüsiert und etwas brodelt in mir.

Liebe Güte, war dieser Mann gestern auch schon so anziehend? Oder als er mich aus meinem gemütlichen Leben entführt hat? Bevor ich wusste, dass wir verheiratet sind? Bevor er mich so geküsst hat, dass ich ihm am liebsten die Klamotten vom Leib gerissen hätte?

»Fanculo.« Ich stampfe an ihm vorbei, so schnell meine Sandalen es auf dem rutschigen Pflaster zulassen.

Cole folgt mir in einiger Entfernung, offenbar ohne jede Absicht, mich einzuholen. Eine Gruppe von anzugbefrackten Geschäftsmännern biegt um die Ecke, jeder mindestens ein Smartphone am Ohr, und bevor ich ausweichen kann, ernte ich eine breite Schulter, die mich radikal zur Seite rempelt. »Au!«

»Pass besser auf, ragazza!«

Der Typ sieht mich nicht einmal an und versucht, sich an mich vorbeizuschlängeln, doch Cole stellt sich ihm in den Weg. »Scusi, sind Sie immer so ein Arsch?«

Der Geschäftsmann mustert ihn herablassend, ohne das Handy auch nur eine Sekunde lang herunterzunehmen. »Selbst schuld, wenn sie keinen Platz macht. Und jetzt geh mir aus dem Weg, stronzo.«

Mit einem charmanten Lächeln legt Cole dem Sackgesicht die Hand auf die Schulter, drückt kurz zu. »Nichts für ungut, Mann. Einen schönen Tag noch.«

Ich starre ihn an. »Cole?!«

»Was denn?« Er sieht ihm nach, zuckt mit den Schultern. »Der Typ ist und bleibt ein Vollarsch. Er wird sich sehr wundern, wenn er seine Spaghetti nicht mehr bezahlen kann, weil ihm wundersamerweise der Code seiner Kreditkarte entfallen ist.« Er legt ein süffisantes Grinsen auf, schlendert in aller Ruhe weiter die steile Straße hinauf.

Ich schüttele den Kopf. *Wieso werde ich nicht schlau aus dem Mann? Eben war er noch so fies zu mir und jetzt führt er sich auf wie mein Bodyguard!*

Auf meinen glatten Sandalen kämpfe ich mich weiter das unebene Pflaster bergauf, bis sich die *Piazza del Duomo* vor uns öffnet. Schnaufend stütze ich mich auf den Knien ab, genieße den Anblick, während der Schweiß mir auf der Stirn steht.

Ich hatte die Kathedrale größer in Erinnerung, vielleicht, weil ich beim letzten Mal noch ein kleines Mädchen war. Wie ein gewaltiges Mahnmal aus Sandstein ragt die Kirche vor dem dunklen Berg auf, leuchtet in der Sonne wie mit altem, stumpf gewordenen Gold überzogen. Auf der Piazza gibt es mehr Cafés als Touristen, und die dunkelgrünen Sonnenschirme geben diesem Ort mit seinem eingetopften Oleander und den Palmen, die sich vor dem Kircheneingang sanft im Wind wiegen, etwas unerwartet Dörfliches.

»Hübsch, nicht wahr?« Cole lässt seinen Blick über den Platz schweifen, die Augen leicht zusammengekniffen.

Ich röchele und japse, als hätte mein letztes Stündlein geschlagen, während er völlig gelassen und ohne auch nur die Spur eines Schweißtropfens in seinem schnieken Konfirmationsanzug an meiner Seite steht. Genervt mustere ich ihn von oben bis unten. »Hast du eigentlich keine anderen Klamotten?«, schnaufe ich und ärgere mich gleichzeitig, überhaupt den Mund aufgemacht zu haben. »Oder Schweißdrüsen?«

»Klar. Ich habe andere Anzüge, wie du nach deinem Ausflug in meinen Kleiderschrank wissen solltest. Und eine nette Auswahl an passenden Hemden.«

»Du Draufgänger«, knurre ich und wische mir verstohlen über die Stirn.

»Erinnerst du dich an irgendetwas?« Er klingt genervt.

»Nur an ein gutes Gefühl.« Schnuppernd halte ich die Nase in die Luft. Dieser Duft nach frisch Gebackenem … Das Wasser läuft mir im Munde zusammen. »Ist es noch zu früh für ein, zwei Cannoli?«

Ein Lächeln huscht über sein Gesicht. »Mit allen Sinnen …«, murmelt er und schiebt mich zu einem kleinen Café in der Nähe der Domtreppe. Seine Hand in meinem Rücken lässt meine Haut kribbeln, als wäre ich gegen seine Berührung allergisch.

Zielsicher steuert er einen winzigen runden Marmortisch am Rande der Piazza an.

Ich greife nach einem Stuhl und setze mich, streiche mir das Sommerkleid über dem Oberschenkel glatt, als der Schlitz ein bisschen zu viel Bein zu enthüllen droht.

Sein Blick ruht auf meiner Hand, bringt mich noch mehr ins Schwitzen.

Kaum sitzen wir, wirbelt ein Kellner aus den Untiefen des Cafés hervor. »Buongiorno Signori, was darf es sein?« Mit der flinken Handbewegung eines Taschenzauberers hält er Cole eine schmale Speisekarte vors Gesicht.

»Ich nehme ein Eis.« Über den Rand der Karte hinweg wirft Cole mir einen frechen Blick zu. »Es ist so warm heute, ich muss mich von innen abkühlen.«

»Sì, Signore, welche Sorten?«

»Hm, Pistazie und Schokolade.«

»Molto bene.« Der Kellner macht eine kleine, alberne Verbeugung. »Und welches Gelato darf es für die Signora sein?«

»Keins.« Cole klappt die Karte zusammen und gibt sie ihm zurück. »Signorina mag kein Eis.«

Der Mund steht mir offen und ich starre ihn an. *Signorina. Signorina?!* »Nein, ich möchte lieber einen Cappuccino und ein … zwei Cannoli.«

»Certo. Stets frisch gebacken. Ricotta e pistacchio?«

Eine Erinnerung plustert sich in meinem Verstand auf, doch alles, was ich zu fassen bekomme, ist der Speichel, der mir im Munde zusammenläuft. »Sì. Sie verwenden Kuhmilch für den Cappuccino, oder?«

Ich ignoriere Coles Glucksen und lächele die Bedienung freundlich an.

»Sì, Signorina, es sei denn, Sie bevorzugen eine vegane Variante.«

Knapp schüttele ich den Kopf. »Nein, Kuhmilch ist hervorragend.«

Noch einmal verbeugt sich der Kellner, bevor er mit seiner Karte von dannen zieht.

»Bist du immer so ein Macho-Arsch, der einfach der Frau über den Mund fährt, ohne vorher zu fragen?«

»Nein.« Ungerührt sieht er mich an. »Du magst nun mal kein Eis. Diese Information wird dein Gehirn schon nicht wegschmelzen.« Er klingt ungeduldig, zappelt auf seinem Stuhl herum.

»Tut mir leid, wenn ich dir lästig bin.«

»Nicht nur dir, Triss, nicht nur dir.«

Ich lehne mich zurück, verschränke die Arme vor der Brust, versuche es nochmal mit der Ice-Bucket-Challange.

Erfolglos.

»Gelato, Signore, und ein Cappuccino mit den besten Cannoli, die Cefalú zu bieten hat, für die Signorina.« Beschwingt stellt der Kellner unsere Bestellung auf dem Marmortischchen ab, doch wir ignorieren ihn.

»Warum bist du nur immer so ein Arsch?«

Er sieht ehrlich verletzt aus. »Ich … ich bin kein …«

Ich verdrehe mit einem genervten Aufstöhnen die Augen und der Kellner verzieht sich schnell wie der Blitz. »Hör auf, dich zu verstellen, Cole. Ich weiß, was du durchgemacht hast.« Die Worte sprudeln aus mir hervor wie ein Bergquell. »Es muss furchtbar sein, ein Kind zu verlieren, der pure Horror. Doch warum denkst du, das ganz allein durchstehen zu müssen?«

Er kämpft sich einen Löffel Eis zwischen die Lippen und schiebt dann sein Schälchen zurück, einen Ausdruck auf dem Gesicht, als müsste er sich gleich übergeben. »Wir sind hier fertig, denke ich. Stopf dir deine dämlichen Cannoli in den Mund und kipp den Kuhmilch-Cappuccino hinterher, damit du endlich aufhörst, zu reden.«

RÜCKBLICK COLE

Der Schmerz randalierte in seiner Brust, fraß sich durch jede Ader, in jedes Atom seines Körpers. Nicholas stand da, stützte sich schwer auf den Pfeiler seines Bettes und atmete. Atmete ein und atmete aus, wieder und wieder, jeder einzelne Herzschlag in seiner Brust ohne ihn.

Ohne Samu, ohne das Kind, das nie irgendjemand gewollt hatte. Und doch … vier Jahre seines Lebens hatte er mit ihm geteilt, hatte seine Tränen getrocknet und den kleinen, warmen Körper an sich gedrückt, bis sie eingeschlafen waren.

Der Atem brannte in seinen Lungen und am liebsten hätte er es gleich ganz gelassen, egal, Hauptsache, dieses Gefühl von Leere und Verlorensein hörte auf.

Er hatte das Richtige getan und den Falschen vertraut, und das hatte ihm alles genommen. Alles, was er hatte, alles, was er glaubte, zu sein.

Nicholas krümmte sich zusammen, als der Schmerz und die Schuld ihn einhüllten, ihn überzogen mit ihrem zähflüssigen, alles erstickenden Kokon aus Selbsthass und Wut und Hilflosigkeit, ein Gewicht, viel zu schwer, um es allein tragen zu können.

Doch er war allein.

Es war niemand da, dem er sich anvertrauen konnte, niemand, der seinen Schmerz zu lindern vermochte.

Und es war seine Schuld.

Seine.

Ganz allein seine.

Er ließ los, stand ein paar Sekunden da, nur um zu sehen, ob seine Beine ihn tragen würden. Dann ging er hinüber zum Kamin und nahm das Foto, sah ihn an, seinen kleinen Sohn, stolz und mit einem strahlenden Lächeln, den orange-blauen Wasserball in den Händen, den er so geliebt hatte.

Das Bild verschwamm vor seinen Augen, wandelte sich in eine bunte, blendende Masse, die zerfloss, wie es sein ganzes Leben gerade tat … unbarmherzig, ohne jede Chance, irgendetwas daran ändern zu können.

Nicholas hielt sich mit einer Hand am Kaminsims fest, um den Halt zu finden, den er nie wieder spüren würde, den er vielleicht nie wieder geben könnte, und griff nach dem Foto, wollte es an sich drücken wie den kleinen warmen Körper.

Doch es entglitt ihm, wie sein Sohn es getan hatte, und fiel auf den Holzboden, zerschellte zu Tausenden von Scherben.

Hilflos sah Nicholas auf sie hinab und brach zusammen. Hart stürzte er auf die Knie und Glas bohrte sich in sein Fleisch, in seine Hände, die nichts gegen das unternommen hatten, was geschehen war, doch es war ihm gleich.

Es geschah ihm recht. Nichts konnte das übertreffen, was er in seinem Herzen spürte. Er wühlte in den Scherben, doch da war nur Papier – Papier, Glas und das zerborstene Holz des Rahmens, nichts weiter. Übelkeit durchströmte seine Eingeweide und er krümmte sich zusammen, presste sich die blutenden Handballen auf die Augen und ließ es zu, ließ sich von Schluchzern schütteln, bis der Schmerz ihn endgültig mit sich in den Abgrund riss und er sich in dem Durcheinander aus Blut, Tränen und Scherben zusammenkauerte.

Er hatte doch nur das Richtige getan.

Und hier lag er nun, im Begriff, genau das Gegenteil von dem zu machen, an das er glaubte, nur um denselben Fehler nicht noch einmal zu begehen.

KAPITEL 12

»Geh mir aus dem Weg.« Unsanft schiebt mich Cole in die Küche und knallt die Tür hinter sich zu.

Nonn wirbelt erschrocken herum, die Arme bis zu den Ellbogen in einem goldgelben, zähen Teig vergraben. »Ihr seid schon zurück?«

Cole wirft mir einen bösen Blick zu und schweigt.

Ich zucke nur mit den Schultern. »Frag ihn.«

Nonn rubbelt sich Teigreste ab und stemmt beide Hände in die Hüften. »Was ist los, Kinder?«

»Nichts ist los!« Cole marschiert hinüber zur Anrichte, hockt sich in respektvollem Abstand zu Nonns Backprojekt mit dem Hintern auf die Kante. »Das ist ja das Problem!«

»Ach, das ist das Problem?« Ich verenge die Augen zu Schlitzen. »Habe ich irgendetwas verpasst, was ich hätte tun müssen? Oh, nein, wie könnte ich denn auch – mir sagt ja niemand, was ich zu tun und zu lassen habe!«

Herb schießt vom Wohnzimmer in die Küche. »Wow, das ist ja besser als *House of Cards* hier. Bekomme ich ein schnelles *Was zuletzt geschah*?«

»Halt den Mund!«, herrschen wir drei ihn gleichzeitig an.

»Schon gut, schon gut.« Gelassen, als hätte er den Tag jointrauchend an irgendeinem Strand verbracht, schlendert Herb hocherhobenen Schwanzes zurück ins Wohnzimmer. »Macht doch, was ihr wollt.«

Wir versinken in verstocktes Schweigen.

»Und?«, blafft Nonn uns schließlich an. »Würde mich jetzt bitte einer von euch beiden darüber aufklären, warum ihr euch aufführt wie Tom und Jerry?«

Cole atmet tief durch. »Wir kommen nicht weiter und es ist ihr scheißegal.«

»Was? Das stimmt nicht!« Wütend funkele ich ihn an, erdolche ihn mit Blicken. »Es geht wohl eher darum, dass du nicht mit mir über –«

»Stopp.« Cole verengt die Augen zu Schlitzen, setzt an, um etwas zu sagen, doch er scheint keine Worte zu finden. »Stopp«, wiederholt er schließlich. »Nicht.«

Nonn geht zu ihm und nimmt sanft sein Gesicht in ihre Hände, Kuchenteig hin oder her. »Tesoro …«, sagt sie leise und Schmerz flammt in seinen Augen auf wie eine Stichflamme. »Sie kann doch nichts dafür. Die Erinnerungen kommen, wenn sie so weit sind. Du kannst es nicht beschleunigen, Nick, und sie kann es auch nicht.«

Eindringlich sieht sie ihm in die Augen und er scheint sich tatsächlich zu beruhigen. *Wendet sie diesen Blutdrucksenkzauber an?*

»Wenn ich etwas tun könnte, damit meine Erinnerungen schneller zurückkommen, dann würde ich es tun.« Langsam schüttele ich den Kopf, und endlich sieht er mich wieder an, völlig frei von Zorn. »Ich hasse es, im luftleeren Raum zu schweben, ich hasse es, nicht zu wissen, wer ich bin oder was ich kann – oder wem ich ein Dorn im Auge bin.«

»Du kannst nichts tun. Es lässt sich nicht erzwingen.« Immer noch blickt Nonn Cole an, und schließlich nickt er, senkt den Blick.

»Wunderbar.« Nonns unbekümmertes Spaghettisaucenomi-Lächeln legt sich über ihr Gesicht. »Lasst uns in Ruhe eine Tasse heiße Schokolade trinken und reden.«

Abwesend fährt er sich mit der Hand durchs Haar, wieder und wieder, bis es wie abgezirkelt genau da liegt, wo er es haben will, drückt beide Zeigefinger kurz auf seine Schläfen. Keine Spur von Wut ist mehr in seinem Ausdruck, sondern … *Verzweiflung?*

Er schluckt hart, wirkt plötzlich völlig verwirrt. »Danke, ich verzichte, ich …« Mit dem Daumen deutet er hinter sich auf die Tür. »Ich gehe noch ein paar Schritte. Schaut doch noch etwas mit dieser notgeilen Katze fern.«

»Das habe ich gehört«, tönt es beleidigt von nebenan. »Auch wenn da was Wahres dran ist.«

Nonn mustert Cole besorgt. »Ist alles in Ordnung mit dir, mein Junge?«

Sachte schüttelt er den Kopf. »Nein. Aber das ändert nichts.«

»Soll ich dich begleiten?« Mir würde ein Spaziergang sicher auch guttun.

»Nein«, wiederholt er. »Du … du bringst schon genug durcheinander.«

»Ich?« Irritiert ziehe ich die Augenbrauen zusammen. »Was bringe ich denn durcheinander?«

»Alles.«

Langsam schüttele ich den Kopf. *Er ist mein Mann, verdammt! Was ist nur zwischen uns passiert?* »Es tut mir so leid«, flüstere ich. »Ich wünschte, ich könnte dir helfen.«

Jegliche Masken verschwinden schlagartig aus seinem Gesicht. Wilde Emotionen fluten seine Augen, Angst, Trauer, Zuneigung … Er schluckt hart und tastet zu seiner Stresskopfschmerzstelle. »Du wirst dich um deine eigenen Angelegenheiten kümmern, ist das klar? Nonn wird eure hübschen Plaudereien über die Irrungen und Wirrungen im Leben des Nicholas Romero sofort einstellen.«

»Tesoro.« Mehr sagt Nonn nicht.

Mehr braucht es auch nicht.

»Ich muss hier raus.« Sein Blick ist unbewegt, hinter zahlreicheren Fassaden verborgen, als New York City zu bieten hat. »Mich abkühlen, bevor mein Kopf platzt.«

Er dreht sich um und verschwindet durch die Haustür, verschmilzt nach drei Schritten mit der Dunkelheit, als wäre er nie hiergewesen.

»Nicht, warte – Cole!« Ich haste hinter ihm her zur Tür.

Vollmondlicht beleuchtet die Nacht, taucht alles in einen bläulichen Schimmer.

»Lass ihn sich austoben.« Nonn greift in das Nichts, zieht eine große, dampfende Tasse hervor. »Er braucht das. Anschließend geht es ihm besser.«

»Nein.« Ich schüttele den Kopf. »Ich werde ihn nicht damit allein lassen.«

»Triss, du solltest –«

Mein Kopf fährt herum. »Nonna! Ich sagte, ich werde ihn nicht allein lassen!« Ich drehe mich zurück zur Tür, starre in die Finsternis. »Und wenn ich mich nicht beeile, werde ich nie erfahren, wohin er gegangen ist.«

Würzig duftet es hier draußen, süß und erdig, nach Wildheit und Natur und nach allen Kräutern, die Siziliens Sommer zu bieten hat.

»Cole! Jetzt warte, verdammt!« In meinen Riemchensandalen stolpere ich auf einen mondbeschienenen Pfad hinter ihm her, schlittere über ein paar rollende Steinchen und kann mich im letzten Moment abfangen, bevor ich einige Meter tiefer auf einem Steinplateau lande.

Cole fährt herum. »Was soll der Mist? Willst du dich jetzt auch noch umbringen, um es mir so richtig schwer zu machen?«

»Ich will mit dir reden, Cole!« Ich kralle mich in die Grasbüschel, die aus der Böschung wachsen, rutsche den Weg mehr schlecht als recht weiter herunter.

Kaum bin ich in Reichweite, hält er mir seine Hand hin, hilft mir, die letzten Schritte zu überwinden, bis ich glatten Fels unter meinen Schuhen spüre. »Ich will mich aber nicht unterhalten.« Abrupt lässt er mich los. »Nicht über Samu. Nicht über mich.« Er geht weiter, hinaus auf einen breiten, flachen Felsen, der wie ein Podest rund zwei Meter aus dem Wasser ragt, schlüpft aus seinen hochglanzpolierten Schuhen und Socken, legt das Jackett ab und zerrt an seiner Krawatte. »Und schon gar nicht mit dir.«

Cielo, wenn ich nur wüsste, was in diesem Mann vor sich geht! »Was habe ich falsch gemacht? Sag es mir! Was habe ich dir getan, dass du so wütend auf mich bist?«

Er mustert mich und pfeffert seinen Schlips auf das Klamottenbündel, atmet einmal tief durch. »Ich bin nicht wütend auf dich«, sagt er schließlich leise. »Ich bin wütend auf mich.«

»Aber wieso?« Fast unmerklich schüttele ich den Kopf, komme ein paar Schritte näher, langsam, vorsichtig, als näherte ich mich einem verletzten Raubtier, das jederzeit angreifen könnte. »Womit kämpfst du nur?«

»Mit mir«, sagt er leise und seufzt wie unter Schmerzen. »Es ist alles so durcheinander. Ich hatte so viel, und jetzt habe ich nichts mehr.«

»Du hast mich«, flüstere ich, und meine Kehle schnürt sich zu, eng und enger, bis der Atem sie kaum noch passieren kann. B & N, als Monogramme auf unser Hochzeitsalbum gestickt. »Ich bin an deiner Seite, Cole. Ich bin hier. Egal, was geschehen ist.«

Er schluckt hart und sieht mich an, seine Augen blitzend wie Polareis im Licht des Mondes. »Du weißt doch nicht, wovon du redest …«, flüstert er. »Mit wem du redest.«

»Du bist mir nicht egal, Cole. Das warst du nie, nicht, seit ich meinen Cocktail über dir ausgeleert habe.«

Wärme zieht durch seinen Blick, doch Schmerz verzerrt sein Gesicht, und er schüttelt den Kopf. »Ich bin so durcheinander, Triss, so …« Die Stimme bricht ihm weg. »… hilflos.«

Sein Blick wandert zu den Sternen hinauf, die weit über uns am schwarzen Himmel schimmern, so viele, wie ich nie zuvor gesehen habe. Ein voller Mond bahnt sich seinen Weg durch die Nacht, lässt seine bleichen Strahlen mal hier, mal dort auf die hellen, weichgewaschenen Felsen fallen und bringt das spiegelglatte Wasser unter uns zum Glänzen wie ein Tor in eine andere Dimension.

»Nachts verirrt sich keine Menschenseele an diesen Ort.« Er betrachtet mich, mit einem Grinsen, das nicht zu seinen Worten passt, und ich sehe, wie sich eine seiner unzähligen Fassaden aufbaut, Stück für Stück. »Hier kann ich wunderbar vor mich hin brüten und mich selbst bemitleiden, während ich gleichzeitig etwas für meine anbetungswürdige Figur tue. Effizient as hell, oder?«

»Cole …« Langsam schüttele ich den Kopf. »Hör auf damit.«

Mühsam beherrscht atmet er durch. »Du wirst das Thema nicht ruhen lassen, oder? Verstehst du nicht, dass ich mit dir über gar nichts reden werde? Nicht reden kann? Und du willst es nicht akzeptieren, einfach weil du … weil du Triss bist.«

»Nein«, sage ich knapp. »Ich akzeptiere es nicht. Etwas stimmt nicht mit dir und ich bin hier, weil du mir wichtig bist.«

»Wichtig –« Er keucht und fährt sich mit einer Hand über die perfekte Frisur, als würde er an mir verzweifeln. »Legst du es wirklich darauf an, mit mir zu streiten, Triss? Ernsthaft?«

»Nun ja, offenbar führt jedes normale Gespräch mit dir an irgendeinem Punkt zu einem Streit. Reden ist nicht dein Ding.« Ich bücke mich und ziehe mir die Sandalen von den Füßen, pfeffere sie irgendwo neben mich in den Staub. »Dann müsstest du ja deine Scheißmaske abnehmen und könntest dich nicht mehr hinter all der Überheblichkeit verstecken, die du ausstrahlst wie einen üblen Geruch.« Tief sauge ich die kühle Nachtluft in meine Lungen und mache einen Schritt auf ihn zu.

Beunruhigt ist er, wie ein Tier, das in die Enge getrieben wurde. »Ein für allemal: Ich habe kein Interesse daran, dir mein Herz auszuschütten.«

»Dann lass es. Ich habe Zeit. Du auch?« Ich öffne die obersten Knöpfe meines Sommerkleides und ziehe es mir über den Kopf. Kühle Nachtluft streicht über meine Haut und ich erschauere.

Sein Blick hetzt über meinen Körper und die – zugegebenermaßen nicht sonderlich geschmackvolle – Unterwäsche. »Was … was tust du da?«

»Wonach sieht es denn aus? Ich werde mit dir in dieses Wasser steigen und dir so lange auf den Sack gehen, bis du endlich bereit bist, mit mir zu reden!«

Grimmig sieht er mich an. »Verflucht, Russo, lass mich einfach nur in Ruhe!«

»Glaubst du wirklich, du findest eine Lösung, nur weil du dich regelmäßig bis zur Erschöpfung auspowerst?«

Er zieht die Schultern hoch wie ein gescholtenes Kind, das keine Antwort weiß. Dio! Am liebsten würde ich ihn so lange schütteln, bis all seine Schutzschichten von ihm abplatzen wie Raureif in der Morgensonne.

»Cole«, sage ich leise. »Warum meinst du nur, etwas verbergen zu müssen? Vor mir? Vor Nonn?«

Ich sehe es. Ich sehe es mit jedem Wort, das ich von mir gebe, sehe, wie sich die Muskeln in seinem Gesicht anspannen und er eine weitere Maske aufsetzt, versucht, mich noch mehr fortzuschieben.

»Du bist uns wichtig, Nonn und mir und auf eine vermutlich ziemlich verstörende Weise auch Herb. Tief in mir weiß ich, dass du einmal vollkommen anders warst.« Ich habe dich so erlebt und es hat mir bedeutend besser gefallen.

»Die Dinge ändern sich.« Er hebt das Kinn, macht sich noch größer, als er es eh schon ist. »Es geht dich nichts an, hörst du? Es kann dir ebenso scheißegal sein wie ich es sein sollte.« Er klingt so bitter, so kalt, und ich glaube ihm kein verdammtes Wort.

»Du bist mir aber nicht egal!«, brülle ich in die Nacht. Seine Augen funkeln fast durchsichtig im Vollmondlicht, ausdruckslos, und Tränen krabbeln meine Kehle hinauf.

Ich bin seine Frau, verdammt, das erklärt meine Gefühle, aber im Leben nicht dieses Verhalten.

»Warum lässt du nicht zu, dass jemand etwas für dich tut?« Langsam pirsche ich mich weiter an, bis ich direkt vor ihm stehe.

Cole blickt auf mich herunter, die Arme vor der Brust verschränkt, einen arroganten Ausdruck auf dem Gesicht, den ich ihm im Leben nicht abnehme. »Bist du endlich fertig mit deiner Pseudo-Psychoanalyse?«

»Fertig?« Bitter lache ich auf und fuchtele in der Luft herum. »Ich habe noch nicht einmal richtig angefangen!«

»Ach echt? Halte dich fern von mir!« Er brüllt mich an, mit einer Verzweiflung in der Stimme, die mein Herz zerbricht, und ich zucke zurück, rutsche von dem Steinplateau ab. Er greift nach mir, doch ich falle, schreie, bis das dunkle Wasser eiskalt über mir zusammenschlägt.

RÜCKBLICK TRISS

Beatrissa hörte den Gong bis hierher. Noch einmal tauchte sie in das kalte Wasser, spuckte eine Fontäne in den orangeroten Abendhimmel und schwamm zurück zum Ufer.

Doch das Mädchen, das genauso aussah wie sie, war schneller. Mit langen Schritten watete sie zu den Steinblöcken hinüber und zog sich an ihnen hoch.

»Erste!«, rief sie.

»Trina, warte! Das ist unfair!« Beatrissa kletterte aus den Teichen, eilte hinter ihrer Schwester her.

Doch Beatrina dachte gar nicht daran, stehenzubleiben. »Haha! Der größte Nachtisch gehört mir!«

Und Beatrissa hielt inne, konzentrierte sich auf ihre Kräfte.

»Nicht – Triss – nein!«

Beatrinas hüftlanges, nussbraunes Haar peitschte ihr ins Gesicht und sie taumelte, strauchelte, stürzte in einen Busch, als Beatrissas Sturm sie traf wie ein Vorschlaghammer.

»Haha, Erste!«, rief Beatrissa über ihre Schulter zurück, rannte den schmalen Pfad hoch zum Haus. »Und wag es nicht, mit einem Gegenzauber zu antworten – du kriegst nur wieder Ärger!«

Es war so heiß gewesen in dieser Nacht, hoch oben auf dem Dach des Clubs in Palermo, seine Hand in ihrer beinahe schon kühl.

»Ich glaube, ich werde Sie Cole nennen. Also, Cole, Ihre Hand klebt.«

»Rache«, sagte er und seine Augen blitzten. »Sie sollen doch auch etwas von Ihrem Missgeschick haben.«

»Triss? Hier bist du! Ich hab dich schon überall …« Beatrina kletterte hinter Cole die Metallstufen hinauf und musterte ihn neugierig, lachte dann los. »O nein! Was hat du angestellt?«

Eine Hitze schoss in Beatrissas Wangen, als würden sie gleich in Flammen aufgehen. »Es war ein Versehen.«

Nicholas strich mit der Hand über den türkis eingefärbten Stoff. »Halb so wild. Ist doch nichts passiert.«

»Na ja?« Beatrina lachte gegen das Dröhnen der Musik an. »Aber ich weiß eine Lösung. Komm, wir gehen kurz nach unten, ähm …«

»Nick«, sagte er und lächelte sie so an, wie er eben noch Beatrissa angelächelt hatte.

»Nick«, wiederholte sie leise und ihre Augen leuchteten golden im Mondlicht. »Also Nick, einer meiner Freunde ist ein Munditiamagus. Dein Hemd ist schneller sauber als du Trina sagen kannst.« Sie strahlte mit ihm um die Wette, und Beatrissa verdrehte innerlich die Augen. »Was übrigens mein Name ist.«

»Trina«, wiederholte er, wie eine magische Formel. Er schien einen Moment zu brauchen, um sich von ihrem Anblick loszureißen, und sah auf, hoch zu Beatrissa. »Und du warst –«

»Triss.« Na toll. War ja klar. Endlich tauchte mal wieder ein Kerl auf, der echt nett zu sein schien, und dann …

Nicholas blickte von einer Schwester zur anderen. »Cielo, ihr seht euch wirklich wahnsinnig ähnlich!« Kurz zog er die Augenbrauen zusammen, blieb bei Beatrissa hängen. »Fast wäre ich darauf hereingefallen. Immerhin.« Er lächelte, legte den Kopf ein wenig schief.

Seine Augen … Er hatte so schöne Augen.

»Worauf?«, fragte Beatrissa so leise, dass man es kaum verstehen konnte, so laut schallte die Musik von unten hoch bis auf das Hausdach.

»Du bist die mit dem Grübchen in der Wange, Triss.«

Beatrina zupfte an seinem Ärmel. »Ihr könnt gleich weiterplaudern. Aber jetzt los! Wir wollen doch nicht, dass der Fleck noch eintrocknet …«

»Ich bringe dir einen neuen Drink.« Bevor Nicholas und Beatrina in dem schwarzen Treppenschlund verschwanden, blickte er noch einmal hoch zu ihrer Schwester. »Du solltest öfter lächeln, damit man es sieht.« Er deutete mit dem Zeigefinger auf ihre Wange. »Das Grübchen.«

»Santi numi, du weißt doch, dass sie kein Eis mag, Nick.« Beatrinas Hand griff über den schmalen Marmortisch hinweg nach seiner.

Cole versank in ihren Augen und lächelte verliebt, während Beatrissa ihre inneren Schreie kaum verbergen konnte. Wo war der Ritualdolch, wenn man einen brauchte?

Seit sie in Cefalú angekommen waren, hatten die beiden pausenlos aneinander herumgefummelt. Heute früh musste sie sich das Kissen auf die Ohren drücken, um das unterdrückte Stöhnen aus ihrem Kopf zu kriegen. Sie hatten versucht, leise zu sein, das musste sie ihnen lassen – doch jedes Keuchen von ihm, jedes Aufjuchzen von ihr, das durch die dünnen Wände der kleinen Pension zu ihr drang, stach Beatrissa wie ein Messer ins Herz. Nicht zum ersten Mal war sie froh darüber, dass zwischen ihr und ihrer Zwillingsschwester wenigstens keine telepathische Verbindung bestand.

Natürlich hatte Cole ihr damals den versprochenen Drink nicht mehr gebracht. Dennoch … Beatrissa hatte mit jeder Faser gehofft, ihn wiederzusehen, ihn vielleicht näher kennenzulernen … und sie hatte einen Zauber gesprochen.

Sie hätte ihren Wunsch präziser äußern müssen.

Beatrissa beobachtete die vier Männer, bis auf Coles Mentor Gío alle jung und gut aussehend – zu gut aussehend, um gut für sie zu sein. Längst hatten sie die Jacketts abgelegt und die Krawatten von sich geschmissen, kaum dass die Zeremonie vorbei gewesen war. Arm in Arm tanzten sie vor Bäumen, in deren Ästen Lichterketten den Feentanz imitierten, ausgelassen und fröhlich, und eine Sekunde lang ertappte sich Beatrissa bei dem Gedanken, dass das hier auch ihre Hochzeit hätte sein können.

Beatrina schritt auf die Männer zu, würdevoll und atemberaubend, die meterlange Schleppe hinter sich herziehend wie eine waschechte Prinzessin.

Ihre Zwillingsschwester war so wunderschön.

Das Kleid verwandelte ihren Körper in eine Marmorstatue, so perfekt saß es auf ihren Kurven. Ein schmaler Streifen aus Spitze zierte ihr in Wellen gelegtes Haar, glitzerte im Licht der Fackeln.

Sie tippte ihrem Mann auf die Schulter und Cole drehte sich um, strahlte übers ganze Gesicht, so überglücklich, und Triss spürte einen Stich in ihrem Herzen. Einen kleinen Stich nur, klitzeklein. Nie hatte ein Mann sie so angesehen, wie Cole Trina ansah. Klitzeklitzeklein. Wie das Universum.

Wenige Wochen nachdem sie sich kennengelernt hatten, hatte Cole sich in ein winselndes Hündchen verwandelt, das hinter ihrer Schwester her trottete, wohin sie auch ging. Am liebsten wäre er ihr wohl sogar aufs Klo gefolgt, ugh, nichts, was Triss jemals gewollt hätte.

Aber dass irgendjemand sie so ansah, so sehr liebte, wie Nicholas Romero ihre Schwester liebte … war das wirklich zu viel verlangt?

»Signorina.« Gío hatte sich vor ihr aufgebaut, ganz der Gentleman, der Cole zu dem gemacht hatte, der er heute war. »Dürfte ich die schönste Frau des Abends um einen Tanz bitten? Also … die zweitschönste Frau nach der Braut, natürlich.« Er lachte über seinen eigenen lahmen Witz.

Sie quälte sich ein Lächeln aufs Gesicht. »Ich bin leider schon vergeben, Gío.« Sie zog ein wenig die Schultern hoch und Samu seufzte in ihren Armen, kuschelte sich enger an sie. »Tut mir leid.«

»Ach, geh ruhig, Kind. Genieße den Abend.« Eine faltige, fast schon runzlige Hand legte sich auf ihren Arm und drückte ihn kurz. »Ich passe so lange auf ihn auf.«

Wunderbar. Ganz wunderbar.

Mit einem immer noch gespielten Lächeln wandte Beatrissa sich zu Nonn um und beugte sich vor, legte das schlafende Kind vorsichtig in die Arme ihrer Großmutter.

»Signorina?« Gìo reichte ihr seine Hand und sie nahm sie, folgte ihm auf die Tanzfläche, versuchte, sich davon abzuhalten, ihren Schwager anzusehen.

Sie mochte Coles Ziehvater wirklich gern. Er war ein ehrlicher, ernster Mann, der überraschend viel Humor besaß, wenn er erst einmal aufgetaut war.

Und sie … sie war Triss, die Schwägerin.

Die Frau, die den Mann ihrer Schwester liebte und nicht wusste, wie sie damit aufhören sollte.

KAPITEL 13

»Triss!«

Hände packen mich und reißen mich hoch, stellen mich wieder auf die Füße.

»Bei Merlin, Triss! Geht es dir gut?«

Cole steht vor mir, klatschnass, besorgt, so wunderschön im Mondlicht, und plötzlich tut mir alles weh.

»Du bist der Mann meiner Schwester, nicht wahr?«

Cole erstarrt für einen Moment. Dann sieht er mich an, schluckt hart und schließlich nickt er stumm, zuckt fast unmerklich mit den Schultern, als wollte er sich dafür entschuldigen. Er wirkt, als hätte er schon lange gewusst, dass dieser Moment – diese Erkenntnis – irgendwann kommen würde.

»Schöne Scheiße«, sage ich.

»Ja.« Wassertropfen rinnen ihm aus den Haaren in die Stirn, laufen ihm in die Augen, und er wischt sie fort. »Schöne Scheiße.«

Dunkle Wellen rahmen uns ein, plätschern sachte gegen unsere Körper.

»Wo ist sie?«

Dunkelheit legt sich über sein Gesicht. »Sie ist fort, Triss. Die Explosion im Hexenrat …«

Ich schnappe nach Luft. »Du hast sie auch verloren?«

Er nickt stumm und senkt den Blick, wartet, dass ich noch etwas sage.

Ich weiß nicht, was.

Dieses Mädchen, diese Frau, die ich gerade in meiner Erinnerung erlebt habe … ich mochte sie. Sie war meine Schwester, meine Rivalin – und doch ist keine Trauer, kein Gefühl, was ihren Tod angeht, eher ein leises Schwingen in meinem Magen, ein schwaches, wissendes Klingeln wie von einem Feenglöckchen.

Ich kann mir nicht ausmalen, wie es sein muss, beide zu verlieren, in einer Nacht.

»Es tut mir so leid, Cole.«

Und plötzlich ergibt es Sinn, ergibt alles Sinn.

Er hat die Frau verloren, die er liebte, und ich sehe aus wie sie, ich rede wie sie. Was für ein Kampf es sein muss, sich in meiner Nähe aufzuhalten – und doch ist er da, hilft mir, mein Gedächtnis zurückzuerlangen.

Cole betrachtet konzentriert das dunkle Wasser zwischen uns, den Sternenhimmel, der sich darin spiegelt. »Es ist nicht zu ändern.« Er blickt auf und sieht mich an, aus ernsten, traurigen Augen. »Manchmal ist man einfach machtlos.«

Oddio, alles in mir zieht mich zu ihm, als hätten sich diese Gefühle, die ich in meinem Flashback verspürt habe, gleichzeitig ungebremst in mein Herz katapultiert. Wie gerne würde ich ihn in die Arme nehmen, tropfnass und niedergeschlagen, ihm vorlügen, dass alles wieder gut wird.

»Du bist nicht allein.«

Er stößt ein frustriertes Lachen aus. »Doch. Natürlich bin ich das.« Fast unmerklich schüttelt er den Kopf. »Mir kann keiner helfen. Und keiner kann mich verstehen.«

Ich mache einen Schritt auf ihn zu und das Wasser schwappt gegen seinen Bauch. »Cole, auch wenn ich nur seine Tante –«

Er hebt die Hand, um mich zu stoppen. »Ich rede nicht mit dir über meinen Sohn, Triss. Mit niemandem.« Kleine Bäche rinnen über sein Gesicht und wieder wischt er sich die Haare zurück. »Das hat nichts mit dir zu tun«, fügt er leise hinzu. »Nichts an diesem Durcheinander hat mit dir zu tun.«

Ich lege die Arme um meinen Brustkorb, um mich zu wärmen, mich wenigstens ein bisschen zu bedecken. »Es war mein Fehler.

Ich hatte das Gefühl, da wäre etwas zwischen uns, zwischen dir und mir, ein Vertrauen, eine besondere Verbindung, aber … es waren wohl nur die Bruchstücke meiner Erinnerung, die mich getäuscht haben.«

»Du hast das Fotoalbum gefunden.« Cole nickt knapp. »Ich hätte es wegwerfen sollen.« Seine Stimme ist kalt, so kalt, dass ein heftiges Erschauern meinen Körper überrollt.

»Was … Cole!«

Er rollt mit den Augen, stößt genervt einen Schwall Luft aus. »Es war nicht alles toll zwischen mir und deiner Schwester, okay? Ich weiß nicht einmal mehr, was es überhaupt war. Jedenfalls war sie nicht die, für die ich sie gehalten habe, und …« Langsam schüttelt er den Kopf, sieht mich an. »Und du bist aus so vielen Gründen die absolut falsche Person, um darüber zu reden.«

Einen Moment lang ist nur das leise Tropfen von Wasser zu hören, das aus unseren Klamotten rinnt.

»Du hast dich nicht getäuscht«, flüstert er. »Alles in mir schreit nach dir, Triss. Du bringst mich zum Lachen, obwohl ich dachte, dazu nicht mehr fähig zu sein, du lässt mich vergessen, auch wenn es nur ein paar Minuten sind. Merda, ich fühle mich so wohl bei dir, als ob die ganze Finsternis, die an meiner Seele klebt, langsam aus mir heraus sickert, wenn ich in deiner Nähe bin.« Seine Worte füllen mein Herz mit Helium. Er lächelt verunsichert. »Ich habe seit dem Putschversuch nicht mehr in diesem Bett geschlafen, ich konnte es einfach nicht. Bis auf letzte Nacht, und … ach fuck, Triss, du warst doch dabei!«

»Du kannst dich an den Kuss erinnern?«

Sein Blick ist dunkel. »Ich kann mich an alles erinnern.«

Wir starren uns an. Hände. Seine Hände auf meinem Körper, meine Finger, vergraben in seinem Haar. Ein unschuldiger Kuss … und dann war da mehr, so viel mehr - diese Innigkeit, die Verbundenheit, Verlangen … Was, wenn Nonn nicht gekommen wäre? Es waren nicht die Pflaumen, nicht nur – er wollte es … Hat er das wirklich gesagt? Hat er?

Das Hemd klebt ihm auf der Brust, glänzend und durchsichtig, hebt und senkt sich mit jedem seiner tiefen, schweren Atemzüge. »Was jetzt?«, flüstert er und sieht mich an, unbewegt, doch ich sehe Verzweiflung auf seinem Gesicht, auch wenn es halb im Mondschatten liegt.

»Ich weiß es nicht.«

Sachte schüttelt er den Kopf. »Triss …«

Seine Finger streichen über meine Wange. Mein Herz bleibt stehen, ich wende den Kopf, langsam, drücke einen Kuss in seine Handfläche, noch einen. Zittrig atmet er ein, lässt mich nicht aus den Augen, und meine Gefühle, all die unterdrückten, vernachlässigten Emotionen in meiner Brust, lodern auf wie ein Waldbrand, multiplizieren sich mit diesem einen Satz von seinen Lippen: *Alles in mir schreit nach dir.*

Noch näher komme ich zu ihm, lege meine Hand auf seine Brust, und … »Was ist das?«

Dunkle Stellen scheinen durch das nasse Hemd, schwarz wie … Ich ziehe den durchweichten Stoff auseinander und die Knöpfe springen auf, enthüllen Linien auf heller Haut.

Tattoos. Sein Körper ist übersät von Tattoos, seine Brust ein einziges Gemälde. Schwarzglänzende Augen einer Krähe starren mir entgegen, die Schwingen zu beiden Seiten über seine Schlüsselbeine ausgebreitet.

»Mein Leben«, flüstert er. »Das bin ich.«

Wie ferngesteuert schiebe ich ihm den nassen Stoff von den Schultern. Wassertropfen schimmern auf der schwarzen Tinte wie Glasperlen im Mondlicht. Er sieht so anders aus als in den steifen Klamotten, unter denen er sich zu verbergen versucht. Eine weitere Schicht Nicholas Romero, vielleicht die ehrlichste von allen, die ich bisher entdecken durfte.

An dem Krähenflügel auf seiner linken Brust hängt eine Schaukel, ein Kind darauf, die Beine mutig in die Höhe gestreckt, darunter ein altertümliches Ziffernblatt, das in einen von Nebelschwaden durchzogenen Wald übergeht.

Ein Kunstwerk, das ist dieser Mann, der echte Mann, der hier vor mir steht.

»So weich«, murmele ich und fahre mit meinen Fingerspitzen die Dornenranke nach, die sich über den Bizeps um seinen Arm windet und kurz vor seinem Handgelenk endet. »Man kann sie nicht einmal spüren.«

»Sie sind mit mir verschmolzen«, erwidert er leise. »Ein Teil von mir.«

»Das hätte ich wirklich nicht erwartet.«

Er lacht leise. »Was hättest du denn erwartet?«

»Perfektion.«

Eine gewaltige Kompassrose ziert seine linke Seite, mit einem groben Tau festgezurrt am Erdenrund. Cielo, wie trainiert er ist, wie sich die Muskelstränge und Sehnen unter seiner Haut abzeichnen. Er ist Perfektion. Trotz oder gerade wegen der Kunst auf seinem Körper.

»Ich bin nicht vollkommen«, sagt er leise, als hätte er meine Gedanken gehört, und legt die Hand auf seine Brust, auf die stachelige Blüte einer Distel. »Das hier ist nicht vollkommen. Es ist Chaos, das, was ich bin.«

»Du …« Ich blicke in seine Augen und weiß, dass er es ist, der echte Cole, schutzlos in seinem Panzer aus schwarzer Tinte. »Haben sie eine Bedeutung?« Ich strecke den Zeigefinger nach der Schaukel aus, unter der sich seine Brust hebt und senkt, mit schweren Atemzügen, verharre Millimeter davor, ohne ihn zu berühren. »Ist das für ihn? Deinen Sohn?«

Cole nickt, schluckt hart. »Mir wurde das Herz herausgerissen und niemand konnte es sehen.« Seine Stimme klingt gebrochen, rau. »Aber ich brauchte etwas, das man sehen konnte, das … das ich sehen konnte, das mich nie vergessen lässt, wenn …«

Er senkt den Kopf, wendet sich ein wenig ab. Sein Rücken … er ist ebenfalls voll mit Bildern, Symbolen, die gemeinsam ein großes Ganzes ergeben.

»Sie erinnern mich daran, wer ich einmal war. Damit ich nie vergesse, was mich zu dem gemacht hat, der ich heute bin.«

Das Wasser plätschert leise um meine Beine, als ich ihn umrunde, die Tätowierungen auf seinem Rücken betrachte.

»Ich wollte nicht mehr unversehrt sein, Triss. Ich wollte meinen Schmerz endlich spüren, ihn nach außen tragen.«

Ein gewaltiger Phönix, wundervoll schattiert, dabei, sich aus dem alles verzehrenden Feuer in die Lüfte zu erheben.

»Und warum verdeckst du ihn dann unter all diesen perfekten Klamotten? Diesem perfekt sitzenden Haar, dem perfekt einstudierten Gesichtsausdruck?«

Zitternd saugt er Atem ein und senkt den Kopf. »Weil es am Ende mein Schmerz ist. Meiner, ganz allein, und ich verdiene ihn. Niemand kann ihn mir nehmen, deswegen kann ich ihn mit niemandem teilen.«

Ich trete näher an ihn heran, so nah, dass die Wärme seiner Haut auf mich ausstrahlt, als wäre das Feuer, das auf seinem Rücken lodert, lebendig. »Sie sind wunderschön.« Mit dem Zeigefinger berühre ich die Federn auf dem Kopf des Phönix, der zwischen seinen Schulterblättern prangt, eine schimmernde Sanduhr in den Klauen.

Cole zuckt zusammen, keucht auf. Augenblicklich überzieht eine Gänsehaut seinen Körper, doch ich lasse meine Hand, wo sie liegt. Ganz still ist die Nacht, nur ein leises Plätschern ist zu hören, der Klang seines Atems, das Tröpfeln von Wasser, das sich aus unserer nassen Kleidung löst.

»Ich finde kein Bild von ihr.« Behutsam zeichnen meine Fingerkuppen die Flammen nach, aus denen der Phönix wiederersteht, und schließlich lege ich meine flache Hand auf seine Haut, spüre, wie sein Herz darunter schlägt, schnell und hart.

»Für sie war kein Platz mehr.«

Ob in seinem Leben oder in diesem Kunstwerk, sagt er nicht, aber das ist auch egal. Er dreht sich um streicht mir das tropfende Haar über die Schulter nach hinten, langsam, kaum spürbar.

»Aber sie ist nicht du, Triss«, murmelt er und streicht mir erneut über das Haar, lässt seine Hand in meinem Nacken liegen. »Sie ist nicht du.«

»Chaos«, flüstere ich und versinke in seinen funkelnden Augen.

Er nickt. »Chaos.«

Sachte fährt er mit dem Daumen über die zarte Haut meines Nackens und ich erschauere unter seiner Berührung.

»Was ist hier los, Cole? Was willst du? «

»Ich will, dass du mich berührst«, flüstert er schwach, schüttelt kaum merklich den Kopf. »Ich will dich spüren, ganz nah, dein Lächeln, deine Lippen auf meiner Haut. Es fühlt sich so anders an, alles, so … als ob …« Er bricht ab und sein Blick flackert zwischen meinen Augen hin und her. »Als ob es immer schon du warst.«

Ich ziehe ihn in meine Arme, küsse seine Schulter, sanft, und er hält mich fest, seine Wange an meiner, seine Lippen in meinem Haar.

»Was machen wir hier nur?«, raunt er und legt seine Hand in meinen Rücken, drückt mich enger an sich.

»Was unser Herz begehrt«, flüstere ich, koste ihn, schmecke ihn. »Was niemandem einen Schaden beschert.«

Heiß und feucht spüre ich seine Atemzüge an meinem Hals, spüre, wie die sachte Berührung seiner Lippen fester wird.

»Triss«, murmelt er an meinem Ohr und atmet aus, langsam, kontrolliert, streift mit der Nasenspitze meine Wange entlang, hinterlässt eine brennende Spur unter meiner Haut.

Sein Atem legt sich auf meinen Mund, zittrig, warm. Stirn an Stirn stehen wir da, inmitten des mondbeschienenen Wassers, halten uns in den Armen und atmen, miteinander, ineinander, und, oddio, ich sehne mich so nach ihm, nach seiner Nähe, so sehr, dass alles in mir bebt.

»Was willst du, Cole?«, flüstere ich in die Magie der Nacht, und endlich, endlich küsst er mich.

Seine Lippen sind kalt, seine Zunge ist es nicht. Er schmeckt nach Schokolade, mit einem Hauch von Pistazie, nach dem Eis, das er in Cefalù nicht zu Ende essen konnte.

Meine Hände wandern über seine Brust, seine Schultern, ziehen ihn zu mir heran, nah, näher. Ich rieche ihn, diesen Duft nach Zuhause, nach sauberer Wäsche und süßen Kräutern, spüre die Erinnerungen in meinem Hinterkopf und ich schiebe sie fort. Ich habe keine Verwendung für sie.

Jetzt gerade brauche ich keine alten Erinnerungen.

Ich erschaffe neue.

Seine Hände fahren meinen Rücken hinab, streichen über meinen Hintern, pressen mich gegen ihn. Er ist hart wie Stein, und Hitze wütet durch meinen Körper wie ein Buschbrand. Endlich, oddio, endlich.

Das ist es, was ich immer wollte, Cole, seine Nähe, seine Zuneigung, das Verlangen in seinem Blick, all diese Jahre, und es fühlt sich an wie Schicksal.

Zart küsse ich sein Gesicht, seine Augen, seine Wangenknochen, ganz liebevoll, leise, wie die Geräusche dieser Nacht. Er keucht auf, als ich sanft an seinem Hals sauge, Stück für Stück hinab zu seiner Schulter, und er fängt mich wieder ein, presst seine Lippen auf meine, stöhnt in meinen Mund.

Oh, es ist so gut, ihn zu spüren, ihn so nah bei mir zu haben. Da ist etwas zwischen uns, etwas Heftiges, und ich kann nur an ihn denken, an seine Zunge, die mit meiner spielt, an das Ziehen in meinem Unterleib, an das, was sich so fordernd gegen mich drückt. O shit, ich will ihn, so sehr, will ihn ganz nah bei mir. Ich hebe mein Bein, lege es um seinen Oberschenkel.

Mit beiden Händen packt er meinen Hintern und hebt mich hoch, bewegt mich über seine Härte und ächzt zufrieden, als ich meine Beine um seine Hüften schlinge, seine Bewegung erwidere. Ohne unseren Kuss zu unterbrechen, diesen unglaublichen Kuss, den ich bis in meine Zehenspitzen fühle, trägt er mich durchs Wasser, mit langen Schritten, hin zu den Felsen, setzt mich darauf ab. Der Stein fühlt sich glatt an unter mir, weich, noch ein wenig warm von der Sonne. O Mann, er steht genau da, wo er sein soll.

»Dio, Triss.« Sein Blick hetzt nach unten, über meinen fast nackten Körper. »Machen wir das Richtige?«

Seine Hände liegen an meiner Taille. Sanft streicheln seine Daumen meine Seite, verjagen die kalten Schauer durch eine heiße Welle, die meinen Leib flutet wie ein Tsunami.

Ich schiebe meine Finger in sein nasses Haar, streiche es ihm aus den Augen, liebevoll, auch wenn sich der altbekannte Stachel in meine Brust bohrt. Instinkt. *Hör auf deinen Bauch.* »Nicht, wenn du Zweifel hast, Cole.«

»Lächle für mich«, flüstert er, und ich tue es. Sachte schüttelt er den Kopf, berührt das Grübchen in meiner Wange. »Nein.« Er zieht die Augenbrauen zusammen. »Ich glaube nicht. Es fühlt sich gut an. So verdammt gut.« Er lächelt. »Noch nie hat sich irgendetwas so richtig angefühlt wie das hier.«

Sein Kuss ist anders, langsamer, intensiver, freier. Er verlässt meine Lippen, bahnt sich seinen Weg meine Kehle hinab, platziert sanfte Bisse auf meiner Haut.

Ich atme aus, biege mich ihm entgegen, in den Ohren nur unseren abgehackten Atem und das Plätschern des Wassers, das in leisen Wellen gegen die Felsen schwappt.

Seine Hände fahren meinen Rücken hinab, streicheln ihren Weg nach oben, schieben sich unter meinen BH. Eine Gänsehaut überrollt mich und das liegt nicht allein daran, dass ich mitten in der Nacht draußen sitze. Ich lehne meinen Kopf zurück, will mehr von seinen Berührungen, seiner Nähe, dem, was er da mit seinen Lippen, Zähnen und der Zunge anstellt … Leise stöhne ich auf.

»Cielo«, murmelt er, küsst die empfindliche Stelle an meiner Schulter. »Ich habe nicht gewusst, wie sehr ich mich nach dir gesehnt habe, Triss, als ob ich es in mir vergraben hatte.« Er blickt auf, sieht mich an, und, oh, dieser Ausdruck in seinen Augen. Er will es, genau wie ich. Er will mich. »Es überrollt mich total, es ist wie …«

»Magie,« flüstere ich, und er lächelt.

Kühle Fingerspitzen gleiten über meinen Rücken, meinen Bauch, streifen meine Brüste auf dem Weg nach oben. »Ja, wie Magie.«

Sein Blick flackert zwischen meinen Augen hin und her.

»Wir können nicht zurück«, flüstere ich und streichle seine Wange.

»Wer will das auch schon«, raunt er und küsst mich. Oh, ich liebe es, wie er schmeckt, wie seine Zunge mit meiner spielt, ich liebe die Art, wie er mich küsst, dieser Mann hier, der nichts mehr vor mir verbirgt.

Ohne seine Lippen von meinen zu nehmen, streift er mir den BH ab und zieht mich an sich, Haut an Haut, streicht mit zehn Fingerspitzen über meinen nackten Rücken. Meine Muskeln zittern unter seinen Händen, und ahh, so gut, es tut so unfassbar gut, von ihm berührt zu werden, endlich … Ich lege den Kopf in den Nacken und atme langsam aus, biege meinen Rücken durch, verschränke meine Beine enger um seine Hüften.

Sein Atem beschleunigt sich und er presst sich an mich, lässt mich seine Erregung spüren. »Vielleicht sollte ich einfach mal aufhören, mir Gedanken zu machen«, knurrt er und berührt meine Brustwarzen, sachte, doch eindeutig mit voller Absicht, und ich schnappe nach Luft.

In meinem Bauch braut sich ein Tropensturm zusammen und ich klammere mich an seine Schultern, lasse ihn meine Nägel spüren. »Eindeutig, ja«, japse ich. »Oddio, ja …«

»Wir reden später, okay?« Sein Kuss wird heftiger, drängender. Er schiebt eine Hand in meine Haare und krallt sich darin fest, biegt mich zurück und küsst meine Kehle hinab.

Es gibt nichts mehr an mir, was nicht pocht und zieht, vor Lust, vor Sehnsucht, vor Glück. Ja … ja! Gott …

»Später.« Seine Haut schmeckt himmlisch, besser, als ich es mir je erträumt hätte. »Danach.«

Er stützt mich im Rücken, die Hand immer noch um meinen Hinterkopf gelegt, mit der anderen umfasst er meine Brust, und endlich, ahh, ja! Mit beiden Händen halte ich mich an ihm fest, vergrabe meine Nase in seinem Haar und keuche auf, winde mich unter den köstlichen Stromschlägen, die durch meinen Körper peitschen.

Mit der Zungenspitze umkreist er meine Brustwarze, saugt daran, während er sich gleichzeitig zwischen meine Beine drängt, seine Zunge so heiß auf meiner ausgekühlten Haut.

»Cole«, flüstere ich, und er stöhnt zur Antwort in die Nacht. »Cole, komm schon … Ich kann nicht mehr warten …«

Er sieht mich an, schwer atmend. Sein Blick taucht tief in meinen und allein das reicht aus, um auch die letzte Körperzelle zum Kribbeln zu bringen, die bisher noch Ruhe gegeben hatte. »Hast du …?«

Ich ziehe die Augenbrauen hoch. »Du hast kein …?«

Er schüttelt den Kopf. »Fuck.« Kurz fährt er sich mit der Hand durch die Haare.

Und ich muss lachen. »Cole, wir sind beide Elementarmagi, also … Ich könnte einfach eins aus der leeren Luft holen, aber ich kann nicht garantieren, dass es nicht aus Weingummi bestehen würde oder so.«

Das Lächeln bringt seine Augen zum Strahlen. »Ich mag dich wirklich sehr, weißt du das?« Er zaubert ein Kondompäckchen aus dem Nichts und zieht mich an sich, küsst mich zärtlich.

»Das will ich hoffen«, murmele ich in unseren Kuss hinein. Meine Hände wandern über seine Brust, greifen nach seinem Hintern, und er drückt sich an mich und küsst mich härter, heiß, voller Verlangen, und irgendetwas in mir droht zu explodieren, implodieren, keine Ahnung.

Blind fummele ich an seiner Anzughose herum, lasse den nassen Stoff einfach hinunter ins Wasser gleiten. Seine enganliegenden Pants vermögen so gut wie nichts zu verbergen. Ich streife ihm das letzte bisschen Kleidung vom Körper und berühre ihn, schließe meine Finger um seine Härte.

Cole stöhnt in unseren Kuss und ich schiebe ihn zurück. Er sieht mich an, aus halbgeschlossenen Augen, und ich lehne mich ein wenig nach hinten, hebe die Beine kurz aus dem Wasser, um meinen Slip loszuwerden. Nackt steht er vor mir im Mondlicht, und, fuck, sein bloßer Anblick bringt meine Mitte zum Lodern.

Es gibt nichts, wirklich nichts an diesem Mann, was nicht schön ist. Ich bewege meine Hand um ihn und kurz schließt er die Augen, gerät ins Wanken, doch schnell fängt er sich und berührt mich mit schlanken Fingern, presst seinen Daumen auf meine empfindlichste Stelle.

»Cole«, hauche ich und jeder meiner Muskeln erschlafft gleichzeitig, als er mich vorsichtig zu massieren beginnt. Wenn er seine Lippen dorthin legen würde, wo seine Hand ist, o Götter … Fast wäre das Kondom meinen Händen entglitten, und auch, wenn Cole gerade sein Bestes versucht, mich um den Verstand zu bringen, reiße ich die Folie auf, genau in dem Moment, in dem er seine Hand dreht, sich mit einem Finger weiter vorwagt.

»Fuck, Triss«, keucht er auf und sein Blick flackert zwischen meinen Augen hin und her. »Ich habe mir das immer so sehr … Du bist unglaublich …« Er senkt den Kopf und sieht mir dabei zu, wie ich ihm das Kondom anlege, die Zähne in die Unterlippe gegraben. »Gott, ich will dich!«

»Dann komm zu mir.« Ich lasse ihn nicht los. Mit der linken Hand packe ich ihn im Nacken, ziehe ihn in einen Kuss, und endlich, endlich dringt er in mich ein. Ja, oooh, gut, so unfassbar gut …

Zittrig atmet er aus und erobert langsam meinen Körper, bis er vollständig in mir ist und dort verharrt, mir Zeit gibt, mich an ihn zu gewöhnen. »Ich habe mich so unglaublich nach dir gesehnt, Triss, weißt du das?« Sanft streicht er mir eine Haarsträhne hinters Ohr. Seine Augen funkeln im Sternenlicht. »Du fühlst dich gut an, so gut, besser, als ich es mir je erträumt hätte.«

Er zieht sich aus mir zurück, beobachtet uns, unsere Körper, ganz genau, die Zähne in die Unterlippe gegraben.

Cielo, er ist heiß und er ist in mir, in diesem Moment. Ich kralle mich in seine Unterarme und lehne den Kopf zurück, ziehe mich um ihn herum zusammen, bis wir beide gleichzeitig aufstöhnen.

»Oh, was machst du?«

»Ich fühle mich noch besser an«, sage ich und rucke meine Hüften vor, nehme ihn mit einem Stoß in mich auf und packe ihn im Nacken.

Sein Blick taucht in meinen und, ahh, ich sehe seine Lust darin, die animalischen Instinkte, die er noch zu unterdrücken versucht.

»Das kann ich nicht abstreiten«, presst er kontrolliert hervor und sucht erneut meine Lippen. Und dann stößt er zu, mit einer schnellen, harten Bewegung, trifft mich genau da, wo es sich am besten anfühlt. Ich stöhne seinen Namen, flüstere ihn hinaus in die Nacht, und bewege mich mit ihm.

Seinen Rhythmus zu finden, fällt mir nicht schwer. Cole nimmt mich mit langen, geschmeidigen Stößen, kostet seine gesamte Größe aus, jedes verdammte Mal, und ich ziehe mich zusammen, für ihn, für uns, um ihn noch intensiver zu spüren. Längst ist sein Blick wieder nach unten gewandert und er beobachtet, wie wir es tun, und zu sehen, wie ihn das antörnt, raubt mir fast die Kontrolle.

Ich lasse mich fallen und er fängt mich auf, hält mich mit starken Armen umfangen und legt mich dann ab, bettet mich sanft auf den kühlen, glatten Felsen, ohne auch nur eine Sekunde lang aufzuhören.

Seine Hand streicht meinen Körper hinab und er packt meine Brust, stößt schneller zu, und ich taste nach mir, berühre mich selbst, während er mich tief in mir drin in den Wahnsinn treibt.

Ich spare mir die Mühe, leise zu sein. Wir sind allein hier, mutterseelenallein, und falls ich ein paar Feldhasen den Schreck ihres Lebens einjage, ist mir das vollkommen egal, solange Cole nur nicht damit aufhört, mich zu vögeln.

Scharf zieht er Luft ein und packt mich in den Kniekehlen, legt sich meine Beine auf die Schultern und nimmt mich härter, während er immer noch im Wasser steht. O wow, o Mann … es fühlt sich unglaublich an, in meinen flatternden Muskeln, in meinem überschäumenden Herzen, ja, o ja …

Er schiebt meine Hand beiseite, kümmert sich selbst um mich, und – dio! – ich bäume mich auf unter seinen Berührungen, seinen harten Stößen, den Blicken, die er mir zuwirft.

Cole keucht auf. »Himmel, du bist so scharf, Triss, so sexy …«

Er verstärkt den Druck seines Daumens, bis ich mich mit einem Aufschrei unter ihm winde. Dieses süße Ziehen, all meine Organe, die sich in mir zusammenballen wie eine Faust … Zu viel, zu intensiv, sein Schwanz in mir, sein Daumen, der mich reibt, die Art, wie er mich ansieht, dass er es ist, oddio, er … Plötzlich legt er seine Hand in meinen Rücken und zieht mich hoch, und als er seine Lippen auf meine Brust senkt, über meine Brustwarze leckt, heftig an ihr saugt, zerfalle ich in seinen Armen wie ein Stern.

Der Orgasmus schüttelt mich durch, lässt mich verkrampfen und implodieren, und ich lasse ihn heraus, laut, ungehemmt. Immer schneller stößt er in mich hinein, härter, prallt gegen mich, und als ich meinen Atem halbwegs wiedergefunden habe, küsst er mich, tief und innig und unfassbar erregt.

Plötzlich lässt er von mir ab.

»Triss«, keucht er und packt meinen Nacken, presst seine Stirn gegen meine und nimmt mich noch intensiver. »Triss!«

Heiß schlägt sich sein Atem auf meine Lippen nieder, unregelmäßig, unterdrückt, und schließlich prallt er gegen mich, ein letztes Mal, hart wie Stein, und kommt.

Ich spüre, wie er sich in mir entlädt, und das allein, gepaart mit seinem verzweifelten Versuch, seine Lust nicht laut herauszustöhnen, treibt mich fast ein zweites Mal über die Klippe. Fest ziehe ich mich um ihn herum zusammen und er presst Atem heraus, tief und grollend, drückt meinen Körper an seinen, bis seine Muskulatur sich langsam entspannt.

»O wow«, keucht er leise. Seine Arme beben, und er legt mich sanft auf dem Stein ab, beugt sich über mich, und küsst mich, lange und zärtlich. »Triss«, murmelt er wieder und küsst mich noch einmal, bevor er sich langsam, fast schon bedauernd, aus mir zurückzieht und das Kondom entfernt. »Meine Güte, damit hätte ich vor einer Stunde nicht einmal im Traum gerechnet.«

Er fischt im Wasser und zieht sich seine Hosen wieder an.

Ich verschränke die Arme hinter dem Kopf und sehe zu den Sternen hinauf, genieße das leise Nachbeben in meinen Bauchmuskeln. »Hoffentlich hat uns die blöde Katze nicht beobachtet.«

Cole lacht leise und stemmt sich aus dem Wasser. »Mit Sicherheit nicht. Wäre Herb in der Nähe gewesen, hätte er uns angefeuert wie ein Cheerleader.« Er legt sich neben mich, streichelt meine Brüste. »Du bist so wunderschön. Schöner als in meinen Träumen.«

Mein Herz schwillt an bei seinen Worten. Er hat von mir geträumt? »Das war so gut, Cole, richtig, richtig gut.«

»Ich glaube, das war nötig.« Er beugt sich über mich, küsst mich, lange und intensiv. »Aber wir können das noch besser. Beim nächsten Mal.«

Spielerisch reibt er seine Nasenspitze an meiner, kuschelt sich dann an meine Schulter und ein Feuerball explodiert in meinen Eingeweiden. Ich lege die Arme um ihn und halte ihn fest, streichle seine Seite mit kleinen, sachten Bewegungen, während wir langsam wieder zu Atem kommen.

»Cazzo«, sagt er irgendwann und setzt sich auf, starrt auf das schwarze Wasser hinaus. »Ich schätze, ich muss da nochmal rein, um nach meinem Hemd zu tauchen.«

KAPITEL 14

Nebeneinander treten Cole und ich hinaus ins Sonnenlicht. Die Luft ist noch ein wenig kühl von der Nacht, doch warm spüre ich die Strahlen auf meiner Haut, fast so warm wie seine Nähe. Es ist schön, ein paar Schritte mit ihm spazieren zu gehen, nach dieser unglaublichen Nacht – auch wenn wir artig einen halben Meter voneinander entfernt laufen, bis die Olivenbäume ihre Schatten über uns werfen.

»Ich wünschte, ich könnte hierbleiben.« Ein zartes Lächeln umspielt seine Lippen und er kommt einen Schritt näher. Sein Blick huscht hinüber zum Steinhaus, eine Sekunde nur. »Mir ist viel mehr nach Frühstück im Bett und …« Seine Hand fährt um meine Taille und er zieht mich an sich. »Und mehr …«, murmelt er und küsst mich, langsam und wunderschön.

»Aber du willst es noch geheimhalten, oder?« Ich streichle seine Wange.

Er zieht sich ein wenig von mir zurück, nickt. »Vorerst.« Seine Hand rutscht ein Stockwerk tiefer, umfasst meinen Hintern. »Auch wenn ich keinen Schimmer habe, wie wir das anstellen sollen …«

»Du bist Portalmagier. Du findest schon einen Weg – im wahrsten Sinne des Wortes.« Am liebsten würde ich ihm seine festgegelten Haare durchstrubbeln, bis sie ihm so wirr in die Augen hängen wie letzte Nacht. »Meinst du, Nonn hätte etwas dagegen?«

Er seufzt leise und lässt mich los, geht ein paar Schritte weiter. »Ich weiß nicht einmal, ob wir nicht auch etwas dagegen haben sollten.«

Autsch. Das hat gesessen!

Ich starre ihn an, weiß keine Antwort, und sein Blick wird weich.

»Du tust mir gut, Triss. Du bist wie eine Pausentaste in diesem chaotischen Leben, und ich denke gar nicht daran, das zu ändern.« Er lächelt und legt seine Hand lässig auf dem Griff der kleinen Steinhütte ab, in der Nonn ihre Gartengeräte aufbewahrt. »Wir müssen nur den richtigen Zeitpunkt finden, und das ist nicht so leicht.«

Das glaube ich ihm. Jedes Wort. Ich meine, Nonn ist auch die Großmutter meiner Schwester, vermutlich weiß sie nichts davon, dass es zwischen Trina und Cole einiges an Problemen gab, bevor sie starb. Wenn ich jetzt mit demselben Mann etwas habe, quasi der Ersatz für sie bin …

Etwas bohrt sich in meine Brust. *Bin ich das? Ein Ersatz?*

Cole wirft einen Blick auf seine Armbanduhr und seufzt. »Ich muss los, Triss.« Er wendet sich der verwitterten Holztür zu und bewegt seine Hände davor, bis ein blaues Leuchten durch die Ritzen dringt. »Sehen wir uns heute Abend?«

»Liebend gerne.« Wir haben die letzte Nacht nach allen Regeln der Kunst durchgevögelt, und es war verdammt gut. Soll ich darauf verzichten, weil … nun ja … weil ich dabei bin, mich in ihn zu verlieben? Oder besser: Mich daran erinnere, wie lange ich schon in ihn verliebt bin?

»Dann bis später.« Cole gibt mir einen letzten schnellen Kuss, bevor er in seinem Portal verschwindet. Echt praktisch. Er könnte uns zum Abendessen nach New York bringen mit seiner Kraft. Oder in ein schickes Hotelzimmer.

Ich wippe einmal auf meinen Zehenspitzen, wirble herum und schreie auf. Blendend weiß sitzt die kleine Katze im Sonnenlicht und starrt mit ihren Bernsteinaugen zu mir hoch.

»Himmel, Herb! Ich hab mich zu Tode erschreckt! Bist du jetzt auch noch unter die Stalker gegangen, oder was?«

»Ich hatte die Schnauze voll davon, im Küchenfenster herumzuhocken wie eine Porzellandekoration, und wollte lieber jemanden ärgern gehen. Du bist die Auserwählte.«

Ich verdrehe die Augen und schiebe mich an ihm vorbei.

»Also.« Er tänzelt hinter mir her. »Ihr habt endlich gevögelt?«

Ich fahre herum, töte ihn mit Blicken. »Herb!«

»Was denn?« Er setzt sich auf seinen Allerwertesten und streckt die rechte Vorderpfote aus und schleckt sie mit Hingabe ab. »Wurde auch mal Zeit, wenn du mich fragst.«

Am liebsten würde ich einen Kübel Eiswasser über ihm auskippen. »Und was ist mit dir? Noch einen hübschen Kater aufgerissen letzte Nacht?«

»Einen?« Er lässt sich nicht bei seiner Katzenwäsche stören. »Einer so heißen Pussy wie mir kann niemand widerstehen.«

Ich kann nicht anders. Ich muss lachen. »Hast du dir mal überlegt, wie die heiße Pussy die Erfahrung verpackt, drei bis sechs Junge zur Welt zu bringen?«

Herb schaut so schockiert drein, wie eine Katze das nur irgendwie zustande bringt, verengt seine Augen zu Schlitzen. »Und hast du dir überlegt, wie es wäre, ein Kind von deinem Schwager zu bekommen?«

»Kondome schützen, du Mistkröte«, teile ich ihm hochnäsig mit und drehe mich auf dem Absatz um, mache mich auf zum Haus.

Herb läuft ein paar Meter vor und springt auf einen Stapel Brennholz, pflanzt seinen Katzenpopo auf die trockenen Scheite und sieht mich ernst aus goldenen Augen an. »Mal ganz ehrlich, Hexchen. Ich freu mich für dich.«

Ich denke nicht daran, meinen Schritt auch nur ein bisschen zu verlangsamen. »Und worüber freust du dich genau?«

»Na ja.« Er steht wieder auf. »Erst einmal darüber, dass du endlich mal so richtig durchgenudelt wurdest.« Spontan wachse ich am Boden fest und fahre zu ihm herum. »Herb! Echt jetzt!«

»Was?« Anmutig nimmt er die linke Vorderpfote hoch, knabbert an etwas unter seiner Sohle. »Sich für andere zu freuen, ist doch eine gute Eigenschaft, oder?«

Ich bedenke ihn mit einem Blick, der einen Hund wohl zum Winseln gebracht hätte. Nicht aber dieses Katzenbiest hier.

»Ich freue mich auch für ihn«, sagt Herb leise, und schlagartig verpufft alle Wut in mir in einer zarten Wattewolke. Ernst sieht er mich an, und wieder einmal sind seine Augen viel menschlicher, als sie es für eine Katze sein dürften. Oder für einen Dschinn, nach allem, was ich über sie weiß. »Er kommt mir entspannter vor und das nicht nur, weil er endlich mal ordentlich einen –«

»Herb«, warne ich eindringlich und überlege, ob ich ihm eins seiner sieben Leben raube, wenn ich ihm ein paar Holzscheite überbrate.

»Und dann ist da noch dein Schwesterherz.« Er springt zu Boden und tänzelt vor mir her. »Wird wohl nicht so einfach werden, die Vorgeschichte zwischen ihr und deinem Mister Lovalova zu ignorieren.«

Ich denke noch einmal kurz über die Holzscheit-Lösung nach.

Die kleine weiße Katze dreht sich zu mir herum. »Und glaub keine Sekunde, dass ich auch nur ein einziges Wort von dem, was ich sage, böse meine. Nick und du, ihr habe immer besser zusammengepasst als er und diese … diese …« Vergeblich kramt er in seinem Säugtierhirn nach dem passenden Wort und ich werde hellhörig.

»Diese … was?« Als er schweigt, hake ich nach. »Kanntest du sie?«

»Trina? O ja.« Langsam setzt er sich, den Blick in die Ferne gerichtet. »Lass uns bloß nicht über sie reden.«

In meinem Kopf probt ein ganzes Alarmglockenorchester. »Warum blockst du jetzt ab? Herb? Woher kanntet ihr euch?«

Etwas in seinen Augen ist seltsam, als wäre er, hm … verängstigt.

»Herb, raus damit. Du wirst meine grauen Zellen schon nicht rösten!«

»Ein andermal«, murmelt er und beschleunigt seinen Schritt. »Sorry, ich muss los. Mäuse jagen und Frösche und Grashüpfer und so.«

»Wie jetzt – Herb!«

Doch Herb macht einen großen Satz zur Seite und verschwindet zwischen den Olivenbäumen, als wäre der Teufel persönlich hinter ihm her.

Nonn balanciert auf Zehenspitzen, um etwas auf dem obersten Brett des Hängeschranks erreichen zu können, als ich zurück in die Küche komme. »Ihr wart lange weg letzte Nacht.«

Ich lasse mich auf einen Stuhl fallen. »Wir hatten eine Menge zu klären, Nonn.«

Sie zieht die Augenbrauen hoch. »Offensichtlich. Ich habe euch nicht einmal nach Hause kommen hören.« Sie öffnet die Tür zum Besenschrank und kramt lautstark darin herum.

Ich lächele vor mich hin. Wir haben eher so gar nicht geschlafen in der vergangenen Nacht. Nachdem wir wieder zurück im Steinhaus waren, haben wir es nur mit Müh und Not bis in sein Bett geschafft, und ja, der Sex mit Cole ist großartig.

»Ich erinnere mich an Trina, Nonn.«

»Oh!« Sie mustert mich prüfend, eine Spur Verunsicherung auf ihrem freundlichen Omigesicht. »Du wirst viele Fragen haben.«

Mein Herz pocht mir bis in den Hals. »Wirst du sie mir denn beantworten?«

Langsam nickt sie. »Aber erst muss ich die Küche aufräumen …«

»Nonn.« Erst Herb und jetzt sie, mir reicht es. »Ich habe keine Lust mehr auf eure ständigen Ausflüchte.«

Ertappt verdreht sie die Augen. »Schon gut, Mädchen, schon gut.« Sie schnalzt mit der Zunge und die Spülbürste macht sich an den Abwasch – wie von Zauberhand. Kurz betrachtet sie die kreisenden Bewegungen, als müsste sie sich irgendwie sammeln, dann nimmt sie mit ein paar energischen Handgriffen ihre Schürze ab und legt sie über die Stuhllehne. »Komm, Kind, machen wir einen Ausflug.«

Links vom Leuchtturm kracht die Brandung gegen die hohen Klippen. Ich spüre das Donnern in meinem Magen wie das tiefe, unterschwellige Dröhnen in einem Horrorfilm, das etwas Schreckliches ankündigt.

Keine Ahnung, wohin sie mich gebracht hat. Es ist wunderschön. Die Sonne glitzert auf dem Meer, lässt es in allen Blau- und Grüntönen schillern, die man sich nur vorstellen kann. Nichts ist zu hören von dem Lärm und dem Leben sizilianischer Großstädte. Es duftet nach Salzwasser, nach Rosmarin, nach aufgeheizter, trockener Erde.

Ich hasse es hier, mit jeder Faser meines Seins.

»Was ist das für ein Ort?«

Nonn steht neben mir, reglos, den Blick starr auf den Horizont geheftet, und mich beschleicht das dumpfe Gefühl, dass sie meine Worte überhaupt nicht gehört hat.

»Nonn? Ich war schon einmal hier, oder?«

Sie nickt stumm und das hohle Gefühl in meinem Magen weitet sich aus wie ein Flächenbrand.

Langsam schüttele ich den Kopf. »Irgendetwas ist geschehen, etwas …« Ich breche ab, kann die richtigen Worte nicht finden. »Ich mag diesen Ort nicht.«

»Ach, meine Kleine«, sagt Nonn nur und blickt zu mir hoch.

»Was ist hier passiert?«

»Etwas Einschneidendes.« Sie lächelt zaghaft. »Ich hatte gehofft, die Erinnerungen kommen von selbst und ersparen es einer alten Frau, von dem Tag zu erzählen, an dem ihr Herz zerbrach.«

Mein Bauch drückt und zieht gleichzeitig, und ich bin mir nicht sicher, ob ich wirklich sehen will, was an diesem Strand geschehen ist. »Meine … unsere Eltern?«

Sie nickt stumm und hypnotisiert wieder den Horizont. »Sollen wir ein paar Schritte laufen?«

Schweigend gehen wir einen schmalen Pfad entlang. Vom Meer her weht eine Brise zu uns herauf, umschmeichelt uns wie eine alte Freundin, die Trost spenden will.

Alles in mir sträubt sich dagegen, hier zu sein. Mein Herz führt in meiner Brust einen Stepptanz auf, nimmt mir die Fähigkeit, ruhig atmen zu können. Etwas ist hier geschehen, mit dem ich eng verbunden bin, das meine Geschichte geprägt hat …

Lachen dringt in meinen Verstand, glockenhell und unschuldig und rein, und ich spüre eine Fröhlichkeit, eine Leichtigkeit, die mir die Tränen in die Augen treibt, gemeinsam mit dem rauen Wind, der unbarmherzig auf mich einwirkt. Etwas rührt sich in mir, hinten in meinem Kopf.

»Der Tag, der alles verändert hat«, sage ich leise und verschränke die Arme vor meiner Brust.

»Denk magisch, Kind.« Nonn tippt sich an die Schläfe. »Der Tag, der alles verändert, beginnt jeden Morgen von neuem.«

Ich senke den Kopf. »Weise Worte.«

»Worte kann ich.« Nonn hakt mich unter, drückt mich an sich. »Weise bin ich nicht.«

Wir überqueren einen Felsvorsprung. Unter uns tanzen weiße Schaumspitzen auf den glänzenden Wellen. Ein elektrischer Schlag durchzuckt mich, schießt von meinem Herzen in die äußersten Winkel meiner Extremitäten und landet in meinem Hirn, unbarmherzig, unaufhaltsam. Bilder zucken vor meinem inneren Auge auf wie Blitze über den schwarzen Nachthimmel.

»O mein Gott«, flüstere ich und lasse sie los, taumele ein paar Schritte vor, bis ich am äußersten Rand der Klippe stehe. »Nonn … wir waren hier, sie und ich, damals, noch ganz klein … Da war eine Frau, sie hat uns Äpfel geschnitten, aber ich mochte sie nicht, sie waren zu sauer und ich musste mich schütteln, wie wenn man den großen Zeh ins Meer taucht an einem heißen Sommertag … Nonn!«

Sie lächelt. Die Tränen auf ihren Wangen sprechen eine ganz andere Sprache, und ihre Augen, die mich ansehen, traurig und glücklich zugleich, sie sind die gleichen wie …

»Ist das meine Mutter?«, flüstere ich. »Nonn, die Frau mit den langen, dunklen Haaren, ist das sie? Und mein Vater …«

»Sie haben sich überschätzt. Trina und du, ihr wart so jung, keine vier Jahre alt. Alles, was du siehst, sind nur Bruchstücke. Aber ich will, dass du es weißt … dass du es in deinem Herzen trägst. Nachdem ihr stundenlang in den Wellen getobt hattet, haben euren Eltern euch schlafengelegt«, sie deutet auf einen geschützten Platz unten am Strand, zwischen zwei Felsen, »in euer kleines Strandzelt. Ihr müsst vollkommen erschöpft gewesen sein.«

»Ja«, hauche ich und richte meinen Blick wieder auf das Meer, das atemberaubender nicht sein könnte. »Es war bestimmt ein schöner Tag.«

»Er blieb nicht so.« Nonn räuspert sich leise. »Bei Einbruch der Dunkelheit fanden euch Wanderer. Sie waren irritiert, zwei kleine Kinder, ganz allein … Sie riefen die Polizei.« Sie räuspert sich erneut, kräftiger. »In dieser Nacht kamt ihr zu mir.«

Ich betrachte den leeren Platz zwischen den Felsen. »Weiß man, was geschehen ist?«

Sie nickt. »Die Luftmatratze. Ich … ich habe sie euch damals geschenkt. Sie sah aus wie eine gewaltige Ananas, und … und ihr hattet sie bei euch an diesem Tag.«

Die Brandung kracht gegen die Felsen, spritz meterweit in die Höhe und hinterlässt einen kleinen Regenbogen aus Gischt.

»Euer Vater hat stets alles mit seiner Kamera festgehalten, jeden Moment in eurem Leben. Sie lag im Zelt, als man euch fand. Er hatte Fotos gemacht. Viele Fotos, und die Ananas war mit darauf. Aber als man euch fand, war sie fort. Und eure Eltern auch.«

Schmerz spannt sich in meiner Kehle auf, wie von lange zurückgehaltenen Tränen. »Sie sind ertrunken?«

Nonn nickt langsam und schluckt an ihren Worten herum. »Es war ein Unfall. Sie wollten noch einmal hinaus und sich die Höhlen an den Klippen ansehen… Doch ein plötzlicher Sturm zog auf und es enstanden vermutlich gefährliche Strömungen … Sie hatten keine Chance. Und nicht einmal die Magie konnte sie davor bewahren.«

Tränen schießen mir in die Augen. Nein, das kann nicht sein. Das geht nicht! Das darf einfach nicht sein! »War ich es, Nonn? Habe ich dieses Unwetter verursacht?«

Nonn lächelt und drückt sich fester an mich. »Nein, Mädchen. Du warst so klein. Du hättest noch keine Zauber wirken können, nicht einmal unabsichtlich. Kinder brauchen zehn, fünfzehn Jahre, bis ihre Kräfte stark genug sind, um eine Wirkung zu zeigen.« Sie drückt mir einen Kuss auf die Stirn, lange und fest. »Verschwende dein Leben nicht an solche Gedanken, Triss. Du konntest nichts dafür. Es war ein schrecklicher Unfall, der euch zu mir geführt hat.«

Schwer hängt die Erkenntnis in meinen Eingeweiden. »Hat man sie gefunden? Ihre Körper?«

Ein trauriges Lächeln huscht über Nonns Gesicht. »Nein«, sagt sie leise, und ihr Blick verliert sich am Horizont. »Ihr Kreis hat sich geschlossen. Sie sind eins mit der Natur. Und du und deine Schwester … seit dieser Nacht gehört ihr zu mir, zu meiner Geschichte.«

Ich denke an die Stimme, an die ich mich erinnere, als ich die Feen damals Mal sah, an die Teiche, wo ich sie umwehte, nur um die Erste am Abendbrottisch zu sein. »Es war bestimmt nicht leicht, uns großzuziehen.«

Nonn lacht leise, wischt sich die letzten Tränenspuren vom Gesicht. »Es war eine Katastrophe.«

Ich stimme in ihr Lachen mit ein. »Wir haben uns bestimmt gehasst, dir das Leben so richtig zur Hölle gemacht.«

»Nein, Triss, ihr wart wie zwei Teile eines Ganzen.« Ruhig liegt ihr Blick auf mir. »Ihr habt euch geliebt.«

Mit offenem Mund starre ich sie an.

»Ihr hattet es nicht leicht, vor allem sie nicht. Lass uns zurück zum Leuchtturm gehen.«

Wir wählen den Eselsweg über dem Meer, unwegsam, steinig und staubig, umgeben von kniehohen, duftenden Stauden. Das Tosen der Brandung wallt auf und ebbt wieder ab, stetig, ewig, und wir laufen eine Weile schweigend nebeneinander her, bis Nonn endlich weiterspricht.

»Eure Kräfte erwachten zur gleichen Zeit, und schnell wurden Gerüchte laut, dass etwas mit euch nicht stimmte.«

Ich keuche. »Was? Wir waren noch Kinder!«

Nonn nickt langsam, wendet ihren Blick nicht eine Sekunde vom Horizont ab. »Ja, das wart ihr … und eine von euch war in der Lage, schwarze Magie anzuwenden, während die andere Stürme heraufbeschwören konnte, die die menschliche Vorstellungskraft bei weitem übertrifft. Da kann die Fantasie schon einmal durchgehen.« Leise seufzt sie, zieht die Strickjacke enger um ihre üppige Brust. »Schwarzmagische Kinder sind schwierig, Triss, ihre Erziehung ist schwierig. Während du deine Kräfte entdecken durftest, musste sie ihre unterdrücken. Natürlich, Elementarmagie beherrschen wir alle – das ist wie Zähneputzen, wie ein Reflex, eine Angewohnheit, nichts Besonderes. Trina allerdings …« Nonn unterbricht sich, seufzt tief. »Sie stand neben dir, als deine Tempestusmagie erwachte. Sie stand neben dir, als man dich bejubelt hat für all die Regenbögen und das tanzende Herbstlaub. Während ich dich lobte für all das, was in dir steckte, was du jeden Tag neu erlerntest, musste ich jeden einzelnen ihrer Versuche, ihre Art von Magie zu entwickeln, im Keim ersticken.«

Ich kaue auf meiner Unterlippe. »Das war bestimmt nicht einfach – für keine von euch beiden.«

»Ich musste sie unterdrücken, vielleicht sogar bestrafen, wenn sie wieder einmal versuchte, heimlich in ein fremdes Gehirn einzusteigen. Sie war so jung … wie hätte sie da verstehen können, dass das, was sich so natürlich anfühlte, ein Verbrechen war?«

Erschüttert sehe ich sie an. »Das war mir nicht bewusst, Nonn. Wie schrecklich!«

»Sie wollte immer sein wie du«, sagt Nonn leise. Ihr jugendlicher Blick scannt mich bis in die Seele.

Langsam schüttele ich den Kopf. »Ich hätte Rivalität zwischen uns erwartet, Missgunst, Neid.«

»Natürlich war sie neidisch.« Nonn lächelt, doch ihre Mundwinkel zucken verdächtig. »Wie hätte sie das auch nicht sein können? Es mag keine gute Eigenschaft sein, aber sie ist nur menschlich. Deine Schwester konnte sich frische Unterwäsche aus der Luft holen, mehr durfte sie nicht, während du Wolken in Einhörner verwandelt hast und bejubelt wurdest wie ein Star. Immer in jemandes Schatten zu stehen, kann dunkle Seiten zum Vorschein bringen.« Sie schluckt hart und braucht mehrere Anläufe, um weiterzureden. »Ich habe es zu spät erkannt, Triss. Ich hätte eher sehen müssen, dass sie mir entglitten war.«

»Du hast es nicht gewusst?« Ich lege meine Hand auf ihren Arm, streiche sachte darüber. »Dass sie die schwarze Magie praktiziert?«

Kaum merklich schüttelt sie den Kopf. »Vielleicht habe ich es geahnt. Es gab Anzeichen … aber die wollte ich nicht sehen. Sie war nie ein schlechter Mensch. Aber sie hatte Ziele, die so dunkel waren, dass sie mir Angst machten. Und als sich nach dem Angriff auf den Hexenrat herausstellte, dass deine Schwester eine der Anführerinnen gewesen war, als Nick mir alles erzählt hatte, am Rande seiner nervlichen Belastbarkeit …« Sie bricht ab, streicht sich mit einer zitternden Hand über das Gesicht. »Nick war am Ende, Triss, absolut am Boden. Auch er hatte die Vorzeichen nicht erkannt, ignoriert, ich weiß es nicht. Für ihn brach die Welt genauso zusammen wie für mich, und bis heute frage ich mich, ob ich es nicht hätte verhindern können.«

»Aber wie, Nonn? Was hättest du anders machen sollen?«

»Nun, Kind, die Dosis macht das Gift. Schwarze Magie ist nicht gradlinig. Sie geht immer über den Rücken anderer. Deine Schwester konnte keine Portale erschaffen. Aber sie konnte andere dazu bringen, es für sie zu tun. Sie könnte keine drei Tropfen aus einer Wolke quetschen, aber sie könnte jemanden so manipulieren, dass er einen Jahrhundertsturm heraufbeschwört. Das ist ihre Kraft, Triss, das ist es, was sie beherrschte wie kaum eine andere. Und ich habe unterschätzt, was das mit ihr macht.«

Meine Kehle ist so trocken, als hätte ich seit Tagen nichts

mehr getrunken. »Es macht sie high«, flüstere ich, schüttele ungläubig den Kopf.

Nonn nickt kaum merklich. »Allmacht. Lust. Gefühle, die süchtig machen. Man muss schon sehr stark sein, dem widerstehen zu können. Deine Schwester war es nicht.«

»Endlich konnte sie ihre Magie ausleben.« Ich betrachte die üppigen Rosmarinsträuche am Fuße des Leuchtturms, tanzend im Meereswind. »Sie stand nicht mehr in meinem Schatten.«

»Endlich war sie jemand. Nicht mehr nur das Mädchen, das nichts konnte, sondern eine starke Schwarzmagierin, talentiert, manipulativ, verführerisch wie eine Sirene. Das war ihre Kraft. Das war ihr Weg. Nur dich … dich konnte sie nie manipulieren.«

»Zwillingsmagie?«, frage ich leise.

Nonn nickt. »Und sie hätte es auch nicht getan. Sie hat immer auf dich aufgepasst, immer, so sehr sie dich auch um all das beneidet hat, was du warst. Die Leute haben dich vergöttert, deine kleinen Wetterspielchen, und sie musste allen vortäuschen, dass sie nichts als billige Elementarmagie besaß. Sie musste aushalten, von allen belächelt zu werden, während du ein Star warst. Und trotzdem hat sie dich geliebt und darauf geachtet, dass dir kein Haar gekrümmt wird, selbst als … als –« Sie bricht ab, senkt den Kopf.

»Selbst als?«, helfe ich ihr sanft auf die Sprünge, doch sie hebt die Hand, malt Zeichen in die Luft und die Spalte der Leuchtturmtür glühen in einem gleißenden Blau.

»Das ist etwas, an das du dich selbst erinnern musst«, sagt sie leise. Mit einem lauten Quietschen schwingt die Tür auf und ich erkenne den Durchgang zwischen dem Wohnzimmer und der Küche dahinter. »Auch wenn das hart sein wird.«

Mit bebenden Fingern fliege ich durch die Seiten. *Pendeln. Elemente. Kristalllehre. Die Mondphasen. Zwillingsmagie.*

Ich habe mir nicht sonderlich viel dazu notiert:

Teil einer Liebe, Teil einer Frucht,
zwei Wesen, von Göttern ausgesucht.
Von den Erschaffern mit Gaben beschenkt,
ein Teil das Dasein des anderen lenkt.
Sie sind wie der Waage flache Schalen,
hat der eine mehr, hat der andere weniger zu tragen.
Und ist der eine einst aus dem Leben verschwunden,
so bleibt der andere ihm in Liebe stets verbunden.

Bedeutet das tatsächlich, dass Trina ihre Magie nicht an mir ausüben kann? Was praktisch wäre – ich kann mir nicht vorstellen, dass ich es sehr genießen würde, nichts mehr selbst entscheiden zu dürfen.

Wir haben uns den Leib unserer Mutter geteilt, kamen gemeinsam auf die Welt. Es klingt so, als müssten wir sie auch gemeinsam verlassen … Doch Trina ist tot, und ich bin noch hier.

Wenn irgendjemand hinter mir her ist, hat es mit ihr zu tun, oder? Vielleicht sogar mit unserer Verbindung.

Schwarzmagische Oscuri dringen in den Geist ihrer Opfer ein, machen sie sich gefügig … nehmen ihnen ihre Erinnerungen? Ist es das, was mit mir geschehen ist? Ist es vielleicht das, was mich davor gerettet hat, mit ihr zu sterben?

Mein Herz schlägt viel zu schnell. Geheimnisse, so viele Geheimnisse, und ich kratze gerade an der äußersten Schicht. Ich sehne mich nach Schutz – so viel Schutz, wie ich nur bekommen kann. Und ich erinnere mich an … *Kristalle.* Rasch blättere ich im Buch zurück.

Rosenquarz für die Liebe,
Karneol für die Lust,
Bergkristall für die Klarheit,
Turmalin für den Schutz.

Turmalin.

Der Turmalin.

Gut, für meine Zeichnungen hätte mir meine alte Kunstlehrerin sicher keine sonderlich gute Note gegeben, aber es reicht aus. Ein schwarzer Stein, ähnlich einem Stück Holzkohle, roh mit länglichen Scharten, poliert mit Riefen und Furchen, Magmagräben gleich.

Ich springe auf, reiße die Schublade auf und hole das Kästchen mit den Kristallen hervor. Da ist er, unverkennbar. Es ist derselbe Stein, den ich mit halbwegs professionellen Strichen auf das braune Papier meines Grimoires gebannt habe. Er glänzt und fühlt sich in meiner Hand an wie ein nachlässig geschliffener Speckstein. Stotternd springt der Erinnerungsmotor in meinem Hirn an. Ich muss …

Mechanisch wühle ich in dem Kästchen. Sie sind nicht da. Aber ich habe sie doch immer dort … Räucherstäbchen. Meine Intuition flüstert mir zu, dass ich ihn reinigen muss, diesen Stein, ihn befreien muss von den negativen Kräften, die er vielleicht aufgefangen hat, ihm neue Energie geben, damit er mich beschützt.

Behutsam lege ich den schwarzen Stein auf die Kommode, packe das Kästchen wieder weg. Dann stehe ich da, schließe die Augen. Und atme. Atme ein. Atme aus. Ein. Und aus.

Fokussiere dich, Triss. Schutz ist das Wichtigste für dich.

Ich bewege meine Finger in der Luft, ganz vorsichtig. Nicht, dass ich die Magie mit einer schnellen Bewegung vertreibe … Und dann berühre ich etwas. Ein längliches, schmales Kästchen. Räucherstäbchen.

Am liebsten hätte ich gejubelt – aber ich habe mich schon ein paar Mal zu früh gefreut. Doch diesmal sind sie echt. Ich reiße ein Streichholz an, entzünde eines der Stäbchen und ein – ja, leider – widerlicher Gestank erfüllt den kleinen Raum. Übelkeit kriecht meine Kehle hoch, doch dafür habe ich keine Zeit. Darum kann ich mich später kümmern, später, wenn der Turmalin mit Schutz aufgeladen um meinen Hals baumelt.

Ich halte den Stein an der Lederkette hoch, bewege das Räucherstäbchen um ihn herum, sodass er von weißen Schwaden umgeben ist. Dann drücke ich das stinkende Ding in meinem Mörser aus. Die Asche, etwas war damit … Ich werde später herausfinden, was in dem Buch dazu steht.

Mit dem Lederband in der Faust gehe ich zum Fenster, öffne es weit. Der Klang des Windspiels, das sich in der Nachtbrise sachte bewegt, ist angenehm und tief, fast so bezaubernd wie der Feengesang. Der Mond ist noch voll genug.

Ich hebe meine Hand, halte den Stein in sein Licht.

»Beschütze mich«, flüstere ich in die Nacht. »Auch du – beschütze mich vor denen, die mir schaden wollen.«

Es klopft zaghaft an der Tür und vor Schreck hätte ich den Stein fast quer durchs Zimmer geschmissen.

»Triss?«, wispert Cole durch das dicke Holz. »Darf ich reinkommen?«

Ähm …

Schnell lege ich den Stein zwischen die braunen Seiten und schaffe das Buch zurück in sein Versteck im Schrank. Die Magie hat ein Einsehen mit mir – die Tür gibt keinen Mucks von sich, als ich sie schließe.

»Triss?«

»Moment!«, rufe ich laut. Spuren verwischen, schön und gut, aber wie werde ich diesen Gestank nur los, diesen –

Ein Windstoß dringt durch mein Fenster, greift mir in die Haare, streicht über meinen Körper, als wollte er mich begrüßen. Neugierig erkundet er alle vier Ecken des Zimmers und verschwindet wieder in der Dunkelheit, nimmt jeden kleinen Fetzen Räuchergeruch mit sich.

Mit offenem Mund starre ich ihm hinterher. War ich das? Habe ich den Wind gerufen, um mir aus der Patsche zu helfen?

»Alles okay da drin?«

»Ja!« Einmal kurz blinzele ich noch, dann schließe ich das Fenster. »Ich komme schon.«

Leise drehe ich den Schlüssel im Schloss und Cole schlüpft herein, barfuß, frisch geduscht und in seinen sexy Schlafklamotten.

»Hey.« Er küsst mich, sieht sich dann misstrauisch um. »Was hat denn so lange gedauert?«

Ich zucke mit den Schultern. »Mädchenkram.«

»Soso.« Er lächelt. »Schön, dass du noch wach bist.«

»Ich habe auf dich gewartet.« Gespielt vorwurfsvoll hebe ich die Augenbrauen. »Wenn auch nicht mehr lange. Nonn ist schon seit Stunden im Bett.«

Er seufzt leise, streicht mir das Haar über die Schulter zurück. »Ich hatte einen langen, aufschlussreichen Tag.«

»Ja, ich auch.« Ich seufze ebenfalls und er lacht.

»Du hast mir gefehlt.« Er holt mich an seine Lippen und einen Moment lang vergesse ich alles, jede Bedrohung, jedes komische Gefühl in meinem Bauch. Schließlich bricht er ab, drückt sich mit schmerzverzerrtem Gesicht auf die rechte Schläfe. »Und den Scheiß werde ich wohl auch nicht mehr los.«

Er geht an mir vorbei, lässt sich aufs Bett fallen.

»Du brauchst Schlaf.« Ich küsse seine Stirn, setze mich neben ihn. »War viel los?«

Tief atmet er durch. »Die Hölle. Wir haben ... Triss, mit Hexen wie dir, die versehentlich Magie anwenden, oder anderen, denen mal ein Zauber schiefgeht, haben wir keine großen Probleme. Das ist Routine. Das sind die besten Tage. Aber in letzter Zeit ...« Er schüttelt den Kopf. »Es sind so viele Vorfälle, die wir uns nicht erklären können. Magie geht schief, doch wenn wir dann kommen, um Schadensbegrenzung zu betreiben, ist niemand mehr dort außer einem Haufen verstörter Menschen.«

»Sie hauen ab und ihr findet sie nicht? Die Magischen, die das angerichtet haben?«

Er stellt ein Bein auf. »Es war schon einmal so«, sagt er leise. »Vor zwei Jahren, als die schwarzmagischen Rebellen sich mehr und mehr zusammenrotteten. Es war wie ein Machtkampf. Als hätten sie unsere Stärke austesten wollen ... oder uns schmerzlich vor Augen führen, dass sie uns überlegen sind.« Leise seufzt er, starrt vor sich hin, doch ich merke ganz deutlich die Unruhe, die in ihm wütet.

Sanft berühre ich seine Schläfe. »Jetzt bist du ja hier.«

»Es beunruhigt mich dennoch.« Er lässt sich auf den Rücken sinken und ich lege mich neben ihn, stütze meinen Kopf auf. »Und was hast du heute gemacht?« Er spielt mit meinen Haaren.

»Eine Reise in die Vergangenheit. Nonn hat mir von meinen Eltern erzählt.«

»Muss ein Schock für dich gewesen sein«, sagt Cole leise. Aufmerksam sieht er mich an.

»Sicher, auch wenn mir klar war, dass etwas vorgefallen sein muss. Sie hat mir auch von Trina erzählt. Wie sehr sie ihre dunklen Kräfte unterdrücken musste. Wie sehr sie darunter gelitten hat. Und dass ich ihr wichtig war.«

Seine Amazonitaugen glitzern im diffusen Licht der Wandlampen. »Das ist auch so. Sie hatte immer ein Auge auf dich.«

Ich habe keine Lust, mit ihm über sie zu reden. »Und es kann sein, dass ich heute Wind gemacht habe.«

»Ich hoffe, das meinst du nicht im herkömmlichen Sinne.« Er grinst, und ich muss lachen.

»Abwarten. Es kann auch ein Zufall gewesen sein.«

Er zwirbelt sich eine Haarsträhne um seine Finger. »Was macht die Elementarmagie?«

Oh. Fangfrage.

»Entwickelt sich«, antworte ich vage. »Ich habe Grund zur Hoffnung, dass ich bald schon einen Kaffee mit Koffein aus der Luft holen kann.« Ich schiebe die Hand unter sein Shirt, streichle seinen Bauch. »Es sind nur Kleinigkeiten, Cole. Aber jedes einzelne Mal bringt mich weiter.«

Er blinzelt, langsam und angestrengt, gähnt verhalten. »Prima.«

»Was passiert, wenn meine Magie zurückgekehrt ist?«, frage ich leise. »Wenn ich sie beherrsche, wieder ganz ich selbst bin? Schickst du mich dann fort?«

Plötzlich ist er hellwach. »Das ist nicht meine Entscheidung«, sagt er lahm.

Mein Bauchgefühl macht sich mit einem wahren Ausdruckstanz bemerkbar. »Wessen dann, Cole? Nonns?«

»Nein.« Er rollt sich auf die Seite, schließt die Augen. »Wer sagt, dass du überhaupt hierbleiben willst?«

Schockiert schnappt meine Intuition nach Luft.

»Wir werden sehen, was passiert«, sagt er etwas versöhnlicher. »Du solltest dir erst dann Gedanken machen, wenn es soweit ist.«

Was war das denn jetzt? Hätte er sich fast verplappert? Oder ist Nonns Haus nur so etwas wie ein übergangsweises Sanatorium für mich, und wenn ich wieder im Vollbesitz meiner Kräfte bin, geht es zurück in die eigenen vier Wände? Was ich auch mache, er wird es mir nicht sagen.

»Hast du schon gegessen?«, wechsle ich das Thema. »Nonn hat insalata di arance gemacht.«

Er hebt den Kopf, sieht mich an. »Sie hat Orangensalat gemacht? Mist. Und ich war nicht zum Essen hier.«

Er schmollt und etwas hüpft in meiner Brust. Ich halte ihn in meinen Armen, endlich, bekomme diese Seite von ihm zu sehen, die er so gern unter Verschluss hält. Und ich will nicht, dass das aufhört.

Spielerisch zupfe ich an den Haaren in seinem Nacken. »Sie hat ihn kaltgestellt. Angeblich schmeckt Orangensalat am besten, wenn er eine Nacht durchgezogen ist. Ich konnte nicht einmal den kleinsten Bissen stibitzen, und ich hätte um ein Haar so gesabbert wie Herb, wenn er Schinkencracker riecht.«

Cole lächelt. »Finde ich gut. Warum solltest du es besser haben als ich?«

»Es könnte aber auch damit zu tun haben, dass sie Schweinefleisch in Wein und Kräutern einlegt hat, sich aber nicht traut, den alten Ofen im Garten anzuschmeißen. Nonn sagte, er wäre ziemlich launisch.«

»Ich wusste, das Ganze hat einen Haken.« Seine Finger schieben sich wie zufällig unter den Saum meines Schlafshirts und in

Windeseile überrollt mich eine Gänsehaut. »Hat sie noch etwas gesagt?« Argwöhnisch mustert er mich. »Über dich? Mich?«

Ich schüttele den Kopf. »Nonn hat auch nach Herbs fiesen Anspielungen nicht einmal mit der Wimper gezuckt. Du hast wirklich ein verdammt gutes Pokerface, Nicholas Romero. Konntest du die Leute schon immer so gut täuschen?«

Etwas verändert sich in seinem Blick und er macht sich von mir los, rollt sich auf den Rücken. »Das ist nichts, worauf ich stolz bin, Triss.«

»Es ist dein Job, aber … Es ist, als würde man einer Pflanze die Wurzeln abschneiden. Sie mag vielleicht weiterhin wachsen, aber sie verkümmert nach und nach.«

Cole starrt mich an und das Erschrecken auf seinem Gesicht ist gewaltig, als hätte ihn jemand aus einem tiefen Schlaf geweckt, doch schnell legt sich ein anderes Gefühl darüber, ein dunkles, als wären seine Masken zurück. »Denkst du, ich weiß das nicht?«, fährt er mich an. »Das ist mein fucking Job, verdammt!«

Ich lasse ihn los und setze mich auf. »Und du scheinst ihn ja sehr zu lieben.«

Mit einem Knurren lässt er sich auf den Rücken fallen, streicht sich das Haar aus der Stirn. »Scheiße, Triss, ich … entschuldige. Gerade du hast es nicht verdient, dass ich meine Launen an dir auslasse.«

»Ich glaube, du lässt deine Launen sonst an niemandem aus als an dir selbst, richtig?«

Er weiß keine Antwort, presst sich Zeige- und Mittelfinger an beide Schläfen.

»Du musst dich ausruhen«, sage ich leise. »Willst du lieber allein sein?«

»Bitte, Triss … nein. Mit dir komme ich zur Ruhe, und …«

Ich kann nichts dagegen machen, dass sich ein Schmunzeln auf meinem Gesicht ausbreitet. »Wir hatten die ganze Nacht lang Sex, Cole. Da war nicht viel mit Ruhe.«

»Ich habe endlich nicht mehr nachgedacht.« Er schüttelt den

Kopf. »Ich brauche dich.« Er zieht mich an sich und ich lasse mich in seine Arme sinken, zärtlich von ihm küssen. »Ich möchte vergessen, wenigstens für einen Moment.« Er öffnet die Lippen, streicht sanft mit seiner Zunge über meine.

Das Brennen in meiner Mitte lodert auf wie von einem Windstoß angefacht, und ich lasse ihn ein. Er ächzt in meinen Mund und alles in mir wird ganz leicht, als er seine Hand an meine Wange legt und mich noch näher zu sich zieht, mich tiefer küsst, härter. Seine andere Hand wandert meinen Rücken hinab, streichelt meinen Po.

Ich brauche dich.

Fragt sich nur, wie lange.

KAPITEL 15

Coles Worte lassen mich nicht los. Er ist beunruhigt, und so, wie es aussieht, scheinen sich die Vorkommnisse zu wiederholen.

Ich husche in mein Zimmer, schließe die Tür hinter mir ab. Cole ist zwar bei der Arbeit und Nonn erzählte irgendetwas von dem perfekten Aszendenten in irgendeinem Sternbild, um Sonnenwasser zu machen, aber man weiß ja nie.

Keine Minute später halte ich das Fläschchen mit dem Schutzzauber in den Händen. Aber was … igitt.

Schnell schiebe ich die Holzvertäfelung beiseite, hole das Grimoire hervor und verziehe mich damit zurück ins Bett. Mit dem Rücken an das Kopfteil gelehnt, blättere ich durch die Seiten, halte immer wieder das Fläschchen gegen das Licht.

Ist das jetzt grau oder flaschengrün? Auf jeden Fall ist es anders, als ich es zurückgelassen habe. Es war eine trockene Mischung aus Kräutern, Salz und Asche – jetzt ist es eine wabernde, schleimige Masse, die sich zu bewegen scheint, wenn man gerade nicht hinsieht.

Verfärbungen … wo finde ich nur etwas über Verfärbungen von Schutzzaubern? Wild blättere ich hin und her. Der Turmalin rutscht zwischen den Seiten hervor, schmiegt sich in die Falten der Bettdecke. Stimmt, den hab ich ja auch noch!

»Hexchen?«

Ich schreie auf. »Herb! Verflucht!« Unauffällig lehne ich mich vor, schiebe die Leinendecke über das Buch. »Was machst du unter meinem Stuhl?«

»Ich bin eine Katze … Schlafen?«

»Du bist keine Katze, Herb!«

Er schnaubt verächtlich. »Sag das mal den Katern.«

Ich ringe die Hände, als wollte ich Luft erwürgen. »Also?«

»Ich habe nur ein Nickerchen gemacht.« Er steht auf, streckt und reckt sich genüsslich. »Die viel interessantere Frage ist jedoch, was du hier so treibst.«

Ich schiele auf das Glasfläschchen, das unter der Decke hervorlugt. »Nichts.«

»Natürlich.« Ungefragt springt er aufs Bett, tänzelt über meinen Oberschenkel. »Ich bin ein Dschinn. Wir lernen schon im Dschinndergarten alles über Lügen.« Er grunzt. »Dschinndergarten. Haste mitgekriegt, oder?«

Ich stöhne theatralisch auf. »Herb.«

»Ich hoffe, du bist vorsichtig, Hexchen.« Seine Augen blicken ernst, keine Spur mehr wie die einer Katze. »Magie ist tricky, auch die kleinsten Zauber. Rieche ich da etwa faulige Lorbeerasche?«

Genervt verdrehe ich die Augen und schlage die Decke zurück. »Aber sag den anderen nichts davon.«

»Ein Schutzzauber.« Schnuppernd nähert sich Herb dem kleinen Fläschchen. »Hast du das Gefäß vorher gereinigt?« Er legt das Köpfchen schief und mustert meinen ersten Budenzauber mit Kennermiene.

»Natürlich. Mit Kerzenrauch. Und einen Salzkreis habe ich auch gelegt.«

Er nickt, ohne den Blick von dem Zauber abzuwenden. »Sehr gut. Und wie mir scheint, sehr angebracht.«

Jetzt starre ich ihn an. »Wie meinst du das? Wegen der Farbe?«

»Es ist nicht nur die Farbe. Sieh hin, Triss. Ich gebe zu, ich habe dank meiner feinen Nase einen gewissen Vorsprung, was den hochinteressanten Gestank dieses Gebräus angeht, aber: Schau hin und sag mir, was du siehst.« Er stupst das Fläschchen mit der Pfote an und ich beuge mich vor.

Ein langer, grüngrauer Schleimfaden seilt sich vom Korken ab. Und dann –

»Das Wachs! Es ist kaputt!«

Herb nickt langsam. »Das Siegel ist gebrochen, Hexchen. Dein Zauber hat funktioniert.«

Mir wird schlecht, und das ohne Zutun irgendwelcher Schleimfäden. Das klingt ja erstmal toll, nur …

»Du meinst … er hat jemanden abgewehrt?«

»Japp. So leid es mir tut: Deine Befürchtung hat sich bewahrheitet.«

»Toll«, sage ich und klinge auch ganz genauso. Jedenfalls in meiner Vorstellung.

»Worum hast du gebeten?«, fragt Herb behutsam.

»Schutz von einer unbekannten Bedrohung.«

»Oh.« Noch einmal haut Herb mit der Pfote auf das Fläschchen und putzt sich dann lieber. »Das ist natürlich doof. Hast du einen Verdacht?«

Mir wird noch übler. »Cole hat darauf geschlafen letzte Nacht.«

Herb bleibt stumm.

»Es ist nicht er, oder? Sagt mir, dass es nicht Cole ist«, flüstere ich.

»Wir sind magische Wesen, Hexchen, uns umgeben massenhaft Geheimnisse. Jeden von uns. Du bist da keine Ausnahme.« Vielsagend reibt er das Köpfchen an einer Ecke des Grimoires. »Aber er auch nicht.«

Mein Innerstes verwandelt sich in Stein. »Also will er mir etwas Übles?«

Herb schnaubt. »O nein, woher denn? Das will er definitiv nicht!«

Zur Abwechslung bekomme ich auch mal Kopfschmerzen. »Was soll ich nur tun, Herb?«

»Nichts.« Er deutet ein Schulterzucken an. »Abwarten. Beobachten. Lernen, deiner Intuition zu folgen. Das ist es, was Hexen machen, Triss. Vertrauen, dass sich alles so fügen wird, wie es sein muss.«

»Aber die Schwarzmagier –«

Herb macht einen Buckel, streckt sich dann. »Schwarze Magie, weiße Magie … Das sind alles nur Schubladen, so wie die, in denen du all dein Hexenwerkzeug aufbewahrst.« Er nickt zur Kommode hin. »Es ist nicht wichtig, welche Gaben die Götter uns zugestehen. Entscheidend ist, was wir daraus machen.«

Ich starre ihn an. Wo kommt diese Weisheit plötzlich her?

»Apropos machen.« Er springt vom Bett, tänzelt zur Zimmertür. »Ich hoffe, mein Thron steht wieder an seinem Platz.«

Stumm nicke ich.

»Prima. Dann lass mich raus.«

Ich gehe zu ihm, öffne die Tür einen Spalt breit.

»Ich werde ihnen nichts sagen, Triss. Das musst du schon selbst tun«, sagt er leise. »Und jetzt zieh dir diesen Turmalin-Felsbrocken um den Hals, der schützt dich besser als zehn dieser Fläschchen.«

Denke klar und tief und rein.
Das Pendel sagt dir ja und nein.
Stell die Fragen mit Bedacht.
Vielleicht die Antwort dein Leben schwer macht.

Ein einfacher Kreis befindet sich darunter, zwei Linien, die sich in seiner Mitte kreuzen. Schwingt es von oben nach unten, ist die Antwort ja. Bewegt es sich horizontal, bedeutet das nein. *Klingt easy.*

Das Pendel war nicht schwer zu finden. Ein Rosenquarz an einer simplen Silberkette, am anderen Ende mit einer facettiert geschliffenen Kugel versehen. Unschuldig sah es mich an, als ich das Kästchen mit den Kristallen öffnete.

Und wie benutzt man das Teil jetzt?

Fragen stellen. Ja und nein.

Ich stütze meinen Ellbogen auf und lasse das Pendel hängen. »Bin ich Triss?«

Nichts passiert. Vielleicht ist das zu unpräzise?

»Ist mein Name Beatrissa?«

Das Pendel zieht sich auf die Erdanziehung zurück und hängt stur herunter.

Vertrauen, hat Herb gesagt. Also warte ich, stelle mir immer wieder diese Frage, bis es plötzlich zu schwingen beginnt, sanft, aber eindeutig.

Ja.

»Okay.« Ich fange den Rosenquarz ein. »Bin ich eine Hexe?«

Diesmal ist das Pendel schneller zu einer Aussage zu bewegen. *Klar.*

»Will Nicholas mir etwas Böses?«

Nein.

Geräuschvoll atme ich aus. Er will mir nichts tun. Doch, hm …

»Lügst du mich an?«

Nein.

»Würdest du nicht auch Nein sagen, wenn du lügst?« Der Rosenquarz dreht sich im Kreis. Hold the line … er versteht meine Frage nicht.

»Sagst du die Wahrheit?«

Ja.

Vertrauen, sagte Herb. Was bleibt mir auch anderes übrig?

Die Sonne steht tief an diesem Tag, doch der Wind ist immer noch genauso warm, als würde man den Kopf in einen Backofen stecken. Eine Handvoll Inseln ragen weit aus dem glitzernden Meer heraus. Wellen rauschen an den Kiesstrand.

»Die Zyklopeninseln?« Ich balanciere hinter Cole her über die großen Steine, die das Land vom Salzwasser trennen. »Warum hast du uns hergebracht?«

Jeder Sizilianer kennt die Sage hinter diesen Inseln. Angeblich ist es Odysseus' Schuld, dass sie hier vor der Küste liegen und eins der beliebtesten Fotomotive bei den Touristen sind. Was mich wohl mit diesem Ort verbindet?

»Aci Trezza. Ich wollte, dass du diesen Ort siehst.« Cole deutet auf das kleine Dörfchen hinter uns. »Hier wurde ich geboren.«

Oh. Das ist ja mal eine Entwicklung! »Es ist schön hier.«

Er seufzt, und öffnet die Krawatte, zieht sich das Hemd aus und setzt sich auf einen Felsen. »Es tut weh, hier zu sein«, sagt er leise und lehnt sich etwas zurück, schließt die Augen, genießt die letzten Strahlen der Sonne.

Ich klettere an ihm vorbei, lasse mich neben ihn sinken. Er spricht nicht weiter, und irgendwann berühre ich seinen Arm. »Warst du nicht glücklich hier?«

Sein Lächeln ist unsicher. »Freud und Leid. Beides habe ich hier kennengelernt.« Er lehnt sich vor, legt die Arme um die Knie, gibt den Blick auf das Tattoo frei, das seine rechte Seite ziert. »Zeit heilt alle Wunden, sagt man. Ich weiß bis heute nicht, ob das wahr ist.«

Es ist eine Frauenfigur. Ein langes, altgriechisch anmutendes Kleid, ein Schwert in der rechten, eine Waage in der linken Hand, die Augen mit einem Stück Stoff bedeckt.

»Justitia«, murmele ich und fahre mit dem Zeigefinger über seine Haut.

Cole dreht sich zu mir um und hebt den Arm. Sie ist perfekt gestochen, der Schattenwurf ihrer Toga, so realistisch! Mit hoch erhobenem Kopf steht sie da, stolz und stark und wunderschön.

»Sie ist meine Lieblingsgöttin.« Cole lächelt müde. »Ich mag ihre Philosophie. Gerechtigkeit. Ohne Ansehen der Person … ohne voraussehen zu können, welche Waagschale am Ende schwerer wiegt … bereit, ein Urteil zu vollziehen.«

Ich mustere ihn aufmerksam. »Aber du trägst sie nicht unter deiner Haut, weil du ein so großer Fan bist, oder?«

»Nein.« Ein Lächeln huscht über sein Gesicht. »All diese Bilder sollten den Schmerz in mir lindern, die Gedanken, Vorwürfe und Fragen stoppen, die durch meinen Kopf wabern wie in einer Endlosschleife, ob ich wach bin oder schlafe. Klappt aber nicht.« Tief atmet er durch und sucht etwas in den Wellen. »Es klappt einfach nicht.« Abwesend streicht er über die Göttin der Gerechtigkeit. »Wegen meinem Vater«, sagt er leise und sieht mich an, lächelt unsicher. »Eines Tages machen wir einen Ausflug mit seinem alten Porsche, nur du und ich.«

Ich streichle seine Wange. Der Tag war lang, erste Bartstoppeln kratzen über meine Haut. »Wer war er?«

»Ein einfacher Mann aus einfachen Verhältnissen. Ein Extincteur, wie ich. Nie war er krank, immer zur Stelle, öfter im Büro als bei uns zu Hause. Er hat alles dafür gegeben, dass die Regeln des Hexenrats befolgt wurden … bis man ihn eines Tages des Verrats bezichtigte. Man enthob ihn aller Ämter, und auch, wenn er nicht für seine angeblichen Taten verurteilt wurde, war er als Lügner gebrandmarkt. Er bekam nie wieder ein Bein an die Erde.« Geräuschvoll stößt er Atem aus. »Justitia war leider nicht anwesend, als simple Anschuldigungen sein Leben zerstörten. Deshalb trage ich sie heute auf mir. Damit ich nie vergesse, was Recht und was Unrecht ist.« Er schüttelt den Kopf und lacht leise. »Was für einen dummen Scheiß ich rede!«

»Du redest keinen Scheiß. Aber er wurde nicht verurteilt. Damit hat die Gerechtigkeit gesiegt.«

»Gesiegt?« Cole schnaubt leise. »Meinst du? Ja, er wurde nicht bestraft, aber seinen Job war er los. Niemand wollte mehr mit ihm zusammenarbeiten, und meine Mutter … Für sie war die Schmach zu groß, um sie ertragen zu können. Eines Tages ging sie auf den Markt, um frisches Gemüse fürs Abendessen einzukaufen.« Er schließt die Augen, atmet kontrolliert ein und aus, als hätte er wieder Schmerzen. »Offensichtlich hatte sie dort aber statt Auberginen jemanden gefunden, der ihr ein besseres Leben bieten konnte. Ich habe sie nie wieder gesehen.«

»Was?« Mit offenem Mund starre ich ihn an. »Das ist ja furchtbar! Wie alt warst du?«

»Elf.«

»Dio, Cole …« Ich nehme sein Gesicht in meine Hände und er sieht mich an. »Das tut mir so leid.«

»Es ist nicht zu ändern.« Er schüttelt den Kopf, mit einem gequälten Ausdruck in den Augen. »Bis zu seinem letzten Atemzug hat er geschworen, nie gelogen zu haben. Und ich glaube ihm.« Tief atmet er durch. »Cielo, manchmal wünschte ich mir, jemand würde mir diese Erinnerung nehmen.«

Ich verstehe ihn. Ich weiß, er meint es nicht böse. Vielleicht kann es wirklich ein Segen sein, alles zu vergessen.

»Und ich denke nach, ständig. War er mir ein guter Vater? Bin ich ein guter Vater für …« Er bricht ab, betrachtet die Wolken am Himmel, die sich langsam rosa verfärben.

Ich nehme seine Hand, drücke sie fest. »Wir alle haben gute und schlechte Seiten.« Herb hat dasselbe zu mir gesagt, auf seine Weise, vor wenigen Stunden erst. »Das macht uns menschlich.«

»Menschlich sollte es sein, die Konsequenzen aus seinem Verhalten zu ziehen.« Seine Stimme klingt bitter. Immer noch starrt er in die Ferne, massiert unwillkürlich seine Schläfen. »Doch auch Schwäche und Feigheit scheinen nur allzu menschlich zu sein.«

Ich drücke seine Hand noch fester. »Ich werde mich mehr anstrengen, okay? Meine Erinnerungen zurückgewinnen, damit du eine Sorge weniger hast. Und dann machen wir einen Ausflug mit deinem Porsche.«

Sein Lächeln ist echt, auch wenn er mich immer noch nicht ansieht. »Das machen wir.«

»Versprochen?«, frage ich leise.

Sein Blick sucht meinen, und seine Amazonitaugen funkeln im Sonnenuntergang. »Großes Hexerehrenwort.«

»Nonn, das waren die besten Spaghetti alla Norma, die ich je gegessen habe!«

»Ob das von dir so ein tolles Kompliment ist, weiß ich nicht.« Sie hebt die Augenbrauen. »Du würdest dich ja nicht erinnern!«

Cole lacht. »Punkt für Nonn.«

Ich stehe auf und räume unsere Teller zusammen, trage sie hinüber in die Spüle.

Nonn nimmt die Gläser, gesellt sich zu mir. »Schön, dass wir endlich mal wieder gemeinsam zu Abend essen, Tesoro.« Sie sieht mich an, nickt mir auffordernd zu. »Versuch es.«

»Es ist surreal da draußen.« Cole seufzt und lehnt sich auf seinem Stuhl zurück. »Wir tun eigentlich nichts mehr, als Menschen die Erinnerungen an die magischen Vorkommnisse zu nehmen.«

Ich ziehe eine Spülbürste aus dem Nichts, eine ziemlich hübsche sogar. Die pinkfarbenen Blumen sind exakt dieselben wie auf meinem Kleid. Stolz präsentiere ich sie Nonn.

»Pff, Amateure.« Nonn schnappt meine Bürste und lässt sie verschwinden. »Es beruhigt sich sicher bald.«

»Hoffentlich.« Cole streicht sich über den Bauch. »Cielo! Ich könnte nicht einmal mehr einen asthmatischen Neunzigjährigen verfolgen.«

»Altes Familienrezept.« Nonn steckt bis zu den Ellbogen im Spülschaum. »Köstlich, oder?«

»Ja«, jammert er theatralisch und ich fühle mich noch mehr zu ihm hingezogen als sonst. Immer mehr. Jedes Mal mehr, wenn wir auch nur ein paar Minuten zusammen sind. »Ich glaube, ich brauche einen Gin …«

Herb schießt um die Ecke. »Watt? Wer braucht mich?«

Cole verdreht die Augen. »Gin! Nicht Dschinn!«

»Ach, Gin! Ja, den hätte ich jetzt auch gerne. Aber ratet, wer wieder keinen bekommt? Richtig! Der Dschinn!«

»Die Katze«, korrigiere ich ihn und kraule im Vorbeigehen sein Köpfchen. »Ich trage immer noch eine gewisse Verantwortung für dein Wohlergehen. Ich könnte es mal versuchen.«

»Ein Kater reicht mir.« Cole fasst sich an die Schläfe, massiert sie sanft. »Davon würden die Kopfschmerzen vermutlich noch schlimmer werden.«

»Pffff«, macht Herb. »Ich bin eine Katze.«

Cole schneidet ihm eine Grimasse. »Das macht bei meinem unfassbar lustigen Wortwitz keinen großen Unterschied, findest du nicht?«

»Da kannst du mir nicht das Wasser reichen, Romero.« Herb schnuppert zur offenen Küchentür hinaus. »So, Freunde. Einer von uns ist nicht zu vollgefressen, um dem einzigen Sinn seiner Existenz nachzukommen.« Er spaziert in die Nacht, seinen amourösen Abenteuern entgegen.

»Eigentlich hat er es ziemlich gut getroffen, so als Katze, oder?« Cole wirft Nonn einen Blick zu, greift unauffällig nach meiner Hand. »Fürs Futter ist gesorgt, nahezu grenzenlose Freiheit, immer was zum Jagen und Pimpern. Beneidenswert.«

Seine Hand wandert auf meinen Oberschenkel. »Es ist schon viel zu lange her«, flüstert er. Flüchtig küsst er mich auf die Lippen. »Wenn ich dich nicht bald unter mir habe, nackt und stöhnend, werde ich wohl einfach explodieren.«

»Meinst du, wir sollten …« Ich breche ab, werfe Nonn einen schnellen Blick zu.

»… uns auch ein bisschen im Gras wälzen?«, vollendet er

meine Frage und lächelt. »Himmel, und wie ich das meine. Wir sollten uns schleunigst eine Wiese suchen, um ausführlich …« Er bricht ab und stößt genervt einen Schwall Atem aus. »Cielo, Metaphern waren noch nie meins.«

»Was gibt es da zu tuscheln?« Nonn stemmt sich die mit Spülschaum benetzten Fäuste in die Hüften.

»Wir haben nur darüber gesprochen, dass Triss gute Fortschritte in der Elementarmagie macht.« Verschwörerisch beugt er sich vor. »Wenn du mit mir schlafen willst, sorgst du in Zukunft für die Kondome. Ansporn genug?«

Hitze schießt in meine Mitte, bringt sie zum Pochen. *O ja, definitiv!* Die letzten Male mussten wir abbrechen, weil seine Kopfschmerzen uns einen Strich durch die Rechnung gemacht haben. *Dieser Stress …*

»Was sind denn gute Fortschritte?«, fragt Nonn über ihre Schulter hinweg.

»Die Magie hat ihre Kindersicherung ausgeschaltet. Ich bekomme nur noch sehr selten Plastikgläser oder Plüschvarianten dessen, was ich brauche.«

»Das klingt doch schon mal gut.«

»Ja, aber manchmal habe ich das Gefühl, festzustecken.« Aufmerksam betrachte ich die beiden. »Als ob meine Erinnerungen mich vor etwas bewahren wollen, das mir nicht guttut.«

Schweigen. Nichts als Schweigen.

»Was ist mit der Tempestusmagie? «

Ich wiege den Kopf. »Manchmal funktioniert es, manchmal nicht. Ich habe schon Windböen ausgelöst, aber wie man diese Kraft steuert, weiß ich nicht.«

»Tesoro.« Nonn klingt vorwurfsvoll, als hätte Cole zum wiederholten Mal seine Hausaufgaben vergessen. »Los, raus mit euch. Es ist dunkel genug, sie kann so lange herumüben, bis der Ätna ausbricht.« Einen Moment denkt sie nach. »Nein, besser nicht.«

Nebeneinander schlendern wir unter dem Halbmond durch den Olivenhain.

»Nonn hat recht.« Cole seufzt leise. »Wir hätten mehr üben müssen, Triss.« Er legt nicht den Arm um mich, nimmt nicht meine Hand, und plötzlich sehe ich es. Plötzlich erkenne ich, was hier los ist, was vom ersten Tag an los war.

»Es ging nie um mich, oder? Ich bin nur ein Teil deiner achso-geheimnisvollen Aufgabe.«

Er öffnet den Mund, um etwas zu sagen, und überlegt es sich schließlich anders.

»Das alles wird mir zu viel, Cole. Wirklich, ich genieße jede Sekunde mit dir, aber all diese Geheimnisse …«

Er schüttelt langsam den Kopf. »Ein falsches Wort und ich hätte dein Gehirn gebraten, Triss.« Seine Brust hebt und senkt sich unter seinen schweren Atemzügen, genervt stöhnt er auf. »Merda, können wir nicht einfach weiter herumknutschen?«

»Klar.« Ich lache gehässig. »Damit wieder Kopfschmerzen, Müdigkeit oder ein voller Magen dazwischenfunken können, wenn es nicht diese Oscuri-Arschlöcher auf dem Weg zur Weltherrschaft sind. Niemand hier ist ehrlich zu mir, Cole, und das macht mich fertig.«

Mal abgesehen davon, dass ich mittlerweile auch so einiges verberge – und wir Nonn nichts von unserer Beziehung verraten. Ein Haufen Geheimniskrämer sind wir – und es kotzt mich an! Vertrauen, immer nur Vertrauen … aus welchem Grund? Weil mein Bauch es mir sagt?

»Du willst die Wahrheit hören?« Ganz leise spricht er, durch das Rauschen der Olivenblätter kaum zu verstehen. »Ich habe eine fatale Begabung dafür, Dinge zu zerstören und nichts als verbrannte Erde und Chaos zu hinterlassen. Nur in meinem Job bin ich gut.«

Mein Magen fällt ein Stockwerk tiefer. »Und ich bin dein Job.«

»Du bist mehr«, flüstert er und etwas dringt in mich, höhlt mich aus. »Und das solltest du nicht sein.«

Alle weiteren Worte fehlen ihm und ich bin so wütend auf ihn, auf dieses endlose Herumgeeiere. Er tut mir leid und gleichzeitig hasse ich die ganze Welt.

Im diffusen Licht erkenne ich die Emotionen, die in seinen Augen toben, und schüttele den Kopf, sachte. »Tja. Das ist aber schlecht, denn ich habe mich in dich verliebt, Cole, vielleicht schon vor langer, langer Zeit. Keine Ahnung, wann, oder ob es falsch war, aber es ist so.«

Es sollte etwas Schönes sein, so etwas zu sagen.

Es fühlt sich an wie ein Fehler.

Er weicht ein wenig zurück, atmet schwer. »Fuck, Triss, ich weiß nicht, was du in mir siehst, aber ich bin kein netter Mensch.« Er fährt sich durch die Haare und schluckt, das lebendige Abbild des Begriffs Nervosität.

Mir reicht es endgültig. »Also fickst du mich, weil ich gerade hier bin? Weil es nett mit mir ist?«

Immer noch schweigt er, und immer noch kämpfen seine zahlreichen Maskeraden um die Vorherrschaft.

»Das ist doch alles Schwachsinn! Du bist beileibe nicht ohne Fehler, Nicholas Romero, aber ich kann durch sie hindurchsehen, auch wenn das Bild verschwommen ist.« Das leise Grummeln im Nachthimmel unterbricht mich nur kurz. »Du willst, dass ich sehe, wer du bist, dass ich weiß, wen ich vor mir habe. Warum hast du mich sonst nach Aci Trezza geschleppt, mir deine halbe Lebensgeschichte erzählt?«

»Triss …« Genervt wendet er sich ab, stößt einen Schwall Atem aus. »Ich weiß nicht einmal mehr selbst, wer ich bin.«

»Hör endlich auf damit«, schreie ich ihn an, und gleichzeitig mit meinen Worten wird der Donner des nahenden Gewitters lauter und lauter.

»Womit?«, schreit er zurück. »Was siehst du in mir? Nichts weißt du über mich, Triss, gar nichts! Du kannst mir doch nicht einfach sagen, dass du Gefühle für mich hast, nachdem ich dir gerade deutlich vor Augen geführt habe, was für ein Arschloch ich bin!«

»Ich hätte keine Gefühle für dich, wenn du ein Arschloch wärst, du Arsch!«

»Ich …« Er stutzt, ein amüsierter Ausdruck huscht über sein Gesicht. »Das ergibt keinen Sinn.«

Wetterleuchten erhellt die Dunkelheit und ich schnaube verächtlich, weiß nicht, ob ich heulen oder einen Baseballschläger aus der Luft ziehen soll, um ihm eins überzubraten – sofern mir meine erziehungsberechtigte Magie das zugestehen würde.

»Nur weil du dich so kleidest wie ein Politiker, musst du nicht auch so geschwollen daherreden!«

In seinem Blick ist viel zu viel Belustigung für meinen Geschmack. Ich balle die Hände zu Fäusten. Gleich gehe ich in die Luft wie eine Rakete. Jede Körperzelle in mir vibriert, brodelt wie geschmolzener Zucker. Und dann bricht der Himmel auf und ein Platzregen verwandelt die staubtrockene Erde binnen Sekunden in hellroten Schlamm.

In einem Radius von anderthalb Metern.

Direkt über Cole.

Wie ein begossener Pudel steht er da, verschränkt langsam die Arme vor der Brust. »Tempestusmagie, anyone?«

Ich kann nicht anders. Ich muss lachen. Mit meinem Ärger lässt auch der Regen nach.

Cole steht vor mir und verdreht die Augen, aber sein Versuch, sich das Lachen zu verkneifen, geht gründlich schief.

Ich schüttele den Kopf und komme einen Schritt näher. »Sag mir, du wolltest nur etwas zum Vögeln haben und ich war diejenige, die sich diesmal mit dir eingelassen hat. Sag mir, dass der Mann, den ich auf der Dachterrasse mit einem Cocktail überschüttet habe und den ich jede Nacht in den Armen halte, nur eine Fassade ist.«

»Triss.« Immer noch rinnt ihm der Regen in die Augen und er macht sich nicht die Mühe, ihn fortzuwischen. »Ich bin nicht gut für dich.«

»Niemand außer mir entscheidet, was gut für mich ist und

was nicht.« Ich baue mich vor ihm auf, sorgsam darauf bedacht, nicht mit meinen Sandalen im Schlamm zu versinken. »Ich weiß, wie du mich ansiehst, wenn wir miteinander schlafen, und dass du jedes Mal die Augen schließt, wenn wir uns küssen.« Meine Stimme wird brüchig. »Ich bin dir nicht egal, Cole.«

»Nein, das bist du nicht«, sagt er leise. »Und deswegen kann ich so nicht weitermachen.«

Langsam schüttele ich den Kopf. »Wieso willst du mir unbedingt einreden, dass du ein Arschloch bist?«

»Weil ich eins bin.« Er zuckt mit den Schultern, die Arme immer noch vor der Brust verschränkt.

»Ah. Okay.« Ich nicke verständnisvoll. »Gut. Dann wissen wir jetzt beide, woran wir sind. Du bist ein Arschloch und ich bin in dich verliebt.«

Cole öffnet den Mund, um etwas zu sagen, und schließt ihn wieder. Er legt seine Stirn in Falten, setzt noch einmal zum Sprechen an und lässt es doch sein.

Und ich habe die Schnauze endgültig voll, packe ihn im Nacken und ziehe ihn zu mir heran, um ihn zu küssen.

Er legt seine Arme um mich und hält mich fest, presst mich an sich, und in Nullkommanix ist mein dünnes Sommerkleid vollkommen durchnässt von seinem vom Regen vollgesogenen Anzug.

Doch das ist mir egal.

Alles ist mir egal.

Nur er nicht.

»Zieh die Schuhe aus und lass sie draußen stehen, sonst killt Nonn uns beide.« Ich lehne mich an die Steinmauer, beobachte ihn amüsiert. »Vielleicht probiere ich morgen noch einen Platzregen und mache sie sauber.«

Skeptisch betrachtet er die aufgeweichten Lederschuhe. »Ich glaube, ich besorge mir lieber neue. Sollen wir heute Abend einfach ein wenig vor dem Fernseher versacken?«

Ich schmiege mich an ihn. »Das klingt toll.« Meine Hände legen sich in seinen Nacken und ich ziehe ihn in einen Kuss, der deutlich mehr Lust auf eine andere Abendgestaltung macht als auf Fernsehen.

Warm legen sich seine Arme um mich. Er drückt mich an sich, und einen kleinen Moment lang denke ich, dass alles gut werden kann.

Nur einen kleinen Augenblick lang. Einen klitzekleinen.

»Nick!«

Wir fahren auseinander, als hätte jemand unsere Pole umgedreht. Nonn steht vor uns, sieht uns an. Da ist keine Wut in ihren Augen, keine Überraschung, eher … Angst.

»Sie sind hier, Tesoro, und sie … sie warten.«

Cole stößt einen Schwall Luft aus und stürzt ins Haus, lässt uns einfach stehen. Was …

»Nonn?« Meine Stimme zittert. »Wer ist hier? Die Extincteure? Werden sie mich mitnehmen?«

»Mein Mädchen.« Sanft legt sie die Hand auf meine Wange. »Du musst jetzt stark sein, ja? Hab Vertrauen, in dich, in das, was dein Bauch dir sagt.«

Ich taste nach ihrer Hand, klammere mich daran fest. »Ich verstehe dich nicht. Ich verstehe gar nichts! Was ist hier –«

»Du musst stark sein«, flüstert sie wieder. »Ich glaube an dich. Immer. Und jetzt musst du hineingehen. Sie warten auf dich.«

Sie nimmt meine Hand, führt mich ins Haus, und plötzlich bin ich wieder die kleine Triss, völlig durcheinander, wird in dieses Haus geführt, das von nun an ihr Zuhause sein soll.

Schweigend führt mich Nonn durch die Küche ins Wohnzimmer.

Und versteinere augenblicklich, schlage beide Hände vor den Mund, um meinen Schrei zu ersticken.

Vor dem Kamin steht eine Frau.

Eine Frau, die so aussieht wie ich.

»Hallo Schwesterherz«, sagt sie mit einer Stimme, die wie das Echo von Worten klingt, die ich nie gesagt habe. »Endlich habe ich dich wieder.«

KAPITEL 16

»Du?« Kaum ein Ton kommt aus meiner Kehle. Sie ist doch … wie kann sie … »Aber du … wie …«

Sie lächelt unter Tränen. »Es stimmt wirklich, du erinnerst dich …«

Ich sehe sie an. Sehe in dieselben sanften, rehbraunen Augen, die mich jeden Tag aus dem Spiegel heraus betrachten. Die dunklen, leicht gewellten Haare, die das herzförmige Gesicht umrahmen, genauso wie bei mir.

Cole steht neben ihr, ruhig, stumm, wie eingefroren. Was haben sie mit ihm gemacht?

Nonn bebt an meiner Seite. Wut. In ihrem Gesicht ist nichts anderes als eiskalte, pure Wut. »Ich habe dir auch gesagt, dass es noch zu früh ist, Kind.«

Zu früh? Was? Hat sie … hat sie gewusst, dass …

Und die Realität prasselt auf mich ein wie Faustschläge. Sie hat gewusst, dass Trina noch lebt, mir eiskalt ins Gesicht gelogen. Sie hat ihr gesagt, dass meine Erinnerungen zurückkommen!

»Aber ich dachte, du wärst … Cole? Nonn, ihr sagtet doch, sie …« Meine Stimme bricht ab und Trina lacht, warm und freundlich.

Wie ich. Sie klingt wie ich, und kurz greift Paranoia nach meinem Verstand, fast als wäre sie eine alte Freundin, die mir in Erinnerung rufen will, dass ich nichts bin. Nur ein Abziehbild, ein Schatten.

»Sie konnten es dir nicht sagen, Schwesterherz.« Eine Spur von Bedauern huscht durch ihr süßes Lächeln. »Das hätte dir jegliche Erinnerung rauben können, und das wäre schlecht gewesen. Aber jetzt … meine Kräfte kehren zurück, Stück für Stück, und das heißt, dass du auch deine zurückgewinnst.«

Ich kann sie nur anstarren, diese Frau, die so aussieht wie ich und … natürlich. *Ich habe keine Trauer empfunden, als ich dachte, sie wäre tot. Weil ich wusste, dass sie es nicht war, tief in mir drin.*

»Nick hat seinen Job gut gemacht, sehr gut sogar.« Sie legt Cole einen Arm um die Hüften und er lächelt sie an, zieht sie näher zu sich.

Du bist mehr.

Ein Albtraum. Das hier kann nur ein Albtraum sein. Er hält sie im Arm, und … und er hat das zu mir gesagt, gerade eben, im Olivenhain, ich … Ich verstehe nichts mehr. Gar nichts.

»Es ist immer noch zu früh, Trina«, warnt Nonn leise. »Sieh sie dir an. Sie ist weiß wie die Wand – wie soll sie das so schnell verarbeiten?«

»Ich sorge dafür, dass sie es gut hat, Nonn. Ich kümmere mich um sie, wie ich das immer schon getan habe. Sie wird alle Zeit der Welt haben. Aber sie hat mir gefehlt.«

»Sie gehört hierher, zu mir«, sagt Nonn leise. »Ihr beide gehört zu mir, mia cara.«

Trina lächelt sie liebevoll an. »Bald ist das alles vorbei, dann haben wir wieder viel Zeit für uns. Für die Familie.« Sie wirft Cole ein Lächeln zu und er erwidert es, ganz das Schoßhündchen aus den Erinnerungsfetzen.

Meine Beine verwandeln sich in zu lang gekochte Spaghetti. Ich stürze zwei Schritte vor und klammere mich an der Sofalehne fest. Meine Eingeweide versteinern zu eisigen Klumpen. Ein gezielter Schlag dagegen und ich werde in Millionen Einzelteile zersplittern.

»Wie kannst du nur?«, speie ich Cole entgegen, und ich hasse es, wie beschissen schwach meine Stimme klingt. »Du hast gesagt, du bist beunruhigt! Cazzo, du bist ein scheiß Extincteur!«

»Und genau deswegen ist er so wichtig für uns.« Trina streicht ihm eine lose Haarsträhne zurück, doch diesmal reagiert Cole nicht auf ihr Lächeln. »Irgendwoher müssen wir ja unsere Informationen beziehen.«

Cole senkt den Blick und beweist auf diese Weise wenigstens ein bisschen schlechtes Gewissen.

»Warum tust du das? Cole! Du bist ein Weißmagier – warum unterstützt du die Oscuri?«

»Weißmagier?« Irritiert zieht Trina die Augenbrauen zusammen. »Er ist ein Memoriamagus, Triss. Eine unfassbar dunkle Kunst.«

Ich kann ihn nur noch anstarren, fassungslos. »Du bist ein Schwarzmagier?« Meine Stimme ist so leise, dass ich sie gegen meinen dröhnenden Herzschlag selbst kaum hören kann.

Er sieht mich nicht an, schließt nur die Augen, kneift sie fest zusammen, als der Kopfschmerz ihn übermannt. *Stress, ja – vielleicht hat er doch so etwas wie ein Gewissen. Ein Lügner. Er ist einfach nur ein Lügner.*

»Nonn, ehrlich? Ihr habt es ihr nicht erklärt?« Trina scheint verärgert zu sein. »Was hast du denn gedacht, Triss? Eine Begabung, die es ihm ermöglicht, in fremde Gedanken einzudringen, sie zu steuern … anderen den Willen zu nehmen und ihnen ein neues Leben aufzustülpen … Das hältst du doch nicht wirklich für weiße Magie!«

Nein, das tue ich, verdammte Scheiße nochmal, nicht! Ich war so blind, so blind … geblendet von diesem andauernden Gefasel über Vertrauen, über mein Bauchgefühl …

Hyperventilieren und in Ohnmacht fallen wäre jetzt wohl nicht das Beste. Der Mann, dem ich mich so verbunden gefühlt habe. Meine eigene Großmutter – unsere Großmutter!

Ich schubse Nonns Arm fort. »Ihr habt mich belogen, beide, du und dieser Scheißkerl hier!«

Ihr Blick ist erschrocken, fast schon verletzt. »Triss, nein, du musst –« Sie greift nach mir, doch ich weiche zurück.

»Weg von mir! Ihr alle! Wie konntet ihr nur?«

Cole legt den Kopf ein wenig schief, und kurz habe ich das Gefühl, er will zu mir kommen. *Ha – soll er!* Ich trete ihm in die Eier, dass er die Engel singen hört! Doch selbst dazu ist er zu feige … er steht einfach nur da, glotzt mich an, als wäre ich eine seltene Statue im Museum.

Ich habe mich getäuscht. Vielleicht wäre eine kleine Ohnmacht gar keine so schlechte Sache. Der Raum dreht sich um mich, langsam, krümmt sich wie ein Fiebertraum.

Mehr Oscuri betreten das kleine Wohnzimmer, viel zu viele, und einer von ihnen ist kein Unbekannter.

Adriano.

»Hallo Triss. Wie geht's?«

Wie es mir geht?

»Vaffanculo!«, stoße ich hervor und gebe alles, um die Kontrolle über meinen Atem nicht zu verlieren.

Unbeeindruckt wendet Adriano sich Trina zu. »Reizend wie immer, dein Schwesterchen.« Er packt meinen Arm, zerrt mich zu sich. »Aber das werden wir dir noch austreiben, nicht wahr, angelo mio?« Unbarmherzig graben sich seine Fingernägel in meinen Oberarm. Er reißt mich zurück, fort von der rettenden Couch.

»Au, nicht – du tust mir weh!« Ich bocke wie ein Pferd, rucke und reiße, um mich seinem Zugriff zu entziehen.

»Du wirst ihr gar nichts austreiben, klar?«, peitscht die Stimme meiner Schwester durch den Raum. »Lass sie!«

»Wir können im Castello weiterreden, wenn sie sich eingekriegt hat.« Tiefer bohren sich seine Finger in mein Fleisch und meine Muskeln kreischen auf. Ich will mich ihm entziehen, ihn abwehren, doch ich haben keine Chance. »Na los, Triss – willst du mir nicht zeigen, wie groß deine Kräfte schon sind?«

»Cole«, flüstere ich verzweifelt und endlich sieht er mich an. Ruhig. Kalt. Nur das Lodern in seinen Augen und seine Brust, die sich schwer unter seinen Atemzügen hebt und senkt, beweisen mir, dass da noch etwas in ihm steckt, dass er noch da ist.

Adriano ist stärker als ich, macht etwas mit mir, das meine Gegenwehr erschlaffen lässt, zerrt mich hinter sich her wie ein zu groß geratenes Plüschtier auf dem Rummelplatz. »Los, zeig mir, wie weit du schon bist!«

»Nimm deine Hände von ihr!« Nonn schießt auf Adriano zu und packt seinen Hals, als wollte sie ihn erwürgen. Er schubst mich von sich und ich lande auf den Knien, seltsam fahrig und müde. Und Nonn …

Ihr Blick ist starr auf Adriano gerichtet. »Wehr dich nicht, stronzo, meine Kräfte sind stärker als deine …« Er schnappt nach Luft, japst, doch er gibt nicht auf.

Was tut sie mit ihm? Nonn?

»Adriano, basta!«, herrscht Trina ihn an. »Nonna!«

Er geht in die Knie. In einem letzten Aufbäumen packt er die kleine Frau und stößt sie von sich. Und Nonn verliert das Gleichgewicht. Hart kracht sie mit dem Schädel auf den schweren Couchtisch und geht zu Boden, rührt sich nicht mehr.

Ich schreie auf und meine Welt versinkt in Stille. Nichts ist mehr zu hören als Adrianos leises Keuchen.

»Nonn?« Trina stürzt an die Seite des kleinen Körpers, packt ihre Schulter. »Nonna? Bitte … Nonna!«

Tränen rinnen ihr über die Wangen, tropfen auf Nonns Kittelschürze.

Automatisch wandert mein Blick zu Cole. Mit offenem Mund steht er da, schwer atmend, starrt sie untätig an.

»Ich wollte ihr nichts tun«, sagt Adriano plötzlich, eine Nervosität in der Stimme, die etwas Dunkles in mir weckt. »Sie war dabei, mein Herz anzuhalten – wirklich! Ich habe mich nur gewehrt!«

Sein … sein Herz? Wie hat sie das gemacht, was …

»Nonn«, wimmert meine Schwester, schluchzt einmal laut auf. »Los, bitte, komm schon …«

Und eine Kälte legt sich über mich, reißt mich mit sich in einen Abgrund, den ich nur zu gut kenne. Ich erinnere mich nicht, doch er heißt mich willkommen in seinem heißen, gierigen Schlund. *Wut. Hass.*

Mit einem Schrei sprinte ich vorwärts, springe Adriano an und bringe ihn zu Fall. Wie gefällt liegt er unter mir und alles, was ich sehe, ist die Angst in seinen Augen, Angst vor mir, und es ist gut, ja, so gut …

»Triss!« Starke Hände packen mich, zerren mich von meinem Opfer herunter. »Triss! Hör auf!«

Ich rieche Cole, es ist seine Stimme, die zu mir dringt, durch diesen wahnsinnigen Zorn, die Sehnsucht danach, diesen Scheißkerl unter mir in die Dunkelheit zu treiben.

Etwas streckt sich nach ihm aus, diesem Mann, der mich hält, dem mein Herz gehört und der seinen Wert nicht zu schätzen weiß. Ich knurre und trete und winde mich, doch er hat die Arme von hinten um mich geschlungen und hält mich fest an sich gepresst, meine Handgelenke in seinen Fäusten.

»Lass mich los!«, brülle ich, und alles prasselt auf mich ein. Er, Adriano, Trina, Nonn … Sie verzehren mich, all diese Gefühle, treiben mich in die Finsternis, nehmen mir die Luft zum Atmen.

»Wir gehen.« Trinas Brust bebt noch, doch auf ihrem Gesicht liegt eine Kälte, eine Abgeklärtheit, die ich nicht verstehe.

Sofort fahre ich herunter. Die Wut sickert aus mir heraus wie Regenwasser aus einer Rinne. Ich erschlaffe in Coles Armen, doch er hält mich fest, sanft, tröstend.

»Fass mich nicht an, Cole«, flüstere ich in seinen Armen, klammere mich an seine Hände wie eine Ertrinkende an die rettende Boje. »Fass mich nicht an, fass mich nicht an …«

»Es wird gut, es wird wieder alles gut«, flüstert er erstickt in mein Haar, wiegt mich sachte hin und her.

»Fass mich nicht an«, wimmere ich und breche in Tränen aus.

Mit den Handballen fährt sich Trina über das Gesicht und steht auf, tritt an unsere Seite. »Hier gibt es nichts mehr für uns.« Ihre Stimme klingt belegt und sie tastet nach meiner Hand, als wäre ich es, die ihr Halt geben könnte.

»Ich werde nicht mit dir gehen«, würge ich hervor und sie sieht mich an, ruhig, liebevoll.

»Doch, das wirst du. Jetzt gibt es nur noch uns.« Ein trauriges Lächeln huscht über ihr Gesicht. »Nur noch uns.«

Sie wirft Cole ein trauriges Lächeln zu. »Nick? Fang an.«

Cole nimmt die Hände von mir und sofort überfällt mich eine eisige Kälte. Er macht ein paar Schritte und beschreibt Bewegungen, malt unsichtbare Symbole in die Luft, bis die Spalte des alten Bauernschranks hellblau aufleuchten, gemächlich pulsieren, fast so, als würden sie atmen.

Nonn wird nie wieder atmen, und diese Erkenntnis raubt mir mein Sein. Meine Beine knicken unter mir weg. Im letzten Moment fängt Cole mich auf, hebt mich hoch.

»Triss.« Sanft streicht Trina mir über die Wange, und ich komme einfach nicht damit klar, wie verbunden ich mich dieser Frau fühle. Als wäre … als wäre sie ein Teil von mir.

»Ich will nicht mitgehen«, flüstere ich. »Bringt mich einfach zurück. Nehmt mir die Erinnerungen, gebt mir mein altes Leben wieder.«

Ein Leben ohne eine Zwillingsschwester, ohne sprechende Katzen, ohne Cole und ohne Nonn. Und ohne ihren Tod.

»Nein«, sagt Trina leise, mit einer Stimme, die keinen Widerspruch duldet. »Ich habe einmal den Fehler gemacht, dich loszulassen. Ich werde ihn nie wieder machen. Ich brauche dich an meiner Seite.«

Noch einmal drückt sie meine Hand, dann dreht sie sich um und öffnet die Tür des Bauernschranks, verschmilzt mit seinem gleißend blau leuchtenden Inneren.

Die anderen folgen ihr.

»Romero, nicht wahr? Auf geht's! Du wirst ein braver Junge sein und genau das tun, was ich dir sage, klar? In guten wie in schlechten Zeiten.« Adriano macht eine ausladende Geste. »Bring sie rüber. Ich werde der Letzte sein.«

Ich sehe Cole an, suche den Mann, für den mein Herz schlägt, so lange schon, und ich finde ihn.

»Ich habe das nicht gewollt, Triss. Nichts davon.« Er blickt zu Boden, emotionslos, und trägt mich fort, durch das Portal an einen anderen Ort. Fort von hier. Fort von Nonn.

Ich will das nicht, hallt seine Stimme in meinem Kopf, und noch bevor das Kobaltblau des Portals mich einhüllt, bricht die Schwärze in meinem Kopf über mir zusammen.

RÜCKBLICK TRISS

»Ich will das nicht …« Seine Stimme war fast nicht mehr zu hören.

»Cole, jetzt sag mir, was los ist! Rede! Vielleicht kann ich dir helfen!«

Langsam schüttelte er den Kopf, die Augen immer noch unnatürlich weit aufgerissen. Eine Kälte ging von ihnen aus, eine Unbarmherzigkeit, die Beatrissa von ihm nicht kannte, gepaart mit einem Schmerz, so tief, dass der bloße Anblick ihr die Tränen in die Augen trieb. »Niemand kann mir helfen.«

Und endlich wusste Triss, was sie spürte: Angst.

Sie fürchtete sich vor ihm, vor diesem Mann, der ihr so nahestand, wie sie sich noch nie vor irgendetwas oder irgendjemandem in ihrem Leben gefürchtet hatte.

Langsam wich sie vor ihm zurück. »Cole, bitte …«

Er folgte ihr, gemächlich, ohne Eile, seinen Blick auf sie gerichtet, als hätte sie ihn hypnotisiert. »Es tut mir leid, Triss … Es tut mir so leid …«

»Nein«, hauchte Beatrissa. »Du musst nichts tun, was du nicht tun willst. Ich … ich werde es niemandem erzählen, Cole, versprochen … bitte …«

Seine Hände wanderten an seine Schläfen. Abwesend massierte er den Schmerz fort, unterbrach seine Schritte jedoch keine Sekunde. »Wenn ich nur eine Wahl hätte, Triss … doch die habe ich nicht.« Er schnaubte ein verächtliches Lächeln von seinen Lippen, die schönen Gesichtszüge vor Anspannung so verzerrt, dass sie ihn kaum mehr erkennen konnte.

Hart prallte sie mit dem Rücken gegen die Steinwand neben dem Kamin. »Ich schwöre dir, ich werde alles tun! Alles! Egal, was es ist, wir finden einen anderen Weg.«

Er schüttelte den Kopf. »Es gibt nur diesen einen.«

Es gab kein Entkommen. Er würde sie aufhalten, egal, was sie tat.

»Cole …« Triss streckte beide Hände nach ihm aus, legte sie an seine Brust. Er war so nah, so nah wie schon lange nicht mehr, raubte ihr den Atem wie jedes verdammte Mal, wenn sie ihn sah. »Du willst mir nichts tun.«

»Nein, das will ich nicht.« Er nahm seine Hände von den schmerzenden Stellen hinter dem Ohr und strich ihr über den Kopf, ganz sanft und zärtlich, zog sie in seine Arme. »Ich will es nicht.«

Dio, wie oft hatte sie sich gewünscht, dass er das tat … wie sehr hatte sie sich danach gesehnt, dass er sie auf diese Weise berührte, wenn sie gerade zu schwach war, ihre überflüssigen, unpassenden Gefühle abzuwehren …

Zitternd sog sie Atem ein, konnte ein Aufschluchzen nicht zurückhalten. Trügerische Nähe. Trügerische Sicherheit. Das hier würde nicht gut enden.

»Triss«, flüsterte er und vergrub sein Gesicht an ihrer Schulter, atmete tief ein, eine einzelne Haarsträhne zwischen seinen Fingern.

»Bitte, tu es nicht, Cole … Tu mir das nicht an …«

Seine Worte waren so leise, so rau, dass sie sie kaum noch verstehen konnte. »Es ist besser so, für uns alle. Triss …« Er schob sie zurück und sah sie an, zog leise die Nase hoch. Tränen glommen in seinen Augen und Triss verstand immer weniger. »Es ist der einzige Ausweg.«

»Nein – Cole, wir sind doch Freunde, bitte, Cole, bitte!« Ihr Flehen ging in ein verzweifeltes Schluchzen über. Es würde nicht gut ausgehen. Das konnte es gar nicht.

Seine Finger legten sich um ihre Wangen, so zart, so liebevoll, wie sie es sich ausgemalt hatte, seit jener Nacht, in der das Schicksal bestimmte, dass sie sich über den Weg laufen sollten. So sanft … zittrig …

»Es tut mir leid«, flüsterte er erstickt. »So unglaublich leid … Triss …«

»Cole … bitte … bitte …«

Seine Augen waren klar, ihr helles Blaugrün schimmernd und wunderschön. Und dann beugte er sich über sie und küsste sie auf die Lippen, nur einen Wimpernschlag lang, bevor er seine Fingerspitzen an ihre Schläfe presste.

»Vergessen, Beatrissa, vergiss alles …«

Warm sprach er und weich, ganz leise, die Worte perlten von seinen Lippen wie geschmolzene Schokolade. »Alles …«

Seine Finger lagen auf ihren Schläfen und ihre Haut kribbelte leicht, wo er sie berührte. »Vergiss dein Leben … ich gebe dir Geist … ich gebe dir Geschichte …«

Wie schön seine Augen waren. Wie flüssiger Amazonit, wie die Farben des Mittelmeers, sie schillerten wie das Licht, das durch die Wasseroberfläche bricht, und Beatrissa sank, sie sank in die Tiefe seiner Worte, zufrieden, glücklich und leicht, lächelte, obwohl es langsam dunkel wurde. Um sie herum. In ihr.

Nein, vor diesem Mann musste sie keine Angst haben. Er strich über ihren Kopf, sachte und liebevoll, als wäre sie ein wertvolles Kunstwerk, und seine Stimme war so ruhig und ehrlich … Er … Wie war nochmal sein Name?

»Vergiss alles, Triss …«, murmelte der Fremde vor ihr und Beatrissa schob seine Hände fort, strich sich die langen Haare hinter die Schultern und räusperte sich.

»Danke nochmal für Ihre Hilfe, Signore …?« Sie zog die Augenbrauen hoch, wartete, doch der Mann stand einfach nur da und sah sie an, reglos.

»Romero«, sagte er schließlich mit leiser Stimme. Im Zeitlupentempo nahm er eine Straßenkarte vom Kaminsims und hielt sie ihr hin. »Nehmen Sie die. Navigationssysteme können Sie hier draußen vergessen, vor allem mitten in der Nacht.«

»Werde ich mir merken.« Sie fummelte ihre Autoschlüssel aus der Jackentasche und griff nach der Karte, wedelte damit vor seiner Nase herum. »Buonanotte, Signore Romero. Und entschuldigen Sie die späte Störung.«

Er winkte ab. »Kein Problem. Wir biegen doch alle mal falsch ab, oder?«

Sein Lächeln war bemüht und sie erwiderte es pflichtbewusst, nickte ihm noch einmal zu und ließ ihn in diesem viel zu engen Wohnzimmer mit seinen niedrigen Zimmerdecken zurück.

Schnell rutschte sie auf den Fahrersitz des kleinen Fiats und verschloss die Tür von innen. Mondlicht fiel auf das urige Steinhaus, das von außen so unbewohnt aussah, doch dort zu klopfen war ihre einzige Möglichkeit gewesen. Sie hätte sich sonst wohl hoffnungslos in dieser Einöde verfahren.

Achtlos warf sie die Straßenkarte auf den Beifahrersitz und startete den Wagen. Sie hatte nicht vor, dieses altmodische Ding jemals zu benutzen, denn sie würde sich nie wieder in dieses verfluchte Labyrinth von Hinterland verirren.

KAPITEL 17

Tränen rinnen meine Wangen herab, seit der Sekunde, in der ich erwacht bin, versickern in den dicken, weichen Kissen unter meinem Kopf.

Sie hat mich belogen. Meine Großmutter, die gerade erst wieder Teil meines Lebens war. Und jetzt ist sie es nicht mehr. Ich werde sie nie richtig kennenlernen, und wir werden uns nie aussprechen können.

Und Cole … Es war Cole. Es war wirklich er. Mein Freund, mein Schwager, der Mann, für den ich so lange so viel empfunden habe, im Geheimen, ohne je ein Wort darüber verloren zu haben. Was für eine verfluchte Scheiße.

Sie haben mich verraten, beide, mich und mein Glück verkauft für etwas, das ich nicht einmal verstehe.

Ich vergrabe mein Gesicht in dem dicken Daunen-Wust und weine bitterlich, weine die Angst heraus und den Schmerz und die Trauer, die Trauer um diese Frau, mit der ich nie mehr an einem gemütlichen Abendbrottisch sitzen werde, nie wieder sehen werde, wie sich ihre roten Apfelbäckchen aufplustern, wenn sie lacht.

»Hexchen.«

Fast hätte ich aufgeschrien, und noch bevor ich ihn sehe, spüre ich seine eleganten Schritte auf der Matratze. Herb. Ohne Eile klettert er über meine Hüfte, balanciert über meine Seite, bis er sich vor mich hinsetzt.

Ernst ist sein Blick, so ernst, wie ich ihn selten gesehen habe.

»Hexchen.« Er beugt sich vor, reibt sein Köpfchen an meiner Wange und ich lege die Arme um ihn, als wäre er ein Kuscheltier, während er sich halten lässt, ab und zu mit seiner winzigen rosa Zunge über meine Haut schlabbert, bis ich mich langsam beruhige. »Es tut mir so leid, Triss. So schrecklich leid.«

Ich nicke stumm, und immer noch perlen Tränen aus meinen Augenwinkeln hervor.

»Ich habe nicht viel Zeit. Niemand darf wissen, dass ich hier bin. Also … ich, nicht die Katze. Also … die Katze schon, aber es darf niemand wissen, dass eine Dschinnderüberraschung drinsteckt.«

Ich verdrehe die Augen, lasse mich mit einem Stöhnen zurücksinken.

»Na bitte, Hexchen«, sagt er leise. »Eine andere Emotion. Tut gut, oder?«

Tief atme ich durch, mustere die Steindecke hoch über unseren Köpfen. »Ja, tut es.«

»Wie geht es dir?«

Leise seufze ich. »Ich bin ein Gefühlschaos. Nein – ich bin kein Gefühlschaos, ich bin Gefühlsmatsche. Irgendein undefinierbarer Mischmasch in einer schlammigen Farbe, unten auf der nackten Erde, in einer Pfütze, so tief, dass man den Boden nicht sieht.«

Herb schnaubt. »Menschen. Die kompliziertesten Wesen unter aller Götter Sonnen.« Er stupst mich an, sanft, liebevoll. »Es wird nicht mehr lange dauern, dann wird dein Schwesterchen hier sein. Sie weiß, dass du wach bist. Sie spürt, wenn deine Kräfte erwachen.«

Ich setze mich ein wenig auf, schniefe leise. »Heißt das … bedeutet das etwa, dass meine Gaben verschwinden, wenn ich schlafe?«

Herb wiegt den Kopf. »Nicht ganz. Sie sind quasi auf stand-by.«

»Und … und warum weiß sie, wie stark ich bin? Ob ich schlafe oder wach bin?«

Die Katze lässt sich auf die Seite fallen, robbt ein wenig näher zu mir. »Zwillingsmagie. Twin Mirror Magic. Bist du noch nicht so weit gekommen in deinem Grimoire?«

Mit offenem Mund starre ich ihn an. »Du weißt, was in meinem Buch steht?«

»Natürlich.« Fordernd schiebt er sein Köpfchen in meine Handfläche, und als ich damit beginne, ihn zu kraulen, schnurrt er wohlig. »Ich weiß auch, wo dein Buch steht. Dass ihr Fleischsäcke immer noch nicht geschnallt habt, dass ich ein metamagisches Wesen bin!.«

Sein Schnurren beruhigt mich.

»Wie hast du mich gefunden?«

Er ächzt leise, lässt sich Zeit mit der Antwort. »Ich würde dich überall finden, Hexchen. Ich habe dich ausgesucht.«

Was ist das schon wieder für eine Aussage? Ich schiebe die Katze ein wenig fort, richte mich auf, und ungehalten sieht sie mich an.

»Wo bin ich überhaupt?«

»Mussomeli«, teilt er mir knapp mit und springt aus dem Bett, schlendert hinüber zu der Fensteröffnung, schaut versonnen in die Ferne.

»Musso-«

Ich springe aus dem Bett, hetze zu ihm. Unter uns breitet sich eine wunderschöne Landschaft aus mit weiten, gelblichen Wiesen, Bäumen, Dörfern. Die sandfarbenen Mauern der Burg geben einen Blick auf einen kleinen Innenhof frei, umsäumt von Fenstern. Vielen Fenstern. Ja, das Castello, definitiv, und wenn ich mir die Aussicht so betrachte, befindet sich mein Zimmer ganz oben im Rapunzelturm.

Nur …

»Aber Mussomeli ist eine Ruine.«

Herb wirft mir einen verschmitzten Blick zu. »Magie, Hexchen. Unter den Oscuri gibt es einige sehr begabte Elementarmagi, die nicht nur schwachen Tee und Plüschmesser hervorzaubern können, sondern ganze Wohnkomplexe.«

Ich lasse den Blick durch das Zimmer schweifen. Das Bett auf seinen dicken, hölzernen Füßen ist einfach nur gewaltig – wie der ganze Raum. Eine Kommode, ein Wandschrank und die Badezimmertür, direkt neben mir ein altertümlicher Schreibtisch mit einem bequem aussehenden Drehstuhl.

Vor keinem der Fenster ist Glas, es sind einfache, gemauerte Öffnungen in den groben Steinwänden.

»Dann ist das alles eine Illusion?«, frage ich vorsichtig.

»Ein wenig Stretch-Magic, und du hast so viel Platz, wie du brauchst. Ein wenig Luxo-Zauber hier, Luxo-Zauber da, und dein neues Zuhause bietet dir jede Annehmlichkeit, die du dir nur wünschen kannst.« Er nickt in Richtung Badezimmertür. »En-Suite, Hexchen – und luxuriös as hell.«

Ich verschränke die Arme vor der Brust, betrachte die Oscuri, die über den Hof wuseln wie die Schüler in einem Böse-Hexen-Internat. »Hast du schon eine Gefängnisbegehung gemacht, oder was?«

»Iwo.« Unbeeindruckt führt Herb seine Zunge über das linke Pfötchen. »Der Raum ist meine Eintrittskarte. Spiegel, Hexchen. Über die kann ich jede Dimension betreten. Da ist auch ein Whirlpool drin. Sexy, oder?«

Ich blinzle. »Di … Dimension betreten?«

»Klar, wie sollte das auch sonst funktionieren? Das Castello-Ding ist ein Touristenmagnet!« Pikiert schüttelt Herb den Kopf. »Was sagst du zu der Wanne? Sie ist rund, sie blubbert, da kannst du mal so richtig entspannen und zur Ruhe kommen!«

»Ich glaube nicht, dass das gerade meine Priorität ist«, murmele ich lahm. »Ich werde hier nicht rauskommen, oder?«

Herb schüttelt das Köpfchen. »Nein, Hexchen. Und Nick kann dich nicht hier rausbringen.«

»Er kann mir gestohlen bleiben.«

Geräuschvoll atmet Herb aus. »Hexchen, schau …«

»Er hat mir meine Erinnerungen genommen, dieser verlogene Mistkerl!« Allein der Gedanke an Cole stößt mir die Messerausstattung eines kompletten Steakhouses ins Herz und dreht sie genüsslich herum. »Er war es, Herb! Nicht irgendjemand! Er!«

»Jaaaaaa …« Herb dreht sich einmal um sich selbst, als könnte er sich auf dem Fenstersims eine gemütliche Kuhle bauen. »Wo du schon davon anfängst, es ist halt so … Ich weiß.«

Ich starre diese Katze heute ziemlich häufig einfach nur an. »Du hast es gewusst?«

»Nun, lass es mich erklären … ja, klaro.«

»Du hast es die ganze Zeit über gewusst? Und du hast mir nicht geholfen?«

»Ich helfe dir die ganze Zeit«, sagt er leise, und ich explodiere.

»Was für eine Art von Schutzgeist bist du eigentlich?«, schreie ich ihn an.

Er beugt sich ein Stückchen vor. »Ein guter.«

»In welcher Definition von gut?« Mit beiden Händen fuchtele ich in der Luft herum, und die ersten Oscuri-Arschlöcher unten im Hof recken interessiert ihre Köpfe nach oben. »Cole hat mich benutzt, hat all das für sie getan. Vielleicht war schon unser erstes Aufeinandertreffen kein Zufall … Und ich habe mich einwickeln lassen.« Glückwunsch, Triss. Naivität kannst du besser als hexen, das ist schon mal klar!

»Pscht, verrat mich nicht!« Herb macht sich lang. »Jetzt reiß dich mal zusammen und fang an, die Probleme zu lösen, anstatt neue zu erschaffen!«

Ich schnaube wütend. »Ich sitze in einer Dimension links neben der Realität fest, gemeinsam mit meiner plötzlich auferstandenen Zwillingsschwester und einem elenden bastardo, in den ich mich verliebt habe, meine Großmutter ist tot und du verlangst, ich soll mich zusammenreißen?«

Herb legt den Kopf schief. »Du hast dich wirklich in ihn verliebt? Wie schön!«

Ich balle die Hände zu Fäusten, knurre und wende mich von ihm ab, bevor ich noch die Kontrolle verliere und gewisse Dinge aufreiße.

»Hexchen! Triss! Wir werden all das in Ruhe klären, wenn ich – merda!« Wie der Blitz schießt Herb an mir vorbei unters Bett, und zwar keine Sekunde zu früh.

»Sieh an, sieh an, Triss.« Adriano betritt mein Gefängnis, mit einem breiten Lächeln im Gesicht. »Hatte deine Schwester recht, du bist wach. Wenn du jetzt bitte mit mir kommen würdest?«

»Vai al diavolo!«, fauche ich ihn an und wende mich ab, schaue starr aus dem Fenster in einen Tag hinaus, der viel zu schön und zu sonnig ist für all das, was geschehen ist.

»Triss. Wir sind doch alte Freunde.«

Wieder schnaube ich. »Freunde? Wir haben so viele Mittagspausen miteinander verbracht, gelacht und gelästert. Und das alles nur, damit du mich ausspionieren konntest.«

Er kommt langsam näher. »Wir hatten doch eine gute Zeit, oder? Das muss jetzt nicht enden.«

»Doch«, versetze ich. »Genau das muss es. Du hast meine Großmutter auf dem Gewissen, ihr alle gemeinsam habt mich gegen meinen Willen hierher verschleppt und was weiß ich, was ihr mir sonst noch angetan habt!«

»Das mit Nonn tut mir leid. Es war keine Absicht, aber hätte ich mich nicht gewehrt, wäre ich heute tot und nicht sie.«

Ich fahre herum. »So ein Blödsinn! Was hätte sie dir antun sollen – sie war nur eine alte Weißmagierin! Sie war –«

Adriano lacht leise, keine Spur boshaft. »Du weißt wirklich gar nichts, oder?« Er stellt sich neben mich ans Fenster, blickt hinaus. »Schwarzmagisch, weißmagisch … das alles sind nur Modebegriffe. Jedes magisch begabte Wesen ist in der Lage, außergewöhnlich gute Dinge zu tun – aber auch abgrundtief schlechte. Wir alle können das.« Er sieht mich an, mit seinen dunklen Augen, die mich anzusaugen scheinen wie ein schwarzes Loch. »Wirklich alle.«

Ich schüttele den Kopf. »Aber … aber ihr Oscuri …«

Adriano winkt ab. »Wir Oscuri sind keine geborenen Bösewichte, genauso wenig wie die Lichtgestalten unter uns reine Engel sind. Wir sind nur menschlich. Tief in deinem rührend naiven Herzchen weißt du ganz genau, was deine liebe Nonna gestern mit mir vorhatte … und was du drauf und dran warst zu tun, wenn Romero nicht dazwischen gegangen wäre.«

Das muss ich erst einmal verarbeiten, kaue auf meiner Unterlippe. »Es ist unsere Entscheidung?«, frage ich schließlich, und Adriano sieht mich an, mit hocherhobenen Augenbrauen.

»Alles ist unsere Entscheidung.« Adriano lächelt schief. »Sagen wir: Ein Teil von mir hätte zu gern gesehen, wie du dich in deinen Rachegelüsten verlierst – auch wenn mich das vielleicht ein paar Narben gekostet hätte.«

Lust, Allmacht. Eine tiefe Sehnsucht danach, ihm den Schmerz zuzufügen, den ich in mir trug … Er hat recht, all das habe ich gespürt. Ich hätte ihm mit den Fingernägeln die Haut abgezogen, hätte Cole mich nicht aufgehalten.

»Und jetzt, Triss: Lass uns gehen. Deine Schwester hat Sehnsucht nach dir.« Er legt mir die Hand in den Rücken und schiebt mich in Richtung Zimmertür. »Du kannst schön brav mit mir gehen oder ich fummele ein bisschen in deinem hübschen, rosa Gehirn herum, bis du der Meinung bist, dass das deine eigene Idee ist. Hm? Wie wär's? Ich kann dir allerdings nicht garantieren, dass ich nicht ein bisschen übers Ziel hinausschieße, wenn ich erst einmal deinen verführerischen Willen gekostet habe.«

Unauffällig werfe ich einen Blick zurück und entdecke bernsteinfarbene Augen, die in der Dunkelheit unter meinem Bett für den Bruchteil einer Sekunde aufflackern.

War ich schon einmal hier? Ich kann mich nicht daran erinnern. Vielleicht früher, mit unseren Eltern oder mit Nonn – vielleicht auch mit der Schule, sofern Hexensatansbraten überhaupt zur Schule gehen. Nichts kommt mir bekannt vor an diesen Steinwänden und behauenen Stufen, die Adriano und ich schweigend hinuntersteigen … aber das kann man ja ändern.

Links neben der Realität haben meine Schwester und ihre dunkelgeistigen Gehilfen hübsche, wohnliche Räume aus dem heruntergekommenen Gemäuer gezaubert – im wahrsten Sinne des Wortes.

Dicke Teppiche schlucken jeden unserer Schritte. Vermutlich verbergen sich hinter den Massen von Türen weitere luxomagisch eingerichtete Suiten. Moderne Fackeln brennen an den Wänden, ruhig und unbeeindruckt von jedem Luftzug, der durch die stillen Flure der Burg streift.

»Gemütlich«, sage ich schnippisch und balle meine Hände zu Fäusten. »Andere Gefangene haben es vermutlich nicht so gut.«

»Anderen Gefangenen basteln wir ein neues Leben und lassen sie auf die Menschheit los, wie dich.« Unbeeindruckt setzt Adriano seinen Weg durch die ewig langen Flure fort.

»Aber mich habt ihr zurückgeholt.«

»Ja, du warst … ein Problem.« Adriano wirft einen Blick auf seine Taschenuhr.

Ich gebe alles, um die Überraschung in meinem Gesicht zu verbergen. »Ja, weil ich unabsichtlich ziemlich viel Mist angestellt habe.«

Er mustert mich prüfend, zieht die Augenbrauen hoch. »Wir haben uns verkalkuliert. Auf den ersten Blick klang die Idee toll, dir die Erinnerungen an dein Hexendasein zu rauben. Auf den zweiten Blick hätten wir nichts Bescheuerteres tun können.«

Jetzt wird es interessant. »Warum habt ihr es dann gemacht?«

Adriano gluckst. »Zwillingsmagie, Triss. Ihr seid aneinander gebunden. Du hättest immer gewusst, dass sie lebt. Die Extincteure hätten es in weniger als drei Minuten aus dir herausgepresst. Es steckt nun einmal in dir, wie Instinkt.«

»Dann war da die Sache mit der Balance … Stirbt der eine Teil, verliert der andere seine Kräfte. Jedes magische Wesen weiß das. Und wenn deine Schwester als tot gelten sollte …«

»… mussten meine Kräfte ebenfalls verschwunden sein. Clever.«

Adriano biegt links ab, steigt eine offene, gewundene Steintreppe hinab. »Nicht clever genug. Denn was niemandem bekannt war:

Verlierst du deine Kräfte, so verliert deine Zwillingsschwester auch ihre.«

»Autsch«, sage ich. »Davon war sie bestimmt nicht begeistert.«

Wir durchqueren einen gewaltigen Saal, ausgestattet wie eine Kirche, mit einem erhobenen Podest an der Stirnseite und Sitzbänken, die nicht sonderlich bequem aussehen. Unglaublich! Diese Oscuri-Ärsche können echt was, das muss man ihnen lassen.

Adriano wiegt den Kopf. »Sie hat sich einige Monate zurückgezogen, hat mir und Manolo allein die Führung überlassen. Wir haben sie selten zu Gesicht gekriegt.« Er öffnet eine unscheinbare Holztür hinter einem Pfeiler und lotst mich hindurch.

»Und dann kamen meine Hexenkräfte zurück.«

»Kinderzauber, so nennen wir das. Kleine, harmlose Dinge, Illusionen von Taschenspielzauberern gleich, dennoch zu auffällig, um unentdeckt zu bleiben. Romero hatte alle Hände voll zu tun, so nah an dir dranzubleiben, dass er stets da war, bevor die anderen Schnüffler auftauchten. Eines Tages war es ein Vergessenszauber zu viel – und den Rest der Geschichte kennst du.« Er bleibt vor einer gewölbten Tür stehen. »Da sind wir.«

Deswegen waren alle so scharf darauf, dass ich meine Kräfte zurückgewinne! Damit sie ihre wiederbekommt! Der Boden unter meinen Füßen gerät ins Wanken und fast hätte ich mich vor Schwindel an Adrianos Arm geklammert.

Adriano streckt die Hand aus, um anzuklopfen, doch laute Stimmen lassen ihn jäh innehalten.

Meine Stimme.

Und nicht nur die.

»Du hast es mir versprochen, Trina!«

Cole. Und mein Herz hüpft und versetzt sich gleichzeitig selbst einen Kinnhaken. Natürlich ist er hier, bei seiner Frau. *Mistkerl!*

»Ich habe gesagt, dass ich mich dafür einsetze.« Trina klingt nicht wie die Königin dieses Anwesens, sondern bedauernd, fast schon traurig. »Aber ich treffe nicht allein die Entscheidungen.«

»Trina!« Cole atmet so schwer, als wäre er zu Fuß den Berg herauf gejoggt. »Ich bitte dich – nur für einen Moment! Fünf Minuten, bitte! Das könnt ihr mir nicht antun – das könnt ihr ihm nicht antun, er –«

Plötzlich stößt Adriano die Tür auf, so heftig, dass sie innen an die Wand knallt. *Was war denn das? Erst lauschen, und dann … Oh. Wegen mir.* Irgendetwas sollte ich nicht hören, deshalb hat er sich quasi mit einer Blaskapelle bemerkbar gemacht.

»Romero!«

Mehr als dieses eine Wort braucht es nicht. Cole fährt herum. Emotionen jagen durch seine Augen, Wut, Angst, Schmerz. Hart presst er die Kiefer aufeinander und wendet sich von uns ab, als hätten wir einen widerlichen Gestank mitgebracht.

Meine Schwester steht mitten in dem kleinen Salon, in ein Sommerkleid aus zartem schwarzen Chiffon gehüllt. Einmal kurz atmet sie durch, dann glätten sich ihre Gesichtszüge. »Triss!« Sie strahlt mich an und eilt zu mir, nimmt mich in ihre Arme. »Dio, Triss …«, murmelt sie, und es tut gut, so gut, sie zu halten. Sie riecht vertraut, nicht unangenehm, nichts in mir sträubt sich gegen sie. Wie von selbst legen sich meine Arme um sie, und sie schnieft leise an meiner Schulter. »Es tut mir leid, Triss, so leid. Niemand hat gewollt, dass *das* passiert.«

Cole sieht bei weitem nicht so entspannt aus. Eingepfercht in seinen typischen Konfirmationsanzug beobachtet er uns, vermeintlich reglos, doch seine Kiefer mahlen und in seinen Augen glitzern Tränen. *Trauer?*

»*Das* war das Leben unserer Nonna, Trina.« Ich schiebe sie von mir, blicke in dieses Gesicht, das bis auf das fehlende Grübchen so aussieht wie meins. Langsam schüttele ich den Kopf. »Das alles ist ein Albtraum. Mich zu entführen, in diese Paralleldimension zu stecken, wo ich von niemandem umgeben bin, der mich nicht nach Strich und Faden belogen hat …«

Trina wirkt bestürzt. »Hier wirst du bleiben, Schwesterchen, für eine lange, lange Zeit. Ich hatte gehofft, du fühlst dich wohl.«

»Du hältst mich gefangen in diesem Turmzimmer, mit all seinem Luxus, der mich blenden soll.«

Ein mildes Lächeln huscht über ihr Gesicht. »Du bist nicht eingesperrt. Du kannst dich frei bewegen. Unser Zuhause ist auch dein Zuhause … in gewissen Grenzen.«

Ein einsamer Schauer rinnt meinen Rücken hinab. Das klingt noch beunruhigender, als wäre das Zimmer meine einzige Zuflucht. »Ich darf überall herumlaufen?«

»Natürlich. Bis zum Fuße des Hügels gehört alles auch dir. Doch dort findet deine Freiheit ihr Ende. Ach, es wäre so schön, wenn du dich daran erinnern könntest, dass wir Freundinnen waren.«

»Warum, Trina?«

Sie blinzelt, überrascht von dieser einfachen Frage. Nachdenklich schlendert sie durch den Raum zu einem Gitterschränkchen, wählt ein kleines Fläschchen mit roter Kappe unter unzähligen anderen aus und verstaut es in der Tasche ihres Kleids. Zaubersprüche, so wie mein Schutzspruch, ich erkenne es sofort. »Warum was, Schwesterherz?«

»Warum bist du so?« Langsam schüttele ich den Kopf. »Du bist meine Schwester, du und die anderen haben mir für eure Zwecke alles genommen, was ich war, und mir regelmäßig von diesem Scheißkerl das Gedächtnis glattbügeln lassen, nur damit euer Überleben nicht aufgedeckt wird.«

Irritiert blinzelt sie. »Nein, ich … wir … wir dachten, wir könnten dich so beschützen. Die Extincteure hätten alles versucht, um die Wahrheit aus dir herauszuquetschen!«

Pokerface, Triss! Bewahre dein Pokerface … oder schaff dir endlich eines an!

Düster mustere ich sie von oben bis unten. »Du hast mich doch erst in diese Gefahr gebracht!«

Sie blickt mich an, ehrlich. »Ja, und das war ein Fehler. Die anderen und ich«, sie wirft Adriano einen schnellen Blick zu, »haben die Prophezeiung der Zwillingsmagie fehlinterpretiert.

Jetzt wissen wir es besser.« Sie deutet auf zwei Sofas, die sich vor einem gewaltigen Kamin gegenüberstehen. »Willst du dich nicht setzen?«

Sie nimmt Platz und Cole neben ihr.

Eigentlich will ich lieber stehen.

Nein.

Eigentlich will ich lieber abhauen, mich verpissen in ein Leben in gemütlicher Unwissenheit. Wenn meine gesamte Hexenerinnerung an diesen furchtbaren Menschen hier hängt, scheint das Leben mit aufgedrückter Persönlichkeit plötzlich gar nicht mehr so abschreckend zu sein.

Cole nimmt ihre Hand und ich lasse mich neben Adriano auf die Couch gegenüber sinken, bevor meine Beine versagen.

»Also? Was willst du von mir? Ich bin doch bestimmt nicht hier, weil du ein nettes Gespräch unter Schwestern führen wolltest.«

»Wir … ich wollte mich dir erklären, Triss, dir deutlich machen, dass es richtig ist, was wir tun.«

»Aha«, sage ich leise. »Also ist es das Richtige, wenn man dafür Gebäude mit Hunderten von Menschen hochjagt, anderen das Leben auf jede erdenkliche Weise nimmt oder zur Hölle macht – für seine eigenen, egoistischen Zwecke.« Langsam schüttele ich den Kopf. »Was ist nur mit dir passiert? Und wann?«

Tränen steigen ihr in die Augen, aber ich vermag nicht zu sagen, ob es Wuttränen sind oder Tränen des Schmerzes. »Die Unterdrücker sind die Bösewichte in dieser Geschichte, Triss. Nicht wir. Wir wollen nur unsere Freiheit.«

»Aber zu welchem Preis? Trina, ihr bedient euch fremder Kräfte, greift in den Willen anderer ein, um selbst einen freien Willen zu haben. Siehst du nicht, dass das falsch ist?«

»Nicht alle sind so stark wie Nicholas oder Nonn. Oder du.« Sie schüttelt sachte den Kopf. »Denkst du, ich hätte mir nicht gewünscht, noch etwas anderes zu haben als nur die Dunkelheit in mir? Du warst der Sonnenschein, Triss. Du weißt nicht, wie es sich anfühlt, nur im Schatten zu stehen.« Abrupt steht sie auf, läuft in ihrem Salon auf und ab. »Irgendwann habe ich es einfach mal ausprobiert. Und es hat sich gut angefühlt. So verdammt gut, dass ich es wieder fühlen wollte. Und meine Freunde, Triss … sie bewunderten mich. Plötzlich war ich nicht mehr nur die Schwester – ich war stark, ich konnte andere dazu bringen, alles zu tun, was ich wollte.«

»Das klingt grauenhaft.« Meine Stimme ist nur noch ein Wispern.

»Es war wundervoll.« Trina lächelt bei der Erinnerung. »Sie haben mich geliebt, weißt du? Genauso wie Adriano, Manolo und der Rest unserer Truppe. Sie lieben mich dafür, dass ich so starke Manipulationskräfte habe – und dass ich sie dafür einsetze, sie zu befreien.«

»Und nicht nur dafür, Trina. Du bist eine Inspiration für uns alle, für die ganze Welt!« Adriano nickt unterwürfig.

Sie lächelt ihm dankbar zu, und nur ein Wort zuckt durch meinen Kopf: Gehirnwäsche. *Das klingt wie Gehirnwäsche!*

»Die Unterdrücker lassen uns keine Wahl«, ergänzt Adriano und lehnt sich zurück, schlägt die Beine übereinander. »Sie berauben uns unserer natürlichen Gaben, unserem Auskommen, unserer freien Entscheidung, wie wir dieses eine Leben verbringen wollen, das uns geschenkt wurde.« Seine schwarzen Augen fixieren mich. »Wünschen wir uns nicht alle, frei zu sein?«

Ich halte seinem Blick stand. »Ich habe mich nicht sonderlich frei gefühlt, als mir Cole meine komplette Persönlichkeit weggesaugt hatte.«

Cole zieht scharf Atem ein, doch ich lasse Adriano nicht aus den Augen.

»Ich habe etwas gefühlt, in dem Moment, als es passiert ist. Oder ist das egal?«

Grimmig mustert Adriano mich. »Es ist falsch, Kräfte unterdrücken zu wollen, ihre Anwendung unter Strafe zu stellen. Wir wollen doch nur frei sein.«

Die Tür geht auf und ein dunkelblonder Mann steckt den Kopf herein. »Auf ein Wort, Adriano.«

Interessiert mustert er mich, mustert Trina, doch er sagt kein Wort.

»Scusate.« Adriano erhebt sich, sichtlich angefressen. »Bin sofort zurück.«

Trina klammert sich an Coles Hand.

Ich beuge mich ein wenig vor. »Die verbotenen Kräfte anzuwenden, verursacht so etwas wie einen Rausch, oder?«

Sie nickt abwesend. »Ja, ach, es ist wunderbar, Triss, die Macht durchströmt deine Adern wie flüssiges Gold, sie pusht deinen Verstand, schärft deine Sinne und du fühlst dich unbesiegbar.«

Übelkeit kriecht meine Kehle hinauf. So stelle ich mir eine Sucht vor, einen Wahn, dem man hilflos ausgeliefert ist. »Und du willst mehr davon?«

»Es fühlt sich einfach toll an. Triss – wenn du es zulassen könntest, nur ein Mal, dann wüsstest du, wovon ich rede, dann würdest du verstehen, dass wir nur das fühlen wollen, was uns die Natur geschenkt hat.«

»Und als ich mein Gedächtnis verloren hatte?«, will ich wissen. »Was hast du da gefühlt?«

»Es war plötzlich still«, flüstert sie fast unhörbar, starrt vor sich hin.

Cole und ich tauschen einen überraschten Blick, und zum ersten Mal spüre ich, dass etwas in ihm erwacht. Allerdings bin ich zugegebenermaßen die Letzte, deren Gefühlen man vertrauen sollte.

»Diese Stürme in mir, dieser ständige Drang, der Zwang, mehr zu tun, mehr zu fühlen … er war fort. Alles war fort. Ich war satt … endlich war ich satt.«

Incredibile! Sie spricht wirklich wie eine Drogensüchtige.

»Und das war gut?«

»Es fühlte sich … ruhig an. Warm. Gemütlich, sich nicht nach dem nächsten Moment zu sehnen, sich nicht fragen zu müssen, wann ich ihn das nächste Mal bekomme, diesen …« Sie bricht ab, sieht mich fast schon erschrocken an.

»Kick?«, sage ich leise, und ihre Augen werden noch größer. Sie stammelt, sucht nach Worten und findet keine.

Die Tür fliegt erneut auf und der dunkelblonde Typ schießt herein. »Trina? Sie sind da.«

Trina reibt die Handflächen über ihre Oberschenkel, zimmert sich ein Lächeln aufs Gesicht. »Fabelhaft. Ich komme. Nick?«

Er wendet sich ihr zu.

»Bringst du Triss zurück auf ihr Zimmer?«

Er nickt knapp. »Gern.«

Am liebsten hätte ich gelacht. Keine drei Meter gehe ich mehr mit dem!

An der Tür dreht sich Trina noch einmal um. »Triss, frühstücken wir morgen zusammen? Ganz in Ruhe?«

Mein Blick huscht zwischen ihr und Cole hin und her. »Gern. Ich freue mich.«

Seine Schritte folgen mir, holen auf. »Triss! Soweit ich weiß, sollte ich dich auf dein Zimmer bringen und nicht eine Weltmeisterschaft im Sprint abhalten!«

»Verpiss dich!« Ohne mich umzudrehen, gehe ich in einen lockeren Trab über. Wenn ich Glück habe, kann ich ihn abhängen.

»Ich will nur mit dir reden!«

Laut, deutlich und übermäßig theatralisch schnaube ich. »Denkst du nicht, du hast mir schon genug Gift ins Ohr geträufelt?«

»Komm schon, Triss –« Seine Stimme tönt durch die Halle, laut, fordernd.

Ich jogge um die Ecke, ohne mich nach ihm umzusehen, sprinte die Steinwendeltreppe hinauf, zwei Stufen auf einmal nehmend, weg von ihm, so schnell ich kann.

Einen Meter vor mir öffnet sich eine Tür und Cole versperrt mir den Weg.

»Scheiß Portalmagier«, knurre ich und verschränke die Arme

vor der Brust, schaue überall hin, nur nicht in sein verlogenes Arschlochgesicht.

»Triss.« Seine Stimme ist leise, flehend.

»Ich will keine dummen Entschuldigungen hören, Nicholas. Und erst recht nicht noch mehr Unwahrheiten. Eigentlich will ich überhaupt nichts mehr von dir hören, nie wieder. Du hast mich belogen, von Anfang an, mir mein Gedächtnis genommen und dich anschließend als mein Retter aufgespielt, dem nichts mehr am Herzen zu liegen schien als mein Glück, und das allein.« Tränen stürzen mir in die Augen, und ich flippe gleich aus. »Du hast mich dazu gebracht, etwas für dich zu empfinden. Wie soll ich dir das jemals verzeihen?«

»Ich habe das nicht gewollt, nichts davon, wirklich. Ich kann dir nicht erklären, was …« Langsam schüttelt er den Kopf, eine Bestürzung im Blick, die ich nicht verstehe und die mir, gelinde gesagt, ordentlich am Arsch vorbeigeht. »Triss, ich …«

Von oben nähern sich Schritte.

»Fuck!«, knurrt Cole. »Können wir ungestört in deinem Zimmer reden?«

»Gegenvorschlag: Du zauberst eines deiner ach so tollen Portale her und bringst mich hier raus. Dann reden wir!«

Cole verdreht die Augen und beugt sich über den Handlauf, wirft einen Blick nach oben und bedeutet mir, schnell mitzukommen. Widerwillig folge ich ihm.

»Trinas Leute haben dich an diesen Ort gebunden, so wie Nonn … wie Nonn dich …« Er bricht ab und ich habe das Gefühl, dass er wirklich nicht mehr weiterreden kann.

»So wie Nonn mich an das alte Steinhaus gebunden hatte.« Natürlich. Und jetzt, wo sie fort ist, ist der Bann gebrochen.

Cole nickt stumm. »Bitte, Triss. Ich will nur mit dir reden.«

»Ich aber nicht mit dir!« Ich stoße die Tür zu meinem Zimmer auf, stampfe herein, und natürlich folgt mir Cole ungefragt.

Ich fahre herum, stemme die Hände in die Hüften. »Willst du noch einen Eimer Eiswasser, stronzo?«

Cole verdreht die Augen und marschiert einfach an mir vorbei. »Herb? Herb, bist du noch da?«

Mit offenem Mund starre ich ihn an. Cole weiß, dass er hier ist? »Aber ich dachte, niemand sollte wissen …«

Herb kriecht unter dem Bett hervor, gähnt herzhaft und streckt genüsslich alle vier Beine. »Hello again.«

»Auch einer der Gründe, warum du mir, verdammt nochmal, einfach zuhören solltest.« Cole deutet auf die Katze wie ein Zauberkünstler, der soeben ein Kaninchen aus dem Hut gezogen hat. »Ohne die Hilfe von ihm wären wir nämlich ordentlich aufgeschmissen.«

Herb schnaubt. »Verpiss dich, Nick … Nico … Cole Lateralschaden.« Triumphierend blickt Herb von Cole zu mir und zurück.

»Witzig«, sagt Cole und Herb lässt frustriert den weißen Puschelschwanz sinken.

»Schon gut, schon gut. Ich bin jetzt in einem Alter, wo ich eh nur noch Altherrenwitze zustande bringe. Lebt damit.« Er springt aufs Bett und baut sich eine Kuhle. »Mein Röntgenblick erkennt: Zwischen euch herrscht dicke Luft.«

Ich werfe mich auf den Schreibtischstuhl. »Wundert dich das?«

»Würdest du mir jetzt endlich mal zuhören?«, herrscht Cole mich an.

»Nein! Und so schonmal gar nicht!«, motze ich zurück. »Ich will nicht mit dir reden, hai capito?«

Sein Blick ruht auf mir, dann geht er hinüber zum Bett und lässt sich neben Herb auf die Matratze sinken. »Meinst du nicht, ich hätte es verdient, dir meine Version der Geschichte erzählen zu dürfen?«

Wütend schnaube ich. »Du hättest es verdient, an einen Besen gebunden und aus der Umlaufbahn geschossen zu werden, egal, wie fett dein Arsch dabei aussieht, stronzo!«

Ein kleines Lächeln huscht über sein Gesicht. »Ich habe deine Wutausbrüche schon immer gemocht.« Er wird wieder ernst.

Herb robbt zu ihm, bettet das Köpfchen auf Coles Oberschenkel. »Du hast recht, Triss. Mit allem.«

»Mit allem?«

»Mit fast allem«, präzisiert er und legt den Kopf ein wenig schief. »Triss, bitte …«

Ich wende mich ab, starre auf den Steinboden. »Ich will dir nicht verzeihen. Du versuchst, die Schuld auf jemand anderen zu schieben, um selbst besser dazustehen.«

»Jemand anderen?« Fast unmerklich hebt er die Augenbrauen. »Auf deine Schwester, meinst du?« Er schüttelt den Kopf. »Nein. Du kennst mich wirklich schlecht, wenn du glaubst, dass ich nicht zu meinen Fehlern stehe.«

Ich stoße ein falsches Lachen aus. »Nun, offensichtlich kenne ich dich überhaupt nicht, denn ich bin auf jede einzelne deiner beschissenen Lügen hereingefallen.«

Er schluckt und senkt den Blick. »Ja«, sagt er leise.

»Hexchen«, mischt Herb sich ein. »Hör dem Schönling zu. Ausnahmsweise hat er wirklich mal was zu sagen.«

Die Tränen schleichen sich zurück in meine Augen und ich wünschte, meine Tempestusmagie könnte auch sie manipulieren und nicht nur das Wasser oben in den Wolken. »Gut. Dann sag mir: Womit habe ich es verdient, dass du so mit mir umgehst?«

Coles Blick ist voller Schmerz, und, oh, ich will ihm das abnehmen, wirklich, so sehr, aber viel zu oft … Er hat mir einfach viel zu oft etwas vorgespielt.

»Du hast nichts falsch gemacht, Triss!« Langsam schüttelt er den Kopf. »Das war alles ich, ich habe … ich musste …« Er bricht ab und fährt sich mit einem genervten Knurren durch das Haar, erinnert mich schmerzhaft daran, wie es ihm in den Augen hing, wenn er über mir war, in mir …

»Haben und Müssen und Tun … hier geht es ums Wollen, Cole.« Ich grabe mir die Fingernägel so tief in meine Handballen, dass es wehtut. »Ich weiß, was du mir angetan hast, du kannst es nicht ändern. Es gibt immer eine Wahl – und du hast deine getroffen, als du mir alles genommen hast.«

Plötzlich sieht er müde aus. »Du liegst falsch, Triss, du ahnst gar nicht, wie sehr.« Er vergräbt die linke Hand in Herbs Fell, krault ihn ausgiebig, während die rechte an seine Schläfe wandert und sie massiert, sachte, doch ich habe keine Lust, auch nur eine Spur Mitleid mit diesem Scheißkerl zu empfinden.

»Du hast mir mein Leben gestohlen! Meine Vergangenheit, und jetzt auch meine Zukunft!«

Er nickt behutsam. »Ich weiß.«

»Und dann wagst du es, mit mir reden zu wollen?«

Sein Blick ist düster. »Soll ich dir mal was sagen, Beatrissa Russo? Ich wünschte, ich hätte diesen Luxus, jeden Morgen aufzustehen und mit einem Thermobecher Kaffee in der Hand verschlafen zu irgendeinem Job zu trotten. Ich wünschte, meine größten Probleme wären die Entschlüsselung der Busfahrpläne Palermos und das allabendliche Fernsehprogramm. Du ahnst gar nicht, was für ein Segen es sein kann, zu …« Er bricht ab und atmet einmal tief durch, fährt sich durch die Haare.

»Du wünschst dir, du könntest vergessen?«, spucke ich ihm entgegen, so biestig, wie ich nur kann. Bitter. Wütend. Was fällt ihm ein? Mir, der er alles genommen hat, zu sagen, dass er mich beneidet? »Wie kannst du nur so scheiße –«

»Stopp, Hexchen.« Herb richtet seine Bernsteinaugen auf mich. »Hör ihm einfach mal zu.«

»Manchmal würde ich das gerne, ja«, gibt Cole leise zu. Nur Sekunden später legen sich etwa 300 seiner 7.000 Masken wieder auf sein Gesicht. »Ist eh egal, was du von mir hältst. Du hast dir dein Bild gemacht, und Ende.«

Fast schon arrogant blickt er mich an, doch sein Blick ist offen und er wirkt so ehrlich, so verdammt ehrlich, wie er es immer war, und diese Traurigkeit …

»So ist es«, fauche ich. »Ich brauche niemanden, der mich zu Boden drückt, nur um mir anschließend wieder aufhelfen zu können.«

Er nickt stumm und mustert den Fußboden.

»Der mir mein Wissen nimmt, um mir neues einzutrichtern – ganz wie es ihm gefällt.«

Wieder nickt er.

»Der so bösartig und kalt ist, dass er für die Gunst meiner Schwester alles tun würde. Alles.« Die Stimme bricht mir weg. »Selbst, mit mir ins Bett zu gehen und mir Gefühle vorzutäuschen, die nicht existieren.«

Jetzt sieht er auf. »Das stimmt nicht, Triss. Ich wollte dich nie benutzen.«

»Und doch hast du es getan.« Ich schnaube leise, ungläubig. »Du empfindest nichts für mich, null, niente, nada. Sie ist es, die du willst, nicht ich. Das Gefäß hat dir gefallen, Cole, so sehr gefallen, dass du einfach nur den Inhalt ausgetauscht hast. Danke auch. Danke für alles.«

Zorn legt sich über sein Gesicht. »Du weißt gar nichts.«

»Richtig!«, brülle ich ihn an. »Dank dir! Und ich will auch nichts wissen! Du bist ein Betrüger, nichts sonst! Andere sind dir völlig egal … ich bin dir völlig egal …«

»Nein«, sagt er leise. »Das stimmt nicht.« Cole schüttelt den Kopf, behutsam, kneift die Augen ein wenig zusammen, als sich seine Schmerzen wieder ihren Weg bahnen. »Du hast keine Ahnung, wie falsch du liegst.«

Ich lache verächtlich. »Ja? Tue ich das?«

»Ja«, bricht es aus ihm heraus. »Ja! Nein … ach, fuck, ich weiß selbst nicht, was hier los ist! Ich …« Er atmet tief durch, richtet seine perfekt sitzenden Haare ein ums andere Mal.

Herb betrachtet ihn interessiert.

Ein Pfeil bohrt sich in meine Brust, und ich hasse, hasse, hasse es, so zu empfinden. Diese Zuneigung. Diese Hoffnung, wo keine mehr sein sollte.

»Vielleicht war es doch nicht das Gefäß, an dem du Gefallen gefunden hattest.«

»Triss.« Sein Atem geht schwer, kontrolliert, und als sein Blick auf meinen trifft, dreht sich der Pfeil in meinem Herzen einmal im Kreise.

»Was der Herzensbrecher hier eigentlich sagen wollte«, röhrt Herbs Stimme quer durch den Raum, »ist: Alles Scheiße.«

Cole seufzt laut und vernehmlich. »Wie kannst du nur immer so hilfreich sein, Herb?«

Herb sieht zu ihm hoch. »Ich tue mein Bestes.«

Ich starre Cole an, blinzele nicht einmal.

»Triss, hör mir zu, ich …«

Energischer schüttele ich den Kopf. »Ich will nicht mehr, Cole. Wirklich. Ich bin müde, ich bin ausgelaugt. Und Nonn …«

»Es ist eine Katastrophe«, flüstert er, und die Tränen, die in seine Augen steigen, überraschen mich. Sind sie echt? »Ich hätte nie gedacht, dass so etwas passieren würde.«

»Sie ist jetzt Energie«, sagt Herb sanft, reibt sein Schnäuzchen an Coles Bein. »Ihr könnt es nicht verstehen, so weit seid ihr noch nicht.«

Cole nickt stumm und lässt den Kopf sinken. Oh, alles zieht mich zu ihm, diesem Mistkerl. Am liebsten würde ich mich in seine Arme stürzen und den ganzen Scheiß vergessen. Nonns Tod. Seinen Verrat. Nein, das würde nicht funktionieren.

»Bitte geh«, sage ich müde, grabe mir die Nägel tief in meine Handballen. Schmerz.

»Triss.« Sein Blick nimmt mich gefangen, hält mich auf.

»Bitte. Nimm diese fellüberzogene Wunderlampe und verschwinde von hier!«

»Nein. Wir müssen ein paar Dinge klären, bevor sie mich nicht mehr –«

»Es gibt nichts zu klären! Du bist ein Lügner, du bist ein Betrüger, und du siehst es nicht einmal ein!« Tränen laufen mir übers Gesicht und es ist mir egal. »Ich sollte dankbar sein, endlich dein wahres Gesicht zu kennen. Das macht es mir um einiges leichter, diese Illusion von dir loszuwerden, die du mir erfolgreich eingepflanzt hast.«

»Das habe ich nie getan.«

Jetzt lache ich, so laut und so falsch ich kann. »Ach nein? New York? Meine Abschlussfeier? Das warst nicht du?«

Langsam atmet er aus, senkt den Kopf. »Doch, aber … Triss, ich …«

»Muss ich mehr wissen?«, frage ich ihn leise. »Muss ich wirklich mehr wissen?«

Er sieht mich an, klar, offen, und am liebsten würde ich ihm die Augen ausreißen, damit sie mich nie wieder so ansehen können und es sich nie wieder so echt anfühlt. »Das ist ganz bestimmt nicht das, was ich wollte.«

»Es sieht aber verdammt danach aus, Cole.«

Er zieht die Augenbrauen zusammen, als hätte er wieder diese üblen Kopfschmerzen. »Bitte, Triss, lass uns in Ruhe miteinander reden, dann –«

Ich presse meine Lippen aufeinander. »Ich werde dir nicht vergeben, Cole, nie im Leben. Egal, was du für Gründe hattest, behalte sie für dich. Schluck sie runter und erstick daran. Aber sprich nie mehr ein Wort mit mir.«

Herb setzt sich aufrecht hin und starrt mich an.

Coles Blick springt zwischen meinen Augen hin und her. »Beatrissa Russo, wenn du nur ein bisschen was für mich empfindest, hörst du mir gefälligst zu!«

»Und wenn ich dir nur ein klitzekleines Bisschen nicht egal bin, lässt du mich in Frieden, hast du das verstanden, Nicholas? Und wenn du auch nur ein Atom Anstand in deinem verlogenen Körper hast, wirst du meinen Wunsch respektieren und diesen Raum sofort verlassen, tigretto!«, speie ich ihm entgegen.

Er erstarrt vor meinen Augen. »Wie hast du mich genannt?«

Etwas rührte sich in der Dunkelheit, neben dem Schuppen.

»Micetta?« Nicholas ließ die Axt sinken, strich sich mit dem Handrücken den Schweiß von der Stirn. Ein Kichern in der Schwärze der Nacht, und dieses Kichern würde er unter Tausenden erkennen.

»Miezekatze?« Beatrissa prustete, kicherte wieder. »Sie erlaubt dir wirklich, sie so zu nennen, tigretto?«

Seine Augen funkelten amüsiert im Licht der Gaslaterne, die auf dem Holzbock zwischen ihnen stand und munter im Nachtwind flackerte.

»Ich hab gewusst, dass du es bist, Triss.« Mit einem leisen Ächzen hievte er die Axt in die Höhe und spaltete ein weiteres Holzscheit mit einem einzigen, kräftigen Schlag.

»Und jetzt? Wirst du mich für immer Tigerchen nennen?«

Beatrissa bückte sich nach den beiden Holzstücken und warf sie auf den Haufen zu den anderen, klatschte sich den Staub von den Händen. »Nur wenn wir unter uns sind, tigretto mio.*« Sie deutete auf das umgekippte Trinkglas, das hinter Nicholas am Boden lag. »Soll ich schnell deinen Wassernapf auffüllen gehen?«*

Wieder wischte er sich über die Stirn, schob die klatschnassen Haare aus dem Gesicht, die schon lange vergessen hatten, dass sie eigentlich mit reichlich Haargel an seiner Kopfhaut kleben sollten. »Das wäre wirklich wunderbar.« Mit einem verzweifelten Seufzen warf er einen Blick auf die verbliebenen Holzstücke. »Wenn ich mich ranhalte, bin ich in einer halben Stunde fertig.«

Beatrissa schüttelte den Kopf. »Warum machst du das überhaupt? Wir haben August, vierzig Grad im Schatten, und du hast nichts Besseres zu tun, als nach Einbruch der Dunkelheit Holz zu hacken, das wir frühestens in drei, vier Monaten brauchen werden?«

»Es tut mir gut.« Nicholas zuckte mit den Schultern. »Ich … manchmal bin ich sehr angespannt, weißt du? Unruhig, ohne zu wissen, warum. Dann rast mein Herz und mein Kopf fühlt sich an,

als hätte ich zehn von diesen Cocktails in mich hineingeschüttet, mit denen du mich damals übergossen hast.«

Beatrissa lachte auf, glockenhell und zu angestrengt, um unbeschwert zu klingen. »Ich lege mir die Karten, wenn ich mich so fühle«, sagte sie leise. »Um herauszufinden, was in mir los ist.«

Sie streckte die Hand aus und er nahm sie, ohne zu wissen, warum. Sie fühlte sich warm an, trocken auf seiner Haut, und obwohl er nassgeschwitzt von der Arbeit war, spürte er die angenehme Kühle, die von ihr ausging, eine Ruhe, als würde sie einen Herzschlagzauber ausführen.

»Das Glas«, sagte sie leise und nickte in Richtung Boden.

»Oh.« Scham durchzuckte Nicholas bis in die Zehenspitzen. Was hatte er sich nur gedacht? Warum hätte sie seine glitschige, schmutzige Hand halten wollen? »Ja, natürlich.«

Schnell wandte er sich um, schnappte sich das Glas und vermied es, ihr in die Augen zu sehen. Immer machte sie ihn nervös, irgendwie. Aus diesem Grund konnte er die beiden auseinanderhalten: Stand die eine vor ihm, loderte das Verlangen in ihm auf wie ein Waldbrand, und die andere brachte ihn völlig durcheinander, wann immer er sie sah, obwohl sie sich ähnelten wie ein Ei dem anderen.

Das Glas flutschte ihm aus den schwitzigen Fingern. Mit den Reflexen einer Katze griff er danach, genau wie Beatrissa, und gemeinsam schafften sie es, den zerstörerischen Fall aufzuhalten, bevor ihre Schädel mit einem »Rumms!« zusammenkrachten, der ganz bestimmt das Meeresrauschen am Strand übertönt hätte.

Nicholas kniff die Augen zusammen und stöhnte auf, presste sich die Finger an die Schläfen, als der Schmerz ihn zu versengen drohte.

»Cole!«

Er spürte Beatrissas sanfte Berührung, spürte, wie sie seine Wangen umfasste. Sie sah ihm in die Augen, prüfend, so besorgt, und er meinte, ihr warmes Karamellbraun trotz des spärlichen Lichts der Gasflamme erkennen zu können.

Beatrissa … Triss …

»Au!« Ein scharfes Stechen schoss ihm ins Gehirn, nahm ihm die Fähigkeit, zu atmen. Flach hechelte er Luft in seine Lungen und hörte ihre Stimme, wie sie seinen Namen sprach, immer und immer wieder, während weißglühende Sterne im Innern seiner Lider tobten und sein Kopf sich in ein Behältnis voller Götterspeise verwandelte. Die Beine sackten unter ihm weg und sie konnte ihn nicht halten, natürlich nicht, doch sie klammerte sich an ihm fest, damit er nicht zu Boden krachte und dort zerschellte wie eine Porzellantasse, krallte ihre Nägel in sein Shirt, bis er schwankend und sicher auf seinem Hintern saß, angelehnt an den duftenden Stapel frisch geschlagenen Holzes.

»Bleib da sitzen, Cole, beweg dich nicht. Ich hole dir ein Glas Wasser und Hilfe. Bin sofort zurück.«

»Triss«, kam ihr Name erneut über seine Lippen und sie wandte sich ab, verschwand in der Finsternis.

Er streckte die Hand nach ihr aus, warum auch immer, und der Schmerz in seinem Schädel potenzierte sich, ergriff Besitz von seinem Denken, seinem Sein, bis eine tiefe, nie enden wollende Übelkeit ihn mit sich fortspülte und eine eiskalte Schwärze jedes einzelne seiner Atome genüsslich verschlang.

KAPITEL 18

Diese überflüssigen Gefühle, die es sich in meinem Herzen bequem gemacht haben, verschwinden einfach nicht. Nachtluft weht durch die hohen Fensteröffnungen herein, doch auch sie vermag den Gefühlssturm in mir nicht herunterzukühlen.

Was fällt ihm ein? Er nimmt mir alles und spielt mir den engsten Vertrauten vor, und dann … dann …

»So ein selbstgefälliger Sack!«, knurre ich und drehe mich zum Fenster, starre hinaus, ohne irgendetwas wahrzunehmen. »Scheißkerl! Hexenarsch!«

»Hexchen?« Herb schleicht mir um die Beine.

Ich blinzele nicht einmal und spare mir ein genervtes Seufzen. »Warum bist du noch hier?«

Herb verharrt mitten in der Bewegung und mustert mich mit einer Mischung aus Vorwurf und Vorurteil, wie Katzen das eben so tun.

»Was? Hat es dir endlich mal die Sprache verschlagen? Die Fähigkeit genommen, uns ständig mit deinen Ansichten zu beglücken?«

Herb rührt sich, zwinkert, hustet. »Nein, wo denkst du hin? Mir liegt nur der Frosch schwer im Magen.« Er macht sich lang, stößt ein seltsames, kurzatmiges Keuchen aus. »Aber offenbar möchte diese neugierige Amphibie unbedingt an deinem Tobsuchtsanfall teilhaben.«

»Vielleicht hörst du einfach mal auf, immer alles zu fressen, was sich jenseits deines Futternapfes befindet.«

Ein Würgen.

»Herb – du wagst es nicht … wag es bloß nicht!«

Mit einem leisen Klatschen landet ein undefinierbares Sammelsurium auf dem Steinboden und Herb stößt ein glückliches Stöhnen aus. »Hell yes, der hat mich schon den ganzen Tag über gestört!«

Ich verziehe das Gesicht. »Igitt. Mach das gefälligst weg!«

Herb setzt sich graziös auf die Hinterpfoten und fährt mit der hellrosa Zunge sein weißes Fell entlang. »Und wie? Katzen haben keine Daumen!« Nachdenklich putzt er seine Pfote, knabbert an ihrer Spitze. »Allerdings … ich könnte es fressen.«

»Uäh.« Ich schüttele mich. »Du bist echt widerlich!«

»Du hättest mir dein Netflix-Passwort geben sollen, dann hätte ich etwas anderes zu tun, als den ganzen Tag an mir herumzulecken und irgendetwas zu jagen!«

Mit einem Anstarren des Todes mache ich mich auf ins Badezimmer und hole ein Handtuch. »Nie wieder, hörst du?«, zische ich ihn an und wische das Debakel mit einer schnellen Bewegung auf. »Nie wieder will ich das erleben!« Flink lasse ich den Frottee verschwinden, bevor jegliche Feuchtigkeit darin auch nur die kleinste Chance hat, bis zu meinen Fingerspitzen vorzudringen.

»Ich würde es dir ja gern versprechen, aber …« Genüsslich fährt er mit der Zunge sein komplettes Vorderbein entlang und entlockt mir damit ein genervtes Grunzen.

»Warum machst du nur immer diese widerlichen Dinge, du Flohsack? Du bist eine echte Plage!«

»Ich bin ein Freigeist, Hexchen.« Gelassen springt er erst auf den Schreibtisch, dann auf die Fensterlaibung und blickt nach draußen, schnuppert an den Efeuzweigen, die ins Zimmer ragen. »Ich wurde gebannt, als ich ein Geist war, ungebunden und frei wie der Wind und zu schön, um das menschliche Auge nicht zu schmerzen.« Er sagt das ganz ruhig, ohne Schalk, ohne jeden Schabernack in seiner Stimme.

Langsam komme ich näher. »Und warum steckst du dann im Körper dieser Katze?«

»Sie war da«, sagt er leise. »Glaub ja nicht, es ist ein Spaß, einen Körper zu besetzen. Es weckt Skrupel in mir, jedes Mal, wenn ich es tun muss. Ein Wesen, das denkt und atmet und fühlt, irgendwo in den Untiefen seiner eigenen Seele zu verstauen wie einen Wintermantel im Sommer, ist mir nie leichtgefallen.«

»Also hast du das gar nicht freiwillig gemacht?«

Herb schnaubt. »Doch, aus freiem Willen schon, natürlich. Aber es war eine Flucht, ein letzter Versuch, mich vor dem zu retten, was mich erwartete ...« Er dreht das Köpfchen, blickt mich mit schimmernden Bernsteinaugen an. »Wenn ein Geist frei ist, kann jede schwarze Magie ihn bannen. Und es tut weh, so weh, wie es einem stofflichen Körper nie wehtun könnte ...« Unverwandt sieht er mich an, ernster, als ich ihn je erlebt habe. »Mimi war da«, wiederholt er leise. »Sie war meine Rettung, und dafür tue ich ihr ...«, er blickt an sich selbst herunter, »... das hier an.«

»Aber dort bist du sicher, in ... in ihr?«

»Sicherer als in der Ewigkeit. Solange ich diese Hülle nicht verlasse, kann kein noch so mächtiger Oscuri-Superbösewicht mich bannen, um meine Kräfte für sich zu nutzen.«

»Wie praktisch.« Ich lächele auf ihn herunter. »Also wirst du uns vermutlich noch ziemlich lange mit deinem Katzengehabe auf die Nerven gehen, was?«

Herb sieht mich an, nachdenklich. »Uns?«, fragt er schließlich leise.

Mit einem theatralischen Seufzen drehe ich mich um und schlendere zurück zum Bett. »Hör auf, mich zu nerven.«

»Keine Sorge, Hexchen. Wer wäre ich denn ...«, er hastet an mir vorbei, hüpft auf das Bett und lässt sich gemütlich in seiner Kuhle nieder, einen verschlagenen Ausdruck auf dem zierlichen Gesicht, »wenn ich deinen Freud'schen Versprecher einfach so übergehen würde?«

»Herb.« Ich stemme die Hände in die Hüften. »Hör auf. Zwischen Cole und mir ist alles gesagt.«

»Hexchen, ich gebe dir einen Rat.« Er blinzelt, langsam und kontrolliert, als würde er seinen Kitten etwas beibringen wollen. »Lass den Jungen sagen, was er zu sagen hat. In aller Ruhe.«

»In aller Ruhe?« Ich schnaube, schüttele den Kopf. »Was sollte er mir denn sagen wollen? *Entschuldige, dass ich dir dein Leben geraubt und mich anschließend in dein Höschen geschlichen habe?*«

Herb wiegt den Kopf. »Ich vermute mal, das ist nicht ganz das, was er sagen wollte. Ist aber nur ein vages Gefühl.«

Ich schmeiße mich in meine Kissen und ziehe mir die dünne, kühle Leinendecke über die Beine. »Du hast es gewusst, oder, Herb? Du hast alles gewusst!«

Herb hebt anmutig sein Köpfchen. »Klar, Hexchen. Ich habe alles gewusst. Deswegen bin ich geblieben.« Er steht auf, gähnt und macht genüsslich einen Katzenbuckel, bevor er sich eine neue Kuhle zwischen meinen Beinen sucht.

»Deswegen?« Meine Stimme ist kaum mehr als ein Flüstern.

»Wegen dir, wegen ihm, wegen der großartigen Tiramisu dieser alten Hexe … vor allem wegen der großartigen Tiramisu dieser Hexe. Sie wird mir fehlen.« Seine Bernsteinaugen fixieren mich, und plötzlich habe ich nicht mehr das Gefühl, ein Tier vor mir liegen zu haben. »Ich weiß, wie es ist, versklavt zu sein, Hexchen. Schon einmal wurde ich für das missbraucht, was mich eigentlich freier machen sollte als jedes andere Wesen dieser Welt: meine Fähigkeiten.«

»Wenn du einfach so in diese Dimension wechseln kannst, scheinen deine Fähigkeiten grenzenlos zu sein.« Ich kralle meine Finger in die Bettdecke, angespannt, atemlos.

»Sind sie«, erwidert Herb ruhig. »Und doch haben gerade sie mich zu einem Instrument gemacht. Schlicht, aber mächtig. Eine tödliche Waffe in den Händen derer, die mich in der Hand haben.«

Stumm warte ich, bis er weiterspricht.

Er rollt sich zusammen, sieht einen Moment zum Fenster hinaus in eine spektakuläre sizilianische Dämmerung, als müsste er sich erst sammeln. »Ich bin ein Dschinn, Hexchen, und ich habe Dinge getan. Tun müssen. Dinge, die ich nicht tun wollte, die mir nicht einmal in meinen fiesesten Albträumen in den Sinn gekommen wären, so düster und grausam waren sie.« Er seufzt leise. »Ich habe mir gesagt, dass ich keine Wahl hatte, immer und immer wieder.«

Ich vergrabe meine Fingerspitzen in seinem Fell, so weiß, dass es zu leuchten scheint. »Du hattest keine Wahl.«

Er schnaubt, unterbricht nicht eine Sekunde seinen Blick aus dem Fenster. »Doch, natürlich hatte ich die. Du hast schon recht: Man hat immer eine Wahl.« Sein Köpfchen sinkt auf seine Vorderpfoten. »Ich habe nur falsch gewählt. Ich wählte mich, mein eigenes Überleben, und schob die Qualen all dieser unschuldigen Menschen von mir, weil ich ja angeblich nicht anders konnte.«

»Herb, ich …«

Herb blickt stumm hinaus in die Dämmerung und ich finde keine Worte mehr.

»Er ist ein guter Junge, Hexchen«, sagt er nach einer Weile, leise, sanft. »Du weißt das. Vertrau deiner ureigensten Magie, deinem Gefühl! Nie hätte er all diese Dinge freiwillig getan, zu seinem eigenen Nutzen. Unzählige Nächte haben wir zum Tag gemacht. Ich durfte nicht einmal an seinem Limoncello nippen, als er so stramm war wie gestärkte Unterwäsche.« Langsam senkt er das Köpfchen auf die Vorderpfoten. »Er hat mir angeboten, mich von diesen quälenden Erinnerungen zu erlösen.«

»Um Himmels willen, warum hast du das denn nicht angenommen?«

»Weil es falsch wäre. Es wäre so gewesen, als hätten all diese Wesen nicht gelitten. Als hätten sie nie existiert. Als wäre ihr Leid nicht aus meinen eigenen Händen geflossen.« Er rollt sich auf den Rücken, streckt alle viere von sich, kitzelt meinen Unterarm mit seinem Puschelschwanz. »Erinnerungen sind wichtig, Hexchen, das weiß niemand besser als du. Wenn ich all meine Fehler vergesse … wie soll ich dann verhindern, sie noch einmal zu machen?«

Es verschlägt mir die Sprache. Dieser rotzfreche, ichbezogene Flohball vor mir, so tiefsinnig und … mächtig.

»Es wäre so leicht gewesen«, fährt er leise fort. »Ich hätte es ihn einfach machen lassen können, mir all die Schuld nehmen lassen können. Ich hätte das klasse Mädchen, in dessen Pelzkostüm ich hier stecke, einfach wieder in Ruhe lassen und als Dschinn durch die Weltgeschichte fliegen können, immer auf der Suche nach neuem Unfug, den ich bauen kann.«

»Doch du bist geblieben.«

»Ja, Hexchen. Auch wenn ich mir von ihm nicht helfen lassen wollte, konnte ich dennoch etwas für ihn tun.«

Für ihn? Für … Cole?

Herb stupst mit seinem kleinen rosa Näschen gegen meine Hand. »Ich habe auf dich aufgepasst. Ich habe auf Nick aufgepasst. Eigentlich passe ich auf euch alle auf, wie eine übernatürliche, kätzische Gouvernante.«

»Aber du standest doch gar nicht in Coles Schuld.«

»Und?« Herb schenkt mir einen vorwurfsvollen Blick. »Nick wurde vor eine genauso unmögliche Wahl gestellt wie ich, Hexchen. Und im Gegensatz zu meiner war seine Wahl nicht im geringsten egoistisch.« Akkurat pflanzt er das Köpfchen auf seine Vorderpfoten, schließt die Bernsteinaugen. »Das war es, was er dir sagen wollte. Er hat den Wehrlosesten, Unschuldigsten von allen gewählt: seinen Sohn.«

O mein Gott.

Atme, Triss.

Ich lasse mich zurück in die Kissen sinken und starre ins Leere. *Ich will das nicht.*

»Er lebt?«, flüstere ich atemlos.

Herb nickt. »Er lebt, Hexchen.«

Samu.

Cole hat das Leben seines Kindes retten wollen. Dagegen war alles andere leichter zu ertragen, auch wenn es bedeutete, mir die Erinnerungen zu nehmen und sich selbst zu einem Helfer der Oscuri zu machen.

Opfer.

Cole hat Opfer erbracht und gleichzeitig Fehler gemacht, mit jeder seiner Entscheidungen. Und dieses eine Opfer … ich, seine Rechtschaffenheit, das war das kleinere Übel.

»Wo ist der Junge?«

»Das weiß ich nicht. Sie haben ihn in einen Schlaf versetzt wie Dornröschen, aber wo er heute ist … keine Ahnung.«

»Warum hat Cole es mir nicht früher erzählt?«

Herb schnaubt. »Er hat es niemandem erzählt. Genauso wenig, dass er dir das Gedächtnis genommen hat, um deine Schwester, seine liebe Frau, zu decken. Wie hätte er das auch irgendjemandem erzählen können?«

»Du hast es gewusst.«

»Ich bin ja auch etwas Besonderes.« Herb seufzt träge. »Er hat mich darum gebeten, Hexchen. Nick war sich so bewusst, einen Fehler gemacht zu haben, einen schweren Fehler, aber … seien wir ganz ehrlich: Jede Entscheidung wäre falsch gewesen – und doch auf ihre Weise richtig.«

»Pest oder Cholera«, murmele ich, mehr für mich als für die Katze bestimmt. Nein, Cole hatte keine Wahl. Keine echte. Wenn man erpresst wird, findet alle Freiheit ihr Ende. »Manchmal ist jeder Ausweg der falsche.«

Herb schnauft einmal schwer durch und kuschelt sich tiefer in die weiche Decke. »Ich war bei dir und er wusste stets Bescheid. Über alles. Über deine angeblichen Missgeschicke. Darüber, wie leer du dich in manchen Momenten fühltest, wenn auf der Arbeit wieder alles zum Kotzen war und du abends heulend im Bett lagst, um der Miezekatze dein kleines, süßes, unschuldiges Herz auszuschütten. Nick war so nah an dir dran, dass er den

Gebrauch deiner Energie stets als Erster spürte. So konnte er bei dir sein, bevor die anderen dich in ihre Finger bekamen.«

Ich blinzele in die Dunkelheit. »Ich kann nicht fassen, dass er ein Oscuri ist.«

»Ein Oscuri? Ist er nicht. Alle Extincteure gehören den dunklen Künsten an, doch sie sind ausgebildet, um den Verführungen und Manipulationen der Schwarzmagier widerstehen zu können. Nick ist gut darin.« Herb seufzt wohlig. »Du hattest unverschämtes Glück, Nicholas Romero an deiner Seite zu haben. Glaub nicht eine Sekunde, das alles hätte ihn kalt gelassen«, schnurrt Herb schläfrig. »Denn das wäre nicht die Wahrheit.« Er kuschelt sich noch tiefer in seine Kuhle.

Ich zucke mit den Schultern, erinnere mich an Coles Maske aus Stein, als er mir die Erinnerungen nahm. Eiskalt. Gefühllos. »Das kannst du nicht wissen.«

»Doch, kann ich«, murmelt Herb. »Ich bin ein Amplifikator, ich verstärke Kräfte. Meine Fähigkeiten sind gewaltig, Hexchen, jenseits jeder Vorstellungskraft. Du hast keine Ahnung, wie brachial sie sein können. Aber sie haben den Effekt eines auf den Handrücken schnackenden Gummibandes, wenn sie nicht auf einer soliden Basis stehen.«

Ich hebe die Augenbrauen. »Eine Basis«?

»Pass auf: Wenn du dir Schokolade aus deinem ganz persönlichen Luftshop holst: Wie machst du das?«

Verwirrt sehe ich ihn an. »Ich stelle mir vor, wie sie aussieht. Diese dunkelbraune, glänzende Oberfläche, ganz glatt und duftend, verführerisch duftend, süß und bitter und besonders. Wie das Papier knistert, wenn man sie auspackt, wie sie knackt, wenn man ein Stückchen von ihr abbricht, am besten direkt aus dem Kühlschrank. Und dann … sie schmilzt auf der Zunge, so herb, so zart, so köstlich.«

»Na toll«, murrt Herb. »Jetzt will ich Schokolade.«

»Kriegst du nicht! Theobromin! Das könnte dich umbringen!«

Herb scheint zu grinsen. »Siehst du? Das ist die Basis. Du

denkst nicht nur an das, was du willst, sondern du stellst es dir vor, bis du es spürst. Bis du Gefühle damit verbindest. So bekommt die Magie eine gewisse Idee davon, was du brauchst.«

»Aber man kann doch auch Dinge aus der Luft erstehen lassen, ohne sie je in der Hand gehalten zu haben.«

»Wenn du etwas wirklich und unbedingt willst, dich danach sehnst, es brauchst – und dann geht es zack, zack. Denk nur mal daran, wie schnell Cole Kondo-«

»HERB!«

Er würde noch breiter grinsen, ich bin mir ganz sicher. »Hexchen, ich kann niemandem Zauberkräfte geben, der keine hat. Ich kann nur das verstärken, was schon da ist. Aber ich brauche Gefühle dafür. Eine emotionale Verbindung, wenn du so willst.«

»Gefühle?«

»Ich bin ein Geist. Echte Bedürfnisse sind mir fremd.« Herb rollt sich auf den Rücken, fuchtelt in Zeitlupe mit allen vier Pfötchen durch die Luft. »Wut, Hass, Verzweiflung, aber auch Zuneigung und Liebe, die brauche ich wie einen Grillanzünder, wenn ich etwas für euch tun soll. Oder gegen euch.«

Der Raum versinkt in Stille. Herbs Worte hängen in der Luft wie schweres Parfum und das Gedankenkarussell in meinem Kopf dreht unaufhörlich seine Kreise, auch wenn nichts zu hören ist als Herbs leises Atmen und das Zirpen der Grillen draußen vor dem Fenster.

»Ich bin kein stoffliches Wesen, Triss«, sagt er schließlich leise. »Ich bin weder Mann noch Frau, ich bin ich. Und ich spüre euch, sehe euch in eurer Gesamtheit, sehe all eure Schatten, aber auch euer Leuchten.«

Angespannt lausche ich ihm. Keine Chance, aus dem Gedankenkarussell auszusteigen.

»Zeit spielt für mich keine Rolle. Ich sehe, wer ihr seid und wer ihr wart, und ich habe eine Ahnung davon, wer ihr einmal sein werdet.« Herb richtet seine Bernsteinaugen auf mich, und wieder einmal habe ich das Gefühl, dass sie mich bis in mein

Innerstes scannen. »Er hatte etwas für dich übrig, Hexchen. Vom ersten Moment an.«

Ich reiße die Augen auf und öffne meinen Mund, doch kein Wort will ihm entkommen.

»Schwarze Magie vermag mit ihrer Macht all das zu überdecken, was ihr Nacktsäugetiere empfindet. Aber sie ist wie Make-up, meinetwegen auch wie Schuhcreme, die die Makel und Schrammen zu kaschieren vermag, die darunter liegen. Aber nicht dauerhaft. Nichts ist stärker als die Gefühle, die in euch sind.«

Ich starre ihn immer noch an.

»Deine Schwester und ihre wunderbaren Freunde wussten das. Und ganz unbewusst hat Trina ihr Wissen, gepaart mit ihren dunklen Kräften und der Sehnsucht danach, anerkannt zu werden, dazu benutzt, in seinen Augen so perfekt wie möglich zu sein: so wie du.«

Unaufhaltsam steigen mir die Tränen in die Augen und vielleicht liegt das nicht nur daran, dass ich seit ein paar Minuten vergessen habe, zu blinzeln. »Wie ich?«

»Natürlich wie du. Gute Nacht, mein Hexchen. Ich wünsche dir atemberaubend schöne, friedliche Träume.«

Herb kuschelt sich zurecht und schnauft noch einmal durch, während ich hier liege und in die Dunkelheit starre, unfähig, mich daran zu erinnern, wie man atmet.

»Herb?«

»Mrauu?«

»Ist er … weißt du, wo sein Zimmer ist?«

»Klaro.« Die Decke raschelt und es wird wieder still.

»Würdest du mich mit deinem Wissen erhellen?«

»Oh. Schlummerparty?«

»Herb.«

»Die Treppe hoch, die oberste Tür. Schöne Grüße an den Schönling und gute Nacht.«

RÜCKBLICK COLE

Jeder Atemzug tat ihm weh. Das hier war ein Albtraum, nichts weiter. Es konnte nicht wahr sein, es durfte nicht wahr sein, und doch …

Der kleine Körper, der nie stillsitzen konnte, sich selbst im Schlaf unruhig hin und her warf, lag in einem Bett, das viel zu groß für ihn war, steif und leblos wie eine Puppe.

»Weckt ihn auf.« Es hatte keine Bitte sein sollen, sondern eine Forderung, doch seine Stimme klang schon in seinen eigenen Ohren schwach und flehend. Was sollten sie erst denken?

Beatrina schlenderte um das Bett herum, strich Samuele eine blonde Locke aus der Stirn, sachte, zärtlich.

»Nein«, sagte Manolo und verschränkte die Arme vor der breiten Brust. Breitbeinig saß er da, ein selbstgefälliger König mit einem Kranz dunkler Locken auf dem Kopf, jede Sitzgelegenheit sein Thron. »So einfach machen wir es dir nicht, Romero.«

Nicholas schluckte hart. In seinem Kopf drehte sich alles. Er konnte nicht mehr klar denken. Hatte Trina ihn so hintergangen? Hilflos stand er in diesem Raum, betrachtete seinen schlafenden Sohn, während das Dreigestirn der Oscuri ihn mit eisernem Griff bei den Eiern hielt.

»Ich passe auf ihn auf, Nick.« Beatrina schenkte ihm ein aufmunterndes Lächeln, das angesichts der bedrohlichen Anwesenheit von Manolo seine Ängste eher anschwellen ließ. »Ich sorge dafür, dass sie ihm nur schöne Träume schenken.«

Manolo lachte. »Sein Leben besteht nur aus Spielen, aus flauschigen Hundewelpen und den süßesten Cannoli, die in Morpheus' Reich zu haben sind. Und wenn ich einen guten Tag hatte, gibt es auch ein Glas Kakao, solange du unser bester Freund bist.«

»Bitte«, hörte er sich sagen. »Trina, bitte, bei allem, was uns mal verbunden hat, weckt ihn auf.«

Sie sah ihn nicht an, doch Manolo lächelte und legte den Kopf ein wenig schief. »Was hat euch denn verbunden, Romero?«

Ihm fehlten die Worte. Diese Frau, die hier vor ihm stand, er kannte sie nicht. Sie wirkte so kalt, so gleichgültig, und gleichzeitig … gleichzeitig spürte er, wie er nach ihr verlangte, ihrer Nähe, wie er sie glücklich machen wollte, jede Sekunde seines Lebens, nur sie, er und der Kleine. Schwindel ergriff Besitz von ihm.

»Trina, bitte«, sagte er erneut, und es war ihm egal, wie flehend seine Stimme klang. Er wollte nur seinen Sohn im Arm halten, ihm sagen, dass alles gut wird und selbst daran glauben.

Sie schlug die Augen nieder und schwieg.

»Du wolltest ihn sehen. Bitte, hier liegt er.« Manolo genoss es, er genoss die Macht, die er über Nicholas hatte, die ihn tanzen ließ wie eine Marionette an verknoteten Fäden. »Genau das, worum du gebeten hast.«

Gequält schloss Nicholas die Augen. »Warum tut ihr das nur? Trina, er ist mein Sohn, du hast ihn doch gern, und –«

»Weil er nervt, weil mich seine maulende, fordernde, fiepende, nie Ruhe gebende Kinderstimme um den Verstand bringt«, donnerte Manolos Stimme durch den Raum. »Glaubst du, ich habe Zeit dafür, dass ständig ein kleines Balg um sie herumscharwenzelt und ihre Aufmerksamkeit will?«

»Dann gib ihn mir zurück.« Nicholas zuckte mit den Schultern, als wäre das keine große Sache. »Ich … ich verspreche, alles zu tun, was ihr sagt, es bleibt dabei, nur … lass ihn mich mitnehmen und weck ihn auf.«

Doch Manolo dachte gar nicht daran. »Versprechen bedeuten nichts, Nick. Sie hier, deine Frau, sie hat dir selbst eines gegeben – und du siehst ja, wie ernst es ihr selbst mit dem Eheversprechen war. Überhaupt nicht. Kein bisschen.«

Beatrina riss ihren Blick von Samueles rundem, zarten Kindergesicht los und stand auf, schlenderte auf Nicholas zu. »Hast du es getan?«

Er sah sie an, schüttelte kaum merklich den Kopf. »Das ist keine gute Idee, sie hat doch gar nicht –«

»Das ist eine ganz hervorragende Idee, Nick. Selbst wenn sie

nicht weiß, wie es geht, in den Händen eines erfahrenen Extincteurs dauert es keine zwei Stunden und die gesamte Hexenwelt weiß sowohl, dass ich lebe, als auch wo. Sorry Nick, ich weiß, dass du das nicht willst, nur kommt es auf deine Wünsche nun einmal nicht an.« Mit dem Zeigefinger strich sie das mit Schnitzereien verzierte Fußende des Bettes entlang.

»Und wenn du schön brav bist und machst, was wir dir sagen, ist Karies in der Traumwelt das Schlimmste, was deinem Sohn je passieren wird.« Manolo verzog seine Lippen zu einem freundlichen Grinsen, und am liebsten hätte Nicholas es ihm aus dem Gesicht geprügelt, bis nur noch blutige Wunden davon übrig waren. »Wenn du nicht mitspielst, werden wir ihn dir mit Freuden wiedergeben, aber dann werden seine Träume für immer andauern. Es ist wirklich so einfach, Romero: Happy wife, happy life!«

Tränen schossen ihm in die Augen. »Ihr seid Monster.«

»O ja, sehr gut.« Grimmig lächelte Manolo ihn an. »Monster sind gut. Monster machen Angst, und Angst bedeutet Respekt. Und das, liebender Ehemann und Vater, solltest du nie wieder vergessen.«

Barfuß husche ich die kühlen Steinstufen hinauf, bis ich oben angekommen bin. Eine einsame Fackel flackert neben der Zimmertür an der Wand.

Warum war ich gerade nochmal hier?

Erneut hole ich tief Luft, dann klopfe ich an das dunkle Holz.

Es dauert nicht lange und Cole öffnet die Tür, in seinen üblichen Schlafklamotten. Dinge ziehen sich in mir zusammen und hüpfen gleichzeitig, als ein Lächeln über sein Gesicht huscht. Er hat etwas in der rechten Hand, einen Bilderrahmen. *Den* Bilderrahmen.

»Triss«, sagt er leise. »Was verschafft mir die Ehre, nachdem du mich gerade auf jede erdenkliche Weise zum Teufel geschickt hast?«

»Lässt du mich jetzt rein, oder was?«, zische ich ihn an. Seine Finger verkrampfen sich um das silberne Metall. Spannend, dass ausgerechnet dieser Rahmen hier ist. Ob er nur ein aus der Luft gezaubertes Abbild ist, während das originale Bild von Samu noch immer in seinem Blumenzimmer steht?

Schließlich macht Cole einen Schritt zur Seite und ich schlüpfe in sein Zimmer. Es ist deutlich kleiner als meins, mit einem ebenso gewaltigen Bett, aber weniger Raum zum Auf-und-ab-tigern.

»Es ist schon spät, Triss.« Beiläufig zieht er die Nachttischschublade auf und legt den Rahmen hinein. »Ich muss morgen wieder früh raus.«

»Ich weiß, dass Samu lebt«, sage ich ohne weitere Umschweife und Cole fährt zu mir herum, all seiner Masken beraubt, und der Schmerz, den ich auf seinem Gesicht sehe, raubt mir den Atem. »Ich weiß, dass du mir nicht freiwillig das Gedächtnis geraubt hast, und ich weiß auch, dass Herb dir geholfen hat, ein Auge auf mich zu haben. Das erklärt immer noch nicht, warum du unbedingt etwas mit mir anfangen musstest, aber ich bin jetzt zumindest bereit, mit dir zu reden.«

Er lässt sich auf die Bettkante sinken, als hätten ihm meine Worte sämtliche Kraft geraubt, und schweigt.

»Cole?«, frage ich leise. Er reagiert nicht, und ich sinke vor ihm auf die Knie, berühre seine Hand. »Ich will, dass du ehrlich zu mir bist.«

»Ich wünschte, ich könnte ehrlich zu dir sein«, erwidert er mit schwacher Stimme und seufzt, mustert unsere Hände. »Ich wünschte, das würde irgendetwas bringen.«

»Das würde es auch, Cole. Vertrauen.«

Endlich sieht er mir in die Augen, schnaubt ein leises Lachen heraus. »Vertrauen? Du kannst mir nicht vertrauen. Ich kann es ja selbst nicht.« Er lässt mich los und presst beide Zeigefinger auf seine Schläfen, massiert sie mit starkem Druck. »Eines Tages wird mein Schädel einfach explodieren und ich werde sowas von dankbar dafür sein.«

Er ist wieder anders, mehr er selbst, heute in der niedergeschlagenen Variante. Cielo, wie viele Persönlichkeiten stecken in diesem Mann?

Ich stehe wieder auf, sehe mich in seinem Zimmer um. »Es wundert mich, dass du nicht im ehelichen Schlafgemach wohnst.« Das kam bissiger raus, als ich es beabsichtigt hatte – aber gut.

Cole stöhnt leise auf. »Ich muss morgens früh raus. Ich würde sie nur stören. Außerdem ist mir gerade nicht nach trauter Zweisamkeit.«

Ich beschließe, mit der Tür ins Haus zu fallen. »Weißt du, wo er ist? Samu?«

Langsam schüttelt Cole den Kopf, richtet sich ebenfalls wieder auf. »Er war hier. Aber wer weiß, wo sie ihn hingeschafft haben, seit … seit ich …«

Alarmiert mache ich einen Schritt auf ihn zu. »Wann hast du ihn das letzte Mal gesehen?«

»Vor einem Jahr. Kurz bevor ich dir alles genommen habe.«

Vor einem Jahr? Ich blinzele nicht einmal. »Er war das letzte Druckmittel.«

Folter, das ist es. Trina und ihre Arschlochfreunde versichern sich seiner Loyalität, indem sie ihn brechen.

Er zuckt sachte mit den Schultern und bleibt stumm.

»Cole …« Ich schüttele den Kopf, komme näher, kann mich gerade noch davon abhalten, nach seiner Hand zu greifen. »Es tut mir leid, Cole. All das – das muss einfach schrecklich für dich sein.«

Ich hätte mit vielem gerechnet, aber nicht mit den Tränen, die in seine Augen schießen, und sie brechen mir das Herz, benetzen all die Dornen und den Dolch, den er mit seinem Verrat hineingetrieben hat, lassen alles schmelzen, bis nur ein Gefühl von Wärme zurückbleibt.

Rasch wendet er den Blick ab, versucht, sie zurückzublinzeln. »Es ist so, wie es ist. Es ist nicht zu ändern.«

»Man kann alles ändern«, flüstere ich, und jetzt packe ich seine Hand. Die Wärme seiner Haut flutet meine Nervenzellen und mein Herzschlag beschleunigt die Taktzahl, wie ein glücklicher Hund, der überschwänglich mit dem Schwanz wedelt. »Cole, sag mir eins: Stehst du auf der Seite der Oscuri?«

Er schluckt hart und schüttelt den Kopf, schiebt seine Finger zwischen meine, vorsichtig, wie um mich nicht zu verschrecken. »Nein, Triss. Wie könnte ich? Ich bin Extincteur geworden, um die Magie und die Hexen zu schützen, nicht um alles zu zerstören für ein paar wenige, die ihre ganz eigenen Ziele verfolgen.«

»Und warum hilfst du ihnen – von Samu abgesehen?«

»Es gibt keinen Grund. Ich würde es nicht tun – auch nicht für Trina. Als … all die Monate, in denen sie fort war, war alles ganz klar für mich. Ich wusste, ich könnte sie nicht länger unterstützen, ich war fest entschlossen, sie zum Umdenken zu bewegen, und dann … dann stand sie vor mir und ich hatte nur noch Watte im Kopf.« Fast schon erstaunt sieht er mich an. »Ich … ich fühle mich, als würde ich im Nebel stehen. Manchmal ist alles gut, manchmal ist es die Hölle.« Schmerz zuckt über sein Gesicht und abrupt wendet er sich ab, hin zu seiner Kommode, gießt sich ein Glas Wasser ein und stürzt es herunter als wäre es Gin.

»Weißt du, was Trina, Adriano und Manolo vorhaben?«

Langsam schüttelt er den Kopf. »Sie haben mich bisher von ihren Besprechungen ferngehalten, wie dich auch. Herb hält Augen und Ohren offen, aber auch er konnte sich nicht einschleichen.« Kurz presst er die Finger an die Schläfen, richtet sich die Haare und wendet sich wieder mir zu. »Warum bist du hergekommen, Triss?«

»Wie war es, mir meine Erinnerungen zu nehmen?«

Mit großen Augen starrt er mich an, weiß nichts zu erwidern.

»Bitte«, sage ich leise. »Erzähl es mir.«

»Es … es ist nicht sinnverwirrend, nicht wie die Manipulationsmagie der Schwarzmagischen.« Zittrig atmet er ein. »Wenn du eine Erinnerung nimmst, durchlebst du sie. Du spürst, was dein Opfer gespürt hat, in jenem Moment.«

»Dann wusstest du es«, flüstere ich erstickt. »Du wusstest, was ich für dich empfunden habe.«

Er nickt, schlägt die Augen nieder.

»Und was würde ich spüren, wenn ich deine betrachte?«

Er schluckt. »Dass ich mich in dich verliebt habe, auf den allerersten Blick, Hals über Kopf. Dass ich mich kaum fernhalten kann von dir, wenn …«

»… wenn nicht gerade deine Frau in der Nähe ist und du zu ihrem Schoßhündchen mutierst.« Ich lache leise, bitter. »Meine Schwester.«

Er seufzt, schüttelt den Kopf. »Wenn ich es wenigstens selbst verstehen würde.«

»Wann hast du dich in sie verliebt?«, würge ich hervor.

Kurz zieht er die Augenbrauen zusammen, greift er sich wieder einmal an die Schläfe. »Ich … ich weiß es grad gar nicht. Komisch.«

Ja, komisch.

So komisch, als ob … hm.

Kann das sein?

Ich muss mein Grimoire befragen.

Sofort.

»Hexchen, boah … « Herb wurstelt in seiner Kuhle herum, legt sich die Pfötchen zuckersüß vor die Augen, um sie vor dem Licht abzuschirmen.

Tief atme ich ein, atme aus, ignoriere die Schlafmütze und denke an den Duft des ledergebundenen Einbands, an die Karamellfarbe der Seiten, ihr Knistern, und greife in die Luft.

Nichts.

Genervt stöhne ich auf. »Herb, mach dich nützlich. Wenn du schon ein Amplifier bist, dann sorge gefälligst dafür, dass mein Buch der Schatten hier antanzt, aber pronto!«

»Buch der Schatten?« Schlagartig ist er wach. »Worum geht es? Wofür brauchst du es?«

»Im Grunde benötige ich mein komplettes persönliches Equipment. Buch, Kristalle, Kräuterapotheke, Kerzen. Das sollte reichen.«

Wieder strecke ich die Hände aus, und wieder ziehe ich sie unverrichteter Dinge zurück. »Merda!«

»Hexchen, du bist zu verbissen. Magie ist manchmal trotzig, sie möchte das Gefühl haben, wertgeschätzt zu werden – wie wir alle. Also?«

Bene. Tief atme ich ein, atme aus. Ein, aus. Fokussiere mich auf meinen Wunsch, nein, auf mein Bedürfnis!

Komm schon, Magie … ich brauche mein Wissen, ich brauche Hilfe – nicht nur für mich, auch für Cole. Dringend! Ich muss das klären, jetzt, und niemand kann mir besser dabei helfen als du. Bitte, Magie, bitte …

Und sie materialisieren sich an meinen Fingerspitzen, der speckige Ledereinband, die Holzkästchen mit den Steinen und den Glasfläschchen.

»Hahaaaa!« Triumphierend halte ich meine Beute hoch über meinen Kopf, tanze einmal im Kreis. »Ich hab's geschafft! Herb, ich kann es!«

Rasch setze ich mich an den Schreibtisch, baue die beiden Holzkästchen und das Grimoire darauf auf. *Und dann … Hm.*

Wie kann ich jetzt herausfinden, ob an meinem Gefühl vielleicht etwas Wahres ist?

Lautlos springt Herb aus dem Bett, tänzelt zu mir. »Was machst du da? Einen weiteren Schutzzauber?«

»Das könnte die Folge davon sein …«, murmele ich. »Ich will etwas herausfinden.«

Mit zitternden Fingern schlage ich das Buch auf, blättere langsam durch die Seiten. Zaubersprüche, okay … aber ohne zu wissen, welchen Spruch ich brauche, werde ich kaum die richtige Intention haben … Moment. Intention, natürlich! Hektisch fliege ich durch das Buch, und da ist sie, die Seite, die ich suche:

Denke klar und tief und rein.
Das Pendel sagt dir Ja und Nein.

Herb springt auf den Schreibtisch, schiebt sein kleines Köpfchen in mein Sichtfeld und liest. »Oh, wir pendeln? Immer eine gute Wahl!«

»Du wirst deine Katzeninstinkte bei dir behalten und nicht versuchen, das Pendel zu fangen, ist das klar?« Ich öffne das kleine Holzkästchen und wühle darin herum. Wunderschön funkeln die Kristalle im Licht, und bald entdecke ich den zartrosa Schimmer des Pendels.

Okay. Mehr brauche ich nicht. Konzentrier dich, Triss. Du kannst das.

Ich stütze meine Ellbogen auf der Tischplatte ab, halte das Ende des Pendels in beiden Händen, sodass es zwischen ihnen herabhängt, und atme wieder, ziehe die Energie in meine Lungen, komme zur Ruhe.

Herb macht es sich auf dem Grimoire bequem, klappt die Vorderpfötchen ein und wartet.

»Ist mein Name Beatrissa Russo?«, flüstere ich.

Das Pendel braucht einen Moment, dann bewegt es sich zwischen mir und der Wand hin und her. *Ja.*

»Bin ich eine Hexe?«

Ja.

»Ist Herb ein Hund?«

Das Pendel schlägt seitwärts aus. *Nein.*

Puh. Okay. Pendel justiert. Dann wollen wir mal.

»Kann ich Cole vertrauen?«

Ja.

»Kann ich Trina vertrauen?«

Sachte zieht der Rosenquarz Kreise über dem dunklen Holz. Das Pendel scheint sich nicht ganz sicher zu sein.

»Will Trina mir etwas Böses?«

Ohne zu Zögern schwenkt das Pendel von links nach rechts. *Nein.*

»Will sie Cole etwas Böses?«

Nein.

Bene. Das läuft ja. »Lastet ein Fluch auf Cole?«

Ja.

Ich schnappe nach Luft. Ja. *Ja, er wurde verflucht!* Ihn mit dem Kind zu manipulieren, hat ihnen offensichtlich nicht gereicht. Irgendjemand hat einen Fluch über ihn gelegt.

»Dafür der ganze Aufwand, Hexchen?« Herb trottet gelangweilt zurück ins Bett. »Natürlich ist er verflucht, ist doch sonnenklar. Nick kann es nur selbst nicht erkennen.« Er lässt sich in seine Kuhle fallen. »Wesen des Fluchs. Macht die Verfluchten ziemlich matschig in der Birne.«

»Wir müssen es ihm sagen.«

Herb schüttelt den Kopf. »Er muss es begreifen. Er braucht einen Beweis. Wie bist du darauf gekommen?«

Ich lege meinen Arm über die Stuhllehne. »Sein Verhalten. Ich dachte, er wäre launisch. Dann kamen meine Erinnerungen zurück und ich sah, wie er wirklich ist. Und diese ständigen Kopfschmerzen… Wie kann man einen Fluch lösen?«

»Dazu müsste man erst einmal wissen, was für ein Fluch es ist, Hexchen. Vielleicht hat Nick selbst eine Idee.«

Ich nicke langsam und drehe mich wieder um, hole tief Luft, um die Kerze auszublasen. Doch, was, wenn …

»Geht es Samuele gut?«

Sofort schlägt das Pendel aus, und Erleichterung durchströmt mich wie ein Regenschauer. *Ja.*

Einen Versuch ist es wert. »Ist er im Castello Mussomeli?«

Ja.

»Er ist noch hier«, flüstere ich und fahre zu Herb herum. »Samu ist in der Burg, und das kann nur heißen …«

»… dass er in derselben Dimension ist wie wir.« Herb setzt sich auf. »Ich habe es gehofft, Hexchen. Aber ich war mir sicher, dass diese Oscuri-Sadisten ihn fortgebracht hätten.«

»Das Pendel sagt, es gehe ihm gut.«

Herb nickt langsam. »Das Pendel täuscht sich nie. Es sind zwar nur Momentaufnahmen, aber jetzt gerade geht es ihm gut.«

»Wenn er hier ist, werde ich ihn finden.«

»Natürlich wirst du das, Hexchen. Dafür muss ich kein Pendel sein, um zu wissen, dass das die Wahrheit ist.« Die Katze macht es sich gemütlich. »Und dem Schönling werden wir das hübsche Köpfchen auch wieder geraderücken.«

»Wenn er nicht weiß, dass er verflucht wurde … er kann sich nicht schützen, oder?«

Langsam schüttelt Herb den Kopf. »Nein, Hexchen. Er ist dem absolut schutzlos ausgeliefert, und das macht mir, ehrlich gesagt, ziemlich Angst.«

RÜCKBLICK TRISS

»Komm schon.« Er rang sich ein gequältes Lächeln ab. »Ich weiß, dass du es gut gemeint hast. Aber sie … sie findet es unpassend, dass ich das Geschenk einer anderen Frau trage, und ich kann sie verstehen. Du nicht auch?«

Beatrissa nickte mechanisch und folgte mit ihren Blicken dem schwarzen Stein, der an dem Lederband in seiner Faust hin und her baumelte wie eine angriffslustige Spinne an ihrem Faden. »Ja, aber … Es ist doch nur ein Schutzstein. Ein einfacher Schutzstein.«

Nicholas stieß genervt einen Schwall Atem aus. »Ich weiß. Aber sie hat schon irgendwie recht, Triss. Hier.« Er öffnete ihre Finger und drückte den Turmalin hinein. »Trag du ihn.«

Tränen schossen in ihre Augen und sie gab alles, um sie zurückzuhalten. »Ja, viel besser«, würgte sie hervor. »Ich schenke dir eine Halskette, deine Frau führt La Furia auf, du gibst sie mir zurück - und dann trage ich sie?« Sie schnaubte leise, riss ihm das Lederband mit dem Stein endgültig aus der Hand. »Das würde so aussehen, als hätten wir eine geheime Verbindung.«

Der Stein erwärmte sich in ihren Fingern, schmiegte sich an ihre Haut, als wollte er sie trösten für all diese beschissenen Gefühle, die sie nicht hatte. Nicht haben durfte.

Sanft schlossen sich seine Finger um ihre. »Ich bin verheiratet, Triss. Ein Schutzamulett von dir zu tragen, wäre einfach nicht angebracht.«

Er sollte sie loslassen. Er sollte verschwinden, weit weg, sich um die kümmern, der sein Herz gehörte, und sie in Frieden lassen. Nur waren sie dummerweise eine Familie … Er würde nie weit weg von ihr sein.

»Wildfremde tragen meine Schutzsteine«, flüsterte sie erstickt. »Warum nicht auch mein bester Freund?«

Er verstärkte den Druck seiner Hand und der Blick seiner Amazonitaugen, so sanft und intensiv, bohrte sich in ihren. »Sie will es nun einmal nicht.«

Und das war ihr Stichwort.

Mit einem Ruck machte Beatrissa sich los und drehte sich auf dem Absatz um, ließ Nicholas stehen, wo er stand, ohne ihren Schutz.

Er wollte ihn nicht.

Und das war nicht alles, was er nicht wollte.

Wie gern würde sie von der Dunkelheit verschluckt werden wie er es jetzt tat, verschmelzen mit dem, was geschehen war.

Vergessen.

Oh, was für eine Wohltat es wäre, all das vergessen zu können … all ihre gescheiterten Beziehungen und genauso Nicholas … Nicholas und seine kostbare Ehefrau, sie alle würde sie am liebsten aus ihrem Leben verbannen und vergessen … vergessen …

»Triss«, erklang seine Stimme aus der Dunkelheit. »Bitte … sei doch nicht sauer!«

Doch Beatrissa marschierte weiter geradeaus, ohne zu wissen, wohin sie ging.

Sie war nicht sauer.

Sie war verletzt.

Und sie hatte verdammt nochmal kein Recht dazu.

KAPITEL 19

Den Weg durch die Burg zu finden, war überraschend einfach. Ich hatte immer schon einen guten Orientierungssinn, aber dass alle Flure in diesem Riesengemäuer irgendwie in den Zeremoniensaal zu münden scheinen, erleichtert es noch einmal mehr.

Ohne anzuhalten, husche ich in den schmalen Gang neben dem Saal und klopfe an Trinas Tür, drücke sie auf, doch die Begrüßung bleibt mir im Halse stecken.

»Rede nochmal mit ihnen, bitte!«

Cole und Trina stehen mitten im Raum, einander zugewandt. Hand in Hand, und Verwirrung stürzt sich kopfüber mit in das Gefühlschaos, das in meinem Herzen wütet.

Zwei Köpfe fahren zu mir herum. *Was tut er hier?*

»Musst du nicht arbeiten?«, frage ich säuerlich und löse mich aus meiner Starre, komme langsam näher. »Oder wird das hier ein kuscheliges Familienfrühstück?« Ich gehe hinüber zum Frühstückstisch.

Ein amüsiertes Lächeln huscht über sein Gesicht. Cielo, er soll mich nicht so ansehen, ich kann damit nicht umgehen! »Ich bin gleich weg. Ich musste nur schnell etwas klären.«

Klären? Das klang aber nicht so. Eher, wie … er hat nach Samu gefragt, oder?

Jetzt gilt sein Lächeln ihr, und etwas rumort in mir. »Bis später.« Er beugt sich über sie, um sie zu küssen, und schnell sehe ich weg, reiße den Deckel von der Butter – wie dieser Kuss mir das Herz aus der Brust.

Ich blicke auch nicht hin, als er durch die Tür nach draußen verschwindet, kümmere mich weiter um die Leckereien, die auf dem Tisch aufgebaut sind. »Und ich dachte schon, ich wäre zu spät.« Mit zwei Fingern zupfe ich Frischhaltefolie von einer Platte mit Wurst und Käse.

»Nein, du kommst gerade rechtzeitig! Die Croissants waren noch nicht fertig.« Sie schlendert hinüber zu dem Gitterschränkchen und öffnet die Tür nur einen klitzekleinen Spalt, schiebt ein Glasfläschchen hinein. *Ein Zauber, eindeutig.*

Ich fummele weiter auf dem Tisch herum, tue so, als hätte ich nichts bemerkt. Kinderlachen weht zum geöffneten Fenster herein, und ich mache ein paar Schritte, werfe einen Blick nach draußen. Die Aussicht über die Hügel ist atemberaubend. Mit ein wenig Fantasie kann man sogar das Meer von hier aus erkennen.

Ein schmaler Pfad windet sich an dem Sandsteingemäuer vorbei und ich erhasche einen letzten Blick auf die Haarschöpfe einer Gruppe Kinder, drei, vier Jahre alt vielleicht, die ihn in Zweierreihen entlangmarschiert, bevor sie hinter einer Ecke verschwinden.

»Ihr habt einen Kindergarten?« Ich klinge genauso erstaunt wie ich bin.

»Natürlich!« Trina wirft mir einen amüsierten Blick zu. »Denkst du, Hexen mit dunkler Begabung hätten keine Kinder?« Belustigt schüttelt sie den Kopf. »Wir sind keine Monster.«

»Bist du dir da sicher?« Ich drehe mich um, lehne mich gegen die Fensterlaibung. »Sie werden hier groß, in dieser seltsamen Nebendimension.«

Missbilligend zieht meine Zwillingsschwester ihre Stirn kraus. »Sie sind nicht gefangen, Dummerchen. Ihre Eltern gehören zu unseren Unterstützern, sie dürfen die Dimension jederzeit verlassen.«

»Nur ich nicht«, sage ich bitter und beobachte sie.

»Das liegt ganz bei dir.« Trina wirft mir ein zaghaftes Lächeln zu. »Alles hat zwei Seiten. Die Eltern dieser Kleinen geben alles dafür, eine Zukunft in Freiheit für sie zu erschaffen. Auch Oscuri lieben ihre Kinder.«

»Ja?«, frage ich leise. »Werden sie ihre Kinder auch noch lieben, wenn sie den Wahnsinn verurteilen, hinter dem ihre Eltern stehen?«

»Möchtest du Obstsalat?« Sie hält mir eine Glasschale hin. Pancake-Duft weht mir in die Nase und ich kann nicht verhindern, dass mein Magen ein lautes Knurren ausstößt.

»Ich möchte, dass ihr damit aufhört, Leben zu zerstören!«

Trina steht neben dem vollgepackten Tisch, knetet ihre Finger, und ich hoffe, dass meine Worte sie wenigstens ein bisschen aufwühlen. »Setz dich erstmal. Ich habe all deine Lieblingsspeisen besorgt.«

»Das sehe ich.« Ich nehme Platz, lasse den Blick über die Leckereien schweifen. Ich werde sie nicht überzeugen können. Nicht heute. »Möchtest du mich mästen, damit ich nicht mehr von hier fortkomme?«

Sie sieht ehrlich verletzt aus. »Ich wollte dir nur eine Freude machen.«

»Ich hätte mich mehr darüber gefreut, wenn du mir nicht die Erinnerungen hättest nehmen lassen.«

»Es tut mir leid.« Trina schnappt sich einen Pancake. Perfekt rund, perfekt gebräunt und mit einem Duft, der mir den Speichel in den Mund schießen lässt. »Wir hielten es für eine gute Lösung.«

Ich blicke sie an. Das war's? Eine Entschuldigung, einfach so?

»Eine gute Lösung?« Mechanisch greife ich in die Luft und ziehe eine Tasse Kaffee heraus, dampfend, duftend und aus einem rosafarbenen Porzellan, das perfekt zum Farbton meines Kleides passt. Gut, vermutlich wird meine Magie mir nur einen koffeinfreien gegönnt haben, aber was soll's.

»Es war ein Fehler. Manolo hat nicht bedacht, dass das auch mir meine Magie nehmen würde.«

»Ach, das war der Fehler?« Ich nehme einen großen Schluck Kaffee und verbrenne mir den Gaumen. »Und ich dachte, andere zu manipulieren, zu entführen oder umzubringen wäre der Fehler gewesen.«

Eine Spur Blässe huscht über ihr Gesicht. »Das haben wir nicht gewollt.«

»Aber in Kauf genommen habt ihr es.«

»Ich habe gar nichts in Kauf genommen. Ich wollte dich schützen.« Unruhig rutscht sie auf ihrem Stuhl hin und her. »Ist auch egal.« Sie deutet auf meine Kaffeetasse. »Unsere Magie kommt zurück, nur das zählt.«

Ich gebe alles, um betroffen zu wirken. »Schwacher Kaffee und ein Polyester-Schlüpfer, mehr bringe ich nicht zustande.«

Sie legt ihre Hand auf meine. »Bald sind wir beide wieder in Bestform, warte nur ab.«

»Macht das Nonn wieder lebendig?«, frage ich leise und halte sie fest. »Wo bist du hier nur hereingeraten, Trina?«

»Wir wollen nur frei sein«, sagt sie verstockt.

»Und wenn es niemandem Schaden beschert, dann tue, was dein Herz begehrt«, zitiere ich mein Grimoire.

Erschrecken huscht über ihr Gesicht. »Ich will doch niemandem schaden!« Sie zieht ihre Hand zurück, greift nach der Gabel. »Es kann immer zu Opfern kommen, wenn man alte Zöpfe abschneiden will.«

»Hat das auch Manolo gesagt?« Ich stopfe mir eine Erdbeere in den Mund. Köstlich … aber lange nicht so gut wie die von Cole in dieser Nacht. Ein Stich schießt mir in die Brust und plötzlich schmeckt die Frucht einfach nur bitter. »Manolo redet ganz schön viel, was?«

»Er ist ein Visionär.« Trinas Augen strahlen, und Übelkeit kriecht meine Kehle empor. »Er möchte, dass alle glücklich sind und in Freiheit leben können.«

»Alle? Das klingt ja toll.« Die Weintraube schmeckt nicht weniger gut, süß und saftig zerplatzt sie zwischen meinen Zähnen. »Du meinst, so glücklich und frei wie ich zum Beispiel? Wie Cole?«

Der Bissen scheint ihr im Halse steckenzubleiben. »Wir tun das Richtige.«

»Ihr habt mich entführt, Trina, und auch wenn du mir noch so viele hübsche Klamotten oder Designerhandtaschen in den Schrank zauberst, bleibe ich eine Gefangene. Und Cole … ihr habt einem Kind seinen Vater genommen, nur damit er für euch tanzt wie ein Bär auf dem heißen Blech!«

»Ich kümmere mich gut um Samu.« Sie schneidet ein Stück Pfannkuchen ab und legt das Besteck beiseite, ohne es zu essen. »Und auch du wirst hier glücklich sein.«

»Das bedeuten Glück und Freiheit für dich?« Ich schüttele den Kopf. »Niemand kann einen Vater ersetzen, Trina, und niemand kann Cole das zurückgeben, was du ihm wegnimmst. Du!«

»Es war nicht meine Idee. Manolo meinte, es sei ein guter Weg, um Nick –«

Und plötzlich schießen mir die Erinnerungen durch den Kopf, vermengen sich in einem wilden Tanz und lassen ein paar Fragmente zurück, die sich zu einem einzigen Bild zusammensetzen.

Sie will nicht, dass ich das Geschenk einer anderen Frau trage. Es war nicht nur ein Geschenk. Es war ein Turmalin. Ein Schutzstein. Der stärkste Schutzstein, den es gibt.

»Um Nick … was?« Wut brodelt in mir hoch und höher, wie eine Sturmflut, die Häfen zu überspülen droht, und mit ihr scheint Trina immer nervöser zu werden. »Hat einer deiner Oscuri-Visionäre ihn verflucht, damit er das tut, was ihr wollt?«

»Wir brauchten ihn, um schneller ans Ziel zu kommen!«

Hat sie zugegeben, dass ich richtig liege? Hat sie das wirklich?

Tränen stehen in ihren Augen, aber sie versucht alles, um trotzig zu wirken. »Ein kleiner Umweg, der einen großen Unterschied macht.«

»Ein Umweg über das Leben eines anderen Menschen!« Langsam schüttele ich den Kopf.

Donner grollt über der Burg und ich tue alles, um es zu ignorieren. Niemand darf wissen, wie stark meine Kräfte schon sind, selbst, wenn ich sie noch nicht kontrollieren kann. Ich brauche Zeit. Zeit, um sie zur Vernunft zu bringen. Zeit, um das Kind zu finden.

»Alles hat seinen Preis, Triss. Manchmal muss man Opfer bringen, um ans Ziel zu gelangen.«

»Aber nicht du bist es, die diesen Preis zahlt. Das sind nicht deine Opfer! Mein Leben hast du vernichtet, nicht deins! Und Cole gezwungen, es zu tun … Du legst einen Zauber auf ihn, um ihn an der Leine zu halten wie einen Hund, der nur auf sein nächstes Leckerchen wartet! Und Nonn … Liebe Güte, Trina! Wie kannst du nur so sein?«

Ihr Blick wird dunkel. »Du meinst, so erfolgreich?«

»So kaltblütig«, speie ich ihr ins Gesicht.

»Kaltes Blut sorgt für einen kühlen Kopf.« Sie blinzelt und schluckt hart. »Und ein kühler Kopf kann besser denken.« Sie nippt an ihrem Kaffee, stellt die Tasse wieder auf den Tisch und nimmt sich eine Himbeere, mit zitternden Fingern. »Ich wollte eine schöne Zeit mit meiner Schwester verbringen, aber offensichtlich ist das zu viel verlangt.« Trina seufzt. »Du siehst doch selbst, wie falsch das alles ist, oder? Ihr kämpft angeblich für die Freiheit – dabei erschafft ihr nichts als Leid!«

Sachte schüttelt sie den Kopf. »Das geht vorüber, haben sie gesagt. Das Leid geht stets vorüber, und danach ist alles besser.«

Bitter lache ich auf. »Was für ein Blödsinn. Du kämpfst für den Teufel, und du siehst es nicht einmal!«

»Ich kämpfe für die Freiheit!«, bricht es aus ihr hervor. »Sie brauchten die Extincteure, und um diese im Griff zu haben, brauchten sie mich.«

Ich starre sie an. »Die Extincteure? Die? Trina, was hast du gemacht?«

»Ich war immer gut darin, andere zu manipulieren. Und Dank mir konnten sie das Beste aus ihrer Kraft herausholen, mehr, als sie allein gekonnt hätten.« Sie lacht leise. »Schade, dass es bei dir nicht funktioniert. Zwillingsmagie. Du bist so immun gegen meine Kräfte wie ich gegen deine.«

Mit offenem Mund starre ich sie an. »Das ist deine Aufgabe? Die Extincteure in Schach zu halten?«

»Sie sind die Elitetruppe des Hexenrats, besser kommen wir nicht ans Ziel.« Trina zupft ein Stück Croissant ab, mustert es nachdenklich. »Du weißt, wie wundervoll es ist, bewundert zu werden. Adriano, Manolo, all die anderen hier bewundern mich für meine Kräfte. Hier kann ich frei sein und glücklich.«

»Und bist du das?«, frage ich fast unhörbar. »Glücklich?«

Mit einem leeren Ausdruck auf dem Gesicht sieht sie mich an.

»Es macht dich glücklich, von Tyrannen bewundert zu werden? Denn nichts anderes sind deine kostbaren Visionäre, Trina – sie verfolgen nur ihre ganz eigenen Ziele, sonst würden sie dich nicht so benutzen.«

»Sie benutzen mich nicht. Sie lieben mich!«

»Du siehst es wirklich nicht, oder?« Mit einem leisen, verzweifelten Lachen schüttele ich den Kopf. »Wenn sie ihre Freiheit erreichen, wie geht es dann weiter? Was passiert mit denen, die eine andere Meinung haben als deine kostbaren Visionäre? Die ihre Entscheidungen kritisieren? Was geschieht mit denen, die euch nicht freiwillig folgen, mit ihrer Freiheit?«

Verwirrung huscht durch ihren Blick, nur einen Sekundenbruchteil lang. Dann legt sich ein Vorhang aus Entschlossenheit über sie, eine Härte, die ich von ihr nicht kenne. »Ich denke, du bist noch nicht bereit dafür, unsere Ziele zu unterstützen.« Mit einer abrupten Bewegung schiebt sie ihren Stuhl zurück und steht auf, deutet zur Tür. »Wir setzen unser Gespräch morgen fort, einverstanden? Wenn du über deine Worte und die Unterdrückung der Oscuri nachgedacht hast.«

Ich schnappe mir ein Croissant. »Und du auch, Trina. Spinn die Fäden einfach mal weiter, überleg dir, was passieren wird, wenn Manolo und Adriano ihre Ziele erreicht haben. Bitte.«

Wieder flackert die Verwirrung über ihr Gesicht, doch schließlich nickt sie. »In Ordnung. Wir sehen uns morgen.«

Mir ist hundeelend. Alle paar Schritte reiße ich mir einen Fetzen von dem Croissant ab, stopfe ihn mir zwischen die Lippen, doch das vermag die Übelkeit in meinem Bauch nicht zu vertreiben.

Überall begegnen mir Oscuri, werfen mir Blicke zu, heimlich oder offen, voller Respekt und Bewunderung. Sie halten mich für Trina, eindeutig, und ich grüße sie zurück, beobachte sie.

Liebe Güte, wie normal sie wirken! Nichts lässt den Rückschluss zu, dass sie drauf und dran sind, Millionen von Leben zu zerstören für ihre eigenen, hinterhältigen Zwecke … aber ist das so?

Trina war nie bösartig. Nie hatte sie den Wunsch, anderen zu schaden. Der Sog der dunklen Magie scheint stark zu sein.

Spätestens nach meinem Versuch, Adriano das Gesicht zu zerkratzen, weiß ich das. Wäre Cole nicht gewesen, hätte er mich nicht aufgehalten … Ich hätte ihm wehgetan – und es genossen, dabei war es bei mir nur der Wunsch nach Vergeltung. Nach menschlicher Vergeltung.

Haben sie das mit Trina getan? Sie verführt, ihr immer wieder gezeigt, wir unfassbar es sich anfühlt, dunkle Magie zu wirken? Um sie süchtig zu machen nach diesem Gefühl der Macht, nach der Bewunderung der Oscuri, die ihr endlich die Bestätigung gaben, auf die sie immer verzichten musste?

Und was ist mit all den anderen hier, die mich anlächeln und lässig durch die Flure schlendern? Die ihre Kinder lieben und überzeugt sind, nur das Beste für sie zu tun?

Luft. Ich brauche Luft. Diese Burg ist zu eng für mich. Ich haste durch die Gänge, stoße wahllos irgendwelche Türen auf, bis ich schließlich in der Sonne stehe. Tief atme ich ein, versuche, die Panik in den Griff zu bekommen. Endlich lässt das beklemmende Gefühl in meiner Brust nach.

»Hey, ist alles okay mit dir?«

Ich blicke auf, blicke direkt in die Augen einer Oscuri. Großgewachsen ist sie und schmal, mit einem überraschend blassen Gesicht unter einem dunklen Pagenkopf. Mitfühlend sieht sich mich an und ich ringe mir ein Lächeln ab.

»Danke, ja. Ich hatte mich nur verlaufen.«

»Das kann ich gut verstehen! Das Castello ist gewaltig!« Ihr Blick wird prüfend. »Du bist die Schwester, nicht wahr?«

»Triss«, sage ich und strecke ihr die Hand hin.

Sie nimmt sie, schüttelt sie kurz und verbindlich. »Amara. Meinen Bruder Adriano kennst du bereits.«

Ich nicke. *Mehr oder weniger, ja.* »Ist ganz schön verwirrend hier.«

»Wenn man den Grundriss im Original nicht kennt, ganz bestimmt! Unsere Illusionisten haben ganze Arbeit geleistet.«

»Ich habe eben eine Gruppe Kinder gesehen. Ein Kindergartenausflug – jedenfalls sah es so aus.«

Wieder lacht sie. »Die wirst du hier öfter sehen. Bei dem schönen Wetter gehen die Betreuerinnen lieber mit ihnen raus ins Grüne, als in dem alten Gemäuer zu versauern.«

»Die gehören wirklich hierher?« Ich tue erstaunt. »Ich hatte gedacht, ich hätte einen Blick in die Realität geworfen. Aber ein Kindergarten – hier in der Burg!«

»Ja, hinten im kleinen Hof. Ist kaum zu übersehen mit dem großen Sandkasten davor!« Sie deutet mit dem Daumen hinter sich, auf einen breiten Torbogen. »Die Illusionisten haben wirklich an alles gedacht!«

»Und wenn sie etwas vergessen haben, werden sie es einfach nachholen.«

Amara nickt und zuckt mit den Schultern. »Ganz sicher. Ein Pool wäre toll bei der Hitze!«

Eine Art Gong ertönt.

»O ja, das wäre echt super!«

Noch einmal lächelt sie mir zu. »Ich muss los, Triss. Wir laufen uns bestimmt öfter über den Weg, jetzt, da du zu uns gehörst.«

Alles in mir sträubt sich bei ihren Worten. Am liebsten würde ich ganz deutlich machen, dass ich alles bin, nur keine Oscuri – aber eigentlich ist es nicht so schlecht, wenn ich für eine von ihnen gehalten werde …

»Bis bald, Amara.«

Der Gong ertönt erneut und immer mehr Hexerinnen und Hexer strömen in das alte Gemäuer. Amara mischt sich unter sie, und kurz darauf stehe ich mutterseelenallein in der Sonne. Was sie auch tun, heute werde ich es nicht erfahren.

Auf meinen glatten Sandalen rutsche ich den gepflasterten Weg mehr hinab als dass ich laufe. Der Aufstieg wird später die helle Freude sein.

Schneller als gedacht habe ich den Fuß des Kalksteinfelsens erreicht, mache einen Abstecher auf die Wiese, die den Hügel umgibt. Was, wenn ich abhauen könnte? Würde ich es tun? Das alles hinter mir lassen, als hätte ich es nur geträumt?

Die Sonne brennt mir auf den Pelz, und plötzlich fühlt sich alles unwirklich an. Ich wandere durch das ausgeblichene Gras, genieße das Piksen der Halme auf meiner Haut. Nichts ändert sich, egal, wie sehr ich es mir durch den Kopf gehen lasse. Und dann komme ich nicht mehr weiter.

Hier ist meine Welt also zu Ende.

Vorsichtig strecke ich die Hand aus, berühre die unsichtbare Barriere, die die schwarzmagische Paralleldimension von der Realität trennt. Kein Geräusch ist zu hören, kein Schmerz durchzuckt mich. Die Welt ist einfach zu Ende. Es gibt kein Entkommen für mich, als hätten diese Bösewicht-Ärsche eine gewaltige Käseglocke über den Berg gestülpt, auf dem das Castello thront. Kreisrund, wie abgezirkelt, haben sie diese unsichtbare Wand um ihr Versteck gelegt, um mich darin gefangen zu halten – und die auszusperren, die nach ihnen suchen und ihre Pläne verhindern wollen.

Mit einem lauten Seufzen lasse ich mich auf einen Felsen sinken und greife ins Nichts, ziehe eine Trinkflasche hervor – fein abgestimmt auf das rosafarbene Kleid, das ich trage, und immer noch ohne Gin im Tonic. Wenigstens hat mir die Magie ein paar Zitronenscheiben gegönnt – vermutlich als Motivation für den Gewaltmarsch zurück.

Wir müssen Cole von dem Bann befreien, der ihn bindet. Und wir müssen das Kind finden, um den Oscuri jegliche Macht über ihn zu nehmen.

Langsam schnaufe ich den Berg wieder hinauf. Kinderlachen perlt zu mir herunter auf die Wiese, und als ich nach oben blicke, sehe ich gerade noch ein paar kleine Köpfe verschwinden, die über die Zinnen nach unten blicken. Sie können diesem Ort genauso wenig entkommen wie ich. Überaus praktisch für die Betreuerinnen.

Samu … Ist der Kleine irgendwo hier draußen, in der Sonne?

Wieder dringt das fröhliche Gibbeln an mein Ohr.

Was, wenn er eines der Kinder ist, die hier herumtoben, gut versteckt direkt vor unseren Augen?

Ich blinzele gegen die Sonne an und schleppe mich über die glattgescheuerten Pflastersteine zurück ins Castello. Erst einmal werden wir mit Cole reden … und dann sehen wir weiter.

»Herb? Bist du hier?« Ich drücke die Zimmertür hinter mir ins Schloss, blicke mich suchend um.

»Hast du mir was vom Frühstücksbüffet mitgebracht? Schinken vielleicht? Cracker? Schinkencracker?«

»Du weißt, dass du nichts davon verträgst, Herb. Und ich habe hier noch kein Katzenklo gesehen!«

Er sieht mich an, als hätte ihn jemand geschlagen, und ich hocke mich vor ihn.

»Du hast wirklich Hunger, oder?«

Herb nickt. »So richtig gut im Mäusefangen war ich nie, aber ich wollte nicht nachfragen, weil … weil …«

Nonn. Oddio, dieses rotzfreche, zeckenverseuchte Vieh hat echt ein Herz aus Gold.

»Niemand füttert dich mehr, richtig?«

Er schüttelt sachte den Kopf. »Nick ist zu angespannt und ich wollte dir nicht mit meinen fleischlichen Gelüsten auf die Nerven gehen. Thihi. Fleischliche Gelüste, haste geschnallt, oder?«

Ich vergrabe meine Finger in seinem weichen Fell. »Tut mir leid, Herb.« Tränen schießen mir in die Augen. »Tut mir alles so leid!«

»Sie fehlt mir auch Hexchen, nicht nur ihre Tiramisu oder die Tatsache, dass sie meinen Futternapf gefüllt hat.« Sanft reibt er sein Köpfchen an meinem Knie.

Ich konzentriere mich, schließe die Augen und atme tief durch. *Futter für das Kätzchen, Futter und ein Näpfchen, das ist es, was wir brauchen.*

Herb schnurrt leise und ich greife in die Luft, halte nur Sekunden später einen cremefarbenen Napf und ein Päckchen Nassfutter in der Hand.

»Schau mal, heute ist dein Glückstag.«

Ich reiße die Verpackung auf und gebe die Fleischbrocken in das Schälchen.

»Und es ist nicht einmal Sonntag!«, jubelt Herb und tänzelt aufgeregt hin und her, bis ich sein Festmahl vor ihm abstelle. Ausgehungert macht er sich darüber her und einen Moment sitze ich nur da, schaue ihm zu und lausche seinem leisen Schmatzen.

»Ich habe endlich den Rand der Welt gefunden. Wie eine Wand aus dickem Glas.« Das Chaos rumort in meinem Magen, und ich lache auf. »Das ist fast schon metaphorisch, oder? Gefangen in einer Käseglocke.«

Herb blickt auf, das Gesicht voll von Futter. »Das wird schon.«

Das Lachen verreckt mir im Halse. »Nonn ist tot, Herb. Meiner Schwester scheinen die Oscuri das Gehirn gewaschen zu haben, während meins fein säuberlich gelöscht wurde – von dem Mann, mit dem Trina verheiratet ist und für den ich Gefühle habe. Und noch dazu bin ich hier eingesperrt von Hexen, die Tyrannei mit Freiheit verwechseln. Yay.«

»Zugegeben, das klingt ein bisschen blöd.«

»Blöd?« Am liebsten würde ich dieses Vieh im Nacken packen und durchschütteln.

»Es wird alles wieder gut«, sagt Herb leise. »Dafür sorge ich schon.«

»Und wie?«

Er springt auf eine Mauer. »Vertrauen, Hexchen.«

»Vertrauen, pff. Was bringt das? Immer wieder hat diese blöde Magie auf mein Vertrauen gepocht, mein Bauchgefühl, was dich angeht, Nonn, Cole. Und jetzt?«

Mein Bauchgefühl, mein Herz, die Tarotkarten und gewisse Körperteile in mir, sie alle sind sich einig: Da war etwas zwischen uns. Ist es immer noch.

»Hast du mit Cole gesprochen?«

Herb lässt sich nicht stören.

»Darüber, dass er vielleicht verhext wurde?«

Die Katze sieht auf, leckt sich mit der Zunge die Schnauze sauber. »Noch nicht.«

»Wir müssen es ihm sagen, je eher, desto besser.«

Mit einem bedauernden Blick auf den Napf wendet sich Herb davon ab. »Soll ich ihn holen?«

Ich reiße die Augen auf. »Kannst du das denn?«

Herb versucht ein Schulterzucken. »Klar. Gib mir einen Spiegel und ich komme überall hin. Dimensionen halten mich nicht auf, Hexchen.« Schnell nimmt er noch einen Happen, dann macht er sich auf ins Bad. »Hold the line. Bin sofort zurück. Rühr das bloß nicht an, das will ich noch essen!« Sein Puschelschwanz verschwindet hinter der Badezimmertür, und kaum habe ich mich nach dem Fressnapf gebückt, um ihn aus dem Weg zu räumen, ist er schon wieder zurück. »Ey! Nicht anrühren, habe ich gesagt!«

»Äh.« Ich blinzele. »Warst du überhaupt weg?«

»Logo.« Seine Schnute versinkt in dem Feuchtfutter und der Raum in seinem leisen Schmatzen.

»Und?«

»Was, und?« Mit verklärtem Blick sieht er mich an. »Ach, der Schönling! Ja, der ist gleich da.« Er taucht wieder ab und es klopft an der Zimmertür.

Bevor ich aufstehen kann, wird sie aufgedrückt und Cole huscht herein. Mein Herz macht einen Satz und ich hasse die ganze Welt.

»Cielo, was ist los?«

Herb schmatzt genüsslich und sieht ihn an, verständnislos. »Wie, was ist los?«

»Herb, jetzt kümmere dich um dein Feuchtfutter!« Ich stehe auf, gehe Cole entgegen. »Was hat er dir erzählt?«

»Nichts, gar nichts, nur, dass ich dringend herkommen soll!« Coles Blick ist ernst. »Was hast du herausgefunden, Triss?«

»Ich hatte letzte Nacht einen Flashback, Cole.«

Seine Augen weiten sich fast unmerklich. »Was hast du gesehen?«

»Den Turmalin«, sage ich leise. »Du hast ihn mir zurückgegeben.«

»Jaaaa?« Immer noch liegt seine Stirn in Falten. Er versteht nicht.

»Ein Schutzstein. Trina wollte nicht, dass du ihn trägst, und ich …« Immer noch sieht er mich so seltsam an und ich seufze. »Cole, warum hast du Trina geheiratet?«

Die Verwirrung auf seinem Gesicht weicht purer Irritation. »Weil … weil ich sie liebe, nehme ich an?«

Seine Worte fressen sich in mein Herz wie Säure. *Gib es auf, Triss. Gib ihn auf …*

»Nimmst du an?«, bricht es aus mir hervor. »Du nimmst es an? Du hast diese Frau geheiratet, Cole, da solltest du schon wissen, aus welchem Grund!«

Schmerz zuckt durch seinen Blick. »Ich … alles in mir schreit nach dir … aber wieso… denn ich habe ja sie …«

Herb stößt einen gequälten Laut aus und reißt sich von seinem Futter los. »Herrje … Menschen.«

Ich schüttele den Kopf. *Hat er Gefühle für sie? Obwohl sie ihm den Kleinen vorenthält?* Tief hole ich Luft, und dann spreche ich es aus. »Liebst du sie?«

Er schüttelt langsam den Kopf. »Ich denke nicht … nein.« Schmerz zuckt über seine Gesichtszüge. Automatisch legt er die Fingerspitzen an seine Schläfen. »Doch, natürlich. Sie ist meine Frau. Und was hat das mit dem Turmalin zu tun?«

»Sie hat verhindert, dass du ihn trägst.«

Verständnislos schüttelt er den Kopf.

»Ein Schutzstein, Cole. Der stärkste. Er hätte dich davor bewahren können …«

»… verhext zu werden«, vollendet er meinen Satz und saugt heftig Atem ein. »Fuck, du meinst …«

»Die Oscuri brauchen dich, egal um welchen Preis.«

Herb schnaubt abfällig. »Ja, das klingt ganz nach diesen schwarzmagischen Säcken.«

»Sie haben mich verflucht?«, flüstert Cole ungläubig. »Du glaubst, ich stehe unter einem Bann?«

»Ich weiß es nicht, Cole. All diese Puzzleteile … sie fügen sich perfekt zusammen.«

»Aber ich würde doch wissen … ich würde es spüren …« Langsam schüttelt er den Kopf. »Würde ich nicht spüren, wenn ein dunkler Zauber auf mir läge?«

Herb macht einen Buckel, reckt sich genüsslich. »Denk nach, Nick, das Hexchen hat recht. Du warst nach der Sündenpflaumen-Attacke völlig benebelt, und doch hast du schon lange nicht mehr so klar gesehen.«

Coles Augen schimmern türkis im schwachen Licht. »Willst du mir sagen, dass …«

Herb legt das Köpfchen schief. »Ich will dir gar nichts sagen. Ich will nur, dass du die ungenutzten Areale deines hellrosa

Kopfinhalts anschmeißt, bevor es zu einem Sonntagsbraten mutiert.«

Ich verstehe nichts, gar nichts. Was ist hier los?

Cole schüttelt den Kopf, als müsste er sich von ungebetenen Gedanken befreien, und gießt den Inhalt des Kruges in das schimmernde Becken. Er beugt sich vor, lehnt sich aus der steinernen Öffnung und greift nach dem Efeu, dessen Zweiglein ins Zimmer ragen. »Das kann nicht sein. Ich glaube es einfach nicht.«

»Ich habe es ausgependelt. Die Antwort war eindeutig.« Vorsichtig trete ich neben ihn, berühre seinen Arm. »Wie hättest du das sonst tun können? Oder vielmehr: Wie hast du einfach nichts tun können? Immer wieder nichts?«

Unsanft rupft er trockene Ästlein ab. »Sie sind aufgetaucht, einfach so, wieder einmal, und ich habe nichts unternommen.«

Er knickt das Holz ab, produziert ein Dutzend gleichlanger dünner Stäbe. »Ich habe zugelassen, dass sie in unser Zuhause spaziert sind, Nonn das Leben kosten und dich mitnehmen.« Mit beiden Händen stützt er sich auf dem Steinsims ab, als würden seine Kräfte ihn verlassen, und schließt die Augen, atmet tief durch.

»Du hast recht. Ich stand da wie ein gescholtenes Kleinkind, unfähig, mich zu wehren, mich zu verteidigen, dir auch nur drei Worte zu gönnen, Triss. Als hätte ich plötzlich die Fähigkeit verloren, zu sprechen, hätte vergessen, was wirklich geschehen ist, obwohl ich es genau vor mir sehe, ständig, glasklar, sie …«

Herb springt auf den Schreibtisch und von dort neben das Kupferbecken. »Er sucht die Wahrheit, Hexchen.« Der Blick seiner Bernsteinaugen ruht auf dem schimmernden Wasser, ernst, abwesend. »Obwohl er sie eigentlich schon kennt.«

Die Angst in Coles Blick beunruhigt mich zutiefst. Mit zitternden Fingern schiebt er die Ästchen hin und her, und erst, als er einen Schritt zurückmacht, erkenne ich es: ein fünfeckiger Stern, mit der Spitze nach oben. Ein Pentagramm.

»Beschütze mich«, murmelt Cole abwesend und angespannt. Angestrengt atmet er, schwer, fast so, als fürchtete er sich. Und dass Herb so aussieht, als würde er lieber drei Stockwerke tief aus dem Fenster springen, macht die Sache nicht besser.

Ohne hinzusehen, tastet Cole nach den verbliebenen zwei Hölzchen, hält sie hoch über das Bassin. »Die Wahrheit, die Wahrheit, zeigt mir die Wahrheit. So sei es.«

Und er lässt sie fallen, erst das eine, dann das andere, lautlos murmelnd, fixiert sie so intensiv, als wollte er sie in Flammen aufgehen lassen.

Träge schwimmen die dürren Stäbchen an der Wasseroberfläche, umkreisen einander, langsam, fast wie Raubtiere vor dem Kampf. Und plötzlich ändert eines seine Bewegung, dreht sich um die eigene Achse.

Cole klammert sich an dem steinernen Sims fest und Herb – mir stockt der Atem. Kein Stück interessiert sich die Katze für den Zauber … Er betrachtet Cole, ruhig, abwartend … *wissend.*

Das andere Ästchen zieht weiterhin seine Kreise in dem kleinen Wasserbecken, vollkommen unbeeindruckt, während das erste nicht aufhört, sich zu drehen. Fast so, als würde es das andere jagen – und schließlich berühren sie sich.

Cole schluckt hart. »Ihr Mächte, die Wahrheit, ich bitte euch … ist es so?«

Und das eine Hölzchen dreht sich weiter, schiebt sich über das andere. Endlich kommen sie zur Ruhe, gemeinsam, zusammengefügt zu einem eindeutigen X.

Cole stößt ein Keuchen aus und schlägt auf das Wasser, katapultiert die Ästchen mitsamt ein paar Tropfen aus der Kupferschale. »Cazzo!« Mit feuchten Händen fährt er sich durchs Haar, bis es noch mehr an seinem Kopf klebt.

»Was hast du denn erwartet, Nick?«, fragt Herb leise.

Cole fährt zu ihm herum, absolute Verunsicherung im Blick.

»Hast du wirklich kein ein einziges Mal darüber nachgedacht?«

»Nein«, haucht Cole und ein Windstoß fährt durch das Zimmer, bringt das Bassin zum Schaukeln und fegt das Pentagramm mit einer Wucht aus dem Fenster, dass es sich in allen Himmelsrichtungen verliert.

Und dann geht Cole in die Knie.

»Nein …« Seine Fingernägel graben sich in seine Kopfhaut, bringen seine Haare völlig durcheinander, und er kneift die Augen zusammen, verzieht das Gesicht, als würden die Schmerzen ihn verzehren. *Kopfschmerzen.* »Bei den Engeln, nein …« Er sinkt zu Boden, schwer atmend, presst sich die Handballen auf die verkrampften Lider, und ich stürze neben ihn.

»Cole! Nicholas! Was kann ich tun? Sag doch was! Was kann ich tun?«

Cole bringt nur ein Stöhnen zustande und als ich mich über ihn beuge, taucht plötzlich Herb vor mir auf, mit gesträubtem Fell und gebleckten Zähnen, faucht mich an, dass ich erschrocken auf den Hintern plumpse.

»Weg vom ihm, Triss, sofort! Weg!«

Mit offenem Mund starre ich ihn an. Er versperrt mir mit seinem Mini-Katzenkörper den Weg, schirmt Cole von mir ab, und …

»Ich?«, stoße ich hervor. »Bin ich es?« *Habe ich ihm etwas angetan, von dem wir beide nichts mehr wissen? Hat er deswegen andauernd diese Schmerzen?*

Herbs Fell schimmert im Sonnenlicht. »Es wird alles gut, Hexchen. Wir müssen den Bann lösen. Sofort. Und wir müssen die Oscuri stoppen, bevor sie die Welt in eine Spielhölle für schwarze Kräfte verwandeln. Wir können niemanden mehr in Watte packen.«

KAPITEL 20

Watte.

Wie Watte im Kopf, hatte Cole gesagt. *Ich will das nicht.*

Sein Lächeln. Die Verbundenheit, die ich spüre, die ich immer gespürt habe. Seine Kopfschmerzen. Nonn … das Tarot … *Etwas verschleiert seine Wünsche.* Der Turmalin … *Sie will nicht, dass ich das Geschenk einer anderen Frau trage.*

Cole hockt immer noch am Boden, versucht, seinen Atem unter Kontrolle zu bringen. »Ein Sicherheitsnetz«, knurrt er angestrengt. »Sie haben ein verdammtes Sicherheitsnetz eingebaut, um mich zu kontrollieren.«

Ich schlucke hart. »Er hat recht, Herb. Ein Liebeszauber. Es muss ein Liebeszauber sein.«

Die Katze mustert mich nachdenklich. »Sowas Simples? Wozu soll das gut sein?«

»Denk nach! Cole benimmt sich in Trinas Nähe wie ein Schoßhündchen. Die Pheromone und so … ich habe bei Trina ein Fläschchen gesehen, mit rotem Wachs versiegelt – wie mein Schutzzauber damals.«

Coles Atem wird langsam ruhiger, doch ich halte Abstand. Jetzt, wo er weiß, dass er verflucht wurde, wird der Zauber alles daran setzen, ihn davon abzuhalten, den Bann zu lösen.

Er blickt mich an. »Du hast den Zauberspruch gesehen?«

Ich nicke. »Ich glaube ja. Sie trug ihn bei sich, wenn du in ihrer Nähe warst. Du … du warst wie ausgewechselt, und sie hat ihn in ein Schränkchen geräumt, nachdem du den Raum verlassen hattest. Aber weshalb braucht sie einen Zauber, wenn sie doch…?«

»Menschen manipluieren kann?«, vervollständigt Cole meine Frage. »Extincteure sind auch schwarzmagisch, sodass ihre dunklen Kräfte da allein nicht ausreichen. Sie verstärkt sie, mit einem Zauber.«

»Dann holen wir ihn uns!« Herb springt auf, läuft zur Tür. »Los! Die sind alle noch in ihrer konspirativen Sitzung!«

Cole schluckt, als wäre ihm übel. »Geht.« Er nickt, wie um sich selbst Mut zu geben. »Ich warte hier.«

Ich schenke ihm ein schnelles Lächeln und verschwinde mit Herb nach draußen.

Herb hatte recht, das Castello gleicht einer Geisterstadt. Wir schleichen durch den schmalen Gang neben dem Zeremoniensaal, lauschen dem leisen Gemurmel, auch wenn kein Wort zu verstehen ist.

»Bene. Sie sind noch drin.« Herb setzt sich vor Trinas Tür. »Versuch dein Glück.«

»Und du?«, wispere ich.

»Ich sitze hier und bin süß und kuschelig, falls jemand vorbeikommt.«

Ich blinzele. »Ich verstehe nicht ganz, wie mir das helfen soll.«

Herb deutet ein Schulterzucken an. »Gar nicht. Du bist auf dich alleine gestellt. Aber je länger du diskutierst, desto höher ist die Wahrscheinlichkeit, dass wir erwischt werden.«

Mit einem genervten Augenrollen schlüpfe ich in Trinas Zimmer. Niemand da. Der Tisch ist abgeräumt.

»Trina?« Ich zucke zusammen beim Klang meiner Stimme. *Was, wenn sie hier ist? Was will ich dann? Ein Croissant?*

Doch niemand antwortet. Ich bin allein.

Auf Zehenspitzen schleiche ich zu dem Gitterschränkchen, ziehe die Tür auf. *Cielo … das müssen Hunderte von Fläschchen sein!*

Meine Finger zittern. Die Glasflaschen geben ein leises Klirren von sich, als ich sie hin- und herschiebe. Mit schwarzem Wachs versiegelte Korken. Mit weißem, rotem, grünem Wachs … liebe Güte … wie soll ich das Fläschchen finden, mit dem Trina Coles Liebe gebannt hat?

Rotes Wachs, das auf jeden Fall. Vorsichtig ziehe ich ein Fläschchen hervor, betrachte den Inhalt. Kräuter, ein wenig Flüssigkeit und getrocknete Blüten, klitzekleine Stücke von Rosenquarz. Ein gefaltetes Papier. Eine Haarlocke. *Coles Haare!* Tiefe Risse durchziehen das Wachssiegel. Schnell stopfe ich das Fläschchen in die Tasche meines Kleides, schließe die Schranktür und husche nach draußen.

Herb sitzt vor der Tür, und wirklich, niemand kann ihm absprechen, dass er außerordentlich niedlich und kuschelig aussieht. »Hast du's?«

Stumm ziehe ich das Fläschchen so weit hervor, dass die rote Wachskappe zu erkennen ist.

»Klasse! Dann lass uns den Schönling mal von seinem Bann befreien!«

»Ich hoffe, es ist wirklich deins.« Mit spitzen Fingern stelle ich das Glasfläschchen auf meinem Schreibtisch ab.

Herb springt lautlos auf die dunkle Holzplatte, schnuppert an dem mit Rissen durchzogenen Wachs. »O ja, eindeutig, Hexchen.« Er setzt sich. »Er müffelt genauso.«

»Ey.« Cole lungert auf meinem Bett herum, und ich wende meine Aufmerksamkeit wieder dem Zauber zu. »Und jetzt? Öffnen? Verbrennen? Im Garten vergraben?«

»Mach keinen Scheiß, Hexchen!« Blitzschnell schiebt sich Herb zwischen mich und das Gefäß. »Einen Zauber manuell zu brechen, bringt Unglück über dich und kann die Wirkung manifestieren.« Er mustert die Flasche. »Wir werden den jetzt schön nachbauen.«

»Nachbauen?« Ich ziehe die Augenbrauen hoch.

»Trina benutzt diesen Zauber. Es wäre schlecht, wenn sie ihn vergeblich suchen würde.«

»Also los.« Ich setze mich an den Schreibtisch und wühle in meinen Utensilien. »Wir brauchen ein identisches Fläschchen.«

Cole greift über mich und hält es mir vor die Nase. »Hier, Kräuterhexe.«

»Sehr gut. Wir brauchen fünf Rosenquarz-Chips.«

Cole lässt fünf winzige Kristalle in die gläserne Öffnung plumpsen.

»Rosmarin und … hm …« Herb schnuppert intensiv an dem Zauber. »Zimt. Das kackbraune Zeug da ist Zimt.«

Gehorsam fülle ich alle Zutaten in die Glasflasche. »Wir brauchen etwas, das wie eine Haarsträhne von dir aussieht, Cole.« Ich konzentriere mich und ziehe ein weizenblondes Büschel Haare aus der Luft, das dem Haar von Cole ähnlich genug sieht, aber hoffentlich aus Kunsthaar ist.

»Meinst du, die Schmerzen hören auf, wenn dieser Bann gebrochen ist?«

»Hoffentlich.« Er hält immer noch deutlich Abstand zum nachgebauten Zauber.

»Woher kommen diese Schmerzen, wenn wir doch …« Hitze steigt in meine Wangen.

»… miteinander geschlafen haben?« Er lächelt und stopft den Korken auf die Flasche.

Herb maunzt: »Vollmondnächte, Hexchen.«

Cole holt eine rote Ritualkerze aus der Luft, entzündet den Docht. »Unsere Magie erreicht in dieser Zeit ihren Höhepunkt.«

Skeptisch mustere ich das Glasfläschchen. »Aber dann müsste dieser Liebeszauber ja noch besser gewirkt haben.«

»Nope. Ein Zauber, gesprochen, um jemanden gegen seinen Willen zu binden, kommt nicht gegen die natürliche Magie an, die in uns wohnt. Und in den Nächten des Universums kann der stärkste Zauber die reinste Form der Magie nicht besiegen.«

Herb rollt sich auf dem Schreibtisch zusammen. »Falls ihr mal eigene Junge haben wollt: Vögelt die Vollmondnächte durch, als hinge euer Leben davon ab, und euer Kind wird unglaublich sein.«

»Danke für diesen großartigen Ratschlag.« Cole schmunzelt, ganz auf die Kerze und die Flasche in seinen Händen konzentriert. »Du Menschenkenner.«

Herb seufzt. »Eines Tages werde ich vielleicht wissen, wie es sich anfühlt, den Sonntagsbraten abzuschmecken. Oder jemanden zu küssen, so richtig, mit Zunge. Oder sich ein Wattestäbchen ins Ohr zu stecken – alle Menschen, die ich jemals dabei beobachtet habe, sahen dabei ähnlich verzückt aus wie du, wenn du dieses vibrierende –«

»Herb!«

»Was denn?«

»Das ist auf so viele verschiedene Arten absolut unangebracht, dass mir dafür die Worte fehlen!«

Ich werfe ihm einen vernichtenden Blick zu. »Vielleicht suchst du dir das nächste Mal kein Tier, sondern einen Menschenkörper aus, wenn du wieder mal die Flucht ergreifen willst.«

Herb knurrt ablehnend. »Ich werde diese Katze um keinen Preis verlassen. Da bringen mich auch keine Ohrenstäbchen und allen möglichen vibrierenden Dinge zu einer anderen Entscheidung.«

»Fertig.« Cole hält die frisch versiegelte Flasche in die Höhe.

Herb zieht die Augenbrauen hoch. »Du hast gesehen, dass beim Original das Wachssiegel geborsten ist, oder?«

»Ist es das?« Cole hält es sich vors Gesicht, dreht es bedächtig hin und her. »Ja«, murmelt er leise. »Du hast recht. Es ist gerissen.«

Neugierig recke ich den Hals. »Hat das etwas zu bedeuten?«

Cole blickt Herb an, stellt die Flasche zurück auf den Tisch, schweigend.

»Nick hat den Bann bereits aufgebrochen.« Herb legt das Köpfchen schief. »Weil er sich erneut in dich verliebt hat.«

Sein Lächeln ist so liebevoll, dass das Herz in meiner Brust sich aufbläht wie ein Gasballon. So ein kleiner, glänzender vom Rummelplatz, kein großer, mit dem man Ausflüge machen kann.

»So. Her damit!« Herb sperrt die Schnauze auf, und ohne zu zögern legt Cole ihm das frisch fabrizierte Glasgefäß hinein.

Erstaunt beobachte ich das Spektakel. »Und jetzt?«

»Runka xfu geiner Fwefka gehen unk gaff Ging in gen Frank ftellen.« Lautlos wie eine Feder landet Herb auf dem Boden. »Nachk nia gohl jemank mal gie Kür auf?«

Cole lässt Herb nach draußen. »Unglaublich, wie hilfreich diese Viecher sein können, oder?«

Ich nehme den Zauber hoch und betrachte ihn nachdenklich. »Verliert er jetzt seine Macht über dich?«

»Nein, so einfach geht das nicht.« Cole nimmt mir das Fläschchen aus den Händen und stellt es behutsam zurück auf das dunkle Holz. Ohne mich auch nur anzusehen, greift er in die leere Luft, zieht ein Paar kleine Ritualkerzen hervor, schwarz, mit einem hellen Band zusammengebunden. »Halt mal kurz.« Er drückt mir die Kerzen in die Hand, holt ein großes, weißes Paket und ein Säckchen aus dunklem Samt aus dem Nichts. »Wenn du einen Zauber ausführst«, er öffnet die Packung und greift hinein, »machst du einen Kreis, hörst du mich, Triss? Du machst immer einen Kreis, bevor du irgendetwas tust.« Er verteilt einen dichten Ring aus kleinen, weißen Körnchen auf der steinernen Fensterbank.

»Ich weiß«, sage ich leise. »Steht in meinem Buch der Schatten.«

Cole wirft mir einen Blick über seine Schulter hinweg zu und lächelt. »Sehr gut. Du hast es gefunden.«

Ich nicke knapp, verfolge jede seiner Bewegungen. »Das, was du da tust, steht aber nicht drin.«

»Ich löse den Bann.« Cole zieht ein Taschenmesser hervor und schnitzt an den Kerzen herum. »Zuerst ritze ich die Namen ins Wachs. Das hier ist meine Kerze.« Er macht einen letzten Schnitt und legt sie beiseite, nimmt die andere in die Hand. »Und das ist die deiner Schwester.« Geschickt ritzt er ihren Namen in das schwarze Wachs, klappt das Messer ein und steckt es weg. »Uns verbindet ein Band …« Er nimmt den hellen Faden und knotet ihn um die kleinen Kerzen, dreimal. »… das ich ein für allemal lösen möchte.«

Geschickt träufelt er Wachs von der brennenden Kerze auf den Stein des Fenstersims, mitten in den Kreis aus grobem Salz, und klebt seine präparierten Ritualkerzen darauf fest. »Gib deinen Kerzen einen festen Stand …« Sachte spannt sich der Faden zwischen den weißen Dochten. »Entzünde sie gleichzeitig.« Langsam lässt er die Hände sinken, ohne den Blick von seinem Zauber zu nehmen. »Bei den Mächten, die meine Wege lenken, befreit mich von dem Bann, der mich bindet. Befreit mich von dem Bann, der mich hemmt, der mich zurückhält.« Seine Stimme ist leise, monoton, fast, als würde er eine Melodie summen. »Bei den Mächten, die meine Geschicke lenken, befreit meine Seele von dem Bann, der sie bindet. Befreit sie von dem Bann, der sie gefangen hält, der sie verkümmern lässt.«

Trinas Flamme bäumt sich auf, zischt und lodert wild in die Nacht, und ich zucke erschrocken zusammen.

»Der Fluch wehrt sich«, murmelt Cole, zuckt zusammen, fasst sich an den Kopf.

Und als hätte es seine Worte gehört, rutscht das Band an beiden Kerzen hinab, hinunter bis auf zwei Zentimeter, die es vom Sims trennen.

»Bei den Mächten, die meine Zukunft lenken«, flüstert Cole, seine Stimme bebt angestrengt. »Ich bitte euch, löst diese Bindung. Gebt mich frei. Mein Herz gehört nicht ihr, es wird ihr nie gehören. Und ihres ist nicht das meine. Ihre Gründe sind nicht rein.«

Wieder sticht die Flamme von Trinas Kerze in die Höhe, knistert lautstark ihren Unwillen heraus.

»Ich bitte euch.« Cole ist kaum noch zu verstehen. Seine Hände zu Fäusten geballt, schließt er die Augen, angestrengt, schmerzerfüllt, hochkonzentriert. »Ich bitte euch, erhört mich, ich bitte euch, gebt mich frei, ich bitte euch …«

Und ich schiebe meine Hand in seine Faust. Fast augenblicklich schließt er seine Finger um meine, die Augen nach wie vor fest geschlossen. *Gebt ihn frei, wer auch immer ihr seid. Er gehört nicht euch, ihr habt kein Recht, ihm die Freiheit seiner Seele zu verwehren.*

Ich starre auf die Flammen, beobachte, wie die Kerzen herunterbrennen, schwarze, glänzende Pfützen auf dem grauen Stein bilden. Coles Flamme wird größer, schnurgerade trotzt sie dem Wind und dem Widerstand.

Lasst ihn einfach gehen. Er hat euch nichts getan. Er hat niemandem etwas getan. Gebt ihn frei. Gebt ihn frei.

Und Coles Flamme lodert auf, als hätte sie die Luft entzündet. Feuer erfasst das dünne Band zwischen den Kerzen. Der Druck seiner Finger um meine Hand verstärkt sich, als würde er all meine Kraft brauchen, um dem Bann zu entkommen.

Sein Atem geht abgehackt, kontrolliert, und dann ist es vorbei. Der Faden zerreißt unter der Macht des Feuers, ergreift Besitz von Trinas Kerze. Flüssiges Wachs rinnt über das dünne Band, verwandelt es in einen zweiten Docht, und die Ritualkerze schmilzt in einer gewaltigen Flamme zusammen, in Windeseile, wird zu einem schwarzen, flackernden Wachssee, bis ihr Licht letztendlich erlischt.

Und mit einem leisen »Ping!« zerbirst das Glasfläschchen auf dem Tisch in zwei Teile.

Immer noch hält er meine Hand und es fühlt sich wundervoll an. Richtig. Als gehörte sie dahin. Alles, jedes Atom meines Körpers, zieht mich zu ihm, doch ich stehe hier wie angewachsen.

»Wie geht es dir?«

»Es tut nicht mehr weh«, sagt er leise, und das Erstaunen in seiner Stimme höhlt mein Innerstes aus. »Es ist … es ist endlich wieder vollkommen still in meinem Kopf.«

Erleichterung durchströmt mich wie ein Wasserfall. »Das klingt großartig.«

Ein Lächeln huscht über sein Gesicht. »Es fühlt sich auch so an.« Sein Blick wird ernst. »Triss, ich …« Er wühlt in seinem Hirn nach Worten, und plötzlich packt er meinen Kopf, zieht mich in einen Kuss, so tief, so sehnsüchtig, dass die Beine unter meinem Rumpf wegklappen wie eine Falltür auf der Bühne. Seine rechte Hand hält mich im Nacken und die linke fährt meinen Rücken hinab, tief, tiefer, gefährlich tief, eindeutig, und –

»Zum Glück fangen eure Klamotten nicht Feuer, denn … wowza babowza … ihr zwei seid echt heiß! Ich habe diesen Kuss bis in meine Schwanzspitze gespürt, und das ist anatomisch nicht einmal möglich.« Herb tänzelt mit einem eleganten Hüftschwung aus meinem Badezimmer.

Cole stößt ein leises Lachen aus und senkt den Kopf, streicht mir mit seinem Daumen sanft über die Wange. »Geht mir ähnlich«, murmelt er und sucht meinen Blick, hebt leicht die Augenbrauen. »Anatomisch allerdings möglich.«

Stumm sehe ich ihn an. Hoffentlich lässt er mich nicht los, denn dann flutsche ich auf den Boden, als hätte er mir sämtliche Knochen aus dem Leib geknutscht. Und die Muskeln. Und meinen freien Willen.

»Ach cazzo.« Herb springt zurück auf das Bett. »Hätte ich doch besser mal die Klappe gehalten. Ihr hättet völlig vergessen, dass ich da bin, und wärt übereinander hergefallen, und endlich hätte ich –«

Cole verdreht die Augen. »Vergiss es, Herb.«

»Aber dann könnte ich –«

»Herb.«

»Ja, schon gut, schon gut. Eines Tages kommt meine Chance.« Die Katze dreht sich im Kreis, baut sich eine gemütliche Kuhle.

Coles Blick taucht in meinen, sehnsuchtsvoll, doch mit einer Traurigkeit, die mir nicht gefällt. »Erstmal wird nichts, Herb«, sagt er leise, streicht mit dem Daumen über meine Lippen. »Wir dürfen ihnen keinen Anhaltspunkt dafür geben, dass der Bann nur noch Sondermüll ist.«

Herb lässt uns links liegen, springt in die Fensteröffnung und blickt abwesend in die Dunkelheit. Langsam führt er die Pfote zu seiner Schnauze, um sich das Fell zu säubern.

Ich räuspere mich ausführlich. »Und du bist sicher, dass du den Bann gelöst hast?«

Er wiegt den Kopf. »Ganz sicher bin ich nicht.«

»Nicht?«

Statt einer Antwort legen sich seine Lippen auf meine, sanft, warm, ganz leicht nur, und meine Arme wandern automatisch um seinen Nacken, halten ihn fest.

»Und?« Meine Stimme zittert ein wenig, als er sich von mir löst.

Sein Daumen streicht meine Wirbelsäule entlang und ein Schauder durchrieselt mich, als würde ich in einem eisigen Wind stehen.

»War okay.« Er zuckt mit den Schultern. »Allerdings war das auch nur ein kleines Küsschen. Also, es mag anders sein, wenn …«

Diesmal prallt er förmlich auf mich, küsst mich tief und lange. Elektrische Impulse zucken durch meinen Körper, als seine Zungenspitze meine berührt, sachte, vorsichtig, und ich vergrabe meine Finger in seinem Haar. Seine Hände fahren über meinen Körper, pressen mich an ihn. O cielo, ich will nicht, dass dieser Kuss jemals endet. Ich will für den Rest meines Lebens einfach nur hier stehen und ihn genießen, seine Nähe, alles an ihm, und die Welt ausblenden. Und doch …

»War das auch okay?« Ich keuche mehr, als ich spreche, und diesmal muss er lachen.

»Ja, war ganz in Ordnung.« Seine Augen schimmern wie das Meer in dem Moment, in dem ein letzter Sonnenstrahl vom salzigen Wasser verschluckt wird. Kaum merklich streicht er mir eine Haarsträhne zurück, berührt sachte die zarte Haut vor meinem Ohr. Hitze rast in Wellen durch meinen Körper, und eigentlich möchte ich nur noch, dass diese Katze verschwindet.

Herbs Reibeisenlachen dröhnt durch mein Zimmer. »Irgendwann probiere ich das auch mal. Vielleicht.«

Cole verdreht die Augen und wendet sich endgültig von mir ab. »Merda, Herb, musst du eigentlich immer alles kommentieren?«

»Interessante Frage. Hm …« Nachdenklich legt die Katze den Kopf auf die Seite. »Habe ich mir bisher nie Gedanken drüber gemacht, aber jetzt, wo du's sagst … Es ist wie ein innerer Zwang, weißt du, wie dieser Drang in dir, das Hexchen so anzusehen, als wäre es eine Folienpackung Feliner Festtagsschmaus, verstehst du?«

Cole stößt ein mitleiderregendes Stöhnen aus und fährt sich mit beiden Händen durch die Haare, richtet seine Frisur, die ich so kunstvoll durcheinandergebracht habe.

»Mein lieber Nicholas.« Herb sieht so vorwurfsvoll zu ihm hoch, wie er das mit seinem niedlichen Stupsnasengesicht nur kann. »Ich stecke im Körper eines Säugetiers, eines Jägers, der einen gigantischen Geruchssinn hat. Ich könnte eure Pheromone noch riechen, wenn ich unten im Dorf stehen würde. Wenn ihr Katzen wärt, würdet ihr euch längst auf dem Boden wälzen, so dringend, wie ihr es nötig habt.«

Coles Wangen färben sich rosa. »Und?«

Wenn Herb mit den Schultern zucken könnte, er würde es tun. »Nichts und. Ich fänd's großartig, wenn ihr endlich mal wieder in die Kiste springen würdet, denn dann hört dieses ganze Sehnen und Hadern und vor allem das anstrengende Herumgedufte endlich auf, Himmel, Arsch und Zwirn.« Seine bernsteinfarbenen Augen glimmen im Sternenlicht wie alter Whiskey, fixieren uns ernst, fast schon ehrfürchtig.

Mein Herz schäumt über, als hätte man ein Mentos in eine Cola geworfen. Und mir fällt etwas ein. »Nimm du ihn.« Ich greife nach dem Verschluss meiner Kette und öffne sie, lege Cole den Turmalin um den Hals, bevor er mich abwehren kann. »Ich benötige keinen Schutz vor Trina. Mir wird sie nichts tun, das kann sie nicht. Und solange Manolo und Adriano ihre Manipulationskräfte brauchen, können sie es ebenfalls nicht.«

Ich hake den Karabiner in die Öse und lege meine Hand flach auf den schwarzen Stein, schließe die Augen.

Intention … Beschütze ihn, Magie. Behüte ihn vor allem, was ihm etwas Böses will, was ihm selbstsüchtig alles nehmen will zu seinem eigenen Nutzen. Beschütze ihn, denn ihm gehört mein Herz. Langsam beuge ich mich vor und berge den Stein in meinen Handflächen, drücke einen Kuss darauf, sanft, lange. *Behütet ihn, ihr Mächte.*

Coles Finger graben sich in mein Haar. Seine Lippen berühren meine Stirn, küssen mich. Er nimmt mich in die Arme und hält mich fest, ganz fest, presst mich an sich, bis ich die Augen schließe und meinem Herz lausche, wie es viel zu laut und zu schnell schlägt.

Für ihn.

Seine Bewegung schreckt mich aus dem Schlaf. Ich fahre hoch und erblicke Cole, der halb aufgerichtet neben mir sitzt und sich gerade aus seinem Jackett schält, die Krawatte schon lose um den Hals.

»Habe ich dich geweckt?«

Ich nicke stumm und unterdrücke ein Gähnen.

»Entschuldige.« Er lächelt.

Ich schiebe beide Hände unter meine Wange, beobachte ihn stumm.

»Ich hatte einen Traum«, sagt er leise. »Wir saßen im Steinhaus auf der Couch, du und ich, in eine rote Wolldecke gekuschelt. Es war Weihnachten. Samu spielte unter dem Baum und Nonn … sie brachte uns Tassen mit dampfend heißem Kakao.« Seine Augen schimmern im Sternenlicht.

»Ein schöner Traum.« Mühsam halte ich mich davon ab, die Hand nach ihm auszustrecken, ihn zu berühren.

»Er war das Kind, das niemand wollte.« Ein Lächeln huscht über sein Gesicht. »Ich war ein echter Draufgänger, jedes Wochenende eine andere Frau. Zweiundzwanzig Jahre war ich alt, als ich erfuhr, dass ich unabsichtlich einen Treffer gelandet hatte.« Er zieht die Krawatte ab, betrachtet den glänzenden Stoff in seinen Händen, beinahe farblos im kalten Licht der Nacht. »Sie hat es zu spät gemerkt, um etwas zu unternehmen, doch sie wollte um keinen Preis ein Kind. Und als sie sich entschied, das Baby nach der Geburt zur Adoption freizugeben, haben sie mich gesucht.« Er stößt ein ungläubiges Lachen aus. »Ich hatte anderthalb Monate Zeit, mich zu entscheiden. Und dann war ich ein Vater.«

»Das war bestimmt schwer für dich.«

»Nein.« Er schüttelt den Kopf. »Es war überraschend einfach. Dieses Kind ... es konnte nichts dafür, dass aus ein wenig weinseligem Spaß plötzlich Ernst wurde. Samu konnte nichts dafür, dass seine Mutter sich gegen ihn entschied. Er konnte nichts dafür, dass ich sein Vater war ... so wie ich nichts dafürkonnte, wer meiner war. Meine Liebe für ihn war immer echt, immer.« Tief atmet er durch. »Fünf Jahre ist er heute. So klein noch ... Sein Geburtstag war vor sieben Monaten und ich habe ihn verpasst.« Sein Lächeln wird eine Spur gequälter. »Cazzo. Hätte mich dieser Schlips nicht stranguliert, säße ich mit dir auf der Couch vor dem Weihnachtsbaum und würde dich nicht mit dem Müll meines Lebens vollabern.«

»Ich rede gern mit dir, Cole.« Sanft lege ich meine Hand auf seine. »Und ich höre dir gern zu.«

Er lächelt leicht, traurig. »Ich konnte nicht mit dem Gedanken leben, diesem Kind kein Vater zu sein. Und als ich ihn sah, nur wenige Tage nach der Geburt ... da wusste ich, dass es die richtige Entscheidung war, ihn zu mir zu nehmen. Denn auch das war Liebe auf den ersten Blick.« Er rutscht in eine bequemere Position, drückt meine Hand. »Ich habe ihn Samuele genannt, nach meinem Vater.«

»O Cole«, flüstere ich, und er lächelt seine Traurigkeit fort.

»Samu war kein einfaches Baby. Fast zwei Jahre hat er nicht durchgeschlafen, aber ein Lächeln von ihm, ein Wort …« Er seufzt, betrachtet unsere Hände. »Ich will ihn wiederhaben, Triss.«

Ich beuge mich vor, umfasse sein Gesicht. »Und du wirst ihn wiederbekommen.«

Cole schließt die Augen, unfähig, etwas zu sagen.

»Ich helfe dir. Ich suche ihn. Wir werden ihn finden.«

»Ein Jahr, Triss. Ein Jahr bin ich von ihm getrennt. Vielleicht weiß er nicht einmal mehr, wer ich bin.«

»Du hast Angst, dass er dich vergisst?«

Er nickt sachte. »Vergessen ist das, was mir Angst macht. Was mir immer schon Angst gemacht hat.« Abwesend streicht er sich über den Hemdsärmel, unter dem sich die Dornenranke seinen Arm hinaufwindet. »Mein Vater war krank. Er konnte nicht anders, als seinen Sohn im Stich zu lassen. Und jetzt werde ich gezwungen, meinem dasselbe anzutun.«

»Cole …« Ich rücke näher zu ihm, blicke ihm fest in die Augen. »Wir finden eine Lösung.«

Er sieht mich nur an, nickt schließlich. »Vielleicht. Hoffentlich.«

Stumm liegen wir nebeneinander, nah, und alles in mir schreit nach ihm, danach, ihn in die Arme zu nehmen und zu trösten, schreit nach einer Erfüllung all dessen, was ich für ihn empfinde, was ich spürte, als er mir seine Gefühle offenbarte.

»Weißt du, was ich nicht verstehe, Cole?«, frage ich leise. »Warum hast du mit mir geschlafen? Wenn du doch sie wolltest? Wollen musstest? Wie konntest du dennoch … Warum? Cole?« Ich schüttele den Kopf, halte mit aller Macht die Tränen zurück, die meine Augen fluten.

»Weil ich dich brauchte, Triss. Dich wollte.« Kurz beißt er sich auf die Unterlippe, nimmt seinen Blick nicht eine Sekunde von mir. »Dich, Triss. Nicht sie.« Leise räuspert er sich. »Ich sollte gehen.« Er sieht so aus, als wollte er gerade das ganz bestimmt nicht. Und ich will es auch nicht.

»Bleib«, flüstere ich, streiche mit den Daumen über seine

Wangen. »Ich weiß nicht, was geschehen wird, wie wir all das überstehen. Aber was ich weiß, ist, dass ich bei dir sein will, und sei es auch nur eine Nacht. Eine einzige, verschwiegene Nacht, in der wir alles beiseiteschieben. Und morgen machen wir weiter damit, der Welt vorzuspielen, dass wir uns nicht lieben.«

»Triss …« Sein Atem beschleunigt sich. Er zieht mich an seine Brust, presst mich an sich, als wollte er alle Luft aus mir quetschen.

Vorsichtig berühre ich seine Schläfe, hauche einen Kuss darauf. »Fühlst du dich gut?«

»Ich fühle mich gut«, flüstert er. Seine Lippen streifen meine Stirn, als er spricht, und mein Herz wummert so stark gegen meinen Brustkorb, dass er es einfach spüren muss.

»Eine verschwiegene Nacht?« Belustigung schwingt in seinem Tonfall mit.

Ich schubse ihn. »Mach dich nicht über mich lustig!«

»Nennen wir es einen Anfang« flüstert er und küsst mich, sanft, ausgiebig und seufzt leise.

Mein Magen füllt sich mit Helium, schwebt in meinem Körper. *Genau das hast du immer gewollt*, raunen mir die Erinnerungen zu. Mit den Fingerspitzen streiche ich durch seine Haare, löse sie aus ihrer festgegelten Struktur.

»Ich will dich ausziehen«, wispere ich in sein Ohr, drücke einen Kuss darauf. »Ich brauche deine Wärme, Cole, dich, so sehr.« Ich küsse seine Kehle hinab, inhaliere seinen wunderbaren Duft, und knöpfe das Hemd auf, einen Knopf nach dem anderen.

Leise ächzt er und lehnt sich zurück, vergräbt seine Finger in meinem Haar, als ich mir meinen Weg nach unten bahne, seine Brust enthülle. Sternenlicht tanzt auf seiner glatten Haut, spielt auf seinen Muskeln.

Er setzt sich auf, streift den weißen Stoff ab, und ich knie neben ihm, betrachte die Bilder auf seiner Haut, die er sich hat stechen lassen, für immer, gegen das Vergessen. Mit den Fingerspitzen fahre ich die Sanduhr nach, die der Phönix auf seinem

Rücken fest in den Klauen hält, so real, so echt mit ihren Lichtreflexen auf dem nicht vorhandenen Glas, nahezu dreidimensional.

»Und ich brauche dich …« Sanft streicht er mir das Haar fort, zurück über meine Schultern. »Lächle für mich, Triss.«

Ich tue ihm den Gefallen und er berührt das Grübchen auf meiner Wange, küsst mich, küsst mich langsam und tief, als wollte er jede Hundertstelsekunde auskosten, die wir einander schenken in dieser Nacht. Er lässt sich zurück in die Kissen sinken, zieht mich mit sich, und ja … das ist es, was ich brauche, was mir Hoffnung gibt, er, in meinen Armen.

Ohne unseren Kuss zu unterbrechen, schmiege ich mich an seinen Körper, lege ein Bein über ihn und – cielo, er ist deutlich erregt. Meine Berührung lässt ihn stöhnen und fester drückt er mich an sich. Seine andere Hand wandert auf meinen Hintern, begehrend, eindeutig, und er dirigiert mich auf seinen Schoß, bewegt sich sachte unter mir.

»Gott, ja, Triss …«

Ich küsse mich seine Kehle hinab, küsse die kleinen Kuhlen an seiner Schulter, seine Brust, umkreise mit der Zungenspitze seine Brustwarzen und seine Hände fahren meinen Rücken hinauf, ganz sacht, ganz liebevoll, schieben mein Shirt nach oben, eine Hand unter dem Jerseystoff, die andere in meinen Haaren.

Er windet sich unter mir, so sexy, das blonde Haar völlig zerwühlt. Seine Härte drückt an meine Mitte, doch nicht ungeduldig oder drängend. Er genießt, was ich mit ihm tue. Seine Hände auf meinem Körper sind so sanft und sachte, dass meine Zuneigung zu ihm überschwappt wie eine zu volle Wassertonne im Regen.

Plötzlich holt er mich zurück an seine Lippen, küsst mich tief und innig. Mit beiden Händen zieht er mein Shirt noch weiter nach oben, verharrt an meinem Bauch und sieht mich an, streicht mir die Haare zurück.

»Ich brauche deine Nähe, Triss«, flüstert er kaum hörbar und presst mir seine Hüften entgegen, dass sich die Hitze in meiner

Mitte sammelt, mich leise aufstöhnen lässt. »Heute Nacht. So sehr.« Seine Hände schieben sich unter mein Shirt, berühren meine nackte Haut, hauchzart, streifen meine Brustwarzen. »Gott, Triss. Du bist atemberaubend.«

Ich richte mich auf, reibe mich an ihm und ziehe mir das Shirt über den Kopf, lasse es achtlos neben das Bett fallen. Aaah … er fühlt sich so gut an, so unglaublich gut …

Sein Blick huscht an meinem Körper entlang, und ich liebe es, zu sehen, wie sich sein Atem beschleunigt.

Ich beuge mich über ihn und meine Brustspitzen streichen über seine Haut. Leise stöhnt er auf und presst seine Erektion an mich.

»Vielleicht wäre jetzt ein guter Zeitpunkt, mir noch einmal die Einzelheiten der Elementarmagie zu demonstrieren, Cole …« Ich gehe hoch auf die Knie, öffne seine Hose, schiebe sie ihm herunter.

»Der was?« Cole reißt irritiert die Augen auf.

»Elementarmagie«, wiederhole ich leise und befreie ihn von seinen Pants, umschließe ihn mit meiner Hand und massiere ihn, während ich seine Lippen küsse, seinen Hals, die Brust hinab. Mit der Zunge male ich kleine Spiralen auf seine Haut, arbeite mir meinen Weg nach unten. »Was brauchst du am meisten, Cole, gerade jetzt, in diesem Moment?«

Ich schließe meine Lippen um ihn und er bäumt sich unter mir auf, lässt den Kopf zurück in sein Kissen fallen, stöhnt tief und ungehemmt seine Lust heraus.

»Oh«, stößt er hervor und ein Zittern durchläuft seinen Körper. »Ja. Achso. Ich war noch nie sonderlich gut darin, Andeutungen zu verstehen.«

»Umso besser bist du in Elementarmagie …« Ich nutze meine kurze, dramatische Pause für sinnvolle Dinge und er keucht auf, krallt sich in meine Haare.

»Ich nehme an, du hast nicht an Handschellen gedacht«, knurrt er unterdrückt und muss lachen, doch das treibe ich ihm schnell aus. Tief atmet er durch, langsam, mit geschlossenen Augen, windet sich unter mir. »Dio, ja … ja … Schlaf mit mir, Triss.«

Sanft streicht er mir über das Haar und ich spüre das Kondompäckchen, das er zwischen zwei Fingern hält, sehe hoch zu ihm, lächle.

Sein Blick ist dunkel, verhangen vor Lust und Zuneigung. »Triss«, sagt er leise. »Bitte schlaf mit mir.«

KAPITEL 21

Als ich ein paar Stunden später glücklich und entspannt bis in die Zehenspitzen erwache, ist Cole bereits fort. Sonnenstrahlen fallen durch die Fensteröffnungen ins Zimmer.

Ich werfe einen Blick auf die Uhr. *O Mann, es ist noch nicht einmal sechs Uhr!* Vermutlich liegen selbst die Oscuri noch in ihren Betten und schlummern selig … Ich schmiege mich zurück in die Kissen und erinnere mich an Coles Hände auf meiner Haut, an seine Küsse, an das unvergleichliche Gefühl, ihm ganz nahe zu sein, ihn in mir zu spüren.

Kinderlachen dringt an mein Ohr, hallt über den kleinen Burghof vor meinem Fenster. Und ich kenne dieses Lachen, ich habe es unzählige Male gehört, es selbst verursacht. *Samu.*

Fast verheddere ich mich in den Decken und schlage lang hin, als ich mit dem weißen Leinen um die Brust gewickelt zu den steinernen Öffnungen husche und einen Blick nach unten werfe.

Oddio, Samu. Eindeutig!

»Scht!«, zischt eine weibliche Stimme, bemüht, leise zu sprechen. »Kommst du wohl her!«

Fröhliches Lachen ist die Antwort, und dann taucht eine Frau mit langen, blondgefärbten Haaren auf, die barfuß und im Nachthemd über den mit Gras und Kräutern überwucherten Innenhof sprintet, um das entlaufene Kind wieder einzufangen.

Samu.

Er ist wach, eindeutig. Er ist wach und quietschend und deutlich schneller als seine Babysitterin. *Liebe Güte!*

Der kleine Blondschopf schlägt einen Haken und das war sein Fehler: Mit einem eleganten Ausfallschritt fischt die Frau ihn aus dem Lauf, klemmt ihn sich unter den Arm und trägt ihn davon, zappelnd und krähend, durch eine unscheinbare, ausgeblichene Holztür in das Gebäude schräg gegenüber von meinem Rapunzelturm.

Atemlos starre ich in den Hof. *Oddio, er ist hier, er ist wirklich und wahrhaftig hier! Ich … wo sind meine Klamotten? Ich muss hinterher, sofort, herausfinden wo er sich –*

Es klopft, kurz und harsch, und ohne meine Antwort abzuwarten, tritt Adriano ein. »Guten Morgen, Triss – oh, wie ich sehe, bist du schon angezogen.« Mit einem anzüglichen Lächeln, das mir überhaupt nicht gefällt, mustert er mich in meinem Bettlaken von Kopf bis Fuß. »Ich soll dich abholen. Frühstück mit dem Schwesterherz.«

»Ich werde dich so nicht begleiten.« Energisch recke ich mein Kinn, raffe den weißen Stoff enger zusammen. *Am liebsten würde ich dich die Treppe herunterschubsen, du Mistkerl!*

Hinter ihm huscht auch noch Herb um die Ecke, ungesehen, duckt sich sofort unter die Kommode und bleibt dort.

»Du kannst abhauen. Ich weiß, wohin ich gehen muss. Ich springe schnell unter die Dusche und bin gleich da.«

»Das will ich sehr hoffen.« Unverhohlen wandert sein Blick über meinen leichtbekleideten Körper. »Freu dich: Sie hat eine Überraschung.« Er wackelt mit den Augenbrauen und verschwindet dankenswerterweise hinaus in den Flur.

Ausgiebig atme ich meine Anspannung aus. *Eine Überraschung?* Mein Bauchgefühl wedelt mit fünfzehn roten Fahnen.

»Der Sack ist weg, gut.« Herb quetscht sich unter der Kommode hervor, schlägt mit der Vorderpfote nach einem Zipfel meines Notbehelfkleidchens. »Habt ihr also doch noch die Kurve gekriegt. Gut so.«

Hitze schießt mir in die Wangen. Königlich schreite ich hinüber zum Bad. »Das geht dich gar nichts an.« Ich drücke die Tür ins Schloss und hüpfe unter die Dusche.

»Mich geht alles was an, Hexchen!«

Ich halte meinen Kopf unter den Wasserstrahl, ignoriere ihn erfolgreich.

Fünf Minuten später hocke ich vor ihm auf dem Boden und schließe meine Sandalen. Gelassen beobachtet er mich. »Eigentlich wollte ich nur was fressen«, gesteht er kleinlaut.

»Ach Herb.« Ich greife in die Luft, diesmal auf der Abkürzung unterwegs, und stelle einen gut gefüllten Napf vor ihn hin.

Kopfüber stürzt er sich hinein.

»Ich habe Samu gesehen.«

Ruckartig taucht Herb aus dem Feuchtfutter auf. Soßenreste rinnen ihm über die Schnurrhaare. »Wann? Wo?«

»Heute Morgen, unten im Hof. Er schien seiner Aufpasserin ausgebüxt zu sein.« Ich richte mich wieder auf, streiche mein dunkelrotes Sommerkleid zurecht. »Eigentlich wollte ich direkt zum Kindergarten und ihn suchen. Aber jetzt muss ich wohl oder übel vorher zu Trina.«

»Ein ausgiebiges Frühstück ist ein guter Start in den Tag«, erläutert mir Herb. »Bist du dir sicher?«

»Ganz sicher.« Ich nicke knapp. »Ich muss es Cole sagen.«

Mit großen Augen mustert er mich. »Sei vorsichtig. Zu wissen, dass der Kleine so nah bei ihm ist … hoffentlich macht Nick keinen Blödsinn.«

»Er wird keinen Blödsinn machen.« Ich lege meine Hand auf die Türklinke. »Denkst du, Trina merkt, dass wir den Zauber gestohlen haben?«

Herb schüttelt den Kopf. »Die Fälschung ist großartig. Hau schon ab. Ich nehme die Spiegel. Und dann suchen wir Nicks Junges.«

Ich klopfe, öffne die Tür und falle in Meeresgrün.

Cole ist hier, und bei seinem Anblick erinnert sich jedes Atom in mir an die letzte Nacht. Ein Lächeln huscht über sein Gesicht, doch schnell wendet er sich ab, sieht zu Boden.

Ich räuspere mich. »Guten Morgen.«

Trina strahlt mich an, und wieder überrollt mich die Vertrautheit zu ihr mit einem Siebentonner. »Triss! Da bist du ja endlich! Fast hätten wir ohne dich angefangen.«

»Adriano hat mich förmlich überfallen.« Ich lasse mich am Frühstückstisch nieder. Gedeckt für drei. »Aber jetzt bin ich ja hier.«

Mein Blick huscht zu dem Gitterschränkchen. Die linke Tür steht einen Minispalt offen. Hat sie das Fläschchen wieder bei sich? Bestimmt. Hoffentlich ... nein. Sie hat es nicht bemerkt.

»Arbeitest du heute nicht?« Ich sehe ihn nicht an, falte meine Serviette auseinander und lege sie mir in den Schoß.

»Nicht heute. Trina hat ein Treffen –«

»Ihr werdet heute an unserer Besprechung teilnehmen. Triss ...« Sie greift über den Tisch hinweg nach meiner Hand, legt ihre darauf. »Ich wünsche mir, dass du mich verstehst, dass du an meiner Seite bist, wie Cole es ist.«

Ich wechsle einen schnellen Blick mit ihm. Mein Herz ... sie muss hören, dass es wie ein Trommelwirbel bis in meinen Hals schlägt.

Cole schneidet eine Tomate auf, belegt sein Käsebrot damit. »Ich bin sehr gespannt.« Wieder sieht er mich an, einen Sekundenbruchteil nur, bevor er sich auf sein Frühstück konzentriert.

Cazzo ... unauffällig geht echt anders.

»Ich kann nicht an deiner Seite sein, solange ihr andere verletzt«, sage ich leise, mit einer Bestimmtheit, die Trina die Augenbrauen in die Höhe heben lässt.

»Es werden immer Menschen auf der Strecke bleiben auf dem Weg zu einer besseren Welt.« Ihre Stimme ist zum Kotzen sanft, und ich hasse jedes verdammte Wort, das sie sagt.

»Sag das Nonn«, stoße ich kalt hervor.

Trina lässt die Gabel fallen. »Niemand hat gewollt, dass das passiert«, sagt sie schneidend.

»Dennoch ist es passiert.«

Wir starren uns an. Keine Ahnung, wer dieses Blickduell gewonnen hätte, denn bevor auch nur eine von uns den Mund aufmachen kann, betritt Adriano den Raum.

»Trina?«

Erleichtert springt sie auf, eilt zu ihm. Tuschelnd unterhalten sie sich über etwas, das wir nicht mitkriegen sollen. Gute Idee, eigentlich.

»Ich habe ihn gesehen. Samu«, wispere ich, so leise ich kann.

Coles Atem beschleunigt sich. Tränen schießen ihm in die Augen, und wieder sehe ich die Angst in ihnen, die Hoffnung. »Wo?«, flüstert er zurück.

Trina und Adriano sie sind zu vertieft in ihr Gespräch, um unserem folgen zu können. »Draußen im Hof. Er war wach.«

Noch einmal schaue ich zur Tür und finde Adrianos Blick auf mir, abschätzig, argwöhnisch wie immer.

»Romero? Wir brauchen dich mal.«

Coles Gesichtsausdruck wird augenblicklich gleichgültig. Er stopft sich den letzten Rest seines Brotes in den Mund und schafft es immer noch, hinreißend dabei auszusehen. Schnell eilt er zur Zimmertür, drückt Trina einen Kuss aufs Haar. Hoffentlich bekomme nur ich mit, wie krampfhaft er sich davon abhält, mich anzusehen.

»Wir müssen uns etwas beeilen, gleich geht es los.« Trina schließt die Tür und sieht mich an. »Sag … fühlst du dich einsam?«

Mein Kopf ruckt hoch. »Hm? Wie kommst du darauf?«

»Nun … ich sehe, wie du ihn ansiehst. Nick.« Sie geht hinüber zum Gitterschrank, stellt beiläufig den Zauber zurück. »Wie du ihn immer angesehen hast.«

»Er ist dein Mann«, sage ich verstockt und beiße in mein Croissant, um meine zuckenden Gesichtsmuskeln irgendwie unter Kontrolle halten zu können. *Nein, ich werde sie nicht nach ihren Gefühlen für ihn fragen. Nicht jetzt.*

»Es gibt viele tolle Männer.« Sie setzt sich mir gegenüber an den Tisch und ich kaue, was das Zeug hält. »Gutaussehende, freundliche Männer. Kluge Männer. Was auch immer du dir wünschst.«

Der Bissen in meinem Mund scheint immer größer zu werden, und ich bin nahezu glücklich darüber, weil mich das dazu zwingt, die Klappe zu halten.

Trina pflückt eine Erdbeere aus dem Obstkorb, dreht sie zwischen ihren Fingern. »Ich könnte dir einen besorgen. Wir finden jemanden, der dir gefällt, und ich mache ihn zu dem, den du willst. Dann hättest du Gesellschaft.«

Ich schlucke, und es fühlt sich an wie eine Rolle Stacheldraht. »Das ist nicht das, was ich will.«

Oder der, den ich will.

Sie lacht, beißt ein Stückchen Erdbeere ab. »Doch, Triss. Du erschaffst den Mann deiner Träume. Natürlich wirst du ihn lieben. Weil er einfach perfekt ist.«

Langsam schüttele ich den Kopf, doch bevor ich etwas erwidern kann, springt die Tür erneut auf und Adriano kommt herein.

»Es sind alle da. Wir können loslegen.«

»Prima!« Trina klatscht in ihre Hände und steht auf. »Komm, Triss! Ich bin so gespannt, wie du es findest!«

Und mir bleibt nichts übrig, als hinter den beiden her zu trotten, während die Paranoia in meinem Kopf mir zuflüstert, dass es sich so anfühlen muss, zu seiner eigenen Hinrichtung zu gehen.

Der kirchenähnliche Raum ist vollgestopft mit Menschen. Coles blonden Haarschopf sehe ich sofort – doch es durchzuckt mich wie ein glühender Dolch, als ich erkenne, wer in der ersten Stuhlreihe neben ihm sitzt.

Seine Kollegen. Seine Freunde. Gío.

Extincteure, wohin das Auge sieht. Was machen die denn hier? Sollten sie nicht den Hexenrat beschützen, anstatt hier herumzusitzen, mit den Oscuri?

Trina klettert die wenigen Stufen zu einem Podest am Ende des Saals empor.

Adriano packt meinen Ellbogen, fester als es sein müsste, und schiebt mich durch die Massen.

»Au!« Ich versuche, ihm meinen Arm zu entreißen, und scheitere kläglich. »Was soll der Scheiß?«

»Du bist mir ein Dorn im Auge, Bella, seitdem ich dich zum ersten Mal gesehen habe«, knurrt er leise, unhörbar für alle außer mich. »Dein Einfluss auf sie … das passt mir gar nicht.«

»Ich habe keinen Einfluss auf sie.«

Er lacht rau. »Doch, natürlich. Und es passt mir nicht, euch so eng zusammen zu sehen.«

Ich starre ihn an.

»Ich gebe zu, die Idee, dir das Gedächtnis zu rauben, war ein Eigentor.« Freundlich lächelt er eine entgegenkommende Oscuri an, zieht mich ein Stückchen zur Seite, damit sie passieren kann. »Aber du bist eine Gefahr für alles, an das wir glauben.«

Ich recke das Kinn in die Höhe. »Also habt ihr Angst vor mir?«

Wut zuckt über sein Gesicht. »Ich weiß, dass du einiges für Romero übrig hast. Aber wenn du nicht aufhörst, deinem Schwesterchen Gift ins Ohr zu träufeln, werde ich etwas unternehmen müssen. Und er«, er wirft Cole einen vielsagenden Blick zu, »er bedeutet ihr nichts.«

Zorn bäumt sich in mir auf, schlägt aus wie ein Wildpferd. »Ich werde dir einen Wirbelsturm in die Hose zaubern, der deine Eier verdreht, wenn du ihn auch nur schräg ansiehst, du elender Scheißkerl!«

Adriano lacht. »Na, siehst du. Du hast wirklich etwas für ihn übrig.«

»Und du hast Angst vor mir, Wichser!«, zische ich ihn an, und er lacht lauter.

»Der Gedächtnisverlust hat die Raubkatze in dir erwachen lassen. Das gefällt mir … das gefällt mir richtig gut. Aber nicht gut genug. Deine Schwester muss das beenden, was sie vor diesem unsäglichen

Zwischenfall begonnen hatte, damit wir endlich an unser Ziel kommen, und du … Ich werde einen Weg finden, dich auszuschalten.« Seine Finger bohren sich tiefer in mein Fleisch und ich gebe alles, unter seinem Griff nicht wimmernd in mich zusammenzusacken.

Beenden? Was muss sie beenden? Etwas, das nur sie beenden kann, niemand sonst … wozu sie ihre Magie braucht.

»Und jetzt sei eine liebe Gefangene und sag deinen alten Freunden *Guten Tag.*« Er stößt mich auf den freien Stuhl zwischen Cole und Gío, der mich erstaunt ansieht. »Ist immer schön, mit dir zu plaudern, Triss.«

Er verschwindet in Richtung Podium und ich sitze nur da, bebend, innen wie außen, krampfhaft darum bemüht, nicht auf der Stelle loszuheulen.

»Triss?« Ich kann die Sorge in Coles Stimme hören, doch ich wage es nicht, ihn anzusehen. »Was ist passiert?«

»Er hat mich bedroht«, flüstere ich kaum hörbar. »Er hält mich für eine Bedrohung, denn –«

Ein lauter Gong ertönt und die Leute um uns herum verstummen, suchen eilig ihre Plätze. Gío sieht mich stumm an, nimmt meine Hand, und dankbar drücke ich sie, während Cole weiter von mir entfernt sein muss als in einer anderen Galaxie.

»Oscuri!« Manolo tritt nach vorn, breitet die Arme aus, als wollte er uns alle umarmen. Er trägt einen goldenen Gehrock, als würde er sich wirklich für den König dieser Veranstaltung halten. »Ich heiße euch willkommen an diesem heutigen Tag!«

Beifall brandet auf und eine Übelkeit ergreift Besitz von mir, droht, mich unter sich zu begraben. Sie haben Trina im Griff, sie haben mich in ihrer Gewalt. Ich bin wehrlos. Wehrlos wie Cole, wehrlos wie all die Extincteure, die hier sitzen. Denn sie werden nicht freiwillig hier sein.

»Wie ihr seht, haben wir Besuch. Die Extincteure sind endlich bereit, zu verhandeln.«

Gío stößt ein verächtliches Schnauben aus und starrt auf seine Schuhe. »Verhandeln.«

»Denn auch sie haben erkannt, dass es so nicht weitergehen kann. Wenn die Extincteure ihre dunklen Kräfte ungestraft anwenden dürfen, um das zu tun, was der Rat von ihnen will … dann kann es nicht gerecht sein, uns daran zu hindern.«

Tosender Applaus dröhnt in meinen Ohren. Am liebsten würde ich zusammensacken, gleich hier, und einfach weinen, nur noch weinen.

»Nach unseren bisherigen Gesprächen bin ich sehr zuversichtlich, dass wir eine Einigung gefunden haben, die für uns alle nur Vorteile bringt.«

»Vaffanculo!«, brüllt ein Mann irgendwo hinter mir. »Wenn der Vorteil ist, dass ihr meine Familie am Leben lasst, sind das keine Verhandlungen, keine Überzeugungen! Nenn das Kind doch beim Namen! Erzähl ihnen, wie ihr uns überzeugt habt, das zu tun, was ihr wollt – und nur, was ihr wollt, du, er und diese kleine Hexe!«

Erschrecken huscht durch Trinas Blick, bevor sich kalte Wut darüberlegt. Trauer und Resignation bedecken mein Herz wie ein Tuch aus schwarzer Seide … und plötzlich wird mir alles klar.

Balance … unsere Kräfte sind wie zwei Waagschalen … war es nicht so?

Tief hole ich Luft.

Wut, Triss. Das ist es, was du brauchst. Denn wenn du zulässt, dass sie weißglühend vor Zorn ist, wirst du zu einem Häufchen Elend, sanft, traurig, hilflos. Und wenn ich …

Spür es. Lass ihn zu, den Zorn. Er hat mich bedroht. Er hat den Mann bedroht, den ich liebe. Er hat dafür gesorgt, dass ihm das Kind genommen wurde. Er hat Nonn das Leben gekostet … und er gaukelt meiner Schwester ein Utopia vor, das sie dazu bringt, an seiner Seite zu stehen.

Eine unbändige Hitze ergreift Besitz von mir, breitet sich aus, in Windeseile, über all meine Organe, jede meiner Zellen. Macht wallt in mir auf, bösartige, dunkle Macht, leckt an mir, weckt meine Lust, doch ich kann sie nicht rauslassen, nicht hier, nicht einfach so. Aber sie ist da. Sie ist erwacht, und sie wird alles verbrennen, was auch nur versucht, mir zu nahe zu kommen.

»Cielo, Triss!« Cole flüstert es nur und tastet meine Hand, hält sie fest in seiner. »Triss! Sieh mich an!«

Donner grollt am Himmel, und er spricht für mich. Die Magie durchströmt mich in Wellen, dunkel, heftig. Am liebsten würde ich einen Sturm aufkommen lassen, Wind, der Häuser einstürzen lässt, Regen, der ihnen die Scheiße aus dem Hirn peitscht, doch ich kann nicht. Ich darf es nicht. *Nicht jetzt.*

Tief atme ich durch, atme ein, atme aus, und dann sehe ich sie an. Offenes Entsetzen liegt auf Trinas Gesicht, Mitleid, Angst. Sie starrt den Mann an, der all diese Vorwürfe in den Raum geworfen, der Manolos pathetische Rede in Grund und Boden gebrüllt hat.

Balance.

Ihre Wut ist meine Hilflosigkeit.

Und ihre Hilflosigkeit ist meine Wut.

Wir sind eins.

Und das wird unser Weg nach draußen sein.

KAPITEL 22

»Was tut ihr hier, Gío? Solltet ihr Extincteure nicht da draußen sein, um gegen das hier zu kämpfen?« Die Wut lässt meine Stimme kippen, kaum dass Cole seine Zimmertür hinter uns geschlossen hat, und ich habe keinen Schimmer, wie ich sie loswerden soll … und vielleicht will ich das auch gar nicht.

Gío verdreht die Augen. »Als ob das so einfach wäre.«

»Es ist so einfach!«, herrsche ich ihn an. »Es ist nämlich deine Entscheidung!«

»Nein, Triss.« Cole legt mir die Hand an die Wange und ich sehe ihn an, falle in seine Amazonitaugen und spüre augenblicklich, wie sich mein Herzschlag verlangsamt.

»Raus aus meinem Kopf, Romero!«, zische ich und schlage seine Hand fort.

Deine Wut ist ihre Hilflosigkeit, vergiss das nie!

Cole seufzt leise. »Dann hör mir wenigstens zu.« Er schüttelt den Kopf, senkt den Blick. »In der Nacht des Putschversuchs befanden sich alle Extincteure im Einsatz. Nicht wenige verloren ihr Leben. Wir waren gerade zurück auf der Basis, als ich den Anruf bekam, dass Trina unter den Oscuri war, die versucht hatten, den Hexenrat hochzujagen.« Langsam atmet er durch, als würde es ihm schwerfallen, Luft in seine Lungen zu saugen. »Diese fremde Stimme sagte mir, dass sie eine von ihnen war. Meine eigene Frau gehörte zu denen, die das stürzen wollten, woran ich glaubte, für das ich stand … Du kannst dir vorstellen, wie gewaltig mein Schock war, oder?«

Er beißt sich kurz auf die Unterlippe, als könnte er so den Schmerz in seinem Inneren abmildern, und Gío legt ihm die Hand auf die Schulter. »Mein ganzes Leben bekam Risse in diesem Moment, begann zu zerbröseln. Und dann drangen diese vier knappen Worte aus dem Telefonhörer, die es endgültig zum Einsturz brachten: *Sie ist tot, Nick.*« Er vermeidet es, mich anzusehen, und ich weiß nicht genau, warum. »Man schickte mich nach Hause, weil man schreckliche Situationen ja immer besser ertragen kann, wenn man scheißeallein ist auf dieser Welt.« Er atmet tief durch. »Ich fand sie im Wohnzimmer vor dem Kamin, Samu auf dem Arm. Er schlief und in mir tobte alles. Sie lebte. Aber warum dann die Nachricht von ihrem Tod, warum hatte sie mein Kind aus dem Bett geholt und warum wimmelte es vor Oscuri in unserem Haus?«

»Trina hat dir aufgelauert?«, flüstere ich fassungslos.

Eine steile Falte bildet sich zwischen seinen Augenbrauen. »Beatrina Russo ist kein böser Mensch. Doch eine Sache versteht sie ganz genau.« Sein Blick huscht über mein Gesicht, verharrt einen Sekundenbruchteil zu lange auf meinen Lippen. Mir wird heiß, und dann sieht er mir wieder in die Augen, mit einem wutkalten Ausdruck darin, der mich zurückschrecken lässt. »Nichts ist ein so gutes Druckmittel wie jemand, den man liebt, Triss. Und Kinder sind geradezu perfekt geeignet dafür.«

Gío schluckt hart. »Die Oscuri waren sich nur zu bewusst, dass die Mär von Trinas Tod nicht allzu lange Bestand haben würde. Nicht, solange es jemanden gibt, der spürt, dass sie lebt, der instinktiv weiß, wo sie sich aufhält.«

»Mich.« Ich starre ihn an.

Cole nickt langsam. »Und plötzlich war meine Wahl ganz einfach.«

»So wie bei uns allen.« Gío schlägt den Blick nieder, ein trainiertes, fast zwei Meter großes schlechtes Gewissen.

Ich blicke mich um, sehe in ihre Augen. »Ihr hattet keine.«

Gío zuckt mit den Schultern. »Und wir hatten niemanden, der uns helfen konnte. Wem sollten wir uns anvertrauen?«

»Wir sind Memoriamagi, Triss, hochgradig schwarzmagisch begabte Wesen. Hexer wie wir können mit einem Fingerschnippen Leben auslöschen, ohne zu töten. Und wir tun es nur bei verurteilten Hexern. Bis jetzt.« Cole öffnet den Knopf an seinem linken Hemdsärmel, schiebt ihn ein wenig hoch, enthüllt die Dornenranke, die sich über seinen Arm windet. »Ich wollte nie vergessen, auch wenn ich eines Tages vielleicht selbst gezwungen werde, alles hinter mir zu lassen. Deshalb trage ich es auf mir, jedes Kapitel meiner Vergangenheit. Damit ich, selbst wenn ich nicht mehr weiß, wer ich einmal war, mein Leben immer bei mir trage.«

Sprachlos starre ich ihn an.

»Wir müssen etwas unternehmen, Nick.« Gío sieht ihn eindringlich an. »Wir können uns nicht die Augen zuhalten und sie einfach weitermachen lassen.«

Langsam schüttelt Cole den Kopf. »Nein, das können wir nicht. Aber bis wir wissen, was genau sie von uns wollen, haben wir keine andere Wahl.«

Herb tänzelt aus Coles Bad. »Jetzt solltet ihr erstmal abhauen.«

Gío betrachtet die niedliche kleine Katze mit fachlichem Interesse. »Und du bist?«

»Ein Dschinn.« Er nickt mir zu. »Ihr Dschinn.«

»Und du kommst …?«

»Aus den Spiegeln. Nenn mich Dschinnderella« Er setzt sich und hebt das Hinterbein in die Höhe, um sich ausführlich seinem Allerwertesten zu widmen. »Nein, stopp. Das war jemand anderes. Alice? Die mit den Zwergen?«

Gío lässt ihn links liegen. »Das Vieh hat recht, wir müssen los, sonst fällt dem Hexenrat unsere Abwesenheit irgendwann auf.« Mit beiden Händen beschreibt er Bewegungen vor Coles Schrank, bis der Spalt blau aufleuchtet.

»Werden wir überwacht?«, fragt einer der anderen.

Ich denke an Adriano, damals, in meinem Büro. »Davon müssen wir ausgehen.«

Cole nickt grimmig. »Und das vielleicht sogar von beiden Seiten.«

»Dann spart euch solche Kaffeekränzchen wie dieses hier in Zukunft!« Herb scheint mit seinem Reinigungsergebnis zufrieden zu sein und blickt von einem zum anderen. »Ihr seid auffälliger als ein buntes Huhn!«

»Hund«, sagt Gío. »Los, lasst uns verschwinden.« Schnell greift er nach meiner Hand, drückt sie. »Pass gut auf dich auf, Triss.«

Ich nicke, auch wenn seine Worte mir Angst machen. *Wut, Triss. Wut macht dich stark.* »Das werde ich.«

»Und ich werde euer Bote sein! Alle Infos laufen über mich! Nur nichts Versautes, das ist dem Schönling und dem Hexchen vorbehalten!«

Gío zuckt mit den Schultern und verschwindet mit den anderen im Schrank.

Cole wirft mir einen resignierten Blick zu. »Ich hasse dieses Tier.«

»Aaaach, gib dir keine Mühe.« Herb umschmeichelt seine Beine, reibt das Köpfchen an seinem Knie. »Du liebst mich!«

»Nein«, sagt Cole knapp. »Tue ich nicht.« Ernst sieht er mich an. »Aber dich«, murmelt er, und keine zwei Sekunden später ist er als letzter im Inneren seines Kleiderschranks verschwunden – und sein Portal gleich mit ihm.

Der Kindergarten ist ausgeflogen wie ein Vogelnest im Sommer. Ich lehne meine Stirn an das kühle Glas, werfe einen Blick ins Innere und weiß eigentlich selbst nicht, was ich suche. Kein Kind. Kein Samu.

»Scheint niemand da zu sein, Hexchen.«

»Danke für diesen erhellenden Einwurf.« Ich mustere ihn abschätzig. »Räudiges Katzenvieh.«

»Wenn du wüsstest, zu was ich alles in der Lage bin, würdest du mich bestimmt nicht beleidigen. Und wenn du mich schon beleidigen willst, dann nicht mit etwas, das die Tierärztin erfolgreich behandelt hat.« Herb balanciert auf dem Holzrand und platziert seinen plüschigen Hintern mitten im Sandkasten. »Außerdem kann ich nichts dafür, das hat sie gesagt.«

»Ja ja, schon gut.« Ich lasse mich auf die Parkbank sinken, stütze den Kopf in meine Hände und starre vor mich hin. *Was jetzt? Wie soll ich ihn nur finden? Und wenn ich ihn finde – was dann? Ich werde den Kleinen wohl nicht aus dieser Nebendimension herausbringen können.*

»Schhhhhhht! Weg da!« Eine Frau in ihren Fünfzigern fuchtelt so wild mit den Armen, dass ihr dunkler Pagenkopf fliegt. »Wirst du wohl verschwinden?«

Herb bedenkt sie mit einem typisch arroganten Blick, würgt sich ein »Mrauuuu« heraus und zieht majestätisch Leine.

»Gehört die zu dir?«

»Das ist eine Katze.« Ich blicke ihm hinterher. »Die gehört sich selber. Aber niedlich ist sie.«

»Pff, niedlich.« Die Frau setzt sich ungebeten neben mich. »Die Kinder haben regelmäßig das Vergnügen, in Katzenscheiße zu spielen. Widerlich ist das, vor allem für uns, wenn wir ihnen den Mist unter den Fingernägeln herauskratzen müssen. Bäh.«

Ah, eine Erzieherin.

»Kann ich mir vorstellen.«

»Was machst du hier?« Sie mustert mich aus grauen Augen, fischt sich eine Zigarettenschachtel aus der Tasche, und erst jetzt geht mir auf, dass sie mich verwechseln muss.

»O nein, ich –«

»Bist du wegen des Kleinen gekommen, Trina?« Zwei Versuche braucht sie, bis der Glimmstängel brennt und eine dicke Qualmwolke in den Sommerhimmel bläst. »Ich habe dir gesagt, diese Sonderbehandlung ist nicht gut.« Sie wedelt mit dem glühenden Ding vor meinem Gesicht herum. »In seinem Alter gehört er hierher, zu den anderen Kindern. Ihn so abzuschirmen, wird sich irgendwann rächen.« Sie nimmt einen tiefen Zug, bläst den Qualm direkt in meine Richtung.

Samu. Sie kann nur von Samu sprechen! Also ist er nicht hier …

»Und Giulia wäre auch lieber hier.«

Ich lehne mich ein wenig zurück. »Das hat sie dir gesagt, ähm …«

Mit der brennenden Zigarette zwischen Daumen und Mittelfinger tippt sie sich auf die Brust. »Franca.« Sie lacht, inhaliert noch einmal kräftig. »Mach dir nichts draus. Du kannst froh sein, dass ich dich erkenne!«

O ja, da bin ich wirklich sehr froh!

Kinderstimmen hallen durch den Hof. Franca nimmt noch zwei, drei tiefe Züge, tritt dann die Zigarette im Sandkasten aus und lässt sie gleich dort. So viel zum Thema Katzenscheiße.

»Oh! Da sind sie schon!« Sie springt auf und ich erhebe mich mit ihr. »Überleg es dir, Trina. Für das Kind wäre es das Beste, und wir könnten Giulia auch gut hier gebrauchen.«

Ich nicke knapp. »Werde ich tun, Franca. Danke für deine offenen Worte!«

Sie strahlt mich an und wühlt einen Schlüssel aus ihrer Tasche. »Dann sehen wir uns hoffentlich bald!«

Eilig macht sie sich auf, die Tür zum Kindergarten zu öffnen. Keine Sekunde zu früh – Haarschöpfe in allen Farben biegen mit einem ohrenbetäubenden Gerede, Geschreie und Gekreische um die Ecke, während ich durch die offenstehende Pforte in dem kühlen Flur des Hauptgebäudes verschwinde.

»Ich habe noch nie in den Sandkasten gekackt.« Herb wartet im Schatten der massiven Holztür auf mich. »Pfadfinderehrenwort. Das muss jemand anderes gewesen sein.«

»Er ist nicht hier«, sage ich leise.

Stimmen kommen uns entgegen, und freundlich lächelnd nicke ich zwei Oscuri-Kerlen in Yachtbekleidung zu, die aussehen wie Ken, die Anwesenheit einer kleinen, weißen Katze völlig ignorierend. Die beiden machen sich auf in die Sonne und ich bücke mich nach meinen Sandalen, fummele an der Schnalle herum.

»Eindeutig. Sie scheinen ihn vor dem Rest der Leute abzuschotten. Das erklärt auch, warum diese Giulia ihn heute früh unbedingt einfangen wollte.«

»Giulia?« Herb stößt ein leises Schnurren aus. »Was für ein wunderschöner Name.«

Kurz presse ich die Lippen zusammen. »Das ist alles, was dir dazu einfällt?«

»Ich kannte mal ein Mädchen namens Giulietta. Auch ein schöner Name. Giulio, Giulian … alles schön.«

»Cazzo, Herb! Könntest du dich bitte mal konzentrieren?«

»Was denn?« Er läuft eine Acht. »Wir wissen ein bisschen mehr, aber nicht genug. Was erwartest du von mir? Dass ich durch die Spiegel wandere und in jedes Zimmer gucke?«

»Wir müssen den Kleinen finden.«

»Irrtum. Ich muss ihn finden. Du kannst ja schlecht in jedes Zimmer einbrechen und ihn suchen, oder?«

Ich zucke mit den Schultern. »Eigentlich dachte ich, ich fange da an, wo Giulia heute früh mit ihm verschwunden ist.« Ich deute auf das Sandsteingebäude gegenüber. »Dort.«

Herb folgt meinem Zeigefinger mit Blicken. »Einfach auf gut Glück?«

»Er ist fünf Jahre alt, Herb. Er kann genauso wenig seinen Mund halten wie du.«

Verstimmt mustert er mich. »Ich begleite dich. Kann nicht schaden, einen Dschinn an seiner Seite zu haben.«

Ich bücke mich nach ihm, schiebe meine Finger in sein weiches Fell. »Nein, das kann es nicht, Herb.«

Kind gefunden? *Check.*

Kind in einem bestimmten Gebäude verschwinden sehen? *Check.*

Vierunddreißig Milliarden Türen in diesem Gebäude vorfinden? *Zum Kotzen.*

»Riechst du ihn?«, wispere ich Herb zu.

»Wen?«

»Samu! Er riecht doch bestimmt ähnlich wie sein Vater, oder?«

»Ach den.« Herb wirft einen verstimmten Blick nach oben. »Klar rieche ich den. An dir. Ausgiebiger duschen, Hexchen.«

Röte flackert über meine Wangen. »Und ansonsten?«

»Ansonsten nicht.«

»Merda.«

»... rieche ich auch nicht.«

Stumm schüttele ich den Kopf. *Das kann doch nicht so schwer sein!*

Moment ... schwer ... das ist es auch nicht.

Ich schließe die Augen, konzentriere mich und greife in die Luft, ziehe mein Pendel hervor.

Herb pfeift leise durch seine spärlichen Zähne. »Gewieft, Hexchen, gewieft.«

Sachte schwingt der polierte Rosenquarz an seiner Kette im Kreis.

»Ist mein Name Beatrissa Russo?«

Das Pendel verändert seine Richtung, bewegt sich von meiner Brust den Gang hinunter. *Ja.*

»Ist mein Name Beatrina Russo?«

Der Rosenquarz dreht eine kleine Runde und schlägt dann quer zu meinem Körper aus. *Nein.*

»Liebt Cole mich wirklich?«

Einen Versuch noch, nur um sicherzugehen.

Ja.

»Ist Samuele Russo in diesem Haus?«

Ja.

»Ist er im ersten Stockwerk?«

Das Pendel schlägt aus. *Nein.*

Im vierten Stock haben wir schließlich Erfolg. Herb huscht noch vor mir die breite Treppe ganz nach oben. Eine ganze Batterie Türen wartet auf uns. Wie im Knast, und ich stöhne innerlich auf.

Okay. Rechts oder links?

»Wohnt er auf der rechten Seite«

Nein.

Also links! Ich mache ein paar Schritte, bleibe vor der ersten Tür stehen. »Ist Samuele Romero hier?«

Das Pendel bewegt sich entschieden von links nach rechts. *Nein.*

Vor der nächsten Tür dasselbe Spiel. *Nein.*

Wir gehen weiter, arbeiten uns den langen, stillen Flur hinunter. Stets sagt das Pendel nein.

Doch an der vorletzten Tür links schlägt es plötzlich aus. Ich frage es noch einmal. Die Antwort ist eindeutig *Ja*.

Herbs Schwanz bewegt sich langsam hin und her, wie eine Schlange. »Gut gemacht. Versuchen wir es, Hexchen.«

Ich schiebe mir das Pendel in die Tasche, atme einmal tief durch, bete und bitte und hoffe, bevor ich klopfe. Es dauert nur einen Moment, dann öffnet sich die Tür.

»Trina!« Giulia sieht erstaunt aus, mich zu sehen. *Sie. Uns.* Herb nutzt die Gunst der Stunde und zischt ungesehen zwischen ihren Füßen hindurch in den Raum dahinter. »Seit wann klopfst du?«

Mein Herz klopft mir bis zum Hals, doch gezwungen ruhig zucke ich mit den Schultern. »Ich dachte, der Kleine schläft vielleicht.«

Giulia lacht und wirft das lange blonde Haar zurück, öffnet die Tür ein wenig weiter und lässt mich eintreten. Blass ist sie und gehetzt, nicht wirklich erfreut, mich – oder vielmehr Trina – hier zu sehen. »Samu? Da kennst du ihn aber schlecht! Der hat mehr Energie als wir alle zusammen!«

Hinter der unscheinbaren Holztür verbirgt sich ein komplettes Apartment. Vorhänge verdunkeln den großen Wohnraum, der in eine kleine, offene Küche übergeht. Im Fernsehen läuft ein Trickfilm und ich sehe Samus weizenblonden Schopf nur von hinten.

»Samuele! Schau, wer hier ist!« Giulia räumt ein Abtrockentuch von einem der Küchenstühle, faltet es zusammen.

Samu wendet den Kopf. Große, türkisfarbene Augen, hellblonde, etwas kürzere Haare und seinem Vater wie aus dem Gesicht geschnitten. Für zwei Sekunden sieht er mich an, dann gilt seine Aufmerksamkeit wieder dem Film. »Hi.«

»Ich habe nicht mit dir gerechnet.«

Giulia scheint nervös zu sein, vielleicht, weil es hier alles andere als ordentlich ist. Gebrauchtes Geschirr türmt sich in der Spüle, ein Berg Wäsche wartet neben dem Esstisch darauf, gefaltet und weggeräumt zu werden. Ihr Unbehagen ist genau das, was ich jetzt brauche.

»Ich habe mit Franca gesprochen.«

Alarmiert sieht sie mich an.

»Es klang so, als hättest du dich beschwert.«

Eilig schüttelt sie den Kopf. »Beschwert – nein, ganz bestimmt nicht. Wir haben geredet, darüber, dass … dass …«

»Dass Samu bei den anderen Kindern besser aufgehoben ist als vor dem Fernseher.«

Erleichterung huscht über ihr Gesicht und sie nickt. »Ja, genau. Es geht mir nur darum, dass es ihm gut geht.«

»Das verstehe ich.« Drei Türen gehen von der Wohnküche ab – zwei Schlafzimmer, vielleicht? Ein Bad?

»Pass auf, Giulia.« Ernst sehe ich ihr in die Augen. »Wir machen das so: Du gehst zu Franca und besprichst, wie man Samu am besten eingewöhnen kann. Und ich rede solange mit dem Jungen, ob er das auch wirklich möchte.«

Ihre Augen sind dunkel, immer noch ein wenig verschreckt, aber sie nickt.

»Was meinst du, wie lange du weg sein wirst? Anderthalb Stunden?«

Wieder nickt sie.

Eineinhalb Stunden. Das klingt doch gut!

Ich lächle. »Überhaupt kein Problem. Ich bleibe bei ihm und sperre die Tür ab, damit er mir nicht ausbüxen kann.«

Röte weht über ihre Wangen. Noch einmal nickt sie mir zu und verschwindet nach draußen. Ich schiebe den Riegel vor die Tür, und als ich mich umdrehe, steht Herb vor mir.

»Wowerella, Hexchen, ich hätte nicht gedacht, dass du so gut lügen kannst!«

»Ich habe mit keinem Wort gesagt, dass ich sie bin.« Ich schiebe mich an der Katze vorbei in Richtung Couch. »Kannst du Cole holen? Hierher?«

»Aber sichi.« Herb nickt überzeugt. »Das kriege ich hin!«

Er flitzt an mir vorbei durch den offenstehenden Spalt einer Tür. Ah. Das wird dann wohl das Badezimmer sein.

Das Kind ist voll und ganz in seiner Serie versunken.

»Samu? Hast du einen Augenblick Zeit?« Langsam pirsche ich mich näher. *Wie überfordert man ein Kind?*

»Klar!« Er schaltet den Fernseher aus und sieht mich an, stolz, hebt die Fernbedienung in die Höhe. »Pause. Hat Giulia mir gezeigt. Ich kann jederzeit weitergucken.«

Ich setze mich neben ihn auf das Polster. Ich habe ihn wirklich gefunden, und es geht ihm gut. Er ist gewachsen, sein Körperbau etwas schmaler als früher, die Gesichtszüge deutlich weniger rundlich, und die Haare eine Spur dunkler als früher. »Schön, dich zu sehen, mein Kleiner.«

»Ist auch schön, dich zu sehen, Triss!« Er strahlt mich an und wirft seine kleinen, klebrigen Ärmchen um meinen Hals.

»Samu«, wispere ich und drücke ihn an mich, kämpfe gegen den Kloß in meinem Hals. »Du weißt – woher weißt du –«

Viel zu schnell löst er sich von mir. »Dass du nicht Trina bist?« Er lacht sein helles, gibbelndes Lachen und mein Herz schäumt über, als mich die Erinnerungen fluten, mir zeigen, wie wir im Garten auf Grashalmen geblasen haben, Karten spielten. Kein

Flashback, diese Erinnerungen sind einfach … sie sind da, als hätte er sie mir geschenkt. »Ist doch logisch. Du siehst völlig anders aus.«

Ich muss lachen. »Hast du mich vermisst?«

Er zerquetscht meine Hände. »Ja, total! Wo warst du denn? Weißt du, wo Papa ist?« Er fischt sich ein Spielzeugauto vom Couchtisch. »Er hat keine Zeit mehr für mich. Schon ganz lange nicht.«

Ich quetsche mit aller Kraft meine Tränen zurück in meine Augen. »Er hatte viel zu tun. Aber er hat immer an dich gedacht.«

»Aber er ist gar nicht mehr gekommen.« Er zuckt mit den Schultern, ganz der coole, 5-jährige Gangsta. »Ich bin immer bei Giulia. Giulia ist nett. Aber Papa hat mich bestimmt nicht mehr lieb.«

»Nein, das stimmt nicht, Samu«, sage ich sanft. »Dein Papa liebt dich über alles.«

»Triss?« Cole lugt aus dem Badezimmer, ein wenig atemlos, und das Herz in meiner Brust legt einen Zahn zu. »Herb sagte, du wolltest mich dringend – Samu?«

»Papa?« Der Kleine sieht ihn erstaunt an und ein unglaubliches Strahlen erhellt sein Gesicht. »Papa!«

Cole stürzt vor dem Sofa auf die Knie, reißt das Kind in seine Arme und presst ihn an sich. »Samu«, flüstert er immer wieder. »Mein kleiner Schatz.«

Eng umschlungen hocken die beiden da und mir kommen die Tränen. Ich kann mir nicht einmal ansatzweise vorstellen, wie es sich anfühlen muss, sein Kind nach über einem Jahr wieder in die Arme schließen zu können.

In aller Seelenruhe marschiert Herb aus dem Bad und sieht sehr zufrieden aus. »So gefällt mir das.«

Cole kniet auf dem Boden, den kleinen Körper fest an sich gedrückt, als würde er ihn nie wieder loslassen wollen, die Augen geschlossen, seine Nase in Samus Haaren vergraben.

Ich stehe auf und gehe hinüber zum Küchentisch, lasse den beiden ein wenig Raum.

»Goldig.« Herb lässt sich neben mir auf seine vier Katzenbuchstaben sinken und ich setze mich auf einen Stuhl. »Gut gemacht, Hexchen.« Er lässt Cole und Samu nicht aus den Augen. »Bin mitten in ein Gespräch mit diesem Gío geplatzt. Cole wird gestehen. Dem Hexenrat.« Leise seufzt er, hebt ein Vorderpfötchen und beginnt damit, sich ausgiebig zu putzen. »Wenn es soweit ist, werden sie ihn wegsperren, bis der Tag der Verhandlung gekommen ist.« Das Vorderpfötchen ist fertig, Herb sinkt bequem nach hinten, um Katzenyogaposition Nummer eins einnehmen zu können. »Es ist richtig, die Verantwortung für das zu tragen, was man verursacht hat. Auch wenn er es nicht gewollt hat.« Er wirft mir einen Seitenblick zu und ich lächele, als Samu Cole sein Spielzeugauto präsentiert.

»Die Extincteure sind zerrissen. Sie fürchten sich davor, dass die Oscuri ihre Drohung wahrmachen und ihren Familien etwas antun.«

Ich starre Herb an, und er erwidert meinen Blick ganz ruhig, abgeklärt. »Das wagen sie nicht, oder? Herb? Das wagen sie nicht!«

Adrianos drohende Worte hallen in meinem Kopf, wirbeln meinen Verstand durcheinander. *Doch. Wenn es sein muss, würden sie es tun.*

Tief atme ich durch. Mein Blick wandert zu Samu und Cole. Der Kleine ist auf den Schoß seines Vaters gekrabbelt und scheint ihm jedes Abenteuer des vergangenen Jahres haarklein zu berichten. Es muss ein Happy End geben, für uns alle. Das muss es einfach.

»Ich fürchte, wir müssen mit allem rechnen.« Herb seufzt und schlabbert einmal an seinem Hinterlauf entlang. »Weißt du, deine Schwester hat mich gebannt, etwa ein halbes Jahr, bevor die Oscuri versucht haben, den Hexenrat in die Luft zu jagen.«

Ich schüttele den Kopf, fassungslos. »Sie hat das sicher nicht …«

Ruhig sieht meine Katze mich an. »Sie hat alles gewusst, Triss. Sie wusste, dass man die Seele eines freien Geistes nur einfangen kann, indem man sie quält, indem man ihr so große Schmerzen zufügt, dass sie keine Kraft mehr hat, sich zu wehren. Denn nichts anderes als das, meine Liebe, bedeutet Bannen, und das, so wusste deine Schwester ganz genau, ist der Preis, den ein Schutzgeist für das Beschwören zahlt.«

»Warum hat sie das getan?«

Herb mustert mich abschätzig von oben bis unten, als wollte er sichergehen, dass ich noch eine Spur Verstand in meinem Zweibeinerkörper habe. »Hast du nie von Aladin und der Wunderlampe gehört?«

»Die Wünsche«, flüstere ich. »Du solltest ihre Wünsche erfüllen.«

»Oh, was für ein Tag der Erkenntnisse das doch ist, Hexchen, oder?« Herb zuckt nervös mit dem Schwanz. »Ich habe ihre Wünsche natürlich nicht erfüllt.«

»Das geht?« Wieder schüttele ich den Kopf, diesmal ungläubig. »Ein Flaschengeist ist verpflichtet, die Wünsche seines Meisters zu erfüllen, wenn er an seiner Flasche reibt.«

»Katze«, korrigiert mich Herb und springt hoch auf meine Knie, ohne irgendein Geräusch zu machen. »Nicht Flasche. Santo cielo, wer rubbelt schon sinnlos an irgendwelchen Flaschen herum?«

»Herb, du bist das lebendige Äquivalent zu dem Gefühl, sich mit dem Hintern in eine Reißzwecke zu setzen.« Ich streiche ihm über das Köpfchen. »Alles ziehst du ins Lächerliche.«

»Weil ansonsten nichts Lächerliches daran ist, unter den Qualen des Todes an einen Ort befohlen zu werden, an dem man nicht sein will.« Herb reckt den Hals, damit ich sein Kinn kraulen kann. »Wir sind körperlos, Triss, freier als die Luft und ohne jede Grenze. Doch wenn wir gebannt werden, dann ist das so, als hätte man uns unserer Seelen beraubt. Entzweigeschnitten. Und vor lauter Angst und Schmerz brechen manche zusammen und erfüllen die Wünsche ihres Sklavenmeisters, damit sie endlich Ruhe bekommen. Aber zwingen, nein. Zwingen kann uns niemand. Wir sind frei, niemand kann uns Befehle erteilen, wenn wir es nicht zulassen.« Herbs Augen blitzen. »Ich wollte die

Wünsche dieser Oscuri nicht erfüllen. Also habe ich mir meinen eigenen Wunsch erfüllt und mich verpisst.«

Ich muss grinsen. »Wie hast du das gemacht?«

Er bettet sein Köpfchen auf meine Hand, sieht mich an. »Ich brauchte ein Gefäß, um zu entkommen, sobald deine Schwester auch nur ein bisschen unaufmerksam wurde und den Bann vernachlässigte. Und – bam! – da war sie, die schönste Katze, die ich je gesehen habe.« Er grinst und ich kraule ich am Kinn. »Wenn man etwas nicht tun sollte, dann ist es, einen Dschinn zu verärgern.« Mit großen, bernsteinfarbenen Augen sieht er mich an. »Ich werde alles daransetzen, die Oscuri aufzuhalten, was immer sie auch vorhaben. Und ich werde tun, was in meiner Macht steht, um dich zu beschützen. Das verspreche ich dir bei allen Mächten, die in mir wohnen.«

»Wie machst du das, Herb?« Ich vergrabe meine Fingerspitzen in dem weichen Fell unter seinem Kinn und er streckt das Köpfchen in die Höhe, damit ich ihn besser kraulen kann. »Wünsche erfüllen?«

»Mit Magie«, ächzt er wohlig. »In uns wohnt die größte, reinste Magie nach den Göttern, und im Gegensatz zu ihnen interessieren wir uns noch für diese Welt. Manche Wünsche habe ich gern erfüllt … aber ich verstehe ganz gerne mal etwas falsch, wenn mir jemand dumm kommt.«

Aus den Augenwinkeln wirft er mir einen verschlagenen Blick zu.

»Du Schlitzohr.«

»Mach dir einen Dschinn zum Freund und er wird dir die Welt schenken. Mach ihn dir zum Feind und er wird deine Welt zerstören – auch wenn es ihn das Leben kostet.« Er holt tief Luft und schnurrt wohlig.

Was – das Leben kostet? Ich unterbreche die Streicheleinheiten und ernte dafür einen bösen Blick. »Seid ihr nicht unsterblich?«

Herb kuschelt sich fordernd an meine Fingerspitzen. »Sind wir. Aber wenn die Wünsche zu groß sind, uns zu viel abverlangen, zerreißt es uns. Wir sind nur Geister. Keine Götter. Die würden das mit einem Fingerschnippen hinkriegen, so gewaltig der Wunsch auch sein mag. Aber zum Wunscherfüllen sind sie sich zu fein, obwohl die Menschen nicht aufhören, für ihr Glück zu beten.«

»Vermutlich ist jedes Leben irgendwie scheiße.«

Cole und Samu lachen miteinander, und ein trauriges Lächeln huscht über meine Lippen.

»Je mehr ich erfahre, desto mehr sehne ich mich danach, immer noch in diesem verkackten Büro zu sitzen und mich von meiner Chefin anschreien zu lassen, tagein, tagaus.«

Herb reibt sein Köpfchen an meiner Schulter. »Aber das Leben ist nicht scheiße, Hexchen. Es hat keinen Willen oder etwas, wofür es sich rächen will. Es ist nur das Leben, und du entscheidest allein, wie es aussieht.«

Bitter lache ich auf. »Sagt der Flaschengeist im Körper einer Katze zu der Hexe, die nutzlos und gegen ihren Willen von ihrer eigenen Schwester gefangen gehalten wird.«

»Dann ändere es.«

Ich blinzle. »Ändern?«

»Du willst den Mann? Hol ihn dir. Du willst hier raus? Dann geh! Du willst dieses Leben nicht? Dann ändere es, verdammt nochmal!«

Jetzt schnaube ich und lasse mich in die Stuhllehne fallen, betrachte Cole und Samu mit dem Spielzeugauto. »Als ob das so einfach wäre.«

»Ist es. Du hast die Wahl.« Ernst sieht er mich aus seinen bernsteinfarbenen Augen an. »Du kannst einfach hierbleiben und das Spiel der Oscuri mitspielen. Du kannst deiner Freiheit hinterherweinen, bis deine Augen so wund sind wie mein Hintern, wenn meine Analdrüse verstopft ist.« Mit einer Pfote stupst er gegen meine Brust. »Oder du reißt dich jetzt endlich am Riemen und trittst diesem Leben in den Popocatépetl.«

»Ich habe Angst, dass wir es nicht schaffen, Herb. Dass wir

überrannt werden und in einer Welt voller Angst und Hass enden, in der nur der persönliche Vorteil regiert.«

»Mal davon abgesehen, dass es auf dieser Welt bereits jetzt um nichts anderes als den persönlichen Vorteil geht«, er folgt meinem Blick, betrachtet Cole und Samu, »hängt es nur von euch ab, was ihr wollt. Ihr könntet ein schönes Leben haben in dieser Oscuri-Welt.«

Ich starre ihn an. »Das ist nicht dein Ernst.«

Herb nickt mit dem Kopf wie ein alter, weiser Mann. »O doch, das ist es. Das wäre die eine Seite. Sich hinter den Bösen zu verstecken, alles zu machen, was sie wollen, und in Ruhe leben.« Seine Augen verengen sich zu Schlitzen. »Oder herausfinden, was diese bastardi vorhaben und ihnen einen Strich durch die Rechnung machen.«

»Natürlich müssen wir das tun. Ich wünschte, wir könnten sie alle zur Vernunft bringen.«

Herb schmunzelt. »Sag Cole, er soll ihre Erinnerungen löschen und ihnen deine Überzeugungen einpflanzen.«

Ich stoße ein kurzes Lachen aus. »Genau. Gleiches mit Gleichem vergelten war schon immer die beste Lösung.«

Er reibt sein Köpfchen an meinem Arm. »Wir finden schon einen Weg, wie wir den Pelikan vom Eis holen können.«

»Die Kuh«, sage ich und beobachte Cole, wie er seinen Kleinen durchkitzelt und anschließend fest in die Arme schließt. *Ach, mein Herz …*

»Kuh?« Herb grummelt irritiert. »Du meinst deine Schwester? Ja, die auch.«

»Triss?«

Jemand berührt meine Schulter und ich rolle mich auf die andere Seite. »Nur noch ein paar Minuten«, murmele ich und schlinge meine Arme um seinen Nacken, ziehe ihn an mich, vergrabe meine Finger in seinem Haar.

»Wach auf, Triss«, sagt die leise Stimme und ich tue, was sie sagt.

»Cole!« Nur wenige Zentimeter trennen seine Lippen von meinen und mein verschlafenes Herz geht direkt in den Hochleistungssport über. »Was tust du hier, mitten in der Nacht?«

»Nicht das, was ich wirklich will, ganz offensichtlich.« Sein Blick huscht über meine Lippen, hinunter zu meinen Brüsten unter dem knappen Trägershirt, und leise stöhnt er auf. »Cazzo, wie kann man nur so sexy sein, und das ausgerechnet jetzt, wo selbst ein Zwölf-Sekunden-Quickie noch zu viel wäre …« Wieder gönnt er sich einen Blick, rutscht ein wenig zurück. »Ich wollte mich bei dir bedanken.«

Erst jetzt fällt mir auf, dass er in einem Anzug steckt, während draußen noch die Sterne am Himmel leuchten.

»Was ist passiert?«, sage ich und schiebe die Leinendecke weg.

Leise stöhnt er auf. »Was hast du denn da an?«

»Ein Shirt und ein schwarzes Spitzenhöschen.« Ich zucke mit den Schultern. »Es ist unglaublich warm in dieser Paralleldimension.«

»Ja, das sehe ich.« Wieder wandert sein Blick über meinen Körper und schließlich wendet er sich mit einem unwilligen Knurren ab. »Die Oscuri haben uns einbestellt. Letzte Nacht. Damit der Hexenrat sich nicht wundert, wo seine Elitetruppe sich tagsüber so herumtreibt.«

»Worum ging es?«

»Um unsere Rolle in diesem Spiel.« Tief atmet er durch und wirft einen Blick auf Herb, der in einem beneidenswerten Tiefschlaf neben mir auf dem Rücken liegt, alle fünfe von sich gestreckt. »Die Vorfälle in letzter Zeit, sie wurden immer mehr – ohne die magischen Störenfriede ausfindig machen zu können.« Er unterbricht sich, streicht das Haar zurück, das offensichtlich lieber ins Bett will, anstatt gut zu sitzen. »Das waren gezielte Attacken, um uns zu testen.«

»Oddio!« Ich schlage mir die Hand vor den Mund. »Aber warum?«

»So studieren sie unsere Schnelligkeit, unsere Manpower, bevor sie ernst machen. Bei dem Putschversuch haben sie uns unterschätzt, und das hat wahnsinnig viele Oscuri das Leben gekostet. Und andere.«

Ich nicke abwesend. »Es sind keine Ablenkungsmanöver?«

Er schüttelt den Kopf, sanft. »Das wäre sinnlos. Sie haben uns in der Hand. Erpressung ist etwas Feines.« Leise lacht er, bitter. »Ich wollte mit dem Hexenrat sprechen. Damals, nachdem sie Samu mitgenommen haben. Ich konnte es nicht.«

»Ich verstehe dich.« Sachte streiche ich ihm eine verirrte Haarsträhne zurück. »Dennoch hast du es immer noch vor. Herb hat gesagt, du möchtest dich stellen.«

Langsam nickt er, schweigt.

»Was willst du ihnen sagen?«

Er zuckt mit den Schultern, blickt zu Boden. »Alles«, sagt er schlicht. »Die Wahrheit. Von dem Moment an, als ich dich traf, auf dem Dach dieser Disco. Ich werde von dem Fluch berichten, von Samu, den sie in ihrer Gewalt haben, um mich für ihre Zwecke zu nutzen. Und weißt du, was mir dann auffiel?« Er lacht leise auf, schüttelt den Kopf. »Ich habe keine Beweise dafür.«

»Was?« Fassungslos starre ich ihn an. »Aber ich kann es bezeugen. Herb kann es bezeugen.«

Cole schnaubt leise. »Eine Katze und die Schwester der Beschuldigten, die was mit deren Ehemann hat, der nun bezichtigt wird, mannigfaltige Pflichtverstöße begangen zu haben. Ja, genau. Eure Aussagen werden sehr glaubwürdig sein.«

Ein Schaudern hetzt durch meine Glieder. »Was werden sie mit dir machen?«

»Sie werden mir das nicht durchgehen lassen, Triss. Vermutlich werden sie mich sofort wegsperren. Und ich sehe das sogar ein … Ich habe Fehler gemacht. Gewaltige Fehler.«

Ich packe ihn bei den Oberarmen. »Dein einziger Fehler war, dir keine Hilfe zu suchen«, flüstere ich eindringlich.

»Mich jemandem anzuvertrauen, irgendjemandem, hätte Samu

vielleicht das Leben gekostet. Ich … Scheiße, Triss, ich würde es wieder so machen, wenn ich vor die Wahl gestellt würde. Genau so. Weil ich, fucking nochmal, nicht wüsste, wie ich es besser machen kann.« Er schüttelt den Kopf, blickt zu Boden. »Jeder Tag, an dem ich nichts gesagt habe, wiegt schwer. Jeder Tag hat uns vielleicht Opfer gekostet, Geld, nur, weil ich es vorgezogen habe, zu schweigen. Mich und meinen Ruf zu schützen.«

»Du hast doch nicht dich geschützt. Du hast dein Kind geschützt!«

»Das macht es nicht richtiger.« Er lacht leise. »Der Hexenrat wird kein Interesse an der Wahrheit haben. Es geht nur um Fakten, Triss. Und die sprechen leider nicht für mich.«

»Ich werde aussagen. Ich werde in deine Verhandlung eindringen und es ihnen ins Gesicht schreien, wenn es sein muss, ich werde –«

»Ich habe so eine Angst, Triss«, flüstert er erstickt und greift nach meiner Hand. »Sie nehmen mir meine Aufgabe, wie sie es bei meinem Vater getan haben, und ich werde alles verlieren, wie er. Es wird sich alles wiederholen – nur mit dem Unterschied, dass ich wirklich etwas getan habe.« Ungläubig schüttelt er den Kopf. »Ich habe sie alle verraten, Triss. Das Andenken meines Vaters, meine Freunde, meinen Sohn, dich – die ganze Welt. Das, was jetzt passiert, hätte verhindert werden können … wenn ich mich nicht falsch entschieden hätte. Aber dann wäre Samu…« Cole lässt den Kopf hängen, vergräbt sein Gesicht in den Händen. »Ich will nicht, dass sie mir die Erinnerungen nehmen … dass sie mir alles nehmen …«

Ich ziehe ihn in meine Arme und er klammert sich an mir fest, als wäre ich seine Rettungsinsel. Sanft streichle ich über seinen Kopf, seinen Rücken, spüre, wie er langsam zur Ruhe kommt.

»Ich will nicht, dass sie mir alles nehmen«, flüstert er erneut und ich küsse ihn, küsse seine Lippen, sanft. »Ihr seid mein Sinn, Triss, Samu und du.« Zittrig saugt er Atem ein, hält mich fest. »Meine Moral und mein Ziel.«

Und plötzlich ist mir alles klar.

»Du bist nicht nur hier, um dich zu bedanken, oder?«, flüstere ich erstickt.

»Nein«, wispert er. »Ich bin so glücklich, dass ich Samu noch einmal sehen konnte.« Er schluckt hart, legt seine Stirn an meine und versinkt in Schweigen, und ein kalter Schauer rieselt meine Wirbelsäule hinab.

»Noch einmal …« Ich schnappe nach Luft, suche seinen Blick, doch er entzieht sich mir. »Cole? Worum ging es in dieser Besprechung?«

»Wir sollen nicht nur die Füße stillhalten und die Oscuri decken. Unsere Aufgabe ist, den hochrangigen Mitgliedern und den Vertretern des Hexenrats das Gedächtnis zu löschen, um die politische Entscheidungsebene komplett auszuschalten. Keine Kläger, keine Richter. Und dann nehmen sie sich den Rest der magischen Welt vor, alle, die ihnen im Weg stehen, bis am Ende nur noch die Oscuri und ihre Sympathisanten in der Lage sind, Magie auszuüben. Sie nennen es eine stille Revolution.« Verächtlich spuckt er die letzten Worte in die Nacht.

»So etwas dachte ich mir.« Herbs Stimme ähnelt einem sanften Schnurren.

Wir sehen ihn an. Schwarz schimmern seine Augen im Sternenlicht.

»Wann?«, frage ich.

»Das haben sie nicht gesagt. Und es spielt auch keine Rolle.« Cole schüttelt den Kopf, krault ihm das Köpfchen. »Sie haben ihre Mittel und Wege, uns zu überzeugen. Und glaube mir, sie können sehr überzeugend sein. Selbst wenn ich mich gegen sie stelle und vielleicht das Leben meines Kindes gefährde, werden am Ende genug Leute an ihrer Seite sein, um diese perfiden Pläne durchzuführen. Sie werden nicht scheitern.«

»Was ist passiert, Nick?« Herb setzt sich auf, fixiert Cole aufmerksam.

»Erinnerst du dich an Fabio, Triss?« Er sieht mich an. »Den

Extincteur, der in der Besprechung gewagt hat, den Mund aufzumachen? Sie haben uns eindrucksvoll bewiesen, was sie mit denen machen, die sich widersetzen.«

Ich schlage mir die Hand vor den Mund.

»Und was?«, fragt Herb ganz leise.

»Sie nehmen ihnen alles.« Cole starrt ins Leere. »Sie brachten sie zu uns, seine Frau und die Kinder. Sie hatten Angst, mitten in der Nacht, in den Händen Fremder. Wir waren alle Fremde für sie.«

»Oddio,« flüstere ich. »Sie haben ihnen das Gedächtnis geraubt?«

Cole nickt langsam. »Wir sind bereits gespalten. Einer der Extincteure muss ihre Erinnerungen gelöscht haben. Und es hätte jeder von uns gewesen sein können. Fabio, er …« Tief atmet er durch. »Er war am Ende. Gebrochen. Sie haben ihren Standpunkt deutlich gemacht, und allein das Argument, dass die, die den Oscuri helfen, ihre Erinnerungen behalten dürfen, hat schon eine ganze Menge für sich, nicht wahr?«

»Das ist Wahnsinn, Cole!« Ich kann mich kaum beruhigen.

»Sie können nicht so vielen magischen Wesen ihr Gedächtnis rauben!«

Cole schnaubt leise. »Doch, natürlich. Mit ein paar Extincteuren und einem Fingerschnippen. Und sie setzen uns noch mehr unter Druck, denn wenn wir nicht mitspielen, sind wir verantwortlich dafür, wenn es zu Gewalt kommt.« Ein leises Lachen perlt über seine Lippen. »Sie haben uns die unblutigste Revolution aller Zeiten versprochen – wenn wir mitspielen.«

Keuchend stoße ich Atem aus. Das ist genial, einfach nur genial. Die Oscuri zwingen die Extincteure, all ihren Feinden die Erinnerungen zu stehlen. Sie werden nicht mehr wissen, was geschehen ist. Sie werden sich nicht erinnern, angegriffen worden zu sein. Und sie werden keinen Schimmer mehr davon haben, dass es Magie gibt … genau wie ich. Niemandem wird auch nur ein einziges Haar gekrümmt werden – wenn die Extincteure mitspielen. Er ist genial, dieser Plan, und falsch, so unfassbar falsch.

»Ich verstehe einfach nicht, welche Rolle Trina bei dem Ganzen spielt.« Ich lasse mich zurück in die Kissen sinken.

»Ganz einfach.« Herb deutet ein Schulterzucken an. »Keine große … oder vielmehr: vielleicht doch.«

Ich verdrehe die Augen und spiele kurz mit dem Gedanken, eine Wasserpistole zu materialisieren. Gefüllt. Mit katzensicherer Zielvorrichtung. »Und wie immer spricht das Vieh in Rätseln.«

»Ey, tue ich gar nicht!« Missgestimmt blickt er mich an. »Na gut, tue ich doch.«

»Er kann nicht anders. Er ist ein Dschinn, kryptischen Sermon von sich zu geben, steht quasi in seiner Jobbeschreibung.« Cole verschränkt die Arme vor der Brust. »Trina ist sympathisch. Die Leute mögen sie, sie vertrauen ihr. Bevor ich dein Gedächtnis genommen habe, hat sie angeblich im großen Stil Leute manipuliert, ihnen ihren Willen aufgezwungen – oder den Willen ihrer Auftraggeber. Manolo und Adriano … sie wollen nur die Macht, und ich denke, Trina glaubt bis heute, dass sie mit ihr für die Freiheit der Schwarzmagischen kämpfen.«

»Na, jetzt bin ich aber beleidigt.« Herb streckt die Nase in die Luft.

»Du kannst dir dein Futter bald selbst öffnen, wenn du so weitermachst!« Ich strecke die Hand nach ihm aus, um ihn zu streicheln.

Moment … streicheln … hatte Herb nicht gesagt, dass sie … dass Trina ihn …

»Es geht ihnen gar nicht um ihre Kräfte«, sage ich erstaunt. »Sie mag schwarzmagisch begabt sein, aber das macht sie beileibe nicht unersetzlich für Manolo und Adriano. Was sie allerdings unersetzlich macht …« Ich beuge mich zu der kleinen weißen Katze. »… ist die Tatsache, dass sie einen mächtigen Dschinn beschworen hat, der immer noch von ihr gebannt ist und ihre Wünsche erfüllen muss, sobald er aus seinem Versteck kommt. Ist es nicht so, Herb?«

Ruhig sitzt er vor uns auf dem Laken, die Pfötchen wie abgezirkelt nebeneinandergestellt und sieht uns mit seinen großen, schimmernden Bernsteinaugen an. »Dingdingding.«

»Was?«, haucht Cole fassungslos. »Du bist ihre Wunderwaffe?«

»Früher hätte mir diese Bezeichnung vielleicht sogar geschmeichelt.« Wie eine Statue hockt die Katze vor uns. »Solange ich in diesem Körper stecke, kann mir niemand etwas tun. Aber sobald ich ihn verlasse …« Er seufzt herzzerreißend. »Dann haben sie mich wieder bei den Eiern und Trinas Wunsch ist sozusagen mein Befehl.«

Gepresst atmet Cole aus.

»Du musst ihre Wünsche erfüllen? Immer noch?«

Seine Augen blitzen verschlagen. »Durch meine Flucht ist der Bann nicht gebrochen.«

»Und wenn meine Erinnerungen nicht zurückgekommen wären? Wenn unsere Magie nicht wiedererwacht wäre?«

»Wenn dein Köpfchen endgültig durchgebraten wäre, wäre ich so frei wie ein Vogel im Sonnenuntergang.« Ernst blickt er zwischen Cole und mir hin und her. »Menschen können einen Dschinn nicht bannen.«

Ich fahre herum. »Nimm mir die Erinnerungen, Cole.«

»Was?«, flüstert er fassungslos. »Geht es dir noch ganz gut? Wie kommst du auf so eine Idee?«

»Wenn du die Erinnerungen an die Magie vollständig löscht und nicht nur … mit einem Bild überdeckst… Dann wird auch Trina keine magischen Kräfte mehr haben und sie können Herb nicht mehr zwingen, ihre Wünsche zu erfüllen.«

»Triss, ich …« Abrupt steht Cole auf, tigert im Raum hin und her. »Ich habe das einmal getan, Triss. Ich werde dir das nie wieder antun.«

»Cole, wir sind in der Lage, die Oscuri aufzuhalten!«

»Aber nur für einen Moment. Es ist nur Trina … Adriano und Manolo werden weitermachen.« Er stößt ein kleines Lachen aus, humorlos, voller Verzweiflung. »Ich will dich an meiner Seite haben, Triss.« Seine Stimme wird brüchig. »Verflucht, ich wünsche mir ein Leben mit dir!«

Tränen schießen mir in die Augen, aber das ist der Weg. Der einfachste Weg. »Das bedeutet doch nicht, dass wir keine gemeinsame Zukunft haben können.«

Er schnaubt und wendet sich ab, doch ich packe sein Gesicht, zwinge ihn, mich anzusehen.

»Gib mir einfach meine Geschichte«, flüstere ich flehend. »Du kannst das. Lass den Teil mit der Magie weg, aber bleib in meinem Leben, als der Mann an meiner Seite, als meine Zukunft, Cole. Wir schaffen das für uns … Die Welt hat eine bessere Chance, wenn Trina und ich einfache Menschen wären – und Herb frei.«

Langsam schüttelt er den Kopf, gequält. »Triss, mit jeder Gedächtnismanipulation wird es schwieriger, dir nicht zu schaden, denn jedes Mal verschwindet deine Persönlichkeit ein bisschen mehr. Niemand kann sagen, wann sie völlig verschwunden ist. Ich will dich dieser Gefahr nicht aussetzen, um keinen Preis.«

»Es ist egal, was du willst, Cole. Du musst.«

Cole schüttelt den Kopf, weicht meinem Blick aus. »Selbst wenn ich dir deine Lebensgeschichte mitgebe, ist nicht gesagt, dass du am Ende immer noch dieselbe Frau bist. Es kann alles ändern, Triss, alles zerstören.«

Tränen ersticken meine Worte. »Und deswegen gefährdest du die Zukunft der magischen Welt? Die aller Wesen auf diesem Planeten?«

Er windet sich vor meinen Augen. »Bring mich nicht dazu, so weit zu denken … Ich bitte dich, Triss, bitte!«

Samu.

Er denkt an seinen kleinen Sohn, hilflos ausgeliefert, ohne die geringste Chance, ihn aus den Händen der Oscuri zu befreien.

»Diese Entscheidung, sie ist … Ich kann … ich kann doch nicht …« Er schluchzt auf, schüttelt den Kopf. »Was für ein Vater wäre ich, wenn ich ihn … Und was sagt es über mich aus, wenn ich sein Leben über die Zukunft der Welt …« Er bricht ab und ich ziehe ihn in meine Arme, presse ihn fest an mich. »Ich weiß, was richtig ist, Triss. Ich weiß es ums Verrecken genau. Das macht es aber nicht leichter.«

»Und umgekehrt?«, maunzt Herb. »Hätte es nicht denselben Effekt, Trinas Gedächtnis zu löschen?«

»Und Triss wäre nicht in Gefahr«, murmelt Cole in mein Haar. »Aber wir können nicht einfach jedes Gedächtnis löschen, um diejenigen unschädlich zu machen, die gegen ihre Pläne sind … Ohne ein Urteil des Hexenrates ist es selbst ein schweres Verbrechen.«

»Aber …« Ich kaue auf meiner Unterlippe. »Wir können sie ihre Pläne vergessen machen, oder? Ist das nicht irgendwie … Notwehr?«

Cole springt auf, fährt sich mit der Hand durchs Haar. »Cazzo, wir können nicht entscheiden, wem wir die Erinnerungen nehmen oder nicht!«

Ungerührt sehe ich ihn an. »Ihr Extincteure seid viele, und sie erwarten keine Gegenwehr von euch, spätestens nach dem, was sie Fabio angetan haben.«

Herb blinzelt. »Rede mit den anderen, Junge. Wir müssen alles in Betracht ziehen.«

Cole nickt resigniert. »Ich werde zu Gío gehen. Wir verbreiten es von Extincteur zu Extincteur … und hoffen, dass jeder von uns nur mit Freunden spricht.«

»Und damit wären wir wieder bei den Ethikfragen angelangt.« Herb ruckt den Kopf hin und her. »Wen retten wir und wen lassen wir vor die Hunde gehen?«

»Herb«, sagt Cole. »Halt einfach die Fresse.«

»Dann los, Schönling! Verbreite die gute Kunde und gönn uns noch ein paar Stunden Schönheitsschlaf … Denn noch bevor es hell wird, werde ich auf dem Bauch des Hexchens herummarschieren und es so lange nerven, bis es mir etwas zu futtern gibt.«

KAPITEL 23

Als ich aus einem traumlosen Schlaf erwache, sind Herb und Cole verschwunden. Ich hoffe und bete, dass es funktioniert … dass diese kleine Idee das Feuer des Widerstands unter den Extincteuren entfacht.

Ich gehe hinüber ins Bad. Im Spiegel starrt mich eine Frau an. Auf den ersten Blick könnte niemand sagen, ob ich es bin oder sie.

Trina ist nicht im Mindesten wichtig für die Oscuri. Sie ist nur ein Mittel zum Zweck, um ihre dunklen Ziele erreichen zu können – und wer weiß, ob Manolo und Adriano sie nicht fallenlassen, sobald sie das haben, was sie wollen.

Eiseskälte ergreift Besitz von mir, von meinem Denken, meinen Gefühlen. Solange Herb in Mimis Körper steckt, kommt niemand an seine Kräfte heran – und Trina bleibt eine der wichtigsten Schachfiguren in diesem Spiel.

Ich werfe mir ein leichtes Sommerkleid über, doch bevor ich mich zu Trinas Zimmer aufmachen kann, donnert jemand harsch an meine Zimmertür. Ich haste hinüber ins Schlafzimmer.

Adriano.

»Habe ich Herein gesagt, ohne es zu bemerken?« Ich hole mir eine Spange aus der Luft und binde mir die Haare hoch, um meine zitternden Hände zu beschäftigen. *Was will er hier?*

»Deine Schwester hat mich geschickt. In einer Viertelstunde geht die Besprechung los. Noch heute wagen wir den Angriff, und du sitzt in der ersten Reihe, Triss.« Er klingt euphorisch.

Ich gebe alles, um gelassen zu wirken, suche nach meinen Sandalen. »Hat sie nicht.« Den Rest ignoriere ich.

»Nein, hat sie nicht, aber ich dachte, das würde dich überzeugen.«

Ich hocke mich auf die Bettkante, streife mir die Schuhe über. »Du kannst mich mal.«

»Los jetzt. Du willst doch nichts verpassen, oder?« Sein Lächeln ist kalt. Er hält mir die Tür auf, bittet mich mit einer Geste hinaus.

»Ehrlich gesagt würde ich mir lieber Kaktusdornen unter die Zehennägel treiben, als von eurem Irrsinn auch nur das geringste bisschen mitzubekommen.«

»Klingt nach Spaß.« Er grinst. »Vielleicht sollte ich mir das merken.«

Nebeneinander steigen wir die breite Steintreppe hinunter und mein Herz rattert wie eine Dampflokomotive.

»Erkläre es mir, süße Hexe.« Dunkle Schatten lauern in seinem Blick. »Erklär mir, warum bist du nur so unzufrieden, wo du doch unser Gast bist.«

»Ich bin nicht euer Gast. Ich bin eure Gefangene.«

»Du bist unbequem.« Adriano schlendert an meiner Seite durch den Flur. »Wie eine Warze unter dem Fuß.«

»Gewalt wird euch nicht zum Ziel bringen, Adriano.«

»Nicht?« Er lacht. »Was dann? Reden? Wann haben Worte je einen Krieg gewonnen?«

»Ich weiß nicht. Nie.« Ich zucke mit den Schultern. »Aber Worte können einen Krieg verhindern.«

Er schnaubt. »Einfach gesagt, so als Mitglied der weißmagischen Elite!«

»Dann findet einen anderen Weg, Adriano.« Ich schüttele den Kopf. »Ihr verletzt Unschuldige und zerstört ihre Leben!«

»Unschuldige?« Ein müdes Lächeln legt sich auf sein Gesicht. »Niemand ist unschuldig.«

»Doch, natürlich! All die Familien der Extincteure, die Kinder! Samu!«

»Das Balg ist ein Instrument«, sagt Adriano leichthin und legt mir die Hand in den Rücken, schiebt mich sanft durch die Stuhlreihen. »Und Romero ist es auch.«

»Es ist falsch.«

»Oh, wirklich?«, sagt er mit einem bedauernden Gesichtsausdruck. »Weißt du was? Das ist mir egal.«

Ich nicke und starre vor mich hin. »Ja, dachte ich mir.«

Unvermittelt packt er mich am Oberarm, reißt mich zu sich herum. »Du wirst schön die Füße stillhalten. Du kannst hier alles haben, was du dir erträumst – auch Romero, wenn du willst – ich gebe ihn dir mit Freuden, in Perfektion, genau so, wie du ihn haben willst.«

»Er ist genau so, wie ich ihn haben will«, sage ich leise und Verzweiflung wächst in mir wie die Zuneigung, die ich für Cole empfinde.

Sein Grinsen widert mich an. »Danke für diese Information, Triss. Hinsetzen.« Grob stößt er mich von sich und wendet sich um, rauscht in Richtung Podest davon.

Ich hocke mich auf die Stuhlkante, versuche, meinen rasenden Puls zu beruhigen.

»Was war das denn?«, flüstert Gío mir zu.

»Das war meine Eskorte.«

Mit einem geschmeidigen Sprung landet Adriano oben auf der kleinen Bühne. Ich wende meine Aufmerksamkeit ab.

»Hat Cole mit dir gesprochen?«

»Hat er.« Leise räuspert er sich. »Ich bin nicht sonderlich begeistert.«

»Wir haben keine andere Wahl.«

Trina gesellt sich zu Adriano und dann …

O fuck!

Giulia, Samus Babysitterin. Mit einem Zettel in der Hand geht sie zu meiner Schwester, redet mit ihr. Cazzo … ich habe diese Nachricht mit meiner Lüge ausgelöst.

Trina ist die Verwirrung ins Gesicht geschrieben. Irritiert

lächelnd schüttelt sie den Kopf, doch Giulia hält ihr das Papier unter die Nase, redet auf sie ein, und schließlich dreht Trina den Kopf. Unsere Blicke treffen sich. *Sie weiß es.*

Interessiert folgt Giulia ihren Blicken. Ein Schreck lässt ihre Gesichtsmuskeln entgleisen, sie schlägt sich die Hand vor den Mund und starrt mich an, starrt Trina an und spricht ohne Unterlass, als wollte sie sich entschuldigen. Doch Trina lässt sie einfach bei Adriano stehen und rauscht von der Bühne.

»Ich muss zu ihr.« Ohne ein weiteres Wort springe ich auf und haste hinter ihr her.

»Trina!« Ich werfe die schwere Tür hinter mir ins Schloss und sie fährt herum zu mir. Wut und Fassungslosigkeit verzerren ihr Gesicht, dann schießt Trina auf mich zu wie eine angreifende Kobra. »Was hast du dir dabei gedacht?«

Ich schlage ihre Hand beiseite. »Was hast DU dir dabei gedacht? Einfach ein Kind zu entführen, ihm seinen Vater zu nehmen!«

»Er hatte mich«, sagt sie leise.

Langsam schüttele ich den Kopf. »Er ist ein Gefangener, wie ich. Und ich glaube, auch wie du, Trina.«

»Gefangen?« Sie stößt ein verächtliches Schnauben aus, doch es klingt zweifelnd. »Ich bin keine Gefangene.«

Leise öffnet sich die Tür hinter uns und Cole schlüpft herein. »Alles in Ordnung bei euch?«

»Denk nach, Trina!« Ich packe sie bei den Schultern, schüttele sie leicht. »Warum bist du hier? Was bietest du diesen Mistkerlen?«

Sie versucht nicht einmal, sich aus meinem Griff zu befreien. »Ich … sie brauchen mich.« Ihr Blick huscht hin zu Cole. »Sie hat dich zu ihm gebracht, oder?«

Er nickt sachte. »Trina, siehst du nicht, was hier los ist? Sie benutzen dich!«

Trina fährt zurück. »Du redest wie sie!«

»Weil sie recht hat! Cielo, wach auf, Trina!«

»Du redest genau wie sie …« Noch ein paar Schritte weicht sie vor uns zurück und wir folgen ihr, langsam, wie einem verletzten Tier.

Cole streckt die Hand nach ihr aus. »Mit deiner Hilfe wollen sie allmächtig werden! Denn du befiehlst den Dschinn!«

Langsam schüttelt Trina den Kopf. »Warum redest du wie sie?«

Cole erstarrt zu einer Eissäule.

Trina blickt von ihm zu mir und zurück. »Nein«, flüstert sie. Ihre Augen füllen sich mit Tränen und ich spüre ihre Trauer, indem meine Wut ins Unermessliche steigt. »Nein, das kann nicht sein… Ihr … Ihr habt den Bann gebrochen. Du hast mich verraten!«

»Blödsinn!«, spucke ich hervor. »Ich habe dich nicht verraten! Das, was du getan hast, war falsch – einfach abgrundtief falsch!«

»Ich wollte doch nur geliebt werden«, wimmert Trina. »Was ist falsch daran?«

»Trina.« Cole streicht ihr übers Haar, nimmt ihr Gesicht in seine Hände. »Es ist nichts Falsches daran. Du verdienst es, geliebt zu werden, wie wir alle. Aber es sollte echte Liebe sein, nicht durch Zwang herbeigeführt. Und die kann ich dir nicht geben.«

»Die Oscuri …«, flüstert sie schwach. »Sie lieben mich, weil ich ihnen helfe. Ich will doch nur, dass es ihnen gutgeht. Dass wir alle frei sein können.«

»Echte Liebe verlangt keine Gegenleistung, Trina.«

»Wir könnten so glücklich sein. Nick, eine Familie, Samu, du und ich. Und Triss.«

Cole fixiert sie ernst. »Wie soll ich glücklich sein, wenn du mir meinen freien Willen nimmst, meine wahren Gefühle unterdrückst?«

Ihre Augen weiten sich vor Schreck, und Cole tritt noch einen Schritt näher.

»Denn das hast du getan, Trina. Das tun die Oscuri – sie tun anderen genau das an, was sie den Weißmagischen vorwerfen.«

»So, so, so.«

Wir fahren herum. Adriano steht in der offenen Tür. Mein Herz bleibt stehen. Hat Cole vergessen, sie zu schließen?

»Was haben wir denn hier?« Adriano mustert uns, einen nach dem anderen. »Eine kleine Familienfeier? Oder reicht dir die eine nicht, Romero?«

Ich wage es nicht, Cole anzusehen. Hat er uns belauscht? Weiß er Bescheid?

»Es ist alles in Ordnung, Adriano.« Trina schenkt ihm ein strahlendes Lächeln und tritt an Coles Seite, schiebt ihre Finger zwischen seine.

Adriano zieht die Augenbrauen hoch. »Bist du sicher? Es klang wie ein Streit.«

Trina prustet und macht eine wegwerfende Bewegung in unsere Richtung. »Familie. Du weißt ja, wie das ist!«

Adrianos Miene entspannt sich sichtlich. »Dann können wir ja loslegen.« Er macht einen Schritt zur Seite und bedeutet uns mit einer Geste, nach draußen zu gehen. »Ich glaube, ich setze uns zur Feier des Tages heute alle auf das Podest. Wie eine große, glückliche Familie. Die Oscuri und die Extincteure werden es lieben, euch vereint zu sehen.«

Trina strahlt ihn an.

Cole tauscht einen schnellen Blick mit mir, der meinen Magen zum Kribbeln bringt. Das ist nicht gut. Das, was hier gerade passiert, ist gar nicht gut.

KAPITEL 24

»Wir heißen euch willkommen an diesem schönen Sommertag.« Manolos tiefe, angenehme Stimme hallt durch den Saal. Immer noch trägt er den goldenen Gehrock, seine Königsrobe, die ihn noch furchterregender wirken lässt, als würde er ein Killerclownkostüm tragen. Alle Gespräche verstummen augenblicklich, selbst die Vögel draußen vor dem Fenster. Es könnte aber auch daran liegen, dass eine gewisse weiße Katze es sich in einer der steinernen Laibungen bequem gemacht hat.

Mein Mund ist trocken wie eine Wüste. Wie der Eisschwan auf einem Büffet stehen wir im Mittelpunkt der Aufmerksamkeit aller: Trina, die Oscuri-Anführerin, ihr Mann und ihre Schwester. Und dass Adriano verschwunden ist, macht die Sache nicht besser.

»Nicht mehr lange, und unsere Träume werden sich erfüllen. Nicht mehr lange, und wir müssen uns nicht mehr schämen für das, was wir sind, was unsere Magie ausmacht. Wir werden zuschlagen. Noch heute.«

Applaus brandet auf, wie die Übelkeit in meinem Bauch, als ich sehe, wie ein paar Extincteure zustimmend klatschen. Ein Hoffnungsschimmer? Fast hätte ich aufgelacht. Es werden nicht alle mitmachen, im Leben nicht.

»Der erste Schritt wird sein, den Hexenrat und seine Helfer ruhig zu stellen.« Manolo wandert langsam über die Bühne, die Hände vor der Brust zu einer Raute zusammengelegt. »Ihr werdet der Schlüssel sein, und wenn ich euch nicht von der

Rechtschaffenheit meiner Pläne überzeugen kann, überzeuge ich euch eben anderweitig.«

Mit einem Schlag kippt die Stimmung in dem Saal.

»Niemand von euch wird sich uns widersetzen. Auch nicht du, Romero.« Er fährt herum.

Cole zuckt zusammen, als hätte ihn jemand geschlagen. Keiner wird ihm die Gelassenheit abnehmen, die er uns zeigt.

»Wir wissen, dass du hinter unserem Rücken agierst, denn du hast den Bann gelöst.«

Cole schluckt, zieht die Augenbrauen zusammen. »Ich stehe unter einem Bann?«

»Verkauf mich nicht für dumm!«, peitscht Manolos Stimme durch den Raum, hallt von den kahlen Wänden wider. »Du hast dich aus unserem Einfluss gelöst, schmiedest Pläne hinter unserem Rücken …«

Ich wage es nicht, Cole anzusehen. *Sie wissen davon! Adriano muss Coles Worte tatsächlich in Trinas Zimmer mitangehört haben.*

Aus dem Augenwinkel sehe ich Herb auf dem Fenstersims hin und her tigern, doch mein Kopf ist leer. *Was können wir tun? Was sagen?*

Die Tür am Ende des Saales öffnet sich. Adriano tritt ein, und er ist nicht allein.

»Samu«, flüstere ich, und noch bevor Trina oder ich irgendetwas unternehmen können, springt Cole auf, stürmt vor.

»Komm ruhig, Romero!« Adrianos Stimme ist mörderisch. »Und dich erwartet ein Echo, das du nicht verkraften wirst!«

Manolo stellt sich an Coles Seite. »Es könnte alles so einfach sein, nicht wahr?«

Cole nickt, ohne Samu aus den Augen zu lassen. Der Kleine strahlt ihn an, versucht, sich aus Adrianos Griff loszureißen – vergeblich.

»Lass ihn gehen.« So verängstigt er sein muss, so hart und fordernd klingt seine Stimme. »Er ist nur ein Kind, er bedeutet nichts für euch.«

»Er ist dein Kind und damit nur mit Gold aufzuwiegen.« Kumpelhaft legt Manolo eine Hand auf seine Schulter. »Es liegt alles in deiner Hand, Romero«, sagt er so leise, dass nur wir es verstehen. »Sei für uns oder gegen uns. Ein Dazwischen gibt es nicht.«

»Was hat er denn getan?« Gío steht im Zuschauerraum, bebend, die Hände zu Fäusten geballt.

»Er hat uns hintergangen«, sagt Manolo leichthin. »So wie du, Gío.«

Irritiert schüttelt Gío den Kopf. »Was, hintergangen? Er? Ich? Ihr –«

»Silenzio!«, donnert Manolos Stimme. »Sollen wir deine Familie auch holen, Gío? Willst du das?«

Gío öffnet den Mund, überlegt es sich aber anders und lässt sich zurück auf seinen Stuhl sinken, starrt auf den Steinboden vor sich.

»Niemand hat den Bann gebrochen.« Trina geht zu Cole, schiebt ihre Hand in seine. »Lasst meine Familie in Ruhe! Was ist nur in euch gefahren?«

Cole lächelt sie an, und selbst ich kann von hier aus erkennen, wie angespannt er ist.

»Ja?«, fragt Adriano leise und drückt Samu auf den leeren Stuhl neben Gío, kommt zu uns aufs Podest. »Ist das so?«

»Natürlich ist das so! Mensch Adriano, was ist hier los?«

Adriano legt den Kopf schief. »Beweist es.«

Trina zieht die Augenbrauen zusammen. »Wie – beweisen? Soll er mich küssen?«

Eine Sekunde lang bin ich überzeugt, dass er sie schlagen wird, dass dieser machthungrige Vaffanculo sich vergisst, vor allen Leuten.

»Mach dich nicht lächerlich«, zischt er und wendet sich mir zu. »Komm her, Hexe.«

Mein Körper verwandelt sich gefühlt in Gelee. *Ich? Was will er nur von –*

»Herkommen, habe ich gesagt!«

Ich reiße alles in mir zusammen, was ich finden kann, und stehe auf, betont gelassen. »Was willst du?«

Adriano geht das nicht schnell genug. Grob packt er meinen Arm, zerrt mich nach vorn, und wie durch Watte registriere ich, dass dieses Spektakel die Oscuri unglaublich zu amüsieren scheint. »Du hast es zugegeben, Triss. Dass du etwas für Romero übrig hast.«

Ein Bleigewicht legt sich auf meinen Solar Plexus, schnürt mir die Luft ab. »Er ist mein Schwager«, piepse ich. »Es spielt keine Rolle, was ich fühle.«

Adriano ringt sich ein müdes Lächeln ab. »Meinst du? Und was ist mit ihm?«

Das Bleigewicht potenziert sich. »Was soll mit ihm sein? Er liebt meine Schwester!«

»So? Tut er das?« Adrianos Lächeln ist satanisch. »Romero, komm her.«

Cole tut wie geheißen, sieht mich an. Oddio, er wirkt so gelassen, doch seine Augen, seine Augen …

»Was bedeutet sie dir?«

Cole zieht die Stirn in Falten. »Sie ist die Schwester meiner Frau.«

»Sonst nichts?«

Kalt blickt er mich an. »Sonst nichts.«

»Dann nimm ihre Erinnerungen an dich.« Manolo verschränkt die Arme, lehnt sich interessiert vor. »Lösch dich aus ihrem Leben, jeden kleinsten Moment. Beweise es mir.«

Furcht huscht durch Coles Blick, doch er hebt die Hände, berührt meine Wangen, und ich lächele. »Es ist alles gut«, flüstere ich und Tränen quellen aus meinen Augen. »Tu es.«

Adriano kichert bösartig. »Schwager und Schwägerin, dass ich nicht lache!«

»Er wird es tun, ohne jeden Zweifel.« Trina sieht ihn an, einen Zorn im Gesicht, den ich nicht spüre. Was ich spüre, ist Enttäuschung, Schmerz. Doch nicht wegen uns … sie hat verstanden, sie sieht, was die Oscuri tun. »Ihr wollt riskieren, dass ich meine

Magie erneut verliere?« Sie deutet auf mich. »Sie ist scharf auf meinen Mann, das weiß ich. Glaub mir, es ist mir egal, was mit ihr geschieht! Aber ihr Hirn ist durch die ganzen Manipulationen so löchrig wie ein Schwamm.«

»Die beiden könnten es uns einfach vorspielen.« Manolo verdreht genervt die Augen. »Wie ich es liebe, wenn du uns zum Affen machst!«, zischt er in Adrianos Ohr und wendet sich ab.

Er wendet sich an Trina. »Der Bann ist intakt?«

Sie schnaubt und hält die Glasflasche hoch. »Natürlich!«

Seine Augen verengen sich zu Schlitzen. »Und er tut alles, was du ihm sagst?«

Irritiert zieht sie die Stirn kraus. »Sicher. Immer!«

»Okay, dann den Jungen!« Triumphierend streckt er den Arm in Samus Richtung. »Wenn er alles tut, was du ihm sagst, wird er sich mit einem Fingerschnippen aus dem Kopf seines Sohnes eliminieren und dabei mit dem Schwanz wedeln wie ein braver Hund!«

Etwas zerbricht in Coles Blick, als stünde er kurz davor, zusammenzubrechen.

Unser Publikum johlt vor Freude, jedenfalls ein Teil davon … und das sind nicht ausschließlich Oscuri.

Einer von ihnen nimmt Samu an die Hand, bringt ihn hoch auf die Bühne. Die Fensterlaibung hinter ihm … Sie ist leer. Herb hat das sinkende Schiff verlassen.

»Papa!« Samu reißt sich los, fliegt in Coles Arme.

Fest drückt er ihn an sich, als könnte er das Kind so beschützen, fixiert Manolo mit purem Hass. »Du Scheißkerl!«

Der zieht einen Mundwinkel in die Höhe und wendet sich gelassen ab. »Solche Worte neben einem Kind? Wirklich, Romero, du bist kein guter Vater.«

Cole atmet schwer, tauscht einen Blick mit Gío. Was … habe ich etwas verpasst?

»Also?« Manolo lässt sich auf einen Stuhl sinken, schlägt die Beine übereinander. »Sag es ihm, Trina!«

»Du bist grausam.« Trinas Gesicht ist ausdruckslos.

Manolo zuckt gleichgültig mit den Schultern. »Loyalität, das ist alles, worum es geht.«

»Tu es nicht, Trina«, kommt es krächzend über meine Lippen. »Bitte … es muss einen anderen Weg geben … das Kind hat euch nichts getan!«

»Nein, hat es nicht. Aber ihr.« Adriano setzt einen bedauernden Gesichtsausdruck auf.

Ich ignoriere ihn, starre meine Schwester an, als könnte ich ihr telepathisch all das sagen, was mir auf dem Herzen liegt.

Doch Trina hat nur Augen für Cole und Samu.

»Nick … es tut mir leid, es tut mir so leid …« Sachte schüttelt sie den Kopf und plötzlich spüre ich ihren Zorn, bebend, doch unsichtbar. »Lösche dich aus seinem Leben«, flüstert sie, blinzelt. »Jede einzelne Sekunde. Er wird nicht wissen, wer du bist.«

Tränen schwimmen in Coles Augen, und der Schmerz in ihnen fährt wie ein Dolch in mein Herz.

Wie eine Schlange schleicht sich Adriano an. »Los, mach schon, Romero. Ich will dein Gesicht sehen, wenn du es tust.«

Cole sieht ihn an, lange, dann wendet er sich Samu zu.

»Papa«, sagt der leise und lächelt.

»Mein Schatz …« Cole geht vor ihm in die Knie, streichelt ihm übers Haar. »Du weißt, dass ich dich liebhabe, richtig?«

Samus Lächeln weicht einem Strahlen. »Ja!«

Voller Schmerz schließt Cole die Augen.

Sie haben recht, diese figli di puttana! Er kann es ihnen nicht vorspielen, der Kleine. Er weiß nicht einmal, was hier los ist. Es muss doch einen Ausweg geben!

»Trina!« Ich greife nach ihrem Oberarm. »Bitte – das darfst du nicht zulassen!«

Sie entreißt sich meiner Umklammerung. »Nick ist mein Mann!«, herrscht sie mich an und die Oscuri johlen und pfeifen vor Freude. »Lass deine Finger von ihm, ein für alle Mal!«

Manolos Gesicht verzieht sich zu einem süffisanten Grinsen und ich …

Ich spüre nichts. Keine Wut. Sie ist nicht sauer … sie spielt es nur.

Den Bruchteil einer Sekunde zu lang taucht ihr Blick in meinen, bevor sie sich zu Manolo gesellt. »Los, Nick. Worauf wartest du?«

»Ja, Nick«, höhnt Adriano. »Hör auf deine Frau!«

Cole erhebt sich, langsam und unter den anfeuernden Pfiffen der Oscuri. Alles in mir zittert. *Komm schon, Cole … Mach jetzt keinen Fehler …*

»Ich liebe dich«, flüstert er erstickt und streicht dem Kleinen noch einmal übers Haar, legt seine Hände um seine Wangen, sanft, liebevoll.

Und dann fährt er herum und stürzt sich auf Adriano, reißt ihn mit sich, begräbt ihn unter seinem riesigen Körper.

Ich packe Samu. »Lauf, Schatz. Versteck dich, okay? Ich finde dich!«

Samus Blick wechselt zwischen mir und Cole, der mit Adriano auf dem Boden ringt. »Ist gut!«, sagt er schließlich und hüpft wie ein Superheld vom Podest, huscht durch die Beine der grölenden Menschen im Saal.

»Porca miseria!« Manolo springt auf, schaut dem Kind hinterher. »Was macht ihr? Fangt ihn gefälligst ein!«

Ein Röcheln lässt jedes andere Geräusch verstummen. *Cole …* Ich fahre herum.

Adrianos Gesicht verzerrt sich vor Wut zu einer widerlichen Maske, erfüllt von Hass und Unerschrockenheit.

»Ich werde nicht zulassen, dass du mir alles verdirbst.« Mit einem Schrei wirbelt er Cole herum und hockt sich auf seinen Brustkorb wie eine Todesfee, krallt sich in sein Haar. »Luft«, murmelt er kaum hörbar, und plötzlich gibt Cole jede Gegenwehr auf. »Deine Luft … gib sie mir, gib sie mir …« Er kreischt das letzte Wort in den warmen Herbsttag und Cole bäumt sich auf, schnappt nach Luft wie ein Fisch an Land.

Versteinert stehe ich da, unfähig, irgendetwas zu tun, als seinen Namen zu flüstern. *Er kann nicht mehr atmen. O mein Gott, er kann nicht mehr atmen!*

Sein verzweifeltes Ringen nach Luft brennt sich in meine Seele und ich laufe los, laufe zu ihm, doch weit komme ich nicht.

Manolo packt mich an der Rückseite meines Kleids und hält mich fest, sorgsam darauf bedacht, meine Haut nicht zu berühren.

»Sieh hin, Triss … sieh, was geschieht, wenn man nicht auf uns hört.«

Cole gibt nur noch erstickte Laute von sich. *Nein … ich kann ihn nicht verlieren … bitte … ich darf ihn nicht verlieren!*

»Dreh es um«, flüstere ich, ohne mir meiner Worte bewusst zu sein. »Dreh es um, Cole!«

Cole wendet den Kopf. Tränen der Anstrengung rinnen aus seinen Augenwinkeln und etwas Rohes liegt in seinem Blick, etwas Animalisches. Seine Lider flattern, fallen ihm zu.

»Nein!«, schreie ich auf, Manolos Lachen dröhnend in meinem Ohr. »Cole!«

Und er öffnet die Augen, starrt Adriano in die Seele, mit all der Kraft, die er noch zu haben scheint, murmelt klanglose Worte.

Manolos Gelächter verreckt in seiner Kehle. »Adriano! Fort von ihm! Lass ihn los!«

Doch es ist zu spät. Adrianos Gesichtsmuskeln werden weich, ausdruckslos. Er lässt Cole los und steht auf, klopft sich den Staub von den Knien.

»Wenn ich nur wüsste, wo ich das Auto geparkt habe …«, murmelt er und geht. Er geht einfach. Als wären wir nicht hier.

Und die Hölle bricht los.

Als hätte Cole allen Mut in ihnen geweckt, stürzen sich die Extincteure auf den Rest der Oscuri. Schmerzensschreie hallen durch den Saal. Ein kleiner, heller Haarschopf huscht durch die Kämpfenden, hin zu Cole.

Samu …

Manolos Hand landet so hart auf meiner Wange, dass mein Kopf herumgeworfen wird. Schmerz rauscht durch meine Adern. Etwas piept in meinem Ohr, aber es ist mir egal. *Er wird nicht gewinnen, dieser Scheißkerl! Wir sind nicht allein, und er wird nicht gewinnen.*

Ein Lachen gräbt sich aus meiner Brust, als ich all die Oscuri am Boden sehe, Gío und seine Leute über ihnen. »Frieden«, speie ich Manolo ins Gesicht. »Freiheit! Das alles werden wir haben – ohne dich!«

»Ich wusste, dass es ein Fehler war, dich nicht auszuschalten, Miststück!« Er krallt seine Finger in den dünnen Stoff meines Kleides, ruckt daran, als wäre ich eine Puppe. »Ich hätte dich in einen gläsernen Sarg stecken sollen wie Schneewittchen, um Romero und deine Schwester für den Rest ihres Lebens daran zu erinnern, was passiert, wenn man nicht auf meiner Seite steht!«

»Du hast etwas vergessen: Die böse Königin hat verloren!« Ich zerre an dem Kleid, versuche, mich aus seinem Griff zu befreien.

Stoff reißt, doch er gibt nicht nach, und Manolo schlägt mir erneut ins Gesicht, so hart, dass ich Blut schmecke.

»Das hier ist kein Märchen, und du hast keine schützende Fee, die über dich wacht!«

»Vielleicht doch«, dröhnt eine volle, tiefe Stimme durch den Saal, ruhig und gelassen.

Ich blicke auf und schlage mir beide Hände vor den Mund. Die weiße Katze steht vor Trina, starrt sie an, und über ihr in der Luft … ein Wesen, verbunden mit dem Tier am Boden, luftig, durchsichtig, von einem Leuchten und solch einer Schönheit, dass es mir in den Augen schmerzt.

Herb.

»Lass die Kleine in Ruhe, Sackgesicht. Sprich mit mir.«

Manolo lacht auf, übermütig, als wäre er nie glücklicher gewesen. »Du willst mir Befehle erteilen? Ich erkenne dich, Geist – wir haben dich gebannt!«

Er hat seinen schützenden Körper verlassen, sich der Willkür seiner Meisterin preisgegeben. Er hat das getan, wovor er sich am meisten fürchtete. Für mich. Für uns.

Stille flutet den Saal. Keiner kämpft. Alle starren das strahlende Wesen an, das über unseren Köpfen schwebt.

»Befehle?« Herb lacht amüsiert. »Ich erteile keine Befehle, ich erbitte nur eine Gefälligkeit, damit ich dir wohlgesonnen sein kann.«

»Wohlgesonnen.« Manolo denkt einen Moment nach. »Bitteschön. Gefälligkeit erwiesen.« Er nimmt die Finger von mir und tritt einen Meter zurück, gibt den Blick frei auf Cole, der immer noch am Boden liegt, Samu an seiner Seite, und hustet, nach Luft schnappt wie ein Ertrinkender. Doch er lebt. »Jetzt gewähre mir meine Bitte, Geist!«

Das Wesen ignoriert ihn, fixiert meine Schwester. »Deine Bitte, Meisterin. Aber wähle deine Worte weise.«

»Sprich mit mir!« Manolo schiebt sich vor Trina. »Mit mir, dessen Diener du bist!«

Manolo sieht sich in der Runde um, siegessicher, doch niemand beachtet ihn. Alle starren den golden schimmernden Dschinn an, der über uns in der Luft steht, als wäre er ein Gott.

»Ich will deine Macht.« Manolos Augen blitzen auf. »All deine Macht.«

Gütig neigt Herb den Kopf. »Wenn ich dir meine Macht gäbe, nähmst du meinen Platz unter den Dschinn ein und wärest dort, wo ich jetzt bin. Möchtest du das?«

Manolo zieht die Stirn kraus. »Dann wäre ich also der Flaschengeist?«

»Katzengeist«, murmele ich und krieche in Coles Richtung. Er liegt auf dem Rücken und atmet schwer, doch regelmäßig, hat die Augen geöffnet und betrachtet das Spektakel vor seiner Nase, Samu fest an sich gedrückt.

»Du würdest meinen Platz einnehmen«, wiederholt Herb. »Möchtest du das?«

Manolo schnaubt. »Nein, im Leben nicht, du schlitzohriger Teufel!«

»Dann werde ich dir meine Macht also nicht geben. Aber ich kann dich an sie binden. Du wirst stets die Fähigkeiten haben, die ich auch besitze.« Er sieht sich um. »All deine Anhänger – wenn die Meisterin es wünschst.«

Ein begeistertes Murmeln brandet auf. Doch nicht unter den Extincteuren. Gíos Entsetzen ist grenzenlos.

»Alle?« Ein Leuchten huscht über Manolos Gesicht. »Gib uns all die Macht, die du auch hast, jede deiner Fähigkeiten. Wir werden sein wie du, wir werden die Magie haben, die du hast, wir werden wie deine Klone sein.«

Herb mustert ihn unbeeindruckt. »Die gleichen Kräfte wie ich, jetzt und immerdar? Ein Klon meiner Macht?«

»Ja!« Manolo nickt hektisch. »Verflucht, mach schon!«

In aller Ruhe wendet sich Herb Trina zu. »Sag es.«

Und Trina lächelt. »Jetzt und immerdar«, wiederholt sie leise. »Stets wie du. Genauso mächtig wie du.«

Das Wesen nickt, freundlich und wissend. »So sei es.«

Und die Welt explodiert.

Der Dschinn zerstiebt in Millionen von Sternen, gleißend hell, einer Supernova gleich. Leuchtende Fäden fahren in Manolos Körper, wie Spinnweben, in die seiner Anhänger, zuckende Blitze, hin und her, zurück in die Katze, und das Licht des Tages wirkt mit einem Mal so dunkel, dass ich kaum etwas erkennen kann.

»Cole«, flüstere ich, meine Stimme dumpf wie durch Watte, krieche weiter, ihm entgegen.

Worte brausen um mich herum und schwellen an, werden lauter, und ich verstehe kaum, was sie bedeuten.

»Was ist geschehen?«

»Was ist mit mir?«

»Meine Magie …«

Schreie, wild, wütend, voller Schmerz.

Es ist mir egal.

Alles ist mir egal.

Cole. Oddio, Cole!

»Triss.« Seine Stimme ist leise, rau.

»Wo ist sie?« Manolos Stimme donnert durch den Saal. »Miststück! Was hast du getan?«

»Triss!« Trina stürzt an meine Seite, die Augen weit aufgerissen. In Windeseile taxiert sie Cole, beugt sich über das Kind. Samu sieht sie an und drückt sich wieder schützend an seinen Vater, vergräbt sein Gesicht an seiner Brust. »Grazie Dio, es geht ihm gut.« Hektisch wirft sie einen Blick über ihre Schulter zurück. »Manolo, er wird gleich hier sein, Cole. Ihr braucht ein Portal, ich … ich halte ihn auf.«

Cole schüttelt den Kopf. »Ich schaffe das nicht … ich kann kaum aufstehen.«

»Du musst! Cole …« Wieder hetzt ihr Kopf herum.

Ich packe über ihre Schulter. »Was ist denn passiert? Was hast du getan?«

Manolo irrt brüllend durch den großen Raum.

Ein Lächeln huscht über Trinas Gesicht, grimmig, erhaben. »Das, was er wollte. Aber er findet es wohl nicht so gut, dass all seine Kräfte an einen Dschinn gebunden waren … der nun den Weg allen Irdischen gegangen ist.«

Fahrig streicht Cole sich die Haare zurück. Unablässig streichelt er den Kopf seines Sohnes.

»Herb?«, flüstere ich. »Er ist tot? Aber er ist –«

Trina schüttelt den Kopf. »Als ich sah, wie der Dschinn aus dieser Katze fuhr, war mir alles klar. Er hatte sich in ihr versteckt, vor mir – und er wollte dich retten. Nie hätte er euch verraten … also habe ich sie verraten.«

»Was? Wie …?« Verwirrt schüttelt Cole den Kopf.

Sie lächelt ihn an. »Sie wollten dieselben Kräfte wie der Dschinn. Und als er sie aufgab …«

Coles Augen weiten sich unmerklich. »Die Oscuri haben keine Kräfte mehr? Gar keine?«

Knapp schüttelt sie den Kopf. »Diese hier nicht. All die anderen … wir werden sehen.«

»Trina!« Schwer atmend steht Manolo da, keine fünf Meter von uns entfernt, inmitten dieses Chaos aus Menschen. Zorn sprüht aus seinem Blick. »Du hast alles zerstört, du miese Schlampe, alles!«

»Ihr habt mich benutzt«, sagt Trina ruhig, macht einen Schritt auf ihn zu. *Nein … was tut sie da?* »Benutzt wie eure Opfer unter dem Deckmäntelchen, frei zu sein. Ihr werdet nie wieder jemanden benutzen.«

»Du kannst uns nicht aufhalten!«

»Ich habe euch schon aufgehalten, Manolo.«

Sein Gesicht verzerrt sich zu einer Maske, dämonengleich, voller Hass. Er stürzt nach vorne, stößt sich vom Boden ab, die Hände wie Krallen nach ihr ausgestreckt.

Und ich hebe die Arme und rufe den Wind, rufe all die Mächte, die in den Elementen wohnen, bitte sie gegen ihn. Sein massiger Körper trifft auf eine Wand aus Sturm, die uns abschirmt, uns schützt, vor jeder Attacke, die er unternimmt.

Ich spüre ihren Körper neben mir, warm, fast schon brennend, und greife nach ihr. Unsere Finger verschränken sich und eine Ruhe überkommt mich. Mein Bauchgefühl. Alles ist richtig so. So, wie es ist.

Wild fuchtelt Manolo mit den Armen, versucht, sich durch das donnernde Tosen zu uns durchzugraben. Regentropfen peitschen ihm ins Gesicht, verwandeln sich in Hagelkörner, als er näher und näher rückt.

Cole stellt sich an meine andere Seite, Samu an sich gepresst, immer noch etwas gebückt, geschwächt von Adrianos Attacke. Stille umrahmt uns, hier im Auge des Sturms, während draußen Stühle umgeworfen werden. Niemand der Oscuri wagt es, sich gegen uns zu stellen – und was sollten sie auch ausrichten, einfache Menschen gegen eine Magie wie meine, so stark, so wunderbar …

»Was passiert, wenn ich meinen Arm hindurchstrecke? Werde ich hinausgesaugt?« Cole streckt einen Finger aus, wagt es aber nicht, die unsichtbare Barriere zu durchstoßen.

»Es geschieht nichts, was Triss nicht will«, sagt Trina leise, fasziniert von dem, was sich vor ihren Augen abspielt. »Deine Magie hatte immer schon die Angewohnheit, ihren ganz eigenen Kopf zu haben – doch im Stich gelassen hat sie dich nie.«

»Ich kann also …« Cole wagt sich einen weiteren Schritt vor, und plötzlich durchbricht er die schützende Hülle, packt Manolos Kopf mit beiden Händen, als wollte er ihn zerquetschen.

Manolo brüllt auf, wehrt sich nach Kräften, doch seine Schläge werden von dem Orkan abgeblockt, der ihn umgibt.

Cole schließt die Augen, murmelt stumme Worte, und … Ich weiß, was er tut, das Einzige, was diesen Mistkerl für immer stoppen wird.

Und dann blinzelt er. Schließt die Augen und öffnet sie wieder. Jeglicher Zorn ist verschwunden, weggeblasen wie ein trockener Grashalm in diesem Sturm.

Cole reißt seine Hände zurück, starrt ihn an.

»Was für ein interessantes Gebäude!« Anerkennend verzieht Manolo das Gesicht, betrachtet die Steinmauern. »Diese Lage auf der Spitze eines Felsens und dass es sich all die Jahrhunderte hier behaupten konnte … Wissen Sie, ob es hier einen Souveniershop gibt?«

Der Sturm verwandelt sich in ein laues Lüftchen, eine Brise, die zum Fenster hineinweht, und den Angstschweiß auf unserer Haut kühlt.

Trina befeuchtet ihre Lippen. »U … unten im Dorf können Sie sicher ein paar Andenken finden.«

»Einfach die Treppe runter?« Mit dem Daumen deutet Manolo hinter sich.

Cole nickt, stützt sich schwer auf seine Knie. »Einfach die Treppe runter, ragazzo.«

»Bene. Dann noch einen schönen Tag.« Manolo wendet sich um und geht den Gang hinunter, verharrt einen Moment vor einem der Wandteppiche und macht sich ohne jede Eile davon.

Mit offenem Mund starrt Trina ihm nach. »Du hast ihm das Gedächtnis genommen.«

»Was sollte ich tun? Er hätte nicht aufgegeben.« Cole zuckt mit den Schultern. »Was er nicht weiß, kann ihn nicht beschäftigen.« Sein Blick wird nachdenklich, fast schon ein wenig wehmütig. »Vielleicht hat er jetzt die Chance auf ein normales Leben. Vielleicht habe ich ihm Frieden geschenkt.«

Trina sieht mich an.

»Du willst es auch, oder?«, frage ich leise. Immer noch liegt ihre Hand in meiner, und ich drücke sie fest.

»Ich will dich nicht verlieren.« Tränen schießen ihr in die Augen. »Aber … diese Ruhe damals, als wir unsere Magie verloren hatten … nichts in mir vibrierte mehr. All diese Schreie in meinem Kopf, permanent, die Gier danach, mit dunkler Magie gefüttert zu werden, sie waren verstummt … und es war wundervoll. So wundervoll.«

Cole legt ihr die Hand an die Wange. »Du musst sie nicht verlieren. Niemanden von uns.« Sein Blick huscht zu Samu, der ihn mit großen Augen ansieht, und er lächelt.

Sie folgt seinem Blick, streicht dem Kleinen über das Haar. »Ich möchte nie, nie wieder in Versuchung geführt werden. Ich … ich möchte einfach glücklich sein.«

Cole schluckt hart, sucht meinen Blick.

»Alles, was wir brauchen, ist hier«, sage ich leise, nicke kaum merklich, und er sieht sie an, sieht ihr in die Augen, murmelt Worte, die ich nicht verstehe.

Trina nimmt meine Hand. »Triss – ich habe dir schon so viel angetan! Wenn ich meine Magie aufgebe, wirst du deine verlieren, ich –« Sie bricht ab, zu Stein erstarrt – blinzelt irritiert, als hätte sie keine Ahnung, wo sie sich befindet.

»Vergiss alles, Trina«, murmelt Cole ein letztes Mal, streicht ihr sachte übers Haar.

Tief saugt sie Atem ein, sieht sich in der völlig verwüsteten Halle um. »Und dafür haben wir Geld bezahlt, pah.« Sie blickt mich an, schüttelt den Kopf. »Das muss die schlechteste Aufführung gewesen sein, die ich je besucht habe! Ich werde eine Ein-Sterne-Bewertung abgeben! Das nächste Mal fahren wir lieber an den Stand und essen ein Eis, oder Samu?« Sie schiebt mich beiseite und der Kleine fliegt in ihre Arme, drückt sie fest an sich.

»Die einfachste Lösung …«, sage ich leise.

Cole nimmt meine Hand. »Hoffentlich wird sie jetzt glücklich.«

Ich lächle ihn an, beuge mich näher, um ihn zu küssen, und – oddio, nein, bitte … Ein Fleck, zart und weiß, einige Meter hinter ihm. Ein kleiner, weißer, flauschiger Fleck.

»Herb!« Ich stürze an Cole vorbei, haste zu dem Tier. Reglos liegt es da, die Augen geschlossen. Doch er atmet, wenn auch flach, kaum spürbar. *Er atmet!*

Zitternd fahren meine Finger durch das weiche Haar, berühren die von Cole, verflechten sich mit seinen. »Herb …« Tränen tropfen mir von den Wangen, versickern in seinem Fell. »Bitte, Herb …«

Cole atmet durch, tief und bebend, schweigt, rührt sich nicht, seine Hand in meiner.

»Wir müssen etwas tun, Cole, ihn zu einem Tierarzt bringen oder zu einem Spezialisten für Katzengeister, oder … Cole?«

»Sie hatten keine Kräfte mehr«, sagt er leise und vermeidet es, mich anzusehen. »Die Oscuri.«

»Und?« Ich ziehe die Nase hoch, rüttele leicht an dem Tier. Klein ist es und schmal, viel zierlicher, als ich es in Erinnerung hatte. »Herb … bitte, komm schon … Ich gebe dir alle Schinkencracker dieser Welt …«

»Triss.« Coles Stimme ist ganz leise, und ich höre es an seinem Tonfall. Keine guten Nachrichten.

»Aber er lebt! Sieh doch! Er atmet!« Tränen stürzen wie ein Monsun aus meinen Augen, benetzen meine Hände, versickern im weichen Fell der Katze, deren Brust sich sanft hebt und senkt.

»Triss.«

Und ich schließe die Augen und lasse mich an ihn ziehen, an seine Brust, lasse mich von ihm halten und wiegen und weine, bis ich bereit bin, seine Worte zu hören.

»Er ist wirklich fort, oder?«

Cole schiebt mich ein wenig zurück, streicht mir die Tränen von den Wangen. Neue rinnen nach. »Du hast den Wunsch gehört, oder? Manolo wollte all die Macht, die auch der Dschinn hat … und nun hat er keine mehr. Keine Magie, nicht ein Fitzelchen ist geblieben.«

»Er hat Mimis Körper verlassen, um uns zu retten«, flüstere ich erstickt.

Schmerzerfüllt zieht Cole die Augenbrauen zusammen, streicht mir über den Kopf, streicht mir die Haare aus dem Gesicht. »Er hat es wirklich geschafft, Triss. Dieser Mistkerl hat die Oscuri ausgetrickst, auch wenn es ihn alles gekostet hat.«

»Aber … aber das heißt …« Unaufhaltsam laufen die Tränen über meine Wangen, heiß und brennend.

Kurz presst er die Lippen zusammen. »Dass er fort ist, Triss. Er hat Trina ihren Wunsch gewährt, und weiß Gott, sie ist cleverer als wir, dass sie so schnell geschaltet hat, er hat den Oscuri die Kräfte gegeben, die auch er hat, aber … aber …« Er bricht ab, schließt einen Moment lang die Augen. »Es ist vorbei.«

»Es war zu viel für ihn.« Mein Blick huscht zu dem kleinen Katzenkörper. »Ist der Wunsch zu groß, zerreißt es ihn.« Ein Schluchzen presst sich aus meinem Brustkorb. »Es zerreißt ihn.«

Und Cole zieht mich an sich, in seine Arme, und hält mich fest, vergräbt sein Gesicht an meiner Halsbeuge, während sich die Katze unter meinen Fingern rührt.

Sie schlägt die Augen auf, bernsteinfarben wie eh und je, wach und lebendig.

»Herb?«, flüstere ich ein letztes Mal.

»Mrrrrrau«, antwortet das zierliche, weiße Tier ganz, ganz leise und schmiegt sein Köpfchen an mein Knie.

EPILOG

Wie warm es ist für Ende Oktober. Die Luft führt immer noch den Duft nach würzigen Kräutern mit sich, doch die Blätter sind bereits verfärbt, leuchten golden in der Sonne.

»Können wir los?« Cole steckt den Kopf zur Küchentür heraus.

Wieder atme ich tief ein, sauge die frische Luft in meine Lungen und atme ihn weg, den Schmerz, der mich stets zu überrollen droht, wenn ich hier stehe. Ohne Nonn. Ohne Herb.

Ich zimmere mir ein Lächeln aufs Gesicht, bevor ich mich zu ihm umdrehe. »Hat Samu sich beruhigt?«

Cole zuckt mit den Schultern. »Er hat seit zehn Minuten nicht mehr herumgeschrien, also vermute ich, ja.«

»Ich will ein Eis!«, brüllt eine Stimme im Innern des Hauses.

Cole verdreht die Augen. »Wenn wir jetzt nicht aufbrechen, findet die festa ohne uns statt, Samu! Deine Tante Trina kauft dir bestimmt eins! Oder Zuckerwatte.«

»Nicht später!« Samu stampft auf den Steinfliesen auf, dass die Löckchen auf seinem Kopf nur so fliegen. »Ich will jetzt ein Eis! Ein Eis! Ein Eis!«

»Samuele!« Cole stemmt die Hände in die Hüften. »Wir haben nicht einmal eine Gefriertruhe! Wo soll ich denn ein Eis hernehmen?«

Ein verächtliches Schnauben ist alles, was Samu für die Aussage seines Vaters übrig hat, begleitet von einem lauten Stampfen, als er sich motzend die Treppe hinauf davonmacht.

Cole kommt zu mir, streicht mir das Haar zurück. »Das muss er von seiner Mutter haben«, flüstert er in mein Ohr und streift mit seinen Lippen sachte meine Ohrmuschel, küsst mich auf die Schläfe und seufzt. »So fordernd bin ich nicht.«

»Höchstens im Schlafzimmer.«

Er lacht. »Die Freuden des Elternseins. Was für eine kleine Kröte!«

Ich bedenke ihn mit einem strafenden Blick. »Denkst du, wir waren in diesem Alter anders?«

Auf leisen Pfoten schleicht Mimi aus der Tür, pflanzt sich in gebührendem Abstand neben uns auf die trockene Erde und betrachtet die Landschaft.

Cole seufzt leise. »Sie lässt sich nicht einmal mehr streicheln.«

»Lass sie. Seit damals hat sie Angst vor allem und jedem. Ist doch schön, dass sie überhaupt kommt. Vielleicht wird sie langsam wieder etwas zutraulicher.« Ich schmiege mich an seine Brust, lege seine Hände auf meine. »Nehmen wir den Porsche?«

Ein Strahlen huscht über sein Gesicht, doch er schüttelt den Kopf. »Wir wollen doch ankommen, bevor das Fest vorbei ist, oder?« Er grinst. »Außerdem habe ich keine Lust darauf, dass Samu mir den Wagen vollkotzt, vollgestopft mit Eis, Zuckerwatte, Mandeln, Cannoli, Fritten …«

Ich stelle mich auf die Zehenspitzen, drücke ihm einen Schmatzer auf die Nase. »Aber ich liebe den Porsche!«

»Und ich liebe dich.« Er küsst mich. »Darf ich dich manipulieren, damit du hinterher den Wagen säuberst?«

Ich schnaube. »Nein, hier wird niemand manipuliert. Putzen kannst du allein.«

Er zuckt mit den Schultern. »Dann also das Portal.«

»Dann also das Portal …« Ich verschränke meine Finger in seinem Nacken und hole ihn wieder an meine Lippen.

»Üääääh.« Samu verzieht das Gesicht, leckt demonstrativ an etwas in seiner linken Hand.

»Samuele Romero.« Cole mustert ihn grimmig. »Was hast du da?«

»Ein Eis.« Mit einem stolzen Grinsen hält der Kleine es in die Höhe.

Ein Eis am Stiel, der Farbe nach zu urteilen mit Cola-Geschmack. Cole und ich tauschen einen schnellen Blick.

Ich räuspere mich. »Samu, woher hast du das?«

Er zieht eine Schnute. »Ich wollte das eben!«

»Samu! Woher –«

Der Kleine duckt sich unter Coles Armen hindurch und spurtet zurück ins Haus.

»Hast du eine Idee, woher er das hat?«, fragt Cole langsam.

Ich schüttele den Kopf. »Er ist eigentlich noch ein bisschen zu jung für Elementarmagie, oder?«

Cole kichert. »Ich habe gehört, dass es da eine Kindersicherung geben soll.«

»Gehässiger Mistkerl.« Ich pikse ihn in die Seite. »Manchmal fehlt mir die Magie.«

»Ich erfülle dir jeden Wunsch, den du hast.« Cole zuckt mit den Schultern und küsst die empfindliche Stelle an meiner Halsbeuge. »Ich sehe besser mal nach ihm – nicht, dass er uns das ganze Haus volltropft!«

»In dem Fall wirst du mir sicher den Wunsch erfüllen, das Haus zu putzen. Ganz allein. Bis nichts mehr klebt.« Ich drücke ihm einen schnellen Kuss auf die Lippen. »Pass auf, dass du mit dem Ding nirgendwo hängenbleibst.« Ich deute auf die Fußfessel an seinem linken Knöchel. »Sonst kommen wieder deine Kollegen vorbei, um nach dem Rechten zu sehen.«

Cole lacht und schiebt sich die Ärmel seines Langarmshirts hoch. Die Dornenranke windet sich seinen Arm empor, und ich werde nicht müde, seine Tattoos zu betrachten, sie zu studieren oder zu küssen. »Ist doch toll. War doch ganz nett beim letzten Mal!«

Sie haben Cole unter Hausarrest – besser gesagt Inselarrest – gestellt, bis der Verhandlungstermin anberaumt ist, und der Kerl genießt es sogar. Ausschlafen, keine Verpflichtungen und ein wenig die Erlebnisse des vergangenen Jahres verarbeiten … Es wird ihm guttun.

Ich strecke die Hand nach ihm aus. »Bleib nicht zu lange weg.« Er beugt sich über mich und küsst mich noch einmal, lange, sinnlich. »Ich friere ohne dich.«

»Bin gleich wieder da.« Noch einmal küsst er mich auf die Lippen, auf die Stirn. »Soll ich dir einen heißen Kakao bringen?«

»Du bist der beste Hexenmeister der Welt!«

»Du kannst dich ja später bei mir bedanken.« Cole macht, dass er ins Haus kommt.

Tief atme ich durch und wandere zur Steinmauer, lasse meinen Blick über das herbstliche Sizilien ziehen. Es ist einfach nur wunderschön hier. Ich liebe dieses Haus und die Einsamkeit, und ich liebe die Menschen, die darin wohnen, auch wenn der Mensch, der nicht mehr hier ist, mir immer fehlen wird.

Plötzlich fällt ein Schatten über mich.

Ich blicke auf, schirme meine Augen gegen die Sonne ab. Ein Mann steht vor mir, etwa so alt wie Cole. Schlank ist er, attraktiv und auffällig mit seinen dunkelgrün gefärbten, stachelig frisierten Haaren.

Mimi brummt wohlig und tänzelt dem Fremden um die Beine. Mit gekonntem Griff hebt er sie hoch, streichelt sie beiläufig, und sie schnurrt lauter.

Mein Bauch kribbelt und prickelt, als wäre er voll von Brausepulver. »Wer sind Sie? Was machen Sie hier? Ich habe kein Auto gehört!«

Der Mann schenkt mir ein atemberaubendes Lächeln. »Erkennst mich nicht, was?«, sagt er mit der Reibeisenstimme eines fünfzigjährigen, biersaufenden Kettenrauchers, und ich quietsche auf, schlage mir beide Hände vor den Mund. »Ich habe jetzt sogar Daumen, und, holy cannoli, die sind ganz schön sinnvoll, das kann ich dir sagen«, teilt er mir mit und hält sie wie zum Beweis in die Höhe.

»Herb?«, flüstere ich und die Tränen schießen mir in die Augen. Er hat es geschafft. Er hat es verdammt nochmal geschafft, sich ein neues Zuhause zu suchen – und auch wenn es eine fleischgewordene Manga-Figur ist: Er lebt.

»Exakt.« Sein Grinsen wird breiter. »Hey Hexchen. Hast du mich vermisst?«

DANKSAGUNG

Für meine wunderbaren Söhne Bjarne und Marten, für euren Stolz, eure Fantasie, eure strahlenden Augen und eure Leidenschaft für Geschichten, Wunder – und dafür, dass ihr so seid, wie ihr seid.

Für meinen Mann Björn, dessen uneingeschränkte Unterstützung mir die Freiheit geschenkt hat, meine Träume zu leben und meinen Impulsen zu vertrauen.

Ich danke meinen Eltern, die mich stets dabei unterstützt haben, meinen Zielen Zeit und Raum zu geben, und die mir gezeigt haben, dass die einzige Grenze, die es für mich geben kann, ich selbst bin.

Und natürlich den Frauen in meinem Leben, die mich auch im tiefsten Tief stützen, mir auf die Füße helfen und nie müde werden, mich anzufeuern. Dorle, Melle, Eva und Julia – danke, dass ihr an meiner Seite seid!

Nicht vergessen möchte ich Jay und Peter, die hart und voller Leidenschaft im Herzen des Bookapi Verlags daran arbeiten, Träume zu Papier und Welten in die Köpfe der Lesenden zu bringen, ebenso wie meine Lektorin und Coverdesignerin Nina Hirschlehner, deren Cover »EnchanTriss« in das schönste, luftigste Sommerkleid hüllt, das man sich nur vorstellen kann.

Danke für eure Liebe, für eure Unterstützung und euer Vertrauen. Und Herb – danke für dein kuscheliges Fell und eine Persönlichkeit, die größer ist als das Universum.